文学与文选四种

吕思勉 著

译林出版社

目　录

宋代文学

第一章　概说…… 3

第二章　宋代之古文…… 7

柳开《穆夫人墓志铭》…… 7

陈傅良《张耳、陈余、郦食其论》…… 16

叶适《论四屯驻大兵》…… 17

第三章　宋代之骈文…… 19

杨亿《谢赐衣表》…… 22

曾巩《贺明堂礼成肆赦表》…… 22

苏轼《乞常州居住表》…… 23

秦观《贺元会表》…… 25

洪适《谢除秘书省正字启》…… 27

李刘《谢董侍郎荐举启》…… 27

第四章　宋代之诗…… 29

希昼《寄怀古》…… 30

杨亿《汉武》…… 30

刘筠《柳絮》…… 30

苏舜钦《沧浪怀贯之》…… 31

梅尧臣《梦后寄欧阳永叔》…… 31

欧阳修《明妃曲》…… 32
王安石《明妃曲》…… 32
王安石《江上》…… 32
王安石《悟真院》…… 32
苏东坡《寄刘孝叔》…… 33
苏东坡《八月七日初入赣过惶恐滩》…… 33
秦观《次韵子由题摘星亭》…… 34
张耒《牧牛儿》…… 34
晁补之《和关彦远》…… 34
陈师道《次韵李推节九日登高》…… 35
黄庭坚《戏赠彦深》…… 35
黄庭坚《登快阁》…… 35
孔武仲《瓜步阻风》…… 36
孔平仲《八月十六日玩月》…… 36
文同《望云楼》…… 36
吕本中《读书》…… 37
吕本中《海陵病中》…… 37
谢逸《寄隐居士》…… 37
韩驹《和李上舍冬日书事》…… 37
晁冲之《书怀寄李相如》…… 38
曾几《谢人分饷洞庭柑》…… 38
尤袤《入春半月未有梅花再用前韵》…… 38
杨万里《辛亥元日送张德茂自建康移帅金陵》…… 39
范成大《初归石湖》…… 39
陆游《黄州》…… 39
陆游《游山西村》…… 39
陆游《书愤》…… 39
陆游《新夏感事》…… 39
陈与义《夏日集葆真池上以绿阴生昼静赋诗得静字》…… 40

邵雍《插花吟》…… 41
朱松《答林康民见和梅花诗》…… 41
刘子翚《闻筝》…… 41
朱熹《六月十五诣水公庵雨作》…… 41
朱熹《九日登天湖以菊花须插满头归分韵赋诗得归字》…… 41
朱熹《泛舟》…… 42
叶适《游小园不值》…… 42
徐玑《春日游张提举园池》…… 42
赵师秀《岩居僧》…… 42
陈起《湖上即事》…… 43
文天祥《重阳》…… 44
谢枋得《庆全庵桃花》…… 44
谢翱《秋夜词》…… 44
林景熙《京口月夕书怀》…… 44

第五章　宋代之词曲…… 46
晏殊《踏莎行》…… 48
晏几道《临江仙》…… 48
欧阳修《蝶恋花》…… 48
柳永《八声甘州》…… 49
张先《青门引》…… 49
苏轼《水调歌头》…… 49
黄庭坚《鼓笛令》…… 50
秦观《望海潮》…… 50
程垓《水龙吟》…… 51
贺铸《小重山》…… 51
周邦彦《六丑》…… 51
周邦彦《满庭芳》(夏日溧水无想山作)…… 52
周邦彦《少年游》…… 52

宋徽宗《燕山亭》…… 52
李清照《壶中天慢》…… 53
辛弃疾《摸鱼儿》…… 53
辛弃疾《永遇乐》(京口北固亭怀古) …… 53
辛弃疾《菩萨蛮》…… 53
刘过《贺新郎》…… 54
叶梦得《贺新郎》…… 54
姜夔《暗香》(石湖咏梅) …… 55
姜夔《疏影》…… 55
吴文英《忆旧游》(别黄澹翁)…… 55
吴文英《唐多令》…… 56
高观国《菩萨蛮》…… 56
史达祖《绮罗香》(春雨) …… 56
王沂孙《高阳台》…… 56
周密《解语花》…… 57
张炎《台城路》(庚辰秋九月之北遇汪菊坡因赋此词) …… 57
张炎《高阳台》(西湖春感) …… 57
蒋捷《贺新郎》…… 57
朱淑真《谒金门》…… 58
郑仅《调笑转达》…… 59

第六章　宋代之小说…… 61

论　诗

韦孟《讽谏诗》…… 76
汉高祖《为戚夫人楚歌》…… 77
魏武帝《短歌行》…… 77
《上山采蘼芜》…… 78

《陌上桑》…… 78
《出东门》…… 79
李陵《赠苏武别》…… 80
曹植《杂诗》二首…… 80
阮籍《咏怀》三首…… 81
陆机《塘上行》…… 81
又《赴洛道中作》…… 81
潘岳《悼亡》…… 81
左思《咏史》二首…… 82
郭璞《游仙诗》三首…… 82
陶潜《饮酒》二首…… 82
陶潜《咏贫士》…… 83
又《拟挽歌》…… 83
颜延年《赠王太常》…… 83
谢灵运《石壁精舍还湖中作》…… 84
鲍照《代东门行》…… 84
又《拟行路难》五首…… 84
谢朓《入朝曲》…… 85
简文帝《折杨柳》…… 85
沈约《别范安成》…… 85
江淹《陶征君潜田居》…… 85
庾肩吾《咏长信宫中草》…… 85
何逊《相送》…… 85
阴铿《开善寺》…… 86
徐陵《别毛天寤》…… 86
庾信《喜晴应诏》…… 86
曹丕《燕歌行》…… 87
陈子昂《感遇》三首…… 89
张九龄《感遇》二首…… 89

王勃《铜雀伎》…… 90
陈子昂《晚次乐乡县》…… 90
宋之问《杂诗》…… 90
沈佺期《度大庾岭》…… 90
李白《古风》…… 90
李白《行路难》二首…… 91
李白《山鹧鸪词》…… 91
又《山中答俗人》…… 91
又《从军行》…… 92
杜甫《自京赴奉先县咏怀五百字》…… 92
杜甫《羌村三首》…… 93
杜甫《石壕吏》…… 94
又《新婚别》…… 94
杜甫《兵车行》…… 94
杜甫《醉歌行》…… 95
杜甫《丹青引》…… 95
杜甫《送远》…… 96
又《春望》…… 96
又《月夜》…… 96
又《登楼》…… 96
又《恨别》…… 97
杜甫《诸将》…… 97
王维《归嵩山作》…… 98
孟浩然《过故人庄》…… 98
高适《燕歌行》…… 98
岑参《白雪歌送武判官归京》…… 99
韦应物《初发扬子寄元大校书》…… 99
又《赋得暮雨送李胄》…… 99
刘长卿《余干旅舍》…… 99

白居易《上阳人》…… 99
又《西凉伎》…… 100
韩愈孟郊《秋雨联句》…… 100
韩愈《八月十五夜赠张功曹》…… 101
贾岛《暮过山村》…… 101
柳宗元《溪居》…… 102
又《中夜起望西园值月上》…… 102
钱起《题玉山村叟屋壁》…… 102
司空曙《喜外弟卢纶见宿》…… 102
又《贼平后送人北归》…… 102
温庭筠《送人东游》…… 103
又《春日野行》…… 103
又《商山早行》…… 103
杜牧《题扬州禅智寺》…… 103
许浑《冬夜泊僧舍》…… 103
崔涂《除夜有感》…… 104
许棠《塞外书事》…… 104
马戴《落日怅望》…… 104
司空图《早春》…… 104
张乔《送友人许棠》…… 104
韦庄《章台夜思》…… 104
许浑《咸阳城东楼》…… 104
韩渥《春尽》…… 105
张泌《洞庭阻风》…… 105
罗隐《绵谷回寄蔡氏昆仲》…… 105
韦应物《宿永阳寄璨师》…… 105
又《怀琅琊二释子》…… 105
又《闻雁》…… 105
刘长卿《送灵澈上人》…… 105

刘方平《春雪》…… 105
畅当《登鹳雀楼》…… 106
顾况《忆旧游》…… 106
李端《听筝》…… 106
又《溪行遇雨寄柳中庸》…… 106
卢纶《塞下曲》…… 106
柳宗元《长沙驿》…… 106
刘禹锡《罢和州游建康》…… 106
又《秋风引》…… 106
又《淮阴行》…… 106
王涯《闺人赠远》…… 106
元稹《行宫》…… 107
又《西还》…… 107
杜牧《江楼》…… 107
温庭筠《碧涧驿晓思》…… 107
许浑《塞下曲》…… 107
赵嘏《寒塘》…… 107
李频《渡汉江》…… 107
韦应物《滁州西涧》…… 108
李益《夜上受降城闻笛》…… 108
又《汴河曲》…… 108
顾况《宫词》…… 108
又《听歌》…… 108
李陟《京口送朱昼之淮南》…… 108
武元衡《春兴》…… 108
刘禹锡《石头城》…… 109
白居易《杨柳枝》…… 109
王涯《秋夜曲》…… 109
张仲素《秋闺思》…… 109

张籍《哭孟寂》…………………………………………………… 109
贾岛《宿村家亭子》………………………………………………… 109
张祜《华清宫》…………………………………………………… 109
　又《集灵台》…………………………………………………… 110
唐彦谦《垂柳》…………………………………………………… 110
　又《曲江春望》………………………………………………… 110
　又《仲山》……………………………………………………… 110
刘商《题黄陂夫人祠》……………………………………………… 110
李群玉《汉阳太白楼》……………………………………………… 110
　又《黄陵庙》…………………………………………………… 110
陈羽《将归旧山留别》……………………………………………… 110
杜牧《思旧游》…………………………………………………… 111
　又《赤壁》……………………………………………………… 111
雍陶《和孙明府怀旧山》…………………………………………… 111
　又《城西访友人别墅》………………………………………… 111
温庭筠《瑶瑟怨》………………………………………………… 111
许浑《谢亭送别》………………………………………………… 111
　又《学仙》……………………………………………………… 111
　又《江楼感旧》………………………………………………… 112
郑畋《马嵬坡》…………………………………………………… 112
李商隐《韩碑》…………………………………………………… 112
　又《落花》……………………………………………………… 113
　又《马嵬》……………………………………………………… 113
　又《无题》……………………………………………………… 113
杨亿《汉武》……………………………………………………… 114
梅尧臣《河南张应之东斋》………………………………………… 114
欧阳修《葛氏鼎歌》………………………………………………… 114
　又《盘车图》…………………………………………………… 114
王荆公《明妃曲》………………………………………………… 115

又《钟山即事》…… 115
苏轼《书王定国所藏烟江叠嶂图》…… 115
又《八月七日初入赣过惶恐滩》…… 116
黄庭坚《登快阁》…… 116
陈师道《九日寄秦观》…… 116
范成大《将至石湖道中书事》…… 116
陆游《游山西村》…… 117
又《书愤》…… 117
又《枕上作》…… 117
又《新夏感事》…… 117
元好问《壬辰十二月车驾东狩后即事》…… 117
虞集《题渔村图》…… 117
揭傒斯《寄题冯掾东皋园亭》…… 118
萨都剌《宿城山绝顶》…… 118
高启《晚次西陵馆》…… 118
袁凯《客中除夕》…… 118
李梦阳《土兵行》…… 119
何景明《种麻篇》…… 119
李攀龙《广阳山道中》…… 119
谢榛《李行人元树宅同谢张二内翰话洞庭湖》…… 119
谭元春《山月》…… 119

中国文学史选文

李斯《谏逐客书》…… 123
贾生《过秦论》上…… 124
晁错《论守边备塞疏》…… 126
董仲舒《贤良策对一》…… 127
司马长卿《难蜀父老》…… 131

东方曼倩《答客难》…… 132
刘子政《战国策序》…… 134
扬子云《谏不许单于朝书》…… 136
王仲任《非韩》(节录) …… 137
蔡伯喈《郭有道碑》…… 141
魏文帝《典论》…… 142
孔文举《荐祢衡表》…… 143
陈孔璋《为袁绍檄豫州》…… 144
阮元瑜《为曹公作书与孙权》…… 146
曹子建《与吴季重书》…… 148
陆士衡《辨亡论》上…… 149
陆士衡《谢平原内史表》…… 150
潘安仁《马汧督诔》…… 151
阮嗣宗《达庄论》…… 153
嵇叔夜《养生论》…… 156
刘伯伦《酒德颂》…… 158
江应元《徙戎论》…… 158
挚仲洽《太康颂》…… 160
挚仲洽《祀皋陶议》…… 161
刘越石《劝进表》…… 161
袁彦伯《三国名臣赞》…… 163
陶渊明《自祭文》…… 166
潘元茂《册魏公九锡文》…… 167
蜀汉先主《即位告天文》…… 169
后主《策丞相诸葛亮诏》…… 169
《魏禅晋策》…… 170
王子渊《僮约》…… 170
傅季友《为宋公至洛阳谒五陵表》…… 172
傅季友《为宋公修张良庙教》…… 172

颜延年《三月三日曲水诗序》……………………………… 173
鲍明远《河清颂》……………………………………………… 174
鲍明远《登大雷岸与妹书》…………………………………… 176
萧子良《言台使表》…………………………………………… 177
王元长《永明九年策秀才文》………………………………… 178
谢玄晖《齐敬皇后哀策文》…………………………………… 179
任彦升《齐竟陵文宣王行状》………………………………… 180
沈休文《齐故安陆昭王碑文》………………………………… 183
沈休文《上〈宋书〉表》……………………………………… 186
江文通《为萧公让九锡第二表》……………………………… 187
梁武帝《禁奢令》……………………………………………… 187
昭明太子《谢敕赍制旨大涅盘经讲疏启》…………………… 188
梁简文帝《与僧正教》………………………………………… 188
梁元帝《职贡图序》…………………………………………… 189
刘孝绰《昭明太子集序》……………………………………… 189
刘孝标《广绝交论》…………………………………………… 191
徐孝穆《为贞阳侯重与王太尉书》…………………………… 193
庾子山《哀江南赋》序………………………………………… 194
温鹏举《寒陵山寺碑》………………………………………… 195
邢子才《请置学及修立明堂奏》……………………………… 196
魏伯起《为东魏檄梁文》……………………………………… 197
李士恢《上隋高祖革文华书》………………………………… 199
王子安《上巳浮江宴序》……………………………………… 200
骆宾王《兵部奏姚州破贼设蒙俭等露布》…………………… 201
张说之《东山记》……………………………………………… 203
李遐叔《贺遂员外药园小山池记》…………………………… 203
萧茂挺《为邵翼作上张兵部书》……………………………… 204
李习之《赠礼部尚书韩公行状》……………………………… 205
皇甫持正《故吏部侍郎昌黎韩先生墓志铭》………………… 208

陆敬舆《兴元元年奉天改元大赦诏》…… 209
李义山《上尚书范相公启》…… 211
杨大年《谢赐衣表》…… 212
尹师鲁《谏时政疏》…… 213
朱元晦《大学章句序》…… 214
叶正则《论四屯驻大兵》…… 215
苏子瞻《乞常州居住表》…… 216
秦少游《贺元会表》…… 217
汪彦章《为隆佑太后告天下诏》…… 218
洪景伯《花信亭上梁文》…… 218
元裕之《雷希颜墓志铭》…… 219
宋景濂《平江汉颂》…… 221
李献吉《禹庙碑》…… 223
史宪之《复多尔衮书》…… 224
姚姬传《复鲁洁非书》…… 226
汪容甫《黄鹤楼铭》…… 227
龚璱人《平均篇》…… 228

国文选文

国文选文（一）
姚姬传《李斯论》…… 233
恽子居《西楚都彭城论》…… 237
王介甫《给事中孔公墓志铭》…… 241
欧阳永叔《徂徕石先生墓志铭》…… 244
柳子厚《始得西山宴游记》…… 248
柳子厚《至小丘西小石潭记》…… 249
苏子瞻《志林·平王》…… 250
吴南屏《京师寄家人书》…… 252

苏子瞻《练军实》 253
苏子瞻《倡勇敢》 256
触龙说赵太后 259
《鲁仲连说辛垣衍》 261
曾子固《列女传目录序》 266
刘子政《论起昌陵疏》 269
班昭《为兄超求代书》 272
陈承祚《上诸葛氏集表》 274
隋文帝《讨突厥诏》 276
姚姬传《复鲁洁非书》 277
司马子长《六国表序》 280
《史记・伯夷列传》 282
汉文帝后二年《遗匈奴书》 284
司马长卿《谕巴蜀檄》 285
左氏《邲之战》 287
《汉书・李广苏建传》 293
韩退之《试大理评事王君墓志铭》 306
王介甫《泰州海陵县主簿许君墓志铭》 307
贾生《谏放民私铸疏》 308
司马子长《报任安书》 309
乐毅《报燕惠王书》 315
江统《徙戎论》 317
扬子云《谏不许单于朝书》 319
刘琨《劝进表》 321
陆贽《奉天请罢琼林大盈二库状》 323

国文选文（二）
拟中等学校熟诵文及选读书目 326
苏子瞻《倡勇敢》 339

苏子瞻《志林·范增》…………………………………………………… 342
欧阳永叔《丰乐亭记》…………………………………………………… 344
欧阳永叔《释秘演诗集序》…………………………………………… 345
王介甫《给事中孔公墓志铭》………………………………………… 347
王介甫《本朝百年无事札子》………………………………………… 349
王介甫《度支副使厅壁题名记》……………………………………… 350
欧阳永叔《徂徕石先生墓志铭》……………………………………… 351
司马子长《六国表序》…………………………………………………… 353
《史记·伯夷列传》……………………………………………………… 355
苏子瞻《荀卿论》………………………………………………………… 357
姚姬传《李斯论》………………………………………………………… 359
《左传·宋楚泓之战》…………………………………………………… 361
《左传·晋楚邲之战》…………………………………………………… 362
杜子美《前出塞九首》…………………………………………………… 367
白乐天《新乐府·缚戎人》……………………………………………… 368
白乐天《新乐府·上阳白发人》………………………………………… 369
白乐天《新乐府·新丰折臂翁》………………………………………… 369
白乐天《新乐府·缭绫》………………………………………………… 370
白乐天《新乐府·井底引银瓶》………………………………………… 370
白乐天《新乐府·隋堤柳》……………………………………………… 370
苏子瞻《表忠观碑》……………………………………………………… 371
柳子厚《驳复仇议》……………………………………………………… 372
柳子厚《论语辨二篇》…………………………………………………… 373
柳子厚《始得西山宴游记》……………………………………………… 373
柳子厚《至小丘西小石潭记》…………………………………………… 375
欧阳永叔《岘山亭记》…………………………………………………… 376
欧阳永叔《本论》中……………………………………………………… 377
韩退之《伯夷颂》………………………………………………………… 378
苏明允《乐论》…………………………………………………………… 379

附国文目录（散文之部）…………………………………………………… 380

基本国文选文

扬子云《谏不许单于朝书》…………………………………………… 382
董仲舒《对贤良策一》……………………………………………………… 385
贾谊《谏放民私铸疏》……………………………………………………… 390
《汉书·西域传赞》………………………………………………………… 393
淮南王《上书谏伐南越》…………………………………………………… 397
刘向《谏起昌陵疏》………………………………………………………… 401
司马子长《六国表序》……………………………………………………… 404

宋代文学

第一章　概说

中国文学，大致可分为四期：第一期断自西周以前，第二期自东周至西汉，第三期自东汉至南北朝，第四期自隋唐至清。第五期则属诸自今以后矣。请得而略言之。

各国文学之发达，韵文皆先于散文。吾国亦然。最古之书，传于今者，大抵整齐而有韵。如《老子》是也。《老子》虽东周之世写出，然其文必传之自古者也。《老子》书中，无男女字，只有牝牡字，即可征其文之古。其无韵者，亦简质少助字。如《尚书》是也。此盖古人言语、思想，均不甚发达，故其书词意多浑涵。又其时简牍用少，学问多由口耳相传，故多编为简短协韵之句，以便诵习也。文以语言为本，诗以歌谣为本，韵文与诗，相似而实不同。此时代之诗，传于今，最完备者为三百篇。三百篇之句，昔人云自一言至九言。见《诗疏》。实以四言为多。间有三言者。四言而加一助字，实亦三言也。前乎三百篇之诗，可信者，其体制皆与三百篇相类。如伊耆氏《蜡辞》是也。见《礼记·郊特牲》。其有类乎后世之诗体者，则其意虽传之自古，而其辞必后人所为矣。如《南风歌》是也。古书记人言语，多仅传其意，而其辞则为著书者所自为。即歌谣亦然。《史记·田敬仲世家》谓田常以大斗出贷，小斗收之。齐人歌之曰："妪乎采芑，归乎田成子。"刘知几讥其不实，而不知古人自有此例也。刘说见《史通·暗惑篇》。此为第一期。

整齐简质之文，节短而韵长，词少而意多，非不美也。然思想发达，则苦其不足尽意。夫思想发达，则言语随之。言语发达，则文字从之。于是流畅之散文兴焉。散文之兴，盖在东周之世。至西汉而极。西周以前文字，传于今者甚少。较可信其出于西周人者，如《周诰》，其辞即多申屈，与《般盘》相类。其明白易晓者，如《金縢》，则恐其辞已出后人矣。然究尚与东周之世文字不同。要之今人读之，觉其明白如《论》《孟》，畅达如《战国策》者，西周以前，殆无有也。此时代之诗，四言渐变为五言。又有三七言者。如《荀子》之《成相篇》是。汉世乐府之调，盖权舆于此。此为第二期。

第二期之文字，与口语极相近。今日读之，只觉其古茂可爱。然在当时，则颇嫌其冗蔓。此时代之文字，有极冗蔓者。如《史记·周本纪》："是时诸侯不期而会孟津者八百诸侯。"诸侯二字，竟不删去其一。句法可谓冗赘已极。又如《墨子·非攻上篇》："今有一人，入人园圃，窃其桃李，众闻则非之；上为政者，得则罚之，此何也？以亏人自利也。至攘人犬豕鸡豚者，其不义，又甚入人园圃窃桃李。是何故也？以亏人愈多，其不仁兹甚，罪益厚。至入人栏厩，取人马牛者，其不义，又甚攘人犬豕鸡豚。此何故也？以其亏人愈多。苟亏人愈多，其不仁兹甚，罪益厚。至杀不辜人也，扡其衣裘，取戈剑者，其不义又甚入人栏厩，取人马牛。此何故也？以其亏人愈多。苟亏人愈多，其不仁兹甚矣，罪益厚。"则句法语调，两极冗蔓矣。古人此等文字甚多，自后人为之，皆数语可了耳。古人之所以如此，皆由其与口语相近故也。于是渐加以修饰。修饰之道有二：（一）于词类，择其足以引起美感者用之；（二）于句法求其齐整。用典兼涵此两义。（一）用典则辞句少而所含之意多，耐人寻味。故典者，不啻词之至美者也。（二）用一故事，直加叙述，如叙事然，即无所谓用典。所谓用典者，皆不叙其事，而以一二语隳括之者也。此之谓剪裁。用事必加以剪裁，即所以求其文之齐整也。〇近人《涵芬楼文谈·征故》云："凡说理之文，恐不足征信于人，必取古事以实之。汉魏六朝，以矜炼为贵。往往一节之中，连引十余事。或一句为一事，或二三句为一事，皆以类相从，层见迭出。盖其时偶俪之体盛行，故操觚家亦喜讲剪熔对仗之法。至唐昌黎公出，而文体一变。征故之法，间有全录旧文，不以襞绩从事。东坡穷其才力所至，引用史传，必详录本末。有一事而至数十字者。"案韩、苏文体所以变古，以古代书少，所引事人人知之；后世书多，则不能然也。此亦古文不得不代骈文而起之一端。其风始于西汉之末造，而盛于东京。魏、晋以降，扇而弥甚。遂至专尚藻饰，务为排偶，与口语相去日远焉。此时代之诗，则五言大昌，而乐府亦盛。诗文皆渐调平仄，遂开唐宋律体之端。不独诗赋有古律之别，文亦有之。唐宋骈文，调平仄惟谨者，皆律体也。此为第三期。

文字与口语日远，寖至不能达意，必有所以拯其弊者，于是古文兴焉。其人自谓复古，谓之古文。实则对骈文而言，当云散文。其对韵文而称之散文，则当称无韵文，方免混淆。古文非一蹴而几也。其初与藻绘之文并行者有笔。笔虽不避俚俗，然辞句整齐，声调啴缓，实仍不脱当时修饰之风。口语句之长短不定。当时所谓笔者，特迫于无可如何，参用俗语；且不加藻绘耳。然其句调仍极整齐，实与口语不合。且文贵典雅，久已相沿成习，以通俗之笔，施之高文典册，必为时人所不慊。然以藻绘之文为之，亦有嫌其体制之不称者。于是有欲模仿古人者焉。遗其神而取其貌，如苏绰之拟《大诰》是。夫所恶于藻绘之文者，不徒以其有失质朴之风，亦以其不能达意也。今貌效古人，其于轻佻浮薄之弊则去矣，而其不能达意，则实与藻绘之文同。抑藻绘之文，不能施之高文典册者，以其体制之不相称也。今貌效古人，则为优孟之衣冠，无其情而袭其形，其可笑乃弥甚，体制不称，与无其情而袭其形，同为一种不美。逮韩、柳出，用古人之文法，第二期散文之法。以达今人之意思。今人之言语，有可易以古语者，则译之以求其雅。其不能易者，则即不改以存其真。如是，则俚俗与藻绘之病皆除。文之适用于此时者，莫此体若矣，此古文之兴，所以为中国文学界一大事也。古文运动，始于南北朝之末，历隋及唐，而告成于韩、柳，然其风犹未盛。能为此种文字者，寥寥可数。普通文字，仍皆沿前此骈俪之旧者也。至宋世而古文之学乃大昌。欧、曾、苏、王，各极所至。普通应用文字，亦多用散文。而散文始与骈文，成中分之势矣。其时仅诏、诰、章、表等，仍沿用骈文。以拘于体制，故难变也。○诏诰自元以后，可谓改用白话。元代诏令多用语体。《元史·泰定帝纪》中尚存一篇。明、清两代诏、令，虽貌用文言，实则以口语为主，而以文言变其貌耳。然文学之进步，实由简而趋繁。新者既兴，旧者不必遂废。故散文虽盛行，骈文仍保其相当之位置；而唐宋人所为之骈文，较之南北朝以前，且各有其特色焉。宋骈文之特色，尤为显著。以其与南北朝以前之骈文，相异弥甚也。此亦唐、宋文字，同走一方向，至宋而大成之一端。又文字嫌其藻绘而不能达意，虽图改革，厥有两途:（一）以古代散文为法，（二）以口语为准是也。前者雅而究不能尽达时人之意，后者则宣之于口者，即可笔之于书，可谓意无不达，而或不免失之鄙俗。此亦为一失，文自有当求雅处，故文言白话，实各有其用。专主白话，而诋文言为死文字者，亦一偏之论也。二者实各有短长，而亦各有其用。凡物之真有用者，有之必不能废，无之必不容不兴。故古文起于隋唐之世，而专主口语之白话文，亦萌芽于是时。如儒释二家之语录及平话是也。故唐、宋之世，实古文白话，同时并进，二者皆为散文。而骈文仍得保其相当之位置者也。至于诗，则在唐代为极盛。旧诗之体制，至此可谓皆备。宋人于诗之体制，未能出于唐人之外，而其意境、字面，意境者实质，字面者形式也。

则与唐人判然不同。后人之诗，非宗唐，即学宋，至今未能出此两派之外焉。故诗之为学，亦唐人具之，宋人继之，而后大成者也。又中国之诗，当分广狭两义：以狭义论，则惟向所谓诗者，乃得谓之诗。以广义论，则词与曲亦皆诗也。词起于唐而盛于宋，曲起于宋而盛于元。元有天下仅八十年，以文化论，一切皆承宋之余绪，不徒只可谓之闰位，实乃只可谓之附庸。故广义之诗，亦可谓唐人创之，宋人成之也。清代，宋人所谓道学者，流弊渐著。清儒乃创朴学以救之。以学问论，颇足补宋人之所阙。然清儒以好古故，于文学亦欲祧唐、宋而法周、秦、汉、魏，则实未能有所成就也。故文学史上，截至今日，讲新文学以前，实犹未能离乎唐、宋之一时期也。此为第四期。

本书主论宋代文学。先立此章，以见宋代文学在文学史上之位置。以下乃分五章详说之。

第二章　宋代之古文

宋代为古文者，始自柳开。大名人，开宝六年进士，历典州郡。咸平中，卒于京师。开少遇天水老儒赵生，授以韩文，好之。自名曰肩愈，字绍元，意欲续韩、柳之绪也。见张景所撰《行状》。既乃改名开，字仲涂，自谓能开圣道之涂云。见晁公武《郡斋读书志》。开弟子曰张景，字晦之，公安人，官至廷评。为开撰《行状》。谓开“生于晋末，长于宋初”。又开序韩文云：“子读先生之文，年十有七。”则其为古文，实早于穆伯长数十年。穆生于太平兴国四年。欧阳修《论尹师鲁墓志书》，谓穆氏学古文，在师鲁前，朱子《名臣言行录》则谓师鲁学古文于穆氏。则柳开而外，宋代治古文者，当以穆氏为最早。故洪迈《容斋随笔》以欧阳修数宋代之为古文者不及开；且云天下未有道韩文者为异。见下。案晁公武《郡斋读书志》，谓“欧公尝推本朝古文，自仲涂始”。则欧公固有推崇柳氏之论矣。特洪氏偶未见耳。范仲淹《尹师鲁集序》云：“五代文体薄弱。皇朝柳仲涂，起而麾之，洎杨大年，专事藻饰，谓古道不适于用，废而弗学。久之，师鲁与穆伯长力为古文。欧阳永叔从而振之。由是天下之文，一变而古。”亦溯其源于开。开所为文，张景辑之为十五卷，曰《河东先生集》，陈振孙《书录解题》谓“其体艰涩”。今读之诚然。今录一篇如下，以见宋代古文初兴之时，明而未融之象焉。

柳开《穆夫人墓志铭》

汉开运元年，开叔父讳承赟卒。叔母穆，年二十有七。嫠居四十五年。岁己丑五月，殁于家。后七年，葬叔父墓中。唐季，我先人茔馆陶县北三十里。周广顺中，始葬叔父大名府西南二十里，村曰冯杜。开近岁连上书，天子哀之，赐钱三十万，使葬先臣之属。得华州进士王焕襄其事。焕，义者也，恭恪弗懈，成开之心。柳宫姓，为地法利坤艮。自叔父墓东下十七步，我皇考之墓。又东下，仲父讳承煦之墓。各以子位从之。又东下，叔父讳承陟之墓。叔陟无嗣，以季父讳承远之墓同域焉。故昭义军节度推官闵，叔母长子也。闵叔父卒始生，次子也。赵氏故妇女也。次病废，老于室。案此数语文有夺误。开为儿时，见我烈考治家孝且严。视叔母二子，常先开与闰。我母万年君爱犹己，勤勤储储，常惧有阙。乃叔母至老，我二兄至成人，不类诸孤儿寡妇。月旦望，诸叔母拜堂下毕，即曰："上手抵面，听奉我皇考诫。"告之曰："人之家，兄弟无不义尽。因娶妇入门，异姓相聚，争长竞短，渐渍日闻。偏爱私藏，以至背戾。分门割户，患若贼仇。皆汝妇人所作。男子有刚肠者几人？能不为妇人言所役？吾见多矣。若等宁是乎？"退即惴惴闭息，恐然如有大诛责。至死，不敢道一语为不孝事。抵开辈，赖之得全其家也如此。呜呼！君子正己，直其言，居上其善也，家国治焉；小人枉己，私为言，居上不善也，家国乱焉。旨哉君子也！铭曰：

昔我叔之去世兮，垂严诫之深辞。旨穆母而告云兮，惟夫妇之有仪。伊生死之孰免兮，于贞节而弗亏。代厚养以多属兮，家复贵而偶时。宁不完于安佚兮，胡适彼而士斯。介如石之克鲜兮，众犹草之离离。母血涕以奉教兮，哀心以自持。毕考命之惸孤兮，终天地而弗移。噫戏过此兮，母曷为知！

柳开以后，尹洙以前，能为古文者，又有王禹偁、字元之，巨野人。太平兴国八年进士。尝知制诰。入翰林为学士。以直道自任，累见贬斥。最后知黄州，徙蕲州卒。孙何、字汉公，蔡州人。淳化进士，累官右司谏，历两浙转运，入知制诰。丁谓。字谓之，后更字公言，苏州人，淳化进士，累迁知制诰，天禧时为相，封晋国公。仁宗立，贬崖州司户参军。更赦，徙道州。明道末，以秘书监召还。卒于光州。叶水心称禹偁文古雅简淡，真宗以前，未有及者。今读之，实多未脱俗调。观世所传诵《待漏院记》《竹楼记》可见。林竹溪名希逸，字肃翁，福清人，端平进士，官至考功员外郎。谓其"意已务实，而未得典则之正"是也。见《文献通考》。孙何"幼笃学嗜古，为文宗经"。谓亦能为古文。尝袖文同谒禹偁。禹偁惊重之，谓韩柳后三百年乃有此作。时"并称为孙、丁"云。晁公武《读书志》。案谓名亦列《西昆酬唱集》中。三人者，盖异于时，而又未能径即于古。故宋代数为古文者，或及之，或不及之也。

宋代诗文，皆至庆历之际而大变。主持一时之风会者，实为欧阳公。欧阳修，字永叔，自号醉翁，又号六一居士。庐陵人，中进士甲科，累官知制诰，出知滁州。

后召还，为翰林学士，嘉佑时，拜参政。熙宁初致仕，谥文忠。而为欧公古文之先导者，则穆修、字伯长，郓州人，大中祥符进士。授泰州司理参军。以伉直被诬，贬池州，徙颍、蔡二州文学掾，以卒。宋人皆称为穆参军，从其初官也。尹洙、字师鲁，河南人，天圣进士。官至起居舍人。苏舜元、舜钦兄弟也。舜元，字才翁，梓州人，官至度支判官。舜钦，字子美，景祐进士，累迁集贤校理。坐事除名，流寓苏州。作沧浪亭，自号沧浪翁。后为湖州长史卒。欧公作《子美文集序》，谓："子美之齿少于予，而予学古文，反在其后。天圣之间，予举进士于有司。见时学者，务以言语声偶擿裂，号为时文，以相夸尚。而子美独与其兄才翁及穆参军伯长作为古歌诗杂文。时人颇共非笑之，而子美不顾也。其后天子患时文之弊，下诏书讽勉学者以近古。由是其风渐息，而学者稍趋于古焉。独子美为于举世不为之时，其始终自守，不牵世俗，可谓特立之士也。"又其《记旧本韩文后》曰："予少家汉东。有大姓李氏者，其子尧辅，颇好学。予游其家，见其敝麓贮故书在壁间，发而视之，得唐《昌黎先生文集》六卷，脱落颠倒无次序，因乞以归读之。是时天下未有道韩文者。予亦方举进士，以礼部诗赋为事。后官于洛阳，而尹师鲁之徒皆在，遂相与作为古文。因出所藏《昌黎集》补缀之。其后天下学者，亦渐趋于古，韩文遂行于世。"苏舜钦《哀穆先生文》谓其"得柳子厚文，刻货之，售者甚少。逾年乃得百缗"。而穆氏《答乔适书》，亦谓"今世士子，习尚浅近。非章句声偶之辞，不置耳目。浮轨滥辙，相迹而奔，靡有异涂焉。其间独取以古文语者，则与语怪者同也。众又排诟之，罪毁之；不目以为迂，则指以为惑。谓之背时远名，阔于富贵。先进则莫有誉之者，同侪则莫有附之者，其人苟失自知之明，守之不以固，持之不以坚，则莫不惧而疑，悔而思，忽焉且复去此而即彼矣"。可见是时古文之衰，亦可见诸人为古文之先后，及宋代古文兴起之始末也。

所谓古文者，谓以古人文字之善者为法，非谓径作古语也。若径作古语，则意必不能尽达；即自谓能达，而他人读之，亦必苦其艰涩，与鄙俗者其失惟钧矣。然拔起于流俗之中，而效古人者，欲尽变其形貌甚难，此宋初为古文者，所以皆不免有艰涩之病。叶水心曰："柳开、穆修、张景、刘牧，当时号能古文。今《文鉴》所存《来贤亭记》《河南尉厅壁记》《法相院钟记》《静胜亭记》《待月亭记》诸篇可见。时以偶俪工巧为尚，而我以断散鄙拙为高，自齐、梁以来，言古文者，无不如此。韩愈之备尽时体，抑不自名，李翱、皇甫湜，往往不能知，而况孟郊、张籍乎？古人文字，固极天下之巧丽矣，彼怪迂钝朴，用功不深，才得其腐败粗涩而已。”案艰涩之病，不独柳、穆诸人，即尹、苏亦未尽免。邵伯温《闻见录》谓：“钱惟演守西都，起双桂楼，建临园驿，命师鲁、欧公为记。欧公文千字，师鲁五百字而已，欧公服其简古。”师鲁文简古，诚有胜欧公处，然其不如欧公处，亦正在此。且如苏氏《沧浪亭记》，善矣，能如欧公诸记之有兴会乎？〇叶氏说见《文献通考》，《文鉴》谓吕祖谦所编《宋文鉴》也。《来贤亭记》柳开作，《河南尉厅壁记》张景作，《法相院钟记》《静胜亭记》皆穆修作，《待月亭记》刘牧作。必至欧公，而后可称大成也。陈振孙云：“本朝初为古文者，柳开、穆修，其后有二尹、二苏兄弟。欧公本以词赋擅名场屋。既得韩文，刻意为之。虽皆在诸公后，而独出其上，遂为一代文宗。”案师鲁之兄名源，字子渐。以太常博士知怀州，尹河南。欧公文极平易。苏明允《上欧公书》，谓：“执事之文，纡徐委备，往复百折，而条达疏畅，无所间断。气尽语极，急言极论，而容与间易，无艰难劳苦之态。”可谓知言。今观欧公全集，其议论之文，如《朋党论》《为君难论》《本论》，考证之文，如《辨易系辞》，皆委婉曲折，意无不达，而尤长于言情。序跋如《苏文氏集序》《释秘演诗集序》，碑志如《泷冈阡表》《石曼卿墓表》《徂徕先生墓志铭》，杂记如《丰乐亭记》《岘山亭记》等，皆感慨系之，所谓六一风神也。欧公文亦有以雄奇为尚者，如《五代史》中诸表志序是。然仍不失其纡徐委备之态，人之才性，固各有所宜也。

欧公尝与宋祁同修《唐书》，又尝自撰《五代史》，史书文字之佳者，以此为断。自《宋史》而下，悉成官书，无足观矣。此系就文论文。史书当尚文学与否，别是一事。《五代史》出于独纂，尤为精力所粹。

宋祁与兄庠，同登天圣进士第。庠，字公序。本名郊，字伯庠。谗者谓其姓符国号，名应郊天，仁宗命改焉。祁，字子京。安州安陆人，徙开封之雍邱。奏名时，祁本居第一。章献后以弟不可先兄，乃以郊为第一，祁第十。郊皇祐元年拜相，嘉祐中，复为枢密使，封莒国公，以司空致仕。卒，谥元宪。祁累迁知制诰，除翰林学士承旨。谥景文。庠以馆阁文字名。而祁通小学，能为古文。所修《唐书》，文字较旧书为雅，然亦流为涩体，颇为论者所讥。陈振孙云：“景文未第时，为学于永阳僧舍。或问君好读何书。答曰：余最好《大诰》。”又曰：“景文笔记：余于为文似蘧瑗，年五十知四十九年非，余年六十，始知五十九年非。其庶几至于道乎？每见旧所作文章，憎之，必欲烧弃。”则其少年好尚奇险，晚亦自知其非矣。以迟暮不能改弦易辙耳，是以闻道贵早也。

与欧公并时而能为古文者，自当推曾、王及三苏。明茅坤始以欧、曾、苏、王之文，与韩、柳并称为八家。世人虽有訾之者，然此八家，在唐、宋诸家中，精光自不可掩。其造诣出于他家之上，亦事实也。宋代六家中，欧、曾二家，性质尤相近。故晁公武谓“欧公门下士，多为世显人。议者独以子固为得其传，犹学浮屠者所谓嫡嗣”云。清代桐城派之文，实以法此二家为最多。姚姬传《复鲁洁非书》曰：“宋朝欧阳、曾公之文，其才皆偏于柔之美者也。欧公能取异己者之长而时济之，曾公能避所短而不犯。”然欧、曾之文，仍各有其特色。欧文妙处，在于风神。曾文则议论醇正，雍容大雅，实于刘向为近。晁公武云：“其自负要似刘向，藐视韩愈以下。”案此曾公所自蕲，亦学者所共许也。今所传刘向校书之序，固多伪作，《战国策序》，论者多以为真，予尚未敢深信。然其文自极佳。而曾氏《战国策目录序》与之酷似。《列女传目录序》陈古刺今，语长心重；《先大夫集后序》委曲感慨，而气不迫晦，尤为杰作；《宜黄县学记》《筠州学记》两篇，文字尤质实厚重。要之南丰之文，可谓颇得《戴记》之妙也。曾巩，字子固，南丰人，嘉祐进士。历典诸州，拜中书舍人。卒，追谥文定。

三苏之文，虽大致相同，而亦各有特色。笔力坚劲，自以老泉为最。然老泉好纵横家言，恒以权谲自喜，而其言实不可用。如《明论》云：“天下之事，譬如有物十焉。吾举其一，而人不知吾之不知其九也。历数之至于九，而不知其一，不如举一之不可测也，而况乎不至于九也？”此痴话也。天下岂有此等藏头露尾之策，而可欺人者邪？然老泉议论，大抵此类。故其议论，多有不中理者。东坡则见解较老泉为高。虽亦不脱纵横之习，然绝去作用处，时或近于道家，非如老泉一味以权术自矜也。要之老泉皆私知穿凿之谈，而东坡实能见事理之真。故其冰雪聪明处，实非老泉所及。尤妙在能以明显之笔达之。如《赠吴彦律》篇扣盘扪烛之喻。又如《倡勇敢》篇云：“有人人之勇怯，有三军之勇怯。人人而较之，则勇怯之相去，若莛与楹。至于三军之勇怯则一也。出于反复之间，而差于毫厘之际，故其权在将与君。人固有暴猛兽而不操兵，出入于白刃之中而色不变者；有见虺蝎而却走，闻钟鼓之声而战栗者；是勇怯之不齐，至于如此。然闾阎之小民，争斗戏笑，卒然之间，而或至于杀人。当其发也，其心翻然，其色勃然，若不可以已者，虽天下之勇夫，无以过之。及其退而思其身，顾其妻子，未始不恻然悔也。此非必勇者也，气之所乘，则夺其性而忘其故。故古之善用兵者,用其翻然勃然于未悔之间。而其不善者,沮其翻然勃然之心,而开其自悔之意,则是不战而先自败也。”其罕譬而喻,深入显出,几可谓独步古今矣。东坡文字,当分少年与晚年观之。少年文字,如《策略》《策断》等,气势极盛,然体格多有未成处。姚姬传评其《策略五》云:“此篇立论极善,而文不免于冗长,此东坡少年体有未成处。”○案东坡文字,并有俗陋不大雅者,如世所习诵之《潮州韩文公庙碑》是。晚年文字,则心手相忘,独立千载。议论文字如《志林》,叙事文字如《徐州上皇帝书》是也。东坡自言少年文字极绚烂,晚乃归于平淡,可谓自知其功候。又谓:“吾文如万斛源泉,不择地而施。及其与山石曲折,则随物赋形,有不可知者。”又曰:“文字无定形,惟行乎其所不得不行,止乎其所不得不止。”可谓能自道其晚年之胜境矣。颍滨之文,气象不如其父之雄奇;才思横溢,亦非乃兄之敌。然议论在三家中最为平正,文亦较有夷犹淡荡之致,则亦非父兄所能也。然此在三家中云尔,较之他家,则仍有骏发蹈厉之势。故又非欧、曾之伦。东坡谓“子由之文,汪洋淡泊,有一唱三叹之声,而其秀杰之气,终不可没”。亦可谓知子由者。○苏洵,字明允,号老泉,眉州眉山人。至和中,以欧阳修荐,除校书郎。子轼,字子瞻,一字和仲。嘉祐时,欧阳修典礼部试所取士也。神宗时谪黄州。筑室东坡,自号东坡居士。后卒于常州,谥文忠。辙,字子由,一字同叔,与轼同举进士。老于许州,自号颍滨遗老。谥文定。

荆公文格,在北宋诸家中为最高。或谓八家中除韩文公外,即当推荆公云。荆公为文,与欧公异。欧公之文,皆再三削改而成。《朱子语类》云:“有人买得《醉翁亭记》稿。初说滁州四面有山,凡数十字。末后改定,只曰‘环滁皆山也’五字而已。”案世所习诵之《泷冈阡表》,亦经改削,初稿尚存集中。荆公则运笔如飞,初若不经意。既成,则见者皆服其精妙。盖其天分,实有不可及者在也。荆公文世皆赏其拗折。其实其不可及处,乃在议论之正大,识解之高超,笔力之雄峻。具此三者,拗折则自然而致。所谓“气盛则言之短长与声之高下皆宜”也。《上皇帝书》实为宋代第一大文。当时堪与比方者,惟东坡之《上皇帝书》。然坡公文袭用当时文体,虽论者称其高朗雄伟,为宣公所不及,然较之荆公此篇,则气格卑下矣。其说理之文,如《原性》《性情论》等,皆谨严周匝。细读之,真觉如生铁铸成,一字不可移易。《周礼义序》《度支厅壁题名记》,不啻政见之宣言书。苞蕴宏富,而皆以百许字尽之。读之只觉其精湛，而不觉其艰深。此则虽韩公不能，他家无论也。叙事之作，亦因物赋形，曲尽其妙。即就志铭一体观之，或则随笔铺叙，或则提挈顿挫；或寓议论感慨，或述离合死生。数十百万，无两篇机抒相同者，真可谓笔有化工矣。王安石，字介甫，号半山，抚州临川人。擢进士第。神宗时再入相。封舒国，改荆国公。谥文。

与欧、曾、苏、王相先后者，范仲淹、字希文，苏州吴县人。祥符进士。元昊反，副夏竦经略陕西。后拜枢副，进参政。锐意改革，为侥幸者所不悦，未几罢去。谥文正。司马光、字君实，陕州夏县人，学者称涑水先生。宝元进士，神宗时，官御史，以反对新法，居洛十五年。哲宗初，起为相。尽罢新法。卒，谥文正。刘敞、字原父，临江新喻人。学者称公是先生。庆历进士。以集贤院学士，判南京御史台。刘攽，敞弟，字贡父。学者称公非先生。庆历进士。历州县二十五年。晚乃游馆学，哲宗时，掌外制。亦皆能为古文。仲淹之作，气体不甚高。读世所习诵之《岳阳楼记》可见。光气体醇雅，而不甚健。敞文甚古雅，亦极自负，叶梦得曰："敞将死，戒其子弟，毋得遽出吾文。后百年，世好定，当有知我者。"晁公武曰："英宗尝语及原父，韩魏公对以有文学。"欧阳公曰："其文章未佳，特博学可称耳。"叶氏谓："原父与文忠论《春秋》，间以谑语酬之。文忠不能平。后忤韩魏公，终不得为翰林学士。"则原父之文，韩、欧皆不甚超然也。而好"摹仿古语句"。晁公武语。攽亦有此病，皆不免食古而未化云。朱子《语类》："刘原父文多法古，极相似。有几件文字学《礼记》。《春秋说》学《公》《谷》。"又谓："刘贡父文字，工于摹仿。学《谷梁》《仪礼》。"

苏氏之门，黄庭坚、字鲁直，洪州分宁人，第进士，除右谏议大夫。后责授涪州别驾。秦观、字少游，一字太虚，高邮人，第进士。元祐初，以苏轼荐，除秘书省正字。后坐党籍，徙郴州。张耒、字文潜，楚州淮阴人，第进士，元祐初，仕为起居舍人。徽宗时，至太常少卿。晁补之，字无咎，巨野人。元丰进士。元祐除校书郎。绍圣末，落职监信州酒税。大观中，起知泗洲，卒。称四学士。以其同入馆也。见晁公武《读书志》。益以陈师道、字无己，号后山居士。彭城人。元祐中，侍从合荐于朝，召为太学博士。绍圣初罢。建中靖国初，入为秘书省正字。李廌，字方叔，华州人。称六君子。四学士中：庭坚长于诗，观工偶俪，而补之、耒善古文。世并称为晁、张。庭坚与秦观书曰："庭坚心醉于《诗》与《楚辞》，似若有得。至于议论文字，当付之晁、张及少游、无己。"案少游议论文，笔力稍弱。

师道在当时不以文名。而《四库提要》谓“其文简严密栗，不在李翱、孙樵下”。又谓“廌文才气横溢，大略与苏轼相近。故轼称其笔墨澜翻，有飞沙走石之势。驰骤秦观、张耒间，未遽步其后尘”也。李格非字文叔，济南人。与苏门诸子往还甚密，刘后村谓“其文高雅条鬯，在晁、张上。诗稍不逮”。

荆公之友，有侯官三王：曰回，字深父；曰向，字子直；曰冏，字容季；与欧、曾、刘原父游，皆早世。南丰序其文集，并极称之。马端临谓“其文当与曾、苏相上下。惜晁、陈二家，并不著录，《四朝国史·艺文志》绍兴时所修神宗、哲宗、徽宗、钦宗四朝之史也。至淳熙时乃成，首尾凡三十年。有《王深父集》十卷，仅曾《序》所言之半。而子直、容季之文，则并卷帙多少，亦不能知”矣。

宋代理学盛行。理学家于学问，且以为玩物丧志，而况文辞？于文辞之雅正者，且以为无异俳优，何况淫艳？谢良佐对明道举文书，成篇不遗一字。明道曰：“贤却记得许多，可谓玩物丧志。”《通书》曰：“文所以载道也，不知务道德，而第以文辞为能者，艺焉而已。”又曰：“圣人之道，入乎耳，存乎心，蕴之为德行，行之为事业。彼以文辞而已者，陋矣！”伊川曰：“古之学者为己，其终至于成物；今之学者为人，其终至于丧己。学也者，使人求于内也。不求于内而求于外，非圣人之学也。何谓不求于内而求于外？以文为主者是也。学也者，使人求于本也。不求于本而求于末，非圣人之学也。何谓不求于本而求于末，考详略，采同异者是也。是皆无益于身，君子弗学。”又曰：“今为文者，专务悦人耳目。既务悦人，非俳优而何？”宋儒此等议论甚多，此特其最著者而已。然欲求知古人之意，不能不通其文。欲求载道而用世，亦不能尽废文辞。故理学家虽贱视文艺，究之所吐弃者，不过靡丽雕琢之文；而于古文，则不徒不能废弃，转以反对淫艳之文故，而益增其盛也。曾国藩《湖南文征序》：“自东汉至隋，大抵义不单行，辞多俪语。即议大政，考大礼，亦每缀以排比之句，间以婀娜之声。历唐代而不改。虽韩、李锐志复古，而不能革举世骈体之风。宋兴既久，欧阳、曾、王之徒，崇奉韩公，以为不迁之宗。适会其时，大儒迭起。相与上探邹、鲁，研讨微言。群士慕效，类皆法韩氏之气体，以阐明性道。自元、明至康、雍之间，风会略同。”颇能道出理学与文学之关系。要之理学家无意提倡古文，而古文却因理学之盛行而增其盛，事固有出于不虞者也。宋学开山，当推周、程、张、邵；而其先导，则为安定、泰山、徂徕。胡瑗，字翼之，泰州如皋人。世居安定，学者称安定先生。孙复，字明复，晋州阳平人。退居泰山，学者称泰山先生。石介，字守道，兖州章符人。居徂徕山下，学者称徂徕先生。黄东发谓本朝理学，虽至伊、洛而精，实自三先生始。全谢山撰《宋儒学案》，以三先生居首。周敦颐，字茂叔，道州营道人。知南康军，家庐山莲花峰下。有溪合于湓江，取营道故居濂溪之名名之，学者称濂溪先生。程颢，字伯淳，洛阳人，学者称明道先生，弟颐，字正叔，学者称伊川先生。张载，字子厚，凤翔郿县横渠镇人，学者称横渠先生。邵雍，字尧夫，范阳人。家河南。谥康节。泰山号能为古文。颍滨作《欧公墓碑》，载欧公之言，谓"于文得尹师鲁、孙明复，而意犹不足"。《四库提要》则谓"明复之文，谨严峭洁，卓然儒者之言，与欧、苏、曾、王，千变万化，务极文章之能事者，又别为一格"。盖非求工于文者。徂徕极推柳开之功。复作《怪说》以排杨亿。于古文之兴，尤有关系。王渔洋《池北偶谈》称其"倔强劲质，有唐人风，较胜柳、穆二家，而终未脱草昧之气"。盖亦在明而未融之候也。周子之《通书》，张子之《正蒙》《东铭》《西铭》，小程子之《四箴》，皆为学者所称。然惟《西铭》，情文兼至，不愧作者。《通书》《正蒙》虽谨严，而拘而不畅，朴而不华。谓为载道之作则有之，誉其文辞之工，则阿私所好矣。刘牧撰《易数钩隐图》，以天地生成之数为《河图》，戴九履一之数为《洛书》，实与周子之《太极图》、邵子之《先天图》，鼎立而三。虽理学之精蕴，不必在是，而其导源于是，则不可诬。而牧亦能为古文。而《先天》《太极》二图，又皆源出穆修。理学家与古文之关系，诚可谓深矣。王禹偁《东都事略·儒学传》，谓陈抟读《易》，以数学授穆修。修以授种放，放授许坚，坚授范谔昌。朱震《经筵表》谓陈抟以《先天图》传种放，放传穆修，修传李之才，之才传邵雍；放以《河图》《洛书》传李溉，溉传许坚，坚传范谔昌，谔昌传刘牧。修以《太极图》传周敦颐。敦颐传程颢、程颐。○刘牧，字先之，衢州西安人。仕终荆湖北路转运判官。

然诸家于古文，虽有关系，而其文要不可谓甚工。南渡以后，乃有一朱子出焉。名熹，字元晦，婺源人。父松，为政和尉，侨寓建州。朱子自署，或曰晦庵，或曰晦翁。亦称云谷老人，又称沧州病叟。尝榜所居曰紫阳书堂，又筑亭曰考亭，故学者亦以紫阳、考亭称之，谥曰文。朱子虽以理学名，而于学无所不窥，于文亦功力甚深。特其论文，以见道明理为主，不欲以文辞见长而已。朱子文学南丰，微嫌气弱而不举，然其说理之文，极为精实。读《大学中庸章句序》可见。叙事论事之作，亦极明晰。《上孝宗封事》委婉曲折，意无不尽；较之曾公，亦无多让，诚南渡后一作手也。

朱子与张栻、字敬夫，绵竹人，居衡阳，浚之子也。谥宣，学者称南轩先生。吕祖谦，字伯恭，祖好问始居婺州，学者称东莱先生。谥成，改谥忠亮。并称乾淳三先生。祖谦亦能文，《宋文鉴》即其所辑。祖谦长于史学，故其文多熟权利害，而有豪迈骏发之气。其体格不如朱子之高，然世所习诵之《左氏博议》，则祖谦摹拟应试文字之作；其他作，亦不俗陋至是也。永嘉、永康在理学中为别派，其宗旨不必尽与东莱合，然皆渐染其好谈史学之风气，固不容疑。两派巨子，皆能为文辞。水心后学，工于文者尤多。故在理学中，浙学与文学，实关系最深者也。

永嘉巨擘，为陈傅良及叶适。傅良，字君举，瑞安人，学者称止斋先生。适字正则，永嘉人，学者称水心先生。傅良之学，出于薛季宣。字士龙，永嘉人。季宣之学，出于程门，季宣师事袁道洁，袁道洁师事二程。而加之典章制度，欲见之施行。傅良承其遗风，故其学皆务有用，而文亦足以副之。适当韩侂胄用兵时，欲借其名以草诏，力陈不可。及败，乃出制置江淮。受任于败军之际，奉命于危难之间，其措施殊有可观。其于世务利害，筹议尤熟。傅良文极峭劲，适则才气奔放，要皆用世之文也。永康之学，以陈亮为巨擘。字同甫，永康人，学者称龙川先生。亮慷慨喜言兵，与朱子辩王霸义利，两不相下。尝曰："研穷义理之精微，辨析古今之同异；原心于秒忽，校理于分寸；以积累为工，以涵养为主晬面盎背，则于诸儒诚有愧焉。至于堂堂之阵，正正之旗；风雨云雷，交发而并至；龙蛇虎豹，变见而出没，推倒一世之豪杰，开拓万古之心胸；自谓差有一日之长。"其气概可想。其文亦才辨纵横，有不可一世之概。然失之于粗，且不免矜夸之习，实不逮水心与止斋也。

南宋为散文既盛之世，承学之士，多能为之。又以国步艰难，颇多慷慨激昂之论。如胡铨、胡安国等皆是。一时风气如是，不皆可谓之能文。今录止斋、水心文各一篇于后，可以见一时之风气焉。

陈傅良《张耳、陈余、郦食其论》

图天下者，自有天下之势，书生之论不知也。图天下而守书生之论，不败事者寡矣！昔者秦之趋亡，陈、吴、刘、项之徒，崛起荆棘，以匹夫争天下。无只民块土，以为之阶；而势非可以仁义为也。故惟急功而疾战，寸攘而尺取。世谓十夫逐鹿，一夫得鹿，九人拱手。倚人以为外援，则不足以自固矣。

而陈余、张耳，以立六国后，荐之楚涉以弱秦。郦生亦以其谋用之汉高以挠楚。噫，书生之陋如此哉！夫六国之君，亟困其民而鱼肉之，卒不能守，而入于虎狼之秦。天下之苦六国，不减秦也，知秦之可亡，而不知六国之不可复，其谋固已疏矣，况乎六国之后，而能信其民，果不为陈、刘之忧哉？盗主人之金，而寄诸其邻，责其不吾得，不可也。以匹夫谋人之天下，而又借助于人，是更生一敌也。夫以项氏之强，掌握土宇，列置诸将而王之，不保其不叛楚。及天下既定，汉高刑白马以封功臣，恩甚渥也，然环视而争衡者，没高帝之齿而不绝。孰谓抢攘之际，凭之以犄角，而能使之不吾敌邪？呜乎！将以仆敌，反以滋敌，此书生之论，图天下者不为也。

叶适《论四屯驻大兵》

敢问四大兵者，知其为今日之深患乎？使知其为深患，岂有积五十年之久，而不求所以处此者？然则亦不知而已矣。自靖康破坏，维扬仓卒，海道艰难，杭、越草创，天下远者，命令不通；近者，横溃莫制。国家无威信以驱使强悍，而诸将自夸雄恶。刘光世、张俊、吴玠兄弟、韩世忠、岳飞，各以成军，雄视海内。其玩寇养尊，无若刘光世；其任数避事，无若张俊。当是时也，廪稍惟其所赋，功勋惟其所奏。将版之禄，多于兵卒之数。朝廷以转运使主馈饷，随意诛剥，无复顾惜。志意盛满，仇疾互生，而上下同以为患矣。及张浚收光世兵柄，制驭无策，吕祉以疏浚趣之，一旦杀帅，卷甲以遁。其后秦桧虑不及远，急于求和，以屈辱为安者，盖忧诸将之兵未易收，浸成疽赘；则非特北方不可取，而南方亦未易定也。故约诸军支遣之数，分天下之财，特命朝臣以总领之，以为喉舌出纳之要。诸将之兵，尽隶御前；将帅虽出于军中，而易置皆由于人主；以示臂指相使之势。向之大将，或杀或废，惕息俟命，而后江左得以少安，故知其为深患，若此而已。虽然，以秦桧之虑不及远也，不止于屈辱为安，而直以今之所措置者为大功。尽南方之财力，以养此四大兵；惴惴然常有不足之患；桧徒坐视而不恤也。桧久于其位，老疾而死。后来者习见而不复知，但以为当然。故朝廷以四大兵为命，而困民财。四都副统制，因之而侵刻兵食；内臣贵幸，因之而握制将权。蠹弊相承，无甚于此。而况不战既久，老成消耗，新补惰偷，堪战之兵，十无四五，气势懦弱。加以役使回易，交跋债负；家小日增，生养不足；怨嗟嗷嗷，闻于中外。昔祖宗竭天下之财，以养天下之兵，固前世之所无有；而今日竭东南之财，以养四屯驻之兵，又祖宗之所无有也。夫以地言之，则北为重；以财言之，则南为多。运吾之多财，兵强士饱，事力雄富，以此取地于北，不必智者而后知其可为也。今奈何尽耗于三十万之疲卒，袭五六十年之积弊，以为庸将腐阉卖鬻富贵之地，则陛下之远业，将安所托乎？陛下诚奋然欲大有为于天下，摅不可掩抑之素志，以谋夫不同覆载者之深仇，必自是始。使兵制定，而减州县之供馈，以苏息穷民，种植基本。于是厉其兵使必斗，厉其将使不惧。一再当虏而胜负决矣。兵以少而后强，财以少而后富，其说甚简，其策甚要，其行之甚易也。

扫码分享电子版

第三章　宋代之骈文

骈文至宋，亦为一大变。追源古昔，骈与散初非二物也。文字所以代语言，以事理论：则对称或列举之处，其文自偶；偏举一端之处，其文自奇。以文情言：则凝重之处，不期其偶而自偶；疏宕之处，不期其奇而自奇。文无独举一事者，亦无对称并列到底者；而凝重疏宕亦必错综为用，而后始成其为文。故自然之文，骈散不分者势也。散文发达之初，与口语极为相近。今日视为高古，而在古人观之，则嫌其不文，于是就口语加以修饰，句求其整齐，词求其美丽，是为后世所谓骈文之滥觞。然特就口语加以修饰，非与口语截然为二物也。魏晋以降，此风弥盛。遂至用字求其美丽，而俗语皆在所删；句调求其整齐，则散语几于不用。而且用典日多，隶事日富。文至此，遂截然与口语分途。物极必反，乃有矫之之古文出焉，其说已见第一章。文学之事，如积薪然，新者既兴，旧者不必遂废；故古文虽盛，骈文亦自有其用焉。盖以魏晋六朝之文，说理记事，则嫌其华而不实，拘而不畅；而以唐以后之散文，施之应对之际，亦嫌其朴而不文，且太径直。故宋时说理论事之作，多用散文，而诏、笺、表等，则仍用骈文焉。《容斋三笔》："四方骈俪于文章为至浅近，然上自朝廷命令、诏册，下而缙绅笺书、祝疏，靡不用之。"骈散分途，各就所长以为用，亦文学进化之一端。其事亦肇于唐而成于宋也。

一时代之思想，恒有其所偏主之端，大势所趋，万矢一的。虽自谓与众立异者，亦恒受其阴驱潜率而不自知。此一时代之中，所以恒止能成一事；而亦一时代之中，所以恒能成一事也。宋代为散文盛行之世，斯时之骈文，名为与古文对立，而实不免于古文化。以宋代之骈文，与宋代之古文较，则为骈文；以宋代之骈文，与唐代之骈文较，则唐代之骈文，可谓骈文中之骈文，而宋代之骈文，可谓骈文中之散文矣。此等风气，盖变自欧、苏。宋初为骈文者，无不恪守唐人矩矱，雍穆者远师燕、许，繁缛者近法樊南。自欧、苏出，以古文之气势，运骈文之词句，而唐、宋四六，始各殊其精神面貌矣。此种变迁，有得有失。气之生动，词之清新，虽极剪裁雕琢之功，仍有渐近自然之妙，宋人之所长也。造句过长，渐失和谐之美；措语务巧，更无朴茂之风；驯至力求清新，流为纤仄；取径既下，气体弥卑，则其所短也。要之宋代之骈文，与齐梁以来之骈文较，可谓骈文中之散文。所长在此，所短亦在此也。谢伋《四六谈尘》云："四六施于制诰、表奏、文檄，本以便宣读，多以四字六字为句。宣和多用全文长句为对，前无此格。"俞樾《春在堂随笔》曰："骈体之文谓之四六，则以四字六字，相间成文为正格。《困学纪闻》所录诸联，如周南仲《追贬秦桧制》曰：'兵于五材，谁能去之，首弛边疆之禁；臣无二心，天之制也，忍忘君父之仇。'贪用成白，而不顾其冗长，自是宋人习气。又载王㬊《辞督府辟书》曰：'昔温太真绝于违母，以奉广武之檄，心虽忠而人议其失性。徐元直指心恋母，以辞豫州之命，情虽窘而人予其顺天。'以议论行之，更宋派之陋者。此派一行，于明人王世贞所作四六，竟有以十余句为一联者。其亦未顾四六之名而思其义乎？"孙梅《四六丛话》曰："宋初诸公骈体，精敏工切，不失唐人矩矱。至欧公倡为古文，而骈体亦一变其格。始以排奡古雅，争胜古人。而枵腹空筍者，亦复以优孟之似，借口学步。于是六朝三唐，格调寖远，不可不辨。"又曰："骈俪之文，以唐为极盛。宋人反诋讥之，岂通论哉？浮溪之文，可称精切。南宋作者，莫能或先，然何可与义山同日语哉？古之四六，句自为对，故与古文未远。其合两句为一联者，谓之隔句对。古人慎用之，非以此见长也。义山之文，隔句不过通篇一二见。若浮溪，非隔句不能警矣。甚或长联至数句，长句至数十字，以为裁对之巧，不知古意寖失，遂成习气。四六至此，弊极矣。其不相及者一也。义山隶事多而笔意有余，浮溪隶事少而笔意不足，其不相及二也。若令狐，文体尤高，何以妄为轩轾乎？"案四六联太长，句太多，自是宋人一病。至于隶事少，而每一意必以较长之句达之，则正其所以能生动也。古意诚自此寖失，而宋人四六之能自树立，亦正在此。昔人论文，每不免薄今爱古，见宋四六寖失古意，则必谓唐人为是，宋人为非。殊不知此乃文字之变迁，无所谓是非也。若必以恪守旧法为是，则何不径效先秦两汉之文？而何必斤斤于魏、晋以来之所谓古乎？〇浮溪，汪藻集名。

宋初以骈文名者，当推徐铉。字鼎臣，广陵人。铉本南唐词臣，入宋后，亦直学士院。从太宗征太原，军中书诏填委，援笔无滞，辞理精当，时论称之。此外扈蒙、字日用，安次人，晋天福进士。仕周，为右拾遗，直史馆，知制诰。入宋，充史馆修撰，与李昉等同编《文苑英华》。张昭、字潜夫，范县人，历事唐、晋、汉、周四朝。入宋，为礼部尚书，封郑国公。李昉、字明远，饶阳人，仕汉、周两朝。归宋，三入翰林，太宗朝，拜平章事。《文苑英华》《太平御览》《太平广记》皆其所修，谥文正。窦俨、字望之，渔阳人，晋天福进士。周翰林学士。入宋，为礼部侍郎。陶谷、字秀实，新平人，仕晋、汉、周三朝。在周为翰林学士。宋太祖《禅诏》即谷出诸袖中者。仕宋为礼、刑、户三部尚书。宋白，字太素，大名人，建隆进士，与李昉同修《文苑英华》。或典诏命，或司文衡，或与纂修，皆五代之遗也。当时骈文，皆恪守唐人矩矱。而铉文雍容大雅，尤为一时之冠。南唐后主之卒也，诏铉为墓志。铉乞存故主之礼，许之。其文措辞得体，极为当时所称道。今一循诵之，诚穆然见燕、许之遗风也。其叙南唐之亡曰："至于荷全济之恩，谨藩国之度，勤修九贡，府无虚月，祗奉百役，知无不为。十五年间，天眷弥渥。然而果于自信，怠于周防。西邻启衅，南箕构祸。投杼致慈亲之惑，乞火无里妇之辞。始营因垒之师，终后涂山之会。"叙南唐致亡之由曰："本以恻隐之性，仍好竺乾之教。草木不杀，禽鱼咸遂。贵人之善，尝若不及。掩人之过，惟恐其闻，以至法不胜奸，威不克爱。以厌兵之俗，当用武之世。孔明罕应变之略，不成近功；偃王躬仁义之行，终于亡国。道有所在，复何愧欤？"措辞均可谓极得体。

稍后以文字名，而能影响一时之风气者，当推杨、刘。杨亿，字大年，浦城人。年十一，太宗闻其名，诏送阙下。试诗赋，授秘书省正字。后赐进士第。真宗时，为翰林学士。官至工部侍郎，兼史馆纂修。刘筠，字子仪。大名人，第进士，三入翰林。杨、刘诗文，皆法义山。后进效之，遂成风会。致石介作《怪说》以诋，《怪说》云："周公、孔子、孟轲、扬雄、文中子、吏部之道，尧、舜、禹、汤、文、武之道也，三才、九畴、五常之道也。反厥常，则为怪矣。夫《书》则有《尧、舜典》《皋陶、益、稷谟》《禹贡》、箕子之《洪范》。《诗》则有《大、小雅》《周颂》《商颂》。《春秋》则有圣人之《经》。《易》则有文王之《繇》、周公之《爻》、夫子之《十翼》。今杨亿穷妍极态；缀风月，弄花草；淫巧侈丽，浮华纂组；刓锼圣人之经，破碎圣人之言，离析圣人之意，蠹伤圣人之道。使天下不为《书》之《典》《谟》《禹贡》《洪范》，《诗》之《雅》《颂》，《春秋》之《经》，《易》之《繇》《爻》《十翼》，而为杨亿之穷妍极态，缀风月，弄花草，淫巧侈丽，浮华纂组，其为怪大矣。"优伶有挦撦之识，刘攽《中山诗话》："祥符天禧中，杨大年、钱文僖、晏元献、刘子仪，以文章立朝，为诗皆宗李义山，后进多窃义山语句。尝内宴，优人有为义山者，衣服败裂，告人曰：吾为诸馆职挦撦至此。闻者欢笑。”然专以涂泽为工，自是仿效之失。亿等诗文，固皆有根柢。虽华靡，尚不失典型也。今录杨亿文一篇于下，以见其概。

杨亿《谢赐衣表》

解衣之赐，猥及于下臣。挟纩之仁，更均于列校。光生郡邸，喜动辕门。伏以皇帝陛下，诞膺玄符，恭临大宝。惠务先于逮下，志惟在于爱人。鸟兽氄毛，俯及严凝之候。衣裳在笥，爰推赐予之恩。在涣汗之所沾，虽容光而必照。如臣者，任叨符竹，地僻瓯、吴。奉汉诏之六条，方深祗畏；分齐官之三服，忽荷颁宣。纂组极于纤华，纯绵加于丽密。玺书下降，切窥云汉之文。驿骑来临，更重皇华之命。但曳娄而增惕，实被服以难胜。矧于戎行，亦膺天宠。干城虽久，皆无汗马之劳。守土何功，独惧濡鹈之刺。仰瞻宸极，惟誓糜捐。

此外以骈文名者，又有夏竦、字子乔，德安人。仁宗时为相。封英国公。谥文庄。宋庠宋祁兄弟、王禹偁、胡宿、字武平。常州晋陵人，进士。仕至枢副，谥文恭。王珪字禹玉，成都华阳人，徙舒。庆历进士，神宗时为相，谥文。等。竦所作，以朝廷典册居多，论者称其风骨高秀，有燕、许之遗风。庠馆阁之作，沉博绝丽。祁修《新唐书》，务为艰涩，又删除骈体，一字不登。而其骈文，则确守唐人矩矱，盖古文所以求合于古，而骈文则所以求适于时，故其途辙不同也。王禹偁散文务清真，而骈文亦宏丽典赡。胡宿、王珪皆久典制诰，文极雍容华贵。要之，此时之骈文，仍未脱唐人格式也。至欧阳修出，而其体一变。

唐代骈文，亦殊风会。初唐四杰之作，沉博绝丽。燕、许出，务于典则。樊南稍流丽矣。杨、刘之专法义山，实亦隐开宋代风气，特未尝参以散文之法耳。欧公出，乃以流转之笔，运雅淡之词。南丰、荆公、子瞻兄弟，相与和之，而境界一变矣。今录南丰《贺明堂礼成肆赦表》、东坡《乞常州居住表》各一篇于下，作为色泽最古雅者，苏文则气势最生动者也。

曾巩《贺明堂礼成肆赦表》

昊天无声之载，人莫能名。先帝罔极之恩，物何以称。维总章之定位，秩宗祀之洪仪。祇荐至诚，用伸昭报。伏惟陛下，躬夙成之圣质，而博古多闻；经特起之大猷，而虚心广览。振千龄之坠绪，绍三代之遐踪。霈泽之所涵濡，太和之所煦妪；华夏蛮貊，无一夫不获其宜；草木虫鱼，无一物不遂其所。爰求祭典，用告王功。盖诸儒之说为不经，则折衷于夫子；而近世之事为非古，则取法于周公。罢黜异端，推明极孝。以尊莫大于祖，故郊于吉土以配天；以本莫重于亲，故享于合宫以配帝。恩义两得其当，情文皆尽其详。撤俎云初，均厘甚广。昭哉皇矣，实难偶之昌期；巍乎焕焉，信非常之盛礼。臣幸逢熙洽，未奉燕闲。一违前跸之音，四遇亲祠之庆。青云外士，皆预桥门之听观。黄发孤生，独叹周南之留滞。

苏轼《乞常州居住表》

臣闻圣人之行法也，如雷霆之震草木，威怒虽盛，而归于欲其生。人主之罪人也，如父母之谴子孙，鞭挞虽严，而不忍致之死。臣漂流弃物，枯槁余生，泣血书词，呼天请命，愿回日月之照，一明葵藿之心。此言朝闻，夕死无憾。臣昔者尝对便殿，亲闻德音。以蒙圣知，不在人后。而狂狷妄发，上负恩私。既有司皆以为可诛，虽明主不得而独赦。一从吏议，坐废五年。积忧熏心，惊齿发之先变；抱恨刻骨，伤皮肉之仅存。近者蒙恩，量移汝州。伏读训词，有“人材实难，弗忍终弃”之语。岂独知免于缧绁，亦将有望于桑榆。但未死亡，终见天日。岂敢复以迟暮为叹，更生侥觊之心。但以禄廪久空，衣食不继。累重道远，不免舟行。自离黄州，风涛惊恐。举家重病，一子丧亡。今虽已至泗州，而资用罄竭，去汝尚远，难于陆行。无屋可居，无田可食。二十余口，不知所归。饥寒之忧，近在朝夕。与其强颜忍耻，干求于众人；不若归命投诚，控告于君父。臣有薄田，在常州宜兴县，粗给馇粥。伏望圣慈，许于常州居住。又恐罪戾至重，未可听从便安，辄叙微劳，庶蒙恩贷：臣先在徐州日，以河水浸城，几至沦陷。臣日夜守捍，偶获安全，曾蒙朝廷，降敕奖谕。又尝选用沂州百姓程棐，购捕凶党，获谋反妖贼李铎、郭廷等一十七人；亦蒙圣恩，保明放罪。皆臣子之常分，无涓埃之可言。冒昧自陈，出于穷迫。庶几因缘侥幸，功过相除；稍出羁囚，得从所便。重念臣受性刚褊，赋命奇穷。既获罪于天，又无助于下，怨尤交积，罪恶横生。群言或起于爱憎，孤忠遂陷于疑似。中虽无愧，不敢自明。向非人主，独赐保全，则臣之微生，岂有今日！

伏惟皇帝陛下，圣神天纵，文武生知。得天下之英才，已全三乐；跻斯民于仁寿，不弃一夫。勃然中兴，可谓尽善。而臣抱百年之永叹，悼一饱之无时。贫病交攻，死生莫保。虽凫雁飞集，何足计于江湖；而犬马盖帷，犹有求于君父。敢祈仁圣，少赐矜怜！

唐人奏议用骈文而意无不达者，莫如陆宣公。后人多效之，然高者莫能至，下者无论矣。宋人之作，乃有突过前贤者，如东坡《上皇帝书》是也。见前章。又如荆公《本朝百年无事札子》云："然本朝累世，因循末俗之弊，而无亲友群臣之议。人君朝夕与处，不过宦官女子；出而视事，又不过有司之细故；未尝如古大有为之君，与学士大夫，计论先王之法，以措之天下也。一切因任自然之理势，而精神之运，有所不加；名实之间，有所不察。君子非不见贵，然小人亦得厕其间；正论非不见容，然邪说亦有时而用。以诗赋记诵求天下之士，而无学校养民之法；以科名资历叙朝廷之位，而无官司课试之方。监司无检察之人，守将非选择之吏。转徙之亟，既难于考绩；而游谈之众，因得以乱真。交私养望者，多得显官；独立营职者，或见排沮。故上下偷惰，取容而已。虽有能者在职，亦无以异于庸人。农民坏于徭役，而未见特见救恤；又不为之设官，以修其水土之利。兵士杂于疲老，而未尝申敕训练；又不为之择将，而久其疆场之权。宿卫则聚卒伍无赖之人，而未有以变五代姑息羁縻之俗。宗室则无教训选举之实，而未有以合先王亲疏隆杀之宜。其于理财，大抵无法。故虽俭约而民不富，虽忧勤而国不强。赖非夷狄昌炽之时，又无尧、汤水旱之变，故天下无事，过于百年。虽曰人事，亦天助也。"亦沿用当时文体，而参以古文笔法者也，则弥为朴茂矣。盖宣公究以骈文为骈文，而苏、王则以古文为骈文者也。

宋代为崇实黜华之世，四六一体，颇有厌弃之者。英宗时，温公除翰林学士，以不能为四六辞，强之乃受。神宗命知制诰，辞如故，神宗许以用散文。今《传家集》中，间存四六，原非不能为者，特不乐为耳。晁公武《读书志》，谓"南丰晚年始居掖垣。属新官制，除目填委，占纸肆书，初若不经意。及属草授吏，所以本法意，原职守，为之训敕者，人人不同。赡裕雅重，自成一家"。今案南丰除授之制，颇有仿汉文为之，与当时体制绝异者。盖一时风气所趋，高明之士，遂不乐为流俗所限也。子固弟肇，字子开。第进士，历九郡，晚居翰林。制诰亦以典雅称。

欧、苏而后，骈文渐趋雅淡，惟秦少游设色最为绮丽。两宋之世，诗文有齐、梁色采者，淮海一家而已。今录其文一篇，以见其概。

秦观《贺元会表》

十三月为正，既前稽于夏道。二千石上寿，仍参承于汉仪。盛旦载逢，彝章具举。伏惟皇帝陛下：财成天地，参并神明。命义和之二官，谨《春秋》之五始。调和元气，抚御中区。肆属春王之朝，肇修元会之礼。鸡人呼旦，庭燎有光。外则虎贲羽林，严宿卫之列；内则谒者、御史，肃班行之容。漏未尽而车辂陈，跸既鸣而鼓钟作。应龙高举，云气毕从。北极上临，星宿咸拱。受四海之图籍，拜万国之衣冠。岁月日时，于焉先正。声明文物，粲尔可观。迈康王酆宫之朝，掩高帝长乐之事。蔼颂声而并作，郁协气以横流。臣比远天光，遽更年籥。职拘藩国，莫瞻龙衮之升；心析宸居，但樽兽折之列。

南北宋间，以文采擅名者，有王安中、字履道，中山阳曲人，第进士。政和间，争言瑞应，群臣辄表贺。徽宗览其作，称为奇才。他日，出制诏二题，使具草，立就。上即草后批可中舍人。宣和拜尚书右丞。靖康贬单州。高宗立，徙道州卒。綦崇礼、字叔厚，高密人，徙淮之北海，十岁能作邑人墓铭。登重和元年上舍第，寻拜中书舍人，以宝文阁直学士，知绍兴府。退居台州，卒。孙觌，字仲益，兰陵人。大观三年进士，官终龙图阁待制。汪藻，字彦章，饶州德兴人。崇宁进士。高宗时，为中书舍人，兵部侍郎。而藻尤为诸家之冠。《隆祐太后手书》最为世所称道，其最精警处曰："缅惟艺祖之开基，实自高穹之眷命。历年二百，人不知兵。传序九君，世无失德。虽举族有北辕之忧，而敷天同左袒之心。乃眷贤王，越居旧服。已徇群臣之请，俾膺神器之归。繇康邸之旧藩，嗣我朝之大统。汉家之厄十世，宜光武之中兴；献公之子九人，惟重耳之尚在。兹惟天意，夫岂人谋。"他如《王伦充通问使制》曰："朕既俯同晋国，用魏绛以和戎。尔其远慕侯生，御太公而归汉。"《遥贺太上皇表》云："帝尧游汾水之阳，久忘天下。文王遇《明夷》之卦，益见圣人。"运用故实，皆如弹丸脱手，典雅精切，真无愧矣。后出最有名者，为三洪适，字景伯，鄱阳人，皓长子也。与弟遵同中绍兴十二年鸿博。后三年，弟迈亦登是科。遵，字景岩，迈字景庐，迈学最博，尝撰《容斋随笔》《夷坚志》，见第六章。及周必大、字子充，庐陵人，绍兴进士。又中词科，相孝宗，封益国公。谥文忠。楼钥、字大防，自号攻媿主人。明州鄞县人。隆兴元年，试南宫，以犯讳当黜。知举洪遵，奏收置末甲首。后擢中书舍人，进参知政事，谥宣献。陆游、杨万里，见下章。皆以诗名，而四六亦精妙。孙梅称万里“属对出自意外，妙若天成，南宋诸家皆不及”。又谓真德秀“尔雅深厚；华而有骨，质而弥工。卓然为南渡一大家”。真德秀，字景元，浦城人，庆元进士。中词科，绍定时，为参政，谥文忠。世称西山先生。案西山为理学名家。文文山、文天祥，字宋瑞，一字履善，号文山，吉水人。举进士第一，中词科。德祐初勤王，拜右丞相。益王时，进左丞相。以都督出兵江西，为元所执，拘于燕三年不屈死。谢迭山，谢枋得，字君直，号迭山，弋阳人，宝佑进士。德祐初，知信州。元兵东下，信州不守，变姓名入闽。宋亡，元人欲起之，不可。强之赴北，不食死。为忠义之士，而其四六皆极工。斯时四六之盛，可以见矣。

然南宋之世，四六境界，实亦小有变迁。凡文字，后出者弥巧；亦以巧故，而浸失古意；至于无可复巧，而其变穷矣。李刘、字公甫，号梅亭，崇仁人。嘉定进士。仕至宝章阁待制。方岳，字巨山，号秋崖，歙县人。绍定进士。为赵葵参议，后知南康军。皆为四六专家。刘所作，其弟子罗逢吉编辑之，名之曰《四六标准》。凡四十卷，千有九十六首，可谓宏富矣。《四库提要》云：“自六代以来，笺启即多骈偶。然其时文体皆然，非以是别为一格也。至宋而岁时通候，仕宦迁除，吉凶庆吊，无一事不用启，无一人不用启；其启必以四六，遂于四六之内，别有专门。南渡之始，古法犹存。孙觌、汪藻诸人，名篇不乏。迨刘晚出，惟以流丽稳帖为宗，无复前人之典重。沿波不返，遂变为类书之外编，公牍之副本，而冗滥极矣。然刘之所作，颇为隶事精切，措词明畅。在彼法之中，犹为寸有所长。故旧本流传，至今犹在。录而存之，见文章之中，有此一体为别派；别派之中，有此一人为名家；亦足见风会之升降也。”岳之作曰《秋崖集》。《提要》称其“名言隽句，络绎奔赴，可与刘克庄相伯仲”。克庄，字潜夫，号后村。莆田人，淳祐特赐同进士出身。除秘书少监，兼中书舍人。案克庄与刘，同为真西山弟子。西山所作，犹存古意。而克庄及岳，专以修饰词句见长。洪焱祖作《秋崖传》，谓其诗文四六，不用古律，以意为之，语或天出。其能清新在此；其弥巧而弥薄，至于穷而无可复变，亦在此矣。今录洪适及李刘文各一篇，以见南渡初年与末造，风气之大概焉。南宋末四六，惟陈耆卿所作，颇有浑灏流转之气，故叶适深叹赏之。耆卿，字寿老，号篔窗，临海人，嘉定进士，官至国子监司业。所著《篔窗集》，四库有从《永乐大典》辑本。

洪适《谢除秘书省正字启》

约法三章，初乏刊修之善；聚书四部，遽叨是正之除。仰拜恩私，内深感惧。窃以乘槎向汉，瞻东壁之文星；结绶登巖，列西岘之仙籍。是称美职，以待胜流。盖将为选用之阶，故聊试校雠之事。惟图书之错乱，自古已然；而签胜之散亡，于今尤甚。幸昭代求遗之既广，致积年著录以浸全。多《鲁论》之二篇，类皆纷揉；脱《酒诰》之一简，讵免断残。豕亥相传，银根未定。克称厥任，亦难其人。如某者，识智卑凡，材资幺麽。伏周、孔之轨躅，虽欲自强；渐游、夏之渊源，其如弗及。每省鼠穷之技，敢逃狗曲之嗤。乃刻楮以偶成，致吹竽而滥中。脱州县一行之吏，裁国家三尺之文。奏篇方冒于殊恩，出綍复荣于华贯。才非七步，已无子墨之可称；学愧五车，政恐雌黄之妄下。遂窃登瀛之美，更增入洛之荣。接武英躔，偶棣花之同列；覃思艺圃，庶藜杖之分光。自揆侥逾，率归推择。兹盖伏遇某官，经邦道备，致主勋高。巨舰济川，独任维持之重；大钧播物，曲全造化之工。若富家兼积于朕腆，故匠氏不遗于椳闑。致兹琐质，得进清途。某敢不克己自修，铭心图报。朝廷既正，固无刘晏之忧；书策在前，遂毕李邕之愿。

李刘《谢董侍郎荐举启》

随骠骑之幕，滥备执鞭。剡公交车之章，遽蒙推毂。心感恩于破白，面抱愧而发红。兹伏念某：秉生多难，从宦尤拙。贵人令其出门下，既不善于步趋；大夫罗而致幕中，亦倍勤于收拾。岂谓半年之内，复为千里之行。治法征谋，纷纷未定。幕筹檄笔，碌碌无奇。然白日实照其精诚，则赤云可占于胜气。况值匈奴百年之运，必复《春秋》九世之仇。飐犀札而咤牦旄，在此行矣。对龙额而猎麟角，窃有望焉。曾未输横草之劳，何遽辱采芊之荐？乏吴下阿蒙之学，顾曰淹该。无江南子有之词，反云典丽。裨益之功甚寡，奖子之贵何多？伏遇某官：以社稷臣，为诗书帅。孤忠可贯于日月，至诚足达于天渊。一鹤一琴，人皆望清献之出。万牛万瓮，贼必待崇文之擒。伫观十乘之行，大作三军之气。系单于之颈，慰祖宗在天之灵；犁匈奴之庭，为蛮夷猾夏之戒。于以侈旗常之绩，归而策鼎鼐之勋。凡在红莲绿水之间，必入赤箭青芝之用。某敢不力磨其钝，图称所蒙。插羽铭山，敢衒文章之小技。冶金伐石，愿歌竹帛之大功。

南宋四六，作手极多。以上所举，特其最著者。即如岳飞《贺和议成》一表，最为脍炙人口。陈振孙谓“其词未必己出”，而其作者则已不可知。知此等无名之作家尚多也。

第四章　宋代之诗

今人论诗之派别者，不曰唐，则曰宋，无曰元、明、清者。以唐、宋诗各有特色，能自成一派。而自元以降，则非学唐，即学宋，卒未能别成一派，与唐宋鼎足而三也。唐、宋诗相较，自以唐诗为胜。以唐诗意在言外，而宋诗意尽句中。唐诗多寓情于景，宋诗或舍景言情。诗以温柔敦厚为宗，自以含蓄不尽为贵。宋诗非不佳，若与唐诗并观，则觉其伧父气矣。然宋之变唐，亦有不得不然者。无论何种文字，皆贵戛戛独造，而贱陈陈相因。唐诗初、盛、中、晚，各擅胜场。在彼境界之中，业已发泄殆尽。率此而往，其道则穷。故宋人别辟一境界。虽不能如唐诗之浑厚，然较诸因袭唐人，有其形而无其质者，则有间矣。试以后来貌学唐人者，与宋诗比较自知。故宋诗者，实能卓然自立于唐诗之外而不为之附庸者也。论诗以唐宋分界，实亦约略之词。若细别之，则当以初唐为一境界，盛唐为一境界，中晚唐为一境界，宋自庆历以后，又为一境界。宋诗较之初盛唐则薄。较之中晚唐，则有振起之功。

宋诗之能卓然自立，在庆历时，若其初年，则仍沿中晚唐余韵，九僧及西昆是也。九僧者，曰剑南希昼、金华像暹、南越文兆、天台行肇、沃州简长、青城惟凤、江东宇昭、峨眉怀古、淮南惠崇。其诗流传不久，故欧公《六一诗话》已只记惠崇，而忘其余八人之名。明末，毛晋得宋本刻之，而九僧诗乃获流传。方虚谷名回，字万里，歙人。景祐进士。守严州，降元。谓九僧诗皆学贾岛、周贺。清纪昀则谓源出中唐，乃十子之余响。案古人心力所在，恒与之融化而不自知。惠崇有“河分冈势断，春入烧痕青”之句。或嘲之曰：“河分冈势司空曙，春入烧痕刘长卿。不是师兄多犯古，古人诗句犯师兄。”可见其神与十子会。纪氏之言，洵不诬矣。诗自大历以后，始有佳句可摘。较盛唐之妥帖排奡，初唐之一气浑成，不可同日语矣。惠崇有自撰《句图》，摘其佳句，刊石长安，见《六一诗话》。亦其诗境不出中晚之证。然九僧诗皆清炼，较之限于晚唐者，确有不同也。今录希昼诗一首，以见其概。

希昼《寄怀古》

见说雕阴僻，人烟半杂羌。秋深边日短，风劲晓笳长。树势分孤垒，河流出远荒。遥知林下客，吟苦夜禅忘。

九僧而后，风靡一时者为西昆体。西昆体以《西昆酬唱集》得名。集为杨亿所编。载亿及刘筠、钱惟演、字希圣。吴越王俶次子。真宗时，知制诰，为翰林学士。仁宗时，拜枢密使。李宗谔、昉子，字昌武，第进士。继昉居三馆，掌两制。陈越、字损之，尉氏人，真宗时，为著作佐郎，直史馆，迁右正言。李维、字仲方，肥乡人，进士。直集贤院，陈州观察使。刘隙、刁衎、字完宾，上蔡人。南唐秘书郎。归宋，至兵部郎中。任随、张咏、字复之，号乖崖，鄄城人，太平兴国进士，为枢密直学士，尝两知益州。钱惟济、俶六子，字岩夫，仁宗时，为武昌军节度观察留后。丁谓、舒雅、字子正，旌德人，南唐进士。归宋，为秘阁校理，出知舒州。晁迥，字明远，清丰人，太平兴国进士。真宗时，为工部尚书。崔遵度、字坚白，江陵人，徙淄川，太平兴国进士，吏部郎中。薛映、字景阳，家于蜀，进士。仁宗时，集贤院学士。刘秉十七人之作，皆学李义山，不免求工于字句对仗，遂为世所诟病，然此亦末流之失，未可尽咎亿等。《六一诗话》曰："自《西昆集》出，时人争效之。诗体一变。先生老辈，患其多用故事，至于语僻难晓。殊不知自是学者之弊。如子仪《新蝉》云：'风来玉宇乌先转，露下金茎鹤未知。'虽用故事，何害为佳句？又如'峭帆横渡官桥柳，迭鼓惊飞海岸鸥'。不用故事，又岂不佳乎？"自是公论。

杨亿《汉武》

蓬莱银阙浪漫漫，弱水回风欲到难。光照竹宫劳夜拜，露抟金掌费朝餐。力通青海求龙种，死讳文成食马肝。待诏先生齿编贝，忍令索米向长安。

刘筠《柳絮》

半减依依学转蓬，斑骓无奈恣西东。平沙千里经春雪，广陌三条尽日风。北斗城高连蠛蠓，甘泉树密蔽青葱。汉家旧院眠应足，岂觉黄金万缕空。

此外徐铉诗学元白；寇准、字平仲，下邽人，太平兴国三年进士。三入相，封莱国公，谥忠愍。林逋、字君复，钱塘人。隐于西湖之孤山，赐谥和靖先生。魏野、字仲先，蜀人，徙陕州。真宗召之，不起。潘阆大名人，晁公武《读书志》云字逍遥。江少虞《事实类苑》则谓其“自号逍遥子”。太宗时，召对，赐进士第。后坐事亡命，真宗捕得之，赦其罪，以为滁州参军。学晚唐，皆出于西昆之外者。而王禹偁诗学少陵，《宋诗钞》称其“独开有宋风气之先，而后欧公得以承流而接响”，虽骨力未宏，要不可谓非豪杰之士也。宋初学晚唐者，林逋诗格，最为清俊。其《宿洞霄宫》云：“秋山不可画，秋思亦无垠。碧涧流红叶，青林点白云。凉阴一鸟下，落日乱蝉分。此夜芭蕉雨，何人枕上闻？”通首一气，非徒于字句求工也。临终诗云：“茂陵他日求遗稿，犹喜曾无封禅书。”气骨亦极高峻。世徒赏其“雪后园林才半树，水边篱落忽横枝”等句，未免失之于浅矣。

宋诗之能卓然自立者始于苏、梅。梅尧臣，字圣俞，宣城人，官屯田员外郎。《六一诗话》云：“子美笔力豪隽，以超迈雄绝为奇；圣俞覃思精微，以深远闲淡为意；虽善论者不能优劣也。”此诚然。然以功力言之，则圣俞之蕴酿深厚，似非子美所及。圣俞尝谓“诗家必能状难写之景，如在目前；含不尽之意，见于言外；然后为至”。诚哉其能自践其言也。

苏舜钦《沧浪怀贯之》

沧浪独步亦无悰，聊上危台四望中。秋色入林红黯淡，日光穿竹翠玲珑。酒徒漂落风前燕，诗社凋零霜后桐。君又暂来还径去，醉吟谁复伴衰翁。

梅尧臣《梦后寄欧阳永叔》

不趁常参久，安眠向旧溪。五更千里梦，残月一城鸡。适往言犹是，浮生理可齐。山王今已贵，肯听竹禽啼。

欧公诗亦学昌黎，参以李杜。“始矫昆体，专以气格为主。”《石林诗话》语。而其平易疏畅，骨力虽峻，而绝无艰深滞涩之病，则亦如其文然，学古人之精神，而不袭其形貌也。诗自中晚唐而降，递变而日趋于薄。至于庆历之世，可谓其道已穷。欧公等专主气格，实系转而法盛唐。法盛唐而能遗貌取神，即能自拓一境界，而不为唐人所囿矣。今录欧公得意之作《明妃曲》一首如下：

欧阳修《明妃曲》

胡人以鞍马为家，射猎为俗。泉甘草美无常处，鸟惊兽骇争驰逐。谁将汉女嫁胡儿，风沙无情貌如玉。身行不遇中国人，马上自作思归曲。推手为琵却手琶，胡人共听亦咨嗟。玉颜流落死天涯，此曲却传来汉家。汉宫争按新声谱，遗恨已深声更苦。纤纤女手生洞房，学得琵琶不下堂。不识黄云出塞路，岂知此声能断肠。

荆公诗文，皆有天授，殆非人力所及。吴之振云："安石少以意气自许，故诗语惟其所向，不复更为含蓄。后从宋次道尽假唐人诗集，博观而约取。晚年，始悟深婉不迫之趣。然其精严深刻，皆步骤老杜而得。而论者谓其有工致，无悲壮，读之久则令人格拘而笔退。余以为不然。安石遣情世外，其悲壮即寓闲澹之中。独是议论过多，亦是一病尔。"案荆公少年，所谓惟其所向者，足见天骨之开张；其晚年之深婉不迫，则工力深而益趋于醇厚也。今录其古近体诗数首，以见其概。

王安石《明妃曲》

明妃初出汉宫时，泪湿春风鬓脚垂。低徊顾影无颜色，尚得君王不自持。归来却怪丹青手，入眼平生几曾有。意态由来画不成，当时枉杀毛延寿。一去心知更不归，可怜着尽汉宫衣。寄声欲问塞南事，只有年年鸿雁飞。家人万里传消息，好在毡城莫相忆。君不见咫尺长门闭阿娇，人生失意无南北。

王安石《江上》

江水漾西风，江花脱晚红。离情被横笛，吹过乱山东。

王安石《悟真院》

野水纵横漱屋除，午窗残梦鸟相呼。春风日日吹香草，山北山南路欲无。

北宋之世，擅诗名者，无如坡公。荆公之格高，而坡公之才大，殆可谓之双绝。然为后人所宗法，则坡公尤胜于荆公也。赵瓯北云："以文为诗，自昌黎始。至东坡，益大放厥词，别开生面。"此语最能道出苏诗特色。苏诗之才力横绝，无所不可，诚非余子所及。其或放而不收，病亦即伏于此。短长恒相因也。今录两首于下，皆最足见苏诗之特色者。

苏东坡《寄刘孝叔》

君王有意诛骄虏，椎破铜山铸铜虎。联翩三十七将军，走马西来各开府。南山伐木作车轴，东海取鼍漫战鼓。汗流奔走谁敢后，恐乏军兴污资斧。保甲连村团未遍，方田讼牒纷如雨。尔来手实降新书，抉剔根株穷脉缕。诏书恻怛信深厚，吏能浅薄空劳苦。平生学问止流俗，众里笙竽谁比数。忽令独奏凤将雏，仓卒欲吹那得谱。况复连年苦饥馑，剥啮草木啖泥土。今年雨雪颇应时，又报蝗虫生翅股。忧来洗盏欲强醉，寂寞虚斋卧空甒。公厨十日不生烟，更望红裙踏筵舞？故人屡寄山中信，只有当归无别语。方将雀鼠偷太仓，未肯衣冠挂神武。吴兴文人真得道，平日立朝非小补。自从四方冠盖闹，归作二浙湖山主。高踪已自杂渔钓，大隐何曾弃簪组？去年相从殊未足，问道已许谈其粗。逝将弃官往卒业，俗缘未尽那得睹。公家只在霅溪上，上有白云如白羽。应怜进退苦皇皇，更把安心教初祖。

苏东坡《八月七日初入赣过惶恐滩》

七千里外二毛人，十八滩头一叶身。山忆喜欢劳远梦，地名惶恐泣孤臣。长风送客添帆腹，积雨浮舟减石鳞。便合与官充水手，此生何止略知津。《自注》：“蜀道有错喜欢铺，在大散关上。”

苏门诸子，多能为诗。其中秦少游诗最婉丽，不脱清华之色。《四库提要》：“《苕溪渔隐丛话》载苏轼荐观于王安石。安石答书，述叶致远之言，以为清新婉丽，有似鲍、谢。敖陶孙《诗评》则谓其诗如时女步春，终伤婉弱。元好问《论诗绝句》，因有女郎诗之讥。今观其集，少年所作，神锋太俊，或有之；概以为靡曼之音，则诋之太甚。吕本中《童蒙训》曰：‘少游雨砌堕危芳，风棂纳飞絮之类，李公择以为谢家兄弟，不能过也。过岭以后诗，高古严重，自成一家，与旧作不同。’斯公论矣。”○遗山《论诗绝句》曰：“有情芍药含春泪，无力蔷薇卧晚枝。拈出退之山石句，始知渠是女郎诗。”张文潜晚务平淡，效白乐天，史称其：“诗效白居易，乐府效张籍。”故东坡谓“秦得吾工，张得吾易”也。晁无咎学杜，风格峻上。

陈无己诗最艰苦，山谷诗所谓“闭门觅句陈无己”者也。而其为后人所宗法者，要莫如山谷。

论山谷诗者，毁誉各有过当。东坡《仇池笔记》谓“山谷诗如蝤蛑江瑶柱，盘餐尽废，然不可多食。多食则发风动气”，形容最妙。而金王若虚谓“山谷之诗，有奇而无妙”，尤为一语中的。后人学之，至于生硬晦涩，了无意味，固学者之过，亦其“无妙”者有以启之。虽不妙，其奇要不可没也。此当为山谷之定评矣。

秦观《次韵子由题摘星亭》

昆仑左右两招提，中起孤高雉堞西。不见烧香成宿雾，虚传裁锦作障泥。萤流花苑飞星乱，芜满春城缘发齐。长忆凭阑风雨后，断虹明处海天低。

张耒《牧牛儿》

牧牛儿，远陂牧，远陀牧牛芳草绿，儿怒掉鞭牛不触。涧边柳古南风清，麦深蔽目田野平。乌犍砺角逐草行，老特卧噍饥不鸣。犊儿跳梁没草去，隔林应母时一声。老翁念儿自携饷，出门先上冈头望。日斜风雨湿蓑衣，拍手唱歌寻伴归。远村放牧风日薄，近村牧牛泥水恶。珠玑燕赵儿不知，儿生但知牛背乐。

晁补之《和关彦远》

海中群鱼化黄雀。林鸟移巢避岁恶。邺王城上秋风惊。昔时城中邺王第，只今蔓草无人行。但见黄河咆哮奔碣石，秋风吹滩起沙砾。翩翩动衣裳，游子悲故乡。忽忆若耶溪头采薪郑巨君。南风溪头晓，北风溪头昏。一行作吏，此事便废。梦中叶落，觉有归意。归与归与？吾党成斐然。君今生二毛，我亦非少年。胡为车如鸡栖邺城里。朝风吹马鬃，莫风吹马尾？与人三岁居，如何连屋似千里？我则不狂；曾谓吾狂。不吾知，亦何伤。安能户三尺喙家一吭？人亦有言，人各有志。吞若云梦者八九，长剑耿介倚天外。有如陈仲举，庭宇亦不治。吾乃今知贵不若贱无忧，富不若贫无求。负日之燠吾重裘；芹子之饫吾食牛；心战故臞，得道故肥吾封侯。匹夫怀璧将谁尤？归与归与？岂无扬雄宅一区。舍前青山木扶疏，舍后流水有菰蒲。今我不乐日月除，尺则不足寸有余。七十二钻莫能免豫且。无所可用乃有百岁樗。龚生竟夭天年非吾徒。

陈师道《次韵李推节九日登高》

平林广野骑台荒，山寺鸣钟报夕阳。人事自生今日意，寒花只作去年香。巾欹更觉霜侵鬓，语妙何妨石作肠？落木无边江不尽，此身此日更须忙？

黄庭坚《戏赠彦深》

李髯家徒四壁立，未尝一饭能留客。春寒茅屋交相风，倚墙扪虱读书策。老妻甘贫能养姑，宁剪发鬓不典书。大儿得餐不索鱼，小儿得袴不索襦。庾郎鲑菜二十七，太常斋日三百余。上一分膰一饱饭，藏神梦诉羊蹴蔬。世传寒士有食籍，一生当饭百瓮葅。冥冥主张审如此，附郭小圃宜勤鉏。葱秧青青葵甲绿，早韭晚菘羹糁熟。充虚解战赖汤饼，芼以荇斋与甘菊。几日怜槐已着花，一心咒笋莫成粥。群儿笑髯穷百巧，我谓胜人饭重肉。群儿笑髯不若人，我独爱髯无事贫。君不见猛虎即人厌麋鹿，人还寝皮食其肉。濡须终与豕俱焦，饫肥食甘果非福。虫蚁无知不足惊，横目之民万物灵。请食熊蹯楚千乘，立死山壁汉公卿。李髯作人有佳处，李髯作诗有佳句。虽无厚禄故人书，门外犹多长者车。我读扬雄《逐贫赋》，斯人用意未全疏。

黄庭坚《登快阁》

痴儿了却公家事，快阁东西倚晚晴。落木千山天远大，澄江一道月分明。朱弦已为佳人绝，青眼聊因美酒横。万里归船弄长笛，此心吾与白鸥盟。

东坡流辈能诗者，尚有清江三孔文仲，字经父；武仲，字常父；平仲，字毅父。新淦人。嘉祐、治平中，相继登进士第。文仲仕至中书舍人，武仲至礼部侍郎，平仲至金部郎中。及文与可。名同，蜀人。第进士。仕至太常博士，集贤校理。元丰初，出守湖州，道卒。三孔诗文仲新奇，武仲幽峭，平仲夭矫孤警，在当日极负盛名。与可为东坡中表。东坡称其有四绝：诗一，《楚辞》二，草书三，画四也。然其余艺，皆为画名所掩。

孔武仲《瓜步阻风》

昨日焚香谒圣母，青山鞠躬如负弩。但乞天开万里明，扫去浮云戢风雨。谓宜言发即响报，岂知神不听我语？门前白浪如银山，江上狂风如怒虎。船痴艚硬不能拔，未免栖迟傍洲渚。轻盈但爱白鸥飞，颠顿可怜芳草舞。三江五湖历已尽。势合平夷反龃龉。上水歌呼下水愁，北船萦绊南船去。寄言南船莫雄豪，万事低昂如桔槔。我当卖剑买牲牢，再扫灵宇陈肩尻，黄金壶樽沃香醪。神喜借以南风高，扬帆拍手笑尔曹。不知流落何江皋，荒洲寂寥听怒号。

孔平仲《八月十六日玩月》

团团冰镜吐清晖，今夜何如昨夜时？只恐月光无好恶，自怜人意有盈亏。风摩露洗非常洁，地阔天空是处宜。百尺曹亭吾独有，更教玉笛倚栏吹。

文同《望云楼》

巴山楼之东，秦岭楼之北。楼上卷帘时，满楼云一色。

江西诗派之说，起自吕居仁。居仁，名本中，好问子，祖谦其孙也。居仁作《江西诗社宗派图》，自山谷而下，列陈师道、潘大临、字邠老，黄冈人。谢逸、字无逸，号溪堂，临川人。洪刍、字驹父，朋之弟，靖康中，仕至谏议大夫。后谪沙门岛以卒。饶节、字德操，抚州人。后为僧，号倚松道人。陆放翁称为当时诗僧第一。僧祖可、徐俯、字诗川，分宜人。《独醒杂识》谓汪藻之诗，得之徐俯，俯得之其舅黄庭坚。洪朋、字龟父，南昌人。山谷之甥。与弟刍、炎、羽号为四洪。林敏修、敏功弟。洪炎、字玉父。元祐末进士。仕至秘书少监。汪革、字信民，临川人。绍圣进士。李錞、韩驹、字子苍。蜀仙井监人。政和中召试，赐进士出身，累除中书舍人，出知江州。李彭、字商老，建昌人。晁冲之、字叔用，号具茨，开封人。江端本、字之开，开封人。杨符、谢薖、逸弟，字幼盘，号竹友。夏倪、字均父，蕲人。林敏功、字子仁，蕲春人。潘大观、字仲达，大临弟。何颙、字人表。王直方、僧善权、高荷字子勉，自号还还先生，京西人，元祐太学生，晚为童贯客，得兰州通判以终。二十五人，而以己为殿。其《序》云："唐自李、杜之出，焜耀一世。后之言诗者，皆莫能及。至韩、柳、孟郊、张籍诸人，激昂奋厉终不能与前作者并。元和至国朝，歌诗之作，多依效旧文，未尽所趣。惟豫章始大而力振之，抑扬反复，尽兼众体。而后学者，同作并和。虽体制或异，要皆所传者一。予故录其名字，以遗来者。”《渔隐丛话》谓：“豫章自出机抒，别成一家。清新奇巧，是其所长。若言抑扬反复，尽兼众体，则非也。元和至今，骚翁墨客，代不乏人。观其英词杰句，真能发明古人所不到处，卓然成立者甚众。若言多依旧文，未尽所趣，又非也。所列二十五人，其间知名之士，有诗句传于世，为时所称道者，止数人而已。其余无闻矣。居仁此图之作，选择弗精，议论不公，予是以辩之。”刘后村亦云：“《宗派图》中，如陈后山，彭城人；韩子苍，陵阳人；潘邠老，黄州人；夏均父、二林，蕲人；晁叔用、江之开，开封人；李商老，南康人；祖可，京口人；高子勉，京西人。皆非江西人也。同时如曾文清，乃赣人，又与紫薇公以诗往还，而不入派，不知紫薇去取之意云何？惜当日无人以此叩之。”案此图为居仁少日游戏之作，原不能据为定评。然苏、黄诗派，确能牢笼一代，而为宋诗之特色，则不可诬也。此为宋诗，其他皆与唐相出入。今录居仁及《宗派图》中人诗数首于下。

吕本中《读书》

老去有余业，读书空作劳。时闻夜虫响，每伴午鸡号。久静能忘病，因行得出遨？胡为有百苦，膏火自煎熬。

吕本中《海陵病中》

病知前路资粮少，老觉生平事业非。无数青山隔沧海，与谁同往却同归？

谢逸《寄隐居士》

处士骨相不封侯，卜居但得林塘幽。家藏玉唾几千卷，手校章编三十秋。相知四海孰青眼？高卧一麾今白头。襄阳耆旧节独苦，只有庞公不入州。

韩驹《和李上舍冬日书事》

北风吹日昼多阴，日暮拥阶黄叶深。倦鹊绕枝翻冻影，飞鸿摩月堕孤音。推愁不去如相觅，与老无期稍见侵，愿借微官少年事，病来那复一分心？

晁冲之《书怀寄李相如》

秋风吹畦蔬，农事亦已阑。黄黄杞下菊，佳色尸冢间。我生复何如？憔悴常照颜。清晨戴星出，薄暮及日还。肮脏二十载，老发羞儒冠。天末有佳人，秀擢如芝兰。怃然念夙昔，风流得余欢。缅想蒲柳姿，与君同岁寒。一别事瓦裂，令人气如山。

江西流派衍于后者，则由曾吉甫以启南渡四大家，其最著者也。曾几，字吉甫，赣人，徙居河南，高宗时官浙西提刑。以忤秦桧去位。居上饶之茶山，自号茶山居士。吉甫诗风骨高骞，而含蓄深远。昔人称其介乎豫章、剑南之间。盖有山谷之清新，而能变其生硬者。放翁为吉甫墓志，谓其诗以杜甫、黄庭坚为宗。四大家者：曰尤、杨、范、陆。方回《尤袤诗跋》："中兴以来，言诗者，必曰尤、杨、范、陆。"尤袤，字延之，无锡人。光宗时，为礼部尚书。杨万里，字廷秀，号诚斋，吉水人。孝宗时，仕为秘书监。范成大，字致能，号石湖居士，吴县人。孝宗时参知政事。陆游，字务观，号放翁，山阴人。孝宗时，除枢密院编修。后出知衢、严二州。尤诗平淡隽永，于律尤胜。惜所传无多。杨诗才力最健，间杂俚语，殊见天机。石湖才调之健，不及诚斋，而亦无诚斋之粗豪。气象阔大，不及放翁，而亦无放翁之科臼。盖其初年，实沿溯中唐而下，故能追溯苏、黄，约以婉峭，自成一家也。然四家之中，要以放翁为第一；于七律，尤纵才力所至，为古今所不及。

曾几《谢人分饷洞庭柑》

黄柑分似得尝新，坐我松江震泽滨。想见霜林三百颗，梦成罗帕一双珍。流云噀雾真成酒，带叶连枝绝可人。莫向君家樊素口，瓠犀微齾远山颦。

尤袤《入春半月未有梅花再用前韵》

立马黄昏绕曲池，几回踏雪问南枝。不应春到花犹未，定恐寒侵力不支。陇上已惊传信晚，樽前只想弄妆迟。临风不语空归去，独立无憀自咏诗。

杨万里《辛亥元日送张德茂自建康移帅金陵》

西湖一别忽三年，白首相从岂偶然。到得我来君恰去，正当腊后与春前。醉余犯雪追征帽，送了凭栏望去船。待把衣冠挂神武，看渠勋业上凌烟。

范成大《初归石湖》

晓雾朝暾绀碧烘，横塘西岸越城东。行人半出稻花上，宿鹭孤明菱叶中。信脚自能知旧路，惊心时复认邻翁。当时手种斜桥柳，无限鸣蜩翠扫空。

陆游《黄州》

局促尝悲类楚囚，迁流还叹学齐优。江声不尽英雄恨，天意无私草木秋。万里羁愁添白发，一帆寒日过黄州。君看赤壁终陈迹，生子何须似仲谋?

陆游《游山西村》

莫笑农家腊酒浑，丰年留客足鸡豚。山重水复疑无路，柳暗花明又一村。箫鼓追随春社近，衣冠简朴古风存。从今若许闲乘月，拄杖无时夜叩门。

陆游《书愤》

早岁那知世事艰，中原北望气如山。楼船夜雪瓜洲渡，铁马秋风大散关。塞上长城空自许，镜中衰鬓已先斑。《出师》一表真名世，千载谁堪伯仲间?

陆游《新夏感事》

百花过尽绿阴成，漠漠炉烟睡晚晴。病起兼旬疏把酒，山深四月始闻莺。近传下诏通言路，已卜余年见太平。圣主不忘初政美，小儒惟有涕纵横。

自《宗派图》出后，至宋末，而方回撰《瀛奎律髓》，选唐宋二代之诗，分为四十九类。所录皆五七言近体，故名“律髓”。又有一祖三宗之说。一祖者杜陵；三宗者，山谷、无已及陈简斋也。陈与义，字去非，号简斋，洛阳人。绍兴时为参政。简斋生少晚，故《宗派图》不之及。然靖康以后，北宋诗人略尽，而简斋岿然独存，实为苏、黄一派之后劲。其诗虽亦学苏、黄，而实以老杜为师。

故能“以简严扫繁缛，以雄浑代尖巧”，“第其品格，实在同时诸家之上”。刘后村语。惟长篇少弱耳。

陈与义《夏日集葆真池上以绿阴生昼静赋诗得静字》

清池不受暑，幽讨起予病。长安车辙边，有此荷万柄。是身惟可懒，共寄无尽兴。鱼游水底凉，鸟语林间静。谈余日亭午，树影一时正。清风不负客，意重百金赠。聊将两鬓蓬，起照千丈镜。微波喜摇人，小立待其定。梁王今何许？柳色几衰盛？人生行乐耳，诗律已其剩。邂逅一尊酒，他年五君咏。重期踏月来，夜半啸烟艇。

理学家谓文以载道，以华而无实为大戒，于文尚不求其工，况于诗乎？然理之所至，时或发之于诗，亦有别趣，如邵尧夫之《击壤集》是也。《四库提要》：“自班固作《咏史诗》，始兆论宗。东方朔作《诫子诗》，始涉理路。沿及北宋，鄙唐人之不知道，于是以论理为本，以修词为末，而诗格于是乎大变，此集其尤著者也。朱国桢《涌幢小品》曰：‘佛语衍为寒山诗，儒语衍为《击壤集》，此圣人平易近人，觉世唤醒之妙用。’是亦一说。然北宋自嘉祐以前，厌五季佻薄之弊，事事反朴还淳。其人品，率以光明豁达为宗。其文章，亦以平实坦易为主。故一时作者，往往衍《长庆》余风。邵子之诗，其源亦出白居易，而晚年绝意世事，不复以文字为长。意所欲言，自抒胸臆，原脱然于诗法之外。毁之者务以声律绳之，固所谓缪伤海鸟，横斥山木。誉之者以为风雅正传，转相摹放，亦为刻画无监，唐突西子，失邵子之所以为诗矣。况邵子之诗，不过不苦吟以求工，亦非以工为厉禁。如邵伯温《闻见前录》所载《安乐窝》诗曰：‘半记不记梦觉后，似愁无愁情倦时。拥衾侧卧未欲起，帘外落花撩乱飞。’此虽置之江西派中，有何不可？而明人乃惟以鄙俚相高，又乌知邵子哉？南渡以后，理学家能为歌诗者，以朱子之父乔年及刘屏山名子翚，字彦冲，崇安人。韐子，子羽弟也。朱子以父遗命，尝禀学焉。为最著。屏山与吕居仁、曾茶山、韩子苍游。诗境清远，绝似刘长卿。至朱子，则学力深厚，且游心汉、魏，一以雅正为宗。固非凡艳所能俦，尤非朴塞者所可拟矣。朱子尝言：“欲抄取经史诸书所载韵语。及文选汉、魏古词，以尽乎郭景纯、陶渊明之所作，自为一编。而附于‘三百篇’、《楚辞》之后，以为诗之根本准则。又于其下二等之中，择其近于古者，各为一编，以为之羽翼舆卫。其不合者，则悉去之，不使其接于耳目，入于胸次。要使方寸之中，无一字世俗言语意思，则其诗不期于高远而自高远矣。”案此言颇能通观古今，不徒别裁伪体也。

邵雍《插花吟》

头上花枝照酒卮，酒卮中有好花枝。身经两世太平日，眼见四朝全盛时。况复筋骸粗康健，那堪时节正芳菲。酒涵花影红光溜，争忍花前不醉归？

朱松《答林康民见和梅花诗》

寒庵人家碧溪尾，一树江梅卧清泚。仙姿不受凡眼污，风敛天香瘴烟里。向来休沐偶无事，谁从我游二三子。弯碕曲径一携手，冻雀惊飞乱英委。班荆劝客小延伫，酌酒赋诗相料理。多情入骨怜风味，依倚横斜嚼冰蕊。至今清梦挂残月，强作短歌传素齿。韵高常恨向难称，赖有君诗清且美。天涯岁晚感乡物，归欤何时路千里。秾楼一笛雪漫空，回首江皋泪如洗。

刘子翚《闻筝》

月高夜鸣筝，声从绮窗来。随风更迢递，萦云暂徘徊。余音若可玩，繁弦互相催。不见理筝人，遥知心所怀：宁悲旧宠弃？岂念新期乖？含情郁不发，寄曲宣余哀。一弹飞霜零，再抚流光颓。每恨听者希，银甲生浮埃。幽幽孤凤鸣，众鸟声难谐。盛年嗟不偶，况乃容华衰？道同符片诺，志异劳百媒。栖栖墙东客，亦抱凌云才。

朱熹《六月十五诣水公庵雨作》

云起欲为雨，中川分晦明。才惊横岭断，已觉疏林鸣。空际旱尘灭，虚堂凉思生。颓檐滴沥余，忽作流泉倾。况此高人居，地偏园景清。芳馨杂峭蒨，俯仰同鲜荣。我来偶兹适，中怀澹无营。归路绿泱漭，因之想岩耕。

朱熹《九日登天湖以菊花须插满头归分韵赋诗得归字》

去岁潇湘重九时，满城寒雨客思归。故山此日还佳节，黄菊清尊更晚晖。短发无多休落帽，长风不断且吹衣。相看下视人寰小，只合从今老翠微。

朱熹《泛舟》

昨夜江边春水生，艨艟巨舰一毛轻。向来枉费推移力，此日中流自在行。

永嘉、永康两派，较重文辞。永嘉后学，以文名者尤多。水心之学，于伊、洛最多异同；而其诗亦宗法晚唐，卓然自立于江西派之外。豪杰之士，固不随风气为转移哉！水心之后有四灵。徐照，字道辉，一字灵辉。徐玑，字文渊，一字致中，号灵渊。翁卷，字续古，一字灵舒。赵师秀，字紫芝，一字灵秀。皆永嘉人。人以其字号皆有灵字，称之为永嘉四灵。诗格皆清而不高，稍开《江湖集》一派矣。

叶适《游小园不值》

应嫌屐齿印苍苔，十叩柴扉九不开。春色满园关不住，一枝红杏出墙来。

徐玑《春日游张提举园池》

西野芳菲路，春风正可寻。山城依曲渚，古渡入修林。长日多飞絮，游人爱绿阴。晚来歌吹起，惟觉画堂深。

赵师秀《岩居僧》

开扉在石层，尽日少人登。一鸟过寒木，数花摇翠藤。茗煎冰下水，香炷佛前灯。吾亦逃名者，何因似此僧？

《江湖集》者，宋末陈起所刻。起，字宗之，临安人。设书肆于睦亲坊。世所传宋本书，称“临安陈道人家开雕”者是也。起亦能诗，一时江湖诗人，多与之善。乃汇所得，刊为是书。在当时盖随得随刻，故世所传本，名称猥多，卷帙多少亦不一。《四库》据以著录之本，凡九十五卷，六十二家。又据《永乐大典》所载，为是本所无者，辑为《江湖后集》，凡四十七家。又诗余二人，都四十九家。其名俱见《四库提要》。《提要》曰：方回《瀛奎律髓》曰：宝庆初，史弥远废立之际，钱塘书肆陈起宗之能诗。凡江湖诗人，俱与之善。刊《江湖集》以售。刘潜夫《南岳稿》亦与焉。宗之赋诗有云：秋雨梧桐皇子府，春风杨柳相公桥。本改刘屏山句也。或嫁秋雨春风句为敖器之所作。言者并潜夫《梅诗》论列，劈《江湖集》板，二人皆坐罪，而宗之坐流配。于是诏禁士大夫作诗。绍定癸巳，弥远死，诗禁乃解。今此本无刘克庄《南岳稿》。且弥远死于绍定六年，而此本诸集，多载端平、淳祐、宝祐，纪年反在其后。又张端义《贵耳集》，自称其《挽周晋仙诗》载《江湖集》中，而此本无端义诗。又周密《齐东野语》载宝庆间，李知孝为言官，与曾极景建有隙，欲寻衅以报之。适极有春诗曰：九十日春晴日少，一千年事乱时多。刊之《江湖集》中。因复改刘子翚《汴京纪事》一联云：秋雨梧桐皇子宅，春风杨柳相公桥，以为指巴陵及史丞相。及刘潜夫《黄巢战场诗》曰：未必朱三能跋扈，只缘郑五欠经纶。皆指为谤讪。同时被累者，如敖陶孙、周文璞、赵师秀，及刊诗陈起，皆不免焉。而此本无曾极诗，亦无赵师秀诗。且洪迈、姜夔，皆孝宗时人。而迈及吴渊，位皆通显，尤不应列之江湖。疑原本残阙，后人缀拾补缀，已非陈起之旧矣。又曰：起书刻非一时，版非一律。故诸家所藏，少或二十八家，多至六十四家。辗转传钞、真赝错杂，莫详孰为原本。今检《永乐大典》所载，有《江湖集》，有《江湖前集》，有《江湖后集》，有《江湖续集》，有《中兴江湖集》诸名。其接次刊刻之迹，略可考见。案此书既系接次刊刻，而在当时又经一文字狱，固宜其传本之错杂也。《提要》谓“宋末诗格卑靡，所录不必尽工。惟南渡后诗家，姓氏不显者，多赖是书以传”耳。今案宋之末造，盖为江西派穷而思变之时。四灵与江湖派皆是也。此未尝非自然之势，特两派之才力，皆未能自振拔耳。今录陈起诗一首于下，以见所谓江湖派者之面目焉。

陈起《湖上即事》

波光山色雨盈盈，短策青鞋信意行。葑草烟开遥认鹭，柳条春蚤未藏莺。谁家艳饮歌初歇？有客孤舟笛再横。风景无穷吟莫尽，且将酩酊乐浮生。

列名《江湖集》中者，刘克庄、戴复古，诗笔皆颇清健。戴复古，字式之，号石屏，天台人。克庄《冬日》诗云：“晴窗早觉爱朝曦，竹外秋声渐作威。命仆安排新暖阁，呼童熨帖旧寒衣。叶浮嫩绿酒初熟，橙切香黄蟹正肥。蓉菊满园皆可羡，赏心从此莫相违。”复古《江村晚眺》云：“江头落日照平沙，潮退鱼舠阁岸斜。白鸟一双临水立，见人惊起入芦花。”皆有气韵，与专学晚唐，力弱而不能自举者异矣。又方秋崖，在宋末诗人中，诗亦清俊可喜。如《泊歇浦》

云:“人行秋色里，雁落客愁边。”《梦寻梅》云:“马蹄残雪六七里，山觜有梅三四花。”乃真晚唐佳句。非貌似清新，而实陈陈相因者比也。戴氏为放翁门人，方回极称之，盖非囿于江湖派者。

四灵、江湖，虽皆不能自振，而宋之亡，一二孤臣遗老，颇有雄奇之概，幽怨之思，足以抗手作家者，此则时会为之也。宋末诸臣，精忠义烈最著者，当推文文山及谢叠山。文山诗学杜陵，浑灏流转。《正气》一歌，久为世所传诵，他作亦能称是。叠山之作，则清寒淡远，自饶逸致。遗民中如谢皋羽，名翱，一字皋父，长溪人。自号晞发道人。诗极奇崛，林霁山诗极缠绵，霁山，名景熙，平阳人。又有郑所南、名思肖，字忆翁，连江人。真山民、汪元量等。虽诗格或异，而所感则同，不无危苦之辞，惟以悲哀为主。其气格，实非南宋末造江湖诗人所及云。元量，号水云。宋亡，为黄冠。往来匡庐、彭蠡间。山民始末不可考。或云:李生乔尝叹其不愧乃祖文忠西山。真德秀号西山，谥文忠，因疑为德秀后。或又谓本名桂芳，括苍人，尝登进士第云。

文天祥《重阳》

风卷车尘弄晓寒，天涯流落寸心丹。去年醉与茱萸别，不把今年作健看。

谢枋得《庆全庵桃花》

寻得桃源好避秦，桃红又是一年春。花飞莫遣随流水，怕有渔郎来问津。

谢翱《秋夜词》

愁生山外山，恨杀树边树。隔断秋月明，不使共一处。

林景熙《京口月夕书怀》

山风吹酒醒，秋入夜灯凉。万事已华发，百年多异乡。远城江气白，高树月痕苍。忽忆凭楼处，淮天雁叫霜。

论诗论文之作，皆至宋而渐多。宋人诗话，传于今者尤夥。其著者，如欧阳修之《六一诗话》、刘攽之《中山诗话》、陈师道之《后山诗话》、吕本中之《紫薇诗话》、叶梦得之《石林诗话》、杨万里之《诚斋诗话》、周必大之《二老堂诗话》

等。其采摭最富者，当推胡仔之《苕溪渔隐丛话》、魏庆之之《诗人玉屑》。胡书采摭北宋诗话，魏书采摭南宋诗话略备。然多东鳞西爪之谈，能确立一家宗旨者甚罕。有之者，其惟严羽之《沧浪诗话》乎？羽，字仪卿，一字丹邱，自号沧浪逋客，邵武人。案宋末，江西派之诗，发泄已尽，渐流于粗犷直率，浸至入于空滑，其道已穷。四灵江湖，又浅薄不足效。欲振起之，计惟有返诸浑厚超妙之境。此诗家之正路，亦当时主持风会者应有之义也。羽之论诗也，曰："论诗如论禅。汉、魏、晋、盛唐之诗，第一义也。大历已还，已落第二义矣。晚唐之诗，则声闻辟支果也。""禅道惟在妙悟。诗道亦在妙悟。孟襄阳学力下韩退之远甚，而诗出退之上者，妙悟故也。"又曰："诗有别材，非关书也。诗有别趣，非关理也。而古人未尝不读书，不穷理，所谓不涉理路，不落言筌者上也。诗者，吟咏情性也。盛唐诗人，惟在兴趣。羚羊挂角，无迹可求。故其妙处，莹澈玲珑，不可凑泊。如空中之音，相中之色，水中之月，镜中之象，言有尽而意无穷。近代诸公，作奇特解会。以文字为诗，以议论为诗，以才学为诗。以是为诗，夫岂不工？终非古人之诗也。"其于江西及四灵等，皆深致其不满焉。案一种文字，皆有其初起及极盛之时，过此则其道已穷，不得不为逾分之发泄。至于此，则菁华竭而真意漓矣。自六朝以前，皆可谓诗之初期。如旭日方升，未臻极盛。至于盛唐，而如日中天矣。中晚以降，不得不渐趋于薄者，势也。厌其薄而更趋于别一途，举昔人所蕴而不发者，而一泄无余焉，则宋诗是也。既已发泄务尽，而又欲挽而返之于浑涵之境，于理于势，皆有所不能。沧浪之论，非不正也。然率其道而行之，不为明七子之貌袭，则为王渔洋之神韵耳。然其说虽不能行，而分别诗境之高下，则确是不易之论。得其说而存之，于文学之批评，固不无裨益也。

第五章　宋代之词曲

诗当分广狭二义：狭义之诗，即向所谓诗者是；凡词曲等皆在其外。广义之诗，则凡可歌可谣者皆属焉。合乐曰歌，徒歌曰谣。○音乐本于人声，歌即谣之配以乐器者耳。谣与诵实无区别。凡可诵者，即是可谣。故如诗与词等，在今日虽不可歌，仍不得诋之为死文学也。《史记》称："《诗》三百五篇，孔子皆弦歌之，以求合韶武雅颂之音。"《汉书》谓："孟春之月，行人振木铎徇于路以采诗。献之太师。比其音律，以闻于天子。《食货志》。可见古之诗，皆可合乐。然至汉世，古乐已不为人所好。虽有制氏雅乐，莫能用而别立乐府，采赵、代、秦、楚之讴，使李延年协其律，司马相如等为之辞。于是合乐之诗，一变而为汉代之乐府。四言五言之诗，皆成为文章之事。魏晋以降，汉世乐府，音律又渐失传。而外国之乐输入。唐时，乃有雅乐、清乐、燕乐之分。雅乐即古乐。清乐者，汉之乐府，及南朝长江一带之歌曲，隋平陈得之，置清商署以总之者也。燕乐即外国输入之乐。见沈括《梦溪笔谈》。燕乐日盛，而雅乐、清乐，遂以式微。唐人绝句皆可歌，盖犹是梁陈之旧。《唐书·乐志》："平调、清调、瑟调，皆周房中曲遗声，汉世谓之三调。"唐李白犹有《清平调》。然及宋世，则绝句之可歌者渐希；播诸管弦者，莫非长短句矣。《苕溪渔隐丛话》曰："唐初歌舞辞，多是五言诗或七言诗，初无长短句。自中叶以后至五代，渐变成长短句。及本朝则尽为此体。今所存止《瑞鹧鸪》《小秦王》二阕，是七言八句诗，并七言绝句诗而已。《瑞鹧鸪》犹依字易歌；若《小秦王》，必须杂以虚声，乃可歌耳。"词牌有以甘州、凉州名者，足征其出于燕乐，而为来自外国之新声也。《容斋随笔》曰："唐曲以州名者五：伊、凉、熙、石、渭是也。"此为中国合乐之诗之又一变。而汉、魏以来之乐府，又变为文章之事。王灼《碧鸡漫志》曰："隋取汉以来乐器歌章古调，并入清乐，余波至李唐始绝。唐中叶虽有古乐府，而播在声律则鲜矣。士大夫作者，不过以诗之一体自名耳。盖隋以来，今之所谓曲子者渐兴。至唐稍盛。今则繁声淫奏，殆不可数。古歌变为古乐府，古乐府变为今曲子，其本一也。”

宋之词，流衍而为元、明、清三朝之曲。曲之盛也，传播于山巅海涯。几于有井水饮处，即有能歌之者。斯时宋人之词，已不可歌，而变为文章之事。然词曲异流同源。曲可歌，则词之大宗虽亡，而其支子未绝也。乃自洪、杨以后，皮簧日盛，自宋词累变之昆曲又微。今日好斯道者，虽犹欲辅弱扶微，然大势所趋，恐终于不可复挽。自今以后，词曲其又将脱离音乐，而成为文章之事乎？世之笃旧者，恒指当日流传之音乐为鄙俗，而称其垂绝者为雅音。其喜新者，则又执可歌者为活文学，而目与乐离者为死文学。其实皆非也。诗本于声，广义之诗。必声变，诗乃能与之俱变。而声变，诗即不得不随之而变。声之变，出于势之自然而无如何；则诗之变，亦出于势之自然而无如何。无所谓新者俗，旧者雅也。然社会事物，由简趋繁。始焉出自民众之讴吟、来自外国之歌曲者，及其既成为当时之乐调，文人学士，遂能按其调而为之辞，而辞与乐遂析为两事。迨其音律已佚，而辞句犹存；可歌之诗，虽有新者代兴，而旧者仍系存为文章之事，亦势之出于自然而无足怪者也。雅俗之争，死活之论，皆不免各执一端耳。

陈无己《后山丛谈》云：“文元贾公，居守北都。欧阳永叔使北还。公豫戒官妓，办词以劝酒。妓唯唯。复使都厅召而喻之，妓亦唯唯。公怪叹，以为山野。既燕，妓奉觞，歌以为寿。永叔把盏侧听，每为引满。公复怪之，召间，所歌皆其词也。”又《诗话》云：“柳三变游东都南北二卷，作新乐府，骫骳从俗，天下咏之。遂传禁中。仁宗颇好其词。每对酒，必使侍妓歌之再三。三变闻之，作宫词《醉蓬莱》，因内官达后宫，且求其助。仁宗闻而觉之，自是不复歌其词矣。”蔡绦《铁围山丛谈》云：“宣和初，燕乐初成，八音告备。因作征招角招。有曲名《黄河清慢》者，音调极韶美。晁次膺作此词，天下无问遐迩大小，虽伟男髫女，皆争唱之。”元陆友《研北杂志》曰：“小红，范成大青衣也。有色艺。成大请老，姜夔诣之。一日，授简征新声。夔制《暗香》《疏影》两曲。成大使二妓歌之，音节清婉。成大寻以小红赠之。其夕，大雪。过垂虹，赋诗曰：‘自喜新词韵最娇，小红低唱我吹箫。曲终过尽松陵路，回首烟波十里桥。’夔喜自度曲，吹洞箫，小红歌而和之。”此皆宋词可歌之证也。此等证据尚多，今特略引则耳。一时代有一时代之文学。如唐之诗，宋之词，元之曲，后人刻意为之，才力未必遂逊其时之人，其所费之功力，或且倍蓰，然终不能至其境。无他，在其时则情文相生，天机与人工相凑泊；易一时则人力虽劬，天机终有所不逮也。此宋代之词，所以独有千古也。

宋代词人之首出者，当推晏殊。字同叔，临川人。七岁能属文。真宗以神童召试，赐进士出身，仁宗时为相。卒，谥元献。殊子几道，字叔原，号小山。亦能为词。次则欧阳修。刘攽《中山诗话》，谓殊酷爱冯延巳词，所作亦不减延巳，而欧公所作《蝶恋花》一阕，或与延巳所作相混。盖皆承五代之余风者也。至柳永出而词乃一变。

晏殊《踏莎行》

小径红稀，芳郊缘遍，高台树色阴阴见。春风不解禁杨花，蒙蒙乱扑行人面。翠叶藏莺，珠帘隔燕，炉香静逐游丝转。一场愁梦酒醒时，斜阳却照深深院。

晏几道《临江仙》

梦后楼台高锁，酒醒帘幕低垂。去年春恨却来时。落花人独立，微雨燕双飞。记得小苹初见，两重心字罗衣。琵琶弦上说相思。当时明月在，曾照彩云归。

欧阳修《蝶恋花》

庭院深深深几许？杨柳堆烟，帘幕无重数。玉勒雕鞍游冶处，楼高不见章台路。雨横风狂三月暮，门掩黄昏，无计留春住。泪眼问花花不语，乱红飞过秋千去。

一种歌辞之初兴，大抵与里巷讴吟相近。取径极狭，而含意甚深。故能如大羹玄酒，味之不尽。一再传后，文人学士，相率为之。肆其才力之所至，拓境日恢，真意反日漓矣。此犹花之含蕊与盛开，绚烂极时，衰谢之机，即已潜伏。此文章升降之大原，不可不察也。词境展拓，厥惟小令进为慢词。谓长调。张炎《乐府余论》曰："慢词起仁宗朝。中原息兵，汴京繁庶。歌台舞榭，竞赌新声。柳永以失意无俚，流连坊曲。遂尽取俚言俗语，编入词中，以便伎人传习。一时动听，散播四方。其后苏轼、秦观、黄庭坚等，相继有作，慢词遂盛。"案小令专于比兴，慢词则兼有赋矣。此其拓境之所以日恢，亦其真意之所以日漓也。叶梦得《避暑录话》谓："尝见一西夏归朝官，言凡有井水饮处，即能歌柳词。"其流传则可谓广矣。柳永，初名三变，字耆卿，崇安人。官至屯田员外郎，故世称为柳屯田。

柳永《八声甘州》

对潇潇暮雨洒江天，一番洗清秋。渐霜风凄紧，关河冷落，残照当楼。是处红衰绿减，冉冉物华休。惟有长江水，无语东流。不忍登高临远，望故乡渺邈，归思难收。叹年来踪迹，何事苦淹留？想佳人妆楼长望，误几回天际识归舟。争知我，倚阑干处，正恁凝愁。

与永并时者为张先。字子野，乌程人，官至都官郎中。《古今诗话》："有客谓子野曰：'人皆谓公张三中，即心中事，眼中泪，意中人也。'公曰：'何不目之为张三影乎？'客不解。公曰：'云破月来花弄影；娇柔懒起，帘押卷花影；柳径无人，堕飞絮无影。'皆公得意句也。"故又有张三影之称。三影词甚秀，近柳永。

张先《青门引》

乍暖还轻冷，风雨晚来方定。庭轩寂寞近清明，残花中酒，又是去年病。楼头画角风吹醒，入夜重门静，那堪更被明月，隔墙送过秋千影？

东坡之词，亦自成一派。《四库提要》曰："词自晚唐五代以来，以清切婉丽为宗。至柳永而一变，如诗家之有白居易。至轼而又一变，如文家之有韩愈。"此皆文章境界将变，而一二人会逢其适，非必其才力之果特异于众人也。东坡词最有名者，为《念奴娇》大江东去及《水调歌头》明月几时有两首。《念奴娇》一阕，殊近粗豪；《水调歌头》一阕，则设想高奇，寄情幽渺，诚非他家所有，足见苏公之本色也。

苏轼《水调歌头》

明月几时有？把酒问青天。不知天上宫阙，今夕是何年。我欲乘风归去，又恐琼楼玉宇，高处不胜寒。起舞弄清影，何似在人间。转朱阁，低绮户，照无眠。不应有恨，何事偏向别时圆？人有悲欢离合，月有阴晴圆缺，此事古难全。但愿人长久，千里共婵娟。

《后山诗话》曰："退之以文为诗，子瞻以诗为词，如教坊雷大使之舞，虽极天下之工，要非本色。今代词手，惟秦七、黄九耳，他人不能逮也。"山谷好以俗语入词，《四库提要》讥其"亵诨不可名状。甚至用鼪字屃字等，为字书所不载"。案此等在当时，皆自有其趣味，此正词之所以异于诗，不容以此为难。然俗语之趣味，不在亵诨。亵诨之词，在俗语文学中，亦为下乘。山谷之词，确有过于亵诨者。如《望远行》《少年心》等阕是。此等实不足法，不容以主张平民文学而右之也。诗词可用俗语，俗语不皆可为诗词。试观民间歌谣，用语亦有选择，非凡出诸口者，皆可用为歌谣可知。

黄庭坚《鼓笛令》

酒阑命友闲为戏。打揭儿，非常惬意。各自输赢只赌是。赏罚采，分明须记。小五出来无事，却跋翻和九底。若要十一花下死，那管十三，不如十二。

《坡仙集外纪》："东坡问陈无已：'我词何如少游？'无已曰：'学士小词似诗，少游诗似小词。'"此论殊的。淮海诗笔，较苏、黄为弱。词则情韵兼胜，非苏黄所能逮也。

秦观《望海潮》

梅英疏淡，冰澌溶泄，东风暗换年华。金谷俊游，铜驼巷陌，新晴细履平沙。长记误随车，正絮翻蝶舞，芳思交加。柳下桃蹊，乱分春色到人家。西园夜饮鸣笳，有华灯碍月，飞盖妨花。兰苑未空，行人渐老，重来事事堪嗟。烟暝酒旗斜。但倚楼极目，时见栖鸦。无奈归心，暗随流水到天涯。

同时能为词者，尚有晁补之、陈去非、李之仪、程垓。晁无咎词神姿高秀，颇近东坡。去非《无住词》仅十八阕，然亦颇峻拔。之仪《姑溪词》，小令清婉，近于淮海。垓为东坡中表，所传《书舟词》，长调亦颇豪纵云。李之仪，字端叔，无棣人，元丰进士。垓字正伯，眉山人。

程垓《水龙吟》

夜来风雨匆匆，故园定是花无几。愁多怨极，等闲孤负，一年芳意。柳困桃慵，杏青梅小，对人容易。算好春长在，好花长见，元只是，人憔悴。回首池南旧事，恨星星，不堪重记。如今但有，看花老眼，伤时清泪。不怕逢花瘦，只愁怕老来风味。待繁红乱处，留云借月，也须拚醉。

北宋词人，负盛名者，尚有贺方回。名铸，卫州人，孝惠皇后族孙，晚自号庆湖遗老。方回词幽婉凄丽，山谷、文潜均极称之。其《青玉案》词，有“一川烟草，满城风絮，梅子黄时雨”之句，为时所传诵。人因称为贺梅子。或谓方回词意境不求甚深，读者悦其轻倩，渐失“拙”“大”“重”三要。清代浙派之但事绮藻韵致，方回实开其源云。

贺铸《小重山》

枕上阊门报五更，蜡灯香炧冷。恨天明，雪苹风转移帆旌。桥头燕，多谢伴人行。临镜想倾城，两尖眉黛浅，泪波横。艳歌重记遣离群。缠绵处，翻是断肠声。

北宋词虽可歌，然词人所作，亦未必尽协律。填词之与知音，究为二事也。惟周美成名邦彦，钱塘人，徽猷阁待制。妙解音律，《宋史》称其“好音乐，能自度曲”。所制诸调，不独平仄宜遵，即上去入三音，亦不容相混。当时有方千里者，尝和美成之《清真词》一卷。一一按谱填腔，不敢稍有出入，足见其法度之谨严矣。美成长篇，铺叙最工；短篇亦凄婉凝重，实北宋一大家也。

周邦彦《六丑》

正单衣试酒，怅客里光阴虚掷。愿春暂留，春归如过翼，一去无迹。为问家何在？夜来风雨，葬楚宫倾国。钗钿坠处遗香泽；乱点桃蹊，轻翻柳陌，多情更谁追惜。但蜂媒蝶使，时叩窗槅。东园岑寂，渐蒙笼暗碧。静绕珍丛底，成叹息。长条故惹行客。似牵衣待话，别情无极。残英小，强簪巾帻。终不似一朵，钗头颤袅，向人欹侧。漂流处，莫趁潮汐。恐断红尚有相思字，何由见得。

周邦彦《满庭芳》（夏日溧水无想山作）

风老莺雏，雨肥梅子，午阴嘉树清圆。地卑山近，衣润费炉烟。人静乌鸢自乐，小桥外，新绿溅溅。凭阑久，黄芦苦竹，拟泛九江船。年年，如社燕，漂流瀚海，来寄修椽。且莫思身外，长近尊前。憔悴江南倦客，不堪听急管繁弦。歌筵畔，先安枕簟，容我醉时眠。

周邦彦《少年游》

并刀如水，吴盐胜雪，纤指破新橙。锦幄初温，兽香不断，相对坐调笙。低声问：向谁行宿；城上已三更；马滑霜浓，不如休去，直是少人行。

宋代为词学极盛之世，帝王、将相、释子、羽流、妇人、孺子，无不解者。今为众所传诵者，特其尤著者耳。诸帝王中，徽宗尤为文采风流。虽为荒淫亡国之君，其文学自不可没也。其于倚声，实足与南唐二主媲美。世传其《燕山亭》一词，乃其迁北后作，促节曼声，两尽其妙。

宋徽宗《燕山亭》

裁剪冰绡，轻叠数重，冷淡胭脂匀注。新样靓妆，艳溢香融，羞杀蕊珠宫女。易得凋零，更多少无情风雨。愁苦，问院落凄凉，几番春暮。凭寄离恨重重，这双燕何曾，会人言语。天遥地远，万水千山，知他故宫何处。怎不思量，除梦里有时曾去。无据，和梦也新来不做。

北宋女词人，则有李易安。易安名清照，自号易安居士，济南人，格非女。嫁为湖州守赵明诚妻，夫妇皆擅学问，长诗文，精金石，诚一代之才媛也。易安诗笔稍弱，词则极婉秀。且亦妙解音律，所作词，无一字不协律者，实倚声之正宗，非徒以闺阁见称也。

李清照《壶中天慢》

萧条庭院，又斜风细雨，重门须闭。宠柳娇花寒食近，种种恼人天气。险韵诗成，扶头酒醒，别是闲滋味。征鸿过尽，万千心事难寄。楼上几日春寒，帘垂四面，玉阑干慵倚。被冷香消新梦觉，不许愁人不起。清露晨流，新桐初引，多少游春意。日高烟敛，更看今日晴未。

南宋大家，当首推辛稼轩。辛弃疾，字幼安，号稼轩居士，历城人。耿京聚众山东，弃疾为掌书记，劝京奉表归宋。张安国杀京降金。弃疾趋金营，缚以归，献俘行在。孝宗时，以大理少卿，出为湖南安抚，治军有声。德祐时，追谥忠敏。世以与东坡并称，谓之苏、辛，其实稼轩非坡翁之伦也。东坡之词，似山谷之诗，非不清俊，终非当家。稼轩则含豪邈然，字字协律。谭仲修评南唐后主帘外雨潺潺一首曰："雄奇幽怨，乃兼二难。后起稼轩，稍伧父矣。"此自时代为之。若以苏、辛相较，则东坡不免稍有伧气，稼轩则"端庄杂流丽，刚健含婀娜"矣。今录其词三首如下，以见一斑。

辛弃疾《摸鱼儿》

更能消几番风雨，匆匆春又归去。惜春长怕花开早，何况落红无数？春且住，见说道天涯芳草无归路。怨春不语。算只有殷勤，画檐蛛网，尽日惹飞絮。长门事，准拟佳期又误，蛾眉曾有人妒。千金纵买相如赋，脉脉此情谁诉？君莫舞，君不见玉环飞燕皆尘土。闲愁最苦。休去倚危阑，斜阳正在，烟柳断肠处。

辛弃疾《永遇乐》（京口北固亭怀古）

千古江山，英雄无觅，孙仲谋处。舞榭歌台，风流总被雨打风吹去。斜阳草树，寻常巷陌，人道寄奴曾住。想当年，金戈铁马，气吞万里如虎。元嘉草草，封狼居胥，赢得仓皇北顾。四十三年，望中犹记，灯火扬州路。可堪回首？佛狸祠下，一片神鸦社鼓。凭谁问，廉颇老矣，尚能饭否？

辛弃疾《菩萨蛮》

郁孤山下清江水，中间多少行人泪？西北是长安，可怜无数山。青山遮不住，毕竟东流去。江晚正愁余，山深闻鹧鸪。

刘改之，名过，庐陵人，有《龙洲词》。当光、宁二宗时，以诗游历江湖。尝客稼轩，填词亦善为壮语。又有杨炎者，亦与稼轩相唱和。其排奡之气，不及稼轩，而屏绝纤秾，自抒清俊，亦非凡艳可拟。此外叶梦得之《石林词》，梦得，字少蕴，号石林，吴县人。绍圣进士。徽宗时翰林学士。高宗时，数陈拒敌之策。尝为江东安抚大使。李弥逊之《筠溪乐府》，弥逊，字鲁卿，吴县人。大观进士。亦皆豪放一派。葛胜仲字鲁卿，丹阳人。绍圣进士。常与梦得唱和，其词格亦相出入云。

刘过《贺新郎》

老去相如倦。向文君，说似而今，怎生消遣？衣袂京尘曾染处，空有香红尚软。料彼此魂消肠断。一枕新凉眠客舍，听梧桐疏雨秋风颤。灯晕冷，记初见。楼低不放珠帘卷。晚妆残，翠蛾狼藉，泪痕凝脸。人道愁来须殢酒，无奈愁深酒浅。但托意焦琴纨扇。莫鼓琵琶江上曲，怕荻花枫叶俱凄怨。云万叠，寸心远。

叶梦得《贺新郎》

睡起啼莺语。掩苍苔，房栊向晚，乱红无数。吹尽残花无人见，惟有垂杨自舞。渐暖霭初回轻暑。宝扇重寻明月影，暗尘侵上有乘鸾女。惊旧恨，遽如许。江南梦断横江渚。浪粘天，葡萄涨绿，半空烟雨。无限楼前沧波意，谁采苹花寄取？但怅望兰舟容与。万里云骄何时到，送孤鸿目断千山阻。谁为我，唱金缕。

南宋词家，妙解音律者，无如姜白石。名夔，字尧章，鄱阳人。居吴兴武康，与白石洞天为邻，自号白石道人。白石师诚斋弟子萧千岩，诗亦古雅，然不如其词之有名。宋代词虽可歌，而皆无谱。以人人知之，不待此也。不意年湮代远，歌谱竟因此失传。惟白石曲调，多由自创，故皆自注谱。今所传《白石道人歌曲》是也。惜皆用宋时俗字，又杂以节拍符号，今人仍不能解。然宋代歌谱，独赖此篇之存。将来音乐大昌，安知不有悬解之士，据陈编而悟其法？则此书亦可宝矣。白石词格高秀。张叔夏称其“如野云孤飞，去来无迹”。读所制《暗香》《疏影》二曲，寄意深远，诚不愧此言也。

姜夔《暗香》（石湖咏梅）

旧时月色，算几番照我，梅边吹笛。唤起玉人，不管清寒与攀摘。何逊而今渐老，都忘却春风词笔。但怪得，竹外疏花，香冷入瑶席。江国，正寂寂。叹寄与路遥，夜雪初积。翠尊易泣，红萼无言耿相忆。长记曾携手处，千树压西湖寒碧。又片片吹尽也，几时见得。

姜夔《疏影》

苔枝缀玉，有翠禽小小，枝上同宿。客里相逢，篱角黄昏，无言自倚修竹。昭君不惯胡沙远，但暗忆江南江北。想佩环月夜归来，化作此花幽独。犹记深宫旧事，那人正睡里，飞近蛾绿。莫似春风，不管盈盈，早与安排金屋。还教一片随波去，又却怨玉龙哀曲。等恁时，重觅幽香，已入小窗横幅。

白石而外，南宋词家著称者，为吴文英，字君特，号梦窗，庆元人。史达祖、字邦卿，号梅溪，开封人。高观国、字宾王，山阴人。王沂孙、字圣与，号碧山，会稽人。张炎、字叔夏，号玉田，又号乐笑翁。俊五世孙。家于临安。宋亡，不仕。周密、字公谨，号草窗，又号萧斋，济南人。流寓吴兴，亦号弁阳啸翁。淳祐中，为义乌令。宋亡，不仕。蒋捷字胜欲，号竹山，宜兴人，德祐进士。宋亡，不仕。诸家。梦窗亦南宋大家，惟其词颇重修饰，故沈嘉泰谓其“用事下语太晦处，人不能知”。张叔夏亦谓其词“如七宝楼台，拆下来不成片段”。然梦窗亦非不讲气格者，观下录两词可知。不得以偏有文采，没其所长也。

吴文英《忆旧游》（别黄澹翁）

送人犹未苦，苦春随人去天涯。片红都飞尽：阴阴润绿，暗里啼鸦。赋情顿雪霜鬓，飞梦逐尘沙。叹病渴凄凉，分香瘦减，两地看花。西湖断桥路，想系马垂杨，依旧欹斜。葵麦迷烟处，问离巢孤燕，飞过谁家。故人为写深怨，空壁扫秋蛇。但醉上吴台，残阳草色归思赊。

吴文英《唐多令》

何处合成愁？离人心上秋。纵芭蕉不雨也飕飕。都道晚凉天气好，有明月，怕登楼。年事梦中休。花空烟水流。燕辞归客尚淹留。垂柳不萦裙带住，漫长是，系行舟。

词至白石，而句琢字炼，始极其工。竹屋、高宾王词，名《竹屋痴语》。梅溪，实其羽翼。玉田称其“格调不凡，句法挺异。俱能特立清新之意，删削靡曼之辞”。其品格可想矣。然清代之高谈北宋者颇薄之。谓白石脱胎稼轩，变雄健为清刚，易驰骤以跌宕。看似高格，不耐细思。门径浅狭，徒便模仿。史、高二家，所造又视白石为浅。至张叔夏，则把缆放船，更无阔手段。能换字而不能换意，专在字句上着工夫。较之前人，弥为不逮矣。案文字后起弥工，亦以工故，渐失浑涵朴厚之意，此随世运迁流，无可如何之事。就其时而论其词，此诸人者，固亦卓然名家也。玉田、竹山、碧山、草窗，皆当革易之时，目睹陆沉之痛，故多激楚之音。以韵致论，碧山似最胜。以魄力论，玉田实最雄也。

高观国《菩萨蛮》

春风吹绿湖边草，春光依旧湖边道。玉勒锦障泥，少年游冶时。烟明花似绣，且醉旗亭酒。斜日照花西，归鸦花外啼。

史达祖《绮罗香》（春雨）

做冷欺花，将烟困柳，千里偷催春暮。尽日冥迷、愁里欲飞还住。惊粉重蝶宿西园，喜泥润燕归南浦。最妨他，佳约风流，钿车不到杜陵路。沉沉江上望极，还被春潮晚急，难寻官渡。隐约遥峰，和泪谢娘眉妩。临断岸新绿生时，是落红带愁流处。记当日，门掩梨花，剪灯深夜语。

王沂孙《高阳台》

残雪庭除，轻寒帘影，霏霏玉管春葭。小帖金泥，不知春是谁家？相思一夜窗前梦，奈个人水隔天遮，但凄然，满树幽香，满地横斜。江南自是离愁苦，况游骢古道，归雁平沙。怎得银笺，殷勤与说年华？如今处处生芳草，纵凭高不见天涯。更消他，几度东风，几度飞花。

周密《解语花》

晴丝罥蝶，暖蜜酣蜂，重帘卷春寂寂。雨萼烟梢，压阑干，花雨染衣红湿。金鞍误约，空极目天涯草色。阆苑玉箫人去后，惟有莺知得。余寒犹掩翠户，梁燕乍归，芳信未端的。浅薄东风，莫因循，轻把杏钿狼藉。尘侵锦瑟，残日红窗春梦窄，睡起折枝无意绪，斜倚秋千立。

张炎《台城路》（庚辰秋九月之北遇汪菊坡因赋此词）

十年前事翻疑梦，重逢可怜俱老。水国春空，山城岁晚，无语相看一笑。荷衣换了。任京洛尘沙，冷凝风帽。见说吟情，近来不到谢池草。欢游曾步翠窈。乱红迷紫曲，芳意多少？舞扇招香，歌桡唤玉，犹忆钱塘苏小。无端暗恼，又几度留连，燕昏莺晓。回首妆楼，甚时重去好？

张炎《高阳台》（西湖春感）

接叶巢莺，平波卷絮，断桥斜日归船。能几番游？看花又是明年。东风且伴蔷薇住，到蔷薇春已堪怜。更凄然，万绿西冷，一抹荒烟。当年燕子知何处？但苔深韦曲，草暗斜川。见说新愁，如今也到鸥边。无心再续笙歌梦，掩重门浅醉闲眠。莫开帘，怕见飞花，怕听啼鹃。

蒋捷《贺新郎》

梦冷黄金屋，叹秦筝，斜鸿阵里，素弦尘扑。化作娇莺飞归去，犹认纱窗旧绿。正过雨前桃如菽，此恨难平君知否？似琼台涌起弹棋局。消瘦影，嫌明烛。鸳楼碎泻东西玉，问芳踪，何时再展，翠钗难卜。待把宫眉横云样，描上生绡画幅。怕不是新来妆束。彩扇红牙今都在，恨无人解听开元曲。空掩袖，倚寒竹。

南宋女子以词鸣者，则有朱淑真。淑真，海宁人，自称幽栖居士。所传有《断肠词》一卷。前有记略一篇，称其“匹偶非伦，弗遂素志，赋《断肠集》十卷以自解”。则今所传，实非完帙矣。词极清俊。其《谒金门》一阕，实足与李易安之“帘卷西风，人比黄花瘦”抗衡也。

朱淑真《谒金门》

春已半，触目此情无限。十二阑干闲倚遍，愁来天不管。好是风和日暖，输与莺莺燕燕。满院落花帘不卷，断肠芳草远。

宋代词家，大略如此。至于总集，则有曾慥之《乐府雅词》、黄升之《花庵词选》、周密之《绝妙好词》。又有无名氏之《草堂诗余》。《绝妙好词》去取谨严，最为世所称道。然其广罗遗佚，间详作者生平，及其词之本事，以备后人考核之资，则诸选之为用一也。《草堂诗余》所录甚杂，而元明之世盛行。故其时之词，格调颇卑。至清代，浙派及常州派继起，乃能复续两宋名家之绪云。

因词之发达，而其影响遂及于戏曲。我国现在所谓旧剧者，歌舞剧。皆合动作、言语、歌唱以演一事，其起源盖亦甚古。张衡《西京赋》赋汉平乐观角抵之戏曰：“女娲坐而长歌，声清畅而委蛇。洪厓立而指挥，被毛羽之襳褷。度曲未终，云起雪飞。”则歌舞者饰为古人形象。又曰：“东海黄公，赤刀粤祝，冀厌白虎，卒不能救。”则敷衍故事矣。然未尝合扮演与歌舞为一也。合歌舞以演一故事者，当始于北齐，《旧唐书·音乐志》云代面出于北齐。北齐兰陵王长恭，才武而面美，常着假面以对敌。尝击周师金墉城下，勇冠三军。齐人壮之，为此舞，以效其指挥击刺之容，谓之《兰陵王入阵曲》。”《乐府杂录》、崔令钦《教坊记》略同。又《教坊记》云：“《踏摇娘》：北齐有人，名苏饱鼻，实不仕，而自号为郎中。嗜饮酗酒。每醉，辄殴其妻。妻衔悲，诉于邻里。时人弄之，丈夫着妇人衣，徐步入场。行歌。每一叠，旁人齐声和之，云：踏摇和来踏摇娘，苦和来。以其且步且歌，故谓之踏摇。以其称冤，故言苦。及其夫至，则作殴斗之状，以为笑乐。”此则合歌舞以演故事，虽未足语于后世之剧，而实后世歌舞剧之所本矣。而其用词曲以叙事，则实自宋人始，此不可谓非戏剧之一进化也。王国维《宋元戏曲史》云：“宋人之词，皆徒歌而不舞，其歌亦以一阕为率。间有重叠一曲，以咏一事者。如欧阳公之《采桑子》，凡十一首。赵德麟之《商调蝶恋花》，凡十首。一述西湖之胜，一咏会真之事，亦皆徒歌不舞。其有歌舞相兼者，则谓之传踏。亦作转踏，缠达。北宋传踏，率以一曲重叠歌之，以一首咏一事，若干首则咏若干事。间有合若干首以咏一事者，如《乐府雅词》所载郑仅之《调笑转踏》，即其一例。”

郑仅《调笑转达》

良辰易失，信四者之难并。佳客相逢，实一时之盛会。用陈妙曲，上助清欢，女伴相将，调笑入队。

秦楼有女字罗敷，二十未满十五余。金环约腕携笼去，攀枝折叶城南隅。使君春思如飞絮，五马徘徊芳草路。东风吹鬓不可亲，日晚蚕饥欲归去。归去，携笼女。南陌春愁三月暮，使君春思如飞絮，五马徘徊频驻。蚕饥日晚空留顾，笑指秦楼归去。

石城女子名莫愁，家住石城西渡头。拾翠每寻芳草路，采莲时过绿苹洲。五陵豪客青楼上，醉倒金壶待清唱。风高江阔白浪飞，急催艇子操双桨。双桨，小舟荡。唤取莫愁迎叠浪，五陵豪客青楼上，不道风高江广。千金难买倾城样，那听绕梁清唱。

绣户朱帘翠幕张，主人置酒宴华堂。相如年少多才调，消得文君暗断肠。断肠初认琴心挑，公弦暗写相思调。从来万曲不关心，此度伤心何草草。草草，最年少。绣户银屏人窈窕。瑶琴暗写相思调，一曲关心多少？临邛客舍成都道，苦恨相逢不早。此三曲分咏罗敷、莫愁、文君，尚有九曲咏九事，文多略之。

新词宛转递相传，振袖倾鬟风露前。月落乌啼云雨散，游人陌上拾花钿。

此词前为句队词，次以一诗一曲相间，终以放队词。其后句队词变为引子；曲前之诗，改用他曲；放队词变为尾声。元剧中正宫套曲体例，实自此出。又有所谓曲破者，裁大曲入破以后用之，亦借以演故事。如史浩《郑峰真隐漫录》之“剑舞”即是。其乐有声无辞，舞者一象鸿门会之项伯，一象公孙大娘。舞之先，别由一人以俪语表明之。大曲之名，肇于南北朝，传于宋者，为胡乐大曲。其遍数至于数十，宋人裁截用之。大曲遍数既多，用以叙事自便。故宋人咏事多用焉。但其举动皆有定则，欲以演一故事甚难。故现存宋人大曲，皆叙事体而非代言体。仍为歌舞之一种，而非戏剧也。其创于宋世者，则有所谓诸宫调。为孔三传所创。王灼《碧鸡漫志》云：“熙宁、元丰间，泽州孔三传，始创诸宫调古传。士大夫皆能诵之。”《梦粱录》云：“说唱诸宫调。昨汴京有孔三传，编成传奇、灵怪，入曲说唱。”《东京梦华录》纪崇、观以来瓦舍技艺，有孔三传、奥秀才诸宫调。《武林旧事》载诸色伎艺人，诸宫调传奇有高郎妇等四人。《宋元戏曲史》云："金董解元之《西厢》即此体。本书卷一《太平赚》词云：'比前贤乐府不中听，在诸宫调里却着数。'其证一也。元凌云翰《柘轩词》，有《定风波》词，赋《崔莺莺传》云：'翻残金旧日诸宫调本，才入时人听。'其证二也。此书体例，求之古曲，无一相似，独元王伯成《天宝遗事》，见于《雍熙乐府》,《九宫大成》所选者，大致相同。而元钟嗣成《录鬼簿》于王伯成条下注云：'有《天宝遗事诸宫调》行于世'，其证三也。"谓之诸宫调者，以其合若干宫调以咏一事也。大曲传踏等，不过一曲，其同在一宫调可知。大曲传踏等，用固有之曲以叙事，此则因叙事而制曲，其便于用，自不待言；宋金杂剧，后亦用之。《宋史·乐志》言"真宗不喜郑声，而或为杂剧词，未尝宣布于外。"《梦粱录》二十云："向者汴京教坊大使孟角球，曾做杂剧本子。董守诚撰四十大曲。"则北宋确有戏曲。惟其体裁如何，已不可知。《武林旧事》载官本杂剧，多至二百八十本。其中用大曲者百有三；法曲者四；诸宫调者二；普通词调者三十有五。则南宋杂剧，殆皆以歌曲演之。然其中亦有北宋之作，如朱彧《萍洲可谈》云："王迥，美姿容，有才思，少年时不甚持重，间为狎邪辈所诬，播入乐府。今《六幺》所歌《奇俊王家郎》者，乃迥也。元丰初，蔡持正举之，可任监司，神宗忽云：'此乃奇俊王家郎乎。'持正叩头请罪。"赵彦卫《云麓漫钞》卷十云："王迥，字子高。旧有周琼姬事，胡徽之为作传，或用其传作《六幺》。"而此所载，有王子高《六幺》一本，又有《三爷老大明乐》《病爷老剑器》二本。爷老，疑即辽史之拽剌，乃北宋与辽盟聘时输入之语也。〇《辽史·百官志》走卒谓之"拽剌"。至元而变为代言体；叙事全用科白，即成现在之戏曲已。宋人乐曲，不限一曲者，诸宫调之外，又有赚词。亦见《宋元戏曲史》。〇以上论戏曲，皆据《宋元戏曲史》中有关宋代者，撮叙大要。如欲详其前后因果，宜参读原书。

第六章　宋代之小说

骈散文与诗，皆为宋代之贵族文学。词虽可歌，其辞句亦不尽与口语相合。然当时自有以白话著书者。其大宗为儒、释二家之“语录”及“平话”。语录与文学无涉，而平话则为平民文学之大宗。

白话文之兴，由来甚久。近人《中国大文学史》曰：“语录亦俗体文字之一种，其始不仅问学言理之语。宋倪思有《重明节馆伴语录》一卷，盖绍熙二年七月，金遣完颜衮、路伯达来贺重明节，思为馆伴，记问答之语，而成是书。马永卿《懒真子》，载苏老泉与二子同读富郑公《使北语录》。则知语录之名，北宋已有。盖当时士夫，以奉使伴使，为邦交大事，故有所语，必备录之，以上朝廷。后遂沿为记录之一体。儒家因之，而有语录，《宋史·艺文志》所载《程颐语录》之类是也。释家亦因之，《宋·志》所载《僧慧忠语录》之类是也。《宋·志》又有《朱宋卿、徐神翁语录》一卷，则道家亦袭其名矣。学者不知，讥宋儒误袭释家之名，是未详考也。”又近人《中国小说史略》曰：“用白话作书者，实不始于宋。清光绪中，敦煌千佛洞藏经显露，大抵运入英、法。中国亦拾其余，藏京师图书馆。书为宋初所藏，多佛经。而内有俗文体故事数种，盖唐末五代人钞。如《唐太宗入冥记》《孝子董永传》《秋胡小说》，在伦敦博物馆；《伍员入吴故事》在中国某氏；惜未能目睹，无以知其与后来小说之关系。以意度之，则俗文之兴，当由二端：一为娱心，一为劝善。而尤以劝善为大宗。故上列诸书，多关惩劝。京师图书馆亦尚有俗文《维摩》《法华》等经，及《释迦八相成道记》《目莲入地狱故事》也。”案语体文之兴，其原有二：（一）求所记之逼真，（二）求尽人之能解。而此二者，实其所以成为平民文学之由。盖以古语道今情，终苦其不能尽达，故长于古典文学者，其想象力必极强。以其达意述事，皆与今人习用之语言异。必想象力极强，乃能知其所用古语中，包含现代何等情景也。此种想象力，实非尽人所能具。故读古文者，往往茫然不知其何谓，而其意味何在，更不必论矣。此白话文之所由兴也。

语体文虽为平民文学之良好工具。然其始起，仅以求所记之逼真，期尽人之能解，则尚未足语于文学；以文学不仅有其外形，必兼有其实质也。故真正之平民文学，必待诸平话之兴。

平话即今人所谓白话小说。以白话为小说，则成真正平民文学矣。以小说为文学，而白话小说，则为平民文学也。小说之作，其境必属于虚构；而其所以虚构此境者，则由于美而不由于善；乃足为真正之文学。我国此等作品，实至唐代始有之。胡应麟《笔丛》曰："变异之谈，盛于六朝。然多是传录舛讹，未必尽幻设语。至唐人，乃作意好奇，假小说以寄笔端。"然仍与述故事，志异闻者夹杂。宋代此等书，作者亦伙。其最早者，当推徐铉之《稽神录》。此书亦采入《太平广记》。次则吴淑之《江淮异人录》。淑字正仪，丹阳人，铉之婿也。南唐进士，归宋，仕至职方员外郎。此书明人所作《剑侠传》多采之。又次则张君房之《乘异记》，晁公武云："志鬼神变怪之书。凡十一门，七十五事。"君房，安陆人。景德进士。即编《云笈七签》者。张师正之《括异记》，师正尝擢甲科。熙宁中，为宁州帅。王铚云，此书实魏泰所撰。泰尚有《志怪集》《倦游录》，亦托名师正。详见陈振孙《书录解题》，邵伯温《闻见录》。宋痒之《杨文公谈苑》，杨亿里人黄鉴所撰，本名《南阳谈薮》，庠删其重复，易此名。聂田之《祖异志》，秦再思之《洛中记异》，晁公武云："记五代宋初谶应杂事。"毕仲询之《幕府燕间录》，晁公武云："记当代怪奇之事。"郭象之《睽车志》等。象，字次象，历阳人，尝知兴国军事。此书取《易》睽卦"载鬼一车"之语为名。皆杂载怪异，兼有寓意之作者。其全系甄录旧闻者，当入野史类。纯以劝惩为旨者，亦不可谓之文学。旧时书目，皆以入小说，实非也。其托诸故事者：则有乐史之《绿珠传》《杨太真外传》；乐史，字子正，抚州宜黄人。自南唐入宋，即撰《太平寰宇记》者。秦醇之《赵飞燕别传》《骊山记》《温泉记》《谭意歌传》；前三篇托诸汉、唐，谭意歌则当时倡也。秦醇，字子复，一作子履，亳州谯人，此四篇为其所作，见刘斧《青琐高议》。尚有不知何人作之《大业拾遗记》一名《隋遗录》。《开河记》《迷楼记》皆托隋炀事。《海山记》名见《青琐高议》。《梅妃传》，跋谓"大中二年写，藏朱遵度家。今惟予及叶少蕴有之"。少蕴，梦得字，则此书南渡后物也。其体皆仿唐人。而其收辑最广者，则当推太宗时官纂之《太平广记》，及洪迈所撰之《夷坚志》。甲至癸二百卷，支甲至支癸一百卷，三甲至三癸一百卷，四甲四乙二十卷，凡四百二十卷，陈振孙谓“其晚岁急于成书，妄人多取唐记中旧事，改窜首尾，别为名字以投之。至有数卷者，亦不复删润，径以入录”云。要之前代小说，实以记佚事，志怪异为大宗。而寓意之作，则起于其后，而与之相杂。宋代士夫所作，固犹不越此范围也。而白话小说，乃突起于平民社会之中。

平话之始，实由口说。《东坡志林》云：“王彭尝云：涂巷中小儿薄劣，其家所厌苦，辄与钱，令聚坐听说古话。至说三国事，闻刘玄德败，频蹙眉，有出涕者。闻曹操败，即喜，唱快。”洪迈《夷坚志》谓：“吕德卿偕其友出嘉令门外茶肆中坐，见幅纸用帖其尾云：今晚讲说《汉书》。”郎瑛《七修类稿》云：“小说起宋仁宗时。国家闲暇，日欲进一奇怪之事以娱之。故小说得胜头回之后，即云话说赵宋某年云云。”《古今小说（见下）序》云：“南宋供奉局，有说话人，如今说书之流。”《今古奇观（见下）序》云：“至有宋孝皇，以天下养太上。命侍从访民间故事，日进一回，谓之说话人。而通俗演义，乃始盛行。”是宋时所谓说书者，宫禁及民间，俱有之也。或曰：“唐段成式《酉阳杂俎》曰：‘予太和末，因弟生日，观杂戏。有市人小说，呼扁鹊作褊鹊字，上声。’续集四贬误。李商隐《骄儿诗》云：或论张飞胡，或笑邓艾吃。亦即宋时所谓说书者。”则唐时已有之矣。要不若宋之盛耳。

此等讲说，有演前代之事者，亦有演当世之事者。孟元老《东京梦华录》卷五，谓当时京瓦技艺，有霍四究说三分，尹常卖五代史，此与《志林》《夷坚志》所述，皆演前代之事者也。吴自牧《梦粱录》卷二十，谓有王六大夫，于咸淳间，敷衍《复华篇》及《中兴名将传》，听者纷纷。此与《七修类稿》所述，皆演当代之事者也。《梦华录》举其目：曰小说，曰合生，曰说谭话，曰说三分，曰说五代史。《梦粱录》则分为四家：曰小说，一名银字儿，如烟粉、灵怪、传奇、公案、朴刀、杆棒、发迹、变态之事。曰谈经，谓演说佛书。说参讲者，谓宾主参禅悟道等事。又有说诨经者。曰讲史书，谓讲说历代书史文传，兴废战争之事。曰合生，“与起令随令相似，各占一事也”。灌园耐得翁《都城纪胜》亦分说话为四家：曰小说，曰说经说参，曰说史，曰合生。又分小说为三科：一银字儿，如烟粉，灵怪，传奇。一说公案，如搏拳，提刀，杆棒，及发迹，变态之事。一说铁骑儿，谓士马，金鼓之事。周密《武林旧事》六则，分四家：一演史，二说经诨经，三小说，四说诨话，而无合生。合生者，高承《事物纪原》九云：“《唐书·武平一传》：平一上书：比来妖伎胡人，于御坐之前，或言妃主情貌，或刊王公名质，咏歌舞蹈，名曰合生。始自王公，稍及闾巷，今人亦谓之唱题目云云。”则实兼有歌舞。《宋元戏曲史》谓金院本中，有所谓题目院本者，即唱题目之略也。然则比而观之，宋时说话，其流有五：（一）说史事者，如三分五代之类是；说本朝中兴名将者，亦当属此。（二）说无稽之事者，是曰小说。又分三类：（甲）烟粉，灵怪，传奇。（乙）搏拳，刀枪，杆棒，发迹，变态。（丙）士马，金鼓。（三）谈经说参，亦或杂以诨语，则所谓说诨经，盖自唐以来，佛教盛行，故其劝惩警戒之言，亦为人所乐听也。（四）说诨话，古杂剧之类。（五）则合生也。宋时说话，颇多杂以谈唱者。《尧山堂外纪》云：“杭州瞽女，唱古今小说评话，谓之陶真。”《七修类稿》云：“闾阎淘真之本起，亦曰：‘太祖、太宗、真宗帝，四祖神宗有道君。’国初瞿存斋过汴之诗，有‘陌头盲女无愁恨，能拨琵琶说赵家’，皆指宋也。”案陆务观诗曰：“斜阳衰柳赵家庄，负鼓盲翁正作场，身后是非谁管得，满村听说蔡中郎。”则虽乡僻之地，亦有之矣。近人《元剧略述》云：“金章宗时，有董解元者，作《西厢搊弹词》，至今仍在。此词唱时，手弹三弦，故曰搊弹，又曰《弦索西厢》，亦曰《诸调宫词》。”此盖今弹词之祖，疑与古合生有关。又有杂以搬演者：一为傀儡，一为影戏。宋时傀儡，种类最繁。有悬丝傀儡、走线傀儡、杖头傀儡、药发傀儡、肉傀儡、水傀儡等。见《东京梦华录》《武林旧事》《梦粱录》。《梦华录》载京瓦伎艺，有影戏，有乔影戏。《事物纪原》云：“宋朝仁宗时，市人有能谈三国事者。或采其说，加缘饰，作影人。始为魏、吴、蜀三分战争之象。”《梦粱录》云：“凡傀儡，敷衍烟粉、灵怪、铁骑、公案、史书、历代君臣将相故事话本，或讲史，或作杂剧，或如崖词。大抵多虚少实。”又云：“有弄影戏者。元汴京初以素纸雕簇。自后人巧工精，以羊皮雕形，以彩色装饰，不致损坏。案此种影戏，今日仍有之。其话本与讲史书者颇同，大抵真假相半。公忠者雕以正貌，奸邪者刻以丑形，盖亦寓褒贬于其间耳。”此则又与戏剧相出入矣。

说话在当时，虽有上述之分类，然至后世，则统名其书为小说，盖其所说，皆以娱情为主，以文学论，性质实属同科，故可统以一名也。《武林旧事》谓当时说小说者，有所谓雄辩社，则其人亦自有团结。《梦粱录》谓其人有话本，盖其师师相传之旧。此等原用为说话之底本，非以供娱情者之目治，然岁月久而分化繁，遂亦成为可以阅读之书矣。此近世白话小说之缘起也。

《永乐大典》所收平话，今皆不传。钱曾《也是园藏书目》卷十著录宋人词话十六种，曰《灯花婆婆》，曰《种瓜张老》，曰《紫罗盖头》，曰《女报冤》，曰《风吹轿儿》，曰《错斩崔宁》，曰《小亭儿》，曰《西湖三塔》，曰《冯玉梅团圆》，曰《简帖和尚》，曰《李焕王五陈雨》，曰《小金钱》，曰《宣和遗事》，四卷。曰《烟粉小说》，四卷。曰《奇闻类记》，十卷。曰《湖海奇闻》，二卷。其中惟《宣和遗事》一种，黄丕烈刻入《士礼居丛书》中。最近缪荃孙避难沪上，闻亲串妆奁中有旧钞本书，类乎平话，假而得之。首行题《京本通俗小说》第几卷，凡三册，皆有钱曾图章，盖亦也是园所藏，乃刻入《烟画东堂小品》中。其书原若干卷不可知，今存者，自十卷至十六卷，卷为一事：曰《碾玉观音》，曰《菩萨蛮》，曰《西山一窟鬼》，曰《志诚张主管》，曰《拗相公》，曰《错斩崔宁》，曰《冯玉梅团圆》。皆叙近事，或采之他说部，为后来古今小说等所本。尚有《金主亮荒淫》两种，以过秽亵未刻，后叶德辉刻之。

《宣和遗事》，众皆知为《水浒传》所本。近人《中国小说史略》云："书分前后二集，始于称述尧舜，而终以高宗定都临安，案年叙述，体裁甚似讲史。惟节录成书，未加融会，故先后文体，致为参差。灼然可见其剽取之书，当有十种。前集先言历代帝王荒淫之失者其一，盖犹宋人讲史之开篇。次叙王安石变法之祸者其二，亦北宋末士论之常套。次述安石引蔡京入朝，至童贯、蔡攸巡边者其三。首一为语体，次二为文言，而并杂以诗者。其四，则梁山泊聚义本末。其五为徽宗幸李师师家，曹辅进谏，及张天觉隐去。其六为道士林灵素进用，及其死葬之异。其七为腊月预赏元宵，及元宵看灯之盛。皆平话体。后集始自金人来运粮，至京城陷，为第八种。又自金兵入城，帝后北行受辱，以至高宗定都临安，为第九、第十种。即取《南烬纪闻录》及《续录》，而小有删节。"案平话之始，大抵缀辑旧闻，裨讲演者有所依据。其事实率多取自野史。至如何捏造增饰，以动听者兴味之处，则出于讲演者所自为。就今日最通行之《三国演义》观之，犹可见此等遗迹。《三国演义》叙事，有极简质，竟如史书者。惟关羽复归刘备，及赤壁战事之前后等，捏造增饰之处最多。盖讲说最多，逐渐增造者也。至此则渐成文学矣。故但就其底本观之，颇有足资依据者。《三国演义》即如此。间有一二无据者，颇疑彼实有据，今日书阙有间，吾侪转无从知之矣。即如《宣和遗事》，谓宋江收方腊有功，封节度使。旧本《水浒传》皆同。至金人瑞始删其七十一回以后。俞万春作《荡寇志》，乃谓宋江等或死或诛。读者遂多以旧说为不经。然据近人所撰《宣和遗事考证》，则宋江平方腊，确有其事。《十朝纲要》:“宣和三年,六月,辛丑,辛兴宗与宋江破贼上苑洞。”《北盟会编》载《童贯别传》谓:“贯将刘延庆、宋江等讨方腊。”杨仲良《长编纪事本末》:宣和三年,四月,戊子,童贯与王禀等分兵四围包帮源洞。而王涣统领马公直并裨将赵明、赵许、宋江次洞后。”而李师师下场,此书所述,亦较他书为可信。《李师师外传》云:“金人破汴京,主将欲得李师师。张邦昌踪迹之以献,师师折金簪吞之死。”此盖好事者所臆造。《宣和遗事》谓“师师嫁作商人妇,不知所终”。又引刘屏山“辇毂繁华事可伤,师师垂老过湖湘。缕衫檀板无颜色,一曲当年动帝王”一绝,谓为师师所自作。案以此诗为师师自作虽误,然屏山之言,必有所据。则师师盖嫁作商人妇,而流落于湖湘之间,其后事遂不可知也。则不惟可作文学书读,抑且有裨考证矣。《小说史略》谓:“文中有吕省元《宣和讲篇》及南儒《咏史诗》,省元南儒,皆元代语,则此书或出于元人;或宋时旧本,而元时又有增益,皆不可知。”案此书今未究成于何时难断,然其内容,十九必出于宋人,则无疑矣。

宋代话本,传于今者,又有《五代史平话》,梁、唐、晋、汉、周各二卷。缺梁、汉下卷。皆以诗起,以诗结。今本小说之首尾用诗词者,盖沿其体也。又有《大唐三藏法师取经记》,凡三卷。罗振玉从日本三浦将军借印宋刊本。日本又有一本,题《大唐三藏取经诗话》,名异而书实同。此书凡分十七章,今所见小说之分章回者,当以此为最古矣。章各有诗,故又题诗话也。卷末有一行,曰中瓦子张家印。张家者,宋时临安书铺也,《中国小说史略》云:“元时张家或亦无恙,则此书为元人撰未可知。”然撰集即出元人,内容亦必宋代之遗矣。

宋代平话原本,或元刻本,存于今者,具如前述。其为明人所辑刻者,则有《古今小说》及《三言》。此四书今皆存于日本。今据日本盐谷温所撰《明代通俗短篇小说》一文,略述其梗概如下。原文见日本《改造杂志现代支那号》。〇日本内阁文库,又有元刊本平话。自《武王伐纣书》至《三国志》,凡五十种,惜未知其内容。

《古今小说》为明代书贾天许斋所刻。其题言曰:“小说如《三国》《水浒传》,称巨观矣。其有一人一事,可资谈笑者,犹杂剧之于传奇,不可偏废也。本斋购得古今名人演义一百二十种,先以三分之一为初刻。”云云。又有绿天馆主人《序》,谓:“南宋供奉局有说话人,如今说书之流。茂苑野史氏家藏古今通俗小说甚富。因贾人之请,抽其可嘉惠里耳者,凡四十种,褒为一刻。”则此书实茂苑野史所藏也。其后版归艺林衍庆堂。于是有三言之刻。三言者：首曰《喻世明言》。今本仅二十四篇。其二十一与《古今小说》同，而三篇出于《古今小说》之外。然此三篇，又二与《恒言》重，一与《通言》重。亦题《增补古今小说》。次曰《警世通言》，刻于天启甲子。次曰《醒世恒言》，刻于天启丁卯。各四十篇。《通言》有豫章无碍居士《序》，谓"出平平阁主人手授"。然《明言识语》曰："绿天馆初刻《古今小说》十种，见者侈为奇观，闻者争为击节。而流传未广，阁置可惜。今板归本坊，重加校订，刊误补遗，题曰《喻世明言》。"云云。《恒言》亦有《识语》，曰："本坊重价购求《古今通俗演义》一百二十种。初刻为《喻世明言》，二刻为《警世通言》。兹刻为《醒世恒言》，并前刻共成完璧。"明此三者，皆天许斋所辑之旧。平平阁主人盖校订之人，而非藏书之人也。此书由来，当出茂苑野史，而其纂辑则出冯犹龙。三言递嬗而为《拍案惊奇》及《今古奇观》。《拍案惊奇》有即空观主《序》。谓："宋元时有小说家一种，语多俚近，意存劝讽。龙子犹所辑《喻世》诸言，颇存雅道，时著良规。"《今古奇观》有松禅老人《序》，谓墨憨增补《平妖》，穷工极变，不失本末。至所纂《喻世》《醒世》《警世》诸言，举世态人情之岐，备悲欢离合之致云云。《平妖》者，具曰《三遂平妖传》，记诸葛遂、马遂、李遂平王则事。盖亦宋代讲本，冯氏为之增补者。前有张无咎《序》云："吾友龙子犹所补。"而首叶题名，则曰："冯犹龙先生鉴定。"龙子犹者，冯犹龙之假姓名；墨憨斋则其别号也。犹龙，名梦龙，长州人。崇祯中，由贡生选授寿宁知县。著有《春秋冲要别本》《春秋大全》《智囊》《智囊补》《古今谈概》《墨憨斋定本传奇》三种：曰《量江记》，曰《新灌园》，曰《酒家佣》。《中国小说史略》云："有《七乐斋诗稿》。朱彝尊《明诗综》谓其善为启颜之辞，间入打油之调，不得为诗家。然擅词曲，有《双雄记传奇》，又刻《墨憨斋传奇》定本十种。其中《万事足》《风流梦》《新灌园》皆己作。又尝劝沈德符以《金瓶梅》付书坊版行而不果。见《野获编》卷二十五。"《三言》纂辑，盖皆出其手。此《三言》中，存宋、元人作盖不少。故《古今小说》绿天馆主人《序》，《拍案惊奇》即空观主《序》，皆引宋、元故事以为言。据盐谷温所核，则《通言》《恒言》与《京本通俗小说》同者甚多。《通言》第四卷《拗相公饮恨半山堂》，同《京本通俗小说》《拗相公》。第七卷《陈可常端阳迁化》，同《菩萨蛮》，第八卷《崔待诏生死冤家》同《碾玉观音》。十二卷《范鳅童双僮团圆》同《冯玉梅团圆》。十四卷《一窟鬼癞道人除怪》同《西山一窟鬼》。十六卷《张主管志诚脱奇祸》同《志诚张总管》。《恒言》第二十三《金海陵纵欲亡身》同《金主亮荒淫》。而三十三卷《十五贯戏言成巧祸》同《错斩崔宁》。即其一证。冯氏殆保存宋代短篇小说之功臣矣。《拍案惊奇》为即空观主所辑。即空观者，凌蒙初之别号。蒙初，乌程人。字稚成。著有《圣门传诗嫡家言》《诗翼》《诗逆》《国门集》等书。此书初刻三十六卷。二刻三十九卷，附录《宋公明闹元宵杂剧》一卷。盐谷温谓《三言》及《拍案惊奇》两刻，实为短篇小说五大宝库，足与长篇之四大奇书《三国演义》《水浒传》《西游记》《金瓶梅》对峙云。案宋代短篇小说，存于今略无改动者，今日所知尚少。就即经后人改易，亦仍可想象其原形。更能分别其改易之甚与不甚，互相对勘，尤足见白话小说之朔，与后来之白话小说，同异如何，实可考小说进化之迹也。《三言》及《拍案惊奇》递嬗而为《今古奇观》，为现在极通行之书。盐谷氏尝就《今古奇观》与《三言》等重复者，列举其名。读者未易得《三言》等书，取《今古奇观》中此诸篇观之，亦可想见宋代短篇小说之大概也。

《今古奇观·三孝廉让产立高名》《恒言》二

《两县令竞义婚孤女》《恒言》一

《滕大尹鬼断家私》《古今小说》十、《明言》三

《裴晋公义还原配》《古今小说》九、《明言》十三

《杜十娘怒沉百宝箱》《通言》三十二

《李谪仙醉草吓蛮书》《通言》六

《卖油郎独占花魁》《恒言》三

《灌园叟晚逢仙女》《恒言》四

《转运汉巧遇洞庭红》《拍案惊奇》一

《看财奴刁卖冤家主》《拍案惊奇》三十五

《吴保安弃家赎友》《古今小说》八、《明言》二十一

《羊角哀舍命全交》《古今小说》七

《沈小霞相会出师表》《古今小说》四十

《宋金郎团圆破毡笠》《通言》二十二

《卢太学诗酒傲公侯》《恒言》二十九

《李汧公穷邸遇侠客》《恒言》三十

《苏小妹三难新郎》《恒言》十一

《刘元普双生贵子》《拍案惊奇》二十

《俞伯牙摔琴谢知音》《通言》一

《庄子休鼓盆成大道》《通言》二

《老门生三世报恩》《通言》十八

《钝秀才一朝交泰》《通言》十七

《蒋兴哥重会珍珠衫》《古今小说》一、《明言》四

《陈御史巧勘金钗钿》《古今小说》二、《明言》二

《徐老仆义愤成家》《恒言》二十五

《蔡小姐忍辱报仇》《恒言》三十六

《钱秀才错占凤凰俦》《恒言》七

笔记体文言小说，在古代实用以志琐事，广异闻，至唐乃有寓意之作，而仍与前二者相杂，宋代因之，说已见前。然宋小说亦有与唐异者。大抵唐小说崇尚词采，而不甚借此以说理；其记事，亦不如宋小说之质。此由唐为骈文盛行之时，宋为散文盛行之时也。摹拟唐人之作，文体亦与唐同。如《绿珠传》等是。然此等在宋代甚鲜。清代蒲松龄之《聊斋志异》为唐小说体；纪昀之《阅微草堂笔记》，则宋小说体也。白话小说体与通行之《水浒传》等同，但描写不如后来之工耳。

白话小说进化之途有二：(一)则真实之言愈少，而捏造妆点之言愈增。如《五代史平话》开端之时，先述历代兴亡大略，语皆真实。而独于三国时云："刘季杀了项羽，立着国号曰汉。只因疑忌功臣，如韩王信，当作韩信。彭越，陈豨之徒，皆不免族灭诛夷。这三个功臣，抱屈衔冤，诉于天帝。天帝可怜见三个功臣无辜被戮，令他每三个，托生做三个豪杰出来。韩信去曹家托生，做着个曹操。彭越去孙家托生，做着个孙权，陈豨去那宗室家托生，做着个刘备。这三个分了他的天下。"则言甚荒唐矣。盖由按照真事实讲演，不足动听者之兴故也。此等趋势，降而弥甚，而小说遂为满纸荒唐言矣。然此正小说之所以成为文学也。(二)则口语之成分日减，目治之成分日增。小说源于口说，后乃变为目治之物，前文亦已明之。口舌笔札，势不能尽相符合。于是专供目治之小说，与备说书人之用之底本，机势亦日趋变异。如《碾玉观音》一篇，欲叙咸安郡王游春，先举昔人诗词十余首，次乃云："说话的因甚说这春归词?绍兴年间，行在有个关西延州延安府人，本身是三镇节度使咸安郡王。当时怕春归去，将带着许多钧眷游春。"其初之连举诗词，在口说时，盖兼有吟诵之

意味。至于目治，则令人闷损矣。故此等处，后来之小说遂渐少。又过于繁杂或细密之事，口不能叙。因听者不易明，且易忘也。《三国演义》于东诸侯讨卓时，列举诸镇之名。于孔明造木牛流马，则详述其制法。盖以供说书者之参证而已，非径以此向听者陈说也。故古代小说中，此等繁杂细密处甚少。然至后世则渐多，如《荡寇志》之奔雷车等是也。此可云小说与民众相离日远；亦因小说进化，所包含者愈广，述事愈细，而文体益缜密也。小说进化之端甚多，此两端，为其荦荦大者。读宋代小说，可以此观之。

论　诗

诗者韵文之一，其源出于谣，其音节出于自然，是为天籁。以谣辞合乐则为歌，歌辞称诗。韵文可分歌与赋二大类，歌者可合乐者也，不歌而诵谓之赋。

诗之起源不必凿指其在何时，必欲说之，亦只可曰诗与人之能发声为谣同时并起耳。今《五经》中之诗，大抵皆周代之作。古文家以《商颂》为作于商时，郑《谱》谓成汤、中宗、高宗有受命中兴之功时，有作诗颂之者是也。今文家则以为正考父作。《商颂》辞并不古，今文之说为是。商周以前之诗，见于书者，如“明良喜起”之歌，辞亦不古，与《书·大传》所载之《卿云歌》，《史记·伯夷列传》所载之轶诗等，皆未必真为舜与皋陶、伯夷之作，惟《郊特牲》所载伊耆氏《蜡辞》，其辞较古，说伊耆氏者，或以为神农，或以为尧，虽难质言，要必为较古之作品矣。

周代之诗可见者，即今之《诗经》。此体在后世已不能仿效，然其风、雅、颂三体及赋、比、兴之义，则仍为学诗者所宜知。案《诗序》曰：“诗者，志之所之也。在心为志，发言为诗，情动于中而形于言，言之不足，故嗟叹之。嗟叹之不足，故永歌之。永歌之不足，不知手之舞之，足之蹈之也。情发于声，声成文谓之音。”此言诗之起源，由于人之生理及心理之作用也。又曰：“治世之音安以乐，其政和。乱世之音怨以怒，其政乖。亡国之音哀以思，其民困。故正得失，动天地，感鬼神，莫近于诗。先王以是经夫妇，成孝敬，厚人伦，美教化，移风俗。”此言诗之用也。其论风、雅、颂及赋、比、兴云：“故诗有六义焉。一曰风；二曰赋；三曰比；四曰兴；五曰雅；六曰颂。风，风也，教也。风以动之，教以化之。上以风化下，下以风化上。主文而谲谏，言之者无罪，闻之者足戒，故曰风。至于王道衰，礼义废，政教失，国异政，家殊俗，则变风变雅作矣。国史明乎得失之迹，伤人伦之废，哀刑政之苛，吟咏情性，以风其上，达于事变而怀其旧俗者也。故变风发乎情，止乎礼义。发乎情，民之性也。止乎礼义，先王之泽也。是以一国之事，系一人之本，谓之风。言天下之事，形四方之风，谓之雅。雅者，正也。言王政之所由废兴也。政有小大，故有小雅焉，有大雅焉。此数语说得不甚清楚，《史记·司马相如列传》：“大雅言王公大人德逮黎庶，小雅讥小己之得失，其流及上。”较明白，盖鲁诗义也。颂者，美盛德之形容，以其成功告于神明者也。”

《诗序》即以风、小雅、大雅、颂为四始。《史记·孔子世家》：“古者诗三千余篇，及至孔子去其重，取可施于礼义，上采契、后稷，中述殷周之盛，至幽厉之缺。始于衽席，故曰：《关雎》之乱，以为风始；《鹿鸣》为小雅始；《文王》为大雅始；《清庙》为颂始。”此鲁诗义也。吾颇疑《诗序》“是谓四始”之上有脱文，郑玄随文说之，又牵合《周礼》，以风、雅、颂与赋、比、兴并列为六义，殊不可通。然其论诗之起源、效用，及说风、雅、颂之定义，则大致皆是，盖三家旧说也魏源说。

风、雅、颂与赋、比、兴理论上不能并列。《正义》云：“风、雅、颂者，诗篇之异体；赋、比、兴者，诗文之异辞耳。”大小不同，而得并为六义者，赋、比、兴是诗之所用，风、雅、颂是诗之成形，用彼三事，成此三事，是故同称为义，非别有篇卷也。《郑志》张逸问：何诗近于比、赋、兴。答曰：比、赋、兴，吴札观诗，已不歌也。孔子录《诗》已合风、雅、颂中，难复摘别，篇中义多兴。逸见风、雅、颂有分段，以为比、赋、兴亦有分段，谓有全篇为比，全篇为兴，欲郑指摘言之。郑以比、赋、兴者，直是文辞之异，非篇卷之别，故远言从本来不别之意，言吴札观诗已不歌，明其先无别体，不可歌也。孔子录《诗》已合风、雅、颂中，明其先无别体，不可分也。元来合而不分，今日难复摘别也。言篇中义多兴者，以《毛传》于诸篇之中，每言兴也。以兴在篇中，明比、赋亦在篇中，故以兴显比、赋也。若然，比、赋、兴元来不分，则惟有风、雅、颂三诗而已。《艺论》云：“至周分为六诗者，据《周礼》六诗之文而言之耳，非谓篇卷也。或以为郑云孔子已合于风、雅、颂中，则孔子以前未合之时，比、赋、兴别为篇卷；若然，则离其章句，析其文辞，乐不可歌，文不可诵，且风、雅、颂以比、赋、兴为体，若比、赋、兴别为篇卷，则无风、雅、颂矣。”案：郑意明谓“周时诗分为六，吴札时其别已不可考，孔子录诗文，合比、赋于风、雅、颂，故今难复摘别，据《毛传》亦惟可考见其所谓兴者耳”。《正义》必谓“郑意亦谓别无篇卷”，殊属勉强。诗之分法，随人所为，孔子分为三，后人亦但能分为三。焉知作《周礼》者不别有一法焉，分之为六乎？凡事实不能尽合论理，后人斤斤然谓比、赋、兴不能别有篇卷者，以为如此则不合论理耳。然安知古代必无不合论理之事乎？或孔子正以其不合论理而改之。《周礼》原文曰：“教六诗，曰风，曰赋，曰比，曰兴，曰雅，曰颂，以六德为之本，以六律为之音。”安知彼当日不有以六诗分配六德六律之法哉？《正义》之质言，固不如《郑志》之阙疑矣。然考《周礼》之六诗，自为一事，吾侪今日论诗又为一事。考《周礼》之六诗，固宜守疑事毋质之义，吾侪今日论诗，则自以守“风、雅、颂者，诗篇之异体，赋、比、兴者，诗文之异辞”之说为较合于论理也。要而言之，则赋、比、兴者，诗之三法也。郑注《周礼》云：“赋之言铺，直铺陈今之政教善恶。比，见今之失，不敢斥言，取比类以言之。兴，见今之美嫌于媚谀，取善事，以喻劝之。”又引郑司农说云：“比者，比方于物也；兴者，托事于物。”古人言诗，好索令政治，此自释经之体宜然。若论文学，则但取仲师之说足矣。予更为直截爽快之说曰：赋者，直陈其事；比者，意在此而言彼；兴者，先言彼而后及此也。如实称人之美，为赋；称花之美而意实在人，为比；言花而后及人，则为兴矣。

诗之用在能感动人情，及自言其情。《公羊》宣十五年何注：“五谷毕入，民皆居宅，里正趋缉绩，男女同巷，相从夜绩，至于夜中，故女工一月得四十五日作。从十月尽正月止，男女有所怨恨，相从而歌，饥者歌其食，劳者歌其事。男年六十，女年五十无子者，官衣食之，使之民间求诗，乡移于邑，邑移于国，国以闻于天子，故王者不出牖户，尽知天下所苦，不下堂而知四方。”盖人在社会之中，因种种牵制，真正言论自由之地颇少，且亦可谓绝无。故采取舆论，兹不能得真正之民意。惟诗歌等类，则言者无罪，故得以自陈其情，而闻之者，却可以隐喻其衷曲焉。古代观民风，必陈诗者以此。夫欲求社会之安平，首贵人人无不合理之行动，而欲求人人无不合理之行动，恃刑驱势迫，固有所不能，即恃舆论之监督，道德之制裁，亦尚苦其不足。何者？人情据非其所则不安，即能勉强于一时，终不可以持久也。子曰：“知之者，不如好之者；好之者，不如乐之者。”又曰：“如恶恶臭，如好好色。”诚出于感情之所不欲为，则虽强之而亦有不为者矣，更无虑其不能持久矣。文学之大用在此，诗亦其一也。古人论诗虽备于一方面，吾人固可推广其意，以识诗之全体大用矣。

诗与乐相连带，故恒随乐为变迁。论诗之起源，本先有人口中之谣，乃因其音节以作乐。然乐之既成，则因其本与诗相依倚，故乐律音节之改变，自以足致诗体之改变。诗固乐曲之歌词也。然人类歌唱之音节，非有新分子自外加入，恒只能渐变而不能骤变。故吾国历代，每当诗体改变之际，必为乐律改变之时，而音乐改变之时，又必承外国乐输入之后，殆千载如一辙。

《孔子世家》云："三百五篇，孔子皆弦歌之，以求合韶武雅颂之音。"则孔子时，诗固皆可合乐。然至汉代制氏雅乐，既莫能用，汉武帝别立乐府，集赵、代、秦、楚之讴，使李延年协其律，见《汉书·礼乐志》，而音乐大起变化，而诗境亦随之变化矣。愚案：中国古代之诗，似可分为两种，一诗经，一楚辞也。诗经一类以四言为主，三言、五言、六言、七言皆居少数，至八言、九言，则其实当分作两句读也。楚辞一类以七言为主，间杂其他之句，而三言最多。吾国古代语分楚夏，得毋歌辞亦有楚夏二系邪？今难质言。然汉高、项羽皆楚人，汉高所作《大风歌》，项羽所作拔山歌，固皆三言、七言也。《安世乐》源于《房中歌》，《房中歌》为唐山夫人作，亦有三言。要之，最适于中国人口中之音节者，为（一）五言，（二）七言，（三）三、七言三种。其在汉代，五言古诗，则承《诗经》而发达者也；乐府，则承楚辞一派而发达者也。

乐府本官署之名，所采之曲，盖亦民间所固有，然其后乐调既立，文人依其调以作辞，则又变为诗体之名矣。四言之变为五言，盖因言语发达，人口中音节，与古殊异之故。汉时作四言诗者，其道已穷。今所传韦孟《讽谏诗》，盖实其后人所伪作，然要为汉代作品。了无精神，足以知之。若汉高《为戚夫人之歌》，魏武之《短歌行》，则名虽四言，实则乐府也。

今试将两较如下。

韦孟《讽谏诗》

肃肃我祖，国自豕韦。黼衣朱黻，四牡龙旂。彤弓斯征，抚宁遐荒。总齐群邦，以翼大商。迭彼大彭，勋绩维光。至于有周，历世会同。王赧听谮，实绝我邦。我邦既绝，厥政斯逸。赏罚之行，非繇王室。庶尹群后，靡扶靡卫。五服崩离，宗周以坠。我祖斯微，迁于彭城。在予小子，勤唉厥生。厄此嫚秦，耒耜斯耕。悠悠嫚秦，上天不宁。乃眷南顾，授汉于京。于赫有汉，四方是征。靡适不怀，万国攸平。乃命厥弟，建侯于楚。俾我小臣，惟傅是辅。矜矜元王，恭俭静一。惠此黎民，纳彼辅弼。享国渐世，垂烈于后。乃及夷王，克奉厥绪。咨命不永，惟王统祀。左右陪臣，斯惟皇士。如何我王，不思守保？不惟履冰，以继祖考。邦事是废，逸游是娱。犬马悠悠，是放是驱。务此鸟兽，忽此稼苗。蒸民以匮，我王以媮。所弘匪德，所亲匪俊。惟囿是恢，惟谀是信。睮睮谄夫，谔谔黄发，如何我王，曾不是察？既藐下臣，追欲纵逸。嫚彼显祖，轻此削黜。嗟嗟我王，汉之睦亲。曾不夙夜，以休令闻。穆穆天子，照临下土。明明群司，执宪靡顾。正遐由近，殆其兹怙。嗟嗟我王，曷不斯思。匪思匪监，嗣其罔则。弥弥其逸，岌岌其国。致冰匪霜，致坠匪嫚。瞻惟我王，时靡不练。兴国救颠，孰违悔过。追思黄发，秦穆以霸。岁月其徂，年其逮耇。于赫君子，庶显于后。我王如何，曾不斯览。黄发不近，胡不时鉴！

汉高祖《为戚夫人楚歌》

鸿鹄高飞，一举千里。羽翮已就，横绝四海。横绝四海，当可奈何？虽有矰缴，尚安所施？

魏武帝《短歌行》

对酒当歌，人生几何？譬如朝露，去日苦多。慨当以慷，幽思难忘。何以解忧？惟有杜康。青青子衿，悠悠我心。但为君故，沉吟至今。呦呦鹿鸣，食野之苹。我有嘉宾，鼓瑟吹笙。明明如月，何时可掇？忧从中来，不可断绝。越陌度阡，枉用相存。契阔谈宴，心念旧恩。月明星稀，乌鹊南飞。绕树三匝，何枝可依？山不厌高，海不厌深。周公吐哺，天下归心。

古诗必五言，然乐府亦非无五言者，而二者又恒混合不别，欲别之在其内容，不在其形式也。沈德潜曰：“风骚既息，汉人代兴，五言为标准矣。就五言中较然两体：苏李赠答、无名氏十九首，古诗体也。庐江小吏妻、羽林郎、陌上桑之类，乐府体也。”今案:《古诗十九首》中第一首：

行行重行行，与君生别离。相去万余里，各在天一涯。道路阻且长，会面安可知。胡马依北风，越鸟巢南枝。相去日已远，衣带日已缓。浮云蔽白日，游子不顾返。思君令人老，岁月忽已晚。弃捐勿复道，努力加餐饭。

温柔敦厚，纯乎三百篇之旨矣。然如其第十三、十四两首：

驱车上东门，遥望郭北墓。白杨何萧萧，松柏夹广路。下有陈死人，杳杳即长暮。潜寐黄泉下，千载永不寤。浩浩阴阳移，年命如朝露。人生忽如寄，寿无金石固。万岁更相送，圣贤莫能度。服食求神仙，多为药所误。不如饮美酒，被服纨与素。

去者日以疏，来者日以亲。出郭门直视，但见丘与坟。古墓犁为田，松柏摧为薪。白杨多悲风，萧萧愁杀人。思还故里闾，欲归道无因。

杼轴纯乎乐府矣。大抵古诗和平，乐府较激壮也。又乐府之词较古诗为质，其意旨似可解不可解处亦较多，因之较古诗更近谣辞也。如古辞：

青青河畔草，绵绵思远道。远道不可思，夙昔梦见之。梦见在我旁，忽觉在他乡。他乡各异县，展转不可见。枯桑知天风，海水知天寒。入门各自媚，谁肯相为言？客从远方来，遗我双鲤鱼。呼童烹鲤鱼，中有尺素书。长跪读素书，书中竟何如？上有加餐食，下有长相忆。

全系习熟之词，信口喷薄而出。就中如“枯桑知天风，海水知天寒”等为汉人常见之句，知其联缀，更无他意，只在喉吻间熟，其诗在口中，不在纸上也。古诗首句，多与下文若不相属者以此。如《孔雀东南飞》等，皆是其纸上之意，义若不联贯，其口中之音节，则极和谐也。又乐府设想，往往极奇，古诗则贵平正。如“枯鱼过河泣，何时悔复及。作书与鲂鲔，相教慎出入”，此等设想，古诗中无之。其有之，则系效乐府者。古诗只可抒情，而乐府则长叙事。《孔雀东南飞》太长，今举下两篇为例：

《上山采蘼芜》

上山采蘼芜，下山逢故夫。长跪问故夫：新人复何如？新人虽言好，未若故人姝。颜色类相似，手爪不相如。新人从门入，故人从阁去。新人工织缣，故人工织素。织缣日一匹，织素五丈余。将缣来比素，新人不如故。

《陌上桑》

日出东南隅，照我秦氏楼。秦氏有好女，自名为罗敷。罗敷善蚕桑，采桑城南隅。青丝为笼系，桂枝为笼钩。头上倭堕髻，耳中明月珠。缃绮为下裙，紫绮为上襦。行者见罗敷，下担捋髭须。少年见罗敷，脱帽着帩头。耕者忘其犁，锄者忘其锄。来归相怨怒，但坐观罗敷。使君从南来，五马立踟蹰。使君遣吏往，问是谁家姝？秦氏有好女，自名为罗敷。罗敷年几何？二十尚不足，十五颇有余。使君谢罗敷，宁可共载不？罗敷前致辞，使君一何愚！使君自有妇，罗敷自有夫。东方千余骑，夫婿居上头。何用识夫婿？白马从骊驹。青丝系马尾，黄金络马头，腰中鹿卢剑，可值千万余。十五府小吏，二十朝大夫。三十侍中郎，四十专城居。为人洁白皙，鬑鬑颇有须。盈盈公府步，冉冉府中趋。坐中数千人，皆言夫婿殊。

此诗自"但坐观罗敷"以上为一解，"罗敷自有夫"以上为一解。乐府之解，即诗之分章也。又如：

《出东门》

出东门，不顾归。来入门，怅欲悲。盎中无斗储，还视桁上无悬衣。拔剑出门去，儿女牵衣啼。他家但愿富贵，贱妾与君共餔糜。共餔糜，上用仓浪天故，下为黄口小儿。今时清廉，难犯教言，君复自爱莫为非。今时清廉，难犯教言，君复自爱莫为非。行！吾去为迟，平慎行，望君归。

竟与白话无异。乐府中最质朴者，为《雁门太守行》，然在当时，亦被弦管也。唐人如白居易等所作新乐府，即未必可被弦管矣。

乐府之三言者，如《郊祀歌》是。四言者，如《来日大难》是。三七言者，如《盘中诗》等是。又如："悲歌可以当泣，远望可以当归。思念故乡，郁郁累累。欲归家无人，欲渡河无船。心思不能言，肠中车轮转。"此等起句，唐人歌行尚时用之。乐府标题甚多，如"歌""吟""咏""怨""叹""行""引""篇""曲"等皆是。其音律，自齐梁以后，又渐亡失。然今民间歌谣，其音节固极似古乐府，特无人为之协律耳。

古诗与乐府异，贵平正渊穆，含蓄不尽。苏、李诗吾固信为六朝人拟作，然论其诗，则实足与十九首并称，古诗之模范也。如：

结发为夫妻，恩爱两不疑。欢娱在今夕，燕婉及良时。征夫怀远路，起视夜何其。

参辰皆已没，去去从此辞。行役在战场，相见未有期。握手一长叹，泪为生别滋。努力爱春华，莫忘欢乐时。生当复来归，死当长相思。

试以此与杜甫之《新婚别》比较，可见古诗与乐府之别。杜陵五言，多用乐府法也，故能别开新境。古诗固贵渊穆，然亦不可无气势。如：

李陵《赠苏武别》

良时不再至，离别在须臾。屏营衢路侧，执手野踟蹰。仰视浮云驰，奄忽互相踰。风波一失所，各在天一隅。长当从此别，且复立斯须。欲因晨风发，送子以贱躯。

可谓极沉郁顿挫之致矣。古诗自汉以后当以魏晋为一境界，宋齐以后又为一境界。建安之诗，犹有风骨，然华藻已过汉人。晋初阮籍，犹为汉魏雅音。至潘、陆则更以词华胜矣。就中拔出流俗者，为郭璞及左思。《游仙》之超逸，《咏史》之雄俊，均非余子所有。而陶诗写景言情，平淡之中，自饶深刻之致，其诗境又非前此所有也。

曹植《杂诗》二首

高台多悲风，朝日照北林。之子在万里，江湖迥且深。方舟安可极，离思故难任。孤雁飞南游，过庭长哀吟。翘思慕远人，愿欲托遗音。形影忽不见，翩翩伤我心。

转蓬离本根，飘摇随长风。何意回飚举，吹我入云中。高高上无极，天路安可穷？类此游客子，捐躯远从戎。毛褐不掩形，薇藿常不充。去去莫复道，沉忧令人老。

建安七子诗才，自以陈思王[①]为最，次之则王仲宣也。仲宣最长公讌。

① 陈思王：曹植，建安时期大诗人之一，诗名与其父曹操、其兄曹丕并称为三曹。此处疑是吕先生误笔，因陈思王曹植并非建安七子。——编者注

阮籍《咏怀》三首

夜中不能寐，起坐弹鸣琴。薄帷鉴明月，清风吹我襟。孤鸿号外野，翔鸟鸣北林。徘徊将何见，忧思独伤心。

二妃游江滨，逍遥顺风翔。交甫怀环佩，婉娈有芬芳。猗靡情欢爱，千载不相忘。倾城迷下蔡，容好结中肠。感激生忧思，萱草树兰房。膏沐为谁施，其雨怨朝阳。如何金石交，一旦更离伤！

嘉树下成蹊，东园桃与李。秋风吹飞藿，零落从此始。繁华有憔悴，堂上生荆杞。驱马舍之去，去上西山趾。一身不自保，何况恋妻子。凝霜被野草，岁暮亦云已。

嗣宗《咏怀》，皆有寄托，其意不可尽知，亦不可凿求也。古人有寄托之作，不可不知其有寄托，亦不可求其事以实之。

陆机《塘上行》

江蓠生幽渚，微芳不足宣。被蒙风云会，移居华池边。发藻玉台下，垂影沧浪泉。沾润既已渥，结根奥且坚。四节逝不处，繁华难久鲜。淑气与时殒，余芳随风捐。天道有迁易，人理无常全。男欢智倾愚，女爱衰避妍。不惜微躯退，但惧苍蝇前。愿君广末光，照妾薄暮年。

又《赴洛道中作》

远游越山川，山川修且广。振策陟崇丘，案辔遵平莽。夕息抱影寐，朝徂衔思往。顿辔倚嵩严，侧听悲风响。清露坠素辉，明月一何朗。抚枕不能寐，振衣独长想。

以此与两汉诗较，自见其藻采渐工，造句渐巧，音调亦渐见稳顺，而空灵矫健之气渐少，质朴厚重之意渐漓矣。

潘岳《悼亡》

皎皎窗中月，照我室南端。清商应秋至，溽暑随节阑。凛凛凉风升，始觉夏衾单。岂曰无重纩，谁与同岁寒。岁寒无与同，朗月何胧胧。展转眄枕席，长簟竟床空。床空委清尘，室虚来悲风。独无李氏灵，髣髴睹尔容。抚衿长叹息，不觉涕沾胸。沾胸安能已，悲怀从中起。寝兴目存形，遗音犹在耳。上惭东门吴，下愧蒙庄子。赋诗欲言志，此志难具纪。命也可奈何，长戚自令鄙。

左思《咏史》二首

弱冠弄柔翰，卓荦观群书。著论准过秦，作赋拟子虚。边城苦鸣镝，羽翼飞京都。虽非甲胄士，畴昔览穰苴。长啸激清风，志若无东吴。铅刀贵一割，梦想骋良图。左眄澄江湘，右盼定羌胡。功成不受爵，长揖归田庐。

郁郁涧底松，离离山上苗。以彼径寸茎，荫此百尺条。世胄蹑高位，英俊沉下僚。地势使之然，由来非一朝。金张藉旧业，七叶珥汉貂，冯公岂不伟，白首不见招。

郭璞《游仙诗》三首

京华游侠窟，山林隐遯栖。朱门何足荣，未若托蓬莱。临源挹清波，陵冈掇丹荑。灵溪可潜盘，安事登云梯。漆园有傲吏，莱氏有逸妻。进则保龙见，退为触藩羝。高蹈风尘外，长揖谢夷齐。

青溪千余仞，中有一道士。云生梁栋间，风出窗户里。借问此何谁，云是鬼谷子。翘迹企颍阳，临河思洗耳。阊阖西南来，潜波涣鳞起。灵妃顾我笑，粲然启玉齿。蹇修时不存，要之将谁使。

翡翠戏兰苕，容色更相鲜。绿萝结高林，蒙笼盖一山。中有冥寂士，静啸抚清弦。放情凌霄外，嚼蕊挹飞泉。赤松临上游，驾鸿乘紫烟。左挹浮丘袖，右拍洪崖肩。借问蜉蝣辈，宁知龟鹤年。

凡游仙诗有托而逃，贵有奇趣遐想。

陶潜《饮酒》二首

结庐在人境，而无车马喧。问君何能尔，心远地自偏。采菊东篱下，悠然见南山。山气日夕佳，飞鸟相与还。此中有真意，欲辩已忘言。

故人赏我趣，挈壶相与至。班荆坐松下，数斟已复醉。父老杂乱言，觞酌失行次。不觉知有我，安知物为贵。悠悠迷所留，酒中有深味。

渊明寓言情于写景，可称独绝，其有理致处，尤不可及，读此两首可见。其写景之句，十分自然又极洗练，实他家所无。如“平畴交远风”，又如“微雨从东来，好风与之俱”是也。其专言情之诗，孤高慷慨，亦各极其妙。

陶潜《咏贫士》

万族各有托，孤云独无依。暧暧空中灭，何时见余晖。朝霞开宿雾，众鸟相与飞。迟迟出林翮，未夕复来归。量力守故辙，岂不寒与饥。知音苟不存，已矣何所悲。

又《拟挽歌》

荒草何茫茫，白杨亦萧萧。严霜九月中，送我出远郊。四面无人居，高坟正嶕峣。马为仰天鸣，风为自萧条。幽室一已闭，千年不复朝。千年不复朝，贤达无奈何。向来相送人，各自还其家。亲戚或余悲，他人亦已歌。死去何所道，托体同山阿。

两汉之诗，所以与魏晋不同者，两汉重意，魏晋后渐重词。两汉古淡，魏晋以后渐趋于妍丽。两汉以气运词，魏晋以后渐以词为累，而气不能举也。抑两汉多悲愤幽怨之作，魏晋而后渐多宴集酬对之辞。一根于情，一不根于情，实其升降之所由矣。

此等变迁，实以建安为其关键。然魏晋稍弱稍华耳，大体犹不失古意也。至宋以后，则雕镂弥甚，古意寖亡矣。

宋诗颜、谢并称，然延年雕镂过甚，不如康乐能出以自然。

颜延年《赠王太常》

玉水记方流，璇源载圆折。蓄宝每希声，虽秘犹彰彻。聆龙睽九泉，闻凤窥丹穴。历听岂多工，唯然觏世哲。舒文广国华，敷言远朝列。德辉灼邦懋，芳风被乡耋。侧同幽人居，郊扉常昼闭。林闾时晏开，亟回长者辙。庭昏见野阴，山明望松雪。静惟浃群化，徂生入穷节。豫往诚欢歇，悲来非乐阕。属美谢繁翰，遥怀其短札。

延年之诗，《诗品》谓源出士衡，然士衡多偶对，好藻饰耳，镂刻不如延年之甚。延年诗自不如康乐之自然，然厚重犹近古，康乐虽清俊，去古实弥远矣。

谢灵运《石壁精舍还湖中作》

昏旦变气候，山水含清晖。清晖能娱人，游子憺忘归。出谷日尚早，入舟阳已微。林壑敛暝色，云霞收夕霏。芰荷迭映蔚，蒲稗相因依。披拂趋南径，愉悦偃东扉。虑澹物自轻，意惬理无违。寄言摄生客，试用此道推。

康乐最长写景，故与渊明并称。然渊明即景见情，康乐纯乎写景，又其异焉者也。惠连巧琢，质不胜文，又非康乐之俦矣。

宋诗推鲍明远最为矫健，乐府尤胜。

鲍照《代东门行》

伤禽恶弦惊，倦客恶离声。离声断客情，宾御皆涕零。涕零心断绝，将去复还诀。一息不相知，何况异乡别。遥遥征驾远，杳杳白日晚。居人掩闺卧，行子夜中饭。野风吹草木，行子心肠断。食梅常苦酸，衣葛常苦寒。丝竹徒满坐，忧人不解颜。长歌欲自慰，弥起长恨端。

又《拟行路难》五首

奉君金卮之美酒，瑇瑁玉匣之雕琴。七彩芙蓉之羽帐，九华蒲萄之锦衾。红颜零落岁将暮，寒光宛转时欲沉。愿君裁悲且减思，听我抵节行路吟。不见柏梁铜雀上，宁闻古时清吹音。

洛阳名工铸为金，博山千斫复万镂。上刻秦女携手仙，承君清夜之欢娱。列置帏里明烛前，外发龙鳞之丹彩，内含麝芬之紫烟。如今君心一朝异，对此长叹终百年。

璇闺玉墀上椒阁，文窗绣户垂罗幕。中有一人字金兰，被服纤罗采芳藿。春燕参池风散梅，开帏对景弄春爵。含歌揽涕恒抱愁，人生几时得为乐。宁作野中之双凫，不愿云间之别鹤。

泻水置平地，各自东西南北流，人生亦有命，安能行叹复坐愁。酌酒以自宽，举杯断绝歌路难。心非木石岂无感，吞声踯躅不敢言。

对案不能食，拔剑击柱长叹息。丈夫生世会几时，安能蹀躞垂羽翼。弃置罢官去，还家自休息。朝出与亲辞，暮还在亲侧。弄儿床前戏，看妇机中织。自古圣贤尽贫贱，何况我辈孤且直。

此太白七古所取法也。

永明以后，渐开唐境，梁代宫体，益之浮艳，古意愈漓矣。今录数首于下，以见其概。

谢朓《入朝曲》

江南佳丽地，金陵帝王州。逶迤带绿水，迢递起朱楼。飞甍夹驰道，垂杨荫御沟。凝笳翼高盖，叠鼓送华辀。献纳云台表，功名良可收。

简文帝《折杨柳》

杨柳乱成丝，攀折上春时。叶密鸟飞碍，风轻花落迟。城高短箫发，林空画角悲。曲中无别意，并是为相思。

沈约《别范安成》

生平少年日，分手易前期。及尔同衰暮，非复别离时。勿言一樽酒，明日难重持。梦中不识路，何以慰相思。

江淹《陶征君潜田居》

种苗在东皋，苗生满阡陌。虽有荷锄倦，浊酒聊自适。日暮巾柴车，路暗光已夕。归人望烟火，稚子候檐隙。问君亦何为，百年会有役。但愿桑麻成，蚕月得纺绩。素心正如此，开径望三益。

庾肩吾《咏长信宫中草》

委翠似知节，含芳如有情。全由履迹少，并欲上阶生。

何逊《相送》

客心已百念，孤游重千里。江暗雨欲来，浪白风相起。

阴铿《开善寺》

鹫岭春光遍，王城野望通。登临情不极，萧散趣无穷。莺随入户树，花逐下山风。栋里归云白，窗外落晖红。古石何年卧，枯树几春空。淹留惜未及，幽桂有芳丛。

徐陵《别毛天寤》

愿子厉风规，归来振羽仪。嗟余今老病，此别空长离。白马君来哭，黄泉我讵知。徒劳脱宝剑，空挂陇头枝。

庾信《喜晴应诏》

御辩诚膺录，维皇称有建。雷泽昔经渔，负夏时从贩。柏梁骖驷马，高陵驰六传。有序属宾连，无私表平宪。河堤崩故柳，秋水高新堰。心斋愍昏垫，乐彻怜胥怨。禅河秉高论，法轮开胜辩。王城水斗息，洛浦河图献。伏泉还习坎，归风已回巽。桐枝长旧围，蒲节抽新寸。山薮欣藏疾，幽栖得无闷。有庆兆民同，论年天子万。

诸诗虽又迥异魏晋，然置之唐人诗中，则皆为高格也。

《文选》各诗，皆以其内容分类，盖人之才性，各有所近，长于此者，不必长于彼，此亦不可不知也。今录其分类之名如左：

补亡　述德　劝励劝者进善之名，励者勖己之称　献诗　公讌
相饯　咏史　百一　游仙　招隐　游览　咏怀　哀伤　赠答
行旅　军戎　郊庙　乐府　挽歌　杂歌　杂诗　杂拟

五言古诗至唐代变化而成律诗。律诗者篇有定句，句有定声。俗说谓律诗之起，由于声病。案八病之说，见于《诗人玉屑》，与古律无关，且亦不必尽拘也。

一曰平头　第一字不得与第六字，第二字不得与第七字同声，如“今日良宴会，欢乐莫具陈”，“今”“欢”皆平声，“日”“乐”皆入声。

二曰上尾　第五字不得与第十字同声，如“青青河畔草，郁郁园中柳”，

“草”“柳”皆上声。

三曰蜂腰　第二字不得与第五字同声，如“闻君爱我甘，窃欲自修饰”，“君”“甘”皆平声，“欲”“饰”皆入声。

四曰鹤膝　第五字不得与第十五字同声，如“客从远方来，遗我一书札。上言长相思，下言久离别”，“来”“思”皆平声。

五曰大韵　如声鸣为韵，上九字不得用惊倾平荣字。

六曰小韵　除押韵字外，九字中不得有两字同韵，如韵为桥，诗中则不用“遥”“条”。

七曰旁纽八曰正纽　十字内两字叠韵为正纽，若不共一纽，而有双声为旁纽，如流久为正纽，流柳为旁纽。

凡律诗，以中四句对偶为正格，但亦有八句全对，或八句全不对者，又有前六句对后六句对者，有但对第三四句，或第五六句者，又有首联对而次联不对者，其实并无一定。五七律皆然。

平仄则有一定，异乎正规者，谓之拗体。拗体亦有一定音节。俗说“一三五不论，二四六分明”，最谬。此非但不可论律诗，并不可论古诗也。拗体有以第三字与第五字平仄互易者，如“溪云初起日沉阁，山雨欲来风满楼”是。又有以第五六字互易者，如“来时珥笔夸健讼，去日攀车余泪痕”是。然亦并无一定规律。其实拗句乃律体中夹古句耳。然古体音节无定而有定，故不能以“一三五不论”等粗浅之说概之也。

律诗之体，实至沈佺期。宋之问。始成。前此即有之，亦只可云偶合耳。

律诗不以八句为限者，是为排律。其体亦源于隋以前，如薛道衡之《昔昔盐》是也。盖律诗原不以八句为限，特唐人之作律诗，多取八句者耳。不限于八句而又变古为律，是即排律也。唐人排律以少陵为第一。前乎此者王、杨、卢、骆，颇乏生气；后乎此者，微之、居易又无浩瀚之观。要之，此体不易作也。

七言歌行，亦源于乐府，论者多以柏梁为七言之祖。然此篇之为赝鼎，灼然无疑。与其称此篇，不如径举秋风、瓠子之辞，更上之则大风、拔山、易水之歌，皆七言之远祖也。魏文帝《燕歌行》则形式亦与七言歌行无异矣。

曹丕《燕歌行》

秋风萧瑟天气凉，草木摇落露为霜。群燕辞归雁南翔，念君客游思断肠。

慊慊思归恋故乡，君何淹留寄他方。贱妾茕茕守空房，忧来思君不敢忘。不觉泪下沾衣裳，援琴鸣弦发清商，短歌微吟不能长。明月皎皎照我床，星汉西流夜未央。牵牛织女遥相望，尔独何辜限河梁。

此后如平子《四愁》等，亦直接为唐人所仿效。

古诗平仄无定而有定，不能不讲而亦不能指出一定规律，只可多读而自知之。质言之，则古诗音节合全篇而定，非如律诗之每句有定，故不能具体举出也。七古押韵有每句皆韵者，有两句一韵者，亦有错落不一定者。一韵到底可，换韵亦可。其中最整齐之一种，每四句一换韵。更整齐者，则其换韵恒平仄相间。凡古诗必不可入律句，惟此体最近律，入律句无妨，且必有整齐平顺类律之句乃佳。古诗贵雍穆，乐府特票姚，前已言之。七言古诗尤贵有曲折顿挫之致，有硬语盘空之妙。一言以蔽之，则在有气以运之耳。

近体源于古诗，绝句出于乐府，以为截律诗而为之则谬矣。赵氏翼云：杨伯谦元杨士宏。谓五言绝句，唐初变六朝子夜体也。七言绝句，初唐尚少，中唐渐盛，然梁简文《夜望单雁》一首案其辞曰："天霜河白夜星稀，一雁声嘶何处归。早知半路应相失，不如从来本独飞。"已是七绝云云。今按《南史》：宋晋熙王昶奔魏，在道慷慨为断句。诗曰："白云满鄣来，黄尘半天起。关山四面绝，故乡几千里。"梁元帝降魏，在幽逼时制诗四绝，其一曰："南风且绝唱，西陵最可悲。今日还蒿里，终非封禅时。"曰断句，曰绝句，则宋梁时已称绝句也。柳恽和梁武帝《景阳楼》篇云："太液沧波起，长杨高树秋。翠华承汉远，雕辇逐风流。"陈文帝时，陈宝应起兵，沙门慧标作诗送之曰："送马犹临水，离旗稍隐风。好看今夜月，当照紫微宫。"隋炀帝宫中侯夫人诗："饮泣不成泪，悲来翻强歌。庭花方烂漫，无计奈春何。"萧子云《玉笋山》诗："千载云霞一径通，暖烟迟日锁溶溶。鸟啼春昼桃花拆，独步溪头探碧茸。"虞世南《袁宝儿》诗："学画鸦儿半未成，垂肩大袖太憨生。缘憨却得君王宠，长把花枝傍辇行。"其时尚未有律诗，而音节和谐已若此，岂非五七绝之滥觞乎。案古绝句："藁砧今何在，山上复有山。何当大刀头，破镜飞上天。"又在"子夜歌"之前也。

绝句大率一二四句皆韵，但第一句不韵亦可。四句不对，前两句，句各一意，后两句一意，最为正格。但四句俱对，或前两句对，或后两句对，均无不可。总之，绝句以自然为佳，当如初写黄庭，恰到好处，一着力便不是，板滞更不可也。杜陵绝句尚贻半律之讥，其他更无论矣。

唐诗有盛、中、晚之分，其说起于宋严羽之《沧浪诗话》。明高廷礼选《唐诗品汇》，乃立初、盛、中、晚之分，大概以武德以后为初，开元为盛，大历以后为中，大中以后为晚。然此特以大较言之，不能真划分年代。如杜甫为盛唐大家，然其诗作于大历后者实多也。

初唐之特色在变陈、隋以来之靡丽，而返之于魏、晋。其中卓然能自树立者，为陈子昂、张九龄两家。王士祯谓“夺魏晋之风骨，变陈梁之俳优，陈伯玉之力最大，曲江公继之，太白又继之”是也。今录二人感遇诗各数章如下：

陈子昂《感遇》三首

微月生西海，幽阳始代升，圆光正东满，阴魄已朝凝。太极生天地，三元更废兴，至精谅斯在，三五谁能征。

幽居观大运，悠悠念群生。终古代兴没，豪圣莫能争。三季沦周赧，七雄灭秦嬴。复闻赤精子，提剑入咸京。炎光既无象，晋虏纷纵横。尧禹道既昧，昏虐世方行。岂无当世雄，天道与胡兵。咄咄安可言，时醉而未醒。仲尼溺东鲁，伯阳遁西溟。大运自古来，旅人胡叹哉。

翡翠巢南海，雄雌珠树林。何知美人意，娇爱比黄金。杀身炎州里，委羽玉堂阴。旖旎光首饰，葳蕤烂锦衾。岂不在遐远，虞罗忽见寻。多材固为累，叹息此珍禽。

张九龄《感遇》二首

兰叶春葳蕤，桂华秋皎洁。欣欣此生意，自尔为佳节。谁知林栖者，闻风坐相悦。草木有本心，何求美人折。

西日下山隐，北风乘夕流。燕雀感昏旦，檐楹呼匹俦。鸿鹄虽自远，哀音非所求。贵人弃疵贱，下士尝殷忧。众情累外物，恕己忘内修。感叹长如此，使我心悠悠。

魏晋而后，日由质而入于文，至唐则由文而复诸质。诗文之趋势一也。

五律当唐初犹未大成，至沈、宋则与古诗判然矣。

王勃《铜雀伎》

金凤邻铜雀，漳河望邺城。君王无处所，台榭若平生。舞席纷何就，歌梁俨未倾。西陵松槚冷，谁见绮罗情。

陈子昂《晚次乐乡县》

故乡杳无际，日暮且孤征。川原迷旧国，道路入边城。野戍荒烟断，深山古木平。如何此时恨，嗷嗷夜猿鸣。

宋之问《杂诗》

闻道黄龙戍，频年不解兵。可怜闺里月，长在汉家营。少妇今春意，良人昨夜情。谁能将旗鼓，一为取龙城。

沈佺期《度大庾岭》

度岭方辞国，停轺一望家。魂随南翥鸟，泪尽北枝花。山雨初含霁，江云欲变霞。但令归有日，不敢恨长沙。

初唐诗浑涵，未尽发泄，中唐则稍涉清俊矣。唐人之诗，所以牢笼万有，开古人未有之境者，全在盛唐。盛唐之中，自以李、杜称首。然李特天才超越而已；于各体皆自立门户，不依傍古人，而变化之多，又如建章宫千门万户，则自古迄今，未有如少陵者，称为诗圣，良不诬也。

太白五古，全是魏晋风格，今录一首为例。

李白《古风》

大雅久不作，吾衰竟谁陈？王风委蔓草，战国多荆榛。龙虎相啖食，兵戈逮狂秦。正声何微茫，哀怨起骚人。扬马激颓波，开流荡无垠。废兴虽万变，宪章亦已沦。自从建安来，绮丽不足珍。圣代复元古，垂衣贵清真。群才属休明，乘运共跃鳞。文质相炳焕，众星罗秋旻。我志在删述，垂辉映千春。希圣如有立，绝笔于获麟。

太白天才之表现，尤在其七古。

李白《行路难》二首

金樽清酒斗十千，玉盘珍羞直万钱。停杯投箸不能食，拔剑四顾心茫然。欲渡黄河冰塞川，将登太行雪满山。闲来垂钓碧溪上，忽复乘舟梦日边。行路难，行路难，多歧路，今安在。长风破浪会有时，直挂云帆济沧海。

大道如青天，我独不得出。羞逐长安社中儿，赤鸡白狗赌梨栗。弹剑作歌奏苦声，曳裾王门不称情，淮阴市井笑韩信，汉朝公卿忌贾生。君不见昔时燕家重郭隗，拥篲折节无嫌猜。剧辛乐毅感恩分，输肝剖胆效英才。昭王白骨萦蔓草，谁人更扫黄金台。行路难，归去来。

《行路难》直抒胸臆，不过笔力挺拔而已；《山鹧鸪》全首皆用比兴，若嘲若讽，如泣如诉，直与歌谣无异。《太白集》中，此等作品最多。诗之先祖，原系谣词，然既成为诗，则为学士大夫之业，与农夫野老信口所成，绝然异趣。闻见之广，托兴之高，词句之丽，数典之博，种种方面自然谣不如诗。然有一端，诗亦绝逊其先祖者，则天趣是已。此由农夫野老所感觉者，率为天然之景物；所吐露者，即为胸中之感情，真而且质，绝无点染，而学士大夫，则用过许多书本上之功夫，其所取之材料，所得之感想，往往从书本上来，虽书本之所记，原系从事物得来，然校之天然之景物，胸中之感情，总已翻印过一次故也。于此点文人学士之作，绝不能与农夫竞胜。唯太白歌行，有时置之谣词中，竟可以乱楮叶，此则欲不归诸其天才之超越而不可得已。

此外太白所长，亦在绝诗，因绝句着力不得，全靠天分也。

李白《山鹧鸪词》

苦竹岭头秋月辉，苦竹南枝鹧鸪飞。嫁得燕山胡雁壻，欲衔我向雁门归。山鸡翟雉来相劝，南禽多被北禽欺。紫塞严霜如剑戟，苍梧欲巢难背违。我心誓死不能去，哀鸣惊叫泪沾衣。

又《山中答俗人》

问余何意栖碧山，笑而不答心自闲。桃花流水窅然去，别有天地非人间。

又《从军行》

百战沙场碎铁衣，城南已合数重围。突营射杀呼延将，独领残兵千骑归。

亦殊见设想之高远，笔力之纵横也。

少陵之诗，有不尽可以诗求之者，于此可见文学之大本大源。文学本感情之产物，性情凉薄之人，决不能有涵盖古今之作。古来诗人，固多与世相忘，看似冷淡者，其实彼皆极热心之人，惟其热心，是以悲观，悲观之极，乃转遁入于冷淡。若本为自了汉，与社会痛痒不相关，但得饱食暖衣，便已欣然自足，则更有何感慨？且诗人未有不爱自然之景物者，爱自然之景物，是亦爱也。漠然寡情之人，对于社会固已无情，对于自然亦然，此等人安得有作诗之动机耶？故真正之文学家，必其感情热烈，天性真挚者。吾不敢谓感情热烈、天性真挚之人，遂无足与少陵比者，然亦罕矣。且彼其感情用诸国家，用诸社会，又非徒为一身一家及宗族交游者比也。其感情之量既大，则其发抒之，自然轮囷郁勃无奇不有已。

少陵之所难，在其于各体皆能自出机杼，不依傍古人。此则非徒性情之真挚浓厚，而其文学上之技术，亦足惊人矣。今试先观其五古之长篇。

杜甫《自京赴奉先县咏怀五百字》

杜陵有布衣，老大意转拙。许身一何愚，窃比稷与契。居然成濩落，白首甘契阔。盖棺事则已，此志常觊豁。穷年忧黎元，叹息肠内热。取笑同学翁，浩歌弥激烈。非无江海志，潇洒送日月。生逢尧舜君，不忍便永诀。当今廊庙具，构厦岂云缺？葵藿倾太阳，物性固莫夺。顾惟蝼蚁辈，但自求其穴。胡为慕大鲸，辄拟偃溟渤。以兹悟生理，独耻事干谒。兀兀遂至今，忍为尘埃没。终愧巢与由，未能易其节。沈饮聊自遣，放歌颇愁绝。岁暮百草零，疾风高冈裂。天衢阴峥嵘，客子中夜发。霜严衣带断，指直不得结。凌晨过骊山，御榻在嵽嵲。蚩尤塞寒空，蹴踏崖谷滑。瑶池气郁律，羽林相摩戛。君臣留欢娱，乐动殷胶葛。赐浴皆长缨，与宴非短褐。彤庭所分帛，本自寒女出，鞭挞其夫家，聚敛贡城阙。圣人筐篚恩，实欲邦国治，臣如忽至理，君岂弃此物。多士盈朝廷，仁者宜战慄。况闻内金盘，尽在卫霍室。中堂有神仙，烟雾蒙玉质。

煖客貂鼠裘，悲管逐清瑟。劝客驼蹄羹，霜橙压香橘。朱门酒肉臭，路有冻死骨。荣枯咫尺异，惆怅难再述。北辕就泾渭，官渡又改辙。群水从西下，极目高崒兀。疑自崆峒来，恐触天柱折。河梁幸未坼，枝撑声窸窣。行旅相攀援，川广不可越。老妻寄异县，十口隔风雪。谁能久不顾，庶往共饥渴。入门闻号咷，幼子饥已卒。吾宁舍一哀，里巷亦呜咽。所愧为人父，无食致夭折。岂知秋禾登，贫窭有仓卒，生常免租税，名不隶征伐，抚迹犹酸辛，平人固骚屑。默思失业徒，因念远戍卒。忧端齐终南，澒洞不可掇。

此诗自起至"放歌颇愁绝"，先自述生平，自此以下，皆述自京赴奉先县之事，中间因过骊山，追怀往事，发出如许一大段议论，章法先已奇绝。其中如"岁暮百草零，疾风高冈裂"，起笔之有气势；"严霜衣带断，指直不得结"，"蚩尤塞寒空，蹴踏崖谷滑"，"群水从西下……恐触天柱折"，写景之工；"彤廷所分帛……仁者宜战栗"一段议论之正大；"况闻内金盘……惆怅难再述"一段措辞之沉痛，此段所写之事，极为沉痛，而"中堂有神仙……霜橙压香橘"设色极为绮丽，仅"朱门酒肉臭，路有冻死骨"十字，出以激越之声，而"荣枯咫尺异，惆怅难再述"，仍作婉约之词，知此便无刺激性过甚之患。凡文字贵能刺激起人之感想，然刺激过烈，则又使人难受也。均堪独有千古。"谁能久不顾，庶往共饥渴"，"所愧为人父，无食至夭折"尤为性情真挚之言。终复念及失业之徒，远戍之卒，"穷年忧黎元，叹息肠内热"非门面之词矣。

杜陵五古，写景尤有极工者，如《羌村三首》是。

杜甫《羌村三首》

峥嵘赤云西，日脚下平地。柴门鸟雀噪，归客千里至。妻孥怪我在，惊定还拭泪。世乱遭飘荡，生还偶然遂。邻人满墙头，感叹亦歔欷。夜阑更秉烛，相对如梦寐。

晚岁迫偷生，还家少欢趣。娇儿不离膝，畏我复却去。忆昔好追凉，故绕池边树。萧萧北风劲，抚事煎百虑。赖知禾黍收，已觉糟床注。如今足斟酌，且用慰迟暮。

群鸡正乱叫，客至鸡斗争。驱鸡上树木，始闻叩柴荆。父老四五人，问我久远行，手中各有携，倾榼浊复清。苦辞酒味薄，黍地无人耕。兵革既未息，儿童尽东征。请为父老歌，艰难愧深情。歌罢仰天叹，四座泪纵横。

其中如“邻人满墙头……相对如梦”，“寐娇儿不离膝，畏我复却去”，“群鸡正乱叫……始闻扣柴荆”，不徒画所不到，即作白话小说者，亦不能如此深切也。善写村野景物者莫如渊明，然渊明自然诚自然矣，有此深切境界乎？

描写社会情况之作，尤为杰出，所以有“诗史”之称也。三吏三别最为有名，今各举一首如下：

杜甫《石壕吏》

暮投石壕村，有吏夜捉人。老翁踰墙走，老妇出门看。吏呼一何怒，妇啼一何苦。听妇前致词，三男邺城戍。一男附书至，二男新战死。存者且偷生，死者长已矣。室中更无人，惟有乳下孙。孙有母未去，出入无完裙。老妪力虽衰，请从吏夜归。急应河阳役，犹得备晨炊。夜久语声绝，如闻泣幽咽。天明登前途，独与老翁别。

又《新婚别》

兔丝附蓬麻，引蔓故不长。嫁女与征夫，不如弃路傍。结发为妻子，席不暖君床。暮婚晨告别，无乃太匆忙。君行虽不远，守边赴河阳。妾身未分明，何以拜姑嫜？父母养我时，日夜令我藏。生女有所归，鸡狗亦得将。君今死生地，沉痛迫中肠。誓欲随君往，形势反苍黄。勿为新婚念，努力事戎行。妇人在军中，兵气恐不扬。自嗟贫家女，久致罗襦裳。罗襦不复施，对君洗红妆。仰视百鸟飞，大小必双翔。人事多错迕，与君永相望。

此诗《新婚别》起四句及“父母养我时”四句，全然是乐府杼轴。然乐府叙事，多迷离惝恍，而杜陵能变为正式之叙事诗，此其所以膺“诗史”之目而无愧也。通首作新嫁娘自述口气，时时更端须看其用笔转换之妙。

其七言歌行，亦有足与此媲美者。如《兵车行》等是。

杜甫《兵车行》

车辚辚，马萧萧，行人弓箭各在腰。爷娘妻子走相送，尘埃不见咸阳桥。牵衣顿足拦道哭，哭声直上干云霄。道傍过者问行人，行人但云点行频。或从十五北防河，便至四十西营田。去时里正与裹头，归来头白还戍边。边亭流血成海水，武皇开边意未已。君不闻汉家山东二百州，千村万落生荆杞，纵有健妇把锄犁，禾生陇亩无东西。况复秦州耐苦战，被驱不异犬与鸡。长者虽有问，役夫敢申恨。且如今年冬，未休关西卒。县官急索租，租税从何出。信知生男恶，反是生女好。生女犹得嫁比邻，生男埋没随百草。君不见青海头，古来白骨无人收。新鬼烦冤旧鬼哭，天阴雨湿声啾啾。

其言情之作，亦美不胜收，今举一篇为例。

杜甫《醉歌行》

陆机二十作文赋，汝更小年能缀文。总角草书又神速，世上儿子徒纷纷。骅骝作驹已汗血，鸷鸟举翮连青云。词源倒流三峡水，笔阵独扫千人军。只今年才十六七，射策君门期第一。旧穿杨叶真自知，暂蹶霜蹄未为失。偶然擢秀非难取，会是排风有毛质。汝身已见唾成珠，汝伯何由发如漆。春光淡沱秦东亭，渚蒲芽白水荇青。风吹客衣日杲杲，树搅离思花冥冥。酒尽沙头双玉瓶，众宾已醉我独醒。乃知贫贱别更苦，吞声踯躅涕泣零。

此诗前半皆叙事，“汝身已见唾成珠，汝伯何由发如漆”两句，以慷慨呜咽之音，开出下文一段，章法亦绝妙。“春光淡沱”四句，写得景色惨淡，尤非俗手所能。

其叙事之作，亦有极工者，今亦举一首为例。

杜甫《丹青引》

将军魏武之子孙，于今为庶为清门。英雄割据虽已矣，文采风流今尚存。学书初学卫夫人，但恨无过王右军。丹青不知老将至，富贵于我如浮云。开元之中常引见，承恩数上南薰殿。凌烟功臣少颜色，将军下笔开生面。良相头上进贤冠，猛将腰间大羽箭。褒公鄂公毛发动，英姿飒爽来酣战。先帝天马玉花骢，画工如山貌不同。是日牵来赤墀下，迥立阊阖生长风。诏谓将军拂绢素，意匠惨淡经营中。斯须九重真龙出，一洗万古凡马空。玉花却在御榻上，榻上庭前屹相向。至尊含笑催赐金，圉人太仆皆惆怅。弟子韩干早入室，亦能画马穷殊相。干惟画肉不画骨，忍使骅骝气凋丧。将军尽善盖有神，偶逢佳士亦写真。即今漂泊干戈际，屡貌寻常行路人。途穷返遭俗眼白，世上未有如公贫。但看古来盛名下，终日坎壈缠其身。

此诗一起便尔超绝。“良相头上进贤冠”四句，随笔敷陈，竟与白话诗无异。而尤难者，则状曹霜画马只“意匠惨淡经营中”七字；称其画之工，则只“一洗万古凡马空”七字而已。然使他人作千百语，不能如此该括也。此所谓笔力也。“玉花却在御榻上，榻上庭前屹相向”，以此状其画马之毕肖，谁解如此写法？“至尊含笑催赐金，圉人太仆皆惆怅”，尤画所不到已。“即今漂泊干戈际……终日坎壈缠其身”，无一语不惊心动魄。杜陵固善用重笔——沉着之笔也。

以上所言，皆杜陵古风，至其近体，尤能缩多数之意思于寥寥数十字之中，其味无穷，使人百读不厌也。今于其五七言律各举数章如下。

杜甫《送远》

带甲满天地，胡为君远行？亲朋尽一哭，鞍马去孤城。草木岁月晚，关河霜雪清。别离已昨日，在见古人情。

又《春望》

国破山河在，城春草木深。感时花溅泪，恨别鸟惊心。烽火连三月，家书抵万金。白头搔更短，浑欲不胜簪。

又《月夜》

今夜鄜州月，闺中只独看。遥怜小儿女，未解忆长安。香雾云鬟湿，清辉玉臂寒。何时倚虚幌，双照泪痕干。

又《登楼》

花近高楼伤客心，万方多难此登临。锦江春色来天地，玉垒浮云变古今。北极朝廷终不改，西山寇盗莫相侵。可怜后主还祠庙，日暮聊为梁父吟。

又《恨别》

洛城一别四千里，胡骑长驱五六年。草木变衰行剑外，兵戈阻绝老江边。思家步月清宵立，忆弟看云白日眠。闻道河阳近乘胜，司徒急为破幽燕。

无不气象万千，有尺幅千里之势。“国破山河在”四句，“锦江春色来天地”一联，尤为精练无伦。此等句法，后人非不效为之，然厚薄终不侔矣。

杜陵古近体绵亘数章，此章法无不极谨严。近举《诸将》五首为例。

杜甫《诸将》

汉朝陵墓对南山，胡虏千秋尚入关。昨日玉鱼蒙葬地，早时金碗出人间。见愁汗马西戎逼，曾闪朱旗北斗间。多少材官守泾渭，将军且莫破愁颜。

韩公本意筑三城，拟绝天骄拔汉旌。岂谓尽烦回纥马，翻然远救朔方兵。胡来不觉潼关隘，龙起犹闻晋水清。独使至尊忧社稷，诸君何以答升平。

洛阳宫殿化为烽，休道秦关百二重。沧海未全归禹贡，蓟门何处觅尧封。朝廷衮职谁争补，天下军储不自供。稍喜临边王相国，肯销金甲事春农。

回首扶桑铜柱标，冥冥氛祲未全销。越裳翡翠无消息，南海明珠久寂寥。殊锡曾为大司马，总戎皆插侍中貂。炎风朔雪天王地，只在忠臣翊圣朝。

锦江春色逐人来，巫峡清秋万壑哀。正忆往时严仆射，共迎中使望乡台。主恩前后三持节，军令分明数举杯。西蜀地形天下险，安危须仗出群材。

杜陵于当时诸将，疾首痛心，然此诸诗，无不婉挚，可见诗人性情之厚也。杜陵婉约之处，亦为独有千古。以其气力大，人不之觉耳。“胡来不觉潼关隘，龙起犹闻晋水清”，对法奇特，独有千古。西江派法门，全系从此等处而得。然宋人诗往往有意求奇，便失之薄，且露斧凿痕迹，不如杜陵之出以自然，觉其深厚耳。前四首皆极沉挚，末首易以清俊，尤见组织之妙。

杜陵各体皆工，必欲求其稍逊者，则绝句耳。因绝句着气力不得，而杜诗魄力雄厚，横绝古今，虽极敛抑，终不免露出狮子搏兔之态也。然如《江南逢李龟年》一首：“岐王宅里寻常见，崔九堂前几度闻。正是江南好风景，落花时节又逢君。”寥寥二十八字，而盛衰离合之故，毕具其中，亦非他家所易到矣。

要之，谓杜陵绝句稍逊，此不过在杜陵诗中为较逊耳，固仍不失为大家也。

盛唐之诗卓然自成一派者，李杜而外，当推王、孟、高、岑。王、孟之诗皆清微淡远，为自然之宗，而以二者校之，王诗似尤胜。

王维《归嵩山作》

晴川带长薄，车马去闲闲。流水如有意，暮云相与还。荒城临古渡，落日满秋山。迢递嵩山下，归来且闭关。

孟浩然《过故人庄》

故人具鸡黍，邀我至田家。绿树村边合，青山郭外斜。开轩面场圃，把酒话桑麻。待到重阳日，还来就菊花。

“绿树村边合，青山郭外斜”，写景可谓工极矣。“落日满秋山”五字，尤觉包括无限情景。五言至此，可谓洗练之至。要之，五律至右丞叹为观止矣。

高、岑之诗，皆苍凉悲壮，骨格坚劲，才气奔放，边塞之作尤长，以其久参戎幕，故言之倍觉真切也。此亦可见诗与生活有关。

高适《燕歌行》

汉家烟尘在东北，汉将辞家破残贼。男儿本自重横行，天子非常赐颜色。摐金伐鼓下榆关，旌旆逶迤碣石间。校尉羽书飞瀚海，单于猎火照狼山。山川萧条极边土，胡骑凭陵杂风雨。战士军前半死生，美人帐下犹歌舞。大漠穷秋塞草腓，孤城落日斗兵稀。身当恩遇常轻敌，力尽关山未解围。铁衣远戍辛勤久，玉箸应啼别离后。少妇城南欲断肠，征人蓟北空回首。边庭飘飖那可度，绝域苍茫无所有。杀气三时作阵云，寒声一夜传刁斗。相看白刃血纷纷，死节从来岂顾勋？君不见沙场征战苦，至今犹忆李将军。

“山川萧条极边土，胡骑凭陵杂风雨”，笔力横绝，真有风雨杂沓之势。“壮士军前半死生，美人帐下犹歌舞”，沉痛极矣。然尚不如“身当恩遇常轻敌，力尽关山未解围”，尤觉婉约而沉挚也。

岑参《白雪歌送武判官归京》

北风卷地白草折，胡天八月即飞雪。忽如一夜春风来，千树万树梨花开。散入珠帘湿罗幕，狐裘不暖锦衾薄。将军角弓不得控，都护铁衣难冷着。瀚海阑干百丈冰，愁云惨淡万里凝。中军置酒饮归客，胡琴琵琶与羌笛。纷纷暮雪下辕门，风掣红旗冻不翻。轮台东门送君去，去时雪满天山路。山回路转不见君，雪上空留马行处。

此诗笔力亦殊横绝，一结尤有不尽之致。

中唐之诗，韦、刘之古淡，元、白之平易，孟、贾之寒瘦，各有特色。而昌黎才力大而色泽古，尤为诗家一大宗。韦苏州诗极得自然之趣，论者以与渊明并称，然其善写荒凉之境，似又非陶之所有。

韦应物《初发扬子寄元大校书》

凄凄去亲爱，泛泛入烟雾。归棹洛阳人，残钟广陵树。今朝此为别，何处还相遇。世事波上舟，沿洄安得住。

又《赋得暮雨送李胄》

楚江微雨里，建业暮钟时。漠漠帆来重，冥冥鸟去迟。海门深不见，浦树远含滋。相送情无限，沾襟比散丝。

刘长卿《余干旅舍》

摇落暮天迥，青枫霜叶稀。孤城向水闭，独鸟背人飞。渡口月初上，邻家渔未归。乡心正欲绝，何处捣寒衣。

元、白诗最平易近人，故在当时风行最广。元之《连昌宫词》，白之《长恨歌》《琵琶行》等，久已脍炙人口。今举白之新乐府两首为例。

白居易《上阳人》

上阳人，上阳人，红颜暗老白发新。绿衣监使守宫门，一闭上阳多少春。

玄宗末岁初选入，入时十六今六十。同时采择百余人，零落年深残此身。忆昔吞悲别亲族，扶入车中不教哭。皆云入内便承恩，脸似芙蓉胸似玉。未容君王得见面，已被杨妃遥侧目。妬令潜配上阳宫，一生遂向空房宿。宿空房，秋夜长，夜长无寐天不明。耿耿残灯背壁影，萧萧暗雨打窗声。春日迟，日迟独坐天难暮，宫莺百啭愁厌闻，梁燕双栖老休妬。莺归燕去长悄然，春往秋来不记年。唯向深宫望明月，东西四五百回圆。今日宫中年最老，大家遥赐尚书号。小头鞋履窄衣裳，青黛点眉眉细长。外人不见见应笑，天宝末年时世妆。上阳人，苦最多，少亦苦，老亦苦，少苦老苦两如何？君不见昔时吕向美人赋，又不见今日上阳宫人白发歌。

又《西凉伎》

西凉伎，假面胡人假狮子，刻木为头丝作尾，金镀眼睛银帖齿。奋迅毛衣摆双耳，如从流沙来万里。紫髯深目两胡儿，鼓舞跳梁前致辞。道似凉州未陷日，安西都护进来时，须臾云得新消息，安西路绝归不得。泣向狮子涕双垂，凉州陷没知不知？狮子回头向西望，哀吼一声观者悲。贞元边将爱此曲，醉坐笑看看不足。享宾犒士宴监军，狮子胡儿长在目。有一征夫年七十，见弄凉州低面泣。泣罢敛手白将军，主忧臣辱昔所闻。自从天宝兵戈起，犬戎日夜吞西鄙。凉州陷来四十年，河陇侵将七千里。平时安西万里疆，今日边防在凤翔。缘边空屯十万卒，饱食温衣闲过日，遗民肠断在凉州，将卒相看无意收。天子每思常痛惜，将军欲说合惭羞。奈何仍看西凉伎，取笑资欢无所愧。纵无智力未能收，忍取西凉弄为戏。

“同时采择百余人，零落年深残此身”，此两句最为刻入。有此两句，乃见同此境遇者多,此诗非专为一人咏也。“惟向深宫望明月,东西四五百回圆”,“外人不见见应笑，天宝末年时世妆”，尤极婉约之至。然其悲感，则弥深矣。《西凉伎》下半首节促而哀。

韩诗笔力坚劲，尤善斗险韵，今举其与东野联句一首为例。

韩愈孟郊《秋雨联句》

万木声号呼，百川气交会。郊庭翻树离合，牖变景明蔼。愈潨泻殊未终，飞浮亦云泰。郊牵怀到空山，属听迩惊濑。愈檐垂白练直，渠涨清湘大。郊甘津泽祥禾，伏润肥荒艾。愈主人吟有欢，客子歌无奈。郊侵阳日沉玄，剥节风搜兑。愈块圠游峡暄，飕飀卧江汰。郊微飘来枕前，高洒自天外。愈巷穴何迫迮，蝉枝扫呜哕。郊棱菊茂新芳，径兰销晚霭。愈地镜时昏晓，池星竞漂沛。郊谁嘬寻一声，灌注咽群籁。愈儒宫烟火湿，市舍煎熬忲。郊卧冷空避门，衣寒屡循带。愈水怒已倒流，阴繁恐凝害。郊忧鱼思舟楫，感禹勤畎浍。愈怀襄信可畏，疏决须有赖。郊筮命或冯蓍，卜晴将问蔡。愈庭商忽惊舞，墉禜亦亲酹。郊氛醨稍疏映，雺乱还拥荟。阴旌时摎流，帝鼓镇訇磕。愈枣圃落青玑，瓜畦烂文贝。贫薪不烛灶，富粟空填廥。愈秦俗动言利，鲁儒欲何匄。深路倒羸骖，弱途拥行轪。郊毛羽皆遭冻，离褷不能翙。翻浪洗虚空，倾涛败藏盖。郊吾人犹在陈，僮仆诚自郐。因思征蜀士，未免湿戎旆。愈安得发商飚，廓然吹宿霭。白日悬大野，幽泥化轻壒。愈战场暂一干，贼肉行可脍。愈搜心思有效，抽策期称最。岂惟虑收获，亦以救颠沛。郊禽情初啸俦，础色微收霈。庶几谐我愿，遂止无已太。愈

其七律亦大气磅礴，论者谓昌黎以文为诗，良有由也。

韩愈《八月十五夜赠张功曹》

纤云四卷天无河，清风吹空月舒波。沙平水息声影绝，一杯相属君当歌。君歌声酸辞且苦，不能听终泪如雨。洞庭连天九疑高，蛟龙出没猩鼯号。十生九死到官所，幽居默默如藏逃。下床畏蛇食畏药，海气湿蛰熏腥臊。昨者州前槌大鼓，嗣皇继圣登夔皋。赦书一日行万里，罪从大辟皆除死。迁者追回流者还，涤瑕荡垢朝清班。州家申名使家抑，坎轲只得移荆蛮。判司卑官不堪说，未免捶楚尘埃间。同时辈流多上道，天路幽险难追攀。君歌且休听我歌，我歌今与君殊科，一年明月今宵多。人生由命非由他，有酒不饮奈明何。

郊寒岛瘦，自昔并称，孟长古诗，贾长近体。其诗长于清刻，而其失亦在过于清刻，然亦足辟一格也。

贾岛《暮过山村》

数里闻寒水，山家少四邻。怪禽啼旷野，落日恐行人。初月未终夕，边烽

不过秦。萧条桑柘外，烟火渐相亲。

他如“废馆秋萤出，空城寒雨来”，“远天垂地外，落日下峰西”，刻画精妙，亦足见浪仙特色也。

韩柳以古文并称，而柳诗殊不类韩，其闲淡处，却与韦苏州相类，故亦有韦柳之称焉。

柳宗元《溪居》

久为簪组累，幸此南夷谪。闲依农圃邻，偶似山林客。晓耕翻露草，夜榜响溪石。来往不逢人，长歌楚天碧。

又《中夜起望西园值月上》

觉闻繁露坠，开户临西园。寒月上东岭，泠泠疎竹根。石泉远逾响，山鸟时一喧。倚楹遂至旦，寂寞将何言。

两首皆得自然之趣。柳州于描写天然景物，固有特长也。

中唐特色在于明秀而稳练，无复初唐之浑涵，盛唐之排奡。然其清俊，亦是可喜也，就中五律佳作最多。钱仲文、司空文初之诗，最足为其代表。

钱起《题玉山村叟屋壁》

谷口好泉石，居人能陆沉。牛羊下山小，烟火隔云深。一迳入溪色，数家连竹阴。藏虹辞晚雨，惊隼落残禽。涉趣皆流目，将归羡在林。却思黄绶事，辜负紫芝心。

司空曙《喜外弟卢纶见宿》

静夜四无邻，荒居旧业贫。雨中黄叶树，灯下白头人。似我独沉久，愧君相见频。平生自有分，况是蔡家亲。

又《贼平后送人北归》

世乱同南去，时清独北还。他乡生白发，旧国见青山。晓月过残垒，繁星宿故关。寒禽与衰草，处处伴愁颜。

诸诗体格，突出王孟，而气则弱矣。至晚唐则刻画字句益甚，务求前人未到之境，清新也，而或流于纤弱。唐诗之境，至此乃穷，而不得不变矣。

晚唐佳作，五律较多，七律较逊，以五律尚不容甚刻画也。如：

温庭筠《送人东游》

荒戍落黄叶，浩然离故关。高风汉阳渡，初日郢门山。江上几人在，天涯孤棹还。何当重相见，樽酒慰离颜。

气韵殊胜。然如：

又《春日野行》

骑马踏烟莎，青春奈怨何。蝶翎朝粉尽，鸦背夕阳多。柳艳欺芳带，山愁萦翠蛾。别情无处说，方寸是星河。

又《商山早行》

晨起动征铎，客行悲故乡。鸡声茅店月，人迹板桥霜。槲叶落山路，枳花明驿墙。因思杜陵梦，凫雁满回塘。

句非不佳，而气体渐落卑近矣。

晚唐人五律佳者，今再举数首于下：

杜牧《题扬州禅智寺》

雨过一蝉噪，飘萧松桂秋。青苔满阶砌，白鸟故迟留。暮霭生深树，斜阳下小楼。谁知竹西路，歌吹是扬州。

许浑《冬夜泊僧舍》

江东寒近腊，野寺水天昏。无酒能消夜，随僧早闭门。照墙灯焰细，着瓦雨声繁。漂泊仍千里，清吟欲断魂。

崔涂《除夜有感》

迢递三巴路，羁危万里身。乱山残雪夜，孤烛异乡人。渐与骨肉远，转于僮仆亲。那堪正漂泊，明日岁华新。

许棠《塞外书事》

征路出穷边，孤吟傍戍烟。河光深荡塞，碛色迥连天。残日沉雕外，惊蓬到马前。空怀钓鱼所，未定卜归年。

马戴《落日怅望》

孤云与归鸟，千里片时间。念我一何滞，辞家久未还。微阳下乔木，远色隐秋山。临水不敢照，恐惊平昔颜。

司空图《早春》

伤心仍客处，病起却花朝。草嫩侵沙短，冰轻着雨消。风光知可爱，客鬓不相饶。早晚丹丘伴，飞书肯见招。

张乔《送友人许棠》

离乡积岁年，归路远依然。夜火山头市，春江树杪船。干戈愁鬓改，瘴疠喜家全。何处营甘旨，潮涛浸薄田。

韦庄《章台夜思》

清瑟怨遥夜，绕弦风雨哀。孤灯闻楚角，残月下章台。芳草已云暮，故人殊未来。乡书不可寄，秋雁又南回。

晚唐七律今亦举数首如下：

许浑《咸阳城东楼》

一上高城万里愁，蒹葭杨柳似汀洲。溪云初起日沉阁，山雨欲来风满楼。

鸟下绿芜秦苑夕，蝉鸣黄叶汉宫秋。行人莫问当年事，故国东来渭水流。

韩渥《春尽》

惜春连日醉昏昏，醒后衣裳见酒痕。细水浮花归别涧，断云含雨入孤村。人间易有芳时恨，地胜难招自古魂。惭愧流莺相厚意，清晨犹为到西园。

张泌《洞庭阻风》

空江浩荡景萧然，尽日菰蒲泊钓船。青草浪高三月渡，绿杨花扑一溪烟。情多莫举伤春目，愁极兼无买酒钱。犹有渔人数家住，不成村落夕阳边。

罗隐《绵谷回寄蔡氏昆仲》

一年两渡锦江游，前值东风后值秋。芳草有情皆碍马，好云无处不遮楼。山将别恨和心断，水带离声入梦流。今日因君试回首，淡烟乔木隔绵州。

诸诗句非不佳，然舍佳句而论气体，则索然意尽矣。诗至晚唐，乃可以摘句之法选之，前此无是也。

中晚唐绝诗，佳者却极多，今各举若干首于下：

韦应物《宿永阳寄璨师》

遥知郡斋夜，冻雪封松竹。时有山僧来，悬灯独自宿。幽绝。

又《怀琅琊二释子》

白云埋大壑，阴崖滴夜泉。应居西石室，月照水苍然。奇险。

又《闻雁》

故国渺何处，归思方悠哉。淮南秋雨夜，高斋闻雁来。缥缈。

刘长卿《送灵澈上人》

苍苍竹林寺，杳杳钟声晚。荷笠带斜阳，青山独归远。悠然意远。

刘方平《春雪》

飞雪带春风，徘徊乱绕空。君看似花处，偏在济城东。自然。

畅当《登鹳雀楼》

迥临飞鸟上，高出世尘间。天势围平野，河流入断山。雄阔。

顾况《忆旧游》

悠悠南国思，夜向江南泊，楚客断肠时，月明枫子落。幽怨。

李端《听筝》

鸣筝金粟柱，素手玉房前。欲得周郎顾，时时误拂弦。深曲。绝诗篇幅短，必能作深曲之句，乃能有回旋之地也。

又《溪行遇雨寄柳中庸》

日落众山昏，潇潇暮雨繁。那堪两处宿，共听一声猿。寓言情于写景之中，便觉情深。中庸《江行》云："繁阴乍隐洲，落叶初飞浦。萧萧楚客帆，暮入寒江雨。"亦足媲美。

卢纶《塞下曲》

月黑雁飞高，单于夜遁逃。欲将轻骑逐，大雪满弓刀。得六朝乐府神髓。

柳宗元《长沙驿》

海鹤一为别，存亡三十秋。今来数行泪，独上驿南楼。轻倩。

刘禹锡《罢和州游建康》

秋水清无力，寒山暮多思。官闲不计程，遍上南朝寺。闲适。

又《秋风引》

何处秋风至，萧萧送雁群。朝来入庭树，孤客最先闻。自然而深婉。

又《淮阴行》

今日转船头，金乌指西北。烟波与春草，千里同一色。此等自然之句，殆非人力所能到。谢灵运以"池塘生春草"之句自诧，亦此境耳。

王涯《闺人赠远》

形影一朝别，烟波万里春。君看望君处，只是起行云。平淡。只是得力于不着力耳。

元稹《行宫》

寥落古行宫，宫花寂寞红。白头宫女在，闲坐说玄宗。深婉。

又《西还》

悠悠洛阳梦，郁郁灞陵树。落日正西归，逢君又东去。淡而有味。

杜牧《江楼》

独酌芳春酒，登楼已半醺。谁将一行雁，冲断通江云。隽句。

温庭筠《碧涧驿晓思》

孤灯伴残梦，楚国在天涯。月落子规歇，满庭山杏花。后二句写景好，若言情，则无味矣。

许浑《塞下曲》

夜战桑干北，秦兵半不归。朝来有乡信，犹自寄寒衣。沉着。

赵嘏《寒塘》

晓发梳临水，寒塘坐见秋。乡心正无限，一雁过南楼。轻倩。

李频《渡汉江》

岭外音书绝，经冬复历春。近乡情更怯，不敢问来人。真挚。

绝句忌雕琢，如钱起《江行》云："蛩响依莎草，萤飞透水烟。夜凉谁咏史，空泊运租船。"首两句非不佳也，已嫌其工整矣。贵自然而亦忌率易，如白居易《南浦别》云："南浦凄凄别，西风嫋嫋秋。一看肠一断，好去莫回头。"下两句殊无味，即由率易故也。白诗多有此病，不可不知。

韦应物《滁州西涧》

独怜幽草涧边生，上有黄鹂深树鸣。春潮带雨晚来急，野渡无人舟自横。

写景幽绝。

李益《夜上受降城闻笛》

回乐峰前沙似雪，受降城外月如霜。不知何处吹芦管，一夜征人尽望乡。婉约而深挚。益又有《从军北征》云：“天山雪后海风寒，横笛偏吹行路难。碛里征人三十万，一时回首月中看。”较此便觉少逊。

又《汴河曲》

汴水东流无限春，隋家宫阙已成尘。行人莫上长堤望，风起杨花愁杀人。

自然而有天趣。

顾况《宫词》

玉楼天半起笙歌，风送宫嫔笑语和。月殿影开闻夜漏，水精帘卷近秋河。

词句清华，音调亦响。

又《听歌》

子夜新声何处传，悲翁更忆太平年。即今清曲无人唱，已逐霓裳飞上天。

绝诗有故作此等不可解之语者，最妙。

李陟《京口送朱昼之淮南》

两行客泪愁中落，万树山花雨后残。君到扬州见桃叶，为传风水渡江难。

婉约而有丰神。

武元衡《春兴》

杨柳阴阴细雨晴，残花落尽见流莺。春风一夜吹乡梦，梦逐春风到洛城。

丰神绝妙，此等最难学步。然学绝诗不到此境，总不为妙也。

刘禹锡《石头城》

山围故国周遭在，潮打空城寂寞回。淮水东边旧时月，夜深还过女墙来。

深婉有味。

白居易《杨柳枝》

红板江桥青酒旗，馆娃宫暖日斜时。可怜雨歇东风定，万树千条如自垂。

绝诗有以浅而见其妙者，此等是也。居易又有《同李十一醉忆元九》一绝云：“花时同醉破春愁，醉折花枝当酒筹。忽忆故人天际去，计程今日到梁州。”亦自然而少嫌其率。

王涯《秋夜曲》

桂魄初生夜露微，轻罗已薄未更衣。银筝夜久殷勤弄，心怯空房不忍归。

深挚。

张仲素《秋闺思》

碧窗斜日蔼深晖，愁听寒螀泪湿衣。梦里分明见关塞，不知何路向金征。

着笔轻而弥见真挚。

张籍《哭孟寂》

曲江院里题名处，十九人中最少年。今日春光君不见，杏花零落寺门前。

淡而弥悲。

贾岛《宿村家亭子》

床头枕是溪中石，井底泉通竹下池。宿客未眠过夜半，独闻山雨到来时。

不言情而情在其中，亦妙于着笔之淡也。

张祜《华清宫》

天阙沉沉夜未央，碧云仙曲舞霓裳。一声玉笛向空尽，月满骊山宫漏长。

下二句音调响。

又《集灵台》

虢国夫人承主恩，平明骑马入宫门。却嫌脂粉污颜色，淡扫蛾眉朝至尊。

婉而多讽，咏史事须如此。

唐彦谦《垂柳》

绊惹春风别有情，世间谁敢斗轻盈。楚王江畔无端种，饿损纤腰学不成。

似直率而实深婉。

又《曲江春望》

杏艳桃花夺晚霞，乐游无庙有年华。汉朝冠盖皆陵墓，十里宜春下苑花。

以写景寓感慨，便觉意味深长。

又《仲山》

千载遗踪寄薜萝，沛中乡里汉山河。长陵亦是闲丘垅，异日谁知与仲多。

深婉。绝诗着议论须如此。

刘商《题黄陂夫人祠》

苍山云雨逐明神，惟有香名岁岁春。东风三月黄陂水，只见桃花不见人。

若有意，若无意，此境最妙。

李群玉《汉阳太白楼》

江上晴楼翠霭间，满帘春水满窗山。青枫绿草将愁去，远入吴云暝不还。

妙句。

又《黄陵庙》

黄陵庙前草莎春，黄陵女儿茜裙新。轻舟小楫唱歌去，水远山长愁杀人。

有天趣而不鄙俚，类歌谣。须如此方佳。

陈羽《将归旧山留别》

相共游梁今独还，异乡摇落忆青山。信陵死后无公子，徒向夷门学抱关。直而不伤于率。

杜牧《思旧游》

李白题诗水西寺，古木回严楼阁风。半醒半醉游三日，红白花开山雨中。

质而不俚。

又《赤壁》

折戟沉沙铁未消，自将磨洗认前朝。东风不与周郎便，铜雀春深锁二乔。

似有议论似无议论，咏史如此最有深味。

雍陶《和孙明府怀旧山》

五柳先生本在山，偶然为客落人间。秋来见月多归思，自起开笼放白鹇。

深挚。

又《城西访友人别墅》

澧水桥西小径斜，日高犹未到君家。村园门巷多相似，处处春风枳壳花。

善写眼前景物。

温庭筠《瑶瑟怨》

冰簟银床梦不成，碧天如水夜云轻。雁声远过潇湘去，十二楼中月自明。

清隽。

许浑《谢亭送别》

劳歌一曲解行舟，红叶青山水急流。日暮酒醒人已远，满天风雨下西楼。

丰神。

又《学仙》

心期仙诀意无穷，彩画云车起寿宫。闻有三山未知处，茂陵松柏满西风。

议论感慨，兼而有之，仍极婉约。

又《江楼感旧》

独上江楼思渺然，月光如水水如天。同来望月人何处，风景依稀似去年。轻倩。

郑畋《马嵬坡》

玄宗回马杨妃死，云雨难忘日月新。终是圣明天子事，景阳宫井又何人。深婉。

竹枝本亦乐府之名，但后人所谓竹枝词，多以之咏乡土风俗，与绝句又稍异。今录刘禹锡竹枝词四首如下：

山桃红花满上头，蜀江春水拍山流。花红易衰似郎意，水流无限似侬愁。

日出三竿春雾消，江头蜀客驻兰桡。凭寄狂夫书一纸，住在成都万里桥。

城西门前滟滪堆，年年波浪不能摧。懊恼人心不如石，少时东去复西来。

杨柳青青江水平，闻郎江上踏歌声。东边日出西边雨，道是无晴还有晴。

要之，竹枝词贵有风趣，又贵质而不俚。若惟能数典，便觉意味索然，流于鄙俗，更不可也。

晚唐大家当推李义山。论者或病其隐僻，或赏其词华，皆非也。义山气韵深雄，不徒以藻采见长。其诗风喻深曲，词旨自有不得不隐者，亦非故为艰深也。七古韩碑一首，笔力最为横绝。

李商隐《韩碑》

元和天子神武姿，彼何人哉轩与义。誓将上雪列圣耻，坐法宫中朝四夷。淮西有贼五十载，封狼生貙貙生罴。不据山河据平地，长戈利矛日可麾。帝得圣相相曰度，贼斫不死神扶持。腰悬相印作都统，阴风惨淡天王旗。愬武古通作牙爪，仪曹外郎载笔随。行军司马智且勇，十四万众犹虎貔。入蔡缚贼献太庙，功无与让恩不訾。帝曰汝度功第一，汝从事愈宜为词。愈拜稽首蹈且舞，金石刻画臣能为。古者世称大手笔，此事不系于职司。当仁自古有不让，言讫屡颔天子颐。公退斋戒坐小阁，濡染大笔何淋漓。点窜尧典舜典字，涂改清庙生民诗。文成破体书在纸，清晨再拜铺丹墀。表曰臣愈昧死上，咏神圣功书之碑。碑高三丈字如手，负以灵鳌蟠以螭。句奇语重喻者少，谗之天子言其私。长绳百尺拽碑倒，粗砂大石相磨治。公之斯文若元气，先时已入人肝脾。汤盘孔鼎有述作，今无其器存其词。呜呼圣皇及圣相，相与烜赫流淳熙。公之斯文不示后，曷与三五相攀追。愿书万本诵万过，口角流沫右手胝。传之七十有二代，以为封禅玉检明堂基。

此诗真笔力不减韩公也。

又《落花》

高阁客竟去，小园花乱飞。参差连曲陌，迢递送斜晖。肠断未忍扫，眼穿仍欲稀。芳心向春尽，所得是沾衣。

又《马嵬》

海外徒闻更九州，他生未卜此生休。空闻虎旅鸣宵柝，无复鸡人报晓筹。此日六军同驻马，当时七夕笑牵牛。如何四纪为天子，不及卢家有莫愁。

又《无题》

来是空言去绝踪，月斜楼上五更钟。梦为远别啼难唤，书被催成墨未浓。蜡照半笼金翡翠，麝熏微度绣芙蓉。刘郎已恨蓬山远，更隔蓬山一万重。

昨夜星辰昨夜风，画楼西畔桂堂东。身无彩凤双飞翼，心有灵犀一点通。隔座送钩春酒暖，分曹射覆蜡灯红。嗟余听鼓应官去，走马兰台类断蓬。

“此日六军”二句，属对可谓极巧，然不病其纤者，其气韵自在也。

宋诗当以江西派为代表。盖初唐浑融，盛唐博大，中晚则加之以清俊刻画。

诗之变至是已穷。至宋人不得不别开新境，而欲别开新境，则不得不咏前人未有之意，咏前人未有之事，用前人未有之词也。故意境词句皆与唐异。是为宋诗之特色。而此境实至江西派而后大成也。

宋初西昆体盛行，杨亿、刘筠为之代表。亿等十七人唱和之作，名《西昆酬唱集》。其诗专学李商隐，得其词华而无其精深之思。学之者或至专以挦扯为能，此实承唐代之风气而未变者也。至欧、梅出而诗格一变。

杨亿《汉武》

蓬莱银阙浪漫漫，弱水回风欲到难。光照竹宫劳夜拜，露漙金掌费朝餐。力通青海求龙种，死讳文成食马肝。待诏先生齿编贝，那教索米向长安。

梅尧臣《河南张应之东斋》

昔我居此时，鏊池通竹圃。池清少游鱼，林浅无栖羽。至今寒窗风，静送枯荷雨。雨歇吏人稀，知君独吟苦。

欧阳修《葛氏鼎歌》

大河昔决东南流，萧条东郡今遗湫。我从故老问其由，云古五鼎藏高丘。地灵川秀草木稠，郁郁佳气蒸常浮。惟物伏见数有周，秘藏奇怪神所搜。天昏地惨鬼哭幽，至宝欲出风云秋。荡摇山川失维陬，九龙大战驱蛟虬。豁然岸裂轰云𧑅，滑人夜惊鸟嘲啁。妇走抱儿扶白头，苍生仰叫黄屋忧。聚徒百万如蚍蜉，千金一扫随浮沤。天旋海沸动九州，此鼎始出人间留。滑人得之不敢收，奇模古质非今侔。器大难用识者不，以示世俗遭揶揄。明堂会朝飨诸侯，饔官百品供王羞。调以五味烹全牛，时有用舍吾无求。二三子学雕琳球，见之始惊中叹愀。披荒斫古争穷蒐，苦语难出声咿嚘。马图出河龟负畴，自古怪说何悠悠。嗟我老矣不能休，勉强作诗惭效尤。

又《盘车图》

浅山嶙嶙，乱石矗矗，山石硗聱车碌碌，山势盘斜随涧谷。侧辙倾辕如欲覆，出乎两崖之隘口，忽见百里之平陆。坡长坂峻牛力疲，天寒日暮人心速。杨生忍饥官大学，得钱买此才盈幅。爱其树老石硬，山回路转。高下曲直，横斜隐见。妍媸向背各有态，远近分毫皆可辨。自言昔有数家笔，画古传多名姓失。后来见者知谓谁，乞诗梅老聊称述。古画画意不画形，梅诗咏物无隐情。忘形得意知者寡，不若见诗如见画。乃知杨生真好奇，此画此诗兼有之。乐能自足乃为富，岂必金玉名高赀。朝看画，暮读诗，杨生得此可不饥。

欧公此二诗，前一首学昌黎，后一首学太白也。

同时王荆公诗笔力雄健，意象超远，又在庐陵之上。

王荆公《明妃曲》

明妃初出汉宫时，泪湿春风鬓脚垂。低佪顾影无颜色，尚得君王不自持。归来却怪丹青手，入眼平生几曾有。意态由来画不成，当时枉杀毛延寿。一去心知更不归，可怜着尽汉宫衣。寄声欲问塞南事，只有年年鸿雁飞。家人万里传消息，好在毡城莫相忆。君不见咫尺长门闭阿娇，人生失意无南北。

又《钟山即事》

涧水无声绕竹流，竹西花草弄春柔。茅檐相对坐终日，一鸟不鸣山更幽。

荆公诗早岁极刻挚瘦硬，晚乃更得自然之趣。如“一鸟不鸣山更幽”，真神来之笔也。

宋诗苏黄并称，苏诗才力大，而黄诗意境新。论其佳处，诚未易轩轾。语其病，则苏诗失之粗率而乏简练，黄诗失之拗涩而无天趣，亦各有所短也。然宋诗至苏黄，则意境词句，皆与唐人大异。唐人未用入诗之意及入诗之词，至此乃尽量使用。后来江西诗派奉黄为祖，几至掩袭有宋一代。盖宋诗之异于唐，至苏、黄而始大成，而后来皆沿其流者也，亦可谓豪杰之士矣。

苏轼《书王定国所藏烟江叠嶂图》

江上愁心千叠山，浮空积翠如云烟。山耶云耶远莫知，烟空云散山依然。但见两崖苍苍暗绝谷，中有百道飞来泉。萦林络石隐复见，下赴谷口为奔川。川平山开林麓断，小桥野店依山前。行人稍度乔木外，渔舟一叶江吞天。使君何从得此本，点缀毫末分清妍。不知人间何处有此境？径欲往置二顷田。君不见武昌樊口幽绝处，东坡先生留五年。春风摇江天漠漠，暮云卷雨山娟娟。丹枫翻鸦伴水宿，长松落雪惊醉眠。桃花流水在人世，武陵岂必皆神仙。江上清空我尘土，虽有去路寻无缘。还君此画三叹息，山中故人应有招我归来篇。

又《八月七日初入赣过惶恐滩》

七千里外二毛人，十八滩头一叶身。山忆喜欢劳远梦，地名惶恐泣孤臣。长风送客添帆腹，积雨扶舟减石鳞。便合与官充水手，此生何止略知津。

黄庭坚《登快阁》

痴儿了却公家事，快阁东西倚晚晴。落木千山天远大，澄江一道月分明。朱弦已为佳人绝，青眼聊因美酒横。万里归船弄长笛，此心吾与白鸥盟。

所谓江西诗派者，其说出于吕居仁。居仁作《江西诗派图》，凡廿五人，以山谷为之祖，而己为之殿。此二十五人者，初不尽江西人，盖所谓江西诗派，以其宗派出于江西言之，非以作者之籍贯言也。二十五人中，惟陈无己最为著名。居仁有《东莱诗集》，其传布不广，而诗自不恶。其余则诗之传者颇希矣。

陈师道《九日寄秦观》

疾风回雨水明霞，沙步丛祠欲暮鸦。九日清樽欺白发，十年为客负黄花。登高怀远心如在，向老逢辰意有加。淮海少年天下士，独能无地落乌纱。

南渡以后，尤袤。杨、万里。范、成大。陆、游。并称四大家。尤诗久逸，范、杨各有胜处，而要皆非陆之伦。放翁古诗诚亦豪健，然置之古今名大家中，则亦未为特出。惟其七律，意境之新，迈于苏、黄，而无其粗率晦涩之病。老杜而外，一人而已。诚不愧大家之目也。

范成大《将至石湖道中书事》

水绿鸥边涨，天青雁外晴。柳堤随草远，麦垄带桑平。白道吴新郭，苍烟越故城。稍闻鸡犬闹，僮仆想来迎。

陆游《游山西村》

莫笑农家腊酒浑，丰年留客足鸡豚。山重水复疑无路，柳暗花明又一村。箫鼓追随春社近，衣冠简朴古风存。从今若许闲乘月，拄杖无时夜叩门。

又《书愤》

早岁那知世事艰，中原北望气如山。楼船夜雪瓜洲渡，铁马秋风大散关。塞上长城空自许，镜中衰鬓已先斑。出师一表真名世，千载谁堪伯仲间。

又《枕上作》

萧萧白发卧扁舟，死尽中朝旧辈流。万里关河孤枕梦，五更风雨四山秋。郑虔自笑穷耽酒，李广何妨老不侯。犹有少年风味在，吴笺著句写清秋。

又《新夏感事》

百花过尽绿阴成，漠漠炉香睡晚晴。病起兼旬疎把酒，山深四月始闻莺。近传下诏通言路，已卜余年见太平。圣主不忘初政美，小儒唯有涕纵横。

金元一代诗文皆以元遗山为大家。遗山诗思路峻刻，而豪气纵横，实亦苏、黄一派。故曾国藩选《十八家诗钞》，于宋以后之作，独有取焉。特其自负，则尚未肯以苏、黄为比，故其论诗，有“只知诗到苏黄尽”之句耳。

元好问《壬辰十二月车驾东狩后即事》

翠被葱葱见执鞭，戴盆郁郁梦瞻天。只知河朔归铜马，又说台城堕纸鸢。血肉正应皇极数，衣冠不及广明年。何时真得携家去，万里秋风一钓船。

元代之诗，虞、集。杨、载。范、梈。揭、溪斯。并称四大家。而道园笔力最健，曼硕诗笔清丽，尤足代表元人，后来能为之继者，则萨天锡之《雁门集》也。

虞集《题渔村图》

黄叶江南何处村，渔翁三两坐槐根。隔溪相就一烟棹，老妪具炊双瓦盆。

霜前渔官未竭泽，蟹中抱黄鲤肪白。已烹甘瓠当晨餐，更撷寒蔬共萑席。垂竿何人无意来，晚风落叶何毰毸。了无得失动微念，况有兴亡生微哀。忆昔采芝有园绮，犹被留侯迫之起。莫将名姓落人间，随此横图卷秋水。

揭傒斯《寄题冯掾东皋园亭》

时雨散繁绿，绪风满平原。兴言慕君子，退食在丘园。出应当世务，入咏幽人言。池流滮无声，畦蔬蔚葱芊。高林丽阳景，群山若浮烟。好鸟应候鸣，新音和且闲。时与文士俱，逍遥农圃春。理达自知简，情忘可避喧。庶云保贞和，岁暮委周旋。

萨都剌《宿城山绝顶》

江白潮已来，山黑月未出。树杪一灯明，云间人独宿。近水星动摇，河汉下垂屋。四月夜寒深，繁露在修竹。

明初诗人共推高季迪第一，而袁海叟格高调古，与季迪各有擅场，足称双绝。

高启《晚次西陵馆》

匹马倦嘶风，萧萧逐转蓬。地经兵乱后，岁尽客愁中。晚渡回潮急，寒山旧驿空。可怜今夜月，相照宿江东。

袁凯《客中除夕》

今夕为何夕，他乡说故乡。看人儿女大，为客岁年长。戎马无休歇，关山正渺茫。一杯柏叶酒，未敌泪千行。

凡事盛极则衰。宋诗至南渡之末，笔法意境亦几于极尽矣。于是有四灵一派，矫之以晚唐之轻浅。元代之诗，亦婉转清丽者居多，所以矫宋人粗硬之习也。大抵宋诗以意境胜，而韵味却差。然此派太乏魄力，承其敝而返诸盛唐以上，亦当时必有之变化也。应此趋向而兴者，厥为前后七子。前七子谓李梦阳、何景明、边贡、徐祯卿、康海、王九思、王廷相也。其中李、何二人最为著名。

李梦阳《土兵行》

豫章城楼饥啄乌，黄狐跳踉追赤狐。北风北来江怒涌，土兵攫人人叫呼。城外之民徙城内，尘埃不见章江途。花裙蛮奴逐妇女，白夺钗环换酒沽。父老向前语蛮奴："慎勿横行王法诛。华林姚源诸贼徒，金帛子女山不如。汝能破之惟汝欲，犒赏有酒牛羊猪，大者升官佩绶趋。"蛮奴怒言："万里入尔都，尔生我生屠我屠。"劲弓毒矢莫敢何，意气似欲无彭湖。彭湖翩翩飘白旗，轻舸蔽水陆走车。黄云捲地春草死，烈火谁分瓦与珠。寒崖日月岂尽照，大邦鬼魅难久居。天下有道四夷守，此辈可使亦可虞。何况土官妻妾俱，美酒大肉吹笙竽。

何景明《种麻篇》

种麻冀满丘，种葵冀满园。孤生易憔悴，独立多忧患。当行思故旅，当食思故欢。先机失所豫，临事徒嗟叹。升萧艾乃至，锄桂致伤兰。物理有相附，畴能识其端。断金俟同志，抱玉难自宣。交结良匪易，君当图未然。

后七子谓李攀龙、王世贞、谢榛、宗臣、梁有誉、徐中行、吴国纶也。

李攀龙《广阳山道中》

山峡还何地，松杉郁不开。雷声千嶂落，雨色万峰来。地胜纡王事，年饥损吏才。难将忧国意，涕泣向蒿莱。

谢榛《李行人元树宅同谢张二内翰话洞庭湖》

南望岳阳郡，苍茫吴楚分。帆回孤岛树，楼出九江云。落日波中没，秋风天外闻。何时采苹藻，湖上吊湘君。

前后七子之诗，模拟过甚，徒具形式，颇为后人所讥。其后有公安、竟陵两派。公安者，袁宏道兄弟。公安人诗学白乐天，流于鄙俗;竟陵者，钟惺、谭元春，皆竟陵人，其诗宗尚深峭一路，而流于纤仄。

谭元春《山月》

清光不厌多，高人不厌闲。心目周境外，置身于其间。上山月在野，下山月在山。衰林无一留，叶与月俱落。光已散广除，寒仍枝上着。竹影沉山影，欲令霜华薄。

大抵王李一派，病在肤廓，钟谭一派，流为僻涩。其宗尚宋元者，则或失之率，或失之浅，故清代王士祯起而矫之以神韵。其论诗最贵“不着一字，尽得风流”。然作绝句短章最佳，长篇大题，则笔力不胜。故赵执信、袁枚等均反对之。执信诗力颇峻，亦或失之好走仄路。袁枚者，与赵翼、蒋士铨齐名，所谓江左三大家者也。袁枚主性灵，而失之浅率鄙俗；赵诗极丰赡，而失之肤屑；蒋稍胜而亦病粗犷。其时又有沈德潜，讲格律，趋向颇正，而天才不足。故袁氏论诗，亦反对之。道光以后，宗尚宋诗，竞求新刻，其风气迄今未变。惟张之洞独反对之。近人南海康氏，诗法杜陵，而得其雄浑，七言古诗尤胜，亦豪杰之士也。

中国文学史选文

本讲义有两种目的：其一须略备各种文字体制，俾连接之即可当文体概论读；其一则于古今诸大家——时代之代表人物——须选授略编，俾连接之，即可明文学变迁之概况，略具文学史知识。全体分散文韵文两部，散文全以时代为次，韵文兼以时代及文体为次 。

现定学生自读之书有经十二种，子八种，史四种，故三代以前文不再讲授，讲授自秦汉始。既择读《史》《汉》，则马、班之文，亦不再讲授。

中国文学自西汉以前，骈散不分。东汉以后，渐趋偶俪，至齐梁而极。物穷则变，于是韩柳起而提倡古文，而散文兴焉。散文既兴；骈文仍不能废，而骈散于是分途。骈文至后世，几全供美术之用。然魏晋文字华腴而不繁缛，有安雅之美而无伤意之累，亦不可不略知也。

李斯《谏逐客书》

臣告君之辞，或曰奏，或曰表，或曰疏，或曰议。有所驳则曰驳议。或曰上书，或曰封事，或曰笺，或曰启，或曰札，后世则曰折。其称不同，其实一也。总称曰奏议类。诸名不限于臣告君，敌以下亦用之，然其名同，其实异矣。凡名异实同者，不得为同类。

此篇为战国策士之辞，自“向使”以下，极意铺张，所以求动听也。于此可窥文赋之同源。

臣闻吏议逐客，窃以为过矣。昔穆公求士，西取由余于戎，东得百里奚于宛，迎蹇叔于宋，来丕豹、公孙支于晋。此五子者，不产于秦，穆公用之，并国三十，遂霸西戎。孝公用商鞅之法，移风易俗，民以殷盛，国以富强，百姓乐用，诸侯亲服，获楚魏之师，举地千里，至今治强。惠王用张仪之计，拔三川之地，西并巴蜀，北收上郡，南取汉中，包九夷，制鄢郢，东据成皋之险，割膏腴之壤。遂散六国之从，使之西面事秦，功施到今。昭王得范睢，废穰侯，逐华阳，强公室，杜私门，蚕食诸侯，使秦成帝业。此四君者，皆以客之功。由此观之，客何负于秦哉！向使四君却客而不纳，疏士而不用，是使国无富利之实，而秦无强大之名也。

今陛下致昆山之玉，有随和之宝，垂明月之珠，服太阿之剑，乘纤离之马，建翠凤之旗，树灵鳝之鼓。此数宝者，秦不生一焉，而陛下悦之何也？必秦国之所生然后可，则是夜光之璧不饰朝廷，犀象之器不为玩好，而赵卫之女不充后宫，骏马駃騠不实外厩，江南金锡不为用，西蜀丹青不为采。所以饰后宫充下陈娱心意悦耳目者，必出于秦然后可，则是宛珠之簪，傅玑之珥，阿缟之衣，锦绣之饰，不进于前，而随俗雅化，佳冶窈窕，赵女不立于侧也。

夫击瓮缶、弹筝搏髀，而歌呼呜呜快耳目者，真秦之声也。郑卫桑间韶虞武象者，异国之乐也。今弃击瓮而就郑卫，退弹筝而取韶虞，若是者何也？快意当前，适观而已矣。今取人则不然，不问可否，不论曲直，非秦者去，为客者逐。然则是所重者在乎色乐珠玉，而所轻者在乎人民也。此非所以跨海内制诸侯之术也。

臣闻地广者粟多，国大者人众，兵强则士勇。是以泰山不让土壤，故能成其大；河海不择细流，故能就其深；王者不却众庶，故能明其德。是以地无四方，民无异国，四时充美，鬼神降福，此五帝三王之所以无敌也。今乃弃黔首以资敌国，却宾客以业诸侯，使天下之士退而不敢西向，裹足不入秦，此所谓借寇兵而赍盗粮者也。夫物不产于秦，可宝者多；士不产于秦，愿忠者众。今逐客以资敌国，损民以益仇，内自虚而外树怨于诸侯，求国之无危，不可得也。

贾生《过秦论》上

论者，发抒意见、论列是非之谓，诸子百家之书，不以论名，其实皆论体也。汉人之书多直以论名者，如《论衡》《盐铁论》等是。

议论之文，名目甚繁：意主论列是非者，曰论辨；明事理者曰辨；意在说明一事，或近于设说者，皆曰说；议论当世之务曰议；有所解释，则或曰解，或曰释；关于考证者曰考；推原立论者曰原；有所驳曰驳论；有所难曰难；继续前人，推广其意，或补所未备者曰续论，曰广论；亦或直以简牍言语之通名名之曰书，曰言，曰语，总称为论辨类。论史之作，《文选》特立一名曰史论，然后世此类甚多，选家多不分立。

后世论史之文，有与古异者。后世史籍已多，人可披览，凡诸史事，无待详陈，后世史论，叙事极简。古则史书极少，前朝事实未必人人皆熟，欲有论著，不得不稍加叙述，故如此篇虽名为论，实则叙事处甚多。此古今文体之异，因乎时势者也。

论史之作，有专论一人一事者，有统论一朝，如此篇是。或上下数千年者，如柳子厚《封建论》。前者易作，后者非有学识笔力不办也。

贾生之文，有两种特色：一雄骏宏肆，一明切利害。《陈政事疏》兼具此两种特色，因篇幅太长，不能讲授。今选此篇，以见其文字之雄骏，而选晁错文一篇，以见其明切利害焉。

秦孝公据殽函之固，拥雍州之地，君臣固守，以窥周室，有席卷天下，包举宇内，囊括四海之意，并吞八荒之心。当是时也，商君佐之，内立法度，务耕织，修守战之具，外连衡而斗诸侯。于是秦人拱手而取西河之外。孝公既没，惠文武昭，蒙故业，因遗策，南取汉中，西举巴蜀，东割膏腴之地，北收要害之郡。诸侯恐惧，会盟而谋弱秦，不爱珍器重宝肥饶之地，以致天下之士，合纵缔交，相与为一。当此之时，齐有孟尝，赵有平原，楚有春申，魏有信陵；此四君者，皆明智而忠信，宽厚而爱人，尊贤重士，约纵离横，兼韩、魏、燕、赵、宋、卫、中山之众。于是六国之士，有宁越、徐尚、苏秦、杜赫之属为之谋；齐明、周最、陈轸、召滑、楼缓、翟景、苏厉、乐毅之徒通其意；吴起、孙膑、带佗、倪良、王廖、田忌、廉颇、赵奢之伦制其兵。尝以十倍之地，百万之众，叩关而攻秦。秦人开关而延敌，九国之师，逡巡而不敢进。秦无亡矢遗镞之费，而天下诸侯已困矣。于是纵散约解，争割地而赂秦。秦有余力而制其敝，追亡逐北，伏尸百万，流血漂橹；因利乘便，宰割天下，分裂河山，强国请服，弱国入朝。施及孝文王、庄襄王，享国之日浅，国家无事。

及至始皇，奋六世之余烈，振长策而御宇内，吞二周而亡诸侯，履至尊而制六合，执敲扑以鞭笞天下，威振四海，南取百越之地以为桂林、象郡；百越之君，俯首系颈，委命下吏。乃使蒙恬北筑长城而守藩篱，却匈奴七百余里，胡人不敢南下而牧马，士不敢弯弓而报怨。于是废先王之道，焚百家之言，以愚黔首。隳名城，杀豪俊，收天下之兵聚之咸阳，销锋镝，铸以为金人十二，以弱天下之民。然后践华为城，因河为池，据亿丈之城，临不测之溪以为固。良将劲弩，守要害之处；信臣精卒，陈利兵而谁何？天下已定，始皇之心，自以为关中之固，金城千里，子孙帝王万世之业也。

始皇既没，余威震于殊俗。然而陈涉，瓮牖绳枢之子，氓隶之人，而迁徙之徒也，才能不及中庸，非有仲尼、墨翟之贤，陶朱、猗顿之富，蹑足行伍之间，而倔起阡陌之中，率疲弊之卒，将数百之众，转而攻秦；斩木为兵，揭竿为旗，天下云集而响应，赢粮而景从，山东豪俊，遂并起而亡秦族矣。

且夫天下非小弱也，雍州之地，崤函之固，自若也；陈涉之位，非尊于齐、楚、燕、赵、韩、魏、宋、卫、中山之君也；锄櫌棘矜，非铦于钩戟长铩也；谪戍之众，非抗于九国之师也；深谋远虑，行军用兵之道，非及向时之士何也？然而成败异变，功业相反。试使山东之国，与陈涉度长絜大，比权量力，则不可同年而语矣；然秦以区区之地，致万乘之势，招八州而朝同列，百有余年矣。然后以六合为家，殽函为宫，一夫作难而七庙隳，身死人手，为天下笑者，何也？仁义不施，而攻守之势异也。

晁错《论守边备塞疏》

此晁氏文之明切利害者也。晁氏明于兵家言，故其言边事，剖析利害，皆极详尽，如指诸掌。此可见学问进步，则文亦随之。今日一切科学之进步，又非古时比矣。苟能行文，不患无好材料也。此篇属奏议类。

臣闻秦时北攻胡貉，筑塞河上，南攻杨粤，置戍卒焉。其起兵而攻胡粤者，非以卫边地而救民死也，贪戾而欲广大也，故功未立而天下乱。且夫起兵而不知其势，战则为人禽，屯则卒积死。夫胡貉之地，积阴之处也，木皮三寸，冰厚六尺，食肉而饮酪，其人密理，鸟兽毳毛，其性能寒。杨粤之地少阴多阳，其人疏理，鸟兽希毛，其性能暑。秦之戍卒不能其水土，戍者死于边，输者偾于道。秦民见行，如往弃市，因以谪发之，名曰“谪戍”。先发吏有谪及赘婿、贾人，后以尝有市籍者，后又以大父母，父母尝有市籍者，后入闾，取其左。发之不顺，行者深恐，有背畔之心。凡民守战至死而不降北者，以计为之也。故战胜守固则有拜爵之赏，攻城屠邑则得财卤以富家室。能使其众蒙矢石，赴汤火，视死如生。今秦之发卒也，有万死之害，而亡铢两之报，死事之后不得一算之复，天下明知祸烈及己也。陈胜行戍，至于大泽，为天下先倡，天下从之如流水者，秦以威劫而行之之敝也。

胡人衣食之业不著于地，其势易以扰乱边境。何以明之？胡人食肉饮酪，衣皮毛，非有城郭田宅之归居，如飞鸟走兽于广壄，美草甘水则止，草尽水竭则移。以是观之，往来转徙，时至时去，此胡人之生业，而中国之所以离南亩也。今使胡人数处转牧行猎于塞下，或当燕代，或当上郡、北地、陇西，以候备塞之卒，卒少则入。陛下不救，则边民绝望而有降敌之心；救之，少发则不足，多发，远县才至，则胡又已去。聚而不罢，为费甚大；罢之，则胡复入。如此连年，则中国贫苦而民不安矣。

陛下幸忧边境，遣将吏发卒以治塞，甚大惠也。然令远方之卒守塞，一岁而更，不知胡人之能，不如选常居者，家室田作，且以备之。以便为之高城深堑，具蔺石，布渠答，复为一城其内，城间百五十步。要害之处，通川之道，调立城邑，毋下千家，为中周虎落。先为室屋，具田器，乃募罪人及免徒复作令居之；不足，募以丁奴婢赎罪及输奴婢欲以拜爵者；不足，乃募民之欲往者。皆赐高爵，复其家，予冬夏衣，廪食，能自给而止。郡县之民得买其爵，以自增至卿。其亡夫若妻者，县官买予之。人情非有匹敌，不能久安其处。塞下之民，禄利不厚，不可使久居危难之地。胡人入驱而能止其所驱者，以其半予之，县官为赎其民。如是，则邑里相救助，赴胡不避死。非以德上也，欲全亲戚而利其财也。此与东方之戍卒不习地势而心畏胡者，功相万也。以陛下之时，徙民实边，使远方无屯戍之事，塞下之民，父子相保，亡系虏之患，利施后世，名称圣明，其与秦之行怨民，相去远矣。

董仲舒《贤良策对一》

西京之文，江都最淳厚，深于经术之文也，刘子政、匡稚圭等文可以参看。制辞亦古质而深厚，凡西京诸诏令，可以参看。对策与奏议小别，然亦臣告君之辞。姚氏《古文辞类纂》以入奏议类而析为下编，颇允当。

制曰：朕获承至尊休德，传之亡穷，而施之罔极，任大而守重，是以夙夜不皇康宁，永惟万事之统，犹惧有阙。故广延四方之豪俊，郡国诸侯公选贤良修洁博习之士，欲闻大道之要，至论之极。今子大夫褎然为举首，朕甚嘉之。子大夫其精心致思，朕垂听而问焉。

盖闻五帝三王之道，改制作乐而天下洽和，百王同之。当虞氏之乐，莫盛于韶，于周莫盛于勺。圣王已没，钟鼓管弦之声未衰，而大道微缺，陵夷至乎桀纣时之行，王道大坏矣。夫五百年之间，守文之君，当涂之士，欲则先王之法以戴翼其世者甚众，然犹不能反，日以仆灭，至后王而后止，岂其所持操或悖谬而失其统与？固天降命不可复反，必推之于大衰而后息与？乌乎！凡所为屑屑，夙兴夜寐，务法上古者，又将无补与？三代受命，其符安在？灾异之变，何缘而起？性命之情，或夭或寿，或仁或鄙，习闻其号，未烛厥理。伊欲风流而令行，刑轻而奸改，百姓和乐，政事宣昭，何修何饬而膏露降，百谷登，德润四海，泽臻草木，三光全，寒暑平，受天之祜，享鬼神之灵，德泽洋溢，施乎方外，延及群生？

子大夫明先圣之业，习俗化之变，终始之序，讲闻高谊之日久矣，其明以谕朕。科别其条，勿猥勿并，取之于术，慎其所出。乃其不正不直，不忠不极，枉于执事，书之不泄，兴于朕躬，毋悼后害。子大夫其尽心，靡有所隐，朕将亲览焉。

仲舒对曰：陛下发德音，下明诏，求天命与情性，皆非愚臣之所能及也。臣谨案《春秋》之中，视前世已行之事，以观天人相与之际，甚可畏也。国家将有失道之败，而天乃先出灾害以谴告之，不知自省，又出怪异以警惧之，尚不知变，而伤败乃至。以此见天心之仁爱人君而欲止其乱也。自非大亡道之世者，天尽欲扶持而全安之，事在强勉而已矣。强勉学问，则闻见博而知益明；强勉行道，则德日起而大有功，此皆可使还至而立有效者也。《诗》曰"夙夜匪解"，《书》云"茂哉茂哉"，皆强勉之谓也。

道者，所繇适于治之路也，仁义礼乐皆其具也。故圣王已没，而子孙长久安宁数百岁，此皆礼乐教化之功也。王者未作乐之时，乃用先王之乐宜于世者，而以深入教化于民。教化之情不得，雅颂之乐不成，故王者功成作乐，乐其德也。乐者，所以变民风，化民俗也；其变民也易，其化人也著。故声发于和而本于情，接于肌肤，藏于骨髓。故王道维微缺，而管弦之声未衰也。夫虞氏之不为政久矣，然而乐颂遗风犹有存者，是以孔子在齐而闻韶也。夫人君莫不欲安存而恶危亡，然而政乱国危者甚众，所任者非其人，而所繇者非其道，是以政日以仆灭也。夫周道衰于幽厉，非道亡也，幽厉不繇也。至于宣王，思昔先王之德，兴滞补弊，明文武之功业，周道粲然复兴，诗人美之而作，上天佑之，为生贤佐，后世称诵，至今不绝。此夙夜不解行善之所致也。孔子曰“人能弘道，非道弘人”也。故治乱废兴在于己，非天降命不得可反，其所操持，悖谬失其统也。

臣闻天之所大奉使之王者，必有非人力所能致而自至者，此受命之符也。天下之人同心归之，若归父母，故天瑞应诚而至。《书》曰“白鱼入于王舟，有火复于王屋，流为乌”，此盖受命之符也。周公曰“复哉复哉”，孔子曰“德不孤，必有邻”，皆积善累德之效也。及至后世，淫佚衰微，不能统理群生，诸侯背畔，残贼良民以争壤土，废德教而任刑罚。刑罚不中，则生邪气；邪气积于下，怨恶畜于上。上下不和，则阴阳缪戾而妖孽生矣。此灾异所缘而起也。

臣闻命者天之令也，性者生之质也，情者人之欲也。或夭或寿，或仁或鄙，陶冶而成之，不能粹美，有治乱之所生，故不齐也。孔子曰：“君子之德风，小人之德草，草上之风必偃。”故尧舜行德则民仁寿，桀纣行暴则民鄙夭。夫上之化下，下之从上，犹泥之在钧，唯甄者之所为；犹金之在镕，唯冶者之所铸。“绥之斯俫，动之斯和”，此之谓也。

臣谨案《春秋》之文，求王道之端，得之于正。正次王，王次春。春者，天之所为也；正者，王之所为也。其意曰，上承天之所为，而下以正其所为，正王道之端云尔。然则王者欲有所为，宜求其端于天。天道之大者在阴阳。阳为德，阴为刑；刑主杀而德主生。是故阳常居大夏，而以生育养长为事；阴常居大冬，而积于空虚不用之处。以此见天之任德不任刑也。天使阳出布施于上而主岁功，使阴入伏于下而时出佐阳；阳不得阴之助，亦不能独成岁。终阳以成岁为名，此天意也。王者承天意以从事，故任德教而不任刑。刑者不可任以治世，犹阴之不可任以成岁也。为政而任刑，不顺于天，故先王莫之肯为也。今废先王德教之官，而独任执法之吏治民，毋乃任刑之意与！孔子曰：“不教而诛谓之虐。”虐政用于下，而欲德教之被四海，故难成也。

臣谨案《春秋》谓一元之意，一者万物之所从始也，元者辞之所谓大也。谓一为元者，视大始而欲正本也。《春秋》深探其本，而反自贵者始。故为人君者，正心以正朝廷，正朝廷以正百官，正百官以正万民，正万民以正四方。四方正，远近莫敢不壹于正，而亡有邪气奸其间者。是以阴阳调而风雨时，群生和而万民殖，五谷孰而草木茂，天地之间被润泽而大丰美，四海之内闻盛德而皆徕臣，诸福之物，可致之祥，莫不毕至，而王道终矣。孔子曰：“凤鸟不至，河不出图，吾已矣夫!”自悲可致此物，而身卑贱不得致也。今陛下贵为天子，富有四海，居得致之位，操可致之势，又有能致之资，行高而恩厚，知明而意美，爱民而好士，可谓谊主矣。然而天地未应而美祥莫至者，何也？凡以教化不立而万民不正也。

夫万民之从利也，如水之走下，不以教化堤防之，不能止也。是故教化立而奸邪皆止者，其堤防坏也；教化废而奸邪并出，刑罚不能胜者，其堤防坏也。古之王者明于此，是故南面而治天下，莫不以教化为大务。立太学以教于国，设庠序以化于邑，渐民以仁，摩民以谊，节民以礼，故其刑罚甚轻而禁不犯者，教化行而习俗美也。圣王之继乱世也，扫除其迹而悉去之，复修教化而崇起之。教化已明，习俗已成，子孙循之，行五六百岁尚未败也。至周之末世，大为亡道，以失天下。秦继其后，独不能改，又益甚之，重禁文学，不得挟书，弃捐礼谊而恶闻之，其心欲尽灭先圣之道，而颛为自恣苟简之治，故立为天子十四岁而国破亡矣。自古以来，未尝有以乱济乱，大败天下之民如秦者也。其遗毒余烈，至今未灭，使习俗薄恶，人民嚚顽，抵冒殊扞，孰烂如此之甚者也。孔子曰：“腐朽之木不可雕也，粪土之墙不可圬也。”今汉继秦之后，如朽木粪墙矣，虽欲善治之，亡可奈何。法出而奸生，令下而诈起，如以汤止沸，抱薪救火，愈甚亡益也。窃譬之琴瑟不调，甚者必解而更张之，乃可鼓也；为政而不行，甚者必变而更化之，乃可理也。当更张而不更张，虽有良工不能善调也；当更化而不更化，虽有大贤不能善治也。故汉得天下以来，常欲善治而至今不可善治者，失之于当更化而不更化也。古人有言曰：“临渊羡鱼，不如退而结网。”今临政而愿治七十余岁矣，不如退而更化，更化则可善治，善治则灾害日去，福禄日来。《诗》云：“宜民宜人，受禄于天。”为政而宜于民者，固当受禄于天。夫仁谊礼知信五常之道，王者所当修饬也。五者脩饬，故受天之佑，而享鬼神之灵，德施于方外，延及群生也。

司马长卿《难蜀父老》

此篇虽以难名，然与其《喻巴蜀檄》同，故《文选》同入之檄文类，《类纂》以隶词赋类，似不甚安。凡上告下之词，总称曰诏令类，檄文亦属焉。

有文人之文，有学人之文，此在汉世已肇其端矣。如董仲舒，如司马迁，皆学人之文也。如司马相如，如扬雄，则文人之文也。大抵当时所谓文者，专指词赋一类言之，然长于词赋者，虽作散文，亦有词赋之意选字炼句上。后来直向此途发展，此文之所以由散而入于骈也。

汉兴七十有八载，德茂存乎六世，威武纷纭，湛恩汪濊，群生霑濡，洋溢乎方外。于是乃命使西征，随流而攘，风之所被，罔不披靡。因朝冉从駹，定莋存邛，略斯榆，举苞蒲，结轶还辕，东乡将报，至于蜀都。耆老大夫搢绅先生之徒二十有七人，俨然造焉。辞毕，进曰：盖闻天子之于夷狄也，其义羁縻勿绝而已。今罢三郡之士，通夜郎之途，三年于兹，而功不竟，士卒劳倦，万民不赡。今又接之以西夷，百姓力屈，恐不能卒业，此亦使者之累也。窃为左右患之。且夫邛、莋、西僰之与中国并也，历年兹多，不可记已。仁者不以德来，强者不以力并，意者殆不可乎！今割齐民以附夷狄，弊所恃以事无用，鄙人固陋，不识所谓。使者曰：乌谓此乎？必若所云，则是蜀不变服而巴不化俗也。仆尚恶闻若说。然斯事体大，固非观者之所觏也。余之行急，其详不可得闻已，请为大夫粗陈其略：

盖世必有非常之人，然后有非常之事；有非常之事，然后有非常之功。非常者，固常人之所异也。故曰：非常之原，黎民惧焉，及臻厥成，天下晏如也。昔者洪水沸出，泛滥衍溢，民人升降移徙，崎岖而不安。夏后氏戚之，乃堙洪塞源，决江疏河，洒沉澹灾，东归之于海，而天下永宁。当斯之勤，岂惟民哉。心烦于虑，而身亲其劳，躬傶骿胝无胈，肤不生毛。故休烈显乎无穷，声称浃乎于兹。

且夫贤君之践位也，岂特委琐握龊，拘文牵俗，循诵习传，当世取说云尔哉？必将崇论闳议，创业垂统，为万世规。故驰骛乎兼容并包，而勤思乎参天贰地。且《诗》不云乎，“普天之下，莫非王土；率土之滨，莫非王臣”。是以六合之内，八方之外，浸淫衍溢，怀生之物有不浸润于泽者，贤君耻之。今封疆之内，冠带之伦，咸获嘉祉，靡有阙遗矣。而夷狄殊俗之国，辽绝异党之域，舟车不通，人迹罕至，政教未加，流风犹微。内之则犯义侵礼于边境，外之则邪行横作，放杀其上，君臣易位，尊卑失序，父老不辜，幼孤为奴虏，系缧号泣，内乡而怨，曰：盖闻中国有至仁焉，德洋恩普，物靡不得其所，今独曷为遗己？举钟思慕，若枯旱之望雨，戾夫为之垂涕，况乎上圣，又焉能已？故北出师以讨强胡，南驰使以诮劲越。四面风德，二方之君，鳞集仰流，愿得受号者以亿计。故乃关沫若，徼牂牁，镂灵山，梁孙原，创道德之途，垂仁义之统，将博恩广施，远抚长驾，使疏逖不闭，曶爽闇昧，得耀乎光明，以偃甲兵于此，而息讨伐于彼。遐迩一体，中外禔福，不亦康乎？夫拯民于沉溺，奉至尊之休德，反衰世之陵夷，继周氏之绝业，天子之急务也。百姓虽劳，又恶可以已哉？

且夫王者固未有不始于忧勤，而终于逸乐者也。然则受命之符，合在于此。方将增太山之封，加梁父之事，鸣和鸾，扬乐颂，上咸五，下登三。观者未睹指，听者未闻音，犹鹪明已翔乎寥廓之宇，而罗者犹视乎薮泽，悲夫！

于是诸大夫茫然丧其所怀来，失厥所以进，喟然并称曰：“允哉汉德，此鄙人之所愿闻也。百姓虽劳，请以身先之。”敞罔靡徙，迁延而辞避。

东方曼倩《答客难》

《汉选》以此文与扬子云《解嘲》、班孟坚《答宾戏》同列一类，谓之设论。其实古人文字设为主客之辞者甚多，亦可入论辨类也。韩退之《进学解》，源出于此，然此三篇，皆归于守正之义，退之则一味牢骚矣。

客难东方朔曰：“苏秦、张仪，一当万乘之主，而都卿相之位，泽及后世。今子大夫修先王之术，慕圣人之义，讽诵《诗》《书》百家之言，不可胜数；著于竹帛，唇腐齿落，服膺而不释。好学乐道之效，明白甚矣。自以智能海内无双，则可谓博闻辩智矣。然悉力尽忠以事圣帝，旷日持久，官不过侍郎，位不过执戟，意者尚有遗行邪？同胞之徒，无所容居，其故何也？”

东方先生喟然长息，仰而应之曰：“是故非子之所能备。彼一时也，此一时也，岂可同哉？夫苏秦、张仪之时，周室大坏，诸侯不朝，力政争权，相禽以兵，并为十二国，未有雌雄，得士者强，失士者亡，故谈说行焉。身处尊位，珍宝充内，外有廪仓，泽及后世，子孙长享。今则不然。圣帝流德，天下震慑，诸侯宾服，连四海之外以为带，安于覆盂。天下平均，合为一家。动发举事，犹运之掌。贤不肖何以异哉？遵天之道，顺地之理，物无不得其所。故绥之则安，动之则苦；尊之则为将，卑之则为虏；抗之则在青云之上，抑之则在深泉之下；用之则为虎，不用则为鼠。虽欲尽节效情，安知前后？夫天地之大，士民之众，竭精谈说，并进辐辏者不可胜数。悉力募之，困于衣食，或失门户。使苏秦、张仪与仆并生于今之世，曾不得掌故，安敢望常侍郎乎？传曰：‘天下无害灾，虽有圣人，无所施才；上下和同，虽有贤者，无所立功。’故曰时异事异。

“虽然，安可以不务修身乎哉？《诗》曰：‘鼓钟于宫，声闻于外。’‘鹤鸣于九皋，声闻于天。’苟能修身，何患不荣？太公体行仁义，七十有二，乃设用于文、武，得信厥说；封于齐，七百岁而不绝。此士所以日夜孳孳，修学敏行而不敢怠也。辟若鹡鸰，飞且鸣矣。传曰：‘天不为人之恶寒而辍其冬，地不为人之恶险而辍其广，君子不为小人之匈匈而易其行。天有常度，地有常形，君子有常行。君子道其常，小人计其功。《诗》云：“礼义之不愆，何恤人之言？”’故曰：‘水至清则无鱼，人至察则无徒。冕而前旒，所以蔽明；黈纩充耳，所以塞聪。’明有所不见，聪有所不闻。举大德，赦小过，无求备于一人之义也。‘枉而直之，使自得之；优而柔之，使自求之；揆而度之，使自索之。’盖圣人之教化如此，欲其自得之。自得之，则敏且广矣。

“今世之处士，魁然无徒，廓然独居。上观许由，下察接舆，计同范蠡，忠合子胥，天下和平，与义相扶，寡偶少徒，固其宜也。子何疑于予哉？若夫燕之用乐毅，秦之任李斯，郦食其之下齐，说行如流，曲从如环；所欲必得，功若丘山，海内定，国家安：是遇其时也。子又何怪之邪？

“语曰：以管窥天，以蠡测海，以莛撞钟。岂能通其条贯，考其文理，发其音声哉？由是观之，譬犹鯖鮈之袭狗，孤豚之咋虎，至则靡耳，何功之有？今以下愚而非处士，虽欲勿困，固不得已。此适足以明其不知权变，而终惑于大道也。”

刘子政《战国策序》

西京之文，子政最舂容闲雅，其后曾子固效之，序跋一类尤酷似。

序者，盖编排一书前后次序，必有其义，如《易》之序卦是也。古人作序，皆居全书之末，并编入书内为一篇。姚姬传氏谓《庄子·天下篇》《荀子》末篇皆是。《史记》之《太史公自序》，《汉书》之叙传亦然。后人则多列卷端。其已有序而后叙之者，则谓之后序，系于书末者谓之跋，亦曰跋尾、跋语。又古人叙皆自作，后世则多出于人，其自作者，乃别之曰自序焉。序者所以发明著书之义及其体例也。然有义例，委曲非一言可尽者，则条举之为例言，或称凡例。大抵取其疏列明白而已，不甚措意于文辞。近人所谓发刊辞，亦叙之类，但作叙时，必全书已具，而发刊辞则在出版之先耳。发刊辞之作，皆所以宣布宗旨，故有时亦以宣言代之，然其名异，其实同也。初有报章杂志时，宣布宗旨之作，尚皆称序，今则皆称发刊辞矣。又有所谓题词者，多以韵语为之，间有作散文数十百字者，其变格也。序跋之文，三苏以避家讳，故称为引。

序者绪也，即抽出头绪之意，抽出头绪，所以便读者也。故凡考订评论之作，亦可入序跋类，如书后，或称题后，读某书评某书之类是也。引而伸之，则书目之解题、提要，又近人之所谓读书录，亦可入此类。

又有虽以序名，而非序跋类者，则赠序及杂记类中之序是也，见后。

周室自文、武始兴，崇道德，隆礼义，设辟雍泮宫庠序之教，陈礼乐弦歌移风之化。叙人伦，正夫妇，天下莫不晓然。论孝悌之义、惇笃之行，故仁义之道满乎天下，卒致之刑措四十余年。远方慕义，莫不宾服，雅颂歌咏，以思其德。下及康、昭之后，虽有衰德，其纲纪尚明。及春秋时，已四五百载矣，然其余业遗烈，流而未灭。五伯之起，尊事周室。五伯之后，时君虽无德，人臣辅其君者，若郑之子产，晋之叔向，齐之晏婴，挟君辅政，以并立于中国，犹以义相支持，歌说以相感，聘觐以相交，期会以相一，盟誓以相救。天子之命，犹有所行。会享之国，犹有所耻。小国得有所依，百姓得有所息。故孔子曰："能以礼让为国乎何有？"周之流化，岂不大哉！及春秋之后，众贤辅国者既没，而礼义衰矣。孔子虽论《诗》《书》，定《礼》《乐》，王道粲然分明，以匹夫无势，化之者七十二人而已，皆天下之俊也，时君莫尚之。是以王道遂用不兴。故曰："非威不立，非势不行。"

仲尼既没之后，田氏取齐，六卿分晋，道德大废，上下失序。至秦孝公，捐礼让而贵战争，弃仁义而用诈谲，苟以取强而已矣。夫篡盗之人，列为侯王；诈谲之国，兴立为强。是以转相放效，后生师之，遂相吞灭，并大兼小，暴师经岁，流血满野，父子不相亲，兄弟不相安，夫妇离散，莫保其命，然道德绝矣。晚世益甚。万乘之国七，千乘之国五，敌侔争权，尽为战国。贪饕无耻，竞进无厌；国异政教，各自制断；上无天子，下无方伯；力功争强，胜者为右；兵革不休，诈伪并起。当此之时，虽有道德，不得施设。有设之强，负阻而恃固。连与交质，重约结誓，以守其国。故孟子、孙卿儒术之士，弃捐于世；而游说权谋之徒，见贵于俗。是以苏秦、张仪、公孙衍、陈轸、代、厉之属，主纵横短长之说，左右倾侧。苏秦为纵，张仪为横。横则秦帝，纵则楚王。所在国重，所去国轻。

然当此之时，秦国最雄，诸侯方弱，苏秦结之，合六国为一，以傧背秦。秦人恐惧，不敢窥兵于关中，天下不交兵者，二十有九年。然秦国势便形利，权谋之士，咸先驰之。苏秦始欲横，秦弗有，故东合纵。及苏秦死后，张仪连横，诸侯听之，西向事秦。是故始皇因四塞之固，据崤、函之阻，跨陇、蜀之饶，听众人之策，乘六世之烈，以蚕食六国，兼诸侯，并有天下。杖于谋诈之积，终无信笃之诚，无道德之教，仁义之化，以缀天下之心。任刑法以为治，信小术以为道，遂燔烧诗书，坑杀儒士，上小尧、舜，下邈三王。二世愈甚。惠不下施，情不上达。君臣相疑，骨肉相疏；化道浅薄，纲纪坏败；民不见义，而悬于不宁。抚天下十四岁，天下大溃，诈伪之弊也。其比王德，岂不远哉！孔子曰："导之以政，齐之以刑，民免而无耻；道之以德，齐之以礼，有耻且格。"夫使天下有所耻，故化可致也。苟以诈伪偷活取容，自上为之，何以率下？秦之败也，不亦宜乎！

战国之时，君德浅薄，为之谋策者，不得不因势而为资，据时而为画。

故其谋，扶急持倾，为一切之权，虽不可以临国教化，兵革救急之势也，皆高才秀士，度时君之所能行，出奇策异智，转危为安，易亡为存，亦可喜。皆可观。

扬子云《谏不许单于朝书》

此篇亦属奏议类。

此亦西汉时文人之文也，可与司马长卿文参看。

臣闻六经之治，贵于未乱；兵家之胜，贵于未战。二者皆微，然而大事之本，不可不察也。今单于上书求朝，国家不许而辞之，臣愚以为汉与匈奴从此隙矣。本北地之狄，五帝所不能臣，三王所不能制，其不可使隙甚明。臣不敢远称，请引秦以来明之：

以秦始皇之强，蒙恬之威，带甲四十余万，然不敢窥西河，乃筑长城以界之。会汉初兴，以高祖之威灵，三十万众困于平城，士或七日不食。时奇谲之士石画之臣甚众，卒其所以脱者，世莫得而言也。又高皇后常忿匈奴，群臣庭议，樊哙请以十万众横行匈奴中，季布曰："哙可斩也，妄阿顺指!"于是大臣权书遗之，然后匈奴之结解，中国之忧平。及孝文时，匈奴侵暴北边，候骑至雍甘泉，京师大骇，发三将军屯细柳、棘门、霸上以备之，数月乃罢。孝武即位，设马邑之权，欲诱匈奴，使韩安国将三十万众徼于便坠，匈奴觉之而去，徒费财劳师，一虏不可得见，况单于之面乎！其后深惟社稷之计，规恢万载之策，乃大兴师数十万，使卫青、霍去病操兵，前后十余年。于是浮西河，绝大幕，破寘颜，袭王庭，穷极其地，追奔逐北，封狼居胥山，单于姑衍，以临瀚海，虏名王贵人以百数。自是之后，匈奴震怖，益求和亲，然而未肯称臣也。

且夫前世岂乐倾无量之费，役无罪之人，快心于狼望之北哉？以为不壹劳者不久佚，不暂费者不永宁，是以忍百万之师以摧饿虎之喙，运府库之财填卢山之壑而不悔也。至本始之初，匈奴有桀心，欲掠乌孙，侵公主，乃发五将之师十五万骑猎其南，而长罗侯以乌孙五万骑震其西，皆至质而还。时鲜有所获，徒奋扬威武，明汉兵若雷风耳。虽空行空反，尚诛两将军。故北狄不服，中国未得高枕安寝也。逮至元康、神爵之间，大化神明，鸿恩溥洽，而匈奴内乱，五单于争立，日逐、呼韩邪携国归死，扶伏称臣，然尚羁縻之，计不颛制。自此之后，欲朝者不拒，不欲者不强。何者？外国天性忿鸷，形容魁健，负力怙气，难化以善，易肄以恶，其强难诎，其和难得。故未服之时，劳师远攻，倾国殚货，伏尸流血，破坚拔敌，如彼之难也；既服之后，慰荐抚循，交接赂遗，威仪俯仰，如此之备也。往时尝屠大宛之城，蹈乌桓之垒，探姑缯之壁，籍荡姐之场，艾朝鲜之旃，拔两越之旗，近不过旬月之役，远不离二时之劳，固已犁其庭，埽其闾，郡县而置之，云彻席卷，后无余灾。惟北狄为不然，真中国之坚敌也，三垂比之悬矣，前世重之兹甚，未易可轻也。

今单于归义，怀款诚之心，欲离其庭，陈见于前，此乃上世之遗策，神灵之所想望，国家虽费，不得已者也。奈何距以来厌之辞，疏以无日之期，消往昔之恩，开将来之隙！夫款而隙之，使有恨心，负前言，缘往辞，归怨于汉，因以自绝，终无北面之心，威之不可，谕之不能，焉得不为大忧乎？夫明者视于无形，聪者听于无声，诚先于未然，即蒙恬、樊哙不复施，棘门、细柳不复备，马邑之策安所设，卫、霍之功何得用，五将之威安所震？不然，壹有隙之后，虽智者劳心于内，辩者毂击于外，犹不若未然之时也。且往者图西域，制车师，置城郭都护三十六国，费岁以大万计者，岂为康居、乌孙能逾白龙堆而寇西边哉？乃以制匈奴也。夫百年劳之，一日失之，费十而爱一，臣窃为国不安也。惟陛下少留意于未乱未战，以遏边萌之祸。

王仲任《非韩》（节录）

此《论衡》之一篇也，属论辨类。

后汉风气务名而不务实，故当时政论之家，多主以刑名法术整齐之，魏武帝、诸葛孔明皆任法为治，时势之要求则然也。诸论政之家，以王仲任之《论衡》最为世所称，今举一篇，以代表其余。王符《潜夫论》、崔寔《政论》等可以参看。仲任可取处在思想，其文笔则不甚健。《论衡》一书以理胜，非以文胜。仲任思想，自是可取，然近人推崇似又太过。仲任之学，实出申韩，以此论治而救末流之弊则通，以此等见解推之以论一切事则病矣。近人推仲任，谓其能破除迷信也。然古之有学问者，何人尝迷信哉！仲任论事精辟处甚多，固执可笑处亦不少。胡适之讥章实斋骂袁子才为绍兴师爷口吻[①]，若仲任者，则绍兴师爷口吻之尤甚者也。凡观古人之文，宜设身处地，细考其所处之时地及其所与言之人，并须察度其人性情学问如何，然后能真了解其言，不致偏护古人，亦不至厚诬古人。古今人之才智，不甚相远，普通之事理，谈学问者，亦多能见之，决无举世皆愚陋，一二人独明智之理也。此等方法，今人固恒言之，然往往自己便不能用，此好谈方法而不肯问学之过也。孔子曰思而不学则殆。《论衡》全书，以此篇为最佳，以韩非论事，本系执杀一面，而仲任还以执杀一面之语驳之，故其言多合理也。此外驳他家之语，则多“将活语作死语看”，看似警快，实多勉强处。至其驳世俗迷信之语，则被驳之对方，本无价值也。

韩子之术，明法尚功。贤，无益于国不加赏；不肖，无害于治不施罚。责功重赏，任刑用诛。故其论儒也，谓之“不耕而食”，比之于一蠹，论有益与无益也，比之于鹿马，马之似鹿者千金，天下有千金之马，无千金之鹿。鹿无益，马有用也。儒者犹鹿，有用之吏犹马也。夫韩子知以鹿马喻，不知以冠履譬。使韩子不冠，徒履而朝，吾将听其言也。加冠于首而立于朝，受无益之服，增无益之仕，言与服相违，行与术相反，吾是以非其言而不用其法也。烦劳人体，无益于人身，莫过跪拜。使韩子逢人不拜，见君父不谒，未必有贼于身体也。然须拜谒以尊亲者，礼义至重，不可失也。故礼义在身，身未必肥；而礼义去身，身未必瘠而化衰。以谓有益，礼义不如饮食。使韩子赐食君父之前，不拜而用，肯为之乎？夫拜谒，礼义之效，非益身之实也。然而韩子终不失者，不废礼义以苟益也。夫儒生，礼义也；耕战，饮食也。贵耕战而贱儒生，是弃礼义求饮食也。使礼义废，纲纪败，上下乱而阴阳缪，水旱失时，五谷不登，万民饥死，农不得耕，士不得战也。子贡去告朔之饩羊，孔子曰：“赐也，尔爱其羊，我爱其礼。”子贡恶费羊，孔子重废礼也。故以旧防为无益而去之，必有水灾；以旧礼为无补而去之，必有乱患。

儒者之在世，礼义之旧防也，有之无益，无之有损。庠序之设，自古有之。重本尊始，故立官置吏。官不可废，道不可弃。儒生，道官之吏也，以为

① 见所著《章实斋年谱》。

无益而废之，是弃道也。夫道无成效于人，成效者须道而成。然足蹈路而行，所蹈之路，须不蹈者。身须手足而动，待不动者。故事或无益而益者须之，无效而效者待之。儒生，耕战所须待也，弃而不存，如何也？韩子非儒，谓之无益有损，盖谓俗儒无行操，举措不重礼，以儒名而俗行，以实学而伪说，贪官尊荣，故不足贵。夫志洁行显，不徇爵禄，去卿相之位若脱躧者，居位治职，功虽不立，此礼义为业者也。国之所以存者，礼义也。民无礼义，倾国危主。今儒者之操，重礼爱义，率无礼之士，激无义之人。人民为善，爱其主上，此亦有益也。闻伯夷风者，贪夫廉，懦夫有立志；闻柳下惠风者，薄夫敦，鄙夫宽。此上化也，非人所见。段干木阖门不出，魏文敬之，表式其闾，秦军闻之，卒不攻魏。使魏无干木，秦兵入境，境土危亡。秦，强国也，兵无不胜，兵加于魏，魏国必破，三军兵顿，流血千里。今魏文式阖门之士，却强秦之兵，全魏国之境，济三军之众，功莫大焉，赏莫先焉。齐有两节之士，曰狂谲、华士，二人昆弟也，义不降志，不仕非其主。太公封于齐，以此二子解沮齐众，开不为上用之路，同时诛之。韩子善之，以为二子无益而有损也。夫狂谲、华士，段干木之类也，太公诛之，无所却到；魏文侯式之，却强秦而全魏。功孰大者？使韩子善干木阖门高节，魏文式之，是也；狂谲、华士之操，干木之节也，善太公诛之，非也。使韩子非干木之行，下魏文之式，则干木以此行而有益，魏文用式之道为有功；是韩子不赏功、尊有益也。

论者或曰："魏文式段干木之闾，秦兵为之不至，非法度之功；一功特然，不可常行，虽全国有益，非所贵也。"夫法度之功者，谓何等也？养三军之士，明赏罚之命，严刑峻法，富国强兵，此法度也。案秦之强，肯为此乎？六国之亡，皆灭于秦兵。六国之兵非不锐，士众之力非不劲也，然而不胜，至于破亡者，强弱不敌，众寡不同，虽明法度，其何益哉？使童子变孟贲之意，孟贲怒之，童子操刃与孟贲战，童子必不胜，力不如也。孟贲怒，而童子修礼尽敬，孟贲不忍犯也。秦之与魏，孟贲之与童子也。魏有法度，秦必不畏，犹童子操刃，孟贲不避也。其尊士式贤者之闾，非徒童子修礼尽敬也。夫力少则修德，兵强则奋威。秦以兵强，威无不胜，却军还众，不犯魏境者，贤干木之操，高魏文之礼也。夫敬贤，弱国之法度，力少之强助也。谓之非法度之功，如何？高皇帝议欲废太子，吕后患之，即召张子房而取策，子房教以敬迎四皓而厚礼之，高祖见之，心消意沮，太子遂安。使韩子为吕后议，进不过强谏，退不过劲力。以此自安，取诛之道也，岂徒易哉？夫太子敬厚四皓以消高帝之议，犹魏文式段干木之闾，却强秦之兵也。

治国之道，所养有二：一曰养德，二曰养力。养德者，养名高之人，以示能敬贤；养力者，养气力之士，以明能用兵。此所谓文武张设，德力具足者也。事或可以德怀，或可以力摧。外以德自立，内以力自备。慕德者不战而服，犯德者畏兵而却。徐偃王修行仁义，陆地朝者三十二国，强楚闻之，举兵而灭之。此有德守，无力备者也。夫德不可独任以治国，力不可直任以御敌也。韩子之术不养德，偃王之操不任力。二者偏驳，各有不足。偃王有无力之祸，知韩子必有无德之患。

凡人禀性也，清浊贪廉，各有操行，犹草木异质，不可复变易也。狂谲、华士不仕于齐，犹段干木不仕于魏矣。性行清廉，不贪富贵，非时疾世，义不苟仕，虽不诛此人，此人行不可随也。太公诛之，韩子是之，是谓人无性行，草木无质也。太公诛二子，使齐有二子之类，必不为二子见诛之故，不清其身；使无二子之类，虽养之，终无其化。尧不诛许由，唐民不皆樔处；武王不诛伯夷，周民不皆隐饿；魏文侯式段干木之闾，魏国不皆阖门。由此言之，太公不诛二子，齐国亦不皆不仕。何则？清廉之行，人所不能为也。夫人所不能为，养使为之，不能使劝；人所能为，诛以禁之，不能使止。然则太公诛二子，无益于化，空杀无辜之民。赏无功，杀无辜，韩子所非也。太公杀无辜，韩子是之，以韩子之术杀无辜也。夫执不仕者，未必有正罪也，太公诛之。如出仕未有功，太公肯赏之乎？赏须功而加，罚待罪而施。使太公不赏出仕未有功之人，则其诛不仕未有罪之民，非也；而韩子是之，失误之言也。且不仕之民，性廉寡欲；好仕之民，性贪多利。利欲不存于心，则视爵禄犹粪土矣。廉则约省无极，贪则奢泰不止；奢泰不止，则其所欲不避其主。案古篡畔之臣，希清白廉洁之人。贪，故能立功；骄，故能轻生。积功以取大赏，奢泰以贪主位。太公遗此法而去，故齐有陈氏劫杀之患。太公之术，致劫杀之法也；韩子善之，是韩子之术亦危亡也。

周公闻太公诛二子，非而不是，然而身执贽以下白屋之士。白屋之士，二子之类也，周公礼之，太公诛之，二子之操，孰为是者？宋人有御马者不进，拔俞到而弃之于沟中；又驾一马，马又不进，又到而弃之于沟。是者三。以此威马，至矣，然非王良之法也。王良登车，马无罢驽。尧、舜治世，民无狂悖。王良驯马之心，尧、舜顺民之意。人同性，马殊类也。王良能调殊类之马，太公不能率同性之士。然则周公之所下白屋，王良之驯马也；太公之诛二子，宋人之到马也。举王良之法与宋人之操，使韩子平之，韩子必是王良而非宋人矣。王良全马，宋人贼马也。马之贼，则不若其全；然则民之死，不若其生。使韩子非王良，自同于宋人，贼善人矣。如非宋人，宋人之术与太公同。非宋人，是太公，韩子好恶无定矣。

治国犹治身也。治一身，省恩德之行，多伤害之操，则交党疏绝，耻辱至身。推治身以况治国，治国之道当任德也。韩子任刑独以治世，是则治身之人任伤害也。韩子岂不知任德之为善哉？以为世衰事变，民心靡薄，故作法术，专意于刑也。夫世不乏于德，犹岁不绝于春也。谓世衰难以德治，可谓岁乱不可以春生乎？人君治一国，犹天地生万物。天地不为乱岁去春，人君不以衰世屏德。孔子曰："斯民也，三代所以直道而行也。"

蔡伯喈《郭有道碑》

碑本宗庙丽牲之石，其后刻石纪功德者，亦谓之碑，立之于墓者，则称墓碑。墓碑亦称墓表，又称灵表，亦称墓碣，亦曰神道碑，又或但称神碑，此皆立于墓上者。其入于圹中者，则称墓志铭。志者叙事之散文，铭则韵文也。有有志无铭者，亦有有铭无志者。古有志铭出两手者。墓志、墓铭与志铭同为墓志铭之略称，非必无铭者称墓志，无志者称墓铭也。亦有称圹志、圹铭者，又有称葬志、葬铭者。志铭之意，本备墓被发掘，尚可知为何如人，后世乃有权厝，亦作志铭者。凡墓志铭大概志、铭俱有，碑则原则上无韵语。此类之文，总称为碑志类。志铭之体稍宽，碑则贵雍容闲雅。中郎之文，最可为法。

先生讳泰，字林宗，太原界休人也。其先出自有周王季之穆，有虢叔者，实有懿德，文王咨焉。建国命氏，或谓之郭，即其后也。先生诞应天衷，聪睿明哲，孝友温恭，仁笃慈惠。夫其器量弘深，姿度广大，浩浩焉，汪汪焉，奥乎不可测已。若乃砥节厉行，直道正辞，贞固足以干事，隐括足以矫时。遂考览六经，探综图纬。周流华夏，随集帝学。收文武之将坠，拯微言之未绝。于时缨緌之徒，绅佩之士，望形表而影附，聆嘉声而响和者，犹百川之归巨海，鳞介之宗龟龙也。尔乃潜隐衡门，收朋勤海，童蒙赖焉，用祛其蔽。州郡闻德，虚己备礼，莫之能致。群公休之，遂辟司徒掾，又举有道，皆以疾辞。将蹈鸿涯之遐迹，绍巢许之绝轨，翔区外以舒翼，超天衢以高峙。禀命不融，享年四十有二，以建宁二年正月乙亥卒。

凡我四方同好之人，永怀哀悼，靡所置念。乃相与惟先生之德，以谋不朽之事。佥以为先民既没，而德音犹存者，亦赖之于见述也。今其如何而阙斯礼！于是树碑表墓，昭铭景行，俾芳烈奋于百世，令问显于无穷。其辞曰：

于休先生，明德通玄。纯懿淑灵，受之自天。崇壮幽浚，如山如渊。礼乐是悦，诗书是敦。匪惟摭华，乃寻厥根。宫墙重切，允得其门。懿乎其纯，确乎其操。洋洋搢绅，言观其高。栖迟泌丘，善诱能教。赫赫三事，几行其招。委辞召贡，保此清妙。降年不永，民斯悲悼。爰勒兹铭，摛其光耀。嗟尔来世，是则是效。

魏文帝《典论》

此篇亦为论辨类。此篇所举七人，世称建安七子。文自东汉，日趋偶丽，词日以丽，气日以弱，然较诸齐梁，则自为雅正，论文者以“汉魏”“魏晋”为一时代，良有由也。

文人相轻，自古而然。傅毅之于班固，伯仲之间耳，而固小之，与弟超书曰：“武仲以能属文为兰台令史，下笔不能自休。”夫人善于自见，而文非一体，鲜能备善。是以各以所长，相轻所短。里语曰：“家有弊帚，享之千金。”斯不自见之患也。

今之文人，鲁国孔融文举，广陵陈琳孔璋，山阳王粲仲宣，北海徐干伟长，陈留阮瑀元瑜，汝南应玚德琏，东平刘桢公干：斯七子者，于学无所遗，于辞无所假，咸以自骋骥騄于千里，仰齐足而并驰。以此相服，亦良难矣。盖君子审己以度人，故能免于斯累，而作《论文》。

王粲长于辞赋，徐干时有齐气，然粲之匹也。如粲之《初征》《登楼》《槐赋》《征思》，干之《玄猿》《漏卮》《圆扇》《橘赋》，虽张蔡不过也。然于他文未能称是。琳瑀之章表书记，今之隽也。应玚和而不壮。刘桢壮而不密。孔融体气高妙，有过人者，然不能持论，理不胜词，至于杂以嘲戏。及其所善，杨班俦也。

常人贵远贱近，向声背实，又患暗于自见，谓己为贤。夫文，本同而末异。盖奏议宜雅，书论宜理，铭诔尚实，诗赋欲丽。此四科不同，故能之者偏也；惟通才能备其体。文以气为主，气之清浊有体，不可力强而致。譬诸音乐，曲度虽均，节奏同检，至于引气不齐，巧拙有素，虽在父兄，不能以移子弟。

盖文章经国之大业，不朽之盛事。年寿有时而尽，荣乐止乎其身。二者必至之常期，未若文章之无穷。是以古之作者，寄身于翰墨，见意于篇籍，不假良史之辞，不托飞驰之势，而声名自传于后。故西伯幽而演《易》，周旦显而制《礼》，不以隐约而弗务，不以康乐而加思。夫然，则古人贱尺璧而重寸阴，惧乎时之过已。而人多不强力，贫贱则慑于饥寒，富贵则流于逸乐，遂营目前之务，而遗千载之功。日月逝于上，体貌衰于下，忽然与万物迁化，斯志士之大痛也！融等已逝。惟干著论，成一家言。

孔文举《荐祢衡表》

文举之文，魏文帝谓其体气高妙，而不能持论，最为的评。

臣闻洪水横流，帝思俾乂，旁求四方，以招贤俊。昔世宗继统，将弘祖业，畴咨熙载，群士响臻。陛下睿圣，纂承基绪，遭遇厄运，劳谦日昃。惟岳降神，异人并出。

窃见处士平原祢衡，年二十四，字正平，淑质贞亮，英才卓跞。初涉艺文，升堂睹奥，目所一见，辄诵于口，耳所暂闻，不忘于心，性与道合，思若有神。弘羊潜计，安世默识，以衡准之，诚不足怪。忠果正直，志怀霜雪，见善若惊，疾恶如仇。任座抗行，史鱼厉节，殆无以过也。

鸷鸟累百，不如一鹗。使衡立朝，必有可观。飞辩骋辞，溢气坌涌，解疑释结，临敌有余。昔贾谊求试属国，诡系单于；终军欲以长缨，牵致劲越。弱冠慷慨，前代美之。近日路粹、严象，亦用异才擢拜台郎，衡宜与为比。如得龙跃天衢，振翼云汉，扬声紫微，垂光虹蜺，足以昭近署之多士，增四门之穆穆。钧天广乐，必有奇丽之观；帝室皇居，必蓄非常之宝。若衡等辈不可多得。《激楚》《阳阿》，至妙之容，掌技者之所贪；飞兔、騕褭，绝足奔放，良乐之所急。臣等区区，敢不以闻。

陛下笃慎取士，必须效试，乞令衡以褐衣召见。无可观采，臣等受面欺之罪。

陈孔璋《为袁绍檄豫州》

檄文亦属诏令类。

此篇文气极壮，然自与西京文字不同，须从此处求之。

左将军领豫州刺史郡国相守。盖闻明主图危以制变，忠臣虑难以立权。是以有非常之人，然后有非常之事；有非常之事，然后立非常之功。夫非常者，固非常人所拟也。

曩者强秦弱主，赵高执柄，专制朝权，威福由己，时人迫胁，莫敢正言，终有望夷之败，祖宗焚灭，污辱至今，永为世鉴。及臻吕后季年，产禄专政，内兼二军，外统赵梁；擅断万机，决事省禁，下陵上替，海内寒心。于是绛侯朱虚兴兵奋怒，诛夷逆暴，尊立太宗，故能王道兴隆，光明显融。此则大臣立权之明表也。

司空曹操祖父中常侍腾，与左悺、徐璜并作妖孽，饕餮放横，伤化虐民，父嵩，乞匄携养，因赃假位，舆金辇璧，输货权门，窃盗鼎司，倾覆重器。操赘阉遗丑，本无懿德，𤞤狡锋协，好乱乐祸。幕府董统鹰扬，扫除凶逆；续遇董卓，侵官暴国。于是提剑挥鼓，发命东夏，收罗英雄，弃瑕取用，故遂与操同咨合谋，授以裨师，谓其鹰犬之才，爪牙可任。至乃愚佻短略，轻进易退，伤夷折衄，数丧师徒。幕府辄复分兵命锐，修完补辑，表行东郡，领兖州刺史，被以虎文，奖蹙威柄，冀获秦师一剋之报。而操遂承资跋扈，恣行凶忒，割剥元元，残贤害善。故九江太守边让，英才俊伟，天下知名，直言正色，论不阿谄，身首被枭悬之诛，妻孥受灰灭之咎。自是士林愤痛，民怨弥重；一夫奋臂，举州同声，故躬破于徐方，地夺于吕布，彷徨东裔，蹈据无所。幕府惟强干弱枝之义，且不登叛人之党，故复援旌擐甲，席卷起征，金鼓响振，布众奔沮，拯其死亡之患，复其方伯之位。则幕府无德于兖土之民，而有大造于操也。

后会銮驾返旆，群虏寇攻。时冀州方有北鄙之警，匪遑离局，故使从事中郎徐勋就发遣操，使缮修郊庙，翊卫幼主。操便放志专行，胁迁当御省禁，卑侮王室，败法乱纪，坐领三台，专制朝政，爵赏由心，刑戮在口，所爱光五宗，所恶灭三族，群谈者受显诛，腹议者蒙隐戮，百僚钳口，道路以目，尚书记朝会，公卿充员品而已。

故太骑杨彪，典历二司，享国极位。操因缘眦睚，被以非罪，榜楚参并，五毒备至，触情任忒，不顾宪纲。又议郎赵彦，忠谏直言，义有可纳，是以圣朝含听，改容加饰。操欲迷夺时明，杜绝言路，擅收立杀，不俟报闻。又梁孝王先帝母昆，坟陵尊显，桑梓松柏，犹宜肃恭。而操帅将吏士，亲临发掘，破棺裸尸，掠取金宝，至令圣朝流涕，士民伤怀。操又特置发丘中郎将、摸金校尉，所过隳突，无骸不露。身处三公之位，而行桀虏之态，污国害民，毒施人鬼。加其细致惨苛，科防互设，罾缴充蹊，坑阱塞路，举手挂网罗，动足触机陷，是以兖、豫有无聊之民，帝都有吁嗟之怨。

历观载籍，无道之臣，贪残酷烈，于操为甚。幕府方诘外奸，未及整训；加绪含容，冀可弥缝。而操豺狼野心，潜包祸谋，乃欲摧挠栋梁，孤弱汉室，除灭忠正，专为枭雄。往者伐鼓北征公孙瓒，强寇桀逆，拒围一年。操因其未破，阴交书命，外助王师，内相掩袭，故引兵造河，方舟北济。会其行人发露，瓒亦枭夷，故使锋芒挫缩，厥图不果。尔乃大军过荡西山，屠各左校，皆束手奉质，争为前登，犬羊残丑，消沦山谷。于是操师震慑，晨夜逋遁，屯据敖仓，阻河为固，欲以螗蜋之斧，御隆车之隧。幕府奉汉威灵，折冲宇宙，长戟百万，胡骑千群，奋中黄育获之士，骋良弓劲弩之势，并州越太行，青州涉济漯，大军泛黄河而角其前，荆州下宛叶而掎其后。雷霆虎步，并集虏庭，若举炎火以焫飞蓬，覆沧海以沃熛炭，有何不灭者哉！

又操军吏士，其可战者皆出自幽冀，或故营部曲，咸怨旷思归，流涕北顾。其余兖豫之民，及吕布张杨之余众，覆亡迫胁，权时苟从，各被创夷，人为仇敌。若回旆方徂，登高冈而击鼓吹，扬素挥以启降路，必土崩瓦解，不俟血刃。

方今汉室陵迟，纲维弛绝，圣朝无一介之辅，股肱无折冲之势，方畿之内，简练之臣，皆垂头搨翼，莫所凭恃。虽有忠义之佐，胁于暴虐之臣，焉能展其节？又操持部曲精兵七百，围守宫阙，外托宿卫，内实拘执，惧其篡逆之萌，因斯而作。此乃忠臣肝脑涂地之秋，烈士立功之会，可不勖哉！

操又矫命称制，遣使发兵，恐边远州郡，过听而给与，强寇弱主，违众旅叛，举以丧名，为天下笑，则明哲不取也。即日幽并青冀四州并进，书到荆州，便勒现兵，与建忠将军协同声势。州郡各整戎马，罗落境界，举武扬威，并匡社稷：则非常之功，于是乎著。其得操首者，封五千户侯，赏钱五千万。部曲偏裨将校诸吏降者，勿有所问。广宜恩信，班扬符赏，布告天下，咸使知圣朝有拘迫之难。如律令。

阮元瑜《为曹公作书与孙权》

古人传事多由口语。迨于后世，文字之为用益广，于是使命之外，兼资书牍，此书之所由昉也。古者简质，臣之于君，君之于臣，平敌相与，及用诸外交上者，同谓之书而已。后世则天泽之分日严，臣之告君，别为一体，虽以书名，不得不析之入奏议类。此外，凡下告上者，或曰上书，或曰奏记，或曰笺，或曰启。平敌相与，除通称书外，又有笺、启、简亦作东、札诸名，其实一也。如此篇为用诸外交上者，其实质与寻常书赎稍异，形式则同。此项文字，源起口语，追求其朔，与口语非二物也。姚氏《古文辞类纂》总括之称为书说类，最妥。

书牍文字，大别有二：一以言情，须寄意绵邈，韵致高远。一以论事，须洞切事情，而措辞婉妙。此篇可谓极后者之长，魏文称元瑜书记翩翩，信不诬也。

离绝以来，于今三年，无一日而忘前好。亦犹姻媾之义，恩情已深；违异之恨，中间尚浅也。孤怀此心，君岂同哉！每览古今所由改趣，因缘侵辱，或起瑕衅，心忿意危，用成大变。若韩信伤心于失楚，彭宠积望于无异，卢绾嫌畏于已隙，英布忧迫于情漏，此事之缘也。孤与将军，恩如骨肉，割授江南，不属本州，岂若淮阴捐旧之恨。抑遏刘馥，相厚益隆，宁放朱浮显露之奏。无匿张胜贷故之变，匪有阴构贲赫之告，固非燕王淮南之衅也。而忍绝王命，明弃硕交，实为佞人所构会也。夫似是之言，莫不动听，因形设象，易为变观。示之以祸难，激之以耻辱，大丈夫雄心，能无愤发。昔苏秦说韩，羞以牛后，韩王按剑作色而怒，虽兵折地割，犹不为悔，人之情也。仁君年壮气盛，绪信所嬖，既惧患至，兼怀忿恨，不能复远度孤心，近虑事势，遂赍见薄之决计，秉翻然之成议。加刘备相扇扬，事结衅畅连，推而行之。想畅本心，不愿于此也。

孤之薄德，位高任重，幸蒙国朝将泰之运，荡平天下，怀集异类，喜得全功，长享其福。而姻亲坐离，厚援生隙，常恐海内多以相责，以为老夫包藏祸心，阴有郑武取胡之诈，乃使仁君翻然自绝。以是忿忿，怀惭反侧，常思除弃小事，更申前好，二族俱荣，流祚后嗣，以明雅素中诚之效。抱怀数年，未得散意。昔赤壁之役，遭离疫气，烧船自还，以避恶地，非周瑜水军所能抑挫也。江陵之守，物尽谷殚，无所复据，徙民还师，又非瑜之所能败也。荆土本非己分，我尽与君，冀取其余，非相侵肌肤，有所割损也。思计此变，无伤于孤，何必自遂于此，不复还之。高帝设爵以延田横，光武指河而誓朱鲔，君之负累，岂如二子？是以至情，愿闻德音。

往年在谯，新造舟舡，取足自载，以至九江，贵欲观湖漅之形，定江滨之民耳，非有深入攻战之计。将恐议者大为已荣，自谓策得，长无西患，重以此故，未肯回情。然智者之虑，虑于未形；达者所规，规于未兆。是故子胥知姑苏之有麋鹿，辅果识智伯之为赵禽。穆生谢病，以免楚难；邹阳北游，不同吴祸。此四士者，岂圣人哉？徒通变思深，以微知著耳。以君之明，观孤术数，量君所据，相计土地，岂势少力乏，不能远举，割江之表，宴安而已哉？甚未然也！若恃水战，临江塞要，欲令王师终不得渡，亦未必也。夫水战千里，情巧万端。越为三军，吴曾不御；汉潜夏阳，魏豹不意。江河虽广，其长难卫也。

凡事有宜，不得尽言，将修旧好而张形势，更无以威胁重敌人。然有所恐，恐书无益。何则？往者军逼而自引还，今日在远而兴慰纳，辞逊意狭，谓其力尽，适以增骄，不足相动，但明效古，当自图之耳。昔淮南信左吴之策，汉隗嚣纳王元之言，彭宠受亲吏之计，三夫不寤，终为世笑。梁王不受诡胜，窦融斥逐张玄，二贤既觉，福亦随之。愿君少留意焉。若能内取子布，外击刘备，以效赤心，用复前好，则江表之任，长以相付，高位重爵，坦然可观。上令圣朝无东顾之劳，下令百姓保安全之福，君享其荣，孤受其利，岂不快哉！若忽至诚以处侥幸，婉彼二人，不忍加罪，所谓小人之仁，大仁之贼，大雅之人，不肯为此也。若怜子布，愿言俱存，亦能倾心去恨，顺君之情，更与从事，取其后善。但禽刘备，亦足为效。开设二者，审处一焉。

闻荆杨诸将，并得降者，皆言交州为君所执，豫章距命，不承执事，疫旱并行，人兵减损，各求进军，其言云云。孤闻此言，未以为悦。然道路既远，降者难信，幸人之灾，君子不为。且又百姓国家之有，加怀区区，乐欲崇和，庶几明德，来见昭副，不劳而定，于孤益贵。是故按兵守次，遗书致意。古者兵交，使在其中。愿仁君及孤虚心回意，以应诗人补衮之叹，而慎《周易》牵复之义。濯鳞清流，飞翼天衢，良时在兹，勖之而已。

曹子建《与吴季重书》

此书翰文之言情者也。子建才藻横溢，胜于乃兄，而清丽哀婉，则子桓为胜，盖一得乎阳刚之美，一得乎阴柔之美者也。子桓亦有与季重书，参看自悟。

植白：季重足下。前日虽因常调，得为密坐，虽燕饮弥日，其于别远会稀，犹不尽其劳积也。若夫觞酌凌波于前，箫笳发音于后，足下鹰扬其体，凤观虎视，谓萧曹不足俦，卫霍不足侔也。左顾右眄，谓若无人，岂非吾子壮志哉！过屠门而大嚼，虽不得肉，贵且快意。当斯之时，愿举太山以为肉，倾东海以为酒，伐云梦之竹以为笛，斩泗滨之梓以为筝，食若填巨壑，饮若灌漏卮，其乐固难量，岂非大丈夫之乐哉！然日不我与，曜灵急节，面有逸景之速，别有参商之阔。思欲抑六龙之首，顿义和之辔，折若木之华，闭濛汜之谷。天路高邈，良久无缘，怀恋反侧，如何如何！

得所来讯，文采委曲，晔若春荣，浏若清风，申咏反复，旷若复面。其诸贤所著文章，想还所治，复申咏之也，可令憙事小吏讽而诵之。夫文章之难，非独今也。古之君子，犹亦病诸。家有千里，骥而不珍焉；人怀盈尺，和氏无贵矣。夫君子而知音乐，古之达论，谓之通而蔽。墨翟不好伎，何为过朝歌而回车乎？足下好伎，值墨翟回车之县，想足下助我张目也。

又闻足下在彼，自有佳政。夫求而不得者有之矣，未有不求而得者也。且改辙易行，非良乐之御；易民而治，非楚郑之政。愿足下勉之而已矣。适对嘉宾，口授不悉。往来数相闻。曹植白。

陆士衡《辨亡论》上

此篇全学《过秦》，可以见古人之模仿。

昔汉氏失御，奸臣窃命，祸基京畿，毒遍宇内，皇纲弛顿，王室遂卑。于是群雄蜂骇，义兵四合。吴武烈皇帝慷慨下国，电发荆南，权略纷纭，忠勇伯世，威棱则夷羿震荡，兵交则丑广授馘，遂扫清宗祊，蒸禋皇祖。于时云兴之将带州，飙起之师跨邑，哮阚之群风驱，熊罴之众雾集。虽兵以义动，同盟戮力，然皆包藏祸心，阻兵怙乱。或师无谋律，丧威稔寇，忠规武节，未有如此其著者也。

武烈既没，长沙桓王逸才命世，弱冠秀发。招揽遗老，与之述业。神兵东驱，奋寡犯众。攻无坚城之将，战无交锋之虏。诛叛柔服，而江外底定；饰法修师，则威德翕赫。宾礼名贤，而张公为之雄；交御豪俊，而周瑜为之杰。彼二君子，皆弘敏而多奇，雅达而聪哲。故同方者以类附，等契者以气集，江东盖多士矣。将北我诸华，诛钼干纪。旋皇舆于夷庚，反帝坐乎紫闼。挟天子以令诸侯，清天步而归旧物。戎车既次，群凶侧目，大业未就，中世而殒。用集我大皇帝，以奇踪袭逸轨，睿心因令图。从政咨于故实，播宪稽乎遗风。而加之以笃固，申之以节俭，畴咨俊茂，好谋善断。束帛旅于丘园，旌命交乎涂巷。故豪彦寻声而响臻，志士晞光而景骛。异人辐辏，猛士如林。于是张昭为师傅，周瑜、陆公、鲁肃、吕蒙之俦，入为腹心，出为股肱；甘宁、凌统、程普、贺齐、朱桓、朱然之徒，奋其威，韩当、潘璋、黄盖、蒋钦、周泰之属宣其力。风雅则诸葛瑾、张承、步骘，以名声光国，政事则顾雍、潘濬、吕范、吕岱，以器任干职，奇伟则虞翻、陆绩、张温、张惇，以风义举正，奉使则赵咨、沈珩以敏达延誉，术数则吴范、赵达，以禨祥协德。董袭、陈武，杀身以卫主；骆统、刘基，强谏以补过。谋无遗谞，举不失策。故遂割据山川，跨制荆吴，而与天下争衡矣。

魏氏尝藉战胜之威，率百万之师，浮邓塞之舟，下汉阴之众，羽楫万计，龙跃顺流，锐师千旅，虎步原隰，谋臣盈室，武将连衡，喟然有吞江浒之志，一宇宙之气。而周瑜驱我偏师，黜之赤壁，丧旗乱辙，仅而获免，收迹远遁。汉王亦凭帝王之号，帅巴汉之民，乘危骋变，结垒千里，志报关羽之败，图收湘西之地。而我陆公亦挫之西陵，覆师败绩，困而后济，绝命永安。续以濡须之寇，临川摧锐；蓬笼之战，孑轮不反。由是二邦之将，丧气挫锋，势衄财匮，而吴莞然坐乘其弊。故魏人请好，汉氏乞盟，遂跻天号，鼎峙而立。西界庸益之郊，北裂淮汉之涘，本包百越之地，南括群蛮之表。于是讲八代之礼，搜三王之乐。告类上帝，拱揖群后，虎臣毅卒，循江而守，长棘劲铩，望飙而奋。庶尹尽规于上，四民展业于下。化协殊裔，风衍遐圻。乃俾一介行人，抚巡外域。巨象逸骏，扰于外闲，明珠玮宝，耀于内府。珍瑰重迹而至，奇玩应响而赴。輶轩骋于南荒，冲輣息于朔野。齐民免干戈之患，戎马无晨服之虞。而帝业固矣。

大皇既没，幼主莅朝，奸回肆虐。景皇聿兴，虔修遗宪，政无大阙，守文之良主也。降及归命之初，典刑未灭，故老犹存。大司马陆公以文武熙朝，左丞相陆凯以謇谔尽规，而施绩、范慎以威重显，丁奉、离斐以武毅称，孟宗、丁固之徒为公卿，楼玄、贺邵之属掌机事，元首虽病，股肱犹存。爰逮末叶，群公既丧，然后黔首有瓦解之患，皇家有土崩之衅。历命应化而微，王师蹑运而发。卒散于阵，民奔于邑。城池无藩篱之固，山川无沟阜之势。非有工输云梯之械，智伯灌激之害，楚子筑室之围，燕人济西之队，军未浃辰，而社稷夷矣。虽忠臣孤愤，烈士死节，将奚救哉?

夫曹刘之将，非一世所选，向时之师，无曩日之众。战守之道，抑有前符，险阻之利，俄然未改。而成败贸理，古今诡趣，何哉?彼此之化殊，授任之才异也。

陆士衡《谢平原内史表》

此篇极悱恻婉挚，然豪迈之气，自不可掩。

陪臣陆机言：今月九日，魏郡太守遣兼丞张含，赍板诏书印绶，假臣为平原内史。拜受祇竦，不知所裁。臣机顿首顿首，死罪死罪。

臣本吴人，出自敌国，世无先臣宣力之效，才非丘园耿介之秀。皇泽广被，惠济无远，擢自群萃，累蒙荣进。入朝九载，历官有六，身登三阁，官成两宫。服冕乘轩，仰齿贵游，振景拔迹，顾邈同列。施重山岳，义足灰没。遭国颠沛，无节可纪，虽蒙旷荡，臣独何颜！俛首顿膝，忧愧若厉。而横为故齐王冏所见枉陷，诬臣与众人共作禅文，幽执囹圄，当为诛始。臣之微诚，不负天地，仓卒之际，虑有逼迫，乃与弟云及散骑侍郎袁瑜、中书侍郎冯熊、尚书右丞崔基、廷尉正顾荣、汝阴太守曹武，思所以获免，阴蒙避回，岐岖自列。片言只字，不关其间，事踪笔迹，皆可推校，而一朝翻然，更以为罪。蕞尔之生，尚不足吝，区区本怀，实有可悲。畏逼天威，即罪惟谨，钳口结舌，不敢上诉所天。莫大之衅，日经圣听，肝血之诚，终不一闻，所以临难慷慨，而不能不恨恨者，惟此而已。

重蒙陛下恺悌之宥，回霜收电，使不陨越。复得扶老携幼，生出狱户，怀金拖紫，退就散辈。感恩惟咎，五情震悼，跼天蹐地，若无所容。不悟日月之明，遂垂曲照，云雨之泽，播及朽瘁。忘臣弱才，身无足采，哀臣零落，罪有可察。苟削丹书，得夷平民，则尘洗天波，谤绝众口，臣之始望，尚未至是。

猥辱大命，显授符虎。使春枯之条，更与秋兰垂芳；陆沉之羽，复与翔鸿抚翼。虽安国免徒，起纡青组，张敞亡命，坐致朱轩，方臣所荷，未足为泰。岂臣蒙垢含吝，所宜忝窃；非臣毁宗夷族，所能上报。喜惧参并，悲慚哽结。拘守常宪，当便道之官，不得束身奔走，稽颡城阙。瞻系天衢，驰心辇毂，臣不胜屏营延仰。谨拜表以闻。

潘安仁《马汧督诔》

人告鬼神之词，姚氏《古文辞类纂》，曾氏《经史百家杂钞》，皆总称之曰哀祭类，其实二者，亦当区别。祭者如告天告庙之辞，迎神送神之曲，以及祝版释奠之文皆是。哀则伤死之辞，如祭文哀辞等是也。诔者累列其生平行事以作谥，盖犹后世之行状，见《论语》皇疏。然亦有伤死之辞，如《礼记》载鲁哀公诔孔子之词是也。后世作诔者，意虽主于伤死，亦必铺叙其家世、官阶、才德、功绩，盖犹是累列生平行事之意。安仁以哀诔名，此篇整齐研炼，而仍极生动飞扬，可谓好整以暇矣。

惟元康七年秋九月十五日，晋故督守关中侯扶风马君卒。呜呼哀哉！初，雍部之内属，羌反未弭，而编户之氐又肆逆焉。虽王旅致讨，终于殄灭，而蜂虿有毒，骤失小利，俾百姓流亡，频于涂炭。建威丧元于好畤，州伯宵遁乎大溪。若夫偏师裨将之殒首覆军者，盖以十数；剖符专城，纡青拖墨之司，奔走失其守者，相望于境。秦陇之僭，巩更为魁，既已袭汧，而馆其县。子以眇尔之身，介乎重围之里；率寡弱之众，据十雉之城。群氐如猬毛而起，四面雨射城中。城中凿穴而处，负户而汲。木石将尽，樵苏乏竭，刍荛罄绝。于是乎发梁栋而用之，罚以铁锁机关，既纵礌而又升焉。爨陈焦之麦，柿梠桷之松。用能薪刍不匮，人畜取给，青烟傍起，历马长鸣。凶丑骇而疑惧，乃阙地而攻。子命穴浚埑，寘壶镭瓶甒以侦之。将穿，响作，内焚矿火熏之，潜氐歼焉。久之，安西之救至，竟免虎口之厄，全数百万石之积，文契书于幕府。

圣朝畴咨，进以显秩，殊以幢盖之制。而州之有司，乃以私隶数口，谷十斛，考讯吏兵，以檟楚之辞连之。大将军屡抗其疏，曰："敦固守孤城，独当群寇，以少御众，载离寒暑，临危奋节，保谷全城。而雍州从事，忌敦勋效，极推小疵，非所以褒奖元功。宜解敦禁劾假授。"诏书遽许，而子固已下狱发愤而卒也。朝廷闻而伤之，策书曰："皇帝咨故督守关中侯马敦，忠勇果毅，率厉有力，固守孤城，危逼获济。宠秩未加，不幸丧亡，朕用悼焉。今追赠牙门将军印绶，祠以少牢。"魂而有灵，嘉兹宠荣。然洁士之闻秽，其庸致思乎？若乃下吏之肆其噤害，则皆妒之徒也。嗟乎！妒之欺善，抑亦贸首之仇也。语曰："或戒其子，慎无为善。"言固可以若是，悲夫！

昔乘丘之战，县贲父御，鲁庄公马惊败绩。贲父曰："他日未尝败绩，而今败绩，是无勇也。"遂死之。圉人浴马，有流矢在白肉。公曰："非其罪也。"乃诔之。汉明帝时，有司马叔持者，白日于都市手剑父仇，视死如归。亦命史臣班固而为之诔。然则忠孝义烈之流，慷慨非命而死者，缀辞之士，未之或遗也。天子既已策而赠之，微臣托乎旧史之末，敢阙其文哉？乃作诔曰：

知人未易，人未易知。嗟兹马生，位末名卑。西戎猾夏，乃奋其奇。保此汧城，救我边危。彼边奚危？城小粟富。子以眇身，而裁其守。兵无加卫，墉不增筑。娄娄群狄，豺虎竞逐。巩更恣睢，潜跨官寺。齐万虓阚，震惊台司。声势沸腾，种落煽炽。旌旗电舒，戈矛林植。彤珠星流，飞矢雨集。惴惴士女，号天以泣。爨麦而炊，负户以汲。累卵之危，倒悬之急。

马生爰发，在险弥亮。精冠白日，猛烈秋霜。棱威可厉，懦夫克壮。霑恩抚循，寒士挟纩。蠢蠢犬羊，阻众陵寡。潜隧密攻，九地之下。惬惬穷城，气若无假。昔命悬天，今也惟马。惟此马生，才博智赡。侦以瓶壶，剫以长堑。锸未见锋，火以起焰。熏尸满窟，掊穴以敛。木石匮竭，其秆空虚。瞷然马生，傲若有余。罚梁为礌，柿松为刍。守不乏械，历有鸣驹。哀哀建威，身伏斧质。悠悠烈将，覆军丧器。戎释我徒，显诛我帅。以生易死，畴克不二。圣朝西顾，关右震惶。分我汧庾，化为寇粮。实赖夫子，思谟弥长。咸使有勇，致命知方。

我虽末学，闻之前典。十世宥能，表墓旌善。思人爱树，甘棠不翦。矧乃吾子，功深疑浅。两造未具，储隶盖鲜。孰是勋庸，而不获免？猾哉部司，其心反侧。斫善害能，丑正恶直。牧人逶迤，自公退食。闻秽鹰扬，曾不戢翼。忘尔大劳，猜尔小利。苟莫开怀，于何不至？慨慨马生，琅琅高致。发愤囹圄，没而犹视。呜呼哀哉！

安平出奇，破齐克完。张孟运筹，危赵获安。汧人赖子，犹彼谈单。如何吝嫉，摇之笔端？倾仓可赏，矧云私粟？狄隶可颁，况曰家仆？剔子双龟，贯以三木。功存汧城，身死汧狱。凡尔同围，心焉摧剥。扶老携幼，街号巷哭。呜呼哀哉！

明明天子，旌以殊恩。光光宠赠，乃牙其门。司勋颁爵，亦兆后昆。死而有灵，庶慰冤魂。呜呼哀哉！

阮嗣宗《达庄论》

此与下篇嵇叔夜《养生论》皆魏晋间谈玄理之文。

伊单阏之辰，执徐之岁，万物全舆之时，季秋遥夜之月，先生徘徊翱翔，迎风而游，往遵乎赤水之上，来登乎隐坌之丘，临乎曲辕之道，顾乎泱漭之州，恍然而止，忽然而休，不识曩之所以行，今之所以留，怅然而无乐，愀然而归白素焉。平画闲居，隐几而弹琴。

于是缙绅好事之徒相与闻之，共议择辞合句，启所常疑。乃阔鉴整饬，嚼齿先引，推年蹑踵，相随俱进。奕奕然步，脑脑然视，投迹蹈阶，趋而翔至。差肩而坐，恭袖而检，犹豫相临，莫肯先占。

有一人，是其中雄杰也，乃怒目击势而大言曰："吾生乎唐虞之后，长乎文武之裔，游乎成康之隆，盛乎今者之世，诵乎六经之教，习乎吾儒之迹。被沙衣，冠飞翮，垂曲裾，扬双鸼有日矣，而未闻乎至道之要，有以异之于斯乎？且大人称之，细人承之。愿闻至教，以发其疑。"先生曰："何哉，子之所疑者？"客曰："天道贵生，地道贵贞，圣人修之，以建其名，吉凶有分，是非有经，务利高势，恶死重生，故天下安而大功成也。今庄周乃齐祸福而一死生，以天地为一物，以万类为一指，无乃激惑以失贞，而自以为诚者也？"

于是先生乃抚琴容与，慨然而叹，俛而微笑，仰而流眄，嘘噏精神，言其所见曰：

"昔人有欲观于阆峰之上者，资端冕，服骅骝，至乎昆仑之下，没而不反。端冕者，常服之饰；骅骝者，凡乘之马。非所以矫腾增城之上，游玄圃之中也。且烛龙之光，不照一堂之上；钟山之口，不谈曲室之内。今吾将堕崔巍之高，杜衍谩之流，言子之所由，几其寤而获及乎！天地生于自然，万物生于天地。自然者无外，故天地名焉；天地者有内，故万物生焉。当其无外，谁谓异乎？当其有内，谁谓殊乎？地流其燥，天抗其湿。月东出，日西入，随以相从，解而后合；升谓之阳，降谓之阴。在地谓之理，在天谓之文。蒸谓之雨，散谓之风；炎谓之火，凝谓之冰。形谓之石，象谓之星；朔谓之朝，晦谓之冥；通谓之川，回谓之渊；平谓之土，积谓之山。男女同位，山泽通气，雷风不相射，水火不相薄。天地合其德，日月顺其光。自然一体，则万物经其常。入谓之幽，出谓之章。一气盛衰，变化而不伤。是以重阴雷电，非异出也；天地日月，非殊物也。故曰：自其异者视之，则肝胆楚越也；自其同者视之，则万物一体也。

"人生天地之中，体自然之形。身者，阴阳之精气；性者，五行之正性也；情者，游魂之变欲也；神者，天地之所以驭者也。以生言之，则物无不寿；推之以死，则物无不夭。自小视之，则万物莫不小；由大观之，则万物莫不大。殇子为寿，彭祖为夭。秋毫为大，泰山为小。故以死生为一贯，是非为一条也。

“别而言之，则须眉异名；合而说之，则体之一毛也。彼六经之言，分处之教也。庄周之云，致意之辞也。大而临之，则至极无外；小而理之，则物有其制。夫守什五之数，审左右之名，一曲之说也。循自然，小天地者，寥廓之谈也。凡耳目之任，名分之施，处官不易司，举奉其身，非以绝手足，裂肢体也。然后世之好异者，不顾其本，各言我而已矣，何待于彼。残生害性，还为仇敌，断割肢体，不以为痛；目视色而不顾耳之所闻，耳听声而不待心之所思，心奔欲而不适性之所安，故疾疹萌则生意尽，祸乱作则万物残矣。

“至人者，恬于生而静于死。生恬则情不惑，死静则神不离，故能与阴阳化而不易，从天地变而不移。生究其寿，死循其宜，心气平治，不消不亏。是以广成子处崆峒之山，以入无穷之门；轩辕登昆仑之阜，而遗玄珠之根。此则潜身者易以为活，而离本者难以永存也。冯夷不遇海若，则不以己为小，云将不失于鸿蒙，则无以知其少。由斯言之，自是者不章，自建者不立，守其有者有据，持其无者无执。月弦则满，日朝则袭，咸池不留旸谷之上，而悬车之后将入也。故求得者丧，争明者失，无欲者自足，空虚者受实。夫山静而谷深者，自然之道也。得之道而正者，君子之实也。是以作智造巧者害于物，明著是非者危于身，修饰以显洁者惑于生，畏死而荣生者失其真。故自然之理不得作，天地不泰而日月争随，朝夕失期而昼夜无分；竞逐趋利，舛倚横驰，父子不合，君臣乖离。故复言以求信者，梁下之诚也；克己以为仁者，廓外之仁也。窃其雉经者，亡家之子也；刳腹割肌者，乱国之臣也；曜菁华，被沆瀣者，昏世之士也；履霜露，蒙尘埃者，贪冒之民也；洁己以尤世，修身以明洿者，诽谤之属也；繁称是非，背质追文者，迷罔之伦也；诚非媚悦，以容求孚，故被珠玉以赴水火者，桀纣之终也；含菽采薇，交饿而死，颜夷之穷也。是以名利之途开，则忠信之诚薄；是非之辞著，则醇厚之情烁也。

“故至道之极，混一不分，同为一体，得失无闻。伏羲氏结绳，神农教耕，逆之者死，顺之者生。又安知贪洿之为罚，而贞白之为名乎？使至德之要，无外而已。大均淳固，不贰其纪，清静寂寞，空豁以俟，善恶莫之分，是非无所争，故万物反其所而得其情也。

“儒墨之后，坚白并起，吉凶连物，得失在心，结徒聚党，辩说相侵。昔大齐之雄，三晋之士，尝相与瞋目张胆，分别此矣，咸之为百年之生难致，而日月之蹉无常，皆盛仆马，修衣裳，美珠玉，饰帷墙。出媚君上，入欺父兄，矫厉才智，竞逐纵横，家以慧子残，国以才臣亡，故不终其天年而夭，自割系其于世俗也。是以山中之木，本大而莫相伤。吹万数窍相和，忽焉自已。夫雁之不存，无其质而浊其文。死生无变，而龟之是宝，知吉凶也。故至人清其质而浊其文，死生无变而未始有之。

“夫别言者，坏道之谈也；折变者，毁德之端也；气分者，一身之疾也；二心者，一身之患也。故夫装束马轼者，行以离支；虑在成败者，坐而求敌；逾阻攻险者，赵氏之人也；举山填海者，燕楚之人也。庄周见其若此，故述道德之妙，叙无为之本。寓言以广之，假物以延之，聊娱无为之心而逍遥于一世；岂将以希咸阳之门而与稷下争变也哉？

“夫善接人者，导焉而已，无所逆之。故公孟季子衣绣而见，墨子弗攻；中山子牟心在魏阙，而詹子不距。因其所以来，用其所以至，循而泰之，使自居之，发而开之，使自舒之。且庄周之书何足道哉！犹未闻夫太始之论，玄古之微言乎！直能不害于物而形以生，物无所毁而神以清，形神在我而道德成，忠信不离而上下平。兹客今谈而同古，齐说而意殊，是心能守其本，而口发不相须也。”

于是二三子者，风摇波荡，相视腨脉，乱次而退，蹢跌失迹。

随而望之，耳后颇亦以是，知其无实丧气，而惭愧于衰僻也。

嵇叔夜《养生论》

世或有谓神仙可以学得，不死可以力致者，或云上寿百二十，古今所同，过此以往，莫非妖妄者。此皆两失其情，请试粗论之。

夫神仙虽不目见，然记籍所载，前史所传，较而论之，其有必矣。似特受异气，禀之自然，非积学所能致也。至于导养得理，以尽性命，上获千余岁，下可数百年，可有之耳。而世皆不精，故莫能得之。何以言之？夫服药求汗，或有弗获；而愧情一集，涣然流离。终朝未餐，则嚣然思食；而曾子衔哀，七日不饥。夜分而坐，则低迷思寝；内怀殷忧，则达旦不瞑。劲刷理鬓，醇醴发颜，仅乃得之；壮士之怒，赫然殊观，植发冲冠。由此言之，精神之于形骸，犹国之有君也。神躁于中，而形丧于外；犹君昏于上，国乱于下也。

夫为稼于汤之世，偏有一溉之功者，虽终归于燋烂，必一溉者后枯。然则一溉之益，固不可诬也。而世常谓一怒不足以侵性，一哀不足以伤身，轻而肆之，是犹不识一溉之益，而望嘉谷于旱苗者也。是以君子知形恃神以立，神须形以存，悟生理之易失，知一过之害生。故修性以保神，安心以全身，爱憎不栖于情，忧喜不留于意，泊然无感，而体气和平。又呼吸吐纳，服食养身，使形神相亲，表里俱济也。

夫田种者，一亩十斛，谓之良田，此天下之通称也。不知区种可百余斛。田种一也，至于树养不同，则功收相悬。谓商无十倍之价，农无百斛之望，此守常而不变者也。且豆令人重，榆令人瞑，合欢蠲忿，萱草忘忧，愚智所共知也。熏辛害目，豚鱼不养，常世所识也。虱处头而黑，麝食柏而香，颈处险而瘿，齿居晋而黄。推此而言，凡所食之气，蒸性染身，莫不相应。岂惟蒸之使重而无使轻，害之使暗而无使明，熏之使黄而无使坚，芬之使香而无使延哉？故神农曰“上药养命，中药养性”者，诚知性命之理，因辅养以通也。而世人不察，惟五谷是见，声色是耽。目惑玄黄，耳务淫哇。滋味煎其府藏，醴醪鬻其肠胃，香芳腐其骨髓，喜怒悖其正气。思虑销其精神，哀乐殃其平粹。

夫以蕞尔之躯，攻之者非一涂，易竭之身，而内外受敌，身非木石，其能久乎？其自用甚者，饮食不节，以生百病；好色不倦，以致乏绝；风寒所灾，百毒所伤，中道夭于众难，世皆知笑悼，谓之不善持生也。至于措身失理，亡之于微，积微成损，积损成衰，从衰得白，从白得老，从老得终，闷若无端。中智以下，谓之自然。纵少觉悟，咸叹恨于所遇之初，而不知慎众险于未兆。是由桓侯抱将死之疾，而怒扁鹊之先见，以觉痛之日，为病之始也。害成于微而救之于著，故有无功之治，驰骋常人之域，故有一切之寿。仰观俯察，莫不皆然。以多自证，以同自慰，谓天地之理尽此而已矣。纵闻养性之事，则断以所见，谓之不然。其次狐疑，虽少庶几，莫知所由。其次，自力服药，半年一年，劳而未验，志以厌衰，中路复废。或益之以畎浍而泄之以尾闾。欲坐望显报者。或抑情忍欲，割弃荣愿，而嗜好常在耳目之前，所希在数十年之后，又恐两失，内怀犹豫，心战于内，物诱于外，交赊相倾，如此复败者。

夫至物微妙，可以理知，难以目识，譬犹豫章，生七年然后可觉耳。今以躁竞之心，涉希静之途，意速而事迟，望近而应远，故莫能相终。夫悠悠者既以未效不求，而求者以不专丧业，偏恃者以不兼无功，追术者以小道自溺；凡若此类，故欲之者万无一能成也。善养生者则不然矣。清虚静泰，少私寡欲。知名位之伤德，故忽而不营，非欲而强禁也。识厚味之害性，故弃而弗顾，非贪而后抑也。外物以累心不存，神气以醇白独着，旷然无忧患，寂然无思虑。又守之以一，养之以和，和理日济，同乎大顺。然后蒸以灵芝，润以醴泉，晞以朝阳，绥以五弦，无为自得，体妙心玄，忘欢而后乐足，遗生而后身存。若此以往，恕可与羡门比寿，王乔争年，何为其无有哉？

刘伯伦《酒德颂》

此游戏之作。

箴铭、赞颂，姚氏各别为类，曾氏并入词赋，于义似不甚安。颂，初用以刻石，后则不必入石；原则上有韵，然亦有不韵者，如王子渊《圣主得贤臣颂》是。赞亦有韵有不韵。

有大人先生，以天地为一朝，万期为须臾。日月为扃牖，八荒为庭衢。行无辙迹，居无室庐。幕天席地，纵意所如。止则操卮执觚，动则挈榼提壶，唯酒是务，焉知其余。有贵介公子，缙绅处士。闻吾风声，议其所以。乃奋袂攘襟，怒目切齿。陈说礼法，是非锋起。先生于是方捧罂承槽，衔杯漱醪。奋髯箕踞，枕曲藉糟。无思无虑，其乐陶陶。兀然而醉，豁尔而醒。静听不闻雷霆之声，熟视不睹泰山之形，不觉寒暑之切肌，利欲之感情。俯观万物，扰扰焉如江汉之载浮萍。二豪侍侧，焉如蜾蠃之与螟蛉。

江应元《徙戎论》

此魏晋时论事之文最平实者。

夫夷、蛮、戎、狄，地在要荒，禹平九土而西戎即叙。其性气贪婪，凶悍不仁。四夷之中，戎、狄为甚。弱则畏服，强则侵叛。当其强也，以汉之高祖困于白登、孝文军于霸上；及其弱也，以元、成之微而单于入朝。此其已然之效也！是以有道之君牧夷、狄也，惟以待之有备，御之有常。虽稽颡执贽，而边城不弛固守，强暴为寇，而兵甲不加远征。期令境内获安，疆场不侵而已。

及至周室失统，诸侯专征，封疆不固，而利害异心。戎、狄乘间，得入中国。或招诱安抚以为己用，自是四夷交侵，与中国错居。及秦始皇并天下，兵威旁达，攘胡走越，当是时，中国无复四夷也。

汉建武中，马援领陇西太守，讨叛羌，徙其余种于关中，居冯翊、河东空地。数岁之后，族类蕃息，既恃其肥强，且苦汉人侵之；永初之元，群羌叛乱，覆没将守，屠破城邑，邓骘败北，侵及河内。十年之中，夷、夏俱敝，任尚、马贤，仅乃克之。自此之后，余烬不尽，小有际会，辄复侵叛，中世之寇，惟此为大。魏兴之初，与蜀分隔，疆场之戎，一彼一此。武帝徙武都氐于秦川，欲以弱寇强国，扞御蜀虏，此盖权宜之计，非万世之利也。今者当之，已受其敝矣。

夫关中土沃物丰，帝王所居，未闻戎、狄宜在此土也！.非我族类，其心必异。而因其衰敝，迁之畿服，士庶玩习，侮其轻弱，使其怨恨之气毒于骨髓；至于蕃育众盛，则坐生其心。以贪悍之性，挟愤怒之情，候隙乘便，辄为横逆；而居封域之内，无障塞之隔，掩不备之人，收散野之积，故能为祸滋蔓，暴害不测，此必然之势，已验之事也。当今之宜，宜及兵威方盛，众事未罢，徙冯翊、北地、新平、安定界内诸羌，着先零、罕幵、析支之地，徙扶风、始平、京兆之氐，出还陇右，着阴平、武都之界，廪其道路之粮，令足自致，各附本种，反其旧土，使属国、抚夷就安集之，戎、晋不杂，并得其所，纵有猾夏之心，风尘之警，则绝远中国，隔阂山河，虽有寇暴，所害不广矣。

难者曰：氐寇新平，关中饥疫，百姓愁苦，咸望宁息；而欲使疲悴之众，徙自猜之寇，恐势尽力屈，绪业不卒，前害未及弭而后变复横出矣！答曰：子以今者群氐为尚挟余资，悔恶反善，怀我德惠而来柔附乎？将势穷道尽，智力俱困，惧我兵诛以至于此乎？曰：无有余力，势穷道尽故也。然则我能制其短长之命，而令其进退由己矣。夫乐其业者不易事，安其居者无迁志。方其自疑危惧，畏怖促遽，故可制以兵威，使之左右无违也。迨其死亡流散，离逷未鸠，与关中之人，户皆为仇，故可遐迁远处，令其心不怀土也。夫圣贤之谋事也，为之于未有，治之于未乱，道不着而平，德不显而成。其次则能转祸为福，因败为功，值困必济，遇否能通。今子遭敝事之终而不图更制之始，爱易辙之勤而遵覆车之轨，何哉？且关中之人百余万口，率其少多，戎、狄居半，处之与迁，必须口实。若有穷乏，糁粒不继者，故当倾关中之谷以全其生生之计，必无挤于沟壑而不为侵掠之害也！今我迁之，传食而至，附其种族，自使相赡。而秦地之人得其半谷，此为济行者以廪粮，遗居者以积仓，宽关中之逼，去盗贼之原，除旦夕之损，建终年之益。若惮暂举之小劳而忘永逸之弘策，惜日月之烦苦而遗累世之寇敌，非所谓能创业垂统，谋及子孙者也。

并州之胡，本实匈奴桀恶之寇也。建安中，使右贤王去卑诱质呼厨泉，听其部落散居六郡。咸熙之际，以一部太强，分为三率，泰始之初，又增为四；于是刘猛内叛，连结外虏，近者郝散之变，发于谷远。今五部之众，户至数万，人口之盛，过于西戎；其天性骁勇，弓马便利，倍于氐、羌。若有不虞风尘之虑，则并州之域可为寒心。

正始中，毌丘俭讨句骊，徙其余种于荥阳。始徙之时，户落百数；子孙孳息，今以千计。数世之后，必至殷炽。今百姓失职，犹或亡叛，犬马肥充，则有噬啮，况于夷、狄，能不为变！但顾其微弱，势力不逮耳。

夫为邦者，忧不在寡而在不安。以四海之广，士民之富，岂须夷虏在内然后取足哉！此等皆可申谕发遣，还其本域，慰彼羁旅怀土之思，释我华夏纤介之忧。惠此中国，以绥四方，德施永世，于计为长也！

挚仲治《太康颂》

此为正式之颂文，辞甚典则。

于休上古，人之资始。四隩咸宅，万国同轨。有汉不竞，丧乱靡纪。畿服外叛，侯卫内圮。天难既降，时惟鞠凶。龙战兽争，分裂遐邦。备僭岷蜀，度逆海东。权乃缘间，割据三江。明明上帝，临下有赫。乃宣皇威，致天之辟。奋武辽隧，罪人斯获。抚定朝鲜，奋征韩貊。文既应期，席卷梁益。元憝委命，九夷重译。邛、冉、哀牢，是焉底绩。

我皇之登，二国既平。靡适不怀，以育群生。吴乃负固，放命南冥。声教未暨，弗及王灵。皇震其威，赫如雷霆。截彼江沔，荆舒以清。邈矣圣皇，参乾两离。陶化以正，取乱以奇。耀武六旬，舆徒不疲。饮至数实，干旍无亏。洋洋四海，率礼和乐。穆穆宫庙，歌雍咏铄。光天之下，莫匪帝略。穷发反景，承正受朔。龙马骙骙，风于华阳。弓矢櫜服，干戈戢藏。严严南金，业业余皇。雄剑班朝，造舟为梁。圣明有造，实代天工。天地不违，黎元时邕。三务斯协，用底厥庸。既远其迹，将明其踪。乔山惟岳，望帝之封。猗欤圣帝，胡不封哉！

挚仲治《祀皋陶议》

古有大事，每令百僚会议，其著之简牍者，则此项文字是也。属奏议类。此项文字，以简明而切于事理为贵，如此篇者最可为法。

案《虞书》，皋陶作士师，惟明克允，国重其功，人思其当。是以狱官礼其神，系者致其祭，功在继狱之成，不在律令之始也。太学之设，义重太常，故祭于太学，是崇圣而从重也。律署之置，卑于廷尉，移祀于署，是去重而就轻也。律非正署，废兴无常，宜如旧祀于廷尉。又，祭用仲春，义取重生，改用孟秋，以应刑杀，理未足以相易。宜定新礼，皆如旧。

刘越石《劝进表》

辞气瑰迈，上拟西京，东汉而后，已不可多得矣，况魏晋乎！东汉而降，文字不难于清妍，而难于雄直，此等皆魏晋后有数文字也。

建兴五年三月癸未朔十八日辛丑，使持节散骑常侍都督河北并冀幽三州诸军事、领护军匈奴中郎将、司空、并州刺史、广武侯臣琨，使持节侍中都督冀州诸军事、抚军大将军、冀州刺史、左贤王、渤海公臣磾，顿首死罪，上书。

臣琨臣磾，顿首顿首，死罪死罪。臣闻天生蒸人，树之以君，所以对越天地，司牧黎元。圣帝明王监其若此，知天地不可以乏飨，故屈其身以奉之；知蒸黎不可以无主，故不得已而临之。社稷时难，则戚藩定其倾；郊庙或替，则宗哲纂其祀。所以弘振遐风，式固万世，三五以降，靡不由之。

臣琨臣磾，顿首顿首，死罪死罪。伏惟高祖宣皇帝肇基景命，世祖武皇帝遂造区夏，三叶重光，四圣继轨，惠泽侔于有虞，卜年过于周氏。自元康以来，难难繁兴，永嘉之际，氛厉弥昏，家极失御，登遐丑裔，国家之危，有若缀旒。赖先后之德、宗庙之灵，皇帝嗣建，旧物克甄。诞授钦明，服膺聪哲，玉质幼彰，金声夙振。冢宰摄其纲，百辟辅其政，四海想中兴之美，群生怀来苏之望。不图天不悔祸，大灾荐臻，国未忘难，寇害寻兴。逆胡刘曜，纵逸西都，敢肆犬羊，陵虐天邑。臣奉表使还，乃承西朝，以去年十一月不守，主上幽劫，复沉虏庭，神器流离，再辱荒逆。臣每览史籍，观之前载，厄运之极，古今未有。苟在食土之毛，含血之类，莫不叩心绝气，行号巷哭。况臣等荷宠三世，位厕鼎司，闻问震惶，精爽飞越，且悲且惋，五情无主，举哀朔垂，上下泣血。

臣琨臣磾，顿首顿首，死罪死罪。臣闻昏明迭用，否泰相济，天命无改，历数有归。或多难以固邦国，或殷忧以启圣明。以齐有无知之祸，而小白为五伯之长；晋有丽姬之难，而重耳主诸侯之盟。社稷靡安，必将有以扶其危；黔首几绝，必将有以继其绪。伏惟陛下，玄德通于神明，圣姿合于两仪，应命世之期，绍千载之运。符瑞之表，天人有征；中兴之兆，图谶垂典。自京畿陨丧，九服崩离，天下嚣然无所归怀，虽有夏之遘夷羿，宗姬之离犬戎，蔑以过之。陛下抚宁江左，奄有旧吴，柔服以德，伐叛以刑，抗明威以摄不类，杖大顺以肃宇内。纯化既敷，则率土宅心；义风既畅，则遐方企踵。百揆时叙于上，四门穆穆于下。昔少康之隆，夏训以为美谈，宣王之兴，周诗以为休咏。况茂勋格于皇天，清晖光于四海，苍生颙然，莫不欣戴，声教所加，愿为臣妾者哉！且宣皇之胤，惟有陛下，意兆攸归，曾无与二。天祚大晋，必将有主，主晋祀者，非陛下而谁！是以迩无异言，远无异望，讴歌者无不吟讽徽猷，狱讼者无不思于圣德。天地之际既交，华夷之情允洽。一角之兽，连理之木，以为休征者，盖有百数。冠带之伦，要荒之众，不谋同辞者，动以万计。是以臣等敢考天地之心，因函夏之趣，昧死上尊号。愿陛下存舜禹至公之情，狭巢由抗矫之节，以社稷为务，不以小行为先；以黔首为忧，不以克让为事。上以慰宗庙乃顾之怀，下以释普天倾首之望。则所谓生繁华于枯荑，育丰肌于朽骨，神人获安，无不幸甚。

臣琨臣磾，顿首顿首，死罪死罪。臣闻尊位不可久虚，万机不可久旷。虚之一日，则尊位以殆；旷之浃辰，则万机以乱。方今踵百王之季，当阳九之会，狡寇窥窬，伺国瑕隙，齐人波荡，无所系心，安可废而不恤哉？陛下虽欲逡巡，其若宗庙何，其若百姓何？昔惠公虏秦，晋国震骇，吕却之谋，欲立子圉。外以绝敌人之志，内以固阖境之情。故曰丧君有君，群臣辑睦，好我者劝，恶我者惧。前事之不忘，后代之元龟也。陛下明并日月，无幽不烛，深谋远猷，出自胸怀。不胜犬马忧国之情，迟睹人神开泰之路。是以陈其乃诚，布之执事。臣等各忝守方任，职在遐外，不得陪列阙庭，与睹盛礼，踊跃之怀，南望罔极。谨上。

袁彦伯《三国名臣赞》

赞有二种，一史家所用，所以赞助读史之人，使易明了本书之意义也，或褒或贬。一则专为称颂之词，如此篇是也，与颂相类。凡赞亦以有韵为正格。

夫百姓不能自治，故立君以治之；明君不能独治，则为臣以佐之。然则三五迭隆，历代承基，揖让之与干戈，文德之与武功，莫不宗匠陶钧而群才缉熙，元首经略而股肱肆力。虽遭罹不同，迹有优劣，至于体分冥固，道契不坠，风美所扇，训革千载，其揆一也。故二八升而唐朝盛，伊吕用而汤武宁，三贤进而小白兴，五臣显而重耳霸。中古陵迟，斯道替矣。居上者不以至公理物，为下者必以私路期荣，御圆者不以信诚率众，执方者必以权谋自显。于是君臣离而名教薄，世多乱而时不治。故蘧宁以之卷舒，柳下以之三黜，接舆以之行歌，鲁连以之赴海。衰世之中，保持名节，君臣相体，若合符契。则燕昭、乐毅，古之流也。夫未遇伯乐，则千载无一骥。时值龙颜，则当年控三杰。汉之得贤，于斯为贵。高祖虽不以道胜御物，群下得尽其忠；萧曹虽不以三代事主，百姓不失其业。静乱庇人，抑亦其次。

夫时方颠沛，则显不如隐；万物思治，则默不如语。是以古之君子，不患弘道难，遭时难；遭时匪难，遇君难。故有道无时，孟子所以咨嗟；有时无君，贾生所以垂泣。夫万岁一期，有生之通途；千载一遇，贤智之嘉会。遇之不能无欣，丧之何能无慨？古人之言，信有情哉！余以暇日，常览《国志》，考其君臣，比其行事，虽道谢先代，亦异世一时也。

文若怀独见之明，而有救世之心，论时则民方涂炭，计能则莫出魏武。举才不以标鉴，故久之而后显；筹划不以要功，故事至而后定。虽亡身明顺，识亦高矣！

董卓之乱，神器迁逼。公达慨然，志在致命。由斯而谈，故以大存名节。至如身为汉隶，而迹入魏幕，源流趣舍，其亦文若之谓。所以存亡殊致，始终不同，将以文若既明，名教有寄乎？夫仁义不可不明，则时宗举其致；生理不可不全，故达识摄其契。相与弘道，岂不远哉！

崔生高朗，折而不挠，所以策名魏武，执笏霸朝者，盖以汉主当阳，魏后北面者哉！若乃一旦进玺，君臣易位，则崔子所不与，魏武所不容。夫江湖所以济舟，亦所以覆舟；仁义所以全身，亦所以亡身。然而先贤玉摧于前，来哲攘袂于后，岂非天怀发中，而名教束物者乎？

孔明盘桓，俟时而动，遐想管乐，远明风流。治国以礼，民无怨声，刑罚不滥，没有余泣。虽古之遗爱，何以加兹！及其临终顾托，受遗作相，刘后授之无疑心，武侯处之无惧色，继体纳之无贰情，百姓信之无异辞，君臣之际，良可咏矣！

公谨卓尔，逸志不群。总角料主，则素契于伯符；晚节曜奇，则三分于赤壁。惜其龄促，志未可量。

子布佐策，致延誉之美，辍哭止哀，有翼戴之功。神情所涉，岂徒謇谔而已哉！然杜门不用，登坛受讯。夫一人之身，所照未异，而用舍之间，俄有不同，况沉迹沟壑，遇与不遇者乎！

夫诗颂之作，有自来矣。或以吟咏情性，或以纪德显功，虽大指同归，所托或乖。若夫出处有道，名体不滞，风轨德音，为世作范，不可废也。故复撰序所怀，以为之赞云。

《魏志》九人，《蜀志》四人，《吴志》七人。荀彧字文若，诸葛亮字孔明，周瑜字公瑾，荀攸字公达，庞统字士元，张昭字子布，袁焕字曜卿，蒋琬字公琰，鲁肃字子敬，崔琰字季珪，黄权字公衡，诸葛瑾字子瑜，徐邈字景山，陆逊字伯言，陈群字长文，顾雍字元叹，夏侯玄字泰初，虞翻字仲翔，王经字承宗，陈泰字玄伯。

火德既微，运缠《大过》。洪飙扇海，二溟扬波。虬虎虽惊，风云未和。潜鱼择渊，高鸟候柯。赫赫三雄，并回乾轴。竞收杞梓，争采松竹。凤不及栖，龙不暇伏。谷无幽兰，岭无停菊。

英英文若，灵鉴洞照。应变知微，探赜赏要。日月在躬，隐之弥曜。文明映心，钻之愈妙。沧海横流，玉石同碎。达人兼善，废己存爱。谋解时纷，功济宇内。始救生人，终明风概。

公达潜朗，思同蓍蔡。运用无方，动摄群会。爰初发迹，遘此颠沛。神情玄定，处之弥泰。愔愔幕里，算无不经。亹亹通韵，迹不暂停。虽怀尺璧，顾哂连城。知能拯物，愚足全生。

郎中温雅，器识纯素。贞而不谅，通而能固。恂恂德心，汪汪轨度。志成弱冠，道敷岁暮。仁者必勇，德亦有言。虽遇履虎，神气恬然。行不修饰，名迹无愆。操不激切，素风愈鲜。

邈哉崔生，体正心直。天骨疏朗，墙宇高嶷。忠存轨迹，义形风色。思树芳兰，剪除荆棘。人恶其上，时不容哲。琅琅先生，雅杖名节。虽遇尘雾，犹振霜雪。运极道消，碎此明月。

景山恢诞，韵与道合。形器不存，方寸海纳。和而不同，通而不杂。遇醉忘辞，在醒贻答。

长文通雅，义格终始。思戴元首，拟伊同耻。民未知德，惧若在己。嘉谋肆庭，谠言盈耳。玉生虽丽，光不逾把。德积虽微，道映天下。

渊哉泰初，宇量高雅。器范自然，标准无假。全身由直，迹洿必伪。处死匪难，理存则易。万物波荡，孰任其累？六合徒广，容身靡寄。君亲自然，匪由名教。敬授既同，情礼兼到。烈烈王生，知死不挠。求仁不远，期在忠孝。玄伯刚简，大存名体。志在高构，增堂及陛。端委虎门，正言弥启。临危致命，尽其心礼。

堂堂孔明，基宇宏邈。器同生民，独禀先觉。标榜风流，远明管乐。百六道丧，干戈迭用。苟非命世，孰扫雰雺？宗子思宁，薄言解控。

士元弘长，雅性内融。崇善爱物，观始知终。丧乱备矣，胜途未隆。先生标之，振起清风。绸缪哲后，无妄惟时。夙夜匪懈，义在缉熙。三略既陈，霸业已基。

公琰殖根，不忘中正。岂曰模拟，实在雅性。亦既羁勒，负荷时命。推贤恭己，久而可敬。

公衡仲达，秉心渊塞。媚兹一人，临难不惑。畴昔不造，假翮邻国。进能徽音，退不失德。六合纷纭，民心将变。鸟择高梧，臣须顾眄。

公瑾英达，朗心独见。披草求君，定交一面。桓桓魏武，外托霸迹。志掩衡霍，恃战忘敌。卓卓若人，曜奇赤壁。三光参分，宇宙暂隔。

子布擅名，遭世方扰。抚翼桑梓，息肩江表。王略威夷，吴魏同宝。遂赞宏谟，匡此霸道。桓王之薨，大业未纯。把臂托孤，惟贤与亲。辍哭止哀，临难忘身。成此南面，实由老臣。才为世生，世亦须才。得而能任，贵在无猜。

昂昂子敬，拔迹草莱。荷檐吐奇，乃构云台。

子瑜都长，体性纯懿。谏而不犯，正而不毅。将命公庭，退忘私位。岂无鹡鸰，固慎名器。

伯言謇謇，以道佐世。出能勤功，入亦献替。谋宁社稷，妥纷挫锐。正以招疑，忠而获戾。

元叹邈远，神和形检。如彼白珪，质无尘点。立行以恒，匡主以渐。清不增洁，浊不加染。

仲翔高亮，性不和物。好是不群，折而不屈。屡摧逆鳞，直道受黜。叹过孙阳，放同贾屈。

诜诜众贤，千载一遇。整辔高衢，骧首天路。仰揖玄流，俯弘时务。名节殊途，雅致同趣。日月丽天，瞻之不坠。仁义在躬，用之不匮。尚想遐风，载揖载味。后生击节，懦夫增气。

陶渊明《自祭文》

祭文本以告死者，此等乃寓意之作也。

岁惟丁卯，律中无射。天寒夜长，风气萧索，鸿雁于征，草木黄落。陶子将辞逆旅之馆，永归于本宅。故人凄其相悲，同祖行于今夕。羞以嘉蔬，荐以清酌。候颜已冥，聆音愈漠。呜呼哀哉！茫茫大块，悠悠高旻，是生万物，余得为人。自余为人，逢运之贫，箪瓢屡罄，絺绤冬陈。含欢谷汲，行歌负薪，翳翳柴门，事我宵晨。春秋代谢，有务中园，载耘载耔，乃育乃繁。欣以素牍，和以七弦。冬曝其日，夏濯其泉。勤靡余劳，心有常闲。乐天委分，以至百年。惟此百年，夫人爱之，惧彼无成，愒日惜时。存为世珍，殁亦见思。

嗟我独迈，曾是异兹。宠非己荣，涅岂吾缁？捽兀穷庐，酣饮赋诗。识运知命，畴能罔眷，余今斯化，可以无恨。寿涉百龄，身慕肥遁，从老得终，奚所复恋！寒暑愈迈，亡既异存，外姻晨来，良友宵奔，葬之中野，以安其魂。窅窅我行，萧萧墓门，奢耻宋臣，俭笑王孙。廓兮已灭，慨焉已遐，不封不树，日月遂过。匪贵前誉，孰重后歌？人生实难，死如之何！呜呼哀哉！

潘元茂《册魏公九锡文》

以下数篇，为魏晋公牍，然皆高文典册之作也。

九锡文多陈陈相因，此其第一篇也，后来格式皆不外此。此篇亦属诏令类。

制诏：使持节丞相领冀州牧武平侯：朕以不德，少遭闵凶，越在西土，迁于唐卫。当此之时，若缀旒然，宗庙乏祀，社稷无位，群凶觊觎，分裂诸夏，一人尺土，朕无获焉。即我高祖之命，将坠于地，朕用夙兴假寐，震悼于厥心。曰：惟祖惟父，股肱先正，其孰恤朕躬。乃诱天衷，诞育丞相。保乂我皇家，弘济于难难，朕实赖之。今将授君典礼，其敬听朕命：

昔者，董卓初兴国难，群后失位，以谋王室。君则摄进，首启戎行，此君之忠于本朝也。后及黄巾，反易天常，侵我三州，延于平民。君又讨之，剪除其迹，以宁东夏，此又君之功也。韩暹杨奉，专用威命，又赖君勋，克黜其难。遂建许都，造我京畿，设官兆祀，不失旧物，天地鬼神，于是获乂。此又君之功也。袁术僭逆，肆于淮南，慑惮君灵，用丕显谋，蕲阳之役，桥蕤授首，棱威南厉，术以殒溃，此又君之功也。回戈东指，吕布就戮，乘轩将反，张扬沮毙，眭固伏罪，张绣稽服，此又君之功也。袁绍逆常，谋危社稷，凭恃其众，称兵内侮。当此之时，王师寡弱，天下寒心，莫有固志。君执大节，精贯白日，奋其武怒，运诸神策，致届官渡，大歼丑类，俾我国家，拯于危坠。此又君之功也。济师洪河，拓定四州，袁谭高干，咸枭其首。海盗奔迸，黑山顺轨。此又君之功也。乌丸三种，崇乱二世，袁尚因之，逼据塞北，束马悬车，一征而灭，此又君之功也。刘表背诞，不供贡职，王师首路，威风先逝，百城八郡，交臂屈膝，此又君之功也。马超成宜，同恶相济，滨据河潼，求逞所欲，殄之渭南，献馘万计，遂定边城，抚和戎狄，此又君之功也。鲜卑丁令，重译而至，箪于白屋，请吏帅职，此又君之功也。君有定天下之功，重以明德，班叙海内，宣美风俗，旁施勤教，恤慎刑狱。吏无苛政，民不回慝，敦崇帝族，援继绝世，旧德前功，罔不咸秩。虽伊尹格于皇天，周公光于四海，方之蔑如也。

朕闻先王并建明德，胙之以土，分之以民，崇其宠章，备其礼物，所以蕃卫王室，左右厥世也。其在周成，管蔡不靖，惩难念功，乃使邵康公锡齐太公履，东至于海，西至于河，南至于穆陵，北至于无棣。五侯九伯，实得征之。世胙太师，以表东海。爰及襄王，亦有楚人，不供王职。又命晋文，登为侯伯，锡以二辂，虎贲鈇钺，秬鬯弓矢，大启南阳，世作盟主。故周室之不坏，繄二国是赖。今君称丕显德，明保朕躬，奉答天命，导扬弘烈，绥爰九域，罔不率俾，功高乎伊周，而赏卑乎齐晋，朕甚恧焉。朕以眇身，托于兆民之上，永思厥艰，若涉渊水，非君攸济，朕无任焉。今以冀州之河东、河内、魏郡、赵国、中山、巨鹿、常山、安平、甘陵、平原凡十郡，封君为魏公，使使持节御史大夫虑，授君印绶册书，金虎符第一至第五，竹使符第一至第十，锡君玄土，苴以白茅，爰契尔龟，用建冢社。昔在周室，毕公毛公，入为卿佐，周邵师保，出为二伯，外内之任，君实宜之。其以丞相领冀州牧如故。

今更下传玺，肃将朕命，以允华夏，其上故传武平侯印绶。今又加君九锡，其敬听后命。以君经纬礼律，为民轨仪。使安职业，无或迁志，是用锡君大辂戎辂各一，玄牡二驷。君劝分务本，啬民昏作，粟帛滞积，大业惟兴，是用锡君衮冕之服，赤舄副焉。君敦尚谦让，俾民兴行，少长有礼，上下咸和，是用锡君轩悬之乐，六佾之舞。君翼宣风化，爰发四方，远人回面，华夏充实，是用锡君朱户以居。君研其明哲，思帝所难，官才任贤，群善必举，是用锡君纳陛以登。君秉国之均，正色处中，纤毫之恶，靡不抑退，是用锡君虎贲之士三百人。君纠虔天刑，章厥有罪，犯关干纪，莫不诛殛，是用锡君鈇钺各一。君龙骧虎视，旁眺八维，掩讨逆节，折冲四海，是用锡君彤弓一，彤矢百，玈弓十，玈矢千。君以温恭为基，孝友为德，明允笃诚，感乎朕思，是用锡君秬鬯一卣，圭瓒副焉。魏国置丞相以下群卿百僚，皆如汉初诸王之制。君往钦哉！敬服朕命。简恤尔众，时亮庶功，用终尔显德，对扬我高祖之休命。

蜀汉先主《即位告天文》

此篇属哀祭类——祭告。

三国中蜀汉文字最典则，孔明《出师表》人多知之，录下两篇，以见其概。

建安二十六年夏四月丙午，皇帝臣备，敢用玄牡，昭告皇天上帝、后土神祇。汉有天下，历数无疆。曩者王莽篡盗，光武皇帝震怒致诛，社稷复享。今曹操阻兵安忍，子丕载其凶逆，窃居神器。群臣将士以为社稷堕废，备宜修之，嗣武二祖，龚行天罚。备惟否德，惧忝帝位，询于庶民，外及蛮夷君长，佥曰天命不可以不答，祖业不可以久替，四海不可以无主，率土式望，在备一人。备畏天之威，又惧汉邦将湮于地。谨择元日，与百僚登坛，受皇帝玺绶。修燔瘗，告类于大神。惟大神尚飨！祚于汉家，永绥四海。

后主《策丞相诸葛亮诏》

此以诏为檄。

朕闻天地之道，福仁而祸淫；善积者昌，恶积者丧，古今常数也。是以汤、武修德而王，桀、纣极暴而亡。曩者汉祚中微，纲漏凶慝，董卓造难，震荡京畿。曹操阶祸，窃执天衡，残剥海内，怀无君之心。子丕孤竖，敢寻乱阶，盗据神器，更姓改物，世济其凶。当此之时，皇极幽昧，天下无主，则我帝命陨越于下。昭烈皇帝体明睿之德，光演文武，应乾坤之运，出身平难，经营四方，人鬼同谋，百姓与能，兆民欣戴。奉顺符谶，建位易号，丕承天序，补弊兴衰，存复祖业，诞膺皇纲，不坠于地。万国未定，早世遐殂。朕以幼冲，继统鸿基，未习保傅之训，而婴祖宗之重。六合壅否，社稷不建，永惟所以，念在匡救，光载前绪，未有攸济，朕甚惧焉。是以夙兴夜寐，不敢自逸，每从菲薄以益国用，劝分务穑以阜民财，授方任能以参其听，断私降意以养将士。欲奋剑长驱，指讨凶逆，朱旗未举，而丕复陨丧，斯所谓不燃我薪而自焚也。残类余丑，又支天祸，恣睢河、洛，阻兵未弭。诸葛丞相弘毅忠壮，忘身忧国，先帝托以天下，以勖朕躬。今授之以旄钺之重，付之以专命之权，统领步骑二十万众，董督元戎，龚行天罚，除患宁乱，克复旧都，在此行也。昔项籍总一强众，跨州兼土，所务者大，然卒败垓下，死于东城，宗族如焚，为笑千载，皆不以义，陵上虐下故也。今贼效尤，天人所怨，奉时宜速，庶凭炎精祖宗威灵相助之福，所向必克。吴王孙权同恤灾患，潜军合谋，掎角其后。凉州诸国王各遣月支、康居胡侯支富、康植等二十余人诣受节度，大军北出，便欲率将兵马，奋戈先驱。天命既集，人事又至，师贞势并，必无敌矣。夫王者之兵，有征无战，尊而且义，莫敢抗也，故鸣条之役，军不血刃，牧野之师，商人倒戈。今旍麾首路，其所经至，亦不欲穷兵极武。有能弃邪从正，箪食壶浆以迎王师者，国有常典，封宠大小，各有品限。及魏之宗族、支叶、中外，有能规利害、审逆顺之数，来诣降者，皆原除之。昔辅果绝亲于智氏，而蒙全宗之福；微子去殷，项伯归汉，皆受茅土之庆。此前世之明验也。若其迷沉不反，将助乱人，不式王命，戮及妻孥，罔有攸赦。广宣恩威，贷其元帅，吊其残民。他如诏书律令，丞相其露布天下，使称朕意焉。

《魏禅晋策》

此亦属诏令类。

禅策格式，亦前后相因，但后者总不如前者之典则耳。

咨尔晋王：我皇祖有虞氏诞膺灵运，受终于陶唐，亦以命于有夏。惟三后陟配于天，而咸用光敷圣德。自兹厥后，天又辑大命于汉。火德既衰，乃眷命我高祖。方轨虞夏四代之明显，我不敢知。惟王乃祖乃父，服膺明哲，辅亮我皇家，勋德光于四海。格尔上下神祇，罔不克顺，地平天成，万邦以义。应受上帝之命，协皇极之中。肆予一人，祗承天序，以敬授尔位，历数实在尔躬。允执其中，天禄永终。于戏！王其钦顺天命。率循训典，底绥四国，用保天休，无替我二皇之弘烈。

王子渊《僮约》

此篇系汉人之作，因可见古代契约格式，补录于此。

蜀郡王子渊，以事到湔，止寡妇杨惠舍。惠有夫时奴，名便了。子渊倩奴行酤酒。便了拽大杖，上夫冢岭曰："大夫买便了时，但要守家，不要为他人男子酤酒。"子渊大怒曰："奴宁欲卖耶？"惠曰："奴大忤人，人无欲者。"子渊即决买券云云。奴复曰："欲使，皆上券，不上券，便了不能为也。"子渊曰："诺。"

券文曰："神爵三年正月十五日，资中男子王子渊，从成都安志里女子杨惠买亡夫时户下髯奴便了，决贾万五千。奴当从百役使，不得有二言。晨起早扫，食了洗涤。居当穿臼缚帚，截竿凿斗。浚渠缚落，锄园斫陌。杜埤地，刻大枷。屈竹作杷，削治鹿卢。出入不得骑马载车，踑坐大呶，下床振头。捶钩刈刍，结苇躐纑。汲水络，佐酣醆。织履作粗，黏雀张乌。结网捕鱼，缴雁弹凫。登山射鹿，入水捕龟。浚园纵鱼，雁鹜百余。驱逐鸱鸟，持梢牧猪，种姜养芋，长育豚驹。粪除堂庑，馁食马牛，鼓四起坐，夜半益刍。二月春分，被堤杜疆，落桑皮棕，种瓜作瓠。别落披葱，焚槎发芋，垄集破封。日中早篗，鸡鸣起舂。调治马驴，兼落三重。舍中有客，提壶行酤。汲水作铺，涤杯整桉，园中拔蒜，断苏切脯。筑肉霍芋，脍鱼炰鳖，烹茶尽具。已而盖藏，关门塞窦，喂猪纵犬，勿与邻里争斗。奴但当饭豆饮水，不得嗜酒；欲饮美酒，唯得染唇渍口，不得倾盂覆斗。不得辰出夜入，交关侔偶。舍后有树，当裁作船。上至江州，下到湔主。为府椽求用钱，推访垩贩棕索。绵亭买席，往来都洛。当为妇女求脂泽，贩于小市，归都担枲。转出旁蹉，牵犬贩鹅。武都买茶，杨氏池中担荷。往市聚，慎护奸偷。入市不得夷蹲旁卧，恶言丑骂。多作刀矛，持入益州，货易羊牛。奴自教精慧，不得痴愚。持斧入山，断輮裁辕。若有余残，当作俎几木屐，及犬彘盘。焚薪作炭，垒石薄岸。治舍盖屋，削青代牍。日暮欲归，当送干柴两三束。四月当披，九月当获，十月收豆，棆麦窖芋。南安拾栗采橘，持车载辏。多取蒲苎，益作绳索。雨堕无所为，当编蒋织簿。种植桃李，梨柿柘桑，三丈一树，八尺为行，果类相从，纵横相当。果熟收敛，不得吮尝。犬吠当起，惊告邻里，枨门柱户，上楼击鼓。荷盾曳矛，还落三周。勤心疾作，不得遨游。奴老力索，种莞织席。事讫休息，当舂一石。夜半无事，浣衣当白。若有私钱，主给宾客，奴不得有奸私，事事当关白。奴不听教，当笞一百。"

读券文适讫，词穷咋索。仡仡叩头，两手自搏。目泪下落，鼻涕长一尺：“审如王大夫言，不如早归黄土陌，丘蚓钻额。早知当尔，为王大人酤酒，真不敢作恶。”

傅季友《为宋公至洛阳谒五陵表》

文至齐梁而一变，其源实宋之颜、鲍启之，此宋初之文，犹极典则者也。

臣裕言：近振旅河湄，扬旌西迈，将届旧京，威怀司雍。河流遄疾，道阻且长，加以伊洛榛芜，津途久废，伐木通径，淹引时月，始以今月十二日，次故洛水浮桥。山川无改，城阙为墟，宫庙隳顿，钟虡空列，观宇之余，鞠为禾黍，廛里萧条，鸡犬罕音，感旧永怀，痛在心目。以其月十五日，奉谒五陵。坟茔幽沦，百年荒翳，天衢开泰，情礼获申，故老掩涕，三军凄感，瞻拜之日，愤慨交集。行河南太守毛修之等，既开翦荆棘，缮修毁垣，职司既备，蕃卫如旧。伏惟圣怀，远慕兼慰，不胜下情。谨遣传诏殿中中郎臣某奉表以闻。

傅季友《为宋公修张良庙教》

汉世诸侯王之言为教，长官下僚属之言亦曰教，亦属诏令类。

纲纪：夫盛德不泯，义存祀典，微管之叹，抚事弥深。张子房道亚黄中，照邻殆庶，风云玄感，蔚为帝师，夷项定汉，大拯横流，固以参轨伊望，冠德如仁。若乃神交圯上，道契商洛，显默之际，窈然难究，渊流浩瀁，莫测其端矣。

途次旧沛，伫驾留城，灵庙荒顿，遗像陈昧，抚事怀人，永叹实深。过大梁者，或伫想于夷门，游九京者，亦流连于随会。拟之若人，亦足以云。可改构栋宇，修饰丹青，苹蘩行潦，以时致荐，抒怀古之情，存不刊之烈，主者施行。

颜延年《三月三日曲水诗序》

此应制颂扬之作也。李申耆曰隶事之富，始于士衡;织词之缛，始于延年;词事并繁，极于徐庾，而皆骨足以载之。初唐诸作，则惟恐肉之不胜也。

夫方策既载，皇王之迹已殊；钟石毕陈，舞咏之情不一。虽渊流遂往，详略异闻，然其宅天衷，立民极，莫不崇尚其道，神明其位，拓世贻统，固万叶而为量者也。

有宋函夏，帝图弘远。高祖以圣武定鼎，规同造物；皇上以睿文承历，景属宸居。隆周之卜既永，宗汉之兆在焉。正体毓德于少阳，王宰宣哲于元辅。晷纬昭应，山渎效灵。五方杂沓，四隩来暨。选贤建戚，则宅之于茂典；施命发号，必酌之于故实。大予协乐，上庠肆教。章程明密，品式周备。国容视令而动，军政象物而具。箴阙记言，校文讲艺之官，采遗于内；辅车朱轩，怀荒振远之使，论德于外。赪茎素毳，并柯共穗之瑞，史不绝书；栈山航海，逾沙轶漠之贡，府无虚月。烈燧千城，通驿万里。穹居之君，内首禀朔；卉服之酋，回面受吏。是以异人慕响，俊民间出；警跸清夷，表里悦穆。将徙县中宇，张乐岱郊。增类帝之宫，饬礼神之馆，涂歌邑诵，以望属车之尘者久矣。

日躔胃维，月轨青陆。皇祇发生之始，后王布和之辰，思对上灵之心，以惠庶萌之愿。加以二王于迈，出饯戒告，有诏掌故，爰命司历，献洛饮之礼，具上巳之仪。南除辇道，北清禁林，左关岩隥，右梁潮源。略亭皋，跨芝廛，苑太液，怀曾山。松石峻垝，葱翠阴烟，游泳之所攒萃，翔骤之所往还。于是离宫设卫，别殿周徼，旌门洞立，延帷接枑，阅水环阶，引池分席。春官联事，苍灵奉涂。然后升秘驾，胤缇骑，摇玉鸾，发流吹，天动神移，渊旋云被，以降于行所，礼也。

既而帝晖临幄，百司定列，凤盖俄轸，虹旗委旆。肴蔌芬藉，觞醳泛浮。妍歌妙舞之容，衔组树羽之器。三奏四上之调，六茎九成之曲。竞气繁声，合变争节。龙文饰辔，青翰侍御。华裔殷至，观听骛集。扬袂风山，举袖阴泽。靓庄藻野，袨服缛川。故以殷赈外区，焕衍都内者矣。上膺万寿，下禔百福。匝筵禀和，阖堂依德。情盘景遽，欢洽日斜。金驾总驷，圣仪载伫。怅钧台之未临，慨鄴宫之不县。方且排凤阙以高游，开爵园而广宴。并命在位，展诗发志。则夫诵美有章，陈信无愧者欤？

鲍明远《河清颂》

明远雕缋与延年同，而神采较壮。

臣闻善谈天者，必征像于人；工言古者，先考绩于今。鸿、犠以降，遐哉邈乎，镂山岳，雕篆素，昭德垂勋，可谓多矣。而史编唐尧之功，载“格于上下”；乐登文王之操，称“于昭于天”。素狐玄玉，聿彰符命；朴牛大螾，爰定祥历，鱼鸟动色，禾雉兴让，皆物不盈眥，而美溢金石。颂声为之而寝，诗人于是不作。庸非惑欤？

自我皇宋之承天命也，仰应龙木之精，俯协龟水之灵。君图帝宝，粲烂瑰英，固以业光曩代，事华前德矣。圣上天飞践极，迨兹二十有四载。道化周流，玄泽汪涉，地平天成，含生阜熙。文同轨通，表里厘福。耀德中区，黎庶知让，观英遐外，夷貊怀惠。秩礼恤勤，散露台之金；振民舒国，倾御邸之粟。约违迫胁，奢去甚泰。燕无留饮，畋不盘乐。物色异人，优游鲠直。显靡失心，幽无怨魄。精照日月，事洞天情。故不劳仗斧之使，号令不肃而自严；无辱凤举之事，灵怪不召而自彰。万里神行，飙尘不起。农商野庐，边城偃柝。冀马南金，填委内府；驯象西爵，充罗外苑。阿纨纂组之饶，衣覆宗国；渔盐杞梓之利，傍赡荒遐。士民殷富，繁轶五陵；宫宇宏丽，崇冠三川。闾闬有盈，歌吹无绝。朱轮叠辙，华冕重肩。岂徒世无穷人，民获休息，朝呼韩、罢酤铁而已哉！

是以嘉祥累仍，福应尤盛，青丘之狐，丹穴之鸟，栖阿阁，游禁园。金芝九茎，木禾六仞，秀铜池，发膏亩。宜以谒荐郊庙，和协律吕，烟霏雾集，不可胜纪。然而圣上犹夙兴昧旦，若有望而未至，宏规远图，如有追而莫及，神明之贶，推而弗居也。是以琬碑镠检，盛典芜而不治；朝神省方，大化抑而未许。崇文协律之士，蕴僻颂于外，坐朝陪宴之臣，怀揄扬于内。三灵伫眷，九壤注心，既有日矣。

岁宫乾维，月躔苍陆，长河巨济，异源同清，澄波万壑，洁澜千里。斯诚旷世伟观，昭启皇明者也。语曰：“影从表，瑞从德。”此其效焉。宣尼称“凤鸟不至，河不出图”。《传》曰：“俟河之清，人寿几何？”皆伤不可见者也。然则古人所未见者，今殚见之矣。孟轲曰：“千载一圣，是旦暮也。”岂不信哉！

夫四皇六帝，树声长世，大宝也。泽浸群生，国富刑清，鸿德也。制礼裁乐，惇风迁俗，文教也。诛箫（kuí）羯黠，束颡绛阙，武功也。鸣鸟跃鱼，涤秽河渠，至祥也。大宝鸿德，文教武功，其崇如此；幽明同赞，民祇与能，厥应如彼。唯天为大，尧实则之，皇哉唐哉，畴与为让。

抑又闻之，势之所覃者浅，则美之所传者近；道之所感者深，则庆之所流者远。是以丰功韪命，润色縢策，盛德形容，藻被歌颂。察之上代，则奚斯、吉甫之徒，鸣玉銮于前；视之中古，则相如、王褒之属，驰金羁于后。绝景扬光，清埃继路，班固称汉成之世，奏御者千有余篇，文章之盛，与三代同风。由是言之，斯乃臣子旧职，国家通议，不可辍也。臣虽不敏，敢不勉乎？乃作颂曰：

窥刊崩石，捃逸残竹，巢风寂寥，义埃绵邈。巨生大年，赡学渊闻，肇绣成景，粉缋颛轩。徒玩井科，未睹天河。亘古通今，明鲜晦多。千龄一见，书史登歌。

旋我皇驾，揆景方途，凌周躐殷，蹶唐轹虞，如彼七纬，累璧重珠。高祖拨乱，首物定灵。更开天地，再铸群生。帝御三杰，龙步八埛，朔南暨教，海北腾声。沧深格高，泱遐洞冥。龜鼎迁宋，玄圭告成。

大明方徽，鸿光中微。圣命谁堪，皇历攸归。谋从筮协，神与民推。黄旗西暎，紫盖东辉。纳瑞螭玉，升政衡机。金轮豹饰，珠冕龙衣。正位北辰，垂拱南面。天下何思，日用罔倦。复礼归仁，观恒通变。一物有违，咸言毁膳。菲躬简法，厚下安宅。谦德弥光，损道滋益。孝崇飨祀，勤隆耕藉。馑酎秋羊，封瑾春骼。婴耄兼粱，鳏孤重帛。体由学染，俗以教迁。礼导刑清，乐卺风宣。分衢让齿，折讼归田。野旌伏彦，朝赏登贤。儒训优柔，武节猋鸷。文宪精弘，戎容犀利。枢钤明审，程䨼周备。吏砺平端，民羞幸觊。桴鼓凝埃，烽驿垂辔，销我长剑，归为农器。

闽外水乡，鄣表炎国。陇首西南，渤尾东北。艳艳岭丹，浑浑泉黑。移琛云勉，转隼邛僰，狼歌荐功，乌谭陈德。

治博化光，民阜财盛。斑白行谣，青绮高咏。云表幽和，物章明庆。丽植雕质，蠢行藻性。仁草晨萼，德宿宵暎。海无隐飙，山有黄落。牛羊内首，闾户外拓。瑞木朋生，祥禽辈作。熏风荡闺，饴露流阁。器范神妙，剂调象药。

匪直也斯，伟庆方臻。注彼四渎，媚此双川。伏灵遥纪，闭贶遐年。澄波昆岳，镜流葱山。泉室凝淀，水府清涓，俛瞰夷都，降眂骊渊。朱宫潜耀，紫阁阴鲜。

昔在爽德，王风不昌。乃溢乃竭，或壅或亡，洁源滥壑，曾是未央。先民永慨，大道悠长，云何其瑞，实钟我皇。闻诸师说，天竦听密，介焉如响，匪远惟疾。矧是皇心，妙夫贞一，左右天经，户牖人术，污谟布简，丝言盈室。秽有绵祀，清岂崇日。

一人之庆，吹万禀和。灵根方固，修源重波。副睿贰哲，帝体皇柯。景云蔚岳，秀星骈罗，垂光九野，腾响四遐。辅车鼎足，盘石虎牙。世匹周室，基永汉家。

泰阶既平，洪河既清，大人在上，区宇文明。樵夫议道，渔父濯缨，臣照作颂，铺德树声。

鲍明远《登大雷岸与妹书》

此等言情写景之作，六朝人最好，后人为之，终不免稍带伧父气矣。曾涤生好古文，而于书翰多取于南北朝以上，以此也。

吾自发寒雨，全行日少，加秋潦浩汗，山溪猥至，渡溯无边，险径游历，栈石星饭，结荷水宿，旅客贫辛，波路壮阔，始以今日食时，仅及大雷。涂登千里，日逾十晨，严霜惨节，悲风断肌，去亲为客，如何如何！向因涉顿，凭观川陆；遨神清渚，流睇方曛；东顾五洲之隔，西眺九派之分，窥地门之绝景，望天际之孤云。长图大念，隐心者久矣！南则积山万状，负气争高，含霞饮景，参差代雄，凌跨长陇，前后相属，带天有匝，横地无穷。东则砥原远隰，亡端靡际，寒蓬夕卷，古树云平。旋风四起，思鸟群归。静听无闻，极视不见。北则陂池潜演，湖脉通连。苎蒿攸积，菰芦所繁。栖波之鸟，水化之虫，智吞愚，强捕小，号噪惊聒，纷乎其中。西则回江永指，长波天合。

滔滔何穷，漫漫安竭！创古迄今，舳舻相接，思尽波涛，悲满潭壑，烟归八表，终为野尘，而是注集，长写不测，修灵浩荡，知其何故哉！西南望庐山，又特惊异。基压江潮，峰与辰汉相接。上常积云霞，雕锦缛。若华夕曜，严泽气通，传明散彩，赫似绛天。左右青靄，表里紫宵。从岭而上，气尽金光，半山以下，纯为黛色。信可以神居帝郊，镇控湘、汉者也。若潀洞所积，溪壑所射，鼓怒之所豗击，涌澓之所宕涤，则上穷荻浦，下至狶洲，南薄鹫辰，北极雷淀，削长埤短，可数百里。其中腾波触天，高浪灌日，吞吐百川，写泄万壑。轻烟不流，华鼎振涾。弱草朱靡，洪涟陇蹙。散涣长惊，电透箭疾。穹溘崩聚，坻飞岭覆。回沫冠山，奔涛空谷，堪石为之摧碎，碕岸为之鳖落。仰视大火，俯听波声，愁魄胁息，心惊慄矣。至于繁化殊育，诡质怪章，则有江鹅、海鸭、鱼鲛、水虎之类；豚首、象鼻、芒须、针尾之族；石蟹、土蚌、燕箕、雀蛤之俦，折甲、曲牙、逆鳞、反舌之属。掩沙涨，被草渚，浴雨排风，吹涝弄翮。夕景欲沉，晓雾将合，孤鹤寒啸，游鸿远吟，樵苏一叹，舟子再泣。诚足悲忧，不可说也。风久雷飙，夜戒前路，下弦内外，望达所届。寒暑难适，汝专自慎。夙夜戒护，勿我为念。恐欲知之，聊书所睹。临途草蹙，辞意不周。

萧子良《言台使表》

竟陵为萧齐文学之宗，当时收召文学之士甚多，梁武、王融、谢朓、任昉、沈约、陆倕、范云、萧琛，所谓竟陵八友也。而彦升、休文，最称文章宗匠。

古有文笔之分，文近偶丽，主于修词；笔以道俗，此等皆当时之笔也。

前台使督逋切调，恒闻相望于道。及臣至郡，亦殊不疏。凡此辈使人，既非详慎勤顺，或贪险崎岖，要求此役。朝辞禁门，情态即异；暮宿村县，威福便行。但令朱鼓裁完，铍槊微具，顾眄左右，叱咤自专。擿适宗断族，排轻斥重，胁遏津埭，恐喝传邮。破罔水逆，商旅半引，逼令到下，先过己船。浙江风猛，公私畏渡，脱舫在前，驱令俱发。呵蹙行民，固其常理。侮折守宰，出变无穷。既瞻郭望境，便飞下严符，但称行台，未显所督。先诃强寺，却摄群曹，开亭正榆，便振荆革。其次蜂标寸纸，一日数至，征村切里，俄刻十催。

四乡所召，莫辩枉直，孩老士庶，具令付狱。或尺布之逋，曲以当匹；百钱余税，且增为千。或诳应质作尚方，寄系东冶，万姓骇迫，人不自固。遂漂衣败力，竞致兼浆。值今夕酒谐肉饫，即许附申赦格；明日礼轻贷薄，便复不入恩科。筐贡微阙，棰挞肆情，风尘毁谤，随忿而发。及其犹蒜转积，鹅粟渐盈，远则分鬻他境，近则托贸吏民。反请郡邑，助民申缓，回刺言台，推信在所。如闻顷者令长守牧，离此每实，非复近岁。愚谓凡诸检课，宜停遣使，密畿州郡，则指赐敕令，遥外镇宰，明下条源，既各奉别旨，人竞自罄。虽复台使盈凑，会取正属所办，徒相疑愤，反更淹懈。

凡预衣冠，荷恩盛世，多以暗缓贻疊，少为欺猾入罪。若类以宰牧乖政，则触事难委，不容课逋上纲，偏觉非才。但赊促差降，各限一期。如乃事速应缓，自依违纠坐之。坐之之科，不必须重，但令必行，期在可肃。且两装之船，充拟千绪；三坊寡役，呼订万计。每一事之发，弥晨方办，粗计近远，率遣一部，职散人领，无减二十，舟船所资，皆复称是。长江万里，费固倍之。较略一年，脱得省者，息船优役，实为不少。兼折奸灭窃，远近暂安。

王元长《永明九年策秀才文》

问秀才高第明经：朕闻神灵文思之君，聪明圣德之后，体道而不居，见善如不及。是以崆峒有顺风之请，华封致乘云之拜；或扬旌求士，或设簴待贤，用能敷化一时，余烈千古。朕夤奉天命，恭惟永图，审听高居，载怀祗惧。虽言事必史，而象阙未箴，寤寐嘉猷，延伫忠实。子大夫选名升学，利用宾王，懋陈三道之要，以光四科之首，盐梅之和，属有望焉。

又问：昔周宣惰千亩之礼，虢公纳谏；汉文缺三推之义，贾生置言。良以食为民天，农为政本。金汤非粟而不守，水旱有待而无迁。朕式照前经，宝兹稼穑。祥正而青旗肃事，土膏而朱纮戒典。将使杏花菖叶，耕获不愆；清畊泠风，述遵无废。而释耒佩牛，相沿莫反。兼贫擅富，浸以为俗。若爰井开制，惧惊扰愚民，舄卤可腴，恐时无史白。兴废之术，矢陈厥谋。

又问：议狱缓死，大《易》深规。敬法恤刑，《虞书》茂典。自萌俗浇弛，法令滋彰，肺石少不冤之人，棘林多夜哭之鬼。朕所以明发动容，昃食兴虑。伤秋荼之密网，恻夏日之严威。永念画冠，缅追刑厝。徒以百锾轻科，反行季叶；四支重罚，爰创前古。访游禽于绝涧，作霸秦基；歌《鸡鸣》于阙下，称仁汉牍。二途如爽，即用兼通，昌言所安，朕将亲览。

又问：聚人曰财，次政曰货，泉流表其不匮，贸迁通其有亡。既龟贝积寝，缗襁专用，世代滋多，销漏参倍。下贫无兼辰之业，中产阙洊岁之赀。惟瘼恤隐，无舍矜叹。上帝溥临，赐朕休宝，命邛斜之谷，开而出铜。且有后命，事兹镕范，充都内之金，绍圜府之职。但赤侧深巧学之患，榆荚难轻重之权。开塞所宜，悉心以对。

又问：治历明时，绍迁革之运；改宪敕法，审刑德之源。分命显于唐官，文条炳于邹说。及嵎夷废职，昧谷亏方，汉秉素祇之征，魏称黄星之验。纷争空轸，疑论无归。朕获纂洪基，思弘至道。庶令日月休征，风雨玉烛，克明之旨弗远，钦若之义复还。于子大夫何如哉？其骊翰改色，寅丑殊建，别白书之。

谢玄晖《齐敬皇后哀策文》

惟永泰元年，秋九月朔日，敬皇后梓宫启自先茔，将祔于某陵。其日，至尊亲奉奠某皇帝，乃使兼太尉某设祖于行宫，礼也。翠帟舒皇，玄堂启靡。俎彻三献，筵卷六衣。哀子嗣皇帝，怀蜃卫而延首，想鹥辂而抚心。痛椒涂之先廓，哀长信之莫临。身隔两赴，时无二展。旋诏左言，光敷圣善。其辞曰：

帝唐远胄，御龙遥绪。在秦作刘，在汉开楚。肇惟淑圣，克柔克令。清汉表灵，曾沙膺庆。爰定厥祥，徽音允穆。光华沼沚，荣曜中谷。敬始纮綖，教先种稑。睿问川流，神襟兰郁。

先德韬光，君道方被。于佐求贤，在竭无诐。顾史弘式，陈诗展义。厚下曰仁，藏往伊智。十乱斯俟，四教周忒。思媚诸姑，贻我嫔则。化自公宫，远被南国。轩曜怀光，素舒伫德。

闵予不祐，慈训早违。方年冲藐，怀袖靡依。家臻宝业，身嗣昌晖。寿宫寂远，清庙虚归。呜呼哀哉！

帝迁明命，民神胥悦。乾景外临，阴仪内缺。空悲故剑，徒嗟金穴。璋瓒奚献，袆褕罔设。呜呼哀哉。

冯相告禋，宸居长往。贻厥远图，末命是奖。怀丰沛之绸缪兮，背神京之弘敞。陋苍梧之不从兮，遵鲋隅以同壤。呜呼哀哉！

陈象设于园寝兮，映舆锼于松楸。望承明而不入兮，度清洛而南游。继池绋于通轨兮，接龙帷于造舟。回塘寂其已暮兮，东川澹而不流。呜呼哀哉！

藉闭宫之远烈兮，闻缵女之遐庆。始协德于苹蘩兮，终配祇而表命。慕方缠于赐衣兮，哀日隆于抚镜。思寒泉之罔极兮，托彤管于遗咏。呜呼哀哉！

任彦升《齐竟陵文宣王行状》

此篇属传状类。传本史官之事，但后世史官作传，限于官阶，则其人足传而官爵不及者，私人不得不起而补其阙，而犹有持非史官不宜为人作传之论者，事不可行，于义亦不合也。但名公巨卿，史家既为之列传，即私人可不必再作，故表章此等人之勋业者，多见之碑铭，其有为之作传者，亦宜称家传以别之。状，后世通称行状，亦称事状；述，后世亦通称行述，又有称事述、行述、事略者，妇人多称事略。此为乞文于人之作，而非径以之传其人，与传相似而实不同也。

祖太祖高皇帝

父世祖武皇帝

南徐州南兰陵郡县都乡中都里萧公年三十五行状。

公道亚生知，照邻几庶。孝始人伦，忠为令德，公实体之，非毁誉所至。天才博赡，学综该明。至若曲台之礼，九师之易。乐分龙赵，诗析齐韩。陈农所未究，河间所未辑。有一于此，罔不兼综者与！昔沛献访对于云台，东平齐声于杨史，淮南取贵于食时，陈思见称于七步，方斯蔑如也。

初，沈攸之跋扈上流，称乱陕服。宋镇西晋熙王、南中郎邵陵王，并镇盆口。世祖毗赞两藩，而任总西伐。公时从在军，镇西府版宁朔将军军主，南中郎版补行参军署法曹。于时景烛云火，风驰羽檄；谋出股肱，任切书记。迁左军邵陵王主簿记室参军。既允棼林之求，实兼仪形之寄。刀笔不足宣功，风体所以弘益。除邵陵王友，又为安南邵陵王长史。东夏形胜，关河重复，选众而举，敦悦斯在。除使持节、都督会稽东阳临海永嘉新安五郡诸军事、辅国将军、会稽太守。

太祖受命，广树藩屏。公以高昭武穆，惟戚惟贤；封闻喜县开国公，食邑千户。又奏课连最，进号冠军将军。越人之巫，睹正风而化俗；篁竹之酋，感义让而失险。邪叟忘其西昊，龙丘猍其东皋。会武穆皇后崩，公星言奔波，泣血千里，水浆不入于口者，至自禹穴。逮衣裳外除，心哀内疚，礼屈于厌降，事迫于权夺，而茹戚肌肤，沉痛疮距。故知钟鼓非乐云之本，缞粗非隆杀之要。改授征虏将军、丹阳尹。良家入徙，戚里内属。政非一轨，俗备五方。公内树宽明，外施简惠，神皋载穆，毂下以清。

武皇帝嗣位，进封竟陵郡王，食邑加千户。复授使持节、都督南徐兖二州诸军事、镇北将军、南徐州刺史。迁使持节侍中、都督南兖徐北兖青冀五州诸军事、征北将军、南兖州刺史。兖徐接壤，素渐河润，未及下车，仁声先洽。玉关靖柝，北门寝扃。朝旨以董司岳牧，敷兴邦教，方任虽重，比此为轻。征护军将军、兼司徒，侍中如故。又授车骑将军、兼司徒，侍中如故。即授司徒，侍中又如故。上穆三能，下敷五典。辟玄闱以阐化，寝鸣钟以体国。翼亮孝治，缉熙中教。夺金耻讼，蹊田自嘿。不雕其朴，用晦其明。声化之有伦，繄公是赖。庠序肇兴，仪形国胄；师氏之选，允师人范。以本官领国子祭酒，固辞不拜。八座初启，以公补尚书令。式是敷奏，百揆时序。夫国家之道，互为公私；君亲之义，递为隐犯。公二极一致，爱敬同归，亮诚尽规，谋猷弘远矣。又授使持节、都督扬州诸军事、扬州刺史，本官悉如故。旧惟淮海，今则神牧，编户殷阜，萌俗繁滋，不言之化，若门到户说矣。顷之，解尚书令，改授中书监，余悉如故。献纳枢机，丝纶允缉。武皇晏驾，寄深负图。公仰惟国典，俛遵遗托，府擗天伦，踊绝于地。居处之节，复如居武穆之忧。

圣主嗣兴，地居旦奭。有诏策授太傅，领司徒，余悉如故。坐而论道，动以观德；地尊礼绝，亲贤莫贰。又诏加公入朝不趋，赞拜不名，剑履上殿。萧傅之贤，曹马之亲，兼之者公也。复以申威重道，增崇德统，进督南徐州诸军事，余悉如故。并奏疏累上，身殁让存。天不慭遗，梁岳颓峻，某年某月日薨，春秋三十有五。诏给温明秘器，敛以衮章，备九命之礼，遣大鸿胪监护丧事，朝夕奠祭，太官供给，礼也。故以恸极津门，感充长乐，岂徒舂人不相，倾墉罢肆而已哉！乃下诏曰："褒崇庸德，前王之令典，追远尊戚，沿情之所隆。故使持节都督扬州诸军事、中书监、太傅、领司徒、扬州刺史、竟陵王、新除进督南徐州，体睿履正，神监渊邈。道冠民宗，具瞻惟允。肇自弱龄，孝友光备。爰及赞契，协升景业。燮和台曜，五教克宣。敷奏朝端，百揆惟穆。

寄重先顾，任均负图。谅以齐徽二南，同规往哲。方凭保佑，永翼雍熙。天不慭遗，奄见薨落。哀慕抽割，震动于厥心。今先远戒期，龟谋袭吉。茂崇嘉制，式弘风猷。可追崇假黄钺、侍中、都督中外诸军事、太宰、领大将军、扬州牧，绿綟绶，具九锡服命之礼。使持节、中书监、王如故。给九旒銮辂，黄屋左纛，辒辌车，前后部羽葆鼓吹，挽歌二部，虎贲班剑百人，葬礼一依晋安平献王孚故事。”

公道识虚远，表里融通，渊然万顷，直上千仞。仆妾不睹其喜愠，近侍莫见其倾弛。他人之善，若己有之。民之不臧，公实贻耻。诱接恂恂，降以颜色，方于事上，好下规己，而廉于殖财，施人不倦。帝子储季，令行禁止，国纲天宪，寘诸掌握。未尝鞫人于轻刑，锢人于重议。人有不及，内恕诸己。非意相干，每为理屈。任天下之重，体生民之俊。华衮与缊绪同归，山藻与蓬茨俱逸。良田广宅，符仲长之言；邙山洛水，协应叟之志。丘园东国，锱铢轩冕。乃依林构宇，傍岩拓架。清猿与壶人争旦，缇幕与素濑交辉。置之虚室，人野何辨。高人何点，蹑屩于钟阿；征士刘虬，献书于卫岳。赠以古人之服，弘以度外之礼，屈以好事之风，申其趋王之意。乃知大春屈己于五王，君大降节于宪后，致之有由也。其卉木之奇，泉石之美，公所制《山居四时序》，言之已详。

文皇帝养德东朝，同符作者。爰造《九言》，实该百行。导衿褵于未萌，申炯戒于兹日。非直旦暮千载，故乃万世一时也。命公注解，卫将军王俭缀而序之。山宇初构，超然独往，顾而言曰：死者可归，谁与入室？尚想前良，俾若神对。乃命画工，图之轩牖。既而缅属贤英，傍思才淑，匹妇之操，亦有取焉。有客游梁朝者，从容而进曰：未见好德，愚窃惑焉。即命刊削，投杖不暇。公以为出言自口，骥騄不追；听受一谬，差以千里。所造箴铭，积成卷轴，门阶户席，寓物垂训。先是震于外寝，匠者以为不祥，将加治葺。公曰：此天谴也，无所改修，以记吾过，且令戒惧不怠。从缘如顺流，虚己若不足。至于言穷药石，若味滋旨；信必由中，貌无外悦。贵而好礼，怡寄典坟。虽牵以物役，孜孜无怠。乃撰《四部要略》《净住子》，并勒成一家，悬诸日月。弘洙泗之风，阐迦维之化。大渐弥留，话言盈耳，黜殡之请，至诚恳恻。岂古人所谓立言于世，没而不朽者欤！易名之典，请遵前烈。谨状。

沈休文《齐故安陆昭王碑文》

公讳缅，字景业，南兰陵人也。稷契身佐唐虞，有大功于天地。商武姬文，所以膺图受箓。萧曹扶翼汉祖，灭秦项以宁乱。魏氏乘时于前，皇齐握符于后。灵源与积石争流；神基与极天比峻。祖宣皇帝，雄才盛烈，名盖当时。考景皇帝，含道居贞，卷怀前代。公含辰象之秀德，体河岳之上灵，气蕴风云，身负日月。立行可模，置言成范。英华外发，清明内昭。天经地义之德，因心必尽；简久远大之方，率由斯至。挹其源者游泳而莫测，怀其道者日用而不知。昭昭若三辰之丽于天，滔滔犹四渎之纪于地。六幽允洽，一德无爽。万物仰之而弥高，千里不言而斯应。若夫弹冠出仕之日，登庸莅事之年，军麾命服之序，监督方部之数，斯固国史之所详，今可得略也。

水德方衰，天命未改。太祖龙跃俟时，作镇淮泗。如仁夕惕之志，中夜九回；龛世拯乱之情，独用怀抱。深图密虑，众莫能窥。公陪奉朝夕，从容左右，盖同王子洛滨之岁，实惟辟强内侍之年。起予圣怀，发言中旨。始以文学游梁，俄而入掌纶诰。兰桂有芬，清晖自远。帝出于震，日衣青光。方轨茅社，俾侯安陆；受瑞析圭，遂荒云野。式掌储命，帝难其人，公以宗室羽仪，允膺嘉选。协隆三善，仰敷四德。博望之苑载晖，龙楼之门以峻。献替帷扆，实掌喉唇。奉待漏之书，衔如丝之旨。前晖后光，非止恒受。公以密戚上贤，俄而奉职，出纳惟允，剑玺增华。伊昔帝唐，九官咸事，熊豹临戭，纳言是司。自此迄今，其任无爽。爰自近侍，式赞权衡。而皇情眷眷，虑深求瘼。

姑苏奥壤，任切关河，都会殷负，提封百万。全赵之袨服丛台，方此为劣；临淄之挥汗成雨，曾何足称。乃鸿骞旧吴，作守东楚。弘义让以勖君子，振平惠以字小人。抚同上德，绥用中典。疑狱得情而弗喜，宿讼两让而同归。虽春申之大启封疆，邓攸之缉熙萌庶，不能尚也。夏首藩要，任重推毂，衿带中流，地殷江汉。南接衡巫，风云之路千里；西通鄾邓，水陆之涂三七。是惟形胜，阃外莫先。建麾作牧，明德攸在。乃暴以秋阳，威以夏日。泽无不渐，蝼蚁之穴靡遗；明无不察，容光之微必照。由近而被远，自己而及物。惠与八风俱翔，德与五才并运。远无不怀，迩无不肃。邑居不闻夜吠之犬，牧人不睹晨饮之羊。誉表六条，功最万里。还居近侍，兼飨戎秩。候府寄隆，储端任显，东西两晋，兹选特难。羊琇愿言而匪获，谢琰功高而后至。升降二宫，令绩斯俟；禁旅尊严，主器弥固。

禹穴神皋，地埒分陕，江左已来，常递斯任。东渚巨海，南望秦稽。渊薮胥萃，雚蒲攸在。货殖之民，千金比屋；郛鄽之内，云屋万家。刑政繁舛，旧难详一。南山群盗，未足云多；渤海乱绳，方斯易理。公下车敷化，风动神行，诚恕既孚，钩距靡用。不待赭污之权，而奸渠必翦；无假里端之籍，而恶子咸诛。被以哀矜，孚以信顺。南阳苇杖，未足比其仁；颍川时雨，无以丰其泽。公揽辔升车，牧州典郡，感达民祇，非待期月。老安少怀，涂歌里咏，莫不欢若亲戚，芬若椒兰。麾旆每反，行悲道泣。攀车卧辙之恋，争涂忘远；去思一借之情，愈久弥结。

方城汉池，南顾莫重。北指崤潼，平涂不过七百；西接晓武，关路曾不盈千。蛮陬夷徼，重山万里。小则俘民掠畜，大则攻城剽邑。晋宋迄今，有切民患，烽鼓相望，岁时不息。椎埋穿掘之党，阡陌成群；傲法侮吏之人，曾莫禁御。累藩咸受其弊，历政所不能裁。加以戎羯窥窬，伺我边隙。北风未起，马首便以南向；塞草未衰，严城于焉早闭。永明八载，疆埸大骇。天子乃心北眷，昕朝不怡。扬旆汉南，非公莫可。于是驱马原隰，卷甲遄征。威令首涂，仁风载路。轨躅清晏，车徒不扰。牛酒日至，壶浆塞陌。失义犬羊，其来久矣，征赋严切，唯利是求；首鼠疆界，灾蠹弥广。公扇以廉风，孚以诚德，尽任裳置水之情，弘郭伋待期之信。金如粟而弗睹，马如羊而靡入。雏雉必怀，豚鱼不爽。由是倾巢举落，望德如归；椎髻发首，日拜斗阙；卉服满涂，夷歌成韵。礼义既敷，威刑具举，强民犷俗，反志迁情。风尘不起，囹圄寂寞。富商野次，宿秉停菑。蝝蝗弗起，豺虎远迹。北狄惧威，关塞谧静。侦谍不敢东窥，驼马不敢南牧。方欲振策燕赵，席卷秦代，陪龙驾于伊洛，侍紫盖于咸阳。而遘疾弥留，欻焉大渐。耕夫释耒，桑妇下机。参请门衢，并走群望。维永明九年夏五月三十日辛酉薨，春秋三十有七。城府飒然，庶寮如霣。男女老幼，大临街衢，接响传声，不逾时而达于四境。夷群戎落，幽远必至，望城拊膺，震动郭邑，并求入奉灵榇，藩司抑而不许。虽邓训致劈面之哀，羊公深罢市之慕，对而为言，远有惭德。神驾东还，号送逾境。奉觞奠以望灵，仰苍天而自诉。震响成雷，盈涂咽水。

公临危审正，载惟话言。楚囊之情，惟几而弥固；卫鱼之心，身亡而意结。二宫轸恸，遐迩同哀。追赠侍中领卫将军，给鼓吹一部，谥曰昭侯。时皇上纳麓在辰，登庸伊始，允副朝端，兼掌屯卫。闻凶哀震，感绝移时。因遘沉痾，绵留气序。世祖日夜忧怀，备尽宽譬。勉膳禁哭，中使相望。上虽外顺皇旨，内殷私痛，独居不御酒肉，坐卧泣涕沾衣。若此移年，虞瘠改貌。天伦之爱，振古莫俦。及俯膺天眷，入纂绝业，分命懿亲，台牧并建。对縈弱以流涕，望曲阜而含悲。改赠司徒，因谥为郡王，礼也。

惟公少而英明，长而弘润。风标秀举，清晖映世。学遍书部，特善玄言。鞶帨之丽，篆籀之则。穷六义于怀抱，究八体于毫端。弈思之微，秋备无以竞巧；取睽之妙，流睇未足称奇。至公以奉上，鸣谦以接下。抚僚庶尽盛德之容，交士林忘公侯之贵。虚怀博约，幽关洞开。宴语谈笑，情澜不竭。誉满天下，德冠生民。盖百代之仪表，千年之领袖。曾不憖留，梁摧奄及。岂唯侨终蹇谢，兴谣辍相而已哉！凡我僚旧，均哀共戚。怨天德之无厚，痛棠阴之不留。思所以克播遗尘，弊之穹壤，乃刊石图徽，寄情铭颂。其辞曰：

天命玄鸟，降而生商。是开金运，祚始玉筐。三仁去国，五曜入房。亦白其马，侯服周王。

本枝派别，因菜命氏。涉徐而东，义均梁徙。自兹以降，怀青拖紫。崇基岩岩，长澜沵沵。

惟圣造物，龙飞天步。载鼎载革，有除有布。高皇赫矣，仰膺干顾。景皇蒸哉，实启洪祚。

乔岳峻峙，命世兴贤。膺期诞德，绝后光前。几以成务，觉在民先。位非大宝，爵乃上天。

爰始濯缨，清猷浚发。升降文陛，逶迤魏阙。惠露沾吴，仁风扇越。涉夏逾汉，政成期月。

用简必从，日新为盛。在上哀矜，临下庄敬。草木不夭，昆虫得性。我有芳兰，民胥攸咏。

群夷蠢蠢，岩别嶂分。倾山尽落，其从如云。挈妻荷子，负戴成群。回首请吏，曾何足云！

昔闻天道，仁罔不遂。彼苍如何，兴山止篑？四牡方驰，六龙顿辔。斯民曷仰，邦国殄瘁。

齐殒晏平，行哭致礼。赵徂昌国，列邦挥涕。况我君斯，皇之介弟。哀感徒庶，恸兴云陛。

阶毁留攒，川汎归轴。竞羞野奠，争攀去毂。遵渚号追，临波望哭。无绝终古，惟兰与菊。

涂由帝渚，朱轩靡驾。东首茔园，即宫长夜。逝川无待，黄金难化。钟石徒刊，芳猷永谢。

沈休文《上〈宋书〉表》

臣约言：臣闻大禹刊木，事炳虞书，西伯戡黎，功焕商典。伏惟皇基积峻，帝烈弘深，树德往朝，立勋前代。若不观风唐世，无以见帝妫之美；自非睹乱秦余，何用知汉祖之业。是以掌言未记，爰动天情，曲诏史官，追述大典。臣实庸妄，文史多阙，以兹不才，对扬盛旨，是用夕惕载怀，忘其寝食者也。

臣约顿首死罪：窃惟宋氏南面，承历统天，虽世穷八主，年减百载，而兵车亟动，国道屡屯，垂文简牍，事数繁广。去夫英主启基，名臣建绩，拯世夷难之功，配天光宅之运，亦足以勒铭钟鼎，昭被方策。及虐后暴朝，前王罕二，国衅家祸，旷古未书，又可以式规万叶，作鉴于后。

宋故著作郎何承天始撰《宋书》，草立纪传，止于武帝功臣，篇牍未广。其所撰志，唯《天文》《律历》，自此外，悉委奉朝请山谦之。谦之，孝建初，又被诏撰述。寻值病亡，仍使南台侍御史苏宝生续造诸传，元嘉名臣，皆其所撰。宝生被诛，大明中，又命著作郎徐爰踵成前作。爰因何、苏所述，勒为一史，起自义熙之初，讫于大明之末。至于臧质、鲁爽、王僧达诸传，又皆孝武所造。自永光以来，至于禅让，十余年内，阙而不续，一代典文，始末未举。且事属当时，多非实录，又立传之方，取舍乖衷，进由时旨，退傍世情，垂之方来，难以取信。臣以谨更创立，制成新史，始自义熙肇号，终于升明三年。桓玄、谯纵、卢循、马、鲁之徒，身为晋贼，非关后代。吴隐、谢混、郗僧施，义止前朝，不宜滥入宋典。刘毅、何无忌、魏咏之、檀凭之、孟昶、诸葛长民，志在兴复，情非造宋，今并刊除，归之晋籍。

臣远愧南、董，近谢迁、固，以闾阎小才，述一代盛典，属辞比事，望古惭良，鞠躬局蹐，腼汗亡厝。本纪列传，缮写已毕，合志表七十卷，臣今谨奏呈。所撰诸志，须成续上。谨条目录，诣省拜表奉书以闻。

臣约诚惶诚恐，顿首顿首，死罪死罪。

江文通《为萧公让九锡第二表》

文通文亦好藻绘，此尚其较清真者也。齐梁时代之文，当以休文为第一，任彦升次之。文通等虽工藻绘，殊欠典则矣。

臣公言：臣近历心罄辞，写情毕议，眇望神藻，鉴见丹襟。而帝阍以秘，论诰方明，中庶卷容，左右轸虑。臣以为丽天秉经，君上之彝宪；仪地执纬，臣下之恒轨。故皇极载凝，庶士交慎。昔者重黎勤官，裁居炎冥之职；义叔能任，方掌日月之序。至乎御龙勤夏，未闻冠俗之爵；大彭翼商，岂见超世之典？以古先哲后，如兹之慎赏也。臣乃谬贻国寄，志在静难。若夫野战虹蜺，伏顺者易为威；城攻鲸魍，奉国者理必全。云气薄蚀，下民咸贵其明；恃险与马，舟中皆可异议。故昌邑有归郧，吴楚无旋师。斯激芬扬蕤，物同其幸；焚恶去丑，世共其庇。实为仰凭俯顺之效，臣亦何力之有焉？窃谓禄为十郡，必俟禹迹之勤；锡以九命，乃须周公之美。况吕梁不凿，而器重玄珪，越裳未献，而赋拟千乘。京关识其崇贵，畿服知其忝冒。镜前修而惭形，觌往德而筓虑。畏崖之请，取譬深水；审量之祈，呈熠皦景。伏愿陛下，远牵雄范，近鉴英规，凭霞停诏，临风辍恩，岂伊愚臣，方被昌化？具日遗氓，咸蒙其赖矣。

梁武帝《禁奢令》

夫在上化下，草偃风从，世之浇淳，恒由此作。自永元失德，书契未纪，穷凶极悖，焉可胜言。既而璇室外构，倾宫内积，奇技异服，殚所未见。上慢下暴，淫侈竞驰。国命朝权，政移近习。贩官鬻爵，贿货公行。并甲第康衢，渐台广室。长袖低昂，等和戎之赐，珍羞百品，同伐冰之家。愚人因之，浸以成俗。骄艳竞爽，夸丽相高。至乃市井之家，貂狐在御，工商之子，缇绣是袭。日入之次，夜分未反，昧爽之朝，期之清旦。圣明肇运，厉精惟始，虽曰缵戎，殆同创革。且淫费之后，继以兴师，巨桥鹿台，凋罄不一。孤忝荷大宠，务在澄清，思所以仰述皇朝大帛之旨，俯厉微躬鹿裘之义，解而更张，斫雕为朴。自非可以奉粢盛，修绂冕，习礼乐之容，缮甲兵之备，此外众费，一皆禁绝。御府中署，量宜罢省。掖庭备御妾之数，大享绝郑卫之音。其中有可以率先卿士，准的甿庶，菲食薄衣，请自孤始。加群才并轨，九官咸事，若能人务退食，竞存约己，移风易俗，庶基月有成。昔毛玠在朝，士大夫不敢靡衣偷食，魏武叹曰："孤之法不如毛尚书。"孤虽德谢往贤，任重先达，实望多士得其此心，外可详为条格。

昭明太子《谢敕赍制旨大涅盘经讲疏启》

谢赐物小启。

臣统启：后阁应敕木佛子奉宣敕旨，垂赉制旨《大般涅盘经讲疏》一部十帙，合目百一卷。寒乡亲日，未足称奇；采药逢仙，曾何譬喜？臣伏以六爻所明，至邃穷于几象；四书所总，施命止于域中。岂有牢笼因果，辨斯宝城之教；网罗真俗，开兹月满之文？方当道洽大千，化均百亿，云弥识种，雨遍身田，岂复论唐帝龟书，周王策府？何待刊寝《盘盂》，屏黜《丘索》？甘露妙典，先降殊恩。揣己循愚，不胜荷庆！不任顶戴之至！谨奉启谢闻。谨启。

梁简文帝《与僧正教》

此州伽蓝支提基列，虽多设庄严，盛修供具，观其外迹，必备华侈，在乎意地，实有未弘。何者？凡铸金刻木，镂漆图瓦，盖所以仰传应身，远注灵觉。羡龙瓶之始晨，追鹤林之余慕。故祭神如在，敬神之道既极，去圣兹远，怀圣之理必深。此土之寺，止乎应生之日，则暂列形像。自斯已后，封以箧笥，乃至弃服离身，寻炎去顶。或十尊五圣，共处一厨，或大士如来，俱藏一柜。信可谓心与事背，貌是情非，增上意多，精进心少。昔塔里红函，止传舍利，象头白伞，非谓全身。夫以画像追陈，尚使吏民识敬，镕金图范，终令越主怀思。匹以龙阿，尚能跃鞘，方之虎兕，犹称出柙。况复最大圆慈，无上善聚，闻名去烦，见形入道。而可慢此雕香，蕴斯木榓，缄匿玉毫，封印金掌。

既殊罗阅，久入四天，又异祇洹，掩户三月。宝殿空临，琼阶虚敞。密帷不开，非仲舒之曲学，红壁长掩，似郊卿之避仇。且广厦云垂，崇甍鸟跂，若施之玉座，饰以金钿，必不尘霭日姿，亏点月面。琉璃密窗，自可轻风难入，能须细网，足使飞燕不过。兼得虔敬之理必崇，接足之心弥重。可即宣敕，永使准行。

梁元帝《职贡图序》

谨严得体。

窃闻职方氏掌天下之图，四夷、八蛮、七闽、九貉，其所由来久矣。汉氏以来，南羌旅距，西域凭陵，创金城，开玉关，绝夜郎，讨日逐。睹犀甲则建朱崖，闻葡萄则通大宛。以德怀远，异乎是哉？

皇帝君临天下之四十载，垂衣裳而赖兆民，坐岩廊而彰万国，梯山航海，交臂屈膝，占云望日，重译至焉。自塞以西，万八千里，路之狭者，尺有六寸。高山寻云，深谷绝景。雪无冬夏，与白云而共色；冰无早晚，与素石而俱贞。逾空桑而历昆吾，度青邱而跨丹穴。炎风弱水，不革其心；身热头痛，不改其节。故以明珠翠羽之珍，细而弗有；龙文汗血之骥，却而不乘。尼丘乃圣，犹有图人之法；晋帝君临，实闻乐贤之象。甘泉写阏氏之形，后宫玩单于之图。臣以不佞，推毂上游，夷歌成章，胡人遥集。款开蹶角，沿溯荆门，瞻其容貌，讯其风俗。如有来朝京辇，不涉汉南，别加访采，以广闻见，名为《贡职图》云尔。

刘孝绰《昭明太子集序》

臣窃观《大易》，重明之象著焉，抑又闻之，匕鬯之义存焉。故书有孟侯之名，记表元良之德，历选前古，以洎夏周，可得而称，启诵而已。虽彻圣挺贤，光乎二代，高文精义，阒尔无闻，汉之显宗，晋之肃祖。昔自春宫，益好儒术，或专经止于区易，或持论穷于贞假。子桓虽摛藻铜省，集讲肃成，事在藩储，理非皇贰，未有正位少阳，多才多艺者也。

粤我大梁之二十一载，盛德备乎东朝，若乃有纵自天，惟睿作圣，显仁立孝，行于四海。如圭如璋，不因琢磨之义；为臣为子，宁待观喻之言。惟性道难闻，而文章可见，故俯同志学，用晦生知。以弦诵之余辰，总邹鲁之儒墨；遍绨缃于七阁，弹竹素于九流。地居上嗣，实副元首。皇帝众拱严廊，委咸庶绩，时非从守，事或监抚。虽一日二日，摄览万机，犹临书幌而不休，对欹案而忘怠。况复延纳侍讲，讨论经纪，去圣滋远，愈生穿凿，枝分叶散，殊路偆驰。灵台辟雍之疑，禋宗祭社之缪。明章申老之议，通顾理王之说。量核然否，剖析同异。察言抗论，穷理尽微。于时淹中稷下之生，金华石渠之士，莫不过衢樽而挹多少，见斗极而晓西东，与夫尽春卿之道，赞仲尼之宅，非贯谊于苏林，问萧何于枣据。区区前史，不亦恧欤。加以学贯总持，辨同无碍，五时密教，见犹镜象，一乘纱旨，观若掌珠。及在布金之园，处如龙之众，开示有空，显扬权实。是以遍动六地，普雨四花，岂直得解璎须提，舍钵瓶沙，腾昙言德，梵志依风而已哉。

若夫天文以烂然为美，人文以焕乎为贵。是以隆儒雅之大成，游雕虫之小道，握牍持笔，思若有神，曾不斯须，风飞雷起。至于宴游西园，祖道清洛，三百载赋，该极连篇，七言致拟，见诸文学。博逸兴咏，并命从游，书令视草，铭非润色。七穷炜烨之说，表极远大之才，皆喻不备体，词不掩义，因宜适变，曲尽文情。

窃以属文之体，鲜能周备。长卿徒善，既累为迟，少孺虽疾，徘优而已。子渊淫靡，若女工之蠹；子云侈靡，异诗人之则。孔璋词赋，曹祖劝其修今；伯喈笑赠，挚虞知其颇古。孟坚之颂，尚有似赞之讥；士衡之碑，犹闻类赋之贬。深乎文者，兼而善之，能使典而不埜，远而不放，丽而不淫，约而不俭，独擅众美，斯文在斯。假使王朗报笺，卞兰献颂，犹不足以揄扬著述，称赞才章，况在庸才，曾何仿佛。然承华肇建，滥齿时髦，居陪出从，逝将二纪。譬彼登山，徒仰峻极，同夫观海，莫际波澜。但职官书记，预闻盛藻，歌咏不足，敢忘编次。谨为一帙十卷，第目如左。日升松茂，与天地而偕长；壮思英词，随岁月而增广。如其后录，以俟贤臣。

刘孝标《广绝交论》

客问主人曰：朱公叔《绝交论》，为是乎？为非乎？主人曰：客奚此之问？客曰：夫草虫鸣则阜螽跃，雕虎啸而清风起。故絪缊相感，雾涌云蒸；嘤鸣相召，星流电激。是以王阳登则贡公喜，罕生逝而国子悲。且心同琴瑟，言郁郁于兰苣；道协缪漆，志婉娈于埙篪。圣贤以此镂金版而镌盘盂，书玉牒而刻钟鼎。若乃匠人辍成风之妙巧，伯子息流波之雅引。范张款款于下泉，尹班陶陶于永夕。骆驿纵横，烟霏雨散，巧历所不知，心计莫能测。而朱益州汩彝叙，粤谟训，捶直切，绝交游。比黔首以鹰鹯，媲人灵于豺虎。蒙有猜焉，请辨其惑。

主人听然而笑曰：客所谓抚弦徽音，未达燥湿变响；张罗沮泽，不亲鸿雁云飞。盖圣人握金镜，阐风烈，龙骧蠖屈，从道污隆。日月联璧，赞亹亹之弘致；云飞电薄，显棣华之微旨。若五音之变化，济九成之妙曲。此朱生得玄珠于赤水，谟神睿而为言。至夫组织仁义，琢磨道德，驩其愉乐，恤其陵夷。寄通灵台之下，遗迹江湖之上，风雨急而不辍其音，霜雪零而不渝其色，斯贤达之素交，历万古而一遇。逮叔世民讹，狙诈飙起，溪谷不能逾其险，鬼神无以究其变，竞毛羽之轻，趋锥刀之末。于是素交尽，利交兴，天下蚩蚩，鸟惊雷骇。然则利交同源，派流则异，较言其略，有五术焉：

若其宠钧董石，权压梁窦，雕刻百工，炉捶万物。吐漱兴云雨，呼噏下霜露。九域耸其风尘，四海叠其熏灼。靡不望影星奔，藉响川骛，鸡人始唱，鹤盖成阴，高门旦开，流水接轸。皆愿摩顶至踵，隳胆抽肠，约同要离焚妻子，誓殉荆卿湛七族。是曰势交，其流一也。

富埒陶白，赀巨程罗，山擅铜陵，家藏金穴，出平原而联骑，居里闬而鸣钟。则有穷巷之宾，绳枢之士，冀宵烛之末光，邀润屋之微泽；鱼贯凫跃，飒沓鳞萃，分雁鹜之稻粱，沾玉斝之余沥。衔恩遇，进款诚，援青松以示心，指白水而旌信。是曰贿交，其流二也。

陆大夫宴喜西都，郭有道人伦东国，公卿贵其籍甚，缙绅羡其登仙。加以颔颐蹙頞，涕唾流沫，骋黄马之剧谈，纵碧鸡之雄辩，叙温郁则寒谷成暄，论严苦则春丛零叶，飞沉出其顾指，荣辱定其一言。于是有弱冠王孙，绮纨公子，道不挂于通人，声未遒于云阁，攀其鳞翼，丐其余论，附驵骥之旄端，轶归鸿于碣石。是曰谈交，其流三也。

阳舒阴惨，生民大情；忧合驩离，品物恒性。故鱼以泉涸而呴沫，鸟因将死而鸣哀。同病相怜，缀河上之悲曲；恐惧置怀，昭谷风之盛典。斯则断金由于湫隘，刎颈起于苫盖。是以伍员濯溉于宰嚭，张王抚翼于陈相。是曰穷交，其流四也。

驰骛之俗，浇薄之伦，无不操权衡，秉纤纩。衡所以揺其轻重，纩所以属其鼻息。若衡不能举，纩不能飞，虽颜冉龙翰凤杂，曾史兰熏雪白，舒向金玉渊海，卿云黼黻河汉，视若游尘，遇同土梗，莫肯费其半菽，罕有落其一毛。若衡重锱铢，纩微影撇，虽共工之蒐慝，驩兜之掩义，南荆之跋扈，东陵之巨猾，皆为匍匐逶迤，折枝舐痔，金膏翠羽将其意，脂韦便辟导其诚。故轮盖所游，必非夷惠之室；苞苴所入，实行张霍之家。谋而后动，毫芒寡忒。是曰量交，其流五也。

凡斯五交，义同贾鬻，故桓谭譬之于阛阓，林回喻之于甘醴。夫寒暑递进，盛衰相袭，或前荣而后悴，或始富而终贫，或初存而末亡，或古约而今泰，循环翻覆，迅若波澜。此则殉利之情未尝异，变化之道不得一。由是观之，张陈所以凶终，萧朱所以隙末，断焉可知矣。而翟公方规规然勒门以箴客，何所见之晚乎？

因此五交，是生三衅：败德殄义，禽兽相若，一衅也。难固易携，仇讼所聚，二衅也。名陷饕餮，贞介所羞，三衅也。古人知三衅之为梗，惧五交之速尤。故王丹威子以槚楚，朱穆昌言而示绝，有旨哉！有旨哉！

近世有乐安任昉，海内髦杰，早绾银黄，夙昭民誉。遒文丽藻，方驾曹王；英跨俊道，联横许郭。类田文之爱客，同郑庄之好贤。见一善则盱衡扼腕，遇一才则扬眉抵掌。雌黄出其唇吻，朱紫由其月旦。于是冠盖辐凑，衣裳云合，辎軿击辖，坐客恒满。蹈其阃阈，若升阙里之堂；入其隩隅，谓登龙门之阪。至于顾眄增其倍价，剪拂使其长鸣，影组云台者摩肩，趍走丹墀者叠迹。莫不缔恩狎，结绸缪，想惠庄之清尘，庶羊左之徽烈。及瞑目东粤，归骸洛浦。穗帐犹悬，门罕渍酒之彦；填未宿草，野绝动轮之宾。藐尔诸孤，朝不谋夕，流离大海之南，寄命嶂疠之地。自昔把臂之英，金兰之友，曾无羊舌下泣之仁，宁慕郈成分宅之德。

呜呼！世路险巇，一至于此！太行孟门，岂云崭绝。是以耿介之士，疾其若斯，裂裳裹足，弃之长骛。独立高山之顶，欢与麋鹿同群，皦皦然绝其芬浊，诚耻之也，诚畏之也。

徐孝穆《为贞阳侯重与王太尉书》

渊明顿首顿首。席威卿等还，枉此月十四日告，披览未周，良深慨息。昔长平建策，犹闻蚀昴之征；疏勒效忠，时致飞泉之感。岂在余凉德，书不尽言，遂使吾贤，犹迷所执？斯固衔哀掩泪，仍复披陈者也。

孤以庸薄，宁有霸图，侯服于周，常惧盈满。岂望身居黄屋，手御青纶，揖让而对三灵，端委而朝百辟。询诸围牧，莫不皆知；援誓神明，故自无爽。但大齐仁义之道，关于至诚；邻睦之怀，由于孝德。遂蒙殊奖，归嗣本朝，拜首陈辞，敦诱弥广。既而仇雠未殄，方凭大国之威；宗祐阽危，尤仰亲仁之德。黾勉恩寄，号靦惟深，而敕喻分明，信誓殊重，乃云邦家有义，社稷无虞。凡广陵、历阳，皆许见还；白水、黄河，屡奉然诺。至于夏蕃卫要，控遏上流，且命强兵，为我临据。若其自有精甲，能捍丑徒，并用还梁，皆如前旨。以孤频经忝窃，屡守淮淝，门生故吏，遍于江右。凡诸部曲，并使招携，投赴戎行，前后云集。霜戈雪戟，无非武库之兵；龙甲犀渠，皆是云台之仗。文物以纪之，声明以发之，斯实不世之隆恩，宁曰循常之恒礼。

明公固天所授，弘济本朝，曲阜同功，营丘等烈。若夫伊尹庖厨贱宰，霍光阶闼小臣，诸葛亮无应变之才，管夷吾非王者之相。论其世业，较彼勤劳，书契已来，但有明德。且程婴之义，自古为难；荀息之忠，良以喜慰。但先朝秉玉镜之符，御金轮之宝。菩萨之化，行于十方；仁寿之功，沾于万国。凶人侯景，遂殄邦家，何况于今，亦有吴会。江东如掌，差匪虚言；淮阳在面，方此非局。不稼不穑，多历岁时；大东小东，全无机杼。关中丑虏，宁非冒顿之锋；齐国强兵，便是轩辕之阵。西南当扼喉之势，东北承抚背之机，首尾交侵，华夷俱骋。而冲人数岁，复子方赊，德未感于黎蒸，威不加于将帅。斯等怏怏，非少主臣，安肯碌碌，因人成事。

公之才具，虽复明允，势何如于天监，时何若于大同？弃与国之隆恩，当滔天之猛寇，匡救之德，翻有未从，忠诈之谋，谁其相晓？卧薪待火，方此弗危；系草从风，俦之非切。若能思其上策，审此英图，见引軨猎之车，还向长安之邸。一则二则，唯在大贤；外相内相，终当相屈。正当携诸旧吏，率我宾游，朝服簪缨，直拜园寝。梁人望国，俱登赤马之舟；齐师临江，仍转苍鹰之旆。分袖南浦，扬鞍北风，民不疲劳，军无怨讟。

如其执事，尚秉前言，将恐戎麾，便济江表。何则？西浮夏首，已据咽喉；东进彭波，次指心腹。广陵、京口，烽烟相望；鲁析闻郝，方之尚远。胡桑对蓟，比此为遥；水陆争前，龙虎交至。则扬都荡定，功自齐师，江左臣民，非关梁国。岂不追惭后主崇寄之恩，还负齐朝亲邻之意？东门黄犬，固以长悲；南阳白衣，何可复得。立兹幼弱，非曰大勋；灭我宗祊，何所逃衅！

今复遣前吉州刺史马嵩仁至彼，更具往怀，想不远而复，无贻祇悔也。若英谋有在，方兴祀夏之功；明监如违，便等过殷之叹。存亡社稷，一在于公。临纸崩号，不复多及。萧渊明顿首顿首。

庾子山《哀江南赋》序

粤以戊辰之年，建亥之月，大盗移国，金陵瓦解。余乃窜身荒谷，公私涂炭。华阳奔命，有去无归。中兴道销，穷于甲戌。三日哭于都亭，三年囚于别馆。天道周星，物极不反。傅燮之但悲身世，无处求生；袁安之每念王室，自然流涕。昔桓君山之志事，杜元凯之平生，并有著书，咸能自序。潘岳之文采，始述家风；陆机之辞赋，先陈世德。信年始二毛，即逢丧乱，藐是流离，至于暮齿。《燕歌》远别，悲不自胜；楚老相逢，泣将何及！畏南山之雨，忽践秦庭；让东海之滨，遂餐周粟。下亭漂泊，高桥羁旅。楚歌非取乐之方，鲁酒无忘忧之用。追为此赋，聊以记言，不无危苦之辞，惟以悲哀为主。

日暮途远，人间何世！将军一去，大树飘零；壮士不还，寒风萧瑟。荆壁睨柱，受连城而见欺；载书横阶，捧珠盘而不定。钟仪君子，入就南冠之囚；季孙行人，留守西河之馆。申包胥之顿地，碎之以首；蔡威公之泪尽，加之以血。钓台移柳，非玉关之可望；华亭鹤唳，岂河桥之可闻。

孙策以天下为三分，众才一旅；项籍用江东之子弟，人惟八千。遂乃分裂山河，宰割天下。岂有百万义师，一朝卷甲，芟夷斩伐，如草木焉？江、淮无涯岸之阻，亭壁无藩篱之固。头会箕敛者，合从谛交；锄耰棘矜者，因利乘便。将非江表王气，终于三百年乎？是知并吞六合，不免积道之灾；混一车书，无救平阳之祸。呜呼！山岳崩颓，既履危亡之运；春秋迭代，必有去故之悲。天意人事，可以凄怆伤心者矣！况复舟楫路穷，星汉非乘槎可上；风飙道阻，蓬莱无可到之期。穷者欲达其言，劳者须歌其事。陆士衡闻而抚掌，是所甘心；张平子见而陋之，固其宜矣。

温鹏举《寒陵山寺碑》

北魏文学，温、邢最著，其后邢、魏齐名。

北朝文字，皆较南朝为质，至其末造，庾子山归北，乃相率而效之，然终不如南朝之藻丽也。

此纪功碑而托之佛寺，唐初邓慈昭仁诸碑，皆效其体。

昔晋文尊周，绩宣于践土；齐桓霸世，威著于邵陵。并道冠诸侯，勋高天下。衣裳会同之所，兵车交合之处，寂寞销沉，荒凉磨灭，言谈者空知其名，遥遇者不识其地。然则树铜表迹，刊石记功，有道存焉，可不尚与！

永安之季，数钟百六，天灾流行，人伦交丧。尔朱氏既绝彼天网，断兹地纽。禄去王室，政出私门，铜马竞驰，金虎乱噬，九婴暴起，十日并出，破璧毁珪，人物既尽，头会箕敛，杼柚其空。

大丞相渤海王命世作宰，惟机成务，标格千刃，崖岸万里。运鼎阿于襟抱，纳山岳于胸怀；拥玄云以上腾，负青天而高引。钟鼓嘈啧，上闻于天，旌旗缤纷，下盘于地。壮士懔以争先，义夫愤而竞起，兵接刃于斯场，车错毂于此地。轰轰隐隐，若转石之坠高崖；硠硠礚礚，如激水之投深谷。俄而雾卷云除，冰离叶散，靡旗蔽日，乱辙满野。楚师之败于柏举，新兵之退自昆阳，以此方之，未可同日。

既考兹沃壤，建此精庐。砥石砺金，莹珠琢玉。经始等于佛功，制作同于造化。息心是归，净行攸处，神异毕臻，灵仙总萃。鸣玉銮以来游，带霓裳而至止。翔凤纷已相唤，飞龙蜿而俱跃。虽复高天销于劫炭，大地沦于积水，固以传之不朽，终亦记此无忘。

邢子才《请置学及修立明堂奏》

世室明堂，显于周、夏；一黉两学，盛自虞、殷。所以宗配上帝，以著莫大之严；宣布下土，以彰则天之轨。养黄发以询哲言，育青衿而敷教典。用能享国长久，风徽万祀者也。爰暨亡秦，改革其道，坑儒灭学，以蔽黔黎。故九服分崩，祚终二代。炎汉勃兴，更修儒术。故西京有六学之义，东都有三本之盛。逮自魏、晋，拨乱相因，兵革之中，学校不绝。仰惟高祖孝文皇帝禀圣自天，道镜今古，列校序于乡党，敦诗书于郡国。但经始事殷，戎轩屡驾，未遑多就，弓剑弗追，世宗统历，聿遵先绪，永平之中，大兴板筑。续以水旱，戎马生郊，虽逮为山，还停一篑。而明堂礼乐之本，乃郁荆棘之林；胶序德义之基，空盈牧竖之迹；城隍严固之重，阙砖石之功；墉构显望之要，少楼榭之饰。加以风雨稍侵，渐致亏坠。非所谓追隆堂构，仪刑万国者也。伏闻朝议以高祖大造区夏，道侔姬文，拟祀明堂，式配上帝。今若基址不修，乃同丘亩，即使高皇神享，阙于国阳，宗事之典，有声无实。此臣子所以匪宁，亿兆所以伫望也。

臣又闻官方授能，所以任事。事既任矣，酬之以禄。如此，则上无旷官之讥，下绝尸素之谤。今国子虽有学官之名，无教授之实，何异兔丝燕麦，南箕北斗哉？

昔刘向有言，王者宜兴辟雍、陈礼乐以风天下。夫礼乐所以养人，刑法所以杀人，而有司勤勤，请定刑法，至于礼乐，则曰未敢。是敢于杀人，不敢于养人也。臣以为当今四海清平，九服宁宴，经国要重，理应先营，脱复稽延，则刘向之言征矣。但事不两兴，须有进退。以臣愚量，宜罢尚方雕靡之作，颇省永宁土木之功，并减瑶光材瓦之力，兼分石窟镌琢之劳，及诸事役非世急者。三时农隙，修此数条。使辟雍之礼，蔚尔而复兴；讽诵之音，焕然而更作。美榭高墉，严壮于外，槐宫棘寺，显丽于中。更明古今，重遵乡饮，敦进郡学，精课经业。如此则元、凯可得之于上序，游、夏可致之于下国，岂不休欤！

魏伯起《为东魏檄梁文》

观夫辰象丽天，山岳镇地；方以类聚，物以群分。建之以邦国，树之以君长。日月于是莫二，宇宙所以总一。虽五运相推，百王革命。此道之行，孰之能改。而皇家承统，光配彼天。义洽幽明，化周动植。崇文德以来远，修礼让以止讼。舞干戚于两阶，执玉帛于万国。玄功潜运，至德旁通。百姓日用而不知，兆民受赐而无迹。唯彼吴越，独阻声教。匪民之咎，责有由焉。而元首怀止戈之心，上宰薄兵车之会。遂解縶南冠，喻以好睦。舟车遵溯，州陆同光。亭徼息奔走之劳，屯戍无逼卒之变。虽嘉谟长算，爰自我始。而罢兵息民，彼获其利。

侯景竖子，本无事业。乃枉道于人间，遂干没于世上。呜吠于尔朱之门，镇守于普泰之日。曾无为主之识，讵有挈瓶之智。既而投命义旗，归身幕府。殊异雍齿，有类丁公。时逢宽政，得免大戮。弃其瑕滓，收其力用。预在行伍，参迹驱驰。及秦陇逋诛，每事经略。以河南是空虚之地，汉阳非兵战之卫。薄存犄角，聊示旗鼓。岂资实效，寄以游声。军机催勒，盖维景任。总兵统旅，则有司存。而愚褊有积，骄愤遂甚。屡犯军纪，自生疑贰。祸心潜构，翻成乱阶。负恩弃德，罔恤天讨。不义不昵，厚而必颠。委慈母似脱屣，弃宠弟如遗芥。龙钟稚子，痛苦成行。娈彼诸姬，破亡为伍。灭伯春之婉转，慕姜儿之爽言。不与狼虎同仁，而共豺狸等恶。及远托关陇，依凭奸异。逆主定君臣之分，贼臣结兄弟之亲。解其倒悬，仰人鼻息。岂曰无恩，终成难养。俄而易虑，躬擐干戈。衅暴恶盈，侧首无托。以金陵逋逃之薮，江南统御之地，甘辞卑体，进熟图身。谗言浮说，抑可知矣；叛竖投命，岂将择音。而伪朝大小，幸灾忘意。主荒于上，臣蔽于下。逐雀去草，曾不是图。窃宝叛邑，椒兰比好。人而无礼，其能国乎！亦既失信，不亡何待。

今帝道休明，皇猷允塞。四民乐业，百灵效祉。故丞相材标国桢，道润时雨，义冠伊霍，勋盖桓文。大君立德，世功世禄，作民舟楫，为国栋梁。内外齐心，上下同德，蛟腾虎啸，风生云起。摩日则车悬转舍，排山则龙门洞开。吞云梦于胸中，运天下于掌内。虽有贼臣去国，亡卒出境，何异一毛之落牛体，双凫之飞海曲。彼既连结奸恶，断绝邻好。追兵保境，纵盗侵国。盖物无定方，事无常势。或乘利而受害，或因得而更失。是以吴侵齐境，遂致勾践之师；赵纳韩地，终有长平之役。矧乃鞭挞疲民，侵轶徐部；筑垒拥川，舍信邀利。此而可忍，孰不可怀？

是以援乘麾旗之将，投石拔距之士。深卫伪主，信纳亡叛。含怒作色，如赴私仇。意存涉血，义不旋踵。攻战之利，实若有神。征兵聚众，依山傍水。举螳螂之斧，被蛣蜣之甲，当穷辙以待轮，坐积薪而候燎。及其锋刃暂援，埃尘旦接，便已亡戟弃戈，土崩瓦解。贞阳以从子之亲，为戎首之任。非独力屈道穷，亦将无路还蜀，兼亦挟子垂翅，俱在笼樊。将士以昧祸之心，为助乱之事。皆掬指舟中，披甲鼓下。同宗异姓，累累相望。曲直既殊，强弱不等。父出子孤，自取其败。违卜愎谏，何以辞责！虽复贪利苟得，背同即异。获一人而失一国，见黄雀而忘深阱。食钩吻以疗饥，饮鸩毒以救渴。智者所不为，仁者所不向。诚既往之难逮，犹将来之可追。

景以鄙俚之夫，遭风云之会。位登三事，邑启万家。揣身量分，久当止足。而周章向背，离披不已。夫岂徒然，意亦可见。彼乃示之以利器，诲之以慢藏。使其势得容奸，令其时堪乘便。既南风不竞，天亡有征。老贼奸谋，将复作矣。然则摧坚强者难为功，拉枯朽者易为力。计其虽非孙吴猛将，燕赵精兵，犹是久涉行阵，曾习军旅。岂同轻剽之师，不比危脆之众。距此则作气不足，攻彼则为势有余。恐尾大于身，踵粗于股。倔强不掉，狼戾难驯。呼之则反速而衅小，不征则叛迟而祸大。会应遥望廷尉，不肯为臣。自据淮南，亦欲称帝。但恐楚国亡猿，祸延林木。城门失火，殃及池鱼。横使汉江士子，荆扬人物，死亡矢石之下，支折露雾之中。

彼梁主操行无闻，轻险有素。工用其短，以少为多。反复山渊，颠倒冠履。射爵论功，荡舟称力。年既老矣，耄又及之。政荒民流，礼崩乐坏。改换朝章，变易官品。虽世异汉朝，而事同新室。加以用舍乖方，立废失所。矫情动众，怖智惊愚。毒螫满怀，妄敦戒业。躁竞盈胸，谬治清净。内恣鸱靡，外逞残贼。人人厌苦，家家思乱。灾异降于上，怨讟兴于下。履霜有渐，坚冰且至。恃浮躁之风俗，任轻薄之子孙。朋党路开，兵权在外。必将祸生骨肉，难起腹心。强弩卫城，长戟指阙。徒探雀鷇，无救府藏之虚。空伺熊蹯，讵延晷刻之命！外崩中溃，今实其时。

鹬蚌相危，我乘其弊。方使高旗舒旆，长毂启行。迅骑追风，精甲耀日。四七并列，百万为群。风飘云动，星罗海运。以此赴敌，何敌不摧；以此攻城，何城不陷。犹为岸上之虎，当作水中之龙。以转石之形，为破竹之势。将使钟山渡江，青盖入洛。荆棘生建业之宫，麋鹿游姑苏之馆。但恐兵车之所輣轹，剑骑之所蹈践，杞梓于焉倾折，竹箭以此摧残。若吴之王孙，蜀之公子。顺时以动，见机而作。面缚衔璧，肉袒牵羊。归款军门，委命下吏。当使焚榇而出，拂席相待。必以楚材，将为晋用。固乃喜得异度，实自利获。士衡即援客卿之族，将加骠骑之号。斯盖壮士封侯之日，丈夫立节之秋。冬冰可折，时不再来。先事预怀，有如皎日。王侯无种，工拙在人。凡百君子，勉求多福。若不改迷，坐待沦没。一旦暴骨草莽，流血成川。犹且不悟，噬脐何及。故宣往意，驰此简书。檄之到彼，咸共申省。

李士恢《上隋高祖革文华书》

文自南北朝而后日趋于靡，后周时即欲革之，于是有苏绰等之复古，然其为文，徒效古人之形式，仍不达当时之真意，故卒不能行。至唐时，韩柳出，用古人之文法而变其形式，而散文兴焉。此项骈散分途之运动，盖亦历二三百年而后底于成也。

臣闻古先哲王之化民也，必变其视听，防其嗜欲，塞其邪放之心，示以淳和之路。五教六行为训民之本，《诗》《书》《礼》《易》为道义之门。故能家复孝慈，人知礼让，正俗调风，莫大于此。其有上书献赋，制诔镌铭，皆以褒德序贤，明勋证理。苟非惩劝，义不徒然。降及后代，风教渐落。魏之三祖，更尚文词，忽君人之大道，好雕虫之小艺。下之从上，有同影响，竞骋文华，遂成风俗。江左齐、梁，其弊弥甚，贵贱贤愚，唯务吟咏。遂复遗理存异，寻虚逐微，竞一韵之奇，争一字之巧。连篇累牍，不出月露之形，积案盈箱，唯是风云之状。世俗以此相高，朝廷据兹擢士。禄利之路既开，爱尚之情愈笃。于是闾里童昏，贵游总丱，未窥六甲，先制五言。至如义皇、舜、禹之典，伊、傅、周、孔之说，不复关心，何尝入耳。以傲诞为清虚，以缘情为勋绩，指儒素为古拙，用词赋为君子。故文笔日繁，其政日乱，良由弃大圣之轨模，构无用以为用也。损本逐末，流遍华壤，递相师祖，久而愈扇。

及大隋受命，圣道聿兴，屏黜轻浮，遏止华伪。自非怀经抱质，志道依仁，不得引预播绅，参厕缨冕。开皇四年，普诏天下，公私文翰，并宜实录。其年九月，泗州刺史司马幼之文表华艳，付所司治罪。自是公卿大臣咸知正路，莫不钻仰坟集，弃绝华绮，择先王之令典，行大道于兹世。如闻外州远县，仍踵敝风，选吏举人，未遵典则。至有宗党称孝，乡曲归仁，学必典谟，交不苟合，则摈落私门，不加收齿；其学不稽古，逐俗随时，作轻薄之篇章，结朋党而求誉，则选充吏职，举送天朝。盖由县令、刺史未行风教，犹挟私情，不存公道。臣既忝宪司，职当纠察。若闻风即劾，恐挂网者多，请勒诸司，普加搜访，有如此者，具状送台。

王子安《上巳浮江宴序》

此初唐之文。

吾之生也有极，时之过也多绪。若夫遭主后之圣明，属天地之贞观，得畎亩之相保，以农桑为业，而托形宇宙者，幸矣。况乃偃泊山水，遨游风月，樽酒于其外，文墨于其间，则造化之于我得矣，太平之纵我多矣。兹以上巳芳节，云开胜地，大江浩旷，群山纷纠，出重城而振策，下长浦而方舟。林壑清其顾盼，风云荡其怀抱。于时序躔清律，运启朱明，轻荑秀而郊戍青，落花尽而亭皋晚。丹鷖紫蝶，候芳晷而腾姿；早燕归鸿，俟迅风而弄影。岩暄蕙密，野淑兰滋，弱荷抽紫，踈萍泛绿。于是俨松舲于石碶，停桂楫于璇潭；指林岸而长怀，出河州而极睇。妍妆袨服，香惊北渚之风；翠幙玄帷，彩缀南津之雾。若乃寻曲渚，历回溪，榜讴齐引，渔歌互起。飞沙溅石，湍流百势；翠崄丹崖，冈峦万色。亦有银钩犯浪，挂赪于文竿；琼舸乘波，耀锦鳞于画网。钟期在听，玄云白雪之琴；阮籍同归，紫桂苍梧之醴。既而游盘兴远，景促时淹，野日照晴，山烟送晚。方披襟朗咏，饯斜光于碧岫之前；散发高吟，对明月于青溪之下。客怀既畅，游思遄征，视泉石而如归，伫云霞而有自。昔周川故事，初传曲路之悲；江甸名流，始命山阴之笔。盍遵清辙，共抒幽襟，俾后之视今，亦犹今之视昔。一言均赋，六韵齐疏。谁知后来者难，辄以先成为次。

骆宾王《兵部奏姚州破贼设蒙俭等露布》

露布者，别于封缄而言。独断制书皆玺封，唯敕令赎令露布下州郡，《续汉志》李云露布上书移副二府是也。元魏时，以战伐有功，欲人闻之，乃书帛建于竹竿上，见《通典》。其后盖不复然，故唐王缄沿用此制，至为人所笑。

此篇亦属奏议类。

臣闻七纬经天，星墟分张翼之野；八纮纪地，炎洲限建木之乡。西距大秦，杂金行而布气；南通交趾，枕铜柱以为邻。俗带白狼，人习贪残之性；河沦赤虺，川多风雨之妖。水积炎氛，山涵毒雾。竹浮三节，肇举外域之源；木化九隆，颇为中原之患。年将千纪，代历百王，郑纯之化不追，孟获之风逾煽。故三年疲众，徒闻定笮之讥；五月出师，未息渡泸之役。然则大人拯物，上圣乘期，法乾坤以握枢，体刚柔而建极。知仁义不能禁暴，设刑纲以胜残；知揖让不可济时，用干戈而靖乱。

伏惟皇帝陛下，祥摛戴玉，拓地轴以登皇；道契书绳，掩天纮而践帝。玄云入户，纂灵瑞于丹陵；苍箓升坛，荐祯图于翠渚。垂衣裳以朝万国，崇玉帛而礼百神。昭俭防奢，露台惜中人之产；宣风布政，明堂法上帝之宫。致群生于太和，登品物于仁寿，四神践雪，五老飞星。君囿祥麟，乐班文于仙卉；女床鸣凤，韵归昌于帝梧。四隩同文，五方异色。邓林万里，才疏苑囿之基；曾城九重，未出池隍之域。六合照临之地，候月归琛；大垆覆载之间，占风纳赆。

蠢兹蛮貊，敢乱天常，横赤熛以疏疆，背朱提而设险，山林万仞，岩邑千寻。望秦阜以相倾，崤陵失四塞之阻；对梁山而错峙，剑门成一篑之峰。自谓绝壤遐方，中外足以迷声教；凭深负固，江山可以逃灵诛。不知玉弩垂芒，凶水无九婴之沴；瑶阶舞戚，洞庭有三苗之墟。臣等谬以散材，忝专分阃。自白招乘候，顺秋帝以扬旌；绛节临边，通夜郎而解辫。云开隽穴，旆转邛川。峻岐折坂之危，尽忘襟带；滇池漏江之固，曾莫藩篱。唯逆贼设蒙俭等，未革狼心，仍怀豕突，陆梁方命，旅拒偷生。城接祠鸡，竟无希于改旦；山多神鹿，终未息于择音。臣以大帝宣威，有征无战；明王仗顺，先德后刑。弘圣泽于中孚，缓天诛于大造。庶南熏解愠，仰云阙以翔魂；东律变音，扣辕门而顿颡。而祝禽疎网，徒开三面之恩；毒虺挻灾，逾肆九头之暴。乃鸠集余众，蚁结凶徒。儋耳椎髻之渠，千里雾合；鳖齿雕题之孽，一呼云屯。凌石菌以开营，拒崴椒而峻垒。崇峦切汉，若登藏宝之山；绝壑凭霄，似瞰封泥之谷。

以前月十七日，连营布阵，踞险扬兵，东西三十余里，马步二十余万。聚蚊蚋而成响，声若雷霆；纵蛇豕以为群，气卫宇宙。臣遣中郎将令狐智通等，拥拔山超海之师，当其步阵。遣银州刺史李大志等，驱跃景腾云之骑，乘其马军。遣嶲州都督府长史行军司马梁待辟等，领劲卒三千，绝其飞走之路。遣临源府果毅马仁静等，勒精兵九百，断其潜伏之军。臣率行军长史韩余庆等，负霜戈而直进，指云阵以长驱。庶令斩馘七擒，战士挟雷公之怒；伏尸百里，蛮夷识天子之威。于是三略训兵，五申誓众。先登陷敌，无遗大树之功；后拒乱行，必致曲梁之罚。楚人三户，蜀郡五丁，气拥玄云，精贯白日。喑呜则乾坤摇荡，呼吸则林壑沸腾。列旗帜以云舒，似长虹之东指；横剑锋而电转，疑大火之西流。刃接兵交，洞胸达腋，自辰踰午，鱼烂土崩。沸残息于层峰，更切守陴之哭；积圆颅于重阜，殆成京观之封。唯贼帅夸千，未悟倾巢之兆，敢怀拒辙之心，独率马军，凭川转斗。惊尘乱起，六合为之寝光；杀气相稽，四溟由是变色。副总管李大志，忠唯殉国，义则忘躯，临危而贞节逾明，制敌而神机独远。丹诚自守，虽九死其如归；白刃交前，岂三军之可夺。投袂则妖徒雾廓，搴旗而逆党冰摧。于是乘利追奔，因机深入。困兽犹斗，如战廪君之魂；穷鸟尚飞，如惊杜宇之魄。斩甲卒七千余级，获装马五千余匹。僵尸蔽野，临赤坂而非遥；流血洒途，视丹徼以何远。首领和舍等，并计穷力屈，面缚军门，宽其万死之诛，弘以再生之路。唯蒙俭脱身铤险，负命穷山，顾巢穴而靡依，延晷漏其何几？况妖徒革面，徼外非复他人；部落离心，舟中皆为敌国。瞻言枭首，指日可期，凡在归降，随事招抚。与之经始，复其故业。首丘怀恋，疑临故国之墟；安堵知归，似入新丰之市。

然后班师遯水，振旅禺山，建鸿勋于武功，畅玄猷于文教。庶荒陬袭中邦之礼，边疆息外户之虞。华封祝尧，兆皇基于千载；夷歌颂汉，美王泽于三章。宜与夫天帝前星，广赐秦公之册；坤元益地，遥开王母之图。盖亦有云，曾何足纪？斯并玄谟广运，庙略遐覃，一戎而荒景肃清，再鼓而边隅底定。岂臣等提戈擐甲，克全百胜之功；仗节扬麾，能通九变之策。诣藁街而献旅，大帝成规；闻林杜以劳旋，小臣何力？不胜庆快之至，谨遣行军司马朝散大夫守雋州都督府长史上柱国梁待辟奉露布以闻，军资器械，别簿录上。

张说之《东山记》

张说苏颋之文，时称燕许大手笔，虽尚沿骈俪之制，已稍变浮艳之风矣。

兵部尚书同中书门下三品修文馆大学士韦公，体含真静，思协幽旷，虽翊亮廓庙，而缅怀林薮。东山之曲，有别业焉。岚气入野，榛烟出俗，石潭竹岸，松斋药畹，虹泉电射，云木虚吟，恍惚疑梦，闲关忘术。兹所谓丘壑夔龙，衣冠巢许。幸温泉之岁也，皇上闻而赏之。乃命掌舍设帟，金吾划次，太官载酒，奉常抱乐，停舆辇于青霭，伫翚褕于紫氛，百神朝于谷中，千官饮乎池上。缇骑环山，朱旆焰野，纵观空巷，途歌传壑。是日即席拜公逍遥公，名其居曰清虚原幽栖谷。景移乐极，天子赋诗，王后帝女，宫嫔邦媛，歌焉和焉，以宠德也，加以中宫敦序，谓我诸兄，引内子于重幄，见儿童于行殿。家人之礼优，棠棣之诗作。于是实其筐莒，下以昭忠信之献；贲其束帛，上以示慈惠之恩。朝野欢并，君臣义洽。夫飞翠华，历茨岭，至道之主也；纡紫绶，期赤松，素履之辅也。千载一时，难乎此遇。故两曜合舍，众星聚德，雅道光华，高风允塞，寒谷煦景，穷崖润色。猗欤盛事，振古未有，篆之玄石，贻代厥后。

李遐叔《贺遂员外药园小山池记》

言唐代古文者，必称韩柳。然八家之文，人多知之，今以限于时间，不更及。

李华与萧颖士并称萧李。唐时之为文者，燕许虽稍浑朴，犹沿俪体，至萧李出而古文之规模始具。元结次山。独孤及至之亦皆工为散文。昌黎受知于颖士之子存，与独孤及门人梁肃游，李华族子观与愈同举进士相友善，亦能为古文，以早卒未能大成。宗子翰文章为愈所称，故萧、李、独孤实韩柳之先河也。

悦名山大川，欲以安身崇德，而独往之士，勤劳千里，豪家之制，殚及百金，君子不为也。贺遂公衣冠之鸿鹄，执宪起草，不尘其心，梦寐以青山白云为念。庭除有砥砺之材，础礩之璞，立而象之衡巫；堂下有畚锸之坳，圩塓之凹，陂而象之江湖。种竹艺药，以佐正性，华实相蔽，百有余品。凿井引汲，伏源出山，声闻池中，寻窦而发。泉跃波转而盈沼，支流脉散而满畦。一夫蹑轮，而三江逼户，十指攒石，而群山倚蹊。智与化侔，至人之用也。其间有书堂琴轩，置酒娱宾，卑痹而敞，若云天寻丈，而豁如江汉，以小观大，则天下之理尽矣，心目所自不忘乎。赋情遣辞，取兴兹境，当代文士目为诗园。道在抑末敦元，可以扶教。赵郡李华举其略而记之。

萧茂挺《为邵翼作上张兵部书》

月日。应武艺超绝举某乙谨上书侍郎公执事：某汝颍儒家子，先人以文至尚书郎。今仆不肖，持七尺之躯，蹶张角力，为褒衣者所不见礼。犹复决短策，希余光，愿以羸疵之形，忽微之气，三寸之舌，百金之义，一朝而委诸执事，将纳之耶？拒之耶？呜呼！苟或拒之，士亦未易知也，试为执事言之。仆幼闻《礼经》，长习篇翰，多举大略，不求微旨。且尤好史臣之言，自秦汉迄于周隋，驰乎千余载间，天人秘理，军国奇画，皆耳剽其论。而为文未尝不喜润色，求官乃拙，莫能进取，顾人事所先，则天资所阙。虽欲从士大夫之后，高谈抵掌，取当代名，其不可得也审矣。然每读《太史公书》，窃慕穰苴、乐生之高义，常愿一寘戎车之殿，指麾部分，为天子干城。近臣不知，明主未识，徒欲奋决，孰为引致？嗟乎！使古之二子复与仆同时于今，虽有败晋强燕之谋，亦不能自达也明矣！所谓“论干戈于揖让之代则悖”者，信哉！是以伛偻其形，惭沮其色，与披坚执锐之伍，以驰逐击刺为容。虽欲耻之，其可得已！侍郎亦不可谓仆无学而轻之。今圣主居安虑危，有备无患，以侍郎为深寄，故专任简稽之司，岂不欲旁求爪牙，式遏寇虐？故将七擒是择，宁止百中为奇。则孙子之谋，长于减灶；杜侯之力，曾不跨鞍。盖古之有善阵不战者，未闻以投石拔棘为全军也。侍郎懋衮之后，为善是学，朝称伟才，物饱宏议，固当缵韦平之业，为社稷之臣。使小人得驰驱下风，计划见用，比萧何、韩信之事，顾不美乎？侍郎必不以仆为狂，使待罪末品，参一旅之长，受偏师之任。羽书狎至，烽火交驰，察以时候，占其气物，标利害之形，相山泽之险，乍聚乍散，一阴一阳，飙驰雷动，千变万化，使兵不血刃，势如川决。与夫搴一旗，斩一卒，崎岖行阵之末，以徼赏求名者，何其远欤！如或人非废言，事有可验，又得出疆场之外，奉咫尺之书，因宜料敌，随事制变，使千古忠臣之节，凛然复存，则苏武虏中，尚能啮雪，傅生幕下，必斩楼兰，此亦一奇也。侍郎又不可谓仆大言而疑之。以侍郎有卓立杰出之姿，虚心待士，贵不骄物，故小人越上下之分，持得失之端，私布之于侍郎，期不以众人见遇也。侍郎用仆亦今日，否亦今日，屈伸待命，惟所进退。某再拜。

李习之《赠礼部尚书韩公行状》

李翱、皇甫湜学于韩最著者。唐宋后之散文，质言之，则以魏晋而降之骈文不适于用，不切于事而改之耳。其义法取之于古，而其实则欲以周当日之用。夫徒求周当日之用，则作合于口语之白话可耳，然失之俗矣。一切墨守古人，雅则雅矣，然又不适于用也。故作散文之要，在能适合物情，尽达吾意而义法又不背于古，故其所最难者为神与古会而尽脱其迹象。在唐代惟昌黎能之，柳州即不能尽化，李习之等益无论矣。

曾祖泰，皇任曹州司马；祖浚素，皇任桂州长史；父仲卿，皇任秘书郎，赠尚书左仆射。公讳愈，字退之，昌黎人。生三岁，父殁，养于兄会舍。及长读书，能记他生之所习。年二十五上进士第。汴州乱，诏以旧相东都留守董晋为平章事、宣武军节度使，以平汴州。晋辟公以行，遂入汴州，得试秘书省校书郎，为观察推官。晋卒，公从晋丧以出，四日而汴州乱，凡从事之居者皆杀死。武宁军节度使张建封奏为节度推官，得试太常寺协律郎，选授四门博士，迁监察御史。为幸臣所恶，出守连州阳山令。政有惠于下，及公去，百姓多以公之姓以命其子。改江陵府法曹参军，入为权知国子博士。宰相有爱公文者，将以文学职处公，有争先者，构公语以非之。公恐及难，遂求分司东都。权知三年，改真博士。入省为分司都官员外郎，改河南县令，日以职分辨于留守及尹，故军士莫敢犯禁。入为职方员外郎。华州刺史奏华阴县令柳涧有罪，遂将贬之，公上疏请发御史辨曲直，方可处以罪，则下不受屈。既柳涧有犯，公由是复为国子博士，改比部郎中、史馆修撰，转考功郎中，修撰如故。数月以考功知制诰。上将平蔡州，先命御史中丞裴公度使诸军以视兵，及还，奏兵可用，贼势可以灭，颇与宰相意忤。既数月，盗杀宰相，又害中丞不克，中丞微伤，马逸以免，遂为宰相，以主东兵。自安禄山起范阳、陷两京，河南北七镇节度使，身死则立其子，作军士表以请，朝廷因而与之。及贞元季年，虽顺地节将死，多即军中取行军副使将校以授之节，习以成故矣。朝廷之贤，恬然于所安，以苟不用兵为贵，议多与裴丞相异。唯公以为盗杀宰相，而遂息兵，其为懦甚大，兵不可以息，以天下力取三州，尚何不可？与裴丞相议合，故兵遂用，而宰相有不便之者。月满迁中书舍人，赐绯鱼袋，后竟以他事改太子右庶子。

元和十三年秋，以兵老久屯，贼未灭，上命裴丞相为淮西节度使以招讨之，丞相请公以行，于是以公因本官兼御史中丞，赐三品服及鱼，为行军司马，从丞相居于郾城。公知蔡州精卒悉聚界上，以拒官军，守城者率老弱，且不过千人，亟白多相，请以兵三千人间道以入，必擒吴元济。丞相未及行，而李愬自唐州文城垒提其卒以夜入蔡州，果得元济。蔡州既平，布衣柏耆以计谒公，公与语奇之，遂白丞相曰："淮西灭，王承宗胆破。可不劳用众，宜使辩士奉相公书，明祸福以招之，彼必服。"丞相然之，公令柏耆口占为丞相书，明祸福，使柏耆袖之，以至镇州。承宗果大恐，上表请割德、棣二州以献。丞相归京师，公迁刑部侍郎。岁余，佛骨自凤翔至，传京师诸寺，时百姓有烧指与顶以祈福者。公奏疏言，自伏义至周文武时，皆未有佛，而年多至百岁，有过之者。自佛法入中国，帝王事之，寿不能长。梁武帝事之最谨，而国大乱，请烧弃佛骨。疏入，贬潮州刺史，移袁州刺史。百姓以男女为人隶者，公皆计佣以偿其直而出归之。入迁国子祭酒。有直讲，能说礼而陋于容，学官多豪族子，摈之不得共食。公命吏曰："召直讲来，与祭酒共食。"学官由此不敢贱直讲。奏儒生为学官，日使会讲，生徒奔走听闻，皆相喜曰："韩公来为祭酒，国子监不寂寞矣!"改兵部侍郎。镇州乱，杀其帅田弘正，征之不克，遂以王庭凑焉节度使，诏公往宣抚。既行，众皆危之。元稹奏曰："韩愈可惜!"穆宗亦悔，有诏令至境观事势，无必于入。公曰："安有受君命而滞留自顾？"遂疾驱入。庭凑严兵拔刃，弦弓矢以逆。及馆，甲士罗于庭，公与庭凑、监军使三人就位。既坐，庭凑言曰："所以纷纷者，乃此士卒所为，本非庭凑心。”公大声曰：“天子以为尚书有将帅材，故赐之以节，实不知公共健儿语，未尝及大错。”甲士前奋言曰：“先太史为国打朱滔，滔遂败走，血衣皆在。此军何负朝廷，乃以为贼乎？”公告曰：“儿郎等且勿语，听愈言。愈将为儿郎已不记先太史之功与忠矣。若犹记得，乃大好。且为逆与顺、利与病，不能远引古事，但以天宝来祸福为儿郎等明之：安禄山、史思明、李希烈、梁崇义、朱滔、朱泚、吴元济、李师道，复有若子若孙在乎？亦有居官者乎？”众皆曰：“无。”又曰：“令公以魏博六州归朝廷，为节度使，后至中书令，父子皆授旌节，子与孙虽在童幼者亦为好官，穷富极贵，宠荣耀天下，刘悟、李佑皆居大镇；王承元年始十七亦仗节。此皆三军耳所闻也。”众乃曰：“田弘正刻此军，故军不安。”公曰：“然汝三军亦害田令公身，又残其家矣，复何道？”众乃欢曰：“侍郎语是。”庭凑恐众心动，遽麾众散出，因泣谓公曰：“侍郎来，欲令庭凑何所为？”公曰：“神策六军之将，如牛元翼比者不少，但朝廷顾大体，不可以弃之耳，而尚书久围之何也？”庭凑曰：“即出之。”公曰：“若真耳，则无事矣。”因与之宴而归。而元翼果出，乃还，于上前尽奏与庭凑言及三军语；上大悦曰：“卿直向伊如此道。”由是有意欲大用之。王武俊赠太师，呼太史者，燕赵人语也。转吏部侍郎。凡令史皆不锁厅出入，或问公，公曰：“人所以畏鬼者，以其不能见也。鬼如可见，则人不畏矣。选人不得见令史，故令史势重；听其出入，则势轻。”改京兆尹兼御史大夫，特诏不就御史台谒，后不得引为例。六军将士皆不敢犯，私相告曰：“是尚欲烧佛骨者，安可忤？”故贼盗止。遇旱，米价不敢上。李绅为御史中丞，械囚送府，使以尹杖杖之。公曰：“安有此？”使归其囚。是时绅方幸，宰相欲去之，故以台与府不协为请，出绅为江西观察使，以公为兵部侍郎。绅既复留，公入谢，上曰：“卿与李绅争何事？”公因自辩，数日复为吏部侍郎。长庆四年得病，满百日假。既罢，以十二月二日卒于靖安里第。公气厚性通，论议多大体，与人交始终不易，凡嫁内外及交友之女无主者十人。幼养于嫂郑氏。及嫂殁，为之服朞以报之。深于文章，每以为自扬雄之后，作者不出。其为文未尝效前人之言，而固与之并。自贞元末以至于兹，后进之士，其有志于古文者，莫不视公以为法。有集四十卷，小集十卷。及病，遂请告以罢，每与交友言既，终以处妻子之语，且曰：“某伯兄德行高，晓方药，食必视《本草》，年止于四十二。某疏愚，食不择禁忌，位为侍郎，年出伯兄十五岁矣。如又不足，于何而足？且获终于牖下，幸不至失大节，以下见先人，可谓荣矣!”享年五十七。赠礼部尚书。谨具任官事迹如前，请牒考功下太常定谥，并牒史馆。谨状。

皇甫持正《故吏部侍郎昌黎韩先生墓志铭》

长庆四年八月，昌黎韩先生既以疾免吏部侍郎，书谕湜曰：“死能令我躬所以不随世磨灭者惟子，以为嘱。”其年十二月丙子，遂薨。明年正月，其孤昶，使奉功绪之录，继讣以至。三月癸酉，葬河南河阳，乃哭而叙铭其墓。其详将揭之于神道碑云。先生讳愈，字退之。后魏安桓王茂六代孙。祖朝散大夫、桂州长史讳叡素。父秘书郎、赠尚书、左仆射讳仲卿。先生七岁好学，言出成文。及冠，恣为书以传圣人之道。人始未信。既发不掩，声震业光，众方惊爆，而萃排之，乘危将颠，不懈益张，卒大信于天下。先生之作，无圆无方，至是归工，抉经之心，执圣之权，尚友作者，跋邪抵异，以扶孔氏，存皇之极。知与罪，非我计。茹古涵今，无有端涯；浑浑灏灏，不可窥校。及其酣放，豪曲快字，凌纸怪发，鲸铿春丽，惊耀天下。然而栗密窈眇，章妥句适，精能之至，入神出天。呜呼极矣！后人无以加之矣！姬氏以来，一人而已矣！始先生以进士三十有一仕历官，其为御史、尚书郎、中书舍人，前后三贬，皆以疏陈治事，廷议不随为罪。常惋佛老氏法溃圣人之堤，乃唱而筑之。及为刑部侍郎，遂章言宪宗迎佛骨非是，任为身耻，震怒天颜。先生处之安然，就贬八千里海上。呜呼！古所谓非苟知之亦允蹈之者耶？吴元济反，吏兵久屯无功，国涸将疑，众惧汹汹。先生以右庶子兼御史中丞行军司马，宰相军出潼关，请先乘遽至汴，感说都统，师乘遂和，卒擒元济。王庭凑反，围牛元翼于深。救兵十万，望不敢前。诏择庭臣往谕，众栗缩，先生勇行。元稹言于上曰：“韩愈可惜。”穆宗悔，驰诏无径入。先生曰：“止，君之仁，死，臣之义。”遂至贼营，麾其众责之。贼恇汗伏地，乃出元翼。《春秋》美臧孙辰告籴于齐，以为急病。校其难易，孰为宜褒？呜呼先生！真古所谓大臣者耶？还拜京兆尹，敛禁军帖早籴，鬻倖臣之铓。再为吏部侍郎。薨年五十七，赠礼部尚书。先生与人洞朗轩辟，不施戟级。族姻友旧不自立者，必待我，然后衣食嫁娶丧葬。平居虽寝食，未尝去书；怠以为枕，飡以饴口，讲评孜孜，以磨诸生；恐不完美，游以诙笑啸歌，使皆醉义忘归。呜呼！可谓乐易君子，巨人长者矣！夫人高平郡君范阳卢氏，孤前进士昶，婿左拾遗李汉、集贤校理樊宗懿，次女许嫁陈氏，三女未笄。铭曰：

惟天有道，在我先生。万颈胥延，坐庙以行；令望绝邪，痈此四方。惟圣有文，乖微岁千。先生起之，焯役于前。犷义滂仁，耿照充天。有如先生，而合亘年。按我章书，经纪大环。喙不时施，昌极后昆。噫嘻永归，奈知之悲！

陆敬舆《兴元元年奉天改元大赦诏》

唐宋时公牍，多用骈文曲达健举，当推宣公第一，宋欧苏一派本之。

门下：致理兴化，必在推诚；忘己济人，不吝改过。朕嗣守丕构，君临万方，失守宗祧，越在草莽。不念率德，诚莫追于既往；永言思咎，期有复于将来。明征厥初，以示天下。惟我烈祖，迈德庇人，致俗化于和平，拯生灵于涂炭，重熙积庆，垂二百年。伊尔卿尹庶官，洎亿兆之众，代受亭育，以迄于今。功存于人，泽垂于后。肆予小子，获缵鸿业，惧德不嗣，罔敢怠荒。然以长于深宫之中，暗于经国之务，积习易溺，居安忘危，不知稼穑之艰难，不察征戍之劳苦。泽靡下究，情不上通。事既壅隔，人怀疑阻。犹昧省己，遂用兴戎。征师四方，转饷千里，赋车籍马，远近骚然，行赍居送，众庶劳止。或一日屡交锋刃，或连年不解甲胄。祀奠乏主，室家靡依。生死流离，怨气凝结。力役不息，田莱多荒。暴命峻于诛求，疲甿空于杼轴。转死沟壑，离去乡闾。邑里丘墟，人烟断绝。天谴于上，而朕不悟；人怨于下，而朕不知。驯致乱阶，变兴都邑。贼臣乘衅，肆逆滔天，曾莫愧畏，敢行凌逼。万品失序，九庙震惊。上辱于祖宗，下负于黎庶。痛心靦貌，罪实在予。永言愧悼，若坠深谷。赖天地降佑，神人叶谋，将相竭诚，爪牙宣力，屏逐大盗，载张皇维。将弘永图，必布新令。朕晨兴夕惕，惟念前非。乃者公卿百寮，累抗章疏，猥以徽号，加于朕躬，固辞不获，俯遂舆议。昨因内省，良用瞿然。体阴阳不测之谓神，与天地合德之谓圣。顾惟浅昧，非所宜当。文者所以成化，武者所以定乱。今化之不被，乱是用兴，岂可更徇群情，苟膺虚美，重余不德，祇益怀惭。自今以后，中外所上书奏，不得更称圣神文武之号。

夫人情不常，系于时化；大道既隐，乱狱滋丰。朕既不能弘德导人，又不能一法齐众，苟设密网，以罗非辜，为之父母，实增愧悼。今上元统历，献岁发生，宜革纪年之号，式敷在宥之泽，与人更始，以答天休。可大赦天下，改建中五年为兴元元年。

自正月一日昧爽以前，大辟罪已下，罪无轻重，已发觉、未发觉，已结正、未结正，系囚见徒常赦所不原者，咸赦除之。李希烈、田悦、王武俊、李纳等，有以忠劳，任膺将相；有以勋旧，继守藩维，朕抚驭乖方，信诚靡著，致令疑惧，不自保安。兵兴累年，海内骚扰，皆由上失其道，下罹其灾。朕实不君，人则何罪？屈己弘物，予何爱焉？庶怀引慝之诚，以洽好生之德。其李希烈、田悦、王武俊、李纳及所管将士官吏等，一切并与洗涤，各复爵位，待之如初。仍即遣使，分道宣谕。朱滔虽与贼泚连坐，路远未必同谋。朕方推以至诚，务欲弘贷，如能效顺，亦与维新。其河南、河北诸军兵马，并宜各于本道自固封疆，勿相侵轶。朱泚大为不道，弃义蔑恩，反易天常，盗窃名器，暴犯陵寝，所不忍言，获罪祖宗，朕不敢赦。其应被朱泚协从将士、官吏、百姓及诸色人等，有遭其扇诱，有迫以凶威，苟能自新，理可矜宥。但官军未到京城以前，能去逆效顺，及散归本军本道者，并从赦例原免，一切不问。天下左降官，即与量移近处；已量移者，更与量移。流人配隶，及藩镇效力，并缘罪犯与诸使驱使官，兼别敕诸州县安置，及得罪人家口未得归者，一切放还。应先有痕累禁锢，及返逆缘坐，承前恩赦所不该者，并宜洗雪。亡官失爵放归勿齿者，量加收叙，未复资者更与进叙。人之行业，或未必兼。构大厦者方集于群材，建奇功者不限于常捡。苟在适用，则无弃人。况黜免之徒，沉郁既久，朝过夕改，仁何远哉？流移降黜，亡官失爵，配隶人等，有才能著闻者，特加录用，勿拘常例。

诸军使诸道赴奉天及进收京城将士等，或百战摧敌，或万里勤王，扞固全城，驱除大憝。济危难者其节著，复社稷者其业崇。我图尔功，特加彝典，锡名畴赋，永永无穷，宜并赐名奉天定难功臣。身有过犯，递减罪三等。子孙有过犯，递减罪二等。当户应有差科使役，一切蠲免。其功臣已后虽衰老疾患，不任军旅，当分粮赐，并宜全给。身死之后，十年内仍回给家口。其有食实封者，子孙相继，代代无绝。其余叙录，及功赏条件，待收京日，并准去年十月十七日十一月十四日敕处分。诸道诸军将士等，久勤扞御，累著功勋，方镇克宁，惟尔之力。其应在行营者，并超三资与官，仍赐勋五转。不离镇者，依资与官，赐勋三转。其累加勋爵，仍许回授周亲。内外文武官，三品已上赐爵一级，四品已下各加一阶，仍并赐勋两转。见危致命，先哲攸贵；掩骼薶胔，礼典所先。虽效用而或殊，在恻隐而何间？诸道兵士有死王事者，各委所在州县给递送归，本管官为葬祭。其有因战阵杀戮，及擒获伏辜，暴骨原野者，亦委所在逐近便收葬。应缘流贬及犯罪未葬者，并许其家各据本官品以礼收葬。

自顷军旅所给，赋役繁兴，吏因为奸，人不堪命，咨嗟怨苦，道路无聊，汔可小康，与之休息。其垫陌及税间架、竹木、茶漆、榷铁等诸色名目，悉宜停罢。京畿之内，属此寇戎，攻劫焚烧，靡有宁室，王师仰给，人以重劳，特宜减放今年夏税之半。朕以凶丑犯阙，遽用于征，爰度近郊，息驾兹邑，军储克办，师旅攸宁，式当褒旌，以志吾过。其奉天宜升为赤县，百姓并给复五年。尚德者，教化之所先；求贤者，邦家之大本。永言兹道，梦想劳怀。而浇薄之风超竞不息，幽栖之士寂寞无闻，盖诚所未手，故求之不至。天下有隐居行义，才德高远，晦迹丘园，不求闻达者，委所在长吏具姓名闻奏，当备礼邀致。诸色人中有贤良方正，能直言极谏，及博通坟典，达于教化，并洞识韬钤，堪任将帅者，委常参官及所在长吏闻荐。天下孤老，鳏寡茕独，不能自活者，并委州县长吏量事优恤。其有年九十已上者，刺史县令就门存问。义夫节妇，孝子顺孙，旌表门闾，终身勿事。

大兵之后，内外耗竭，贬食省用，宜自朕躬。当节乘舆之服御，绝宫室之华饰，率已师俭，为天下先。诸道贡献，自非供宗庙军国之用，一切并停。应内外官有冗员，及百司有不急之费，委中书门下即商量条件，停减闻奏。布泽行赏，仰惟旧章。今以余孽未平，帑藏空竭，有乖庆赐，深愧于怀。

赦书有所未该者，委所司类例条件闻奏。敢以赦前事相言告者，以其罪罪之。亡命山泽，挟藏军器，百日不首，复罪如初。赦书日行五百里，布告遐迩，咸使闻知。

李义山《上尚书范相公启》

《唐书》本传，商隐与温庭筠、段成式皆以俪偶繁缛相尚，号三十六体，以三人皆第十六。商隐之文则受之令狐楚者，此篇乃其较清秀者。

某启：仰蒙仁恩，俯赐手笔，将虚右席，以召下材。承命恐惶，不知所措。某幸承旧族，蚤预儒林。邺下词人，夙蒙推奖；洛阳才子，滥被交游。而时亨命屯，道泰身否。成名逾于一纪，旅宦过于十年。恩旧凋零，路岐凄怆。荐祢衡之表，空出人间；嘲扬子之书，仅盈天下。去年远从桂海，来返玉京。无文通半顷之田，乏元亮数间之屋。隘佣蜗舍，危托燕巢。春畹将游，则蕙兰绝径；秋庭欲扫，则霜露沾衣。免调天官，获升甸壤。归惟却扫，出则卑趋。仰燕路以长怀，望梁园而结虑。尚书道光士范，德冠民宗。恺悌之化既流，镇静之功方懋。窃思上国投刺，东都及门。惟交抵掌之谈，遂辱知心之契。载惟浮泛，频涉光阴。岂期咫尺之书，终访蓬蒿之宅？感义增气，怀仁识归。便当焚游赵之簦，毁入秦之屩，束书投笔，仰副嘉招。竭谢未间，下情无任感恋之至。谨启。

杨大年《谢赐衣表》

赵宋文学可分骈散两派，初承晚唐余绪，崇尚骈俪，徐铉、杨亿等最为有名。其后柳开倡为古文，苏舜卿、穆修等继之，范仲淹、宋祁、司马光、刘敞、刘攽亦能为古文，而三苏、欧、曾及王介甫最工。理学一派，亦能为散文，如周、程、张、朱等是也。南渡后承散文之绪者，朱子最醇实，而永嘉、永康二派近杂霸。永嘉派以叶适、陈傅良为巨擘，其学亦出于程而精于史，故熟于成败利钝，典章经制。永康一派以陈亮称首，其学出吕祖谦，祖谦本好谈史，故二派实相近也。骈文则汪藻、洪适、洪遵、洪迈、周必大、王安中、楼钥等咸称作家。

臣某言：今月十六日，翰林艺学郄俊至，伏蒙圣慈赐臣敕书一道，紫绮纯绵旋襕一领，并赐屯驻本城诸军员僚初冬衣袄者。解衣之赐，猥及于下臣；挟纩之仁，更均于列校。光生郡邸，喜动辕门。臣某中谢。伏以崇文广武圣明仁孝皇帝陛下诞膺元符，恭临大宝，惠必先于逮下，志惟在于爱人。鸟兽氄毛，甫及严凝之候；衣裳在笥，爰推赐予之恩。在涣汗之所沾，虽容光而必照。如臣者，任叨符竹，地僻瓯吴。奉汉诏之六条，方深祇畏；分齐官之三服，忽荷颁宣。纂组极于纤华，纯绵加于丽密。玺书下降，窃窥云汉之文；驿骑来临，更重皇华之命。但曳履而增惕，实被服以难胜，矧于戎行，亦膺天宠。干城虽久，曾无汗马之劳；守土何功，独惧濡鹈之刺。仰瞻宸极，唯誓糜捐。臣与军校等无任感天荷圣、欢呼蹈舞、激切屏营之至。

尹师鲁《谏时政疏》

尹洙学于穆修，与欧阳修同为古文者。凡古文，以平易而能古雅为贵，宋时宋祁、刘敞等皆有艰涩之病，此欧、曾等之所以为贵也。欧与宋同学韩，而一僻涩一平易。此篇殊有杂容之度。

四月日，朝奉郎、守太子中允、集贤校理、新差通判秦州军州事、上骑都尉、赐绯鱼袋臣尹洙，昧死再拜上疏皇帝陛下：臣闻汉文帝盛德之主，贾谊论当时事势，犹云“可为痛哭”；孝武帝外攘四夷，以强主威，徐乐、严安尚以陈胜亡秦、六卿篡晋为诫。二帝不以危乱灭亡为讳，故子孙保天下者十余世。秦二世时，关东盗起，或以反者闻，二世怒，下吏。或曰“逐捕今尽，不足忧”，乃悦。隋炀帝时，四方兵兴，左右近臣皆隐贼数，不以实闻。或言贼多者，辄被诘责。二帝以危乱灭亡为讳，故秦、隋之宗社，数年为墟。陛下视今日天下之治，孰与汉文？威制四夷，孰与汉武？国家基本仁德，陛下慈孝爱民，诚万万于秦、隋。至于西有不臣之虏，北有强大之邻，非特闾巷盗贼之势也。自西虏叛命者四年，旁塞数扰，内地疲远输，兵久于外，而休息无期。卒有乘弊而起，兵法所谓“智者不能善其后”。当此之时，陛下当夙夜忧惧，所以虑事变而塞祸源也。陛下延访边事，容纳直言，前世人主勤劳宽大，未有能远过者也。然未知以宗庙为忧、危亡为惧，此贱臣所以感愤于邑而不已。何者？今命令数更，恩宠遇滥，赐与不节，此三者戒之慎之，在陛下所行耳，非有难动之势也。陛下因循不革，弊坏日甚，臣是以谓陛下未以宗庙为忧，危亡为惧者以此。夫命令者，人主所以垂信于天下也。异时民间闻朝廷降一令，皆竦视之；今则不然，皆相与窃语，以为不久当更，既而信然。此命令日轻于下也。命令轻则朝廷不尊矣。又闻群臣有献忠谋者，陛下始甚听之，后复一人沮之，则陛下意移矣。忠言者以陛下信之不能终，颇自绌其谋，以为无益。此命令数更之弊也。夫爵赏，陛下所持之柄也。近时外戚内臣，以及士人，或因缘以求，恩泽从中下，谓之“内降”。臣闻唐氏衰政，或母后专制，或妃主擅朝，树恩私党，名为“斜封”。今陛下威柄自出，外戚内臣贤而才者，当与大臣公议而进之，何必袭斜封之弊哉？且使大臣从之，则坏陛下纲纪；不从，则沮陛下德音。坏纲纪，忠臣所不忍为；沮德音，则威柄日轻。臣又闻尽公不阿，朝廷所以责大臣；今乃自以私昵挠之，而欲责大臣之守正不私，难矣。此恩宠过滥之弊也。夫赐与者，国家所以劝功也。比年以来，嫔御及伶官、太医之属，赐与过厚。人间传言：内帑金帛，皆祖宗累朝积聚，陛下用之不甚爱恤，今之所存无几。疏远之人，诚不能详内府丰匮之数，但见取于民者日烦，即知畜于公帑者不厚。臣亦知国家自西方用兵，用度寖广，帑藏之积，未必皆为赐予所费。然下民不可家至而户晓，独见陛下行事感动耳。往岁闻边将王珪以力战赐金，则无不悦服；或见优人所得过厚，则往往愤叹，人情不可不察。此赐予不节之弊也。臣所论三事，皆人人所共知，近臣从谀而不言，以至今日。方今非独夷狄之为患，朝政日弊而陛下不寤，人心日危而陛下不知，故臣愿先正于内以正于外，然后忠谋渐进，纲纪渐举，国用渐足，士心渐奋，夷狄之患庶乎息矣。伏惟陛下深察秦、隋恶闻忠言所以亡，远法汉主不讳危乱所以存，日新盛德，与民更始，则非独贱臣幸甚，实亦天下幸甚。干犯铁钺，臣无任战汗激切俟命之至。臣洙昧死再拜上疏。

朱元晦《大学章句序》

晦翁文学南丰，醇实而少病其弱。

《大学》之书，古之大学所以教人之法也。盖自天降生民，则既莫不与之以仁、义、礼、智之性矣。然其气质之禀或不能齐，是以不能皆有以知其性之所有而全之也。一有聪明睿智，能尽其性者出于其间，则天必命之，以为亿兆之君师，使之治而教之，以复其性。此伏羲、神农、黄帝、尧、舜所以继天立极，而司徒之职、典乐之官所由设也。三代之隆，其法浸备，然后王宫国都以及闾巷莫不有学。人生八岁，则自王公以下至于庶人之子弟，皆入小学，而教之以洒扫应对进退之节，礼、乐、射、御、书、数之文。及其十有五年，则自天子之元子众子，以至公卿大夫元士之适子，与凡民之俊秀，皆入大学，而教之以穷理正心、修己治人之道。此又学校之教大小之节所以分也。夫以学校之设其广如此，教之之术其次第节目之详又如此，而其所以为教，则又皆本之人君躬行心得之余，不待求之民生日用彝伦之外，是以当世之人无不学；其学焉者，无不有以知其性分之所固有、职分之所当为，而各俛焉以尽其力。此古昔盛时所以治隆于上、俗美于下，而非后世之所能及也。及周之衰，贤圣之君不作，学校之政不修，教化陵夷，风俗颓败。时则有若孔子之圣，而不得君师之位以行其政教，于是独取先王之法，诵而传之，以诏后世。若《曲礼》《少仪》《内则》《弟子职》诸篇，固小学之支流余裔。而此篇者，则因小学之成功以著大学之明法，外有以极其规模之大，而内有以尽其节目之详者也。三千之徒，盖莫不闻其说，而曾氏之传独得其宗，于是作为传义，以发其意。及孟子没，而其传泯焉，则其书虽存，而知者鲜矣。自是以来，俗儒记诵词章之习，其功倍于小学而无用；异端虚无寂灭之教，其高过于大学而无实。其他权谋术数，一切以就功名之说，与夫百家众技之流，所以惑世诬民、充塞仁义者，又纷然杂出乎其间，使其君子不幸而不得闻大道之要，其小人不幸而不得蒙至治之泽，晦盲否塞，反复沉痼，以及五季之衰而坏乱极矣。天运循环，无往不复。宋德隆盛，治教休明，于是河南程氏两夫子出，而有以接乎孟氏之传，实始尊信此篇而表章之。既又为之次其简编，发其归趣，然后古者大学教人之法、圣经贤传之指粲然复明于世。虽以熹之不敏，亦幸私淑而与有闻焉。顾其为书，犹颇放失，是以忘其固陋，采而辑之。间亦窃附己意，补其阙略，以俟后之君子。极知僭踰，无所逃罪。然于国家化民成俗之意，学者修己治人之方，则未必无小补云。淳熙己酉二月甲子，新安朱熹序。

叶正则《论四屯驻大兵》

敢问四大兵者，知其为今日之深患乎？使知其为深患，岂有积五十年之久而不求所以处此者？然则亦不知而已矣。自靖康破坏，维扬仓卒，海道艰难，杭、越草创，天下远者命令不通，近者横溃莫制。国家无明具之威信以驱使强悍，而诸将自夸雄豪，刘光世、张俊、吴玠兄弟、韩世忠、岳飞，各以成军雄视海内。其玩寇养尊，无若刘光世；其任数避事，无若张俊。当是时也，廪稍惟其所赋，功勋惟其所奏，将校之禄多于兵卒之数，朝廷以转运使主馈饷，随意诛剥，无复顾惜，志意盛满，仇疾互生，而上下同以为患矣。及张浚收光世兵柄，制驭无策，吕祉以疏，俊趣之，一旦杀帅，卷甲而遁。其后秦桧虑不及远，急于求和，以屈辱为安者，盖忧诸将之兵未易收，浸成痼赘，则非特北方不可取，而南方亦未易定也，故约诸军支遣之数，分天下之财、特命朝臣以总领之，以为喉舌出内之要。诸将之兵尽隶御前，将帅虽出于军中，而易置皆由于人主，以示臂指相使之势。向之大将，或杀或废，惕息俟命，而后江左得以少安。故知其为深患者，若此而已。虽然，以秦桧之虑不及远也，不止以屈辱为安，而直以今之所措置者为大功，疲尽南方之财力以养此四大兵，惴惴然常有不足之患，桧犹坐视而不恤也。桧久于其位，老疾而死，后来者习见而不复知，但以为当然。故朝廷以四大兵为命而困民财，四都副统制因之而侵刻兵食，内臣贵幸因之而握制将权，蠹弊相承，无甚于此。而况不战既久，老成消耗，新补惰偷，堪战之兵十无四五，气势懦弱。加以役使回易，交跋债负，家小日增，生养不足，怨嗟嗷嗷闻于中外。昔祖宗竭天下之财以养天下之兵，固前世之所无有；而今日竭南方之财以养四屯驻之兵，又祖宗之所无有也。夫以地言之，则北为重，以财言之，则南为多。运吾之多财，兵强士饱，事力雄富，以此取地于北，不必智者而后知其可为也。今奈何尽耗于三十万之疲卒，袭五六十年之积弊，以为庸将、腐阉卖鬻富贵之地，则陛下之远业，将安所托乎？陛下诚奋然欲大有为于天下，摅不可掩抑之素志，以谋夫不同覆载者之深仇，必自是始。使兵制定而减州县之供馈，以苏息穷民，种植基本。于是厉其兵使必斗，厉其将使不惧，一再当虏而胜负决矣。兵以少而后强，财以少而后富，其说甚简，其策甚要，其行之甚易也。

苏子瞻《乞常州居住表》

欧苏一派骈文颇借散文行气，生动则生动矣，然在宋四六中不为正宗。

臣轼言：臣闻圣人之行法也，如雷霆之震草木，威怒虽甚，而归于欲其生；人主之罪人也，如父母之谴子孙，鞭挞虽严，而不忍致之死。臣漂流弃物，枯槁余生，泣血书词，呼天请命。愿回日月之照，一明葵藿之心。此言朝闻，夕死无憾。臣轼诚惶诚恐，顿首顿首。臣昔者尝对便殿，亲闻德音。似蒙圣知，不在人后。而狂狷妄发，上负恩私。既有司皆以为可诛，虽明主不得而独赦。一从吏议，坐废五年。积忧薰心，惊齿发之先变；抱恨刻骨，伤皮肉之仅存。近者蒙恩量移汝州，伏读训词，有“人材实难，弗忍终弃”之语。岂独知免于缧绁，亦将有望于桑榆。但未死亡，终见天日。岂敢复以迟暮为叹，更生侥觊之心。但以禄廪久空，衣食不继。累重道远，不免舟行。自离黄州，风涛惊恐，举家重病，一子丧亡。今虽已至泗州，而资用罄竭，去汝尚远，难于陆行。无屋可居，无田可食，二十余口，不知所归，饥寒之忧，近在朝夕。与其强颜忍耻，干求于众人；不若归命投诚，控告于君父。臣有薄田在常州宜兴县，粗给饘粥，欲望圣慈，许于常州居住。又恐罪戾至重，未可听从便安，辄叙微劳，庶蒙恩贷。臣先任徐州日，以河水浸城，几至沦陷。臣日夜守捍，偶获安全，曾蒙朝廷降敕奖谕。又尝选用沂州百姓程棐，令购捕凶党，致获谋反妖贼李铎、郭进等一十七人，亦蒙圣恩保明放罪。皆臣子之常分，无涓埃之可言。冒昧自陈，出于穷迫。庶几因缘侥幸，功过相除。稍出羁囚，得从所便。重念臣受性刚褊，赋命奇穷。既获罪于天，又无助于下。怨仇交积，罪恶横生。群言或起于爱憎，孤忠遂陷于疑似。中虽无愧，不敢自明。向非人主独赐保全，则臣之微生岂有今日。伏惟皇帝陛下圣神天纵，文武生知。得天下之英才，已全三乐；跻斯民于仁寿，不弃一夫。勃然中兴，可谓尽善。而臣抱百年之永叹，悼一饱之无时。贫病交攻，死生莫保。虽凫雁飞集，何足计于江湖；而犬马盖帷，犹有求于君父。敢祈仁圣，少赐矜怜。臣见一面前去，至南京以来听候朝旨。干冒天威，臣无任。

秦少游《贺元会表》

此宋四六中之最绮丽者。

十三月为正，前既稽于夏道；二千石上寿，仍参用于汉仪。盛旦载逢，彝章具举。中贺。伏惟皇帝陛下财成天地，参并神明。命羲和之二官，谨《春秋》之五始。调和元气，抚御中区。肆属春王之朝，肇修元会之礼。鸡人呼旦，庭燎有光。外则虎贲羽林严宿卫之列，内则谒者御史肃班行之容。漏未尽而车辂陈，跸既鸣而鼓钟作。应龙高举，云气毕从；北极上临，星宿咸拱。受四海之图籍，拜万国之衣冠。岁月日时，于焉先正；声明文物，粲尔可观。迈康王酆宫之朝，掩高帝长乐之事。蔼颂声而并作，郁协气以横流。臣比远天光，遽更年籥。职拘藩国，莫瞻龙衮之升；心折宸居，但想兽樽之列。

汪彦章《为隆佑太后告天下诏》

比以敌国兴师，都城失守。祲缠宫阙，既二帝之蒙尘；诬及宗祊，谓三灵之改卜。众恐中原之无统，姑令旧弼以临朝。虽义形于色，而以死为辞；然事迫于危，而非权莫济。内以拯黔首将亡之命，外以舒邻国见逼之威。遂成九庙之安，坐免一城之酷。乃以衰癃之质，起于闲废之中，迎置宫闱，进加位号，举钦圣已行之典，成靖康欲复之心。永言运数之屯，坐视邦家之覆，抚躬独在，流涕何从？缅惟艺祖之开基，实自高穹之眷命。历年二百，人不知兵；传序九君，世无失德。虽举族有北辕之衅，而敷天同左袒之心。乃眷贤王，越居近服，已徇群情之请，俾膺神器之归。繇康邸之旧藩，嗣我朝之大统。汉家之厄十世，宜光武之中兴；献公之子九人，惟重耳之尚在。兹为天意，夫岂人谋？尚期中外之协心，共定安危之至计。庶臻小愒，同底丕平。用敷告于多方，其深明于吾意。

洪景伯《花信亭上梁文》

上梁文始于宋，盖古者“发”之意。

历载买山，方策勋于此日；群芳得地，有报喜之祥风。乃作新亭，用酬胜槩。盘洲老人酷好行乐，雅知倦游。治盘洲百亩之园，费中户十家之产。物非容易而尽获，事或艰难而晚成。东阁西楼，仅有一牛鸣之隔；左花右竹，几乎两蜗角之争。弗蒂芥于胸中，若羁縻于化外。灰心久矣，唾手得之。胡越为一家，无尔界此疆之异；云梦吞九泽，合远山近水之奇。草木皆知，燕雀相贺。

画栋侈丹青之饰，雕阑呈红紫之妍。四时携酒，则亲朋足以娱嬉；千里命驾，则故旧斯焉款曲。野无青草，拥春径之名葩；鞠有黄华，送秋林之清馥。阅冬蒨夏，敷之相继；任朝荣暮，落之自然。已架虹梁，须吟茧纸。

元裕之《雷希颜墓志铭》

金代诗文，皆以遗山为第一，其人生值离乱，故其文多慷慨鸣之者。

南渡以来，天下称宏杰之士三人，曰高廷玉、献臣。李纯甫、之纯、雷渊。希颜。献臣雅以奇节自负，名士喜从之游，有衣冠龙门之目。卫绍王时，公卿大臣多言献臣可任大事者。绍王方重吏员，轻进士，至谓"高廷玉人材非不佳，恨其出身不正耳"。大安末，自左右司郎官出为河南府治中，卒以高材为尹所忌，瘐死洛阳狱中。之纯以蓟州军事判官上书论天下事，道陵奇之，诏参淮上军，仍驿遣之。泰和中，朝廷无事，士大夫以宴饮为常，之纯于朋会中，或坚坐深念，咄咄嗟啃，若有旦夕忧者。或问之故，之纯曰："中原以一部族待朔方兵，然竟不知其牙帐所在。吾见华人为所鱼肉去矣！"闻者讪笑之曰："四方承平余五六十年，百岁无狗吠之警。渠不以时自娱乐，乃妖言耶？"未几，北方兵动。之纯从军还，知大事已去，无复仕进意，荡然一放于酒，未尝一日不饮，亦未尝一饮不醉。谈笑此世，若不足玩者。贞祐末，尝召为右司都事，已而摈不用。希颜正大初拜监察御史。时主上新即大位，宵衣旰食，思所以弘济艰难者为甚力。希颜以为天子富于春秋，有能致之资，乃拜章言五事，大略谓精神为可养，初心为可保，人君以进贤、退不肖为职，不宜妄费日力，以亲有司之事。上嘉纳焉。庚寅之冬，朔方兵突入倒回谷，势甚张。平章芮公逆击之，突骑退走，填压溪谷间，不可胜算，乘势席卷，则当有谢玄淝水之胜。诸将相异同，欲释勿追。奏至，廷议亦以为勿追便。希颜上书，以破朝臣孤注之论，谓机不可失，小胜不足保，天所与不得不取。引援深切，灼然易见。而主兵者沮之，策为不行。后京兆、凤翔报北兵狼狈而西，马多不暇入衔。数日后，知无追兵，乃聚而攻凤翔，朝廷始悔之，至今以一日纵敌，为当国者之恨。凡此三人者，行辈相及，交甚欢，气质亦略相同。而希颜以名义自检，强行而必致之，则与二子为绝异也。盖自近朝，士大夫始知有经济之学。一时有重名者非不多，而独以献臣为称首。献臣之后，士论在之纯，之纯之后在希颜，希颜死，遂有人物渺然之叹。三人者皆无所遇合，独于希颜尤嗟惜之云。希颜别字季默，浑源人。考讳思，大定末仕为同知北京路转运使事。希颜，其暮子也。崇庆二年，中黄裳榜进士乙科，释褐泾州录事。不赴，换东平府录事。以劳绩，遥领东阿县令。调徐州观察判官。召为荆王府文学，兼记室参军，转应奉翰林文字、同知制诰、兼国史院编修官。考满，再任。俄拜监察御史，以公事免。用宰相侯莘卿荐，除太学博士，还应奉，终于翰林修撰，累官太中大夫。娶侯氏。子男二人：公孙，八岁；宜翁，四岁。女二人：长嫁进士陈某，其幼在室。初，希颜在东平。东平，河朔重兵处也。骄将、悍卒倚外寇为重，自行台以下，皆务为摩拊之。希颜莅官，所以自律者甚严。出入军中，偃然不为屈，故颇有喧哗者。不数月，闾巷间家有希颜画像。虽大将，亦不敢以新进书生遇之。尝为户部高尚书唐卿所辟，权遂平县事。时年少气锐，击豪右，发奸伏，一县畏之，称为神明。及以御史巡行河南，得赃吏尤不法者，榜掠之，有至四五百者。道出遂平，百姓相传“雷御史至”，豪猾望风遁去。蔡下一兵与权贵有连，脱役遁田间，时以药毒杀民家马牛，而以小直胁取之。希颜捕得，数以前后罪，立杖杀之。老幼聚观，万口称快，马为不得行。然亦坐是失官。希颜三岁丧父，七岁养于诸兄。年十四五，贫无以为资，乃以胄子入国学，便能自树立如成人。不二十，游公卿间，太学诸人莫敢与之齿。渡河后，学益博，文益奇，名益重。为人躯干雄伟，髯张口哆，颜渥丹，眼如望羊。遇不平，则疾恶之气见于颜间，或嚼齿大骂不休。虽痛自摧折，猝亦不能变也。食兼三四人，饮至数斗不乱。杯酒淋漓，谈谑间作。辞气纵横，如战国游士；歌谣慷慨，如关中豪杰；料事成败，如宿将；能得小人根株窟穴，如古能吏；其操心危，虑患深，则又似夫所谓孤臣孽子者。平生慕孔融、田畴、陈元龙之为人，而人亦以古人期之。故虽其文章号一代不数人，而在希颜，仍为余事耳。希颜年四十六，以八年辛卯八月二十有三日暴卒，后二日，葬戴楼门外三王寺之西若干步。好问与太原王仲泽哭之，因谓仲泽言：“星殒有占，山石崩有占，水断流有占。斯人已矣！瞻乌爰止，不知于谁之屋耳。”其十月，北兵由汉中道袭荆襄，京师戒严。铭曰：

维季默父起营平，弱龄飞骞振厥声。备具文武任公卿，百出其一世已惊。紫髯八尺倾汉庭，前有赵张耻自名。目中之敌无遁情，太息流涕请进兵。掩聪不及驰迅霆，一日可复齐百城。天网四面开鲵鲸，砥柱不救洪涛倾。望君佐王正邦经，或当著言垂日星。一偾不起谁使令？如秦而帝宁勿生！不然亦当蹈东溟，元精炯炯赋子形。溘焉宁与一物并，千年紫气欝上征。知有龙剑留泉扃，何以验之石有铭。

宋景濂《平江汉颂》

有明一代，文凡数变，刘基、宋濂为开国时文臣，而刘不如宋。刘文票健而宋特雍容。其后三杨以台阁体称，文皆平正而流于肤廓。三杨者杨士奇、杨荣、杨溥。前七子者李梦阳、献吉。何景明、仲默。徐桢卿、昌谷。边贡、廷实。康海、对山。王九思、敬夫。王廷相、子衡。后七子者李攀龙于鳞、王世贞、凤洲。谢榛、元美。宗臣、子相。梁有誉、公实。徐中行、子与。吴国伦、明卿。文规秦汉，诗仿盛唐，其弊也有形式而无精神。反对之者为唐顺之、茅坤等一派，而归有光功力最深，为清代桐城派所祖。

此文大体合度，间有俗句耳。

天命皇帝，为亿兆生民主，旌麾所向，悉臣悉庭。初以一旅之师兴濠、泗间，遂抚淮南，平江东，攻浙东西下之。版图所入，方数千里。定都江左，发政施仁，戴白之叟、垂髫之童涵泳至化，皞皞熙熙，如承平时。于时陈友谅据有江汉之地，僭居大号，贼杀其主。饬修蒙冲，虐驱烝黎，如蹈水火。不自度力，又集蜂蚁之众，直窥豫章，三月不解。皇赫斯怒，乃召群臣于庭而告之曰："陈虏不道，敢屡予侮。昔者荡摇我边方，侵轶我姑熟，侦伺我金陵，赖尔一二邻臣之力，攻而败之。予亦亲覆其穴巢，中宵窜走，假息武昌。予不忍追歼之，冀其悔祸以自逭于天刑。癸卯之夏，乃复围我豫章，是其凶德无厌，自取殄灭。此天亡之时，天之明威，予不敢不顺。唯尔熊熊之臣、不二心之士尚弼予，以成厥功。"群臣曰："都!"于是右丞臣达、参知政事臣遇春、帐前亲兵都指挥使臣国胜、同知枢密院事臣永忠、同知枢密院事臣通海备厥戎器，简厥师徒以俟。

七月癸酉，上躬擐甲胄，祃纛龙江，帅楼船数百，蔽江而上。陈虏大詟，解围而逃。丁亥，与我师遇鄱阳湖之康郎山。戊子，上分舟师为十二屯，命达、遇春、永忠突入虏阵。呼声动天地，矢锋雨集，炮声雷鸣，波涛起立，飞火照耀，百里之内，水色尽赤。焚溺死者动一二万，流尸如蚁，满望无际。己丑，焚伪平章舟，刈戮余二千。辛卯，复酣战。虏将张定边素号枭猛，上亲御之，将士皆死战。历一二时，遇春等左右夹击，杀士卒无算。琅中矢百余而退，潜保鞋山，不敢吐气。我师亦移据湖口，扼彼喉衿，列栅南北江岸，置火筏中流，水陆严戒，以候其发。八月，虏食尽，遣舟五百艘掠粮都昌，又为我大将所获。壬戌，虏计穷，冒死突出，将上趋九江。上命诸将一时俱合，其大战如戊子。自辰达酉，督战益急，友谅中飞矢，毙于舟中。癸亥，降其众五万。上命释之，不戮一人。

凯歌而旋。舳舻相衔，旌旗飞翩，不疾不徐，委蛇而来。万姓欢迎，俯伏道左，山川草木皆有喜气，告庙，饮至行赏论功，赐遇春田若干，永忠田若干，其余将士赉金缯有差。臣稽在昔，曹操治水军八十万来攻孙权，而周瑜、黄盖败之于赤壁；苻坚发长安戎卒六十余万、骑二十七万以侵晋，而谢玄、谢石败之于淝水。然赤壁不过一焚而走，淝水亦不过军乱而奔，初未尝大战也。史臣且书之，以为千古美谈。矧今湖口之捷，血战累日，天地为之晦冥，日月为之无光，山河为之震荡，其神功骏烈，炳耀铿铀，与天无极，较之二国，未足多让，而歌咏不作，非甚阙典欤？臣谨备著其事，撰为颂词一通，以流鸿绩于无穷，以俟太史氏之采录云。其词曰：

天眷有德，实惟哲皇。肆其神略，以靖寇攘。义旆东指，罔敢弗恭。风烈虎啸，云游龙骧。长淮既归，江左攸属。浙之东西，树侯置牧。乃建国家，以奠南服，以怀中原，以控西蜀。蠢尔小丑，敢雠大邦。集其凶头，锋猬斧螗。轻涉我疆，以跳以踉。亦既剪刘，僵骸覆江。洊齐六军，直倾其穴。释而勿诛，俾自惩刷。阖胡不然？复豕而咥。翘其虫臂，当吾车辙。皇用震怒，历告在廷。是决不悛，命将往征。尔选舟师，尔整甲兵。漕尔糗粮，各罄尔诚。摇光在申，夷则之月，祃牙江宾，皇秉巨钺。以誓以戒，以速其发。纪律精明，飙火奋激。旂旐扬扬，绛艘将将。矛戈洸洸，铠胄明明。载怒载厉，载飞载扬。雄威所吞，已无荆湘。既与虏逢，大呼卫击。药腾蔾驳，星流火戟。虐焰电奔，巨轰雷劈。杀气冥蒙，不辨咫尺。矢锋所贯，什伍联联。纵横交纽，命陨弗颠。攒桅凑帆，筍束蜎编。流尸塞川，舟行弗前。虏魄既褫，扶创而逸。聚于湖奥，仅存喘息。我方植栅，江之南北。火筏在流，掩蔽如翼。越历四旬，飞走途穷。将冒万死，以绝其卫。我师见之，千舻如龙。似兔之走，而鹰之从。酣战六时，由辰达酉。仆姑一发，殪此酋首。贯睛及颅，仆若枯柳。大憝既除，余不能丑。递相告言：我诚不振。我革我顽，我归至仁。谁谓培塿，可高嶙峋？再拜稽首，来降来臣。皇曰俞哉！汝俘予受。宥汝弗刘，予汝父母。汝冻予衣，汝饥予哺。昔何昏迷？今始撤蔀。奏凯而旋，骑吹郁摇。形于乐歌，节以镯铙。饮至于庙，颁赏于朝。帛堆其家，肉登其庖。都人聚观，举手加额。或叹或谣，有声啧啧。干戈相寻，匪一朝夕。自今升平，可坐而策。惟皇神武，动则克之。群策尽屈，四方式之。惟皇宽慈，降则释之。义声动荡，畴能敌之。惟皇明断，遇事即决。洞见千里，不隔一发。所以西征，成此骏烈。小大毕朝，孰敢肆孽？在昔赤壁，洎乎合淝，事以幸集，尚传策书。况兹之功，俊伟赫熹。揆古无让，可无咏诗？臣虽微贱，文字是职。对扬皇休，并献臣臆。三代以还，用仁兴国。皇宜尊行，永作民极。

李献吉《禹庙碑》

此前七子之文也，好古而不解训诂，不真知古文义例，故易流为俗体。

李子游于禹庙之台，览长河之防，孤城故宫，平沙四漫，遐盼故流，北尽碣石，九派湮淤，云草浩浩。于是怆然而悲曰：“嗟乎！予于是知王霸之功也！霸之功欢，久之疑。王之功忘，久之思。昔者禹之治水也，导川为陆，易虮为宁；地以之平，天以之成；去巢就庐，而粒而畊：生生至今者，固其功也，所谓万世永赖者也。然问之畊者弗知，粒者弗知，庐者弗知，陆者弗知。故曰‘王之功忘’。譬之天生物而物忘之，泳者忘其川，栖者忘其枝，民者忘其圣人，非忘之也，不知之也；不知自忘。及其菑也，号呼而祈恤，于是智者则指之所从来，而庙者兴矣！河盟津东也，虋旷肆悍，势犹建瓴；堤堰一决，数郡鱼鳖。于是昏垫之民，匍匐诣庙，稽首号曰‘王在！吾奚役斯！’所谓思也。故不忘不大。不思不深。深莫如地，大莫如王，天之道也！霸者非不功也；然不能使之不忘，而不能使之不疑。何也？不忘者小，小则近，近则浅，浅则疑，如秦穆赐食善马肉者酒是也。夫天下未闻有庙桓文者也！故曰‘予观禹庙而知王霸之功也’。”或问汤文不庙。李子曰：“圣人各有其至；尧仁舜孝，禹功汤义；文王之忠，周公之才，孔子之学，是也。夫功者，切于菑者也。大梁以菑故，是故独庙禹。”是时监察御史澶州王子会按江南，登台四顾，乃亦怆然而悲曰：“嗟乎！余于是而知功之言征也！吾少也览，尝蹑州城，眺沧渤，南目大梁之墟。乃今历三河，揽淮泗，极洪流而尽滔滔，使非有神者主之，桑而海者久矣！尚能粒耶！畊耶！庐耶！能飘者宁耶！川者陆耶！嗟乎！予于是而知功之言征也！所谓‘微禹吾其鱼’者耶！所谓‘美载勤而不德’者耶!”于是饬所司葺其庙，而属李子碑焉。王子，名溱，以嘉靖元年春，按江南，明年秋，代去。乃李子则为迎送神辞三章，俾祭者歌之以侑神焉。其辞曰：

天门兮显辟！赫赫兮云吐！窈黄屋兮陆离！灵总总兮上下！羌若来兮倏不见！不见兮奈何！望美人徒怨苦，横四海兮怒波！緪絃兮铛鼓，神不来兮谁怒！执河伯兮显戮，饬阳侯兮清路。灵霾兮来至，风泠泠兮堂户。舞我兮我酹，尸既饱兮颜酡。惠我人兮乃土乃粒，日云暮兮尸奈何！风九河兮涛暮云，曀曀兮昏雨。王驾凤兮骖文鱼，龙翼翼兮两旗。怅佳期兮难屡，心有爱兮易离。爱君兮思君，肴芳兮酒芬！君归来兮庇吾民！

史宪之《复多尔衮书》

此文乃侯朝宗所撰。

清初侯方域、魏禧并称，其文皆有才气而不纯大雅。叙事文时类小说。汪尧峰琬平正而稍弱。

大明国督师、兵部尚书兼东阁大学士史可法顿首，谨启大清国摄政王殿下：南中向接好音，法随遣使问讯吴大将军，未敢遽通左右；非委隆谊于草莽也，诚以大夫无私交，《春秋》之义。今当倥偬之际，忽捧琬琰之章，真不啻从天而降也。循读再三，殷殷至意。若以逆贼尚稽天讨，为贵国忧，法且感且愧。惧左右不察，谓南中臣民偷安江左，竟忘君父之仇，敬惟殿下一详陈之。我大行皇帝敬天法祖，勤政爱民，真尧舜之主也。以庸臣误国，致有三月十九日之变。法待罪南枢，救援无及。师次江上，凶问突来，地坼天崩，山枯海竭。嗟乎！人孰无君，虽肆法于市朝，以为泄泄者之戒，亦奚足谢先帝于地下哉？尔时南中臣民，哀痛如丧考妣，无不拊膺切齿，欲悉东南之甲，立翦凶仇。而二三老臣，谓国破君亡，宗社为重，相与迎立今上，以系中外人心。今上非他，神宗之孙，光宗犹子，而大行皇帝之兄也。名正言顺，天与人归。五月朔日，驾临南都，万姓夹道欢呼，声闻数里。群臣劝进，今上悲不自胜，让再让三，仅允监国。迨臣民伏阙屡请，始以十五日正位南都。从前凤集河清，瑞应非一；告庙之日，紫云如盖，祝文升霄，万目共瞻，欣传盛事。越数日，命法视师江北，刻日西征。忽传我大将军吴三桂借兵贵国，破走逆成，殿下入都，即为我先皇帝后发丧成礼，扫清宫阙，抚辑群黎，且罢薙发之令，示不忘本朝。此等举动，振古铄今，凡为大明臣子，无不长跪北向，顶礼加额，岂但如明谕所云感恩图报已乎！谨于八月，薄治筐篚，遣使犒师，兼欲请命鸿裁，连兵西讨，是以王师既发，复次江淮。乃辱明诲，引《春秋》大义来相诘责，善哉乎推言之！然此文为列国君薨，世子应立，有贼未讨，不忍死其君之一说耳。若夫天下共主，身殉社稷，青宫皇子，惨变非常，而犹牵拘不即位之文，坐昧大一统之义，中原鼎沸，仓猝出师，将何以维系人心，号召忠义？紫阳《纲目》，踵事《春秋》，其间特书，如莽移汉鼎，光武中兴；丕废山阳，昭烈践作；怀愍亡国，晋元嗣基；徽钦蒙尘，宋高缵统，是皆于国仇未翦之日，亟正位号，《纲目》未尝斥为自立，率以正统予之。甚至如玄宗幸蜀，太子即位灵武，议者疵之，亦未尝不许以行权，幸其光复旧物也。本朝传世十六，正统相承，自治冠带之族，继绝存亡，仁恩遐被。贵国昔在先朝，夙膺封号，载在盟府，宁不闻乎？今痛心本朝之难，驱除乱逆，可谓大义复著于《春秋》矣。昔契丹和宋，止岁输以金缯；回纥助唐，原不利其土地。况贵国笃念世好，兵以义动，万代瞻仰，在此一举。若乃乘我蒙难，弃好崇仇，规此幅员，为德不卒，是以义始而以利终，为贼人所窃笑也。贵国岂其然？往先帝轸念潢池，不忍尽戮，剿抚互用，贻误至今。今上天纵英明，刻刻以复警为念。庙堂之上，和衷体国；介胄之士，饮泣枕戈；忠义民兵，愿为国死。窃以为天亡逆闯，当不越于斯时矣。语云："树德务滋，除恶务尽。"今逆贼未伏天诛，谍知卷土西秦，方图报复；此不独本朝不共戴天之恨，抑亦贵国除恶未尽之忧。伏乞坚同仇之谊，全始终之德，合师进讨，问罪秦中，共枭逆贼之头，以泄敷天之愤。则贵国义闻，照耀千秋；本朝图报，惟力是视。

从此两国世通盟好，传之无穷，不亦休乎！至于牛耳之盟，则本朝使臣，久已在道，不日抵燕，奉盘盂以从事矣。法北望陵庙，无涕可挥；身蹈大戮，罪应万死；所以不即从先帝于地下者，实为社稷之故。传云：“竭股肱之力，继之以忠贞。”法处今日，鞠躬致命，克尽臣节，所以报也。惟殿下实昭鉴之。弘光甲申九月十五日。

姚姬传《复鲁洁非书》

清时所谓桐城派者，始于方苞，刘大櫆承之，姚鼐又承之。钱鲁斯受业大櫆，以其师说，称颂于张惠言、恽敬、惠言、敬从之，又有阳湖派之目焉。两派名家略见王先谦所选《续古文辞类纂》。迄于曾国藩。国藩而后，张裕钊、吴汝纶较工。此派门径颇隘，自谓正宗，实则近承归震川，远法八家耳。而义法谨严。此篇论文极精。

桐城姚鼐顿首，洁非先生足下：相知恨少，晚遇先生。接其人，知为君子矣；读其文，非君子不能也。往与程鱼门、周书昌尝论古今才士，惟为古文者最少。苟为之，必杰士也，况为之专且善如先生乎！辱书引义谦而见推遇当，非所敢任。鼐自幼迄衰，获侍贤人长者为师友，剽取见闻，加臆度为说，非真知文、能为文也，奚辱命之哉？盖虚怀乐取者，君子之心；而诵所得以正于君子，亦鄙陋之志也。

鼐闻天地之道，阴阳刚柔而已。文者，天地之精英，而阴阳刚柔之发也。惟圣人之言，统二气之会而弗偏。然而《易》《诗》《书》《论语》所载，亦间有可以刚柔分矣。值其时其人，告语之体，各有宜也。自诸子而降，其为文无弗有偏者。其得于阳与刚之美者，则其文如霆，如电，如长风之出谷，如崇山峻崖，如决大川，如奔骐骥；其光也，如杲日，如火，如金镠铁；其于人也，如冯高视远，如君而朝万众，如鼓万勇士而战之。其得于阴与柔之美者，则其文如升初日，如清风，如云，如霞，如烟，如幽林曲涧，如沦，如漾，如珠玉之辉，如鸿鹄之鸣而入寥廓；其于人也，缪乎其如叹，邈乎其如有思，暖乎其如喜，愀乎其如悲。观其文，讽其音，则为文者之性情形状，举以殊焉。

且夫阴阳刚柔，其本二端，造物者糅，而气有多寡进绌，则品次亿万，以至于不可穷，万物生焉。故曰："一阴一阳之为道。"夫文之多变，亦若是已。然而偏胜可也，偏胜之极，一有一绝无，与夫刚不足为刚，柔不足为柔者，皆不可以言文。今夫野人孩子闻乐，以为声歌弦管之会尔；苟善乐者闻之，则五音十二律，必有一当，接于耳而分矣。夫论文者，岂异于是乎？宋朝欧阳、曾公之文，其才皆偏于柔之美者也。欧公能取异己者之长而时济之，曾公能避所短而不犯。观先生之文，殆近于二公焉。抑人之学文，其功力所能至者，陈理义必明当，布置取舍、繁简廉肉不失法，吐辞雅训，不芜而已。古今至此者，盖不数数得，然尚非文之至。文之至者，通乎神明，人力不及施也。先生以为然乎？

惠寄之文，刻本固当见与，抄本谨封还。然抄本不能胜刻者。诸体中，书、疏、赠序为上，记事之文次之，论辨又次之。鼐亦窃识数语于其间，未必当也。《梅崖集》果有逾人处，恨不识其人。郎君、令甥皆美才，未易量，听所好恣为之，勿拘其途可也。于所寄文，辄妄评说，勿罪！勿罪！秋暑惟体中安否？千万自爱。七月朔日。

汪容甫《黄鹤楼铭》

清代骈文作者甚多，南城曾燠听选《骈体正宗》，名家略具。或法汉魏六朝，或规初唐，宋元以来面目又一变矣。大率专法汉魏者最高，容甫先生尤其纯粹以精者也。

江出峡，东至于巴邱，沅、湘二水入焉。又东至于夏口，汉水入焉。于是西自岷山，西南自牂牁，南自桂岭，西北自嶓冢，五水所经半天下，皆汇于是，以注于海。而江夏黄鹄山当其冲，江环其三面，再折而后东，故地形称险焉。县因山为城，山之西有矶，起于江中，石立如植，激水逆行恒数里，于形为尤险。其上为楼，咸取于山以为名，始自孙吴，郦氏著之，《齐》《梁》二书，并载其迹。于后楼之兴废，史莫能纪。

乾隆元年，大学士史文靖总督湖广，乃更其制。自山以上，直立十有八丈，其形正方，四望如一。高壮闳丽，称其山川。历年六十，坚密如新。其下则水师蒙冲在焉，岁以十月都试，吴戈犀甲，蔽川耀日。江以西，商旅百货之所凑，道路昼夜行不休，著籍户八百万，公私舟楫，列樯成林。南北二郊，原隰沃衍，禾黍弥望，无高山深林之蔽。桴鼓一鸣，上下百里若示诸掌，奸宄无所匿其迹。惟江夏自宋立郢州以来，代为重镇。国家疆理天下，慎固封守，常以尚书、侍郎镇抚其地，及司道之所治。百城冠盖，四至趋风。驲路剧骖，輶轩之使，不日则月。西南际海，属国以百数，终王受吏，累译来庭，往反上都，皆道于此。守土之吏，率会于兹楼，以饮食之礼，亲其僚友。不降阶序，而民风穑事胥可知也。

洎夫王臣咨诹，每怀靡及。舌人体委，怀柔远人。治官莅民，礼宾诘戎。邦之大事，于是乎咸在。外以设险，内以经国，地势然也。其有逐臣羁客，登高作赋，感物造端，可兴可怨。丹邱羽人，云水栖游，徜徉乎其地，均足以发抒文采，增成故实。沅始释褐，文靖以元老在朝，先后序同，岁为衣冠盛事。蒙恩扬历，兹继其武。既欣践于胜地，且感遗构，乃为铭曰：

海有神山，河惟底柱。巨灵爰辟，列仙攸处。乐哉斯邱，曾城之颠。上标崇观，下俯大川。柱天不倾，障江欲回。山增比岳，水激成雷。都会是程，蛮荆斯控。光映鸟帑，势吞云梦。四野底平，八窗洞属。登若冯虚，望惟极目。朱衣行水，毛人堕城。梦有先兆，神或不经。大别西踞，樊口东趋。神禹明德，黄武伯图。川逝无停，人往不作。我纪兹游，思同民乐。

龚璱人《平均篇》

龚自珍魏源齐名，其学术与近代改革之业，关系极大，文皆奇肆，而龚文尤优于魏。定庵长于理想，其文字以此等包括古今之议论文为佳。近人专选其《说居庸关》《王仲瞿墓铭》等则谬矣。

龚子曰：有天下者，莫高于平之之尚也，其邃初乎！降是，安天下而已；又降是，与天下安而已；又降是，食天下而已。最上之世，君民聚醵然。三代之极其犹水。君取盂焉，臣取勺焉，民取卮焉。降是，则勺者下侵矣，卮者上侵矣。又降，则君取一石，民亦欲得一石，故或涸而踣。石而浮，则不平甚，涸而踣，则又不平甚。有天下者曰：吾欲为邃初，则取其浮者而挹之乎？不足者而注之乎？则槖然喙之矣。大略计之，浮不足之数相去愈远，则亡愈速，去稍近，治亦稍速。千万载治乱兴亡之数，直以是券矣。人心者，世俗之本也；世俗者，王运之本也。人心亡，则世俗坏；世俗坏，则王运中易。王者欲自为计，盍为人心世俗计矣。有如贫相轧，富相耀；贫者阽，富者安；贫者日愈倾，富者日愈壅。或以羡慕，或以愤怨，或以骄汰，或以啬吝，浇漓诡异之俗，百出不可止，至极不祥之气，郁于天地之间，郁之久乃必发为兵燹，为疫疠，生民噍类，靡有孑遗，人畜悲痛，鬼神思变置。其始，不过贫富不相齐之为之尔。小不相齐，渐至大不相齐；大不相齐，即至丧天下。呜呼！此贵乎操其本源，与随其时而剂调之。上有五气，下有五行，民有五丑，物有五才，消焉息焉，渟焉决焉，王心而已矣。是故古者天子之礼：岁终，太师执律而告声，月终，太史候望而告气。东无陼水，西无陼财，南无陼粟，北无陼土，南无陼民，北无暗风，王心则平，听平乐，百僚受福。其《诗》有之曰："秉心塞渊，騋牝三千。"王心诚深平，畜产且腾跃众多，而况于人乎？又有之曰："皇之池，其马歕沙，皇人威仪。"其次章曰："皇之泽，其马歕玉，皇人受谷。"言物产蕃庶，故人得肄威仪，茹内众善，有善名也。太史告曰：东有睹水，西有陼财，南有陼粟，北有陼土，南有陼民，北有除风，王心则不平，听倾乐，乘欹车，握偏衡，百僚受戒，相天下之积重轻者而变易之。其《诗》有之曰："相其阴阳，观其流泉。"又曰："度其夕阳。"言营度也。故积财粟之气滞，滞多雾，民声苦，苦伤惠；积民之气淫，淫多雨，民声嚣，嚣伤礼义；积土之气毛，毛多日，民声浊，浊伤智；积水积风，皆以其国瘥昏：官所掌也。且夫继丧亡者，福禄之主；继福禄者，危迫之主。语百姓曰：尔惧兵燹乎？则将起其高曾于九京而问之。惧荒饥乎？则有农夫在。上之继福禄之盛者难矣哉！龚子曰：可以虑矣！可以虑，可以更，不可以骤。且夫唐、虞之君，分一官，事一事，如是其谆也，民固未知贸迁，未能相有无，然君已惧矣。曰：后世有道吾民于富者，道吾民于贫者，莫如我自富贫之，犹可以收也。其《诗》曰："不识不知，顺帝之则。"夫尧固甚虑民之识知，莫如使民不识知，则顺我也。水土平矣，男女生矣，三千年以还，何底之有？彼富贵至不急之物，贱贫者犹且筋力以成之，岁月以靡之，舍是则贱贫且无所托命。然而五家之堡必有肆，十家之村必有贾，三十家之城必有商，若服妖之肆，若食妖之肆，若玩好妖之肆，若男子咿唔求爵禄之肆，若盗圣贤市仁义之肆，若女子鬻容之肆，肆有魁，贯有枭，商有贤桀，其心皆欲并十家、五家之财而有之，其智力虽不逮，其号既然矣。然而有天下者更之，则非号令也。有四挹四注：挹之天，挹之地，注之民；挹之民，注之天，注之地；挹之天，注之地；挹之地，注之天。其《诗》曰，“挹彼注兹，可以餴饎”；“岂弟君子，民之父母。”有三畏：畏旬、畏月、畏岁。有四不畏：大言不畏，细言不畏，浮言不畏，挟言不畏。而乃试之以至难之法，齐之以至信之刑，统之以至澹之心。龚子曰：有天下者，不十年几于平矣。

越七年，乃作《农宗篇》，与此篇大指不同，并存之，不追改，使备一，聊自考也。乙未冬自记。

国文选文

国文选文(一)

姚姬传《李斯论》

苏子瞻谓李斯以荀卿之学乱天下，是不然。秦之乱天下之法，无待于李斯，斯亦未尝以其学事秦。

当秦之中叶，孝公即位，得商鞅，任之。商鞅教孝公燔《诗》《书》，明法令，设告坐之过，而禁游宦之民。因秦国地形便利，用其法，富强数世，兼并诸侯，迄至始皇。始皇之时，一用商鞅成法而已，虽李斯助之，言其便利，益成秦乱，然使李斯不言其便，始皇固自为之而不厌。何也？秦之甘于刻薄而便于严法久矣，其后世所习以为善者也。

斯逆探始皇、二世之心，非是不足以中侈君而张吾之宠。是以尽舍其师荀卿之学，而为商鞅之学；扫去三代先王仁政，而一切取自恣肆以为治，焚《诗》《书》，禁学士，灭三代法而尚督责。斯非行其学也，趋时而已。设所遭值非始皇、二世，斯之术将不出于此，非为仁也，亦以趋时而已。

君子之仕也，进不隐贤。小人之仕也，无论所学识非也，即有学识甚当，见其君国行事悖谬无义，疾首颦蹙于私家之居，而矜夸导誉于朝廷之上。知其不义而劝为之者，谓天下将谅我之无可奈何于吾君，而不吾罪也；知其将丧国家而为之者，谓当吾身容可以免也。且夫小人虽明知世之将乱，而终不以易目前之富贵，而以富贵之谋，贻天下之乱，固有终身安享荣乐，祸遗后人，而彼宴然无与者矣。嗟乎！秦未亡而斯先被五刑、夷三族也，其天之诛恶人，亦有时而信也邪？《易》曰：“眇能视，跛能履；履虎尾，咥人凶。”其能视且履者，幸也，而卒于凶者，盖其自取邪？

且夫人有为善而受教于人者矣，未闻为恶而必受教于人者也。荀卿述先王而颂言儒效，虽间有得失，而大体得治世之要。而苏氏以李斯之害天下，罪及于卿，不亦远乎？

行其学而害秦者，商鞅也；舍其学而害秦者，李斯也。商君禁游宦，而李斯谏逐客，其始之不同术也，而卒出于同者，岂其本志哉！宋之世，王介甫以平生所学，建熙宁新法。其后章惇、曾布、张商英、蔡京之伦，曷尝学介甫之学邪？而以介甫之政促亡宋，与李斯事颇相类。夫世言法术之学，足亡人国，固也。吾谓人臣善探其君之隐，一以委曲变化从世好者，其为人尤可畏哉！尤可畏哉！

【文体】

此篇为论辨文。近人论者或云议论之文不切实用，学校教授，宜专力于记叙事物之文，其说颇谬。夫文字所以代语言，语言所以达意思，人不能无剖析名理辨别是非之言，与其不能无叙述事物之言一也，则安得訾议论之文为无用邪？况欲叙事者，必先明于其事之是非，欲记物者，亦必先明于其物之性质，天下固无但有客观全无主观之文字也。

【分段】

凡研究昔人文字者，第一须将其段落分清，乃有着手之处。盖说话必有条理次序，如议论之文，或先泛论其理，然后举出证据，或先胪列证据，然后说明其理。又如说条理繁多之话，或先逐项分述，然后加以结束，或先举其总纲，然后逐项分说。其由浅入深者，则逐层推勘，愈勘愈深；由深及浅者，则先揭示定论，然后逐层解释。其为法不同，而要之必有法度，不可紊乱，特文之工者，往往变化无端，其线索不易窥见耳。故必能将古人之文字，逐层剖解，然后能知其用意之所在，亦必能将古人之文字，逐层剖解，然后能知其用法之妙也。

此篇可分四段，第一段自起至“未尝以其学事秦”总起。

第二段自“当秦之中叶”至“其后世所习以为善者也”，承“秦乱天下之法无待于李斯”。

第三段自“斯逆探始皇二世之心”至“不亦远乎”，承“斯亦未尝以其学事秦”。其中又可分三小段，（一）自“斯逆探始皇二世之心”至“亦以趋时而已”，言李斯之所以事秦者，为商鞅之学，而非荀卿之学，其所以如此者，乃出于趋时。（二）自“君子之仕也”至“盖其自取邪”，推论小人趋时者之用心，而因慨叹趋时之小人，每以一身富贵之谋，贻天下以乱而彼宴然不与其祸。（三）自“且夫人有为善”至“不亦远乎”，更言荀卿之学，断不至于祸天下，以证明李斯之所以事秦者，非荀卿之学。

第四段自“行其学而害秦者”至完，总束全篇，结出作意。其中亦可分两小段，（一）自“行其学而害秦者”至“与李斯事颇相类”总束上两段。（二）自“夫世言法术之学”至完，则全篇作意所在也。

此文若更详列为图则如下：（见下页图）

【文字研究】

凡论史之文有两种：（一）意在考见古事之真相，而论列其是非者。（二）意欲说明一种道理，而借史事以为之数据者，如苏子瞻之荀卿论，特欲明高谈异论足以激成祸天下之举，初非欲以李斯之乱天下，府狱荀卿。此文之意，亦只欲言人臣善探其君之隐，一以委曲变化从世好者，其可畏甚于法术之学，非欲为荀卿辩护，驳斥子瞻也。凡读古人论史之文者，此理必不可不知。或曰欲说明一种道理，则竟直陈其理可矣，何必借资古事作为史论邪？答曰：其故有二：（一）则托诸空言，不如见诸行事之深切著明也，借资古事，作为史论，则不啻举出一有力之证举矣。然则何不竟作说理之文，举古事以为证，而必作为史论乎？曰（二）立言之法，讽谕善于教训，即孔子所谓法语之言，巽语之言也。文学与非文学、纯文学与杂文学之分，其别皆在乎此。作为史论，陈古刺今，则属于讽谕；作为说理之文，而借古事以为证，则成为教训矣。

散文之妙，在于变化错综。如此文之第一段与第三段中之第一小段，本互相对待，然第三段中，却多出第二第三两小段。又如第三段中，以君子之仕与小人之仕对举，而论君子之仕，仅“进不隐贤”四字，论小人之仕，乃长至二百余字。又如推论小人之心理，知其不义而劝为之与知其将丧国家而为之两层，本相平列，而下文忽就知其将丧国家而劝为之，更推进一层，谓彼即明知及身不能幸免，而仍不以易目前之富贵。凡此皆文字错综处。自“即有学识甚当”以下，皆推论小人之用心也。而“固有终身安享荣乐”以下，忽慨叹及于小人以富贵之谋，贻天下之乱，而己不被其祸。此为文字变化处。此等错综变化，为整齐也。错综变化中，仍有一定之规则，故亦为一种之整齐。

第一段数语，须看其整齐简括。

“虽李斯助之”以下数语，谓之补笔。盖上文叙述商鞅所为之事，断定始皇之时一用商鞅成法，“则秦之乱天下之法，无待于李斯”业经说明，然“李

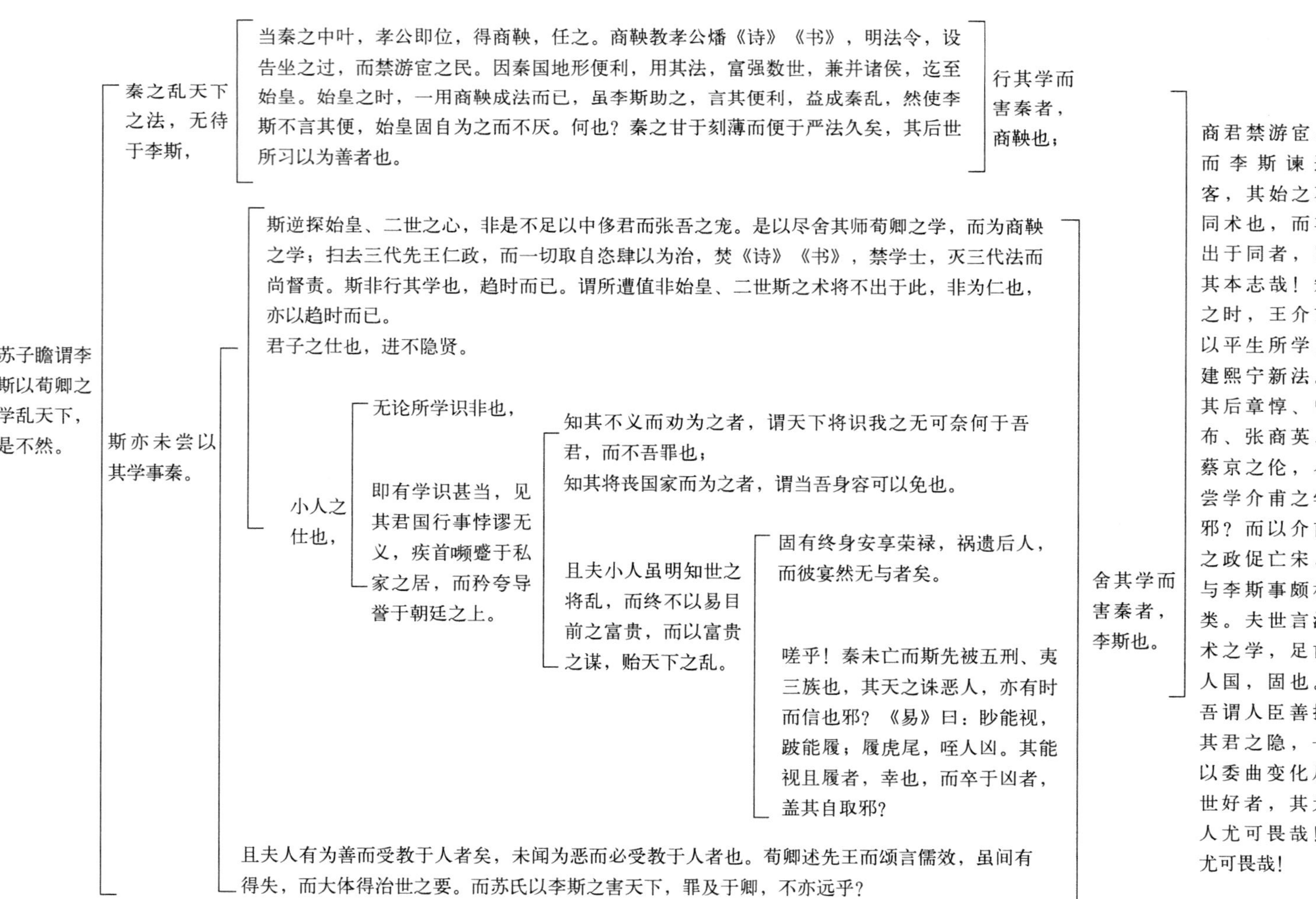

苏子瞻谓李斯以荀卿之学乱天下，是不然。

秦之乱天下之法，无待于李斯，

当秦之中叶，孝公即位，得商鞅，任之。商鞅教孝公燔《诗》《书》，明法令，设告坐之过，而禁游宦之民。因秦国地形便利，用其法，富强数世，兼并诸侯，迄至始皇。始皇之时，一用商鞅成法而已，虽李斯助之，言其便利，益成秦乱，然使李斯不言其便，始皇固自为之而不厌。何也？秦之甘于刻薄而便于严法久矣，其后世所习以为善者也。

行其学而害秦者，商鞅也；

斯亦未尝以其学事秦。

斯逆探始皇、二世之心，非是不足以中侈君而张吾之宠。是以尽舍其师荀卿之学，而为商鞅之学；扫去三代先王仁政，而一切取自恣肆以为治，焚《诗》《书》，禁学士，灭三代法而尚督责。斯非行其学也，趋时而已。谓所遭值非始皇、二世斯之术将不出于此，非为仁也，亦以趋时而已。

君子之仕也，进不隐贤。

小人之仕也，

无论所学识非也，

即有学识甚当，见其君国行事悖谬无义，疾首嚬蹙于私家之居，而矜夸导誉于朝廷之上。

知其不义而劝为之者，谓天下将识我之无可奈何于吾君，而不吾罪也；

知其将丧国家而为之者，谓当吾身容可以免也。

且夫小人虽明知世之将乱，而终不以易目前之富贵，而以富贵之谋，贻天下之乱。

固有终身安享荣禄，祸遗后人，而彼宴然无与者矣。

嗟乎！秦未亡而斯先被五刑、夷三族也，其天之诛恶人，亦有时而信也邪？《易》曰：眇能视，跛能履；履虎尾，咥人凶。其能视且履者，幸也，而卒于凶者，盖其自取邪？

舍其学而害秦者，李斯也。

且夫人有为善而受教于人者矣，未闻为恶而必受教于人者也。荀卿述先王而颂言儒效，虽间有得失，而大体得治世之要。而苏氏以李斯之害天下，罪及于卿，不亦远乎？

商君禁游宦，而李斯谏逐客，其始之不同术也，而卒出于同者，岂其本志哉！宋之时，王介甫以平生所学，建熙宁新法。其后章惇、曾布、张商英、蔡京之伦，曷尝学介甫之学邪？而以介甫之政促亡宋，与李斯事颇相类。夫世言法术之学，足亡人国，固也。吾谓人臣善探其君之隐，一以委曲变化从世好者，其为人尤可畏哉！尤可畏哉！

斯助之，言其便利”自是事实，故必补出此数语，理由乃觉充足也。

“斯逆探始皇二世之心”须看其接笔之挺拔简净此接笔即第二段之起笔。

“始皇之时，一用商鞅成法而已，虽李斯助之，言其便利，益成秦乱，然使李斯不言其便，始皇固自为之而不厌”，“尽舍其师荀卿之学而为商鞅之学”，“斯非行其学也，趋时而已。设所遭值，非始皇二世之术，将不出于此，非为仁也，亦以趋时而已”此等句，皆全篇筋节之处，须看其用笔之明显，此等处含糊一毫不得，稍含糊游移，便晦矣。自“且夫小人虽明知世之将乱”至“不亦远乎”连用两“且夫”，提挈文气，极为疏宕，前路文气坚劲，故此处不得不用疏宕之笔，此疏密相间之法也。

“行其学而害秦者，商鞅也。舍其学而害秦者，李斯也”，须看其总束之谨严明显。

“商君禁游宦，而李斯谏逐客，章惇、曾布、张商英、蔡京之伦，未尝学介甫之学，而以介甫之政促亡宋”，连举两证据，凡议论之文，必能举出证据，乃觉其有力而可信，唯证据必须确切，否则反足以减杀其说之效力也。

“夫世言法术之学”以下结出作意，此乃将事实逐层推论明白，然后说出主意之法，亦即于篇末结出主意之法也。

恽子居《西楚都彭城论》

自淮阴侯斥项王不居关中而都彭城，史家亦持此说，后之言地利者祖之，以为项王失计，无有大于此者。恽子居曰：项王之失计，在不救雍、塞、翟三王而东击齐，不在都彭城。何也？项王立沛公为汉王，王巴蜀汉中，而三分关中，王章邯于雍，司马欣于塞，董翳于翟，所以距塞汉王也；夫三人之非汉王敌，不必中人以上知之，项王起江东，败秦救赵，遂霸诸侯，业虽不终，见岂必出中人下哉！吾尝深推其故，而知项王都彭城，盖以通三川之险也，通三川，盖以救三秦之祸也，以彭城控三川，即以三川控三秦，是故都彭城者，项王不得不然之计也。

何以知其然也？乃者项王自王，盖九郡焉，自淮以北，为泗水，为薛，为郯，为琅邪，为陈，皆故楚地，为砀，为东郡，皆故梁地，是时彭越未国，地属西楚，自淮以南为会稽，会稽之分为吴，《灌婴传》“得吴守”是也，亦故楚地；九郡者，项王所手定也，军以手定之地，不患其不安，民于手定之地，不患其不习，国于手定之地，则诸侯不得以地大而指为不均，据天下三分之一以争中原于腹心之间，此三代以来未有之势也。彭城者，居九郡之中，举天下南北之脊，关外之形胜必争之地也，故曰都彭城者，项王不得不然之计也。

虽然，项王之不取关中，何也？曰：项王非不取关中也。乃者汉王先入关，义帝之约，固宜王者也，项王听韩生之说而都之，关中之人安乎不安乎？关外诸侯无异议乎？项王所手定之九郡，将以之分王乎？抑自制乎？度其势必自制之矣，自制之而一旦有警，其将去关中自将而东乎？关中者，固汉王所手定也，舍己所手定之九郡，而夺他人所手定之关中，既夺他人所手定之关中，又不分己所手定之九郡，一旦自将而东，天下之人安乎不安乎？是故关中者，项王所必取之地也，取之而名不顺，势不便，则缓取之，取之而名不顺，势不便，且召天下之兵，则以弃之者取之。何以知其然也？乃者陈涉首难，诸侯各收其地而王之矣。三王，秦之人也，以秦之地付三王，此秦汉之际诸侯之法也。使三王者据全秦之胜，扼全蜀之卫，包南山之塞，室栈道之陉，终身为西楚藩卫，则朝贡征发，何求而不可。若其以百战之烬，生降之虏，寄仇雠之号令，驱乡党之俦匹，一有扰动，西楚废其主，刈其民，若燎毛射缟耳，指挥既定，人心自固。诚如是也，汉王不得援前说以争秦，诸侯不得指前说以责楚，名与势皆顺便矣，所谓缓取之也，所谓以弃之者取之也。是故不付之张耳、臧荼者，不以关外之将相制关中也，不付之共敖、黥布者，不以西楚之将相制关中也，阳示天下以大公，而阴利三王之易取，是故三秦者，项王之寄地也。其告韩生曰："富贵不归故乡，如衣锦夜行，人谁见之。"此项王之设辞也，非项王之本计也。

虽然，关中，重地也，取关中，重计也，其取之之次第奈何？曰：项王之计，不急于收三秦之地也，急于阻汉王之东而已。何以知其然也？乃者项王之所忌，唯汉王也，是故未为取秦之谋，先为救秦之策。三川者，救秦之要道也，以瑕丘、申阳据三川，而北函谷南武关絜其要领矣，以司马卬辅三川之北，而函谷之军无阻矣，以韩成夹三川之南，而武关之军无留矣，二王皆赵臣，赵睦于楚，故道通，韩成不睦于楚，不使之国而楚制之，故道亦通；道通矣，然而西楚之都，不能朝发夕至，则犹之乎未通也，彭城者，去函谷千有余里，去武关亦千有余里，轻骑数日夜可叩关；北收燕赵之卒，南引荆郴之师，关外可厚集其势，关中可迭批其隙，汉王一摇足，则章邯先乘之，司马欣、董翳叠乘之，西楚倾天下之力而急乘之，汉何患不衄！秦何患不全！汉王且不能保巴蜀汉中，岂能移尺寸与楚争一日之利！故曰，以彭城控三川，即以三川控三秦，都彭城者，项王不得不然之计也。

不意四月诸侯就封，五月而田荣反齐，是月而陈余反赵，六月而彭越反梁，西楚之势，不能即日西兵，而汉王已于五月破章邯，八月降司马欣、董翳矣；盖项王止策汉王，而田荣、陈余、彭越三人，非其所忌，故有此意外之变，此则项王之失计也。然使当日者，不受汉间东兵击齐，举三楚之士，分两路捷走争秦，其时申阳、司马卬未败，韩成已废，兵行无人之境，函谷破，武关必降，武关破，函谷亦不守，淮阴侯挟新造之汉与旋定之秦，以当百战必胜之卒，胜负之计，必不如垓下以三十万当十万之数矣；如是则三秦可复，三秦复则三川益固，九郡益张，齐、赵、燕三国，有不折而入于楚者哉！而卒弃之不为，此则项王之失计也。故曰在不救雍、塞、翟三王而东击齐，不在都彭城也。

夫争战之事，一日千变。古人身亲其事，凡所设施，必非偶然，不可以成败轻量也。后世如六朝之割裂，如五季之紊乱，草泽英雄，崛起一时，必有异人之识，兼人之力，为众所不及者。天下大器，置都大事，曾是项王而漫付之；吾故推其所以然，以明得失之实。如必以项王为虑不及此，彼亚父者，亦非不审于计者也。

【文体】

此篇亦议论文，而与前篇异。前篇为意欲说明一种道理，而借古事以资发挥者，此篇则意在考核古事之真相，而辨明其是非得失者也。凡议论之文，须（一）推勘事理，（二）或考核事实者，皆可以此为式。又为作长篇论文之法。

【分段】

此篇可分六段。第一段自起至“是故都彭城者，项王不得不然之计也”，为总起。“项王之失计，在不救雍塞翟三王而东击齐，不在都彭城”，“吾尝深推其故，而知项王都彭城，盖以通三川之险也。通三川盖以救三秦之祸也。彭城控三川，即以三川控三秦，是故都彭城者，项王不得不然之计也”为一篇主意。

第二段自“何以知其然也”至“故曰都彭城者，项王不得不然之计也”，言项王所以不得不都彭城之故。

第三段自“虽然项王之不取关中何也？”至“非项王之本计也”，言项王之于关中不得不缓取之，不得不以弃之者取之。

第四段自“虽然关中重地也”至“都彭城者，项王不得不然之计也”，言以彭城控三川，即以三川控三秦。惟三秦不容急取，而项王又不得不都彭城，则不得不以彭城控三川，以三川控三秦，故第二第三第四三段，实一大段而分为三小段者也。此一大段第二第三第四三小段。言项王之失计，不在于都彭城。

第五段自“不意四月，诸侯就封”至“不在都彭城也”言项王之失在不救雍塞翟三王而东击齐。

第六段自“夫争战之事”至完，回应起段作结。

【文字研究】

凡作长文，最贵法密，法密者有总有分，总括之语确能包举分疏之语，分疏之语确不出乎总括之语之外，如此篇以“项王之失计，在不救雍、塞、翟三王而东击齐，不在都彭城”，以彭城控三川，即以三川控三秦为一篇主意。下文以第二第三第四三段说明以彭城控三川，以三川控三秦，以见都彭城之非失计，以第五段说明不救雍、塞、翟三王而东击齐，正与此意相背，故为失计。全篇中无一语出于主意之外者，所立主意，亦更无未经说明之憾，所谓法密也。昔人所谓曲折入微，盛水不漏者也。

又措词须针锋相对，则法易密。如此文言项王都彭城之利曰：“军于手定之地，不患其不安，民于手定之地，不患其不习，国于手定之地，则诸侯不得以地大而指为不均。”下文言关中之不可急取,则曰“关中之人安乎不安乎……天下之人安乎不安乎”，即与此紧相针对。“汉王不得援前说以争秦，诸侯不得举前事以责楚”亦然，所谓法密也。

又措词须深相承接，亦为法密之一端，如上文云以“瑕丘申阳据三川……而武关之军无留矣”，云“彭城者……轻骑数日夜可叩关”，下文云“举三楚之士……函谷亦不守”是也。凡文字有（一）有总起而无总结者，先总后分。（二）有总结而无总分者，先分后总。（三）有全体平列者。亦有（四）既有总起又有总结者，作长文往往用此法，如此篇以第六段回应前段是也。第一段第六段皆颇长，盖作长文必如此，体势乃能相称，若作短文，则起结亦宜较短也。

“自淮阴侯斥项王……无有大于此者”数语为题之来路。凡作论文，必先将所论之事叙明，然其叙述贵乎简洁，不可支曼，如项王不都关中一问题，古来议论者甚多，乃以始发其论之淮阴侯，载之史籍之史家及祖述此论之后之言地利者，三项括之是也。

“恽子居曰”以下说出主意。凡作论文，最好于叙述所论之事之后，即将主意说出，如此方觉深凑，否则易流于松懈，作长篇论文者尤要。

“乃者项王之自王……灌婴传得吴守是也”，此段中含有考据，然文中不宜过于支蔓，故但撮举大略，而其详则见之自记中，即夹注之法也。夹注之体，最能使纲目分明，故其法创自班固，后人卒不能废。

“据天下三分之一……至必争之地也”，此等吃紧处，看其措语之有力。“是故关中者……则以弃之者取之”，于推论之中，作提挈总束之语，眉目乃清，作长篇文，最宜注意。

“扼全蜀之冲，包南山之塞，窒栈道之隘”“百战之烬，生降之虑”“寄仇雠之号令，驱乡党之俦匹”“废其主，刈其民”多作偶语，凡长篇文中，必有此等处，文气乃觉凝重。“军于手定之地……必争之地也”，一段势较凝重，“乃者汉王先入关……天下之人安乎不安乎”，一段势较流走，此处又用凝重之笔，乃文字整散疏密相间之法也。

“是故不付之张耳臧荼者……不以西楚之将相制关中也”，即上文“秦汉之际，诸侯之法”之注脚也。然置之上文，则文势易懈，故于此处补述之，下文又叠用一“是故”，又举出“其告韩生曰”一证据，即觉其波澜壮阔。

“关外可厚集其势……西楚倾天下之力而急乘之”总承“以彭城控三川，以三川控三秦”，“三秦复而三川益固，九郡益张”亦然，“齐赵燕三国有不折而入于楚者哉”并申言齐之无待于击，以见击齐之为失计，意义极周匝，文法亦极完密。

“如必以项王为虑不及此”，两句于正意之外，忽生一余波，所以舒其气也。

王介甫《给事中孔公墓志铭》

宋故朝请大夫、给事中、知郓州军州事、兼管内河堤劝农同群牧使、上护军、鲁郡开国侯、食邑一千六百户、实封二百户、赐紫金鱼袋孔公者，尚书工部侍郎、赠尚书吏部侍郎讳勖之子，兖州曲阜县令、袭封文宣公、赠兵部尚书讳仁玉之孙，兖州泗水县主簿讳光嗣之曾孙，而孔子之四十五世孙也。

其仕当今天子天圣、宝元之间，以刚毅谅直，名闻天下。尝知谏院矣，上书请明肃太后归政天子，而廷奏枢密使曹利用、上御药罗崇勋罪状。当是时，崇勋操权利，与士大夫为市；而利用悍强不逊，内外惮之。尝为御史中丞矣，皇后郭氏废，引谏官、御史伏阁以争，又求见上，皆不许，而固争之，得罪然后已。盖公事君之大节如此。此其所以名闻天下，而士大夫多以公不终于大位，为天下惜者也。

公讳道辅，字厚济。初以进士释褐，补宁州军事推官。年少耳，然断狱议事，已能使老吏惮惊。遂迁大理寺丞，知兖州仙源县事，又有能名。其后尝直史馆，待制龙图阁，判三司理欠凭由司，登闻检院，吏部流内铨，纠察在京刑狱，知许、徐、兖、郓、泰五州，留守南京，而兖、郓御史冲丞皆再至。所至官治，数以争职不阿，或绌或迁，而公持一节以终身，盖未尝自绌也。

其在兖州也，近臣有献诗百篇者，执政请除龙图阁直学士。上曰："是诗虽多，不如孔某一言。"乃以公为龙图阁直学士。于是人度公为上所思，且不久于外矣。未几，果复召以为中丞。而宰相使人说公稍折节以待迁，公乃告以不能。于是又度公且不得久居中，而公果出。初，开封府吏冯士元坐狱，语连大臣数人，故移其狱御史。御史劾士元罪，止于杖，又多更赦。公见上，上固怪士元以小吏与大臣交私，污朝廷，而所坐如此，而执政又以谓公为大臣地道，故出知郓州。

公以宝元二年如郓，道得疾，以十二月壬申卒于滑州之韦城驿，享年五十四。其后诏追复郭皇后位号，而近臣有为上言公明肃太后时事者，上亦记公平生所为，故特赠公尚书工部侍郎。

公夫人金城郡君尚氏，尚书都官员外郎讳宾之女。生二男子：曰淘，今为尚书屯田员外郎；曰宗翰，今为太常博士，皆有行治世其家。累赠公金紫光禄大夫、尚书兵部侍郎，而以嘉祐七年十月壬寅，葬公孔子墓之西南百步。

公廉于财，乐振施，遇故人子，恩厚尤笃。而尤不好鬼神机祥事。在宁州，道士治真武像，有蛇穿其前，数出近人，人传以为神。州将欲视验以闻，故率其属往拜之，而蛇果出，公即举笏击蛇杀之，自州将以下皆大惊，已而又皆大服，公由此始知名。然余观公数处朝廷大议，视祸福无所择，其智勇有过人者，胜一蛇之妖，何足道哉！世多以此称公者，故余亦不得而略也。铭曰：

展也孔公，维志之求。行有险夷，不改其辀。权强所忌，谗谄所仇。考终厥位，宠禄优优。维皇好直，是锡公休。序行纳铭，为识诸幽。

【文体】

此篇属碑志类。叙事之文志铭最多佳者，以其体较传状少宽也。

【分段】

此篇可分七段，第一段“宋故朝请大夫……而孔子之四十五世孙也”，叙官爵世系。

第二段“其仕当今天子……为天下惜者也”，先叙其请归政争废后两事，以见其事君大节。

第三段“公讳道辅……盖未尝自绌也”，总叙其生平历官。

第四段“其在兖州也……故出知郓州”，特叙其为上所思而入及为执政所挤而出。

第五段“公以宝元二年如郓……故特赠公尚书工部侍郎”，叙卒官及卒后特赠。

第六段“公夫人……西南百步”，叙妻子及身后追赠葬地。

第七段“公廉于财……不得而略也”，补叙其生平为人。

【文字研究】

凡叙事文必有一条理系统，条理系统既得，而后（一）详略及（二）先后次序之法，从此生焉。条理系统无定法，要在即所叙之事而推求之。如此篇孔道辅乃一谏臣，其生平最重要之事，厥惟谏诤，而谏诤之中，又以请归政、争废后两事为大，故特提出另叙，提前先叙。以见其为人，此外则但叙其为上所思及其不能从宰相之说，以见其不能大用之由，其余则皆可从略，此即先后详略之法也。

第二段所叙之事，为全篇纲领所在，此一段得力，则其余皆迎刃而解矣，故文亦以全力赴之。“其仕当今天子天圣、宝元之间”“尝知谏院矣”“尝为御史中丞矣”，须看其提笔之轩爽。“以刚毅谅直，名闻天下”“当是时……内外惮之”，须看其措语之简质有力。“盖公事君……为天下惜者也”，须看其结束之明了。此力争上游之法也。

第三段历叙其生平经历而称之之语，不过“年少耳……已能使老吏惮惊”“又有能名”“所至官治”数语，而更以“数以争职不阿……盖未尝自绌也”数语总括之，此即简略之法。凡文字须有简略之处，详叙处乃见精神，犹画家之有疏密浓淡也。

“于是人度公……以为中丞”“于是又度公……而公果出”，须看其眉目之清醒。

君主专制时代，表彰不见用之直臣最难。盖抹杀其直固不可，表彰太过，则其君有拒谏之嫌，故必以“人度公为上所思”“上亦记公生平所为”等数语斡旋之，铭词不言上之不能用，而反以“考终厥位，宠禄优游”为皇之所锡，亦此意。

击蛇一事为道辅知名之始，且时人多以此称之，故不能不叙。然此篇于道辅生平，但叙其直谏大节，其余之事略去者多矣。反详叙此琐事，则嫌详略不称，故必以“然余观公……亦不得而略也”数语斡旋之。

欧阳永叔《徂徕石先生墓志铭》

徂徕先生姓石氏，名介，字守道，兖州奉符人也。徂徕，鲁东山，而先生非隐者也，其仕尝位于朝矣。鲁之人不称其官而称其德，以为徂徕鲁之望，先生鲁人之所尊，故因其所居山，以配其有德之称，曰徂徕先生者，鲁人之志也。

先生貌厚而气完，学笃而志大，虽在畎亩，不忘天下之忧，以谓“时无不可为，为之无不至。不在其位，则行其言。吾言用，功利施于天下，不必出乎己；吾言不用，虽获祸咎，至死而不悔”。其遇事发愤，作为文章，极陈古今治乱成败以指切当世，贤愚善恶，是是非非，无所讳忌。世俗颇骇其言，由是谤议喧然，而小人尤嫉恶之，相与出力必挤之死。先生安然不惑不变，曰：“吾道固如是，吾勇过孟贲矣。”不幸遇疾以卒。既卒，而奸人有欲以奇祸中伤大臣者，犹指先生以起事，谓其诈死而北走契丹矣，请发棺以验。赖天子仁圣，察其诬，得不发棺，而保全其妻子。

先生世为农家，父讳丙，始以仕进，官至太常博士。先生年二十六，举进士甲科，为郓州观察推官、南京留守推官。御史台辟主簿，未至，以上书论赦罢不召。秩满迁某军节度掌书记，代其父官于蜀，为嘉州军事判官。丁内外艰去官，垢面跣足，躬耕徂徕之下，葬其五世未葬者七十丧。服除，召入国子监直讲。

是时，兵讨元昊久无功，海内重困，天子奋然思欲振起威德，而进退二三大臣，增置谏官御史，所以求治之意甚锐。先生跃然喜曰："此盛事也。雅颂吾职，其可已乎？"乃作《庆历圣德诗》以褒贬大臣，分别邪正，累数百言。诗出，太山孙明复曰："子祸始于此矣。"明复，先生之师友也。其后所谓奸人作奇祸者，乃诗之所斥也。

先生自闲居徂徕，后官于南京，常以经术教授。及在太学，益以师道自居人弟子从之者甚众。太学之兴，自先生始，其所为文章，曰某集者若干卷，曰某集者若干卷。其斥佛、老、时文，则有《怪说》《中国论》，曰："去此三者，然后可以有为。"其戒奸臣、宦、女，则有《唐鉴》，曰："吾非为一世监也。"其余喜怒哀乐，必见于文。其辞博辩雄伟，而忧思深远。其为言曰："学者，学为仁义也。惟忠能忘其身，惟笃于自信者，乃可以力行也。"以是行于己，亦以是教于人。所谓尧、舜、禹、汤、文、武、周公、孔子、孟轲、扬雄、韩愈氏者，未尝一日不诵于口；思与天下之士，皆为周、孔之徒，以致其君为尧、舜之君，民为尧、舜之民，亦未尝一日少忘于心。至其违世惊众，人或笑之，则曰："吾非狂痴者也。"是以君子察其行，而信其言，推其用心而哀其志。

先生直讲岁余，杜祁公荐之天子，拜太子中允。今丞相韩公又荐之，乃直集贤院。又岁余，始去太学，通判濮州。方待次于徂徕，以庆历五年七月某日卒于家，享年四十有一。友人庐陵欧阳修哭之以诗，以谓待彼谤焰熄，然后先生之道明矣。先生既殁，妻子冻馁不自胜。今丞相韩公与河阳富公，分俸买田以活之。后二十一年，其家始克葬先生于某所。

将葬，其子师讷与其门人姜潜、杜默、徐遁等来告曰："谤焰熄矣，可以发先生之光矣。敢请铭。"某曰："吾诗不云乎'子道自能久'也，何必吾铭？"遁等曰："虽然，鲁人之欲也。"乃为之铭曰：

徂徕之岩岩，与子之德兮，鲁人之所瞻。汶水之汤汤，与子之道兮，逾远而弥长。道之难行兮，孔孟亦云遑遑。一世之屯兮，万世之光。曰：吾不有命兮，安在夫桓魋与臧仓？自古圣贤皆然兮，噫！子虽毁其何伤！

【文体】

此篇亦碑志类。

【分段】

此篇可分三段，第一段“徂徕先生……而保全其妻子”浑举其生平。又可分为两小段，(一)“徂徕鲁东山……鲁人之志也”，述其为鲁人所尊，兼释徂徕先生四字之由来。(二)“先生貌厚而气完……而保全其妻子”，浑举其志事及遭际。

第二段“先生世为农家……葬先生于某所”，详叙其生平之事与前段相对，前段为虚笼，此段为实叙也。又可分四小段，(一)“先生世为农家……召入国子监直讲”，叙家世科第仕进至官国子监直讲止。(二)“是时兵讨元昊……乃诗之所斥也”，叙其作庆历圣德诗。(三)“先生自闲居徂徕……推其用心而哀其志”，叙其①教授，②著述，③言论，④立心，⑤行事。(四)“先生直讲岁余……葬先生于某所”，叙①直讲以后历官，②卒葬，③及身后之事。

第三段“将葬……乃为之铭”述作铭之意。

【文字研究】

凡叙事之文，须从两方面措意，(一)为事之外形，谓事之见于外，为众所共见者，如人有言可闻，有行动可见是也。(一)为其事之内容，则其事之所以然，如言有所由言，动有所由动是也。前者可谓为事之物质方面，后者可谓为事之精神方面。叙事之文有但描写其外形而内容自见者，所谓“直书其事而是非自见”也，此等处兼写其内容，则失之拙。有必抉发其内容而其事之真相始见者，若但叙其外形，则又索然无味矣。盖人之行事，有可据外形，以测定其内容者，亦有不能者。前者但叙述其行为即可，后者必兼写其心理也。表章个人之作，其人(一)有有事功可见者，(二)有无事功可见者，前者但叙述其事实即可，后者必能举出其人之心理，乃有精神也。

此篇即属于后一类，其得力之处，在于谋篇之善。盖石介生平无甚实事可见，欲表章其人，必能将其心理传出，而人之心理，无从逐事铺叙，亦无从随处解释，故必撮作一段，总叙于前，此等处看似虚笼，其实为叙事最重要之处。盖叙述固兼有形无形两方面言之也。

“徂徕鲁东山……鲁人之志也”，此数语看似闲笔，然此篇既以徂徕先生称介，则此数语，即为文之紧要关键，入手即叙正文字紧凑之处。此数语须看其用笔之宕逸。“以为时无不可为……吾勇过孟贲矣”，浑举其生平志事，此等处措语贵简而精，一冗沓便无味矣。

作庆历圣德诗，乃石介生平最有关系之事，又其生平居官政绩可见者，惟在教授，二者皆其处国子监时事，故即于此下叙之，而其所以教人者，即其平时所以存之于心，宣之于口，笔之于书，而见之于躬行者也。故其言论著述，宅心行已，亦于此并叙焉。

“是时兵讨元昊……”看其起法之简净平正。

“太山孙明复曰”之“太山”两字叙明孙明复之籍贯，“先生之师友也”句，叙明明复与石介之关系，此等处虽小节，却不可漏，否则鹘突矣。

“先生自闲居徂徕，后官于南京，尝以经术教授”，此语为补叙法，亦为并叙法，凡事之相类者，若逐处分叙，则复重可厌，能以类归并，则眉目清醒矣。

“太学之兴，自先生始”，此等句法，最为谨严简净，八字中可包含无数事实，若必详叙之，则累千言万语，仍可伤于挂漏。此等句法，我国史籍中最多，所谓史笔也。乃叙事文最工处，宜留意学步。

“其所为文章，曰某集者，若干卷，曰某集者，若干卷”，总叙其所著之书。“其斥佛、老时文……吾非为一世监也”，从其所著书全体中，特提出两种详论之。“其余喜怒哀乐，必见其文”，又总论其所著之书。以上皆从其著述之内容立论。“其辞博辩雄伟，而忧深思远”，则从其文辞一方面立论。“其为言曰……乃可以力行也”，则又因其著述而推及于其言之全，著述者言之一端。“以是行于已”五字，因言而及其行，“亦以是教于人”句，因其行已而及其教人。“所谓尧舜……少忘于心”，又合其宅心及教人者言之，凡此皆行之于已者也。“至其违世惊众……吾非狂痴者也”，则述其对于流俗之态度，而更以“是以君子察其行而信其言，惟其用心而哀其志”二语总束之。此段文字可谓极错综变化之妙，须看其在理论上无丝毫错杂凌乱之弊。

“察其行而信其言，推其用心而哀其志”十五字总束全段，笔力千钧，此等处非真有力量者不办。凡错综变化之文字，必有简劲有力之语以束之，观此段可见。

方望溪评此文云“笔阵酣姿，辞繁而不懈”，最能得此文妙处，读此文者，须从此体会。

柳子厚《始得西山宴游记》

自余为僇人，居是州，恒惴栗。其隙也，则施施而行，漫漫而游。日与其徒上高山，入深林，穷回溪，幽泉怪石，无远不到。到则披草而坐，倾壶而醉；醉则更相枕以卧，意有所极，梦亦同趣。觉而起，起而归。以为凡是州之山有异态者，皆我有也，而未始知西山之怪特。

今年九月二十八日，因坐法华西亭，望西山，始指异之。遂命仆过湘江，缘染溪，斫榛莽，焚茅茷，穷山之高而止。攀援而登，箕踞而遨，则凡数州之土壤皆在衽席之下。其高下之势，岈然洼然，若垤若穴，尺寸千里，攒蹙累积，莫得遁隐。萦青缭白，外与天际，四望如一，然后知是山之特出，不与培塿为类。悠悠乎与灏气俱而莫得其涯，洋洋乎与造物者游而不知其所穷。引觞满酌，颓然就醉，不知日之入，苍然暮色，自远而至，至无所见，而犹不欲归。心凝形释，与万化冥合，然后知吾向之未始游，游于是乎始，故为之文以志。是岁，元和四年也。

【文体】

此篇为杂记类中记景物之文。

【分段】

此篇可分两段，第一段“自余为僇人……之怪特”，叙未得西山之前。

第二段“今年九月……元和四年也”，叙既得西山后之宴游。又可分四小段:（一）“今年九月……而止”，叙得山之始末。（二）“攀援而登……为类”，叙登山所见之情景。（三）“悠悠乎……游于是始”,叙在山宴游时之感情。（四）“故为之文……四年也”，结出作文之意及年岁。

【文字研究】

西山之景，异于他山者，在其所登者高，所见者远，故欲状其景物，必须与他山相比较，乃能见其佳处。文之意，即在于此。故从未得西山时叙起，“以为凡是州之山有异态者，皆我有也”“然后知是山之怪特，不与培塿为类”“然后知吾向之未始游，游于是乎始”三句为全篇关节。记景物文佳处，全在“用字之当”“造句之工”,乃能“状难状之景”“达难显之情”。如此文“意有所极，梦亦同趣”八字，形容闲适之状，极为精妙。“其高下之势……四望如一”状登高所见之景尤工。“其高下之势，岈然洼然，若垤若穴”，言登高则所见之物皆小。岈然者，仅见其若垤，洼然者，仅见其若穴也。“尺寸千里”，登高则所见之地广，而其面积亦若缩小者然。“攒蹙累积，莫得遁隐”者，登高则所见之物，缩小其距离，亦若变近，故若攒蹙，若累积也。莫得遁隐，言所见之物，仍不减少也。“萦青缭白，外与天际，四望如一”之“萦青缭白”，犹今人言“一道青一道白”，此远望目力所极之地如此。

柳子厚《至小丘西小石潭记》

从小丘西行百二十步，隔篁竹，闻水声，如鸣佩环，心乐之。伐竹取道，下见小潭，水尤清洌。全石以为底，近岸，卷石底以出，为坻，为屿，为嵁，为岩。青树翠蔓，蒙络摇缀，参差披拂。

潭中鱼可百许头，皆若空游无所依。日光下澈，影布石上，佁然不动；俶尔远逝，往来翕忽，似与游者相乐。

潭西南而望，斗折蛇行，明灭可见。其岸势犬牙差互，不可知其源。

坐潭上，四面竹树环合，寂寥无人，凄神寒骨，悄怆幽邃。以其境过清，不可久居，乃记之而去。

同游者：吴武陵，龚古，余弟宗玄。隶而从者，崔氏二小生：曰恕己，曰奉壹。

【文体】

此篇亦为杂记类中记景物之文。

【分段】

此篇可分五段。第一段“从小丘西……参差披拂”，记得潭之由并总叙其构造形势。

第二段“潭中鱼可……游者相乐”，下望潭中之景。

第三段“潭西南……不可知其源”，记西南望之景。

第四段“坐潭上……乃记之而去”，记居潭上时之情感。

第五段“同游者……曰奉壹”，记同游之人。

【文字研究】

此篇记近观之景，须看其刻画之工细。“全石以为底……参差披拂”，此数语总写潭之构造及其形状，须看其用笔之简净。“皆若空游……游者相乐”，此数语须看其状物之工。俶，《尔雅》释诂作也，今俗语犹有之以状物自静而之动之态，观此等处，可悟必用字精确，而后文乃能工。

苏子瞻《志林·平王》

太史公曰：学者皆称周伐纣，居洛邑。其实不然。武王营之，成王使召公卜居之，居九鼎焉。而周复都丰、镐。至犬戎败幽王，周乃东徙于洛。

苏子曰：周之失计，未有如东迁之谬也。自平王至于亡，非有大无道者也。髭王之神圣，诸侯服享，然终以不振，则东迁之过也。昔武王克商，迁九鼎于洛邑，成王、周公复增营之。周公既殁，盖君陈、毕公更居焉。以重王室而已，非有意于迁也。周公欲葬成周，而成王葬之毕，此岂有意于迁哉？

今夫富民之家，所以遗其子孙者，田宅而已。不幸而有败，至于乞假以生可也，然终不敢议田宅。今平王举文、武、成、康之业而大弃之，此一败而鬻田宅者也。夏、商之王，皆五六百年，其先王之德无以过周，而后王之败亦不减幽、厉。然至于桀、纣而后亡，其未亡也，天下宗之，不如东周之名存而实亡也。是何也？则不鬻田宅之效也。

盘庚之迁也，复殷之旧也。古公迁于岐，方是时，周人如狄人也，逐水草而居，岂所难哉？卫文公东徙渡河，恃齐而存耳。齐迁临淄，晋迁于绛、于新田，皆其盛时，非有所畏也。其余避寇而迁都，未有不亡；虽不即亡，未有能复振者也。

春秋时，楚大饥，群蛮畔之。申息之北门不启，楚人谋徙于阪高。蒍贾曰：“不可。我能往，寇亦能往。”于是乎以秦人、巴人灭庸，而楚始大。苏峻之乱，晋几亡矣，宗庙宫室，尽为灰烬。温峤欲迁都豫章，三吴之豪欲迁会稽。将从之矣，独王导不可，曰：“金陵，王者之都也。王者不以丰俭移都。若弘卫文大帛之冠，何适而不可？不然，虽乐土为墟矣。且北寇方强，一旦示弱，窜于蛮越，望实皆丧矣。”乃不果迁，而晋复安。贤哉导也，可谓能定大事矣。嗟夫！平王之初，周虽不如楚之强，顾不愈于东晋之微乎？使平王有一王导，定不迁之计，收丰、镐之遗民，而修文、武、成、康之政，以形势临东诸侯，齐、晋虽强，未敢贰也，而秦何自霸哉！

魏惠王畏秦，迁于大梁。楚昭王畏吴，迁于鄀。顷襄王畏秦，迁于陈。考烈王畏秦，迁于寿春。皆不复振，有亡征焉。东汉之末，董卓劫帝迁于长安，汉遂以亡。近世李景迁于豫章，亦亡。故曰：周之失计，未有如东迁之谬也。

【文体】

此篇亦论辨文。

【分段】

此篇全篇衔接，如一笔书，几于无可画分。须分之，则可为三段。第一段“太史公曰……未有能复振者也”，其中又可分四小段，（一）“太史公曰……周乃东迁于洛”，叙明来历。（二）“苏子曰……此岂有意于迁哉”，断定周之失计。（三）“今夫富民之家……则不鬻田宅之效也”，说明失计之原理。（四）“盘庚之迁也……未有能复振者也”，杂引古事以证成其义。

第二段“春秋时……而秦何自霸哉”，引晋楚之事为证，以见周之可以不迁，以证明其失计。

第三段“魏惠王畏秦……未有如东迁之谬也”，更引迁而致亡者为证，以足其意。

【文字研究】

此篇杂引众事以成文，可见读史者，当贯串古今，方有论事之识，不当区区计校一事之得失，又可见文字之贵于词少而意多。

“苏子曰周之失计，未有如东迁之谬者也”，亦用开口即断定之法，末句更作照应，以清眉目。“自平王至于亡……则东迁之过也”，证明周之亡，确由东迁，须看其接笔之源。“今夫富民之家……而鬻田宅者也”，为全篇主意。杂引史事，不可无线索以贯穿之，否则如满屋散钱矣。即借喻言以作总意，可见其用笔之妙。

此篇须看其用笔之飘忽，如风雨杂沓，不可方物。东坡早年文字，有策士习气，体势往往失之冗长，文字亦有过于矜才使气之处。晚年之作，至为奇肆于夷，犹淡荡之中，寓纵横驰骤之妙，论者称其“心手相忘，独立千秋”，信不诬也。此等文字能熟读之，识其用笔之法，下笔自无沾滞之病。

吴南屏《京师寄家人书》

八月二十八日，书与念谋兄弟知之：在京师惟闻南中贼势甚急，又闻人传说秋禾旱伤，日夕惊忧，恐吾乡里闻事即未可测。得来信，乃知吾近地被旱颇轻，郡城驻军防堵，而乡里安定如常。然迩者贼遂由间道趋攻长沙，此岂意料所及乎？省城未知可保与否，以势言之，何至遂破。果遂破者，天下事尚可为哉！贼始自粤犯湖南，众不过数千，官军数万，大帅坐拥观望，不敢迎击。贼得旁逸横出，又声言无杀害平民，散乡民防堵者之心。所入州县非力攻取之也，直径行，莫之有阻耳。官军随贼尾追，以收复为名而因为淫掠者，比比也。南中来者言，贼所过，官军尝后之一两日至，则其地一空。人畏官军，都不忌贼，贼以故径千里得至于此。贼之用兵，可谓狡而亦轻脱无虑甚矣。彼其计虑间，且以提兵大帅为何等人乎。前程督走回长沙，官吏必大惩创城中之人，势不得不同命共守。而闻骆中丞搜戮奸谍颇尽，鲍提督先到，此差可恃者。惟是官兵素骄惰怯战，所募勇军尤难制御，稍不得意虑反为贼，城事特未可知耳。若贼遂破长沙，岳郡防堵之师，亦将望风骇散，能御而覆之湖中耶，且贼又将由间道走平江、通城，而达武昌也。虽然贼本众故自无多，不过纠呼邪党，以张声势，亦是未经战阵之徒，攻城日久，外援皆至，势必退窜。此时有能兵者聚而歼之，其隘东南数岁之祸可一朝息也。然如此者岂所望于今之为兵者哉？直保城可冀耳。熊儿得母尚在城中，吾不为忧疑，必能自脱也。近计与李次青偕归，既而熟思之，归须四十来日，期贼得势则湖湘道阻，归亦何为？否则无庸归，兼恐道路多虞，以是中止。次青亦未果行。吾夜酒后发愤为诗自遣闷，及与人赠答相语，以贼录之为鸣剑词云，吾今年正月初四日出门时岂意有此情事耶噫！

【文字研究】

此篇即通常家信也，拉杂书写，并无段落可分。凡文字必能随笔抒写，然后意无不达，而适于用，故大忌为一定格式所拘。同一随笔抒写，何以或成文或不成文，此则视乎其意之如何，即文字之实质如何，不关形式。语曰："出辞气，斯远鄙倍矣。"人必先无鄙倍之心，然后无鄙倍之语。此谓无鄙倍之语存于脑中，非谓无鄙倍之语出诸口也。夫脑筋中本无鄙倍之语，则作文时，即欲求鄙倍，亦安得鄙倍之语而用之？若此者，虽以俗语成文，其文亦雅。若思想未离乎鄙倍，即用雅词涂泽其文，亦必俗不可耐。不然俗手而作之文字，其所用之词，何尝特异于名大家哉？

苏子瞻《练军实》

三代之兵，不待择而精。其故何也？兵出于农，有常数而无常人，国有事，要以一家而备一正卒，如斯而已矣。是故老者得以养，疾病者得以为闲民，而役于官者，莫不皆其壮子弟。故其无事而田猎，则未尝发老弱之民；师行而馈粮，则未尝食无用之卒。使之足轻险阻，而手易器械，聪明足以察旗鼓之节，强锐足以犯死伤之地，千乘之众而人人足以自捍，故杀人少而成功多，费用省而兵卒强。盖春秋之时，诸侯相并，天下百战。其经传所见谓之败绩者，如城濮、鄢陵之役，皆不过犯其偏师而猎其游卒，敛兵而退，未有僵尸百万，流血于江河，如后世之战者，何也？民各推其家之壮者以为兵，则其势不可得而多杀也。

及至后世，兵民既分，兵不得复而为民，于是始有老弱之卒。夫既已募民而为兵，其妻子屋庐，既已托于营伍之中，其姓名既已书于官府之籍，行不得为商，居不得为农，而仰食于官，至于衰老而无归，则其道诚不可以弃去，是故无用之卒，虽薄其资粮，而皆廪之终身。凡民之生，自二十以上至于衰老，不过四十余年之间；勇锐强力之气，足以犯坚冒刃者，不过二十余年。今廪之终身，则是一卒凡二十年无用而食于官也。自此而推之，养兵十万，则是五万人可去也；屯兵十年，则是五年为无益之费也。民者，天下之本；而财者，民之所以生也。有兵而不可使战，是谓弃财；不可使战而驱之战，是谓弃民。臣观秦、汉之后，天下何其残败之多耶？其弊皆起于分民而为兵。兵不得休，使老弱不堪之卒，拱手而就戮。故有以百万之众而见屠于数千之兵者。其良将善用，不过以为饵，委之啖贼。嗟夫！三代之衰，民之无罪而死者其不可胜数矣。

今天下募兵至多。往者陕西之役，举籍平民以为兵，加之明道、宝元之间，天下旱蝗，以及近岁青、齐之饥，与河朔之水灾，民急而为兵者，日以益众。举籍而按之，近岁以来，募兵之多，无如今日者。然皆老弱不教，不能当古之十五；而衣食之费，百倍于古。此甚非所以长久而不变者也。凡民之为兵者，其类多非良民。方其少壮之时，博弈饮酒，不安于家，而后能捐其身。至其少衰而气沮，盖亦有悔而不可复者矣。臣以谓：五十以上，愿复为民者，宜听；自今以往，民之愿为兵者，皆三十以下则收，限以十年而除其籍。民三十而为兵，十年而复归，其精力思虑，犹可以养生送死，为终身之计。使其应募之日，心知其不出十年，而为十年之计，则除其籍而不怨。以无用之兵终身坐食之费，而为重募，则应者必众。如此，县官长无老弱之兵，而民之不任战者，不至于无罪而死。彼皆知其不过十年而复为平民，则自爱其身而重犯法，不至于叫呼无赖以自弃于凶人。今夫天下之患，在于民不知兵。故兵常骄悍，而民常怯，盗贼攻之而不能御，戎狄掠之而不能抗。今使民得更代而为兵，兵得复还而为民，则天下之知兵者众，而盗贼戎狄将有所忌。然犹有言者，将以为十年而代，故者已去而新者未教，则缓急有所不济。夫所谓十年而代者，岂其举军而并去之？有始至者，有既久者，有将去者，有当代者，新故杂居而教之，则缓急可以无忧矣。

【文体】

此篇为奏议文。近人选本凡例或云诏令奏议与现在国体不合，故概不选录。此谬论也。选录文字，不徒模仿其格式，兼当注意其美的方面。美的方面，大要有二：（一）曰势力，（二）曰音调。势力求其雄厚，音调求其和谐，昔人所谓有声有色。奏议文字，则势力之最为雄厚者也。

分段：

此篇可分三段。第一、二段中，又可分为四小段，今列表对照如下：（见下页图）（一）言其办法。（二）（三）推言其利。（四）则举史事以证之也。

第三段又可分为四小段：（一）“今天下募兵至多……而不变者也。”述今制之失。（二）“凡民为之兵者……而不可复者矣。”述今制可变之原理。（三）“臣以谓……将有所忌。”述自拟之办法及其利益。（四）“然犹言者……可以无忧矣。”复设为问难而解释之。

（一）三代之兵，不待择而精。其故何也？兵出于农，有常数，而无常人，国有事，要以一家而备一正卒，如斯而已矣。	（二）是故老者得以养，疾病者得以为闲民，而役于官者，莫不皆其壮子弟。	（三）故其无事而田猎，则未尝发老弱之民，兵行而馈粮，则未尝食无用之卒。使之足轻险阻而手易器械，聪明足以察旗鼓之节，强锐足以犯死伤之地，故杀人少，而成功多，费用省，而兵卒强。	（四）盖春秋之时，诸侯相并，天下百战。其经传所见，谓之败绩者，如城濮、鄢陵之役，皆不过犯其偏师，而猎其游卒，敛兵而退，未有僵尸百万，流血于江河，如后世，战者，何也，民各推其家，壮者以为兵，则其势不可得而多杀也。
（一）及至后世，兵民既分，兵不得复而为民，于是始有老弱之卒。	（二）夫既已募民而为兵，其妻子屋庐，既已托于营伍之中，其姓名既已书于官府之籍，行不得为商，居不得为农，而仰食于官，至于衰老而无归，则其道诚不可以弃去，是故无用之卒，虽薄其资粮，而皆廪之终身。	（三）凡民之生，自廿以上至于衰老，不过四十余年之间，勇锐强力之气，足以犯坚冒刃者，不过二十余年。今廪之终身，则是一卒凡二十年无用，而食于官也。自此而推之，养兵十万，则是五万人可去也。屯兵十年，则是五年为无益之费也。民者，天下之本；而财者，民之所以生也。有兵而不可使战，是谓弃财；不可使战而驱之战，是谓弃民。	（四）臣观秦汉之后，天下何其残败之多邪？其弊皆起于分民而为兵。兵不得休，使老弱不堪之卒，拱手而就戮。故有以百万之众，而见屠于数千之兵者。其良将善用，不过以为饵，委之啖贼。嗟夫！三代之衰民之无罪而死者其不可胜数矣。

【文字研究】

凡读文字，须先知其全篇主意之所在，乃易于着手研究。可观其布置起伏照应之法。如此篇以民兵与募兵相比较，其正意谓民兵之利在于兵出于民，亦可复还为民，故其兵强，民不至无罪而死，而费用亦省。募兵之制则反是。又兵民相合，则天下知兵者众，则其余意也。而应募之人，至于少衰而气沮，未尝不愿复而为民，则为募兵可变为民兵之原理。凡此皆通身筋节也。

读此文须看其明爽骏快处，全篇无一模糊之字，无一游移之句，故觉其势力雄厚。

读此文须看其简练处，全篇不过一千零三十五字，而说理之富，引证及叙述事实之多，劣手为之，虽二千言不能尽也。惟其文简，是以力厚。凡文之简练者，其气必凝重，而气之凝重者，必多偶语，故此文偶句甚多。

“足轻险阻……犯死伤之地”四句，须看其句法之简省，句法之所以能简省者，以“轻”字“易”字等用字之精也。

“夫既以募民而为兵……诚不可以弃去”，推原立论，以见无用之卒，廪之终身，实由立法之失，可见募兵之制，不得不改。文字中此等推原立论处，最为显豁动目，此等处苏最长，非徒其文字骏爽，亦由其见理明透也。

“凡民之生……五年而为无益之费也。”须看其计算之明画，凡文字最忌颟顸，故遇有能以数字显所说之理处，必须计算明白，此层在今日尤要。惟上文计算明白，故“民者天下之本……是为弃民”，觉其断制之有力。

“嗟夫！三代之衰……其不可胜数矣。”此句宕逸有神，因一路文气严重，不得不有此宕逸之句，以疏其气也。

“凡民之为兵者……而不可复者矣。”此亦推原立论显豁呈露之处。

“臣以为五十以上……以自弃于凶人。”须看其结束之周密，措辞之简省。

苏子瞻《倡勇敢》

臣闻战以勇为主，以气为决。天子无皆勇之将，而将军无皆勇之士，是故致勇有术。致勇莫先乎倡，倡莫善乎私。此二者，兵之微权。英雄豪杰之士，所以阴用而不言于人，而人亦莫之识也。臣请得以备言之。

夫倡者，何也？气之先也。有人人之勇怯，有三军之勇怯。人人而较之，则勇怯之相去，若莛与楹。至于三军之勇怯，则一也。出于反复之间，而差于毫厘之际，故其权在将与君。人固有暴猛兽而不操兵，出入于白刃之中而色不变者；有见虺蜴而却走，闻钟鼓之声而战栗者。是勇怯之不齐至于如此。然闾阎之小民，争斗戏笑，卒然之间而或至于杀人。当其发也，其心翻然，其色勃然，若不可以已者，虽天下之勇夫，无以过之。及其退而思其身，顾其妻子，未始不恻然悔也。此非必勇者也。气之所乘，则夺其性而忘其故。故古之善用兵者，用其翻然勃然于未悔之间，而其不善者，沮其翻然勃然之心，而开其自悔之意，则是不战而先自败也。故曰致勇有术。

致勇莫先乎倡。均是人也，皆食其食，皆任其事，天下有急，而有一人焉，奋而争先，而致其死，则翻然者众矣。弓矢相及，剑楯相交，胜负之势，未有所决，而三军之士，属目于一夫之先登，则勃然者相继矣。天下之大，可以名劫也；三军之众，可以气使也。谚曰："一人善射，百夫决拾。"苟有以发之，及其翻然勃然之间而用其锋，是之谓倡。

倡莫善乎私。天下之人，怯者居其百，勇者居其一，是勇者难得也。捐其妻子，弃其身以蹈白刃，是勇者难能也。以难得之人，行难能之事，此必有难报之恩者矣。天子必有所私之将，将军必有所私之士，视其勇者而阴厚之。人之有异材者，虽未有功，而其心莫不自异。自异而上不异之，则缓急不可以望其为倡。故凡缓急而肯为倡者，必其上之所异也。昔汉武帝欲观兵于四夷，以逞其无厌之求，不爱通侯之赏，以招勇士，风告天下，以求奋击之人，卒然无有应者。于是严刑峻法，致之死地，而听其以深入赎罪，使勉强不得已之人，驰骤于死亡之地。是故其将降，而兵破败，而天下几至于不测。何者？先无所异之人，而望其为倡，不已难乎？私者，天下之所恶也。然而为己而私之，则私不可用；为其贤于人而私之，则非私无以济。盖有无功而可赏，有罪而可赦者，凡所以愧其心而责其为倡也。

天下之祸，莫大于上作而下不应。上作而下不应，则上亦将穷而自止。方西戎之叛也，天子非不欲赫然诛之，而将帅之臣，谨守封略，外视内顾，莫有一人先奋而致命，而士卒亦循循焉莫肯尽力。不得已而出，争先而归，故西戎得以肆其猖狂，而吾无以应，则其势不得不重赂而求和。其患起于天子无同忧患之臣，而将军无腹心之士。西师之休，十有余年矣，用法益密，而进人益难，贤者不见异，勇者不见私，天下务为奉法循令，要以如式而止。臣不知其缓急将谁为之倡哉？

【文体】

此篇亦奏议文。

【分段】

此篇可分五段。第一段“臣闻……备言之”总起。第二段“夫倡者何也……故曰致勇有术”释致勇有术。第三段“致勇莫先乎倡……是之谓倡”释致勇莫先乎倡。第四段“倡莫善乎私……而责其为倡也”释倡莫善乎私。第五段“天下之祸……谁为之倡哉？”述当时之情形，以见致勇之术，不可不讲。

【文字研究】

此篇为说理之文，须看其明白晓畅，善状难显之情。凡论事之文，必须能说出原理，方觉动目。而说理之文，又须能就事实方面立论，方觉显豁。如“人固有暴猛兽……而忘其故”，“均是人也……则勃然者相继矣”，皆设事以明之是也。

“致勇有术”“致勇莫先乎倡”“倡莫善乎私”三语为一篇主意。而勇由于气，以今语言之，即所请精神方面。而非徒在物质方面，则其所以可致之原理也。故通篇于气字，处处点醒。

“人之有异材者……不可以望其为倡”此为倡莫善乎私之原理。探原立论与前篇“凡民之为兵者……而不可复者矣”同一笔法。

“致勇莫先乎倡……是之为倡”“倡莫乎私……必其上之所异也”略相对偶，而“昔汉武帝……不已难乎”“私者……而责其为倡也”两小段，则为第四段中独有者，以倡致勇，责专在将，以私为倡，责兼在君。此篇为君主言之，故措词有详略也。

“私者……则非私无以济”为文字中自圆其说之处，盖此之所谓私者，原不含偏私之意。然私字向为人所偏恶，易起误解，故必加以说明。凡文字中所用之名词，有含义混淆，易起误解者，为须剖析清楚，此层在今日新旧思想混淆之际尤甚，科学地用一名词，必先下一定义，正以此也。

此文措语精妙处，必须留意学步。如“出于反复之间……在将与君”“气之所乘，则夺其性而忘其故”“用其翻然勃然……开其自悔之意”“以难得之人……难报之恩比矣”，均极显豁呈露。“天下之人……可以气使也”十八字造语尤精。“天下之祸……穷而自止”数语，善状难显之情。“循循焉……争先而归”等语，形容入妙，使人解颐。

《练军实》《创勇敢》两篇为东坡少年文字，看其明白爽快，前篇论事，此篇说理。

触龙说赵太后

赵太后新用事。秦急攻之。赵氏求救于齐。齐曰："必以长安君为质，兵乃出。"太后不肯，大臣强谏。太后明谓左右："有复言令长安君为质者，老妇必唾其面。"

左师触龙愿见。太后盛气而揖之。入而徐趋，至而自谢，曰："老臣病足，曾不能疾走，不得见久矣。窃自恕。恐太后玉体之有所郄也，故愿望见。"太后曰："老妇恃辇而行。"曰："日食饮得无衰乎？"曰："恃鬻耳。"曰："老臣今者殊不欲食。乃自强步，日三四里，少益嗜食，和于身。"曰："老妇不能。"太后之色少解。

左师公曰："老臣贱息舒祺，最少，不肖。而臣衰，窃爱怜之。愿令补黑衣之数，以卫王宫。没死以闻。"太后曰："敬诺。年几何矣？"对曰："十五岁矣。虽少，愿及未填沟壑而托之。"太后曰："丈夫亦爱怜其少子乎？"对曰："甚于妇人。"太后曰："妇人异甚。"对曰："老臣窃以为媪之爱燕后，贤于长安君。"曰："君过矣。不若长安君之甚。"左师公曰："父母之爱子，则为之计深远。媪之送燕后也，持其踵，为之泣，念悲其远也。亦哀之矣。已行，非弗思也。祭祀必祝之，祝曰：'必勿使反。'岂非计久长有子孙相继为王也哉？"太后曰："然。"左师公曰："今三世以前，至于赵之为赵，赵王之子孙侯者，其继有在者乎？"曰："无有。"曰："微独赵，诸侯有在者乎？"曰："老妇不闻也。""此其近者祸及身，远者及其子孙。岂人主之子孙则必不善哉？位尊而无功，奉厚而无劳，而挟重器多也。今媪尊长安君之位，而封以膏腴之地，多予之重器，而不及今令有功于国，一旦山陵崩，长安君何以自托于赵？老臣以媪为长安君计短也，故以为其爱不若燕后。"太后曰："诺。恣君之所使之。"

于是为长安君约车百乘，质于齐。齐兵乃出。

子义闻之曰：人主之子也，骨肉之亲也，犹不能恃无功之尊，无劳之奉，以守金玉之重也，而况人臣乎？

【文髓】

此篇属书说类，而亦记事文也。

【分段】

自起至“齐兵乃出”皆记事。子义闻之曰，则别为一段，犹史家之有论赞也。

【文字研究】

文字本所以代语言，故文字之妙，本与语言无异。语言之妙者记载之，即成绝世妙文。但古者文字之用未广，陈说使令多以口语行之，故其时娴于词令之士极多，后世则此等处，往往代之以笔札，故文词虽工而娴于辞令之士则少也。

记事之文，非能于其事有所加也，能曲尽其事而已。若于其事有所加，是失其事之真相也，是变乱事实也，是其言伪而不诚，是佞人也。世之评记事文者，往往曰欲写某一人，则故立某一人以为之陪衬；欲写某一事，则故设某一事以为之张本。又曰欲写某人之智，则故甚某人之愚以形容之；欲写某人之仁，则倍写某人之暴，以衬托之。此乃金圣叹批小说之法，岂可施之作文邪？或曰诚如子言，事之本有意味者则可矣。事之本无意味者，其事即无记载之价值，其文即可以不作。犹之议论文，其事本无议论之价值者，其文即可以不作，岂可故甚其词，以耸听耶？

凡记事本贵曲尽其真相，于事之外，诚不可以有所加，而于其事之真相，亦不可以有所漏。如此篇之目的，在记左师之善谏，以为谏者法。而左师之善谏，正于太后之拒谏见之，故必详写太后之词色，以见左师之谏由渐而入，曰“太后明谓左右，有复言令长安君为质者，老妇必唾其面”，曰“太后盛气而揖之”，曰“太后之色少解”及以下所记太后之言辞皆是也。此中“太后之色少解”六字，最易漏去，然设漏去此六字，则其记载不完全，而其事实之真相，不可见矣。此等处最宜注意。“太后曰：敬诺，年几何矣。”以下太后之意已解，观其言即可知其渐入左师之谏，惟当左师托舒祺时，太后之意之解，尚不能于言词见之，而必于其颜色窥之，欲托舒祺之说，实为左师说词之始，盖窥太后之色少解，然后进之。使是时太后之色尚不解，则左师必更以他说进，而不遽以托舒祺之说进矣。故此六字，必不可漏也。

左师之谏，所谓婉谏也。须看其措辞之婉曲处，盖以前诸大臣皆强谏而不效，故左师易一法以进也。故“大臣强谏”四字，亦为紧要关目。自“父母之爱子”以下，措辞之婉曲，尤为易见。“老臣以媪为长安君之计短也，故以其爱不若燕后”此两句收束明白而词气亦充足。古人奏议中，恒有此等收束之语，皆取其明白也。此等处去冗赘一间耳，宜留意辨别。

词令之工，至春秋战国而极，而战国策士游说之词尤佳。大抵其进说，必揣度其所说之人，与其所陈说之事，度其言之可入，然后进之，故其言无不切中事理，易于动听者。能熟读《战国策》，可悟出无数作文之法。如此篇观左师之立言，则可悟行文婉曲之法，观其言之以渐而入，则可悟出作文层次之法是也，盖文字与语言，原非二事也。《国策》本纵横家之书，不宜归入史部。

“子义闻之曰”一段，犹史家之有论赞。凡记事文之论赞，往往不从正面着笔，非如俗儒所云故从侧面立论，以求文字之奇也。盖正面人皆知之，无待于论，若更论之，则赘词也。如此篇记载之目的，原以见左师之善谏，然左师之善谏，读此文者，谁不知之，何待更为陈论乎？《左氏》记君子论泄冶之词，亦是此法？

《鲁仲连说辛垣衍》

秦围赵之邯郸。魏安釐王使将军晋鄙救赵，畏秦，止于荡阴，不进。魏王使客将军辛垣衍间入邯郸，因平原君谓赵王曰：“秦所以急围赵者，前与齐闵王争强为帝，已而复归帝，以齐故。今齐闵王益弱，方今惟秦雄天下。此非必贪邯郸，其意欲求为帝。赵诚发使尊秦昭王为帝，秦必喜，罢兵去。”平原君犹豫未有所决。

此时鲁仲连适游赵，会秦围赵。闻魏将欲令赵尊秦为帝，乃见平原君曰：“事将奈何矣？”平原君曰：“胜也何敢言事？百万之众折于外，今又内围邯郸而不去，魏王使客将军辛垣衍令赵帝秦。今其人在是，胜也何敢言事？”鲁仲连曰：“始吾以君为天下之贤公子也，吾乃今然后知君非天下之贤公子也。梁客辛垣衍安在？吾请为君责而归之。”平原君曰：“胜请为绍介而见之于先生。”平原君遂见辛垣衍曰：“东国有鲁连先生，其人在此，胜请为绍介而见之于将军。”辛垣衍曰：“吾闻鲁连先生，齐国之高士也。衍，人臣也，使事有职。吾不愿见鲁连先生也。”平原君曰：“胜已泄之矣。”辛垣衍许诺。

鲁连见辛垣衍而无言。辛垣衍曰：“吾视居此围城之中者，皆有求于平原君者也。今吾视先生之玉貌，非有求于平原君者，曷为久居此围城之中而不去也？”鲁连曰：“世以鲍焦无从容而死者，皆非也。今众人不知，则为一身。彼秦，弃礼义上首功之国也。权使其士，虏使其民。彼则肆然而为帝，过而遂正于天下，则连有赴东海而死耳，吾不忍为之民也。所为见将军者，欲以助赵也。”辛垣衍曰：“先生助之奈何？”鲁连曰：“吾将使梁及燕助之，齐、楚固助之矣。”辛垣衍曰：“燕则吾请以从矣。若乃梁，则吾乃梁人也，先生恶能使梁助之耶？”鲁连曰：“梁未睹秦称帝之害故也。使梁睹秦称帝之害，则必助赵矣。”辛垣衍曰：“秦称帝之害将奈何？”鲁仲连曰：“昔齐威王尝为仁义矣，率天下诸侯而朝周。周贫且微，诸侯莫朝，而齐独朝之。居岁余，周烈王崩，诸侯皆吊，齐后往。周怒，赴于齐曰：‘天崩地坼，天子下席。东藩之臣田婴齐后至，则斫之。’威王勃然怒曰：‘叱嗟，而母婢也。’卒为天下笑。故生则朝周，死则叱之，诚不忍其求也。彼天子固然，其无足怪。”

辛垣衍曰：“先生独未见夫仆乎？十人而从一人者，宁力不胜、智不若耶？畏之也。”鲁仲连曰：“呜呼！梁之比于秦，若仆耶？”辛垣衍曰：“然。”鲁仲连曰：“然则吾将使秦王烹醢梁王。”辛垣衍怏然不悦，曰：“嘻！亦太甚矣，先生之言也。先生又恶能使秦王烹醢梁王？”鲁仲连曰：“固也，待吾言之。昔者鬼侯、鄂侯、文王，纣之三公也。鬼侯有子而好，故入之于纣，纣以为恶，醢鬼侯；鄂侯争之急，辩之疾，故脯鄂侯；文王闻之，喟然而叹，故拘之于牖里之库百日，而欲令之死。高为与人俱称帝王，卒就脯醢之地也？齐闵王将之鲁，夷维子执策而从，谓鲁人曰：‘子将何以待吾君？’鲁人曰：‘吾将以十太牢待子之君。’夷维子曰：‘子安取礼而来待吾君？彼吾君者，天子也。天子巡狩，诸侯避舍，纳管键，摄衽抱几，视膳于堂下。天子已食，乃退而听朝也。’鲁人投其籥，不果纳。不得入于鲁。将之薛，假涂于邹。当是时，邹君死。闵王欲入吊，夷维子谓邹之孤曰：‘天子吊，主人必将倍殡柩，设北面于南方，然后天子南面吊也。’邹之群臣曰：‘必若此，吾将伏剑而死。’故不敢入于邹。邹、鲁之臣，生则不能事养，死则不得饭含，然且欲行天子之礼于邹、鲁之臣不果纳。今秦万乘之国，梁亦万乘之国。俱据万乘之国，交有称王之名，睹其一战而胜，欲从而帝之，是使三晋之大臣，不如邹、鲁之仆妾也。且秦无已而帝，则且变易诸侯之大臣。彼将夺其所谓不肖，而予其所谓贤；夺其所憎，而与其所爱。彼又将使其子女谗妾为诸侯妃姬，处梁之宫，梁王安得晏然而已乎？而将军又何以得故宠乎？”

于是辛垣衍起，再拜，谢曰："始以先生为庸人，吾乃今日而知先生为天下之士也。吾请去，不敢复言帝秦。"

秦将闻之，为却军五十里。适会公子无忌夺晋鄙军以救赵，击秦，秦军引而去。

于是平原君欲封鲁仲连。鲁仲连辞让者三，终不肯受。平原君乃置酒，酒酣，起前，以千金为鲁连寿。鲁连笑曰："所贵于天下之士者，为人排患释难解纷乱而无所取也。即有所取者，是商贾之人也。仲连不忍为也。"遂辞平原君而去，终身不复见。

【文体】

此篇亦属书说类而亦记事文也。

【分段】

此篇可分三段：第一段"秦围赵之邯郸……辛垣衍许诺"为文之来路。第二段"鲁连见辛垣衍……秦军引而去"为文之正面。第三段"于是平原君……终身不复见"为文之去路。

【文字研究】

此篇之妙，与小说无异。盖辛垣衍庸人，其所恋者禄位耳。鲁连所以动之者，只在"且秦无已而帝……而将军何以得故宠乎"数语，然此数语非能见辛垣衍而直陈之也。须看其曲曲折折，说出此数语，辛垣衍拒之愈深，而鲁连之所以进其说者，其法愈妙，卒能自达其说处。

辛垣衍挟帝秦之说而来，其于不帝秦之说，盖早存一深闭固拒之见，故鲁连欲见之而衍不愿见。其言曰："鲁连先生，齐国之高士也。衍人臣也，使事有职。"所谓"高士"乃不负责任之代名，"使事有职"则谓予奉梁王之命而来，但知帝秦，至其事之利害然否，则出于权限之外，非吾所得而议也。及平原君强之，然后不得已而见。既见鲁连，必仍有深闭固拒之色，而鲁连亦无言，盖此时无从说起也。"吾观居此围城之中者……曷为久居此围城之中而不去也"貌为敷衍之词，其意则谓汝居此无益，何不速去耳。夫其意至欲逐鲁连速去，则其说之无从进审矣。然战国说士，他人不开口则已，一开口必能乘间抵隙而入，此以见游说之术，亦必习之有素，然后能之，非偶然也。仲连乃引一鲍焦之事以答之，谓吾之所为，不止一身，非以居围城之中为忧者。而"所为见将军者，欲以助赵也”之正意，遂于此说出。辛垣衍虽甚不悦，然表面上固不得不敷衍之。乃问曰“先生助之奈何”，鲁连则曰“吾将使梁及燕助之”，牵定一梁，使辛垣衍不得不问，迨其既问，遂说出秦称帝之害，然辛垣衍之拒鲁连如故也。于是明言帝秦之议，由于畏秦。盖鲁连一策士，不能战不能守，告以帝秦之谋，由于实力之不敌，则其词必穷矣。斯时与鲁连之意，相去愈远，鲁连乃以“梁之比于秦若仆”激之，激之而辛垣衍仍不动，乃更以“吾将使秦王烹醢梁王”激之，斯时辛垣衍心虽不动，表面上不得不做出不悦之色，而仲连遂以讨脯醢鬼鄂二侯，拘囚文王之说进。盖前此所引齐威王之事，乃言帝人者之失其虚名，而此所引，则言帝人者之受其实祸。夫说至帝人者之受其实祸，则与所欲说之正意相近矣。而“秦无已而帝”以下数语，遂怡然涣然而出。盖辛垣衍之拒鲁连，本言帝秦之举，出于实力不逮，无可如何，虚名更不能顾虑，而仲连即以帝秦必兼受实祸答之，实仍针锋相对也。

言语与文字，本非二事，故言语之妙，与文字之妙无异。战国策士言语之至妙者也。故观战国策士之言，可悟出无数作文之法。战国策士之进说也，必视其所说者为何如人，然后以何说当之，则知吾辈作文，亦必观所告者为何如人，然后作何如语矣。此所谓切于事情，然后其文字乃有效，一也。其进说也，必有其所欲说之正意，然往往不能直陈，于是必曲折引证，反复譬喻，乃克将其正意说出。而作文层次及引证譬喻之法，于此可悟矣，二也。其进说也，往往为所说者所拒，然辗转驳辨，必达吾之说而后已。其驳辨之说，无不针锋相对，愈出愈妙者，而辨难之法以及说理之文，愈出而愈奇之法，可以悟焉矣，三也。又《战国策》记事之文，亦妙绝天下。如《触龙说赵太后》篇“太后之色少解”及此篇“鲁连见辛垣衍而无言”二句，俱从无字句处记载出当时情形，使读者如身入其中，目击其事。有“太后之色少解”句，然后左师之说，皆乘太后之意既解而进，跃然纸上；有“鲁连见辛垣衍而无言”句，然后辛垣衍深闭固拒之情及鲁连乘间抵隙，以入其说之术，亦可一览了然矣。此记事文紧要关目也。

记事之详略，有一定法度。如此篇之意，在记鲁连之说辛垣衍，故于鲁连说衍之词，记录极详，即二人词色之间，亦详加记载，盖正意所在也。而鲁连之说平原君，则非此篇所欲记，故仅述其大略而止。其词曰“吾始以君为天下之贤公子也，吾乃今然后知君非天下之贤公子也。梁客辛垣衍安在？吾请为君责而归之”，岂有不论帝秦之可否，拒秦之利害，而贸然责平原以非贤公子，欲为责辛垣衍而归之之理，平原君亦何能听此鹘突之词，即为之绍介于辛垣衍。盖鲁连之对平原君必有详论帝秦之可否，拒秦之能否之语，然或非记述者所闻，或虽闻之，而军国秘谋，不便形诸记载，或记此事者，亦说士之流，其意仅在记载鲁连游说之妙，以资揣摩，而其谋国及拒敌之词，则非所重，故虽知之而未尝记载，或别为专篇记载之，而其书已亡，皆未可知。而世之论者，顾或谓秦之退军，别有其故，初非慑于鲁连之一言，以此文“秦将闻之，为却军五十里”之语，悉将秦军退却之事，归功于鲁连为过。夫秦军当日或实力已屈，仅恃赵魏之惮其虚声而欲帝之，不复为御敌之谋，故敢逼城而军。及闻帝秦之谋已罢，则拒敌之计必决，故遂引军而退。原未尝云赵人别无御敌之方，秦军别无退却之故，徒慑于鲁连之一言，而遂甘心退却也。至其不于赵人御敌之谋，秦人退军之故，详加记述者，则记载当日两军之情事，自别有其人，即欲兼记之，亦当别作专篇，固非此篇之所当及也。凡此皆作文之体例也。此之不知，而挟乡曲陋儒之眼光，以评论古人之文，而因及于当日之情事，则非徒文字之不明，而史实有为之淆乱者矣。曩尝见某笔记谓《左传》载鉏麑数语，何人闻之，实为千古疑案云云。夫《左传》之记此事，但欲以见赵宣子之不忘恭敬，鉏麑之勇于就义耳，即此数语，已足见此二者而有余，其他无关本旨，设更记之，即成赘词，故皆可以删削。《左传》之记赵宣子假寐，乃以见其不忘恭敬，非以见鉏麑之乘其假寐而往贼之也。宣子为国正卿，岂得一人假寐，左右无侍候之人，且传又未言宣子始终假寐，至鉏麑欲往贼之，而尚未寤也。鉏麑之语，安得无人闻之。此等评论，真乃不值一笑。然记事文之详略之法，却于此可见。古人作文，所以记载极详，能使当时之情事历历如绘，而自与小说不同者，正以其记事必有关系，苟无关系之事，即无一语羼入也。

旧时评文之语，有所谓“急来缓受”者，其说虽陋，亦可见言语之妙，如“曷为久居此围城之中而不去”“秦称帝之害将奈何”“先生又恶能使秦王烹醢梁王”等句，语意皆极急迫，而答引鲍焦、齐威王、鬼侯、鄂侯、文王事，语意皆极宽缓是也。然“所为见将军者，欲以助赵也”“诚不忍其求也”“彼天子固然其无足怪”“是使三晋之大臣，不如邹鲁之仆妾也”，收束到原意仍极分明，此等处若忘去收束，则游骑无归矣。于此可悟语意拓开之处，下文必有紧峭之收束语；意不能拓开，则局促而不舒展，而文章无千岩万壑之观；收束不能紧密，则意思不显，而人将不知其所云之为何矣。“吾将使梁及燕助之”，“梁未睹秦称帝之害故耳”，则须看其接笔之紧峭。

“今秦万乘之国……而将军又何以得故宠乎”一段为全篇正意所在，须看其聚精会神处。“是使三晋之大臣，不如邹鲁之仆妾也”一句，先将上意收足，然后说出“且秦无已而帝”一层，仍将“彼又将使其子女谗妾为诸侯妃姬”作一陪衬，然后说出“而将军又何以得故宠乎”一句，即觉其笔力千钧矣。于此可见文章蓄势之法，可悟如何则可以免于中庸。

此文惟第二段为文之正面，故记载特详。第一段第三段皆取足以说明文之来路去路而止，故记载极简。第一段辛垣衍因平原君谓赵王之语及鲁连、平原君二人问答之语，须玩其简净而明白，“此时鲁仲连适游赵……乃见平原君”叙法极简洁明爽，夷维子对鲁人邹人之语，叙法亦详略不同，所以避呆板也。

《触龙说赵太后》《鲁仲连说辛垣衍》两篇为《战国策》之文,看其叙事之妙。

曾子固《列女传目录序》

刘向所叙《列女传》凡八篇，事具《汉书》向列传。而《隋书》及《崇文总目》皆称向《列女传》十五篇，曹大家注。以《颂义》考之，盖大家所注，离其七篇为十四，与《颂义》凡十五篇，而益以陈婴母及东汉以来凡十六事，非向书本然也。盖向旧书之亡久矣。嘉祐中，集贤校理苏颂始以《颂义》为篇次，复定其书为八篇，与十五篇者并藏于馆阁。而《隋书》以《颂义》为刘歆作，与向列传不合。今验《颂义》之文，盖向之自叙。又《艺文志》有向《列女传颂图》，明非歆作也。自唐之乱，古书之在者少矣，而《唐志》录《列女传》凡十六家，至大家注十五篇者，亦无录，然其书今在，则古书之或有录而亡，或无录而在者，亦众矣。非可惜哉！今校雠其八篇及十五篇者已定，可缮写。

初，汉承秦之敝，风俗已大坏矣，而成帝后宫赵卫之属尤自放。向以谓王政必自内始，故列古女善恶所以致兴亡者，以戒天子。此向述作之大意也。其言太任之娠文王也，目不视恶色，耳不听淫声，口不出敖言。又以谓古之人胎教者皆如此。夫能正其视听言动者，此大人之事，而有道者之所畏也。顾令天下之女子能之，何其盛也！以臣所闻，盖为之师傅保姆之助，《诗》《书》图史之戒，珩璜琚瑀之节，威仪动作之度，其教之者虽有此具，然古之君子，未尝不以身化也。故“家人”之义归于反身，二南之业本于文王，夫岂自外至哉？世皆知文王之所以兴，能得内助，而不知其所以然者，盖本于文王之躬化，故内则后妃有《关雎》之行，外则群臣有二南之美，与之相成。其推而及远，则商辛之昏俗，江汉之小国，兔罝之野人，莫不好善而不自知，此所谓身修故家国天下治者也。后世自问学之士，多徇于外物而不安其守，其室家既不见可法，故竞于邪侈，岂独无相成之道哉？士之苟于自恕，顾利冒耻而不知反己者，往往以家自累故也。故曰“身不行道，不行于妻子”，信哉！如此人者，非素处显也，然去二南之风，亦已远矣，况于南乡天下之主哉？向之所述，劝戒之意，可谓笃矣。

然向号博极群书，而此传称《诗》《芣苢》《柏舟》《大车》之类，与今序《诗》者之说尤乖异，盖不可考。至于《式微》之一篇，又以谓二人之作。岂其所取者博，故不能无失欤？其言象计谋杀舜及舜所以自脱者，颇合于《孟子》，然此传或有之，而《孟子》所不道者，盖亦不足道也。凡后世诸儒之言经传者，固多如此，览者采其有补，而择其是非可也。故为之序论以发其端云。

【文体】

此篇属序跋类。

【分段】

此篇凡分三段。第一段，从“刘向所叙”至“……可缮写”，又可分为四小段，（一）从“刘向所叙”到“并藏于馆阁”，述此书有八篇十五篇两本，八篇已忘，至苏颂乃复辑出。（二）从“而隋以颂义为刘歆作”到“明非歆作也”，考定颂义为刘向所作。（三）从“自唐之乱”到“非可惜哉”，以现存之本与《唐志》所录相校，如古书之有录而亡，无录而在者甚众为可惜。（四）从“今校雠其八篇”到“可缮写”述现在之校理。

第二段，自“初汉承秦之敝”至“可谓笃矣”，仍分三小段，（一）自“初汉承秦之敝”至“此向述作之大意也”，原刘向所以作此书之意。（二）自“其言太任之娠文王也”，至“况于南乡天下之主哉”，就书中之一端立论，畅发躬化之意。自“此所谓身修，故家国天下治者也”，以上为正面。而自“后世自学问之士”以下为反面。（三）自“向之所述”至“可谓笃矣”归到本题，以结束本段。

第三段，自“然向号博极群书”至“以发其端云”，评论此书之内容。

【文字研究】

第一段头绪极繁，须看其叙次之简洁明净。

第二段中先用第一小段说明刘向此书之作意，本在陈戒天子，以见此书实为天子所宜观览。次乃用第二小段更进一层，刘向言王政必自内始，女言善恶，足以致兴亡，此则言女之善恶，责仍在于天子之一身，须看其层次之井然；“初汉承秦之敝”须看其起笔之简净。

“向之所述，劝戒之意，可谓笃矣。”此三句为收到本题之法。盖前此所说，谓之推论。文字中用推论之法，大抵系从近处推到远处，小处推到大处，言者听者均忘却本题，说话使无归束，故必须（1）或于推论之先揭明宗旨，（2）或于推论之间，时时将本旨提醒，（3）或于推论之末，依旧归到本题。此三句即第三法也。

凡气息深厚之文，必多偶俪排比之句，如此文中之“师傅保姆之助，诗书图史之戒，珩璜琚瑀之节，威仪动作之度”，“家人之义，归于反身，二南之业，本于文王”，“内则后妃，有关雎之行，外则群臣，有二南之美”，“商辛之昏俗，江汉之小国，兔罝之野人”等句是也。

“然古之君子，未尝不以躬化也”，须看其转笔之深厚。“此所谓身修，故家国天下治者也”，须看其结笔之凝重。

文有以简为贵者，亦有以繁为贵者。大抵数语可了之处，本无繁言之价值，繁言之不徒无味，且易因此而致误会，则必以简为贵。至于一篇主旨所在，不惮反复详言，则虽繁而不厌其复，且愈繁，则其势力愈厚。如此篇“家人之义，归于反身；二南之业，本于文王，夫岂自外至哉”之下，又接“世皆知文王之所以兴，能得内助，而不知其所以然者，盖本于文王之躬化”云云，即其一例。此等处须玩其酣畅淋漓之妙。

自“以臣所闻”至“此所谓身修，故家国天下治者也”，皆陈古者人君之德，以劝诱其君，至反面颇难着笔，故从士一方面立论，然后转到“南乡天下之主”，须看其措辞之得体。

此书之作意，在陈戒天子，使之化导宫闱，原不以书中之小疵废，然因书中一节之误，遂并其全书而弃之者，世间往往有之，故不惮详为胪列而申之曰：

“采其有补，而择其是非可也”，其用意正与前段一贯。

第一段为叙跋文字，叙述校理古书之式。第二段为借所序之书，发抒议论之式。第三段为评论其书之内容之式。

南丰序跋文字，第一须领料其气度之雍容大雅。

刘子政《论起昌陵疏》

臣闻《易》曰：“安不忘危，存不忘亡，是以身安而国家可保也。”故贤圣之君，博观终始，究极事情，而是非分明。王者必通三统，明天命所授者博，非独一姓也。孔子论《诗》，至于“殷士肤敏，裸将于京”，喟然叹曰：“大哉天命！善不可不传于子孙，是以富贵无常；不如是，则王公其何以戒慎，民萌何以劝勉？”盖伤微子之事周，而痛殷之亡也。虽有尧、舜之圣，不能化丹朱之子；虽有禹、汤之德，不能训末孙之桀、纣。自古及今，未有不亡之国也。昔高皇帝既灭秦，将都雒阳，感寤刘敬之言，自以德不及周而贤于秦，遂徙都关中，依周之德，因秦之阻。世之长短，以德为效，故常战栗，不敢讳亡。孔子所谓“富贵无常”，盖谓此也。孝文皇帝居霸陵，北临厕，意凄怆悲怀，顾谓群臣曰：“嗟乎！以北山石为椁，用纻絮斫陈漆其间，岂可动哉？”张释之进曰：“使其中有可欲，虽锢南山犹有隙；使其中无可欲，虽无石椁，又何戚焉？”夫死者无终极，而国家有废兴，故释之之言为无穷计也。孝文寤焉，遂薄葬，不起山坟。

《易》曰：“古之葬者，厚衣之以薪，藏之中野，不封不树。后世圣人易之以棺椁。”棺椁之作，自黄帝始。黄帝葬于桥山，尧葬济阴，丘垅皆小，葬具甚微。舜葬苍梧，二妃不从。禹葬会稽，不改其列。殷汤无葬处。文、武、周公葬于毕，秦穆公葬于雍橐泉宫祈年馆下，樗里子葬于武库，皆无丘垅之处。此圣帝明王贤君智士远览独虑无穷之计也。其贤臣孝子亦承命顺意而薄葬之，此诚奉安君父，忠孝之至也。夫周公，武王弟也，葬兄甚微。孔子葬母于防，称古墓而不坟，曰：“丘，东西南北之人也，不可不识也。”为四尺坟，遇雨而崩。弟子修之，以告孔子，孔子流涕曰：“吾闻之，古者不修墓。”盖非之也。延陵季子适齐而反，其子死，葬于嬴、博之间，穿不及泉，敛以时服，封坟掩坎，其高可隐，而号曰：“骨肉归复于土，命也，魂气则无不之也。”夫嬴、博去吴千有余里，季子不归葬。孔子往观曰：“延陵季子于礼合矣。”故仲尼孝子，而延陵慈父，舜、禹忠臣，周公弟弟，其葬君亲骨肉皆微薄矣，非苟为俭，诚便于体也。宋桓司马为石椁，仲尼曰：“不如速朽。”秦相吕不韦集知略之士，而造《春秋》，亦言薄葬之义，皆明于事情者也。

逮至吴王阖闾，违礼厚葬，十有余年，越人发之。及秦惠文、武、昭、严襄五王，皆大作丘陇，多其瘗臧，咸尽发掘暴露，甚足悲也。秦始皇帝葬于骊山之阿，下锢三泉，上崇山坟，其高五十余丈，周回五里有余。石椁为游馆，人膏为灯烛，水银为江海，黄金为凫雁。珍宝之臧，机械之变，棺椁之丽，宫馆之盛，不可胜原。又多杀宫人，生埋工匠，计以万数。天下苦其役而反之，骊山之作未成，而周章百万之师至其下矣。项籍燔其宫室营宇，往者咸见发掘。其后牧儿亡羊，羊入其凿，牧者持火照求羊，失火烧其臧椁。自古至今，葬未有盛如始皇者也，数年之间，外被项籍之灾，内离牧竖之祸，岂不哀哉！

是故德弥厚者葬弥薄，知愈深者葬愈微。无德寡知，其葬愈厚，邱陇弥高，宫庙甚丽，发掘必速。由是观之，明暗之效，葬之吉凶，昭然可见矣。

周德既衰而奢侈，宣王贤而中兴，更为俭宫室，小寝庙，诗人美之，《斯干》之诗是也，上章道宫室之如制，下章言子孙之众多也。及鲁严公刻饰宗庙，多筑台囿，后嗣再绝，《春秋》刺焉。周宣如彼而昌，鲁、秦如此而绝，是则奢俭之得失也。

陛下即位，躬亲节俭，始营初陵，其制约小，天下莫不称贤明。及徙昌陵，增埤为高，积土为山，发民坟墓，积以万数，营起邑居，期日迫卒，功费大万百余。死者恨于下，生者愁于上，怨气感动阴阳，因之以饥馑，物故流离以十万数，臣甚惛焉。以死者为有知，发人之墓，其害多矣；若其无知，又安用大？谋之贤知则不说，以示众庶则苦之。若苟以说愚夫淫侈之人，又何为哉？陛下慈仁笃美甚厚，聪明疏达盖世，宜弘汉家之德，崇刘氏之美，光昭五帝、三王，而顾与暴秦乱君，竞为奢侈，比方丘陇，说愚夫之目，隆一时之观，违贤知之心，亡万世之安，臣窃为陛下羞之。唯陛下上览明圣黄帝、尧、舜、禹、汤、文、武、周公、仲尼之制，下观贤知穆公、延陵、樗里、张释之之意。孝文皇帝，去坟薄葬，以俭安神，可以为则；秦昭、始皇，增山厚臧，以侈生害，足以为戒。初陵之橅，宜从公卿大臣之议，以息众庶。

【文体】

此篇为奏议文。

【分段】

此篇可分三大段。第一段自“臣闻《易》曰”至“不起山坟”。又分为二小段，（一）自“臣闻《易》曰”至“未有不亡之国也”，论国无不亡之理，故不可以不戒慎。（二）自“昔高皇帝既灭秦”至“不起山坟”引本朝之事为证。

第二段自“《易》曰”至“是则奢俭之得失也”。又分为两小段,（一）自“《易》曰”至“昭然可见矣”，历举古来葬之厚薄吉凶以为鉴戒。其中又可分为二段：（甲）自“《易》曰”至“皆明于事情者也”，言薄葬之义。（乙）自“逮至吴王阖闾”至“岂不哀者”,言厚葬之祸。（甲）段中自“《易》曰”至“诚便于体也”，历举古来薄葬之事。自黄帝至樗里子为自制薄葬之义之人；自“夫周公武王弟也”以下，为薄葬其亲之人。以“此圣帝明主贤君智士远览独虑无穷之计也，其贤臣孝子，亦承命顺意而薄葬之，此诚奉安君父，忠孝之至也”二句，承上启下。自“宋桓司马为石椁”至“皆明于事情者也”，举古人论薄葬之义之语。（乙）段中自“逮至吴王阖闾”至“甚足悲也”为一段,仅列举其人,以资鉴戒。自“秦始皇帝”至“岂不哀者”为一段，以始皇之葬为自古迄今，未有之盛，故特详举其事，以资鉴戒也。“是故德弥厚者葬弥薄，知愈深者葬愈微，无德寡知葬愈厚，邱陇弥高，宫庙甚丽，发掘必速，由是观之，明暗之效，葬之吉凶，昭然可见矣。”数语第二段中第一小段之总结束。第二段为全篇之中坚，此一小段又第二段中之正文也。

（二）自“周德既衰而奢侈”至“是则奢俭之得失也”，论奢俭之效并及于后嗣，为第二段中之余义。

第三段自“陛下即位”至“以息众庶”，又分为二小段。（一）“陛下即位”至“臣窃为陛下羞之”，述当时之害。（二）“唯陛下上览明圣”至“以息众庶”述希望之意，兼总结全篇。

【文字研究】

凡奏议文字有数种优点:（一）曰切直。如此篇列举厚葬之祸，明言发掘之惨，又耸之以奢俭之效及于后嗣，所谓切也。直言自古及今，未有不亡之国，死者无终极，而国家有废兴，见坟墓之终不可保，所谓直也。（二）曰详明。全篇议论，皆繁而不杀，征引故事，不厌其多，皆所以力求详明也。具此二美，自然足以动人，此之谓文字之势力。故奏议文之体制，今虽不用，而其文字，却深足取法，欲为觉世之文者，不可不多读古人奏议文字也。

凡文字于叙事或征引之中，夹入议论或解释者，皆所以求其明显也。如此篇“孔子所谓富贵无常，盖谓此也”，“夫死者无终极，而国家有废兴，故释之之言，为无穷计也”，“夫嬴博去吴千有余里，季子不归葬”，“自古及今，葬未有盛如秦始皇者也，数年之间，外被项籍之灾，内罹竖牧之祸，岂不哀哉”，“上章道宫室之如制，下章言子孙之众多也”等句皆是。

“又何戚焉”之下，本可直接“孝文寤焉”，而将“夫死者无终极”数语插入其间，此为于叙事中插入议论之式，所谓夹议夹叙法也。

“其贤臣孝子，亦承命顺意而薄葬之，此诚奉安君父忠孝之至也”，此句承上启下，极其便捷须看。

“使其中有可欲，虽锢南山，犹有隙，使其中无可欲，虽无石椁，又何戚焉！”“以死者为有知，发人之墓，其害多矣。若其无知，又安用大”等句，比较明显而要言不烦。汉人文字，此等处甚多，最宜仿效。

汉人奏议文字，总束之处，最为清晰。如此篇“此圣帝明王，贤君智士，远览独虑，无穷之计也”，总束黄帝、尧、舜、禹、汤、文、武、周公、秦穆公、樗里子诸人。以“是故德弥厚者葬弥薄，知愈深者葬愈微，无德寡知，其葬愈厚，邱陇弥高，宫庙甚丽，发掘必速”，总束黄帝至秦始皇之事。以“惟陛下上览明圣黄帝、尧、舜、禹、汤、文、武、周公、仲尼之制，下览贤知穆公、延陵、樗里、张释之之意，孝文皇帝去坟薄葬，以俭安神，可以为则。秦昭始皇增山厚藏，以侈生害，足以为戒”，总束全篇，皆极其谨严周密，凡以求其明显也。

读此文第一须领略其风韵及气度，姚姜坞谓“子政之文，如睹古之君子，右征角，左宫羽，趋以采齐，行以肆夏，规矩揖扬，玉声锵鸣之容”，又谓“谏昌陵疏浑融遒逸，当为第一”，可谓知言。

合曾子固《列女传目录序》观之，可知南丰之文出于子政，看其雍容厚重。

班昭《为兄超求代书》

妾同产兄西域都护定远侯超，幸得以微功特蒙重赏，爵列通侯，位二千石，天恩殊绝，诚非小臣所当被蒙。超之始出，志捐躯命，冀立微功，以自陈效。会陈睦之变，道路隔绝，超以一身，转侧绝域，晓譬诸国，因其兵众，每有攻战，辄为先登，身被金夷，不避死亡。赖蒙陛下神灵，且得延命沙漠，至今积三十年。骨肉生离，不复相识。所与相随时人士众，皆已物故。超年最长，今且七十。衰老被病，头发无黑，两手不仁，耳目不聪明，扶杖乃能行。虽欲竭尽其力，以报塞天恩，迫于岁暮，犬马齿索。蛮夷之性，悖逆侮老，而超旦暮入地，久不见代，恐开奸宄之源，生逆乱之心。而公卿大夫，咸怀一切，莫肯远虑。如有卒暴，超之气力，不能从心，便为上损国家累世之功，下弃忠臣竭力之用，诚可痛也。故超万里归诚，自陈苦急，延颈逾望，三年于今，未蒙省录。妾窃闻古者十五受兵，六十还之，亦有休息不任职也。缘陛下以至孝理天下，得万国之欢心，不遗小国之臣，况超得备侯伯之位，故敢触死，为超求哀，丐超余年。一得生还，复见阙庭，使国永无劳远之虑，西域无仓卒之忧，超得长蒙文王葬骨之恩，子方哀老之惠。《诗》云："民亦劳止，汔可小康。惠此中国，以绥四方。"超有书与妾生诀，恐不复相见。妾诚伤超以壮年竭忠孝于沙漠，疲老则便捐死于旷野，诚可哀怜。如不蒙救护，超后有一旦之变，冀幸超家得蒙赵母、卫姬先请之贷。

【文体】

此篇亦奏议类。

【分段】

此篇可分四段，第一段自"妾同产兄"至"所当被蒙"，先谢知遇之恩；第二段自"超之始出"至"犬马齿索"，述超立功西域之始末及当时在西域之情形。第三段自"蛮夷之性"至"哀老之惠"。此又可分两小段，（一）"蛮夷之性"至"未蒙省录"，述超得代而未能得代之事。（二）自"妾窃闻"至"哀老之惠"，述为超求代之正意。第四段自"《诗》云"至"先请之贷"。仍分两小段，（一）"《诗》云"至"诚可哀怜"，述自己上书之意。（二）"如不蒙救护"至"先请之贷"，前及超不得代，则后有衰败，请宥其家属。

【文字研究】

此篇为东汉文字，婉约深至，已开魏晋之先声，须看其无一语不婉约。

第二段中陈述超之立功及衰老情形，极为凄恻，其妙尤在"赖蒙陛下神灵，且得延命沙漠""虽欲竭尽其力……犬马齿索"等句。

第三段中陈述超宜得代之理，不从班超一方面说，却从国家一方面立论，故觉其得体。

“丐超余年，一得生还，复见阙庭”尤觉其措辞之凄恻。“使国家……哀老之惠”总束上文，仍不背当时奏议文字格式。

陈承祚《上诸葛氏集表》

臣寿等言：臣前在著作郎，侍中领中书监济北侯臣荀勖、中书令关内侯臣和峤奏，使臣定故蜀丞相诸葛亮故事。亮毗佐危国，负阻不宾，然犹存录其言，耻善有遗，诚是大晋光明至德，泽被无疆，自古以来，未之有伦也。辄删除复重，随类相从，凡为二十四篇，篇名如右。

亮少有逸群之才，英霸之器，身长八尺，容貌甚伟，时人异焉。遭汉末扰乱，随叔父玄避难荆州，躬耕于野，不求闻达。时左将军刘备以亮有殊量，乃三顾亮于草庐之中；亮深谓备雄姿杰出，遂解带写诚，厚相结纳。及魏武帝南征荆州，刘琮举州委质，而备失势众寡，无立锥之地。亮时年二十七，乃建奇策，身使孙权，求援吴会。权既宿服仰备，又睹亮奇雅，甚敬重之，即遣兵三万人以助备。备得用与武帝交战，大破其军，乘胜克捷，江南悉平。后备又西取益州。益州既定，以亮为军师将军。备称尊号，拜亮为丞相，录尚书事。及备殂没，嗣子幼弱，事无巨细，亮皆专之。于是外连东吴，内平南越，立法施度，整理戎旅，工械技巧，物究其极，科教严明，赏罚必信，无恶不惩，无善不显，至于吏不容奸，人怀自厉，道不拾遗，强不侵弱，风化肃然也。当此之时，亮之素志，进欲龙骧虎视，苞括四海，退欲跨陵边疆，震荡宇内。又自以为无身之日，则未有能蹈涉中原、抗衡上国者，是以用兵不戢，屡耀其武。然亮才于治戎为长，奇谋为短，理民之干，优于将略。而所与对敌，或值人杰，加众寡不侔，攻守异体，故虽连年动众，未能有克。昔萧何荐韩信，管仲举王子城父，皆忖己之长，未能兼有故也。亮之器能政理，抑亦管、萧之亚匹也，而时之名将无城父、韩信，故使功业陵迟，大义不及邪？盖天命有归，不可以智力争也。青龙二年春，亮帅众出武功，分兵屯田，为久驻之基。其秋病卒，黎庶追思，以为口实。至今梁、益之民，咨述亮者，言犹在耳，虽《甘棠》之咏召公，郑人之歌子产，无以远譬也。孟轲有云：“以逸道使民，虽劳不怨；以生道杀人，虽死不忿。”信矣！

论者或怪亮文彩不艳，而遇于丁宁周至。臣愚以为咎繇大贤也，周公圣人也，考之《尚书》，咎繇之谟略而雅，周公之诰烦而悉。何则？咎繇与舜、禹共谈，周公与群下矢誓故也。亮所与言，尽众人凡士，故其文指不得及远也。然其声教遗言，皆经事综物，公诚之心，形于文墨，足以知其人之意理，而有补于当世。

伏惟陛下迈踪古圣，荡然无忌，故虽敌国诽谤之言，咸肆其辞而无所革讳，所以明大通之道也。谨录写上诣著作。

【文体】

此篇亦奏议类。

【分段】

此篇可分四段，第一段自“臣寿等言”至“篇名如右”，述校定此书之始末。第二段自“亮少有”至“信矣”，叙述亮之生平。又分三小段，（一）“亮少有”至“风化安然也”，述亮出处及辅佐蜀汉先后主之事。（二）“当此之时”至“智力争也”，推论亮用兵心事及其未能成功之由。（三）“青龙二年”至“信矣”，述亮之死及其遗爱。第三段自“论者或怪”至“有补于当世”，评论此集之内容。第四段“伏维陛下”至“上诣著作”述上表之意。

【文字研究】

此篇为魏晋之文，须玩其词旨之娴雅。

此文全篇精神均在第二段中。其第一小段撮述亮生平大略，须看其叙述之得要。盖亮品节之高，在于不求闻达，而其有大功于先主，则求援孙权，实为其第一事。当时非与孙权协力，则先主殆矣。故特著之曰“亮时年二十七”，曰“乃建奇策”，曰“又睹亮奇雅，甚敬重之”，以见先主与权之联合，亮实有大功。先主在日，一切事尚未属亮，故但云“益州既定，以亮为军师将军”，“备称尊号，拜亮丞相录尚书事”，以见其倚畀之专，任职之要。及先主既殂，则全蜀治绩，皆出亮一人。“于是外连东吴”至“风化肃然也”，须看其叙述之简括。第二小段叙述亮与魏之交涉，此段为措辞最难处，而亦为全篇精彩所在。盖亮所与对敌者为司马宣王，褒亮则于宣王有碍，贬亮又非作者所欲也，故不得不以婉曲之笔达之，须看其措辞之善。

隋文帝《讨突厥诏》

往者魏道衰敝，祸难相寻，周、齐抗衡，分割诸夏。突厥之虏，俱通二国。周人东虑，恐齐好之深；齐氏西虞，惧周交之厚。谓虏意轻重，国逐安危，非徒并有大敌之忧，思减一边之防。竭生民之力，供其来往，倾府库之财，弃于沙漠，华夏之地，实为劳扰。犹复劫剥烽戍，杀害吏民，无岁月而不有也。恶积祸盈，非止今日。朕受天明命，子育万方，愍臣下之劳，除既往之弊。以为厚敛兆庶，多惠豺狼，未尝感恩，资而为贼，违天地之意，非帝王之道。节之以礼，不为虚费，省徭薄赋，国用有余。因入贼之物，加赐将士，息道路之民，务于耕织。清边制胜，成策在心。凶丑愚暗，未知深旨，将大定之日，比战国之时，乘昔世之骄，结今时之恨。近者尽其巢窟，俱犯北边。朕分置军旅，所在邀截，望其深入，一举灭之。而远镇偏师，逢而摧剪，未及南上，遽已奔北，应弦染锷，过半不归。且彼渠帅，其数凡五，昆季争长，父叔相猜，外示弥缝，内乖心腹，世行暴虐，家法残忍。东夷诸国，尽挟私仇，西戎群长，皆有宿怨。突厥之北，契丹之徒，切齿磨牙，常伺其便。达头前攻酒泉，其后于阗、波斯、挹怛三国一时即叛。沙钵略近趣周盘，其部内薄孤、束纥罗寻亦翻动。往年利稽察大为高丽、靺鞨所破，娑毗设又为纥支可汗所杀。与其为邻，皆愿诛剿。部落之下，尽异纯民，千种万类，仇敌怨偶，泣血拊心，衔悲积恨。圆首方足，皆人类也，有一于此，更切朕怀。彼地咎征妖作，年将一纪，乃兽为人语，人作神言，云其国亡，讫而不见。每冬雷震，触地火生，种类资给，惟藉水草。去岁四时，竟无雨雪，川枯蝗暴，卉木烧尽，饥疫死亡，人畜相半。旧居之所，赤地无依，迁徙漠南，偷存晷刻。斯盖上天所忿，驱就齐斧，幽明合契，今也其时。故选将治兵，赢粮聚甲，义士奋发，壮夫肆愤，愿取名王之首，思挞单于之背，云归雾集，不可数也。东极沧海，西尽流沙，纵百胜之兵，横万里之众，亘朔野之追蹑，望天崖而一扫。此则王恢所说，其犹射痈，何敌能当，何远不服！但皇王旧迹，北止幽都，荒遐之表，文轨所弃。得其地不可而居，得其民不忍皆杀，无劳兵革，远规溟海。诸将今行，义兼含育，有降者纳，有违者死。异域殊方，被其拥抑，放听复旧。广辟边境，严治关塞，使其不敢南望，永服威刑。卧鼓息烽，暂劳终逸，制御夷狄，义在斯乎！何用侍子之朝，宁劳渭桥之拜。普告海内，知朕意焉。

【文体】

此篇为诏令文。

【分段】

全篇凡分五段,第一段“往者魏道”至“非止今日”,述前代与突厥之交涉。

第二段“朕受天明令”至“过半不归”，述现今对待突厥之政策。

第三段“且彼渠仲”至“更切朕怀”，述突厥之内相乖离及属国之怨叛。

第四段“彼地咎征妖作”至“今也其时”，述突厥中之灾异。

第五段“故选将治兵”至“知朕意焉”，又分两小段，(一)“故选将治兵”至“何远不服”，铺张兵力之盛。(二)“但皇王旧迹”至“知朕意焉”，申明用兵之宗旨，但在攘斥夷狄，以安中夏，无意于穷兵黩武，所以安民心也。

【文字研究】

此篇为隋唐时公文，即后世四六所由昉也。凡作骈文，忌于堆砌字句，妄加涂泽，滥用故实，其明白晓畅，须一如散文，要之当以意遣词，不可以词害意，读此文可见其法。

第一段与第二段，须看其语语相针对。“恶积祸盈，非止今日”二语用以结束第一段，有力。“违天地之意，非帝王之道”二语，用以自占地步，亦有力。

“朕分置军旅，所在邀截，望其深入，一举灭之，而远镇偏师，逢而摧剪，未及南上，遽已奔北，应弦染锷，过半不归”不言勒兵待敌，未能大获克捷，而转言突厥之易败。“圆首方足，皆人类也，有一于此，更切朕怀”不言突厥内相乖离、属国怨叛之可乘,而反以振救其人为言。下文“诸将今行,义兼含育，有降者纳，有叛者死，异域殊方，被其拥抑，放听复旧”，即据此说，皆措辞得体处。“彼地咎征妖作”以下一段，须看措辞之曲达。“斯盖上天所忿，驱就齐斧，幽明合契，今也其时”四句，总束前段，有力。

姚姬传《复鲁洁非书》

桐城姚鼐顿首，洁非先生足下：相知恨少，晚遇先生。接其人，知为君子矣；读其文，非君子不能也。往与程鱼门、周书昌尝论古今才士，惟为古文者最少。苟为之，必杰士也，况为之专且善如先生乎！辱书引义谦而见推过当，非所敢任。鼐自幼迄衰，获侍贤人长者为师友，剽取见闻，加臆度为说，非真知文、能为文也，奚辱命之哉？盖虚怀乐取者，君子之心；而诵所得以正于君子，亦鄙陋之志也。

鼐闻天地之道，阴阳刚柔而已。文者，天地之精英，而阴阳刚柔之发也。惟圣人之言，统二气之会而弗偏。然而《易》《诗》《书》《论语》所载，亦间有可以刚柔分矣。值其时其人，告语之体，各有宜也。自诸子而降，其为文无弗有偏者。其得于阳与刚之美者，则其文如霆，如电，如长风之出谷，如崇山峻崖，如决大川，如奔骐骥；其光也，如杲日，如火，如金镠铁；其于人也，如冯高视远，如君而朝万众，如鼓万勇士而战之。其得于阴与柔之美者，则其文如升初日，如清风，如云，如霞，如烟，如幽林曲涧，如沦，如漾，如珠玉之辉，如鸿鹄之鸣而入寥廓；其于人也，漻乎其如叹，邈乎其如有思，暖乎其如喜，愀乎其如悲。观其文，讽其音，则为文者之性情形状，举以殊焉。且夫阴阳刚柔，其本二端，造物者糅，而气有多寡进绌，则品次亿万，以至于不可穷，万物生焉。故曰："一阴一阳之为道。"夫文之多变，亦若是已。然而偏胜可也，偏胜之极，一有一绝无，与夫刚不足为刚，柔不足为柔者，皆不可以言文。今夫野人孺子闻乐，以为声歌弦管之会尔；苟善乐者闻之，则五音十二律，必有一当，接于耳而分矣。夫论文者，岂异于是乎？宋朝欧阳、曾公之文，其才皆偏于柔之美者也。欧公能取异己者之长而时济之，曾公能避所短而不犯。观先生之文，殆近于二公焉。抑人之学文，其功力所能至者，陈理义必明当，布置取舍、繁简廉肉不失法，吐辞雅训，不芜而已。古今至此者，盖不数数得，然尚非文之至。文之至者，通乎神明，人力不及施也。先生以为然乎？

惠寄之文，刻本固当见与，抄本谨封还。然抄本不能胜刻者。诸礼中，书、疏、赠序为上，记事之文次之，论辨又次之。鼐亦窃识数语于其间，未必当也。《梅崖集》果有逾人处，恨不识其人。郎君、令甥皆美才，未易量，听所好恣为之，勿拘其途可也。于所寄文，辄妄评说，勿罪！勿罪！秋暑惟体中安否？千万自爱。七月朔日。

【文体】

此篇属书牍类。

【分段】

此篇可分三段。第一段“相知恨少”至“亦鄙陋之志也”，以歉词起。

第二段“鼐闻天地之道”至“先生以为然乎”论文。其中又可分二小段，（一）“鼐闻天地之道……岂异于是乎”为第一小段。第一小段有（1）自“举以殊焉”以上言文之美，不外阴阳刚柔二端；（2）“且夫阴阳刚柔”至“皆不可以言文”言偏胜之极与似是而非之非；（3）“今夫野人”以下，总结上文。（二）“宋朝欧阳”至“先生以为然乎”为第二小段，又有（1）论絜非之文；（2）因论作文之功力。第二段中之第一小段，乃全篇之中坚也。

第三段“惠寄之文”至“七月朔日”，杂述所欲言作结。

【文字研究】

桐城门径，少嫌狭隘。此派中人，功力多有可观，根柢或嫌浅薄，然此篇论文之语则甚精。论文者每谓文之美，在神理气味声色……之间，而鄙言文法。论者或疑此等说法于教授为不宜，全不言文法固非，然若但求定法而于神理气味声色……方面不能领会，则其人之学文，必无入处。不但所作之文，决无能佳之理，即读他人之文，亦决不能真了解。何者？譬如听人说话，决非但听其话而已，种种说话时之姿态，如声音之高低快慢，容貌之和平激烈等，必能一一领会，然后能知人之真意思。文字之所谓神理气味声色……即说话时此等达意之辅佐条件也。所异者听人说话时，此等条件可兼用耳目等官领略，读文字则全靠以想象之力得之尔，此作文所以较说话为难，亦了解他人文字，所以较了解他人之言语为难也。故“观其文，讽其音，则为文者之性情形状，举以殊焉”，实为学文之概要语。

“其得于阳与刚之美者”至“愀乎其如悲”一段，叠举事物为譬。凡文之美者，不外能以一种刺激，使人起一种想象，此为用“譬”、用“证”等之一种原理。此一段文字，须看其造句之错落，若一平板，则不成文字矣。此其理由，全在诵读时之音调上，犹之说话句子，何以须如此长短，舍“口之发音”“耳之听音”以外，亦无他种理由可说也。故欲求了解文字，诵读之功，必不能废。

此篇文极醇雅。桐城派中，前有姬传，后有伯言，功力皆极深至。

司马子长《六国表序》

太史公读《秦记》，至犬戎败幽王，周东徙洛邑，秦襄公始封为诸侯，作西畤用事上帝，僭端见矣。《礼》曰：天子祭天地，诸侯祭其域内名山大川。今秦杂戎翟之俗，先暴戾，后仁义，位在藩臣而胪于郊祀，君子惧焉。及文公逾陇，攘夷狄，尊陈宝，营岐、雍之间，而穆公修政，东竟至河，则与齐桓、晋文中国侯伯侔矣。是后陪臣执政，大夫世禄，六卿擅晋权，征伐会盟，威重于诸侯。及田常杀简公而相齐国，诸侯晏然弗讨，海内争于战攻矣。三国终之，卒分晋，田和亦灭齐而有之，六国之盛自此始。务在强兵并敌，谋诈用而从衡短长之说起。矫称蜂出，誓盟不信，虽置质剖符犹不能约束也。秦始小国，僻远，诸夏宾之，比于戎翟，至献公之后，常雄诸侯。论秦之德义，不如鲁、卫之暴戾者；量秦之兵，不如三晋之强也。然卒并天下，非必险固便、形势利也，盖若天所助焉。或曰：东方物所始生，西方物之成孰。夫作事者必于东南，收功实者常于西北，故禹兴于西羌，汤起于亳，周之王也以丰镐伐殷，秦之帝用雍州兴，汉之兴自蜀汉。

秦既得意，烧天下诗书，诸侯史记尤甚，为其有所刺讥也。诗书所以复见者，多藏人家，而史记独藏周室，以故灭。惜哉，惜哉！独有《秦记》，又不载日月，其文略不具。然战国之权变，亦有可颇采者，何必上古？秦取天下多暴，然世异变，成功大。传曰“法后王”，何也？以其近己而俗变相类，议卑而易行也。学者牵于所闻，见秦在帝位日浅，不察其终始，因举而笑之，不敢道，此与以耳食无异，悲夫！余于是因《秦记》，踵《春秋》之后，起周元王，表六国时事，讫二世，凡二百七十年，著诸所闻兴坏之端。后有君子，以览观焉。

【文体】

此篇为序跋文。

【分段】

此篇可分两大段。第一段“太史公读《秦记》”至“汉之兴自蜀汉”。又分为三小段,（一）“太史公读《秦记》”至“中国侯伯侔矣”,述秦之终。（二）“是后陪臣执政”至“犹不能约束也”，述风气之大变。（三）“秦始小国”至“汉之兴自蜀汉”，研究秦所以并天下之故。

第二段“秦既得意”至“以览观焉”。又分为三小段,(一)“秦既得意”至“其文略不具”，述史记之灭。（二）“然战国之权变”至“悲夫”，述战国权变之可采及不敢道秦事之非。（三）“余于是因《秦记》”至“以览观焉”,述作表之意。

【文字研究】

古人文字形式，往往与后世不同，而其实质则无不同，后人不知古今言语之异,则往往至于（1）误会,(2)曲解。如此篇深情远韵,论者多奉为神韵之宗,然于其真意所在,或多误解。其实其用意与后世文字无异。第一段中之第（一）（二）小段，言观东周之事，多分为春秋战国两时期，犹今人云，读某朝历史多分为某某几时期也。其第(三)小段,则研究秦所以并天下之故。盖秦并天下，在今人视之，自不以为异，然在史公时，则历史上统一未满百年，前此皆分裂之时代也。其视秦并天下为一大事,而群起研究其原因,自无足怪。“非必险固便”至“汉之兴自蜀汉”，即述当时论者之说:（一）谓秦并天下之原因，由于险固便，形势利;（二）谓为天所助;（三）谓作事者必于东南，收功实者当于西北，犹今人文字谓对于某事，学者之议论，凡有甲乙丙三派也。

“序者，绪也，若茧之抽绪”，相之有序，盖虑读者猝不能得其纲要，而因为之抽出头绪，犹赞之义，助于佐，所以佐助读者，使之易明也。故作序跋文字，若（一）妄发议论，（二）佞说作者，而于读者毫无裨益，均为无谓而失其本意，欲副序之名，必真能抽出头绪，使读者易明而后可。如此篇先述读东周历史，区分时代之法。次论秦所以并天下之故，胪举当时论者之说，而自己不轻下判语，乃实能副序之义者也，须看其叙述得妥处。

读史公文字，须领略其纡徐为妍处，文字之妙，皆须在音调中领略，有史公之纡徐，然后有史公之神韵。

“非必险固便”至“汉之兴自蜀汉”，胪举当时论者之种种说，或略或详，须看其错落有致。

“故禹兴于西羌”至“汉之兴自蜀汉”似骈非骈，似散非散，须看其句法之变化。太史公自序“迁生龙门，耕牧河山之阳，二十而南游江淮，上会稽，探禹穴，窥九嶷，浮于沅湘，北涉汶泗，讲业齐鲁之都，观孔子之遗风，乡射邹峄，阨困鄱薛彭城，适梁楚以归，于是迁仕为郎中，奉使西征巴蜀以南，南略邛、笮、昆明，还报命。是岁天子始建泰山之封，而太史公留滞周南，不得与从事，而子迁适使反，见父于河洛之间”一段，其妙与此同。其中“年十岁，则诵古文”七字，乃妄人窜入。

“无异变，成功大”等句，须观其造句之简括。

《史记·伯夷列传》

夫学者载籍极博，犹考信于六艺。《诗》《书》虽缺，然虞夏之文可知也。尧将逊位，让于虞舜，舜禹之间，岳牧咸荐，乃试之于位，典职数十年，功用既兴，然后授政。示天下重器，王者大统，传天下若斯之难也。而说者曰尧让天下于许由，许由不受，耻之逃隐。及夏之时，有卞随、务光者。此何以称焉？太史公曰：余登箕山，其上盖有许由冢云。孔子序列古之仁圣贤人，如吴太伯、伯夷之伦详矣。余以所闻由、光义至高，其文辞不少概见，何哉？

孔子曰：“伯夷、叔齐，不念旧恶，怨是用希。”“求仁得仁，又何怨乎!”余悲伯夷之意，睹轶诗可异焉。其传曰：

伯夷、叔齐，孤竹君之二子也。父欲立叔齐，及父卒，叔齐让伯夷。伯夷曰：“父命也。”遂逃去。叔齐亦不肯立而逃之。国人立其中子。于是伯夷、叔齐闻西伯昌善养老，盍往归焉。及至，西伯卒，武王载木主，号为文王，东伐纣。伯夷、叔齐叩马而谏曰：“父死不葬，爰及干戈，可谓孝乎？以臣弑君，可谓仁乎？”左右欲兵之。太公曰：“此义人也。”扶而去之。武王已平殷乱，天下宗周，而伯夷、叔齐耻之，义不食周粟，隐于首阳山，采薇而食之。及饿且死，作歌。其辞曰：“登彼西山兮，采其薇矣。以暴易暴兮，不知其非矣。神农、虞、夏忽焉没兮，我安适归矣？于嗟徂兮，命之衰矣！”遂饿死于首阳山。由此观之，怨邪非邪？

或曰：“天道无亲，常与善人。”若伯夷、叔齐，可谓善人者非邪？积仁洁行如此而饿死！且七十子之徒，仲尼独荐颜渊为好学。然回也屡空，糟糠不厌，而卒蚤夭。天之报施善人，其何如哉？盗蹠日杀不辜，肝人之肉，暴戾恣睢，聚党数千人，横行天下，竟以寿终。是遵何德哉？此其尤大彰明较著者也。若至近世，操行不轨，专犯忌讳，而终身逸乐，富厚累世不绝。或择地而蹈之，时然后出言，行不由径，非公正不发愤，而遇祸灾者，不可胜数也。余甚惑焉，傥所谓天道，是邪非邪?

子曰“道不同不相为谋”，亦各从其志也。故曰“富贵如可求，虽执鞭之士，吾亦为之。如不可求，从吾所好”。“岁寒，然后知松柏之后凋”。举世混浊，清士乃见。岂以其重若彼，其轻若此哉?

“君子疾没世而名不称焉。”贾子曰：“贪夫徇财，烈士徇名，夸者死权，众庶冯生。”“同明相照，同类相求。”“云从龙，风从虎，圣人作而万物睹。”伯夷、叔齐虽贤，得夫子而名益彰。颜渊虽笃学，附骥尾而行益显。严穴之士，趣舍有时若此，类名堙灭而不称，悲夫！闾巷之人，欲砥行立名者，非附青云之士，恶能施于后世哉?

【文体】

此篇为传记体。

【分段】

此篇可分三段。第一段“夫学者”至“何哉”，述许由等不见称于孔子，文辞又不少概见之可疑。

第二段“孔子曰”至“怨邪非邪”，据逸诗传述伯夷叔齐之事。

第三段“或曰”至“其轻若此哉”，又分三小段，（一）“或曰”至“是邪非邪”，言天道无亲，常与善人之说，不可信。（二）“子曰”至“其轻若此哉”，言天与善人之说，虽不可信，而善人仍不肯为恶之故。（三）“君子疾没世”至“施于后世哉”，言士之不肯为恶者，或亦由于好名，然仍多堙没不称者为可悲。

【文字研究】

此篇形式，亦与后世文字大异。如后世文字，则宜以第（二）段为第（一）段，为传之正文，而第（一）、第（三）段皆为论赞，第一段又宜置于第（三）段中第（一）小段之下、第（二）小段之上，则其整齐联贯矣。然史公所以如此作者，（一）则此篇本非为伯夷作传，无所谓叙伯夷之事为正文，而他事皆为余意。（二）则古人文字本不如后世之整齐也。然因亦艺不及许由等，许由等文辞，亦不少概见，而及孔子论夷齐之语及逸诗，因孔子“又何怨乎”之语，而推论及于第三段中之第一二小段，又因“举世混浊，清士乃见”之语，而推及于“疾没世而名不称”及“烈士徇名”之说，因致概于“岩穴之士”“名湮灭而不称”者之多，其意亦自联贯，特不若后世文字之整齐耳。于此可悟言语排列之次序不同者，其实质仍无不同。研究各种排列之次序，而求其至当，即所谓篇法也。

汉文帝后二年《遗匈奴书》

皇帝敬问匈奴大单于无恙。使当户、且渠雕渠难，郎中韩辽，遗朕马二匹，已至，敬受。先帝制，长城以北，引弓之国，受令单于。长城以内，冠带之室，朕亦制之。使万民耕织射猎衣食，父子毋离，臣主相安，居无暴虐。今闻渫恶民，贪降其趋，背义绝约，忘万民之命，离两主之欢，然其事已在前矣。书云："二国已和亲，两主欢说，寝兵休卒养马，世世昌乐，翕然更始。"朕甚嘉之！圣者日新，改作更始，使老者得息，幼者得长，各保其首领，而终其天年。朕与单于，俱由此道，顺天恤民，世世相传，施之无穷，天下莫不咸嘉使。

汉与匈奴邻敌之国，匈奴处北地寒，杀气早降，故诏吏遗单于秫糵、金帛、绵絮它物，岁有数。今天下大安，万民熙熙，独朕与单于为之父母，朕追念前事，薄物细故，谋臣计失，皆不足以离昆弟之欢。朕闻天不颇覆，地不偏载，朕与单于皆捐细故，俱蹈大道也。堕坏前恶，以图长久，使两国之民，若一家子。元元万民，下及鱼鳖，上及飞鸟，跂行、喙息、蠕动之类，莫不就安利，避危殆。故来者不止，天之道也。俱去前事，朕释逃虏民，单于毋言章尼等。朕闻古之帝王，约分明而不食言。单于留志，天下大安。和亲之后，汉过不先。单于其察之！

【文体】

此篇属诏令类。

【分段】

此篇凡分两大段。第一段"皇帝敬问"至"天下莫不咸嘉"。又分三小段，(一)"使当户且渠"至"敬受"谢匈奴赠遗；(二)"先帝制"至"然其事已在前矣"，述前此和亲之约及后此失和之事；(三)"书云"至"天下莫不咸嘉"，述单于书词且称美之。此一大段就匈奴来书立言。

第二段"汉与匈奴"至"单于其察之"。又分三小段，(一)"汉与匈奴"至"岁有数”，述赠遗之约；（二）“今天下大安”至“单于毋言章尼等”，述自己愿和之意及于彼此勿追逃人；（三）“臣闻古之帝王”至“单于其察之”中，述自己守信之意。此一大段乃自述己意。

【文字研究】

汉人文字，无不尔雅深厚，然其实质仍与后世同，所异者其形式耳。如此篇（一）前引“先帝制，长城以北，引弓之国，受令单于，长城以内，冠带之室，朕亦制之”，所以定两国之境界，且此为两国未失和以前之原约，今既言和，则理当恢复也。（二）曰“今闻渫恶民，贪降其趋，背义绝约，忘万民之命，离两主之欢，然其事已在前矣”，曰“圣者日新，改作更始”，曰“朕追念前事，薄物细故，谋臣计失，皆不足以离昆弟之欢”，曰“朕与单于皆捐细故，俱蹈大道”，曰“堕坏前恶，以图长久”，言前此悬案，一概消除也。（三）曰“匈奴处北地寒，杀气早降，故诏吏遗单于秫蘖、金帛、绵絮它物，岁有数”，定赠遗之数也。当时汉于匈奴，本岁有赠遗，此书特申明之，言仍前办理也。（四）曰“朕释逃虏民，单于毋言章尼等”，以当时两国曾有互索逃人之事，今特改定办法也。其“顺天恤民”“天不颇覆，地不偏载”等语，则当时两国同认之公理，故根据之以立言，犹今交涉之必凭国际法也。观其文字之尔雅深厚，而实质仍与今同，可知外交文字，今古不异。其实一切文字皆如此，形式虽异，实质仍同。观其实质与今同，而文字仍极尔雅深厚，便可知作文求美之法也。

起句乃当时外交文书之式，匈奴遗汉书起句亦云“天所立匈奴大单于敬问皇帝无恙”也。

司马长卿《谕巴蜀檄》

告巴蜀太守：蛮夷自擅，不讨之日久矣。时侵犯边境，劳士大夫。陛下即位，存抚天下，安集中国，然后兴师出兵。北征匈奴，单于怖骇，交臂受事，屈膝请和。康居西域，重译纳贡，稽首来享。移师东指，闽越相诛；右吊番禺，太子入朝。南夷之君，西僰之长，常效贡职，不敢惰怠，延颈举踵，喁喁然皆乡风慕义，欲为臣妾，道里辽远，山川阻深，不能自致。夫不顺者已诛，而为善者未赏，故遣中郎将往宾之，发巴、蜀之士各五百人以奉币帛，卫使者不然，靡有兵革之事，战斗之患。今闻其乃发军兴制，惊惧子弟，忧患长老，郡又擅为转粟运输，皆非陛下之意也。当行者或亡逃自贼杀，亦非人臣之节也。

夫边郡之士，闻烽举燧燔，皆摄弓而驰，荷兵而走，流汗相属，惟恐居后，触白刃，冒流矢，议不反顾，计不旋踵，人怀怒心，如报私仇。彼岂乐死恶生，非编列之民而与巴、蜀异主哉？计深虑远，急国家之难，而乐尽人臣之道也。故有剖符之封，析圭而爵，位为通侯，居列东第。终则遗显号于后世，传土地于子孙，事行甚忠敬，居位甚安佚，名声施于无穷，功烈著而不灭。是以贤人君子，肝脑涂中原、膏液润野草而不辞也。今奉币役至南夷，即自贼杀，或亡逃抵诛，身死无名，谥为至愚，耻及父母，为天下笑。人之度量相越，岂不远哉！然此非独行者之罪也，父兄之教不先，子弟之率不谨，寡廉鲜耻，而俗不长厚也。其被刑戮，不亦宜乎！

陛下患使者有司之若彼，悼不肖愚民之如此，故遣信使，晓谕百姓以发卒之事，因数之以不忠死亡之罪，让三老、孝弟以不教诲之过。方今田时，重烦百姓，已亲见近县，恐远所溪谷山泽之民不遍闻，檄到，亟下县道，咸谕陛下意。毋忽！

【文体】

此篇属诏令类。

【分段】

此篇三段。第一段“告巴蜀太守”至“亦非人臣之节也”，言（一）通西南夷出于义不容已；（二）并无用兵之事；（三）使者及郡守办理不善，非朝廷之意。

第二段“夫边郡之士”至“不亦宜乎”。又分为三小段，（一）“夫边郡之士”至“人臣之道也”，言边郡之士之忠义。（二）“故有剖符之封”至“而不辞也”，歆之以爵赏。（三）“今奉币役”至“不亦宜乎”，责巴蜀之民。

第三段“陛下患使者”至“毋忽”。又分为两小段，（一）“陛下患使者”至“不教诲之过”，总束上两段。（二）“方今田时”至“毋忽”，述发檄文之意。

【文字研究】

凡读文字，须从事理上着想。如此篇，因巴蜀之民，几于激变，急图以此一檄靖之，其措辞颇难。于人民之无事自扰，全不加以责备，势固有所不能，然责之太急，又必至于激变也。看其（一）先述朝廷之通西南夷，出于万不得已，以平民气。次述使者郡县之办理不善，皆非朝廷之意，以安民心，然后及于责让之辞。（二）而于责让之中，仍是诱掖奖劝之意多，严词诘责之处少，故厚誉边群之士而薄责巴蜀之民，歆之以爵赏，而不怵之以威刑。（三）而于责让三老、孝弟力田处，又带着为子弟开脱，皆足见其措辞之妙。读此文，须看其铺张扬厉之处，如首段述朝廷之事西南夷，出于义不容已，次段述边郡之士之忠义及其显耀富厚皆是也。

凡文中吃紧之字句，最宜注意。如此篇"蛮夷自擅，不讨之日久矣，时侵犯边境，劳士大夫"，则见当时用兵四夷，实系防患，并非黩武，"陛下即位，存抚天下，安集中国，然后兴师出兵"，则见蛮夷虽有应讨之理，政府仍极顾恤民力，曰"夫不顺者已诛，而为善者未赏"，则发使入西南夷，理由更为充足。此外如"遣中郎将往宾之"之"宾"字及"奉币帛卫使者不然""靡有兵革之事，战斗之患"等句，皆于事实大有关系，此等处设漏略，抑或误用游移不确定及反对方面之字句，不但文不足观，于事实且生障碍矣。学作公牍文字，此为最要关键，不可不知。其实他种文字亦如此。

"当行者或亡逃自贼杀，亦非人臣之节也""其被刑戮，不亦宜乎"等句，须看其用笔之轻妙。

末段中之第一小段，总束全篇，凡汉人公牍文字，皆系如此。

左氏《邲之战》

厉之役，郑伯逃归，自是楚未得志焉。郑既受盟于辰陵，又徼事于晋。十二年春，楚子围郑。旬有七日，郑人卜行成，不吉。卜临于大宫，且巷出车，吉。国人大临，守陴者皆哭。楚子退师，郑人修城，进复围之，三月克之。入自皇门，至于逵路。郑伯肉袒牵羊以逆，曰："孤不天，不能事君，使君怀怒以及敝邑，孤之罪也。敢不唯命是听。其俘诸江南以实海滨，亦唯命。其翦以赐诸侯，使臣妾之，亦唯命。若惠顾前好，徼福于厉、宣、桓、武，不泯其社稷，使改事君，夷于九县，君之惠也，孤之愿也，非所敢望也。敢布腹心，君实图之。"左右曰："不可许也，得国无赦。"王曰："其君能下人，必能信用其民矣，庸可几乎？"退三十里而许之平。潘尪入盟，子良出质。

夏六月，晋师救郑。荀林父将中军，先縠佐之。士会将上军，郤克佐之。赵朔将下军，栾书佐之。赵括、赵婴齐为中军大夫。巩朔、韩穿为上军大夫。荀首、赵同为下军大夫。韩厥为司马。

及河，闻郑既及楚平，桓子欲还，曰："无及于郑而剿民，焉用之？楚归而动，不后。"随武子曰："善。会闻用师，观衅而动。德刑政事典礼不易，不可敌也，不为是征。楚军讨郑，怒其贰而哀其卑，叛而伐之，服而舍之，德刑成矣。伐叛，刑也；柔服，德也。二者立矣。昔岁入陈，今兹入郑，民不罢劳，君无怨讟，政有经矣。荆尸而举，商农工贾不败其业，而卒乘辑睦，事不奸矣。蒍敖为宰，择楚国之令典，军行，右辕，左追蓐，前茅虑无，中权，后劲，百官象物而动，军政不戒而备，能用典矣。其君之举也，内姓选于亲，外姓选于旧；举不失德，赏不失劳；老有加惠，旅有施舍；君子小人，物有服章；贵有常尊，贱有等威；礼不逆矣。德立，刑行，政成，事时，典从，礼顺，若之何敌之？见可而进，知难而退，军之善政也。兼弱攻昧，武之善经也。子姑整军而经武乎，犹有弱而昧者，何必楚？仲虺有言曰'取乱侮亡'，兼弱也。《汋》曰'于铄王师，遵养时晦'，耆昧也。《武》曰'无竞惟烈'，抚弱耆昧以务烈所，可也。"彘子曰："不可。晋所以霸，师武臣力也。今失诸侯，不可谓力。有敌而不从，不可谓武。由我失霸，不如死。且成师以出，闻敌强而退，非夫也。命为军师，而卒以非夫，唯群子能，我弗为也。"以中军佐济。

知庄子曰："此师殆哉。《周易》有之，在《师》之《临》，曰：'师出以律，否臧凶。'执事顺成为臧，逆为否，众散为弱，川壅为泽，有律以如己也，故曰律。否臧，且律竭也。盈而以竭，夭且不整，所以凶也。不行之谓《临》，有帅而不从，临孰甚焉！此之谓矣。果遇，必败，彘子尸之。虽免而归，必有大咎。"韩献子谓桓子曰："彘子以偏师陷，子罪大矣。子为元帅，师不用命，谁之罪也？失属亡师，为罪已重，不如进也。事之不捷，恶有所分，与其专罪，六人同之，不犹愈乎？"师遂济。

楚子北师次于郔。沈尹将中军，子重将左，子反将右，将饮马于河而归。闻晋师既济，王欲还，嬖人伍参欲战。令尹孙叔敖弗欲，曰："昔岁入陈，今兹入郑，不无事矣。战而不捷，参之肉其足食乎？"参曰："若事之捷，孙叔为无谋矣。不捷，参之肉将在晋军，可得食乎？"令尹南辕反旆，伍参言于王曰："晋之从政者新，未能行令。其佐先縠刚愎不仁，未肯用命。其三帅者专行不获，听而无上，众谁适从？此行也，晋师必败。且君而逃臣，若社稷何？"王病之，告令尹，改乘辕而北之，次于管以待之，晋师在敖、鄗之间。

郑皇戌使如晋师，曰："郑之从楚，社稷之故也，未有贰心。楚师骤胜而骄，其师老矣，而不设备，子击之，郑师为承，楚师必败。"彘子曰："败楚服郑，于此在矣，必许之。"栾武子曰："楚自克庸以来，其君无日不讨国人而训之，于民生之不易，祸至之无日，戒惧之不可以怠。在军，无日不讨军实而申儆之，于胜之不可保，纣之百克，而卒无后。训之以若敖、蚡冒，筚路蓝缕，以启山林。箴之曰：'民生在勤，勤则不匮。'不可谓骄。先大夫子犯有言曰：'师直为壮，曲为老。'我则不德，而徼怨于楚，我曲楚直，不可谓老。其君之戎，分为二广，广有一卒，卒偏之两。右广初驾，数及日中；左则受之，以至于昏。内官序当其夜，以待不虞，不可谓无备。子良，郑之良也。师叔，楚之崇也。师叔入盟，子良在楚，楚、郑亲矣。来劝我战，我克则来，不克遂往，以我卜也，郑不可从。"赵括、赵同曰："率师以来，唯敌是求。克敌得属，又何俟？必从彘子。"知季曰："原、屏，咎之徒也。"赵庄子曰："栾伯善哉，实其言，必长晋国。"

楚少宰如晋师，曰："寡君少遭闵凶，不能文。闻二先君之出入此行也，将郑是训定，岂敢求罪于晋？二三子无淹久。"随季对曰："昔平王命我先君文侯曰：'与郑夹辅周室，毋废王命。'今郑不率，寡君使群臣问诸郑，岂敢辱候人？敢拜君命之辱。"彘子以为谄，使赵括从而更之，曰："行人失辞。寡君使群臣迁大国之迹于郑，曰：'无辟敌。'群臣无所逃命。"

楚子又使求成于晋，晋人许之，盟有日矣。楚许伯御乐伯，摄叔为右，以致晋师。许伯曰："吾闻致师者，御靡旌摩垒而还。"乐伯曰："吾闻致师者，左射以菆，代御执辔，御下两马，掉鞅而还。"摄叔曰："吾闻致师者，右入垒，折馘、执俘而还。"皆行其所闻而复。晋人逐之，左右角之。乐伯左射马而右射人，角不能进。矢一而已。麋兴于前，射麋丽龟。晋鲍癸当其后，使摄叔奉麋献焉，曰："以岁之非时，献禽之未至，敢膳诸从者。"鲍癸止之，曰："其左善射，其右有辞，君子也。"既免。晋魏锜求公族未得，而怒，欲败晋师。请致师，弗许。请使，许之。遂往，请战而还。楚潘党逐之，及荧泽，见六麋，射一麋以顾献曰："子有军事，兽人无乃不给于鲜，敢献于从者。”叔党命去之。赵旃求卿未得，且怒于失楚之致师者。请挑战，弗许。请召盟，许之。与魏锜皆命而往。郤献子曰：“二憾往矣，弗备必败。”彘子曰：“郑人劝战，弗敢从也。楚人求成，弗能好也。师无成命，多备何为。”士季曰：“备之善。若二子怒楚，楚人乘我，丧师无日矣。不如备之。楚之无恶，除备而盟，何损于好？若以恶来，有备不败。且虽诸侯相见，军卫不彻，警也。”彘子不可。士季使巩朔、韩穿帅七覆于敖前，故上军不败。赵婴齐使其徒先具舟于河，故败而先济。

潘党既逐魏锜，赵旃夜至于楚军，席于军门之外，使其徒入之。楚子为乘广三十乘，分为左右。右广鸡鸣而驾，日中而说。左则受之，日入而说。许偃御右广，养由基为右。彭名御左广，屈荡为右。乙卯，王乘左广以逐赵旃。赵旃弃车而走林，屈荡搏之，得其甲裳。晋人惧二子之怒楚师也，使軘车逆之。潘党望其尘，使骋而告曰：“晋师至矣。”楚人亦惧王之入晋军也，遂出队。孙叔曰：“进之。宁我薄人，无人薄我。《诗》云：‘元戎十乘，以先启行。’先人也。《军志》曰：‘先人有夺人之心’，薄之也。”遂疾进师，车驰卒奔，乘晋军。桓子不知所为，鼓于军中曰：“先济者有赏。”中军、下军争舟，舟中之指可掬也。

晋师右移，上军未动。工尹齐将右拒卒以逐下军。楚子使唐狡与蔡鸠居告唐惠侯曰：“不谷不德而贪，以遇大敌，不谷之罪也。然楚不克，君之羞也，敢借君灵以济楚师。”使潘党率游阙四十乘，从唐侯以为左拒，以从上军。驹伯曰：“待诸乎？”随季曰：“楚师方壮，若萃于我，吾师必尽，不如收而去之。分谤生民，不亦可乎？”殿其卒而退，不败。王见右广，将从之乘。屈荡户之，曰：“君以此始，亦必以终。”自是楚之乘广先左。

晋人或以广队不能进，楚人惎之脱扃，少进，马还，又惎之拔旆投衡，乃出。顾曰：“吾不如大国之数奔也。”

赵旃以其良马二，济其兄与叔父，以他马反，遇敌不能去，弃车而走林。逢大夫与其二子乘，谓其二子无顾。顾曰：“赵傁在后。”怒之，使下，指木曰：“尸女于是。”授赵旃绥，以免。明日以表尸之，皆重获在木下。

楚熊负羁囚知罃。知庄子以其族反之，厨武子御，下军之士多从之。每射，抽矢，菆，纳诸厨子之房。厨子怒曰：“非子之求而蒲之爱，董泽之蒲，可胜既乎？”知季曰：“不以人子，吾子其可得乎？吾不可以苟射故也。”射连尹襄老，获之，遂载其尸。射公子谷臣，囚之。以二者还。

及昏，楚师军于邲，晋之余师不能军，宵济，亦终夜有声。

丙辰，楚重至于邲，遂次于衡雍。潘党曰：“君盍筑武军，而收晋尸以为京观。臣闻克敌必示子孙，以无忘武功。”楚子曰：“非尔所知也。夫文，止戈为武。武王克商，作《颂》曰：‘载戢干戈，载櫜弓矢。我求懿德，肆于时夏，允王保之。’又作《武》，其卒章曰：‘耆定尔功。’其三曰：‘铺时绎思，我徂惟求定。’其六曰：‘绥万邦，屡丰年。’夫武，禁暴、戢兵、保大、定功、安民、和众、丰财者也，故使子孙无忘其章。今我使二国暴骨，暴矣；观兵以威诸侯，兵不戢矣。暴而不戢，安能保大？犹有晋在，焉得定功？所违民欲犹多，民何安焉？无德而强争诸侯，何以和众？利人之几，而安人之乱，以为己荣，何以丰财？武有七德，我无一焉，何以示子孙？其为先君宫，告成事而已。武非吾功也。古者明王伐不敬，取其鲸鲵而封之，以为大戮，于是乎有京观，以惩淫慝。今罪无所，而民皆尽忠以死君命，又可以为京观乎？”祀于河，作先君宫，告成事而还。

【文体】

此篇为史志中叙事之文，曾涤生《经史百家杂钞》谓之叙记类。

【分段】

此文可分六段。第一段“属之役”至“子良出质”，叙楚之克郑。

第二段“夏六月”至“师遂济”，叙晋师之前进及其帅之不和。

第三段“楚子北师”至“敖、鄗之间”，叙楚师之前进。

第四段“郑皇戌”至“故败而先济”，述两军既前进以后战事以前之事。此中又分为三小段，（一）“郑皇戌”至“必长晋国”述晋郑之交涉；（二）“楚少宰”至“无所逃命”，述两军之使命；（三）“楚子又使”至“故败而先济”，述两军致师之事。

第五段“潘党既逐”至“终夜有声”，叙战事。

第六段“丙辰”至“告成事而还”叙战后之事。

【文字研究】

叙繁复之事最难，而其要则（一）不漏，（二）不乱，四字足以尽之。此篇叙晋楚郑三国之事，头绪极繁，而能使读者于当日情形，了如指掌，不漏为之也。头绪极繁，而安置极妥，眉目了然，不乱之法也。

凡叙事最贵使神情毕肖，为此篇叙郑伯、楚子、荀林父、随武子、栾武子、知庄子、彘子、赵括、赵旃、孙叔、伍参，一人有一人之情形，一人有一人之口气，委婉则极委婉，大度则极大度，庸弱则极庸弱，深谋则极深谋，粗率则极粗率，负气则极负气，持重则极持重，勇悍则极勇悍，可谓尽状物之能事。

文有以繁复为妙者，“敢不惟令是听”意已足矣，而下必加以“其俘诸江南……使臣妾之亦惟令”。“若重愿前好”，“使改事君”九字意本已足，而“若惠顾前好”之下必加以“徼福于厉、宣、桓、武，不泯其社稷”两句，“使改事君”之下，必加以“夷于九县”四字。“君之惠也，孤之愿也”意已尽矣，而其下必加以“非所敢望也”十二字，皆益繁复益委婉，即益见其能下人也。

郑伯之言极委婉，而“不可许也，得国无赦”，“其君能下人……庸可几乎”语皆简括，此文字疏密相间之法。

随武子之言，极其典重，凡典重之辞，必以整齐之形式出之，故德刑政事典礼，径分六项，而其中“伐数列……二者立矣”十二字为错出之肉，“何必楚”之下，又错出“仲虺有言曰……以务烈所可也”一段，文能如此，便不板滞。

“次于管以待之，晋师在敖鄗之间”叙明两军所处地点，以结束上文之进兵，领起下文战事。

用兵贵好整以暇，作文亦然。此战本因赵旃致师而起，乃于“与魏锜皆命而往之”下叙“郤献子曰……故败而先济”一段，以见晋军内部之情形，然后接叙“赵旃夜至于楚军……使其徒入之”之事，而于其上又能补出“潘党既逐魏锜”一句，以见赵旃之逐楚军，即为此日夜间之事，其下又能补叙“楚子为乘广……屈荡为右”一节，然后叙述楚子之逐赵旃，“晋人惧二子”以下，又将赵旃事按下，至“赵旃以其良马二”下，乃更补叙赵旃之事，一事隔作数段，而眉目仍极分明。又如楚子使“唐狡与蔡鸠居告唐惠侯”一节，正义诏乃战前之事也，而补叙于此。“士季使巩朔、韩穿师七覆于敖前”乃上军之所以不败也，而先叙于前。此等处须玩其布置之妥帖，能知此，则虽叙极繁杂之事，亦不虞其凌乱矣。

凡一件大事中，一二小节最能见得其精神，如叙“王见右广将从之乘屈荡户”，则可见楚将士之奋勇效力。叙“晋人或以广队不能进”一节，则可见晋人遁逃慌迫之情形，而楚人雍容闲暇，不待迫敌而制胜有余之情形，亦可见矣。

《公羊》诏是彼也，庄王还师而佚晋寇，《左氏》务与《公羊》相反，故不提及此层，然此等处，仍露出马脚，以此见《公羊》之可信也。“舟中之指可掬也”只七字，而晋师纷乱之情形毕见。“宵济亦终夜有声”亦只七字，而晋人师多而不能用，与楚人未尝穷追之情形，亦毕见。下接“楚重至于邲，遂次于衡雍”以楚师之严整，益形晋师之纷乱，此等处皆有绘影绘声之妙。

“楚熊负羁囚知罃”一节，乃为后来之事作张本。

“今我使二国暴骨”以下十余句，须看其整齐变化，“其为先君宫，告成事而已，武非吾功也”二句极宕逸。“古者明王伐不敬”一接极挺劲，“于是乎有京观，以惩淫慝”，“又何以为京观乎”等句，又极摇曳多姿，此其音调之所以美也。凡学《左》《国》之风度，当从此等处留意。

凡叙事也，能叙出其所以然，乃觉有精神。叙战事，必使读者能知其所以胜败。此篇于两军胜败之故，可谓了如指掌，而其叙晋军内部情形，则出之伍参口中，叙楚军内部情形，多出之晋人口中，则不惟见两军胜败之故，兼可见两军中智谋之士，皆能斗敌，其审矣。此亦叙事扼要之处也。

《汉书·李广苏建传》

李广，陇西成纪人也。其先曰李信，秦时为将，逐得燕太子丹者也。广世世受射。孝文十四年，匈奴大入萧关，而广以良家子从军击胡，用善射，杀首虏多，为郎，骑常侍。数从射猎，格杀猛兽，文帝曰：“惜广不逢时，令当高祖世，万户侯岂足道哉!”

景帝即位，为骑郎将。吴楚反时，为骁骑都尉，从太尉亚夫战昌邑下，显名。以梁王授广将军印，故还，赏不行。为上谷太守，数与匈奴战。典属国公孙昆邪为上泣曰：“李广材气，天下亡双，自负其能，数与虏确，恐亡之。”上乃徙广为上郡太守。

匈奴（入）〔侵〕上郡，上使中贵人从广勒习兵击匈奴。中贵人者将数十骑从，见匈奴三人，与战。射伤中贵人，杀其骑且尽。中贵人走广，广曰：“是必射雕者也。”广乃从百骑往驰三人。三人亡马步行，行数十里。广令其骑张左右翼，而广身自射彼三人者，杀其二人，生得一人，果匈奴射雕者也。已缚之上山，望匈奴数千骑，见广，以为诱骑，惊，上山阵。广之百骑皆大恐，欲驰还走。广曰：“我去大军数十里，今如此走，匈奴追射，我立尽。今我留，匈奴必以我为大军之诱，不我击。”广令曰：“前!”前未到匈奴阵二里所，止，令曰：“皆下马解鞍!”骑曰：“虏多如是，解鞍，即急，奈何？”广曰：“彼虏以我为走，今解鞍以示不去，用坚其意。”有白马将出护兵。广上马，与十余骑奔射杀白马将，而复还至其百骑中，解鞍，纵马卧。时会暮，胡兵终怪之，弗敢击。夜半，胡兵以为汉有伏军于傍欲夜取之，即引去。平旦，广乃归其大军。后徙为陇西、北地、雁门、云中太守。

武帝即位，左右言广名将也，由是入为未央卫尉，而程不识时亦为长乐卫尉。程不识故与广俱以边大守将屯。及出击胡，而广行无部曲行阵，就善水草顿舍，人人自便，不击（刀）〔刁〕斗自卫，莫府省文书，然亦远斥候，未尝遇害。程不识正部曲行伍营阵，击（刀）〔刁〕斗，吏治军簿至明，军不得自便。不识曰：“李将军极简易，然虏卒犯之，无以禁；而其士亦佚乐，为之死。我军虽烦扰，虏亦不得犯我。”是时汉边郡李广、程不识为名将，然匈奴畏广，士卒多乐从，而苦程不识。不识孝景时以数直谏为太中大夫，为人廉，谨于文法。

后汉诱单于以马邑城，使大军伏马邑傍，而广为骁骑将军，属护军将军。单于觉之，去，汉军皆无功。后四岁，广以卫尉为将军，出雁门击匈奴。匈奴兵多，破广军，生得广。单于素闻广贤，令曰：“得李广必生致之。”胡骑得广，广时伤，置两马间，络而盛（之）卧。行十余里，广阳死，睨其傍有一儿骑善马，暂腾而上胡儿马，因抱儿鞭马南驰数十里，得其余军。匈奴骑数百追之，广行取儿弓射杀追骑，以故得脱。于是至汉，汉下广吏。吏当广亡失多，为虏所生得，当斩，赎为庶人。

数岁，与故颍阴侯屏居蓝田南山中射猎。尝夜从一骑出，从人田间饮。还至亭，霸陵尉醉，呵止广，广骑曰：“故李将军。”尉曰：“今将军尚不得夜行，何故也!”宿广亭下。居无何，匈奴入辽西，杀太守，败韩将军。韩将军后徙居右北平，死。于是上乃召拜广为右北平太守。广请霸陵尉与俱，至军而斩之，上书自陈谢罪。上报曰：“将军者，国之爪牙也。《司马法》曰：‘登车不式，遭丧不服，振旅抚师，以征不服；率三军之心，同战士之力，故怒形则千里竦，威振则万物伏；是以名声暴于夷貉，威棱憺乎邻国。’夫报忿除害，捐残去杀，朕之所图于将军也；若乃免冠徒跣，稽颡请罪，岂朕之指哉!

将军其率师东辕，弥节白檀，以临右北平盛秋。”广在郡，匈奴号曰“汉飞将军”，避之，数岁不入界。

广出猎，见草中石，以为虎而射之，中石没矢，视之，石也。他日射之，终不能入矣。广所居郡闻有虎，常自射之。及居右北平射虎，虎腾伤广，广亦射杀之。

石建卒，上召广代为郎中令。元朔六年，广复为将军，从大将军出定襄。诸将多中首虏率为侯者，而广军无功。后三岁，广以郎中令将四千骑出右北平，博望侯张骞将万骑与广俱，异道。行数百里，匈奴左贤王将四万骑围广，广军士皆恐，广乃使其子敢往驰之。敢从数十骑直贯胡骑，出其左右而还，报广曰：“胡虏易与耳。”军士乃安。为圜阵外乡，胡急击，矢下如雨。汉兵死者过半，汉矢且尽。广乃令持满毋发，而广身自以大黄射其裨将，杀数人，胡虏益解。会暮，吏士无人色，而广意气自如，益治军。军中服其勇也。明日，复力战，而博望侯军亦至，匈奴乃解去。汉军罢，弗能追。是时广军几没，罢归。汉法，博望侯后期，当死，赎为庶人。广军自当，亡赏。

初，广与从弟李蔡俱为郎，事文帝。景帝时，蔡积功至二千石。武帝元朔中，为轻车将军，从大将军击右贤王，有功中率，封为乐安侯。元狩二年，代公孙弘为丞相。蔡为人在下中，名声出广下远甚，然广不得爵邑，官不过九卿。广之军吏及士卒或取封侯。广与望气王朔语云：“自汉击匈奴，广未尝不在其中，而诸妄校尉已下，材能不及中，以军功取侯者数十人。广不为后人，然终无尺寸功以得封邑者，何也？岂吾相不当侯邪？”朔曰：“将军自念，岂尝有恨者乎？”广曰：“吾为陇西守，羌尝反，吾诱降者八百余人，诈而同日杀之，至今恨独此耳。”朔曰：“祸莫大于杀已降，此乃将军所以不得侯者也。”

广历七郡太守，前后四十余年，得赏赐，辄分其戏下，饮食与士卒共之。家无余财，终不言生产事。为人长，爰臂，其善射亦天性，虽子孙他人学者莫能及。广呐口少言，与人居，则画地为军阵，射阔狭以饮。专以射为戏。将兵乏绝处见水，士卒不尽饮，不近水，不尽餐，不尝食。宽缓不苛，士以此爱乐为用。其射，见敌，非在数十步之内，度不中不发，发即应弦而倒。用此，其将数困辱，及射猛兽，亦数为所伤云。

元狩四年，大将军票骑将军大击匈奴，广数自请行。上以为老，不许；良久乃许之，以为前将军。

大将军青出塞，捕虏知单于所居，乃自以精兵走之，而令广并于右将军军，出东道。东道少回远，大军行，水草少，其势不屯行。广辞曰：“臣部为前将军，今大将军乃徙臣出东道，且臣结发而与匈奴战，乃今一得当单于，臣愿居前，先死单于。”大将军阴受上指，以为李广数奇，毋令当单于，恐不得所欲。是时公孙敖新失侯，为中将军，大将军亦欲使敖与俱当单于，故徙广。广知之，固辞。大将军弗听，令长史封书与广之莫府，曰：“急诣部，如书。”广不谢大将军而起行，意象愠怒而就部，引兵与右将军食其合军出东道。惑失道，后大将军。大将军与单于接战，单于遁走，弗能得而还。南绝幕，.乃遇两将军。广已见大将军，还入军。大将军使长史持糒醪遗广，因问广、食其失道状，曰：“青欲上书报天子失军曲折。”广未对。大将军长史急责广之莫府上簿。广曰：“诸校尉亡罪，乃我自失道。吾今自上簿。”

至莫府，谓其麾下曰：“广结发与匈奴大小七十余战，今幸从大将军出接单于兵，而大将军徙广部行回远，又迷失道，岂非天哉！且广年六十余，终不能复对刀笔之吏矣!”遂引刀自刭。百姓闻之，知与不知，老壮皆为垂泣。而右将军独下吏，当死，赎为庶人。

广三子，曰当户、椒、敢，皆为郎。上与韩嫣戏，嫣少不逊，当户击嫣，嫣走，于是上以为能。当户蚤死，乃拜椒为代郡太守，皆先广死。广死军中时，敢从骠骑将军。广死明年，李蔡以丞相坐诏赐冢地阳陵当得二十亩，蔡盗取三顷，颇卖得四十余万，又盗取神道外壖地一亩葬其中，当下狱，自杀。敢以校尉从骠骑将军击胡左贤王，力战，夺左贤王旗鼓，斩首多，赐爵关内侯，食邑二百户，代广为郎中令。顷之，怨大将军青之恨其父，乃击伤大将军，大将军匿讳之。居无何，敢从上雍，至甘泉宫猎，骠骑将军去病怨敢伤青，射杀敢。去病时方贵幸，上为讳，云鹿触杀之。居岁余，去病死。

敢有女为太子中人，爱幸。敢男禹有宠于太子，然好利，亦有勇。尝与侍中贵人饮，侵陵之，莫敢应。后愬之上，上召禹，使刺虎，县下圈中，未至地，有诏引出之。禹从落中以剑斫绝累，欲刺虎。上壮之，遂救止焉。而当户有遗腹子陵，将兵击胡，兵败，降匈奴。后人告禹谋欲亡从陵，下吏死。

陵字少卿，少为侍中建章监。善骑射，爱人，谦让下士，甚得名誉。武帝以为有广之风，使将八百骑，深入匈奴二千余里，过居延视地形，不见虏，还。拜为骑都尉，将勇敢五千人，教射酒泉、张掖以备胡。数年，汉遣贰师将军伐大宛，使陵将五校兵随后。行至塞，会贰师还。上赐陵书，陵留吏士，与轻骑五百出敦煌，至盐水，迎贰师还，复留屯张掖。

天汉二年，贰师将三万骑出酒泉，击右贤王于天山。召陵，欲使为贰师将辎重。陵召见武台，叩头自请曰："臣所将屯边者，皆荆楚勇士奇材剑客也，力扼虎，射命中，愿得自当一队，到兰干山南以分单于兵，毋令专乡贰师军。"上曰："将恶相属邪！吾发军多，毋骑予女。"陵对："无所事骑，臣愿以少击众，步兵五千人涉单于庭。"上壮而许之，因诏彊弩都尉路博德将兵半道迎陵军。博德故伏波将军，亦羞为陵后距，奏言："方秋匈奴马肥，未可与战，臣愿留陵至春，俱将酒泉、张掖骑各五千人并击东西浚稽，可必禽也。"书奏，上怒，疑陵悔不欲出而教博德上书，乃诏博德："吾欲予李陵骑，云'欲以少击众'。今虏入西河，其引兵走西河，遮钩营之道。"诏陵："以九月发，出遮虏鄣，至东浚稽山南龙勒水上，徘徊观虏，即亡所见，从浞野侯赵破奴故道抵受降城休士，因骑置以闻。所与博德言者云何？具以书对。"陵于是将其步卒五千人出居延，北行三十日，至浚稽山止营，举图所过山川地形，使麾下骑陈步乐还以闻。步乐召见，道陵将率得士死力，上甚说，拜步乐为郎。

陵至浚稽山，与单于相直，骑可三万围陵军。军居两山间，以大车为营。陵引士出营外为阵，前行持戟盾，后行持弓弩，令曰："闻鼓声而纵，闻金声而止。"虏见汉军少，直前就营。陵搏战攻之，千弩俱发，应弦而倒。虏还走上山，汉军追击，杀数千人。单于大惊，召左右地兵八万余骑攻陵。陵且战且引，南行数日抵山谷中。连战，士卒中矢伤，三创者载辇，两创者将车，一创者持兵战。陵曰："吾士气少衰而鼓不起者，何也？军中岂有女子乎？"始军出时，关东群盗妻子徙边者随军为卒妻妇，大匿车中。陵搜得，皆剑斩之。明日复战，斩首三千余级。引兵东南，循故龙城道行，四五日，抵大泽葭苇中，虏从上风纵火，陵亦令军中纵火以自救。南行至山下，单于在南山上，使其子将骑击陵。陵军步斗树木间，复杀数千人，因发连弩射单于，单于下走。是日捕得虏，言："单于曰：'此汉精兵，击之不能下，日夜引吾南近塞，得毋有伏兵乎？'诸当户君长皆言：'单于自将数万骑击汉数千人不能灭，后无以复使边臣，令汉益轻匈奴。复力战山谷间，尚四五十里得平地，不能破，乃还。’”

是时陵军益急，匈奴骑多，战一日数十合，复伤杀虏二千余人。虏不利，欲去，会陵军候管敢为校尉所辱，亡降匈奴，具言“陵军无后救，射矢且尽，独将军麾下及成安侯校各八百人为前行，以黄与白为帜，当使精骑射之即破矣”。成安侯者，颍川人，父韩千秋，故济南相，奋击南越战死，武帝封子延年为侯，以校尉随陵。单于得敢大喜，使骑并攻汉军，疾呼曰：“李陵、韩延年趣降!”遂遮道急攻陵。陵居谷中，虏在山上，四面射，矢如雨下。汉军南行，未至鞮汗山，一日五十万矢皆尽，即弃车去。士尚三千余人，徒斩车辐而持之，军吏持尺刀，抵山入陿谷。单于遮其后，乘隅下垒石，士卒多死，不得行。昏后，陵便衣独步出营，止左右：“毋随我，丈夫一取单于耳!”良久，陵还，大息曰：“兵败，死矣!”军吏或曰：“将军威震匈奴，天命不遂，后求道径还归，如浞野侯为虏所得，后亡还，天子客遇之，况于将军乎!”陵曰：“公止！吾不死，非壮士也。”于是尽斩旌旗，及珍宝埋地中，陵叹曰：“复得数十矢，足以脱矣。今无兵复战，天明坐受缚矣！各鸟兽散，犹有得脱归报天子者。”令军士人持二糒灰糒，一半冰，期至遮虏鄣者相待。夜半时，击鼓起士，鼓不鸣。陵与韩延年俱上马，壮士从者十余人。虏骑数千追之，韩延年战死。陵曰：“无面目报陛下！”遂降。军人分散，脱至塞者四百余人，陵败处去塞百余里。

边塞以闻，上欲陵死战，召陵母及妇，使相者视之，无死丧色。后闻陵降，上怒甚。责问陈步乐，步乐自杀。群臣皆罪陵，上以问太史令司马迁，迁盛言：“陵事亲孝，与士信，常奋不顾身以殉国家之急。其素所畜积也，有国士之风。今举事一不幸，全躯保妻子之臣随而媒糵其短，诚可痛也！且陵提步卒不满五千，深輮戎马之地，抑数万之师，虏救死扶伤不暇，悉举引弓之民共攻围之。转斗千里，矢尽道穷，士张空拳，冒白刃，北首争死敌，得人之死力，虽古名将不过也。身虽陷败，然其所摧败亦足暴于天下。彼之不死，宜欲得当以报汉也。”初，上遣贰师大军出，财令陵为助兵，及陵与单于相值，而贰师功少。上以迁诬罔，欲沮贰师，为陵游说，下迁腐刑。

久之，上悔陵无救，曰：“陵当发出塞，乃诏强弩都尉令迎军。坐预诏之，得令老将生奸诈。”乃遣使劳赐陵余军得脱者。

陵在匈奴岁余，上遣因杅将军公孙敖将兵深入匈奴迎陵。敖军无功还，曰："捕得生口，言李陵教单于为兵以备汉军，故臣无所得。"上闻，于是族陵家，母弟妻子皆伏诛。陇西士大夫以李氏为愧。

其后，汉遣使使匈奴，陵谓使者曰："吾为汉将步卒五千人横行匈奴，以亡救而败，何负于汉而诛吾家？"使者曰："汉闻李少卿教匈奴为兵。"陵曰："乃李绪，非我也。"李绪本汉塞外都尉，居奚侯城，匈奴攻之，绪降，而单于客遇绪，常坐陵上。陵痛其家以李绪而诛，使人刺杀绪。大阏氏欲杀陵，单于匿之北方，大阏氏死乃还。

单于壮陵，以女妻之，立为右校王，卫律为丁灵王，皆贵用事。卫律者，父本长水胡人，律生长汉，善协律都尉李延年，延年荐言律使匈奴。使还，会延年家收，律惧并诛，亡还降匈奴。匈奴爱之，常在单于左右。陵居外，有大事，乃入议。

昭帝立，大将军霍光、左将军上官桀辅政，素与陵善，遣陵故人陇西任立政等三人俱至匈奴招陵。立政等至，单于置酒赐汉使者，李陵、卫律皆侍坐。立政等见陵，未得私语，即目视陵，而数数自循其刀环，握其足，阴谕之，言可还归汉也。后陵、律持牛酒劳汉使，博饮，两人皆胡服椎结。立政大言曰："汉已大赦，中国安乐，主上富于春秋，霍子孟、上官少叔用事。"以此言微动之。陵墨不应，孰视而自循其发，答曰："吾已胡服矣!"有顷，律起更衣，立政曰："咄，少卿良苦！霍子孟、上官少叔谢女。"陵曰："霍与上官无恙乎？"立政曰："请少卿来归故乡，毋忧富贵。"陵字立政曰："少公，归易耳，恐再辱，奈何!"语未卒，卫律还，颇闻余语，曰："李少卿贤者，不独居一国。范蠡偏游天下，由余去戎入秦，今何语之亲也!"因罢去。立政随谓陵曰："亦有意乎？"陵曰："丈夫不能再辱。"

陵在匈奴二十余年，元平元年病死。

苏建，杜陵人也，以校尉从大将军青击匈奴，封平陵侯。以将军筑朔方。后以卫尉为游击将军，从大将军出朔方。后一岁，以右将军再从大将军出定襄，亡翕侯，失军当斩，赎为庶人。其后为代郡太守，卒官。有三子：嘉为奉车都尉，贤为骑都尉，中子武最知名。

武字子卿，少以父任，兄弟并为郎，稍迁至栘中厩监。时汉连伐胡，数通使相窥观，匈奴留汉使郭吉、路充国等，前后十余辈。匈奴使来，汉亦留之以相当。天汉元年，且鞮侯单于初立，恐汉袭之，乃曰："汉天子我丈人行也。”尽归汉使路充国等。武帝嘉其义，乃遣武以中郎将使持节送匈奴使留在汉者，因厚（赂）〔赂〕单于，答其善意。武与副中郎将张胜及假吏常惠等募士斥候百余人俱。既至匈奴，置币遗单于。单于益骄，非汉所望也。

方欲发使送武等，会缑王与长水虞常等谋反匈奴中。缑王者，昆邪王姊子也，与昆邪王俱降汉，后随浞野侯没胡中。及卫律所将降者，阴相与谋劫单于母阏氏归汉。会武等至匈奴，虞常在汉时素与副张胜相知，私候胜曰：“闻汉天子甚怨卫律，常能为汉伏弩射杀之。吾母与弟在汉，幸蒙其赏赐。”张胜许之，以货物与常。后月余，单于出猎，独阏氏子弟在。虞常等七十余人欲发，其一人夜亡，告之。单于子弟发兵与战。缑王等皆死，虞常生得。

单于使卫律治其事。张胜闻之，恐前语发，以状语武。武曰：“事如此，此必及我。见犯乃死，重负国。”欲自杀，胜、惠共止之。虞常果引张胜。单于怒，召诸贵人议，欲杀汉使者。左伊秩訾曰：“即谋单于，何以复加？宜皆降之。”单于使卫律召武受辞，武谓惠等：“屈节辱命，虽生，何面目以归汉!”引佩刀自刺。卫律惊，自抱持武，驰召毉。凿地为坎，置煴火，覆武其上，蹈其背以出血。武气绝，半日复息。惠等哭，舆归营。单于壮其节，朝夕遣人候问武，而收系张胜。

武益愈，单于使使晓武。会论虞常，欲因此时降武。剑斩虞常已，律曰：“汉使张胜谋杀单于近臣，当死，单于募降者赦罪。”举剑欲击之，胜请降。律谓武曰：“副有罪，当相坐。”武曰：“本无谋，又非亲属，何谓相坐？”复举剑拟之，武不动。律曰：“苏君，律前负汉归匈奴，幸蒙大恩，赐号称王，拥众数万，马畜弥山，富贵如此。苏君今日降，明日复然。空以身膏草野，谁复知之!”武不应。律曰：“君因我降，与君为兄弟。今不听吾计，后虽欲复见我，尚可得乎？”武骂律曰：“女为人臣子，不顾恩义，畔主背亲，为降虏于蛮夷，何以女为见？且单于信女，使决人死生，不平心持正，反欲斗两主，观祸败。南越杀汉使者，屠为九郡；宛王杀汉使者，头县北阙；朝鲜杀汉使者，即时诛灭。独匈奴未耳。若知我不降明，欲令两国相攻，匈奴之祸从我始矣。”

律知武终不可胁，白单于。单于愈益欲降之，乃幽武置大窖中，绝不饮食。天雨雪，武卧啮雪与旃毛并咽之，数日不死，匈奴以为神。乃徙武北海上无人处，使牧羝，羝乳乃得归。别其官属常惠等，各置他所。

武既至海上，廪食不至，掘野鼠去中实而食之。杖汉节牧羊，卧起操持，节旄尽落。积五六年，单于弟于靬王弋射海上。武能网纺缴，檠弓弩，于靬王爱之，给其衣食。三岁余，王病，赐武马畜服匿穹庐。王死后，人众徙去。其冬，丁令盗武牛羊，武复穷厄。

初，武与李陵俱为侍中，武使匈奴明年，陵降，不敢求武。久之，单于使陵至海上，为武置酒设乐，因谓武曰："单于闻陵与子卿素厚。故使陵来说足下，虚心欲相待。终不得归汉，空自苦亡人之地，信义安所见乎？前长君为奉车，从至雍棫阳宫，扶辇下除，触柱折辕，劾大不敬，伏剑自刎，赐钱二百万以葬。孺卿从祠河东后土，宦骑与黄门驸马争船，推堕驸马河中溺死，宦骑亡，诏使孺卿逐捕不得，惶恐饮药而死。来时，大夫人已不幸，陵送葬至阳陵。子卿妇年少，闻已更嫁矣。独有女弟二人，两女一男，今复十余年，存亡不可知。人生如朝露，何久自苦如此！陵始降时，忽忽如狂，自痛负汉，加以老母系保宫，子卿不欲降，何以过陵？且陛下春秋高，法令亡常，大臣亡罪夷灭者数十家，安危不可知，子卿尚复谁为乎？愿听陵计，勿复有云。"武曰："武父子亡功德，皆为陛下所成就，位列将，爵通侯，兄弟亲近，常愿肝脑涂地。今得杀身自效，虽蒙斧钺汤镬，诚甘乐之。臣事君，犹子事父也，子为父死亡所恨。愿勿复再言。"陵与武饮数日，复曰："子卿壹听陵言。"武曰："自分已死久矣！王必欲降武，请毕今日之驩，效死于前!"陵见其至诚，喟然叹曰："嗟乎，义士！陵与卫律之罪上通于天。"因泣下霑衿，与武决去。陵恶自赐武，使其妻赐武牛羊数十头。

后陵复至北海上，语武："区脱捕得云中生口，言太守以下吏民皆白服，曰上崩。"武闻之，南乡号哭，欧血，旦夕临。

数月，昭帝即位。数年，匈奴与汉和亲。汉求武等，匈奴诡言武死。后汉使复至匈奴，常惠请其守者与俱，得夜见汉使，具自陈道。教使者谓单于，言天子射上林中，得雁，足有系帛书，言武等在某泽中。使者大喜，如惠语以让单于。单于视左右而惊，谢汉使曰："武等实在。"于是李陵置酒贺武曰："今足下还归，扬名于匈奴，功显于汉室，虽古竹帛所载，丹青所画，何以过子卿！陵虽驽怯，令汉且贳陵罪，全其老母，使得奋大辱之积志，庶几乎曹柯之盟，此陵宿昔之所不忘也。收族陵家，为世大戮，陵尚复何顾乎？已矣！令子卿知吾心耳。异域之人，壹别长绝!"陵起舞，歌曰："径万里兮度沙幕，为君将兮奋匈奴。路穷绝兮矢刃摧，士众灭兮名已陨。老母已死，虽欲报恩将安归!”陵泣下数行，因与武决。单于召会武官属，前以降及物故，凡随武还者九人。

武以（元始）〔始元〕六年春至京师。诏武奉一太牢谒武帝园庙，拜为典属国，秩中二千石，赐钱二百万，公田二顷，宅一区。常惠、徐圣、赵终根皆拜为中郎，赐帛各二百匹。其余六人老归家，赐钱人十万，复终身。常惠后至右将军，封列侯，自有传。武留匈奴凡十九岁，始以强壮出，及还，须发尽白。

武来归明年，上官桀子安与桑弘羊及燕王、盖主谋反。武子男元与安有谋，坐死。

初桀、安与大将军霍光争权，数疏光过失予燕王，令上书告之。又言苏武使匈奴二十年不降，还乃为典属国，大将军长史无功劳，为搜粟都尉，光颛权自恣。及燕王等反诛，穷治党与，武素与桀、弘羊有旧，数为燕王所讼，子又在谋中，廷尉奏请逮捕武。霍光寝其奏，免武官。

数年，昭帝崩，武以故二千石与计谋立宣帝，赐爵关内侯，食邑三百户。久之，卫将军张安世荐武明习故事，奉使不辱命，先帝以为遗言。宣帝即时召武待诏宦者署，数进见，复为右曹典属国。以武着节老臣，令朝朔望，号称祭酒，甚优宠之。

武所得赏赐，尽以施予昆弟故人，家不余财。皇后父平恩侯、帝舅平昌侯、乐昌侯、车骑将军韩增、丞相魏相、御史大夫丙吉皆敬重武。武年老，子前坐事死，上闵之，问左右：“武在匈奴久，岂有子乎？”武因平恩侯自白：“前发匈奴时，胡妇适产一子通国，有声问来，愿因使者致金帛赎之。”上许焉。后通国随使者至，上以为郎。又以武弟子为右曹。武年八十余，神爵二年病卒。

甘露三年，单于始入朝。上思股肱之美，乃图画其人于麒麟阁，法其形貌，署其官爵姓名。唯霍光不名，曰大司马大将军博陆侯姓霍氏，次曰卫将军富平侯张安世，次曰车骑将军龙额侯韩增，次曰后将军营平侯赵充国，次曰丞相高平侯魏相，次曰丞相博阳侯丙吉，次曰御史大夫建平侯杜延年，次曰宗正阳城侯刘德，次曰少府梁丘贺，次曰太子太傅萧望之，次曰典属国苏武。皆有功德，知名当世，是以表而扬之，明著中兴辅佐，列于方叔、召虎、仲山甫焉。凡十一人，皆有传。自丞相黄霸、廷尉于定国、大司农朱邑、京兆尹张敞、右扶风尹翁归及儒者夏侯胜等，皆以善终，著名宣帝之世，然不得列于名臣之图，以此知其选矣。

赞曰：李将军恂恂如鄙人，口不能出辞，及死之日，天下知与不知皆为流涕，彼其中心诚信于士大夫也。谚曰："桃李不言，下自成蹊。"此言虽小，可以喻大。然三代之将，道家所忌，自广至陵，遂亡其宗，哀哉！孔子称"志士仁人，有杀身以成仁，无求生以害仁"，"使于四方，不辱君命"，苏武有之矣。

【文体】

此篇属传记体。

【分段】

此篇可分为（1）李广、（2）李陵、（3）苏武三传观之。（1）为《史记》原文，（2）（3）则皆孟坚所撰，事迹连贯，实仍一传也。《李广传》可分六段，第一段"李广"至"云中太守"，述广在景帝以前之经历。第二段"武帝即位"至"谨于文法"，述李广、程不识为当时两名将。第三段"后汉诱单于"至"广军自当，亡赏"，述武帝时广御匈奴事。第四段"初，广与从"至"数为所伤云"，综述广之生平。第五段"元狩四年"至"赎为庶人"述广从卫、霍击匈奴及自杀。第六段"广三子"至"下吏死"述广之后人。

《李陵传》可分五段，第一段"陵字少卿"至"复留屯张掖"，述陵击匈奴前之经历。第二段"天汉二年"至"去塞百余里"，述陵以步卒出击匈奴之事。此中又分两小段，（一）"天汉二年"至"步乐为郎"，述汉武令李陵出塞。（二）"陵至浚稽山"至"去塞百余里"，述陵与匈奴战事。第三段"边塞以闻"至"以李氏为愧"，述陵败降，武帝之措置。第四段"其后，汉遣使"至"乃入议"，述陵在匈奴中事。第五段"昭帝立"至"病死"，述霍光上官桀遣使招陵及陵之结局。

《苏武传》可分四段，第一段"苏建"至"最知名"，述苏建。第二段"武字子卿"至"武复穷厄"，述武使匈奴及不降。此中又可分三小段，（一）"武字子卿"至"非汉所望也"，述武使匈奴。（二）"方欲发使"至"收系张胜"，述缑王虞常之变。（三）"武益愈"至"武复穷厄"，述武不降匈奴。第三段"初，武与李陵”至“须发尽白”,述李陵与武之关系及武之归汉。此中又可分三小段。(一)“初,武与李陵”至“数十头”,述李陵劝武降。(二)“后陵复至”至“还者九人”,述匈奴归武及李陵与武决。(三)“武以始元”至“须发尽白”述武之归汉。第四段“武来归明年”至“病卒”,述武归汉后事。第五段“甘露三年”至“知其选矣”,述麒麟阁画像。

【文字研究】

叙事之文,弘为巨制,皆在史传中,《史》《汉》为史传中之最工者。此篇李广传系录史公原文,李陵、苏武传则系孟坚所撰,合班马之巨著于一简,允足以资揣摩也。

古人之文,有近于口语不加修饰者,亦有略事修饰者。以《史》《汉》相较,则史公之文于口语为近,而孟坚修饰之功较多。即就此篇比较观之,亦可见也。《汉书》用《史记》处,往往于其字句略加修整,较其同易,尤易悟入。

然有一端,古人名著,总与后世文人所作不同者,则文之与言,古人所作总较接近是也。文生于情,一时代之人,有一时代人之感情,必不能以异时代之语达之。后世文人胸中所怀之感情,其须以当时之言语达之,亦与古人无异,然至下笔时,则必译为古语而后可,于是困难万状,作文乃成为一艰苦之事,非复大多数人所能,而究其所作,则总带几分死气,有几分隔膜,不及古人文字之活泼逼真,有真性情而能感动人也。此非必后人之才智不逮古人,良由其所操工具不若古人之便易耳。即如此篇,凡载各人口语处,无一不活泼生动,神气毕肖。如李广传中“广曰我去大军”至“用坚其意”一段,“广解曰,臣部为前将军”至“先死单于”一段,“广曰诸校尉亡罪”至“刀笔之吏矣”一段,苏武传中“单于使陵至海上”至“与武决去”一段,其口响逼真,与《水浒》《红楼梦》等白话小说无异,特人不能潜心观玩,不之觉耳。读古人名著,必须从此等处留意,方易悟入。文字必与口语接近固然,然又不可先之于鄙,鄙非用字造句,夹杂不纯之伪。字句夹杂不纯,固不免于鄙,然但务修饰,选择字句,亦未必遂能免于鄙。文以意为主,用意及感情皆高尚,出辞气自然远于鄙倍矣,故雅伪非古今之谓,辞之雅者,有时土语亦可入,文辞之鄙者,即见古书,亦须删剃。

史公文近口语处,如“广乃从百骑往驰三人”“而广身自射彼三人者”“广上马与十余骑奔射杀白马将,而复还至其百骑中,解鞍,纵马卧”等句。“三人”“彼三人者”等字皆不用代名词，“至其百骑中”字亦不删，皆可为证。此等处看似累赘,然亦极为清晰。“至其百骑中”自与下文“广乃归其大军”相对，如删此百字,便无此醒目矣。又如“及出击胡”至“不得自便”与下“不识曰”至“虏亦不得犯我”语多复重，自过求简净者观之，必谓可删而并为一。然上为太史公语，下为程不识之言，不欲其相混，故宁少犯复而并存之也。然此等处，自各以其时代之言语为基础，不得妄效古人以为质。

古人文中亦有夹句,当施以——或（　）记号,则眉目清醒。如《李广传》中“不识孝景时”至“谨于文法”“军中服其勇也”“韩将军后徙居右北平死”；《李陵传》中“成安侯者”至“以校尉随陵”,“李绪本汉”至“常坐陵上”,“卫律者”至“亡还降匈奴”是也，此等处古人亦必有记号，所谓章句也。至后传钞刻印时删失之尔。“秦时为将，逐得太子丹者也”此等彩著之事，古人文中，恒时时提出,以醒人眉目。如左氏记事,往往以一大事标年曰“会于某某之岁”,亦此法也。

“广世世受射”，李广以善射名，入手处即著此句，亦足使眉目清醒。

“惜广不逢时”至“岂足道哉”，语简而意长，且极跌宕。

“将军者”至“右北平盛秋”此一诏，词采斐然，中多协韵之句，俨有辞赋之意，汉时诏令尔雅深厚多如此。

“自汉击匈奴”至“以得封邑者何也”，语气极急，“岂吾相不当侯邪”乃为缓语，以舒其气。古人用一“也”字一“邪”字相应，语气恒如此。亦有时并用“也”字，或并用“邪”字，然语气仍一急一缓。下文“将军自念，岂尝有恨者乎”，亦仍以缓语受之。作文能知此义，神理乃能吻合，音调方觉圆美。

《李广传》中“于是至汉”,《苏武传》中“于是李陵置酒贺武”，凡汉人用“于是”字多能使上下情事密接，且使其语意郑重。《李陵传》之第二段叙战事极工,“军居两山间”至“杀数千人”,生气迥出。“始军出时”至“大匿车中”,补叙清晰，“是日捕得虏”至“不能破乃还”叙捕虏之言，尤为详尽，而局势不病于松懈,以其安插得宜也。凡叙事文之工者,无不能好整以暇,若头绪稍多,便手忙脚乱,无法安插,则技斯拙矣。“昏后陵便衣”至“遂降”写陵军败情形,尤觉惨淡如绘。

“迁盛言陵”至“以报汉也”，即取太史公报任安书中语。古人遇此等处，多以简练出之，撮述原文之意。如《国语》周襄王拒晋文公请隧之辞,《左氏》

约为“王章也，未有代德而有二王，亦叔父之所恶也”十八字是也。惟此处原文已极简练，故即直取之。

叙事之文，以直书其事，使人自见其是非，及但叙事之外表，使人自见其内容为正格，然亦有时不拘，如“阴谕之言，可还归汉也”“以此言微动之”是也，此可见古人作文，恒力求明白易晓。

李陵劝苏武一段，慷慨呜咽，而絮絮如老妪，情文相生，天下之至文也。话甚琐屑拉杂，然“单于闻陵”至“安所见乎”，先总述来意，“前长君”至“存亡不可知”，杂述武家中事，以“人生如朝露，何久自苦如此”作一顿，乃接“陵始降时”云云，又以“子卿不欲降，何以遇陵”回顾前言，然后接“且陛下春秋高”另起一波，末乃以“愿听陵计，勿复有云”总束之，步骤仍一，然不乱也。文有以繁为贵者，如“陵送葬至阳陵”等无关紧要之事，亦不得漏。有以简为贵者，如“嗟乎义士！陵与卫律之罪，上通于天”，言简而义深，“丈夫不能再辱”，辞约而意尽。凡以肖其神理而已。李陵之降，汉族其家，孟坚亦深为不平，且深信陵必有志报汉者，然前文皆隐约其词，未尝明言。至“陵虽驽怯”以下一段，乃大纵，所谓千里来龙，到此结穴也。必能此等布局之法，文字乃有奇伟之观。

韩退之《试大理评事王君墓志铭》

君讳适，姓王氏。好读书，怀奇负气，不肯随人后举选。见功业有道路可指取有，名节可以戾契致，困于无资地，不能自出，乃以干诸公贵人，借助声势。诸公贵人既志得，皆乐熟软媚耳目者，不喜闻生语，一见辄戒门以绝。

上初即位，以四科募天下士。君笑曰：“此非吾时邪？”即提所作书，缘道歌吟，趋直言试。既至，对语惊人，不中第，益困。久之，闻金吾李将军，年少喜事，可撼，乃踏门告曰：“天下奇男子王适，愿见将军白事。”一见语合意，往来门下。卢从史既节度昭义军，张甚，奴视法度士，欲闻无顾忌大语。有以君生平告者，即遣客钩致。君曰：“狂子不足以共事。”立谢客。李将军由是待益厚；奏为其卫胄曹参军，充引驾仗判官，尽用其言。将军迁帅凤翔，君随往。改试大理评事，摄监察御史、观察判官。栉垢爬痒，民获苏醒。

居岁余，如有所不乐，一旦载妻子入阌乡南山不顾。中书舍人王涯、独孤郁，吏部郎中张惟素，比部郎中韩愈，日发书问讯，顾不可强起，不即荐。明年九月疾病，舆医京师，某月某日卒，年四十四。十一月某日，即葬京城西南长安县界中。

曾祖爽，洪州武宁令。祖微，右卫骑曹参军。父嵩，苏州昆山丞。妻上谷侯氏，处士高女。

高固奇士，自方阿衡太师，世莫能用吾言。再试吏，再怒去，发狂投江水。初，处士将嫁其女，惩曰："吾以龃龉穷，一女怜之，必嫁官人，不以与凡子。"君曰："吾求妇氏久矣，惟此翁可人意，且闻其女贤，不可以失。"即谩谓媒妪："吾明经及第，且选即官人，侯翁女幸嫁，若能令翁许我，请进百金为妪谢。"诺许，白翁，翁曰："诚官人耶？取文书来!"君计穷吐实，妪曰："无苦，翁大人不疑人欺我，得一卷书，粗若告身者，我袖以往，翁见未必取视，幸而听我行其谋。"翁望见文书衔袖，果信不疑，曰："足矣。"以女与王氏。生三子，一男二女，男三岁夭死，长女嫁亳州永城尉姚侹，其季始十岁。铭曰：

鼎也不可以柱车，马也不可使守闾。佩玉长裾，不利走趋。祇系其逢，不系巧愚。不谐其须，有衔不祛。钻石埋辞，以列幽墟。

凡文之至者，必能自造句，自造词类，所谓惟古于词必己出。降而不能，乃剿袭也。必如此方足以尽状天下之事物。此义在古典主义文学中，惟韩公能之耳。读此文须从此处着眼。

王介甫《泰州海陵县主簿许君墓志铭》

君讳平，字秉之，姓许氏。余尝谱其世家，所谓今泰州海陵县主簿者也。君既与兄元相友爱称天下，而自少卓荦不羁，善辨说，与其兄俱以智略为当世大人所器。宝元时，朝廷开方略之选，以招天下异能之士，而陕西大帅范文正公、郑文肃公争以君所为书以荐。于是得召试为太庙斋郎，已而选泰州海陵县主簿。贵人多荐君有大才，可试以事，不宜弃之州县。君亦常慨然自许，欲有所为，然终不得一用其智能以卒。噫，其可哀也已!

士固有离世异俗，独行其意，骂讥、笑侮、困辱而不悔。彼皆无众人之求，而有所待于后世者也，其龃龉固宜。若夫智谋功名之士，窥时俯仰，以赴势物之会，而辄不遇者，乃亦不可胜数。辨足以移万物，而穷于用说之时；谋足以夺三军，而辱于右武之国。此又何说哉？嗟乎，彼有所待而不悔者，其知之矣。

君年五十九。以嘉祐某年某月某甲子，葬真州之杨子县甘露乡某所之原。夫人李氏。子男瓌，不仕；璋，真州司户参军；琦，太庙斋郎；琳，进士。女子五人，已嫁者二人，进士周奉先、泰州泰兴县令陶舜元。铭曰：

有拔而起之，莫挤而止之。呜呼许君！而已于斯。谁或使之？

刘海峰云，以议论行序事，而感叹深挚，跌荡昭朗，荆公此等志文最可爱。姚姬传云，按《宋史·许元传》，元固趋势之士，平盖亦非君子，故介甫语含讥刺。勉案此可见古人之直道及其视文字之重，若一味作谀墓之文，则风斯下矣。亭林讥蔡中郎为无行，而身尽绝酬应文字，包安吴于传状碑志之类，以币求者，必拒之。古人高行，可以为法。

贾生《谏放民私铸疏》

法使天下公得顾租，铸铜锡为钱，敢杂以铅铁为它巧者，其罪黥。然铸钱之情，非淆杂为巧，则不可得赢；而淆之甚微，为利甚厚。夫事有召祸，而法有起奸。今令细民人操造币之势，各隐屏而铸作，因欲禁其厚利微奸，虽黥罪日报，其势不止。乃者民人抵罪，多者一县百数，及吏之所疑，榜笞奔走者甚众。夫县法以诱民，使入陷阱，孰积于此？曩禁铸钱，死罪积下；今公铸钱，黥罪积下。为法若此，上何赖焉？

又民用钱，郡县不同：或用轻钱，百加若干；或用重钱，平称不受。法钱不立，吏急而壹之乎，则大为烦苛，而力不能胜。纵而弗呵乎，则市肆异用，钱文大乱。苟非其术，何乡而可哉？

今农事弃捐，而采铜者日蕃，释其耒耨，冶熔炊炭，奸钱日多，五谷不为多。善人怵而为奸邪，愿民陷而之刑戮，刑戮将甚不详，奈何而忽？国知患此，吏议必曰禁之。禁之不得其术，其伤必大。令禁铸钱，则钱必重。重则其利深，盗铸如云而起，弃市之罪，又不足以禁矣。

奸数不胜，而法禁数溃，铜使之然也。故铜布于天下，其为祸博矣。

今博祸可除，而七福可致也。何谓七福？上收铜勿令布，则民不铸钱，黥罪不积，一矣。伪钱不蕃，民不相疑，二矣。采铜铸作者，反于耕田，三矣。铜毕归于上，上挟铜积，以御轻重，钱轻则以术敛之，重则以术散之，货物必平，四矣。以作兵器，以假贵臣，多少有制，用别贵贱，五矣。以临万货，以调盈虚，以收奇羡，则官富实，而末民困，六矣。制吾弃财，以与匈奴逐争其民，则敌必怀，七矣。

故善为天下者，因祸而为福，转败而为功。今久退七福而行博祸，臣诚伤之。

此汉人文字之最简，而含义最富者也，须看其简而明。

司马子长《报任安书》

太史公牛马走司马迁再拜言。

少卿足下：曩者辱赐书，教以慎于接物，推贤进士为务。意气勤勤恳恳，若望仆不相师，而用流俗人之言。仆非敢如此也。仆虽罢驽，亦尝侧闻长者之遗风矣。顾自以为身残处秽，动而见尤，欲益反损，是以独郁悒而无谁语。谚曰："谁为为之？孰令听之？"盖钟子期死，伯牙终身不复鼓琴。何则？士为知己者用，女为悦己者容。若仆大质已亏缺矣，虽材怀随、和，行若由、夷，终不可以为荣，适足以见笑而自点耳。书辞宜答，会东从上来，又迫贱事，相见日浅，卒卒无须臾之闲，得竭指意。今少卿抱不测之罪，涉旬月，迫季冬，仆又薄从上上雍，恐卒然不可讳，是仆终已不得舒愤懑以晓左右，则长逝者魂魄私恨无穷。请略陈固陋。阙然久不报，幸勿为过。

仆闻之：修身者，智之符也；爱施者，仁之端也；取与者，义之表也；耻辱者，勇之决也；立名者，行之极也。士有此五者，然后可以托于世，而列于君子之林矣。故祸莫憯于欲利，悲莫痛于伤心，行莫丑于辱先，诟莫大于宫刑。刑余之人，无所比数，非一世也，所从来远矣！昔卫灵公与雍渠同载，孔子适陈；商鞅因景监见，赵良寒心；同子参乘，袁丝变色：自古而耻之。夫中材之人，事有关于宦竖，莫不伤气，而况于慷慨之士乎？如今朝廷虽乏人，奈何令刀锯之余，荐天下豪儁哉！

仆赖先人绪业，得待罪辇毂下，二十余年矣。所以自惟：上之不能纳忠效信，有奇策材力之誉，自结明主；次之又不能拾遗补阙，招贤进能，显严穴之士；外之不能备行伍，攻城野战，有斩将搴旗之功；下之不能积日累劳，取尊官厚禄，以为宗族交游光宠。四者无一遂，苟合取容，无所短长之效，可见如此矣。乡者仆亦尝厕下大夫之列，陪奉外廷末议，不以此时引纲维，尽思虑，今已亏形为扫除之隶，在阘茸之中，乃欲仰首伸眉，论列是非，不亦轻朝廷、羞当世之士邪？嗟乎，嗟乎！如仆尚何言哉！尚何言哉！

且事本末未易明也。仆少负不羁之才，长无乡曲之誉。主上幸以先人之故，使得奏薄技，出入周卫之中。仆以为戴盆何以望天？故绝宾客之知，忘室家之业，日夜思竭其不肖之才力，务壹心营职，以求亲媚于主上。而事乃有大谬不然者夫。

仆与李陵，俱居门下，素非相善也。趋舍异路，未尝衔杯酒接殷勤之余欢。然仆观其为人，自奇士，事亲孝，与士信，临财廉，取与义，分别有让，恭俭下人，常思奋不顾身，以徇国家之急。其素所蓄积也，仆以为有国士之风。夫人臣出万死不顾一生之计，赴公家之难，斯已奇矣。今举事一不当，而全躯保妻子之臣，随而媒糵其短，仆诚私心痛之！且李陵提步卒不满五千，深践戎马之地，足历王庭，垂饵虎口，横挑强胡。抑亿万之师，与单于连战十有余日，所杀过半当，虏救死扶伤不给。旃裘之君长咸震怖，乃悉征其左右贤王，举引弓之民，一国共攻而围之。转斗千里，矢尽道穷，救兵不至，士卒死伤如积。然陵一呼劳军，士无不起躬流涕，沫血饮泣，张空拳，冒白刃，北向争死敌者。陵未没时，使有来报，汉公卿王侯皆奉觞上寿。后数日，陵败书闻，主上为之食不甘味，听朝不怡。大臣忧惧，不知所出。仆窃不自料其卑贱，见主上惨怆怛悼，诚欲效其款款之愚，以为李陵素与士大夫绝少分甘，能得人死力，虽古之名将，不能过也。身虽陷败，彼观其意，且欲得其当而报汉。事已无可奈何，其所摧败，功亦足以暴于天下矣。仆怀欲陈之，而未有路。适会召问，即以此指，推言陵之功，欲以广主上之意，塞睚眦之辞。未能尽明，明主不深晓，以为仆沮贰师，而为李陵游说。遂下于理。拳拳之忠，终不能自列，因为诬上，卒从吏议。家贫，货赂不足以自赎。交游莫救，左右亲近不为一言。身非木石，独与法吏为伍，深幽囹圄之中，谁可告诉者？此正少卿所亲见，仆行事岂不然邪？李陵既生降，隤其家声；而仆又佴之蚕室，重为天下观笑。悲夫悲夫！事未易一二为俗人言也。

仆之先人，非有剖符丹书之功，文史星历，近乎卜祝之间，固人主所戏弄，倡优畜之，流俗之所轻也。假令仆伏法受诛，若九牛亡一毛，与蝼蚁何以异？而世俗又不与能死节者次比，特以为智穷罪极，不能自免，卒就死耳。何也？素所自树立使然也。人固有一死，死有重于泰山，或轻于鸿毛，用之所趋异也。太上不辱先，其次不辱身，其次不辱理色，其次不辱辞令，其次诎体受辱，其次易服受辱，其次关木索、被棰楚受辱，其次剔毛发、婴金铁受辱，其次毁肌肤、断肢体受辱，最下腐刑极矣！传曰：刑不上大夫。此言士节不可不勉励也。猛虎在深山，百兽震恐；及在槛穽之中，摇尾而求食，积威约之渐也。故士有画地为牢，势不可入；削木为吏，议不可对：定计于鲜也。今交手足，受木索，暴肌肤，受榜棰，幽于圜墙之中。当此之时，见狱吏则头枪地，视徒隶则心惕息。何者？积威约之势也。及已至是，言不辱者，所谓强颜耳，曷足贵乎？且西伯，伯也，拘于羑里；李斯，相也，具于五刑；淮阴，王也，受械于陈；彭越、张敖，南面称孤，系狱抵罪；绛侯诛诸吕，权倾五伯，囚于请室；魏其，大将也，衣赭衣，关三木；季布为朱家钳奴；灌夫受辱于居室。此人皆身至王侯将相，声闻邻国，及罪至罔加，不能引决自裁，在尘埃之中。古今一体，安在其不辱也！由此言之，勇怯，势也；强弱，形也。审矣！曷足怪乎？夫人不能早裁绳墨之外，已稍陵迟至于鞭棰之间，乃欲引节，斯不亦远乎！古人所以重施刑于大夫者，殆为此也。

夫人情莫不贪生恶死，念父母，顾妻子，至激于义理者不然，乃有所不得已也。今仆不幸早失父母，无兄弟之亲，独身孤立。少卿视仆于妻子何如哉？且勇者不必死节，怯夫慕义，何处不勉焉。仆虽怯懦欲苟活，亦颇识去就之分矣，何至自湛溺缧绁之辱哉？且夫臧获婢妾，犹能引决，况仆之不得已乎？所以隐忍苟活、幽于粪土之中而不辞者，恨私心有所不尽，鄙陋没世而文采不表于后世也。

古者富贵而名磨灭，不可胜记，惟倜傥非常之人称焉。盖文王拘而演《周易》；仲尼厄而作《春秋》；屈原放逐，乃赋《离骚》；左丘失明，厥有《国语》；孙子膑脚，《兵法》修列；不韦迁蜀，世传《吕览》；韩非囚秦，《说难》《孤愤》。《诗》三百篇，大抵贤圣发愤之所为也。此人皆意有所郁结，不得通其道，故述往事，思来者。及如左丘明无目，孙子断足，终不可用，退而论书策，以舒其愤，思垂空文以自见。仆窃不逊，近自托于无能之辞，网罗天下放失旧闻，略考其行事，综其终始，稽其成败兴坏之纪。上计轩辕，下至于兹，为十表、本纪十二、书八章、世家三十、列传七十，凡百三十篇。亦欲以究天人之际，通古今之变，成一家之言。草创未就，会遭此祸，惜其不成，是以就极刑而无愠色。仆诚已著此书，藏之名山，传之其人，通邑大都。则仆偿前辱之责，虽万被戮，岂有悔哉？然此可为智者道，难为俗人言也。

且负下未易居，下流多谤议。仆以口语遇遭此祸，重为乡里所戮笑以污辱先人，亦何面目复上父母之丘墓乎？虽累百世，垢弥甚耳！是以肠一日而九回，居则忽忽若有所亡，出则不知其所往。每念斯耻，汗未尝不发背沾衣也。身直为闺阁之臣，宁得自引深藏岩穴邪？故且从俗浮沉，与时俯仰，以通其狂惑。今少卿乃教以推贤进士，无乃与仆私心剌谬乎？今虽欲自雕琢，曼辞以自饰，无益于俗，不信，只足取辱耳。要之死日，然后是非乃定。书不能悉意，略陈固陋。谨再拜。

【考订】

太史公牛马走司马迁再拜言汉书无此十二字，鼒疑太史公“公”字乃“令”字，《文选》传本误耳。……若望仆不相师而用……“而用”《汉书》作“用而”……是以独郁悒而无《文选》作“与”。谁语……士为知己者《汉书》无“者”字。用……仆又薄从上上《文选》少“上”字雍……荐天下豪俊《文选》作“俊”。哉……夫仆与李陵俱居门下，鼒按李陵少为侍中，侍中得入宫门，故谓之门下，太史公盖亦入宫门者，故俱属门下、素非《文选》有“能”字。相善也……仆观其为人自《文选》有“守”字、奇士……随而媒糵。“糵”依《李陵传》。其短……无不起躬《文选》有“自”字流涕，沫血饮泣，张空弮，《文选》作“拳”，冒白刃，北首争死敌者《汉书》无“者”字……见主上惨怆《汉书》作“凄”怛悼……以为李陵素与士大夫绝少分甘，《汉书》作“绝甘分少”。能得人《汉书》有“之”字。死力……虽古之《汉书》无“之”字。名将，不能《汉书》无“能”字。过也……功亦足以暴于天下矣。《汉书》无“矣”字。……推言陵之《汉书》无“之”字。功……明主不深《文选》无“深”字。晓……交游莫救，《文选》

有“视”字。……此正《文选》作“真”。少卿所亲见,仆行事岂不然耶。《文选》作“乎”。……仆又佴之《汉书》作“茸以”。蚕室,重为天下观笑,悲夫悲夫,事未易一二为俗人言也此下自耻辱引入立名,如江河之上,风起水涌,怒涛万变,而卒输于海,天下之至奇也。……倡优畜之《文选》作“所蓄”。……与蝼蚁何以《汉书》无“以”字。异……素所自树立使然也。《汉书》无“也”字。……其次剔《汉书》作“鬄”。毛发……不可不勉《汉书》无“勉”字。厉也……及在槛穽之“及”字下《汉书》有“其”字。……故士有画地为牢,势不可《汉书》无“可”字。……拘于《汉书》无“于”字。羑《汉书》作“牖”。里,李斯相也,具于《汉书》无“于”字。五刑……衣赭衣《汉书》无“衣”字。……不能引决自裁,《汉书》作“财”字。……曷足怪乎?夫《汉书》作“且”。人不能早自裁绳墨之外,已《文选》作“以”。稍陵迟《汉书》作“夷”。……念父母《汉书》作“亲戚”。……早失父母《汉书》作“二亲”。……仆虽怯懦《汉书》作“耎”。欲苟活……幽于《汉书》作“函”,无“于”字。粪土之中而不辞者,恨私心有所不尽,鄙陋《汉书》无“陋”字。没世而文采不表于后世《汉书》无“世”字。也,古者富贵而名磨《汉书》作“摩”。灭,不可胜记,惟倜傥“倜”《汉书》作“俶”。非常之人称焉。盖文王《汉书》作“西伯”。拘而演《周易》,仲尼厄而作《春秋》,屈原放逐,乃赋《离骚》,左丘失明,厥有《国语》,孙子膑脚,《兵法》修列,不韦迁蜀,世传《吕览》,韩非囚秦,《说难》《孤愤》,《诗》三百篇,大抵圣贤发愤之所为《汉书》有“作”字也……乃如左丘明……《汉书》无“明”字。……略考其行事《汉书》无“略”字综其终始。《汉书》无此句。稽其成败兴坏之纪,《汉书》作“理”。上计轩辕,下至于兹,为十表,本纪十二,书八章,世家三十,列传七十,自上计轩辕至此,凡二十六字,《汉书》无。……且负《汉书》作“贫”。下未易居,下流多谤议……则不知其所《汉书》有“如”字。往……宁得自引深藏《汉》有“于”字。岩穴邪,……无乃与仆私心刺《汉书》作“之私指”。谬乎,今虽欲自雕琢《汉书》作“瑑”。曼辞以自辞……《汉书》作“解”。……

【文体】

此篇属书说类。

【分段】

此篇可分五段，第一段“太史公”至“幸勿为过”，总言报书之意。第二段“仆闻之”至“尚何言哉”，答来书言推贤进士。第三段“且事本末”至“一二为俗人言也”，述己获罪之事。第四段“仆之先人”至“难为俗人言也”，言忍辱著书之意，其中又可分两小段，（一）“仆之先人”至“不表于后世也”，自述忍辱之故。（二）“古者富贵”至“难为俗人言也”，言欲著书之事。第五段“且负下未易居”至“故略陈固陋”总结。

【文字研究】

凡长篇文字（一）贵气盛。韩子所谓“气盛则言之短长与声之高下皆宜”是也。必气盛，然后惟所投之，无不如志。（二）贵局势堂皇，包蕴弘富，如建章宫千门万户而起伏，然应之之法，仍自一丝不乱，此篇真其极则也。

首段甚长，惟如此长篇，乃能有此长起笔，亦惟如此长篇，故起段非长，则不能领起下文也。可知文字体势最贵相称。“修身者”至“行之极也”，“上之不能”至“交游光宠”，“太上不辱先”至“极矣”，此文中用此等排句甚多，长篇必如此，气乃厚重。“昔卫灵公”至“袁丝变色”，“且西伯伯也”至“受辱居室”，“盖文王拘”至“所为作也”，六朝以前人引用故事，亦大概用此等排句，详叙者甚少。“刑余之人”至“所从来远矣”，“如今朝廷”至“荐天下豪隽哉”，须玩其声情之激越。“向者仆亦”至“羞当世之士邪”，正答来书“推贤荐士”之意，毕以“嗟乎嗟乎”至“尚何言哉”慨叹作结，以完文气，然后以“且事本末未易明也”领起下段。凡长篇文字，此等筋节处，最须清楚。“而事乃有大谬不然者夫”夫字上属。此处作一顿，下叙李陵事“然仆观其为人”至“国士之风”，述陵平时。“且陵提步卒”至“暴于天下矣”，叙陵战功。而以“夫人臣出万死”至“私人痛之”作转捩，述陵战功一段有声有色。“身虽陷败”至“而报汉”自是正意，转以“事已无可奈何”至“暴于天下矣”透过一句，故觉文气酣畅。“然陵一呼”至“争死敌者”长句，“以为李陵”至“暴于天下矣”，即对上之辞也，先叙于前，然后以“即以此指”至“塞睚眦之辞”指明之，眉目更觉清楚。“此正少卿”至“岂不然邪”，总束上所叙事，下再以“李陵既生降”至“一二为俗人言也”，述己意结之，所谓长文筋节也。

“何也？素所自树立使然也”须玩其搏抗之有力，有此等有力之句，然后须得起“人固有一死”句。

“传曰：刑不上大夫”接法挺劲，“故士有画地为牢”“今交手足”两层，皆顺递而下。“当此之时”作一小提，“何也？积威约之势也”小一回顾，“及以至此”至“曷足贵乎”再一停顿慨叹，然后“且西伯伯也”别起一波，“由此言之”至“曷作怪乎”再作一顿，又用“夫人不能”至“不亦远乎”一提，然后用“古人所以”至“殆为此也”回应上文，气愈直，章愈曲。“夫人情莫不”“且勇者不必”“且夫臧获”又三作提絜，然后跌到“所以隐忍”至“于后世也”。所谓如江河之上，风起水涌，怒涛万变，而卒输于海也。上文既如此千回百折，乃跌到本意，则下文非用极沉挚爽朗之笔，不能提起，“古者富贵”至“之人称焉”二十一字，须玩其笔力千钧。“惜其不成，是以就极刑而无愠色”说出自己意思，已极明显矣。必又以“仆诚已著”至“岂有悔哉”足之，如此乃觉酣畅之极，毫发无遗憾，仍用“然此可为”至“俗人言也”回应到上文，可谓曲折入微，盛水不漏矣。

末段但复述上意，“今少卿乃教以”至“剌谬乎”，仍顾及原书。凡作长篇，最忌游骑无归，前后精神不能收摄，故必须层层照应到。

凡文字之美，有两方面，一曰势力，一曰音调，势力取其雄厚，音调务求谐和，此文于此两者，均臻极点，允宜熟读万遍。

乐毅《报燕惠王书》

臣不佞，不能奉承王命，以顺左右之心。恐伤先王之明，有害足下之义，故遁逃走赵。今足下使人数之以罪，臣恐侍御者不察先王之所以畜幸臣之理，又不白臣之所以事先王之心，故敢以书对。

臣闻贤圣之君，不以禄私亲，其功多者赏之，其能当者处之。故察能而授官者，成功之君也；论行而结交者，立名之士也。臣窃观先王之举也，见有高世主之心，故假节于魏，以身得察于燕。先王过举，厕之宾客之中，立之群臣之上，不谋父兄，以为亚卿。臣窃不自知，自以为奉令承教，可幸无罪，故受命而不辞。

先王命之曰：“我有积怨深怒于齐，不量轻弱，而欲以齐为事。”臣曰：“夫齐，霸国之余业，而骤胜之遗事也。练于甲兵，习于战攻。王若欲伐之，必与天下图之，与天下图之，莫若结于赵。且又淮北宋地，楚、魏之所欲也。

赵若许，而约四国攻之，齐可大破也。”先王以为然，具符节，南使臣于赵。顾反命，起兵击齐。以天之道，先王之灵，河北之地，随先王而举之济上。济上之军，受命击齐，大败齐人。轻卒锐兵，长驱至国。齐王遁而走莒，仅以身免。珠玉财宝，车甲珍器，尽收入于燕。齐器设于宁台，大吕陈于元英，故鼎反乎磨室，蓟丘之植，植于汶篁。自五霸以来，功未有及先王者也。先王以为慊于志，故裂地而封之，使得比小国诸侯。臣窃不自知，自以为奉命承教，可幸无罪，是以受命不辞。

臣闻贤圣之君，功立而不废，故著于《春秋》；蚤知之士，名成而不毁，故称于后世。若先王之报怨雪耻，夷万乘之强国，收八百岁之蓄积，及至弃群臣之日，余教未衰。执政任事之臣，修法令，慎庶孽，施及乎萌隶，皆可以教后世。

臣闻之：善作者不必善成，善始者不必善终。昔伍子胥说听于阖闾，而吴王远迹至郢。夫差弗是也，赐之鸱夷而浮之江。吴王不寤先论之可以立功，故沈子胥而不悔；子胥不早见主之不同量，是以至于入江而不化。夫免身立功，以明先王之迹，臣之上计也；离毁辱之诽谤，隳先王之名，臣之所大恐也。临不测之罪，以幸为利，义之所不敢出也。

臣闻古之君子，交绝不出恶声。忠臣去国，不洁其名。臣虽不佞，数奉教于君子矣。恐侍御者之亲左右之说，不察疏远之行，故敢献书以闻。惟君王之留意焉。

【文体】

此篇亦书说类。

【分段】

此篇可分四段。第一段“臣不佞……故敢以书对”言报书之意。第二段“臣闻贤圣之君……是以受命不辞”，述己之事燕昭。第三段“臣闻贤圣之君……义之所不敢出也”，述己对燕惠之意。第四段“臣闻古之……留意焉”，总述书意作结。

【文字研究】

此篇以“先王之所以畜幸臣之理”“臣之所以事先王之心”二语为柱意，“故察能而授官者”承“先王之所以畜幸臣之理”言，“论行而结交者”承“臣之所以事先王之心”言，此段备陈己与燕昭之关系，妙在说得极详尽，而无一自伐之语。“臣闻贤圣之君……故称于后世”仍承上柱意，言“若先王……皆可以教后世”，先叙述先王之立功，则下文将说及惠王废其功矣，妙在至此便缩住，不再说下，然此层若竟不说，则于自己所以遁逃之故，又说不明白，乃借子胥阖闾之事为喻，此昔人所谓“风喻”，所以避“斥言”，以今语譬之，则可谓文字中之缓冲法也。“夫免身立功……义之所不敢出也”，乃畅述己对燕惠之意，而书意遂尽。

此文之妙，全从“气度”“风格”中领会，而要领会其气度、风格，则又必须从音调中求之。凡文字之妙，其精微之处，恒在音调中，犹听人说话，必须合其声色姿势，然后可喻其意也。

此文第二段音调较凝练，第三段音调较酣恣，先敛而后肆也。“以天之道，先王之灵”此等扬挈停顿之法，“珠玉财宝……植于汶篁”此等酣姿纡徐之笔，最宜深玩。

江统《徙戎论》

夫夷、蛮、戎、狄，地在要荒，禹平九土而西戎即叙。其性气贪婪，凶悍不仁，四夷之中，戎、狄为甚。弱则畏服，强则侵叛。当其强也，以汉之高祖困于白登、孝文军于霸上；及其弱也，以元、成之微而单于入朝。此其已然之效也！是以有道之君牧夷、狄也，惟以待之有备，御之有常。虽稽颡执贽，而边城不弛固守。强暴为寇，而兵甲不加远征。期令境内获安，疆场不侵而已。

及至周室失统，诸侯专征，封疆不固，而利害异心。戎、狄乘间，得入中国，或招诱安抚以为己用，自是四夷交侵，与中国错居。及秦始皇并天下，兵威旁达，攘胡走越。当是时，中国无复四夷也。

汉建武中，马援领陇西太守，讨叛羌，徙其余种于关中，居冯翊、河东空地。数岁之后，族类蕃息，既恃其肥强，且苦汉人侵之；永初之元，群羌叛乱，覆没将守，屠破城邑，邓骘败北，侵及河内。十年之中，夷、夏俱敝，任尚、马贤，仅乃克之。自此之后，余烬不尽，小有际会，辄复侵叛，中世之寇，惟此为大。魏兴之初，与蜀分隔，疆场之戎，一彼一此。武帝徙武都氐于秦川，欲以弱寇强国，扞御蜀虏，此盖权宜之计，非万世之利也。

今者当之，已受其敝矣。夫关中土沃物丰，帝王所居，未闻戎、狄宜在此土也！非我族类，其心必异。而因其衰敝，迁之畿服，士庶玩习，侮其轻弱，使其怨恨之气毒于骨髓；至于蕃育众盛，则坐生其心。以贪悍之性，挟愤怒之情，候隙乘便，辄为横逆；而居封域之内，无障塞之隔，掩不备之人，收散野之积，故能为祸滋蔓，暴害不测，此必然之势，已验之事也。当今之宜，宜及兵威方盛，众事未罢，徙冯翊、北地、新平、安定界内诸羌，著先零、罕开、析支之地，徙扶风、始平、京兆之氐，出还陇右，著阴平、武都之界。廪其道路之粮，令足自致，各附本种，反其旧土，使属国、抚夷就安集之，戎、晋不杂，并得其所，纵有猾夏之心，风尘之警，则绝远中国，隔阂山河，虽有寇暴，所害不广矣。

难者曰：氐寇新平，关中饥疫，百姓愁苦，咸望宁息；而欲使疲悴之众，徙自猜之寇，恐势尽力屈，绪业不卒，前害未及弭而后变复横出矣！答曰：子以今者群氐为尚挟余资，悔恶反善，怀我德惠而来柔附乎？将势穷道尽，智力俱困，惧我兵诛以至于此乎？曰：无有余力，势穷道尽故也。然则我能制其短长之命，而令其进退由己矣。夫乐其业者不易事，安其居者无迁志。方其自疑危惧，畏怖促遽，故可制以兵威，使之左右无违也。迨其死亡流散，离逷未鸠，与关中之人，户皆为仇，故可遐迁远处，令其心不怀土也。夫圣贤之谋事也，为之于未有，治之于未乱，道不著而平，德不显而成。其次则能转祸为福，因败为功，值困必济，遇否能通。今子遭敝事之终而不图更制之始，爱易辙之勤而遵覆车之辄，何哉？

且关中之人百余万口，率其少多，戎、狄居半，处之与迁，必须口实。若有穷乏，糁粒不继者，故当倾关中之谷以全其生生之计，必无挤于沟壑而不为侵掠之害也！今我迁之，传食而至，附其种族，自使相赡。而秦地之人得其半谷，此为济行者以廪粮，遗居者以积仓，宽关中之逼，去盗贼之原，除旦夕之损，建终年之益。若惮暂举之小劳而忘永逸之弘策，惜日月之烦苦而遗累世之寇敌，非所谓能创业垂统，谋及子孙者也。

并州之胡，本实匈奴桀恶之寇也。建安中，使右贤王去卑诱质呼厨泉，听其部落散居六郡。咸熙之际，以一部太强，分为三率，泰始之初，又增为四；于是刘猛内叛，连结外虏，近者郝散之变，发于谷远。今五部之众，户至数万，人口之盛，过于西戎；其天性骁勇，弓马便利，倍于氐、羌；若有不虞风尘之虑，则并州之域可为寒心。

正始中，毋丘俭讨句骊，徙其余种于荥阳。始徙之时，户落百数；子孙孳息，今以千计。数世之后，必至殷炽。今百姓失职，犹或亡叛，犬马肥充，则有噬啮，况于夷、狄，能不为变！但顾其微弱，势力不逮耳。

夫为邦者，忧不在寡而在不安。以四海之广，士民之富，岂须夷虏在内然后取足哉！此等皆可申谕发遣，还其本域，慰彼羁旅怀土之思，释我华夏纤介之忧。惠此中国，以绥四方，德施永世，于计为长也！

魏晋南北朝文字，瑰伟之气，自不逮韩柳以下，然其论事翔实，而无词胜于理之弊，则反过之，近人或谓作议论之文，当以六朝人为法式，以此也。

“夫夷蛮戎狄……疆场不侵而已”，论御戎狄之道。

“及至周室失统……无复四夷也”，论述周秦。

“汉建武中……非万世之利也”，述汉魏之世，氐、羌得居关中。

“今者当之……所害不广矣”，言氐、羌之敝，宜徙于外。

“难者曰……何哉”，言群氐势穷，兵威可制。

“且关中之人……谋及子孙者也”，述秦地之人，得其半谷。

“并州之胡……于计为长也”，论并州之胡，荥阳之夷，皆宜并徙。

扬子云《谏不许单于朝书》

臣闻六经之治，贵于未乱；兵家之胜，贵于未战。二者皆微，然而大事之本，不可不察也。今单于上书求朝，国家不许而辞之，臣愚以为汉与匈奴从此隙矣。夫北地之狄，五帝所不能臣，三王所不能制，其不可使隙甚明。臣不敢远称，请引秦以来明之。

以秦始皇之强，蒙恬之威，带甲四十余万，然不敢窥西河，乃筑长城以界之。会汉初兴，以高祖之威灵，三十万众，困于平城，士或七日不食。时奇谲之士、石画之臣甚众，卒其所以脱者，世莫得而言也。又高皇后常忿匈奴，群臣庭议，樊哙请以十万众横行匈奴中，季布曰：“哙可斩也，妄阿顺指！”于是大臣权书遗之，然后匈奴之结解，中国之忧平。及孝文时，匈奴侵暴北边，候骑至雍甘泉，京师大骇，发三将军屯细柳、棘门、霸上以备之，数月乃罢。

孝武即位，设马邑之权，欲诱匈奴，使韩安国将三十万众，徼于便坠，匈奴觉之而去，徒费财劳师，一虏不可得见，况单于之面乎？其后深惟社稷之计，规恢万载之策，乃大兴师数十万，使卫青、霍去病操兵，前后十余年。于是浮西河，绝大幕，破寘颜，袭王庭，穷极其地，追奔逐北，封狼居胥山，禅于姑衍，以临瀚海，虏名王贵人以百数。自是之后，匈奴震怖，益求和亲，然而未肯称臣也。

且夫前世岂乐倾无量之费，役无罪之人，快心于狼望之北哉？以为不壹劳者不久佚，不暂费者不永宁，是以忍百万之师以摧饿虎之喙，运府库之财，填卢山之壑，而不悔也。至本始之初，匈奴有桀心，欲掠乌孙，侵公主，乃发五将之师十五万骑猎其南，而长罗侯以乌孙五万骑震其西，皆至质而还。时鲜有所获，徒奋扬威武，明汉兵若雷风耳。虽空行空反，尚诛两将军。故北狄不服，中国未得高枕安寝也。

逮至元康、神爵之间，大化神明，鸿恩溥洽，而匈奴内乱，五单于争立，日逐、呼韩邪携国归死，扶伏称臣，然尚羁縻之，计不颛制。自此之后，欲朝者不拒，不欲者不强。何者？外国天性忿鸷，形容魁健，负力怙气，难化以善，易隶以恶，其强难诎，其和难得。

故未服之时，劳师远攻，倾国殚货，伏尸流血，破坚拔敌，如彼之难也；既服之后，慰荐抚循，交接赂遗，威仪俯仰，如此之备也。往时常屠大宛之城，蹈乌桓之垒，探姑缯之壁，籍荡姐之场，艾朝鲜之旃，拔两越之旗，近不过旬月之役，远不离二时之劳，固已犁其庭，埽其闾，郡县而置之，云彻席卷，后无余灾。惟北狄为不然，真中国之坚敌也，三垂比之悬矣，前世重之兹甚，未易可轻也。

今单于归义，怀款诚之心，欲离其庭，陈见于前，此乃上世之遗策，神灵之所想望，国家虽费，不得已者也。奈何距以来厌之辞，疏以无日之期，消往昔之恩，开将来之隙！夫款而隙之，使有恨心，负前言，缘往辞，归怨于汉，因以自绝，终无北面之心，威之不可，谕之不能，焉得不为大忧乎？夫明者视于无形，聪者听于无声。诚先于未然，即蒙恬、樊哙不复施，棘门、细柳不复备，马邑之策安所设，卫、霍之功何得用，五将之威安所震？不然，壹有隙之后，虽智者劳心于内，辩者毂击于外，犹不若未然之时也。且往者图西域，制车师，置城郭都护三十六国，费岁以大万计者，岂为康居、乌孙能逾白龙堆而寇西边哉？乃以制匈奴也。夫百年劳之，一日失之，费十而爱一，臣窃为国不安也。唯陛下少留意于未乱未战，以遏边萌之祸。

此篇为西京文字，渐开东京风气者。

“臣闻六经之治……未肯称臣也”，述秦汉匈奴之强。

“且夫前世……未得高枕安寝也”，论未服时，攻伐之难。

“逮至元康……其和难得”，述既服后，慰抚之备。

“故未服之时……以遏边萌之祸”，结束。

刘琨《劝进表》

臣闻天生蒸人，树之以君，所以对越天地，司牧黎元。圣帝明王监其若此，知天地不可以乏飨，故屈其身以奉之；知蒸黎不可以无主，故不得已而临之。社稷时难，则戚藩定其倾；郊庙或替，则宗哲纂其祀。所以弘振遐风，式固万世，三五以降，靡不由之。

臣琨臣碑，顿首顿首，死罪死罪。伏惟高祖宣皇帝肇基景命，世祖武皇帝遂造区夏，三叶重光，四圣继轨，惠泽侔于有虞，卜年过于周氏。自元康以来，艰难繁兴，永嘉之际，氛厉弥昏，宸极失御，登遐丑裔，国家之危，有若缀旒。赖先后之德、宗庙之灵，皇帝嗣建，旧物克甄。诞授钦明，服膺聪哲，玉质幼彰，金声夙振。冢宰摄其纲，百辟辅其政，四海想中兴之美，群生怀来苏之望。不图天不悔祸，大灾荐臻，国未忘难，寇害寻兴。逆胡刘曜，纵逸西都，敢肆犬羊，陵虐天邑。臣奉表使还，乃承西朝，以去年十一月不守，主上幽劫，复沉虏庭，神器流离，再辱荒逆。臣每览史籍，观之前载，厄运之极，古今未有。苟在食土之毛，含血之类，莫不叩心绝气，行号巷哭。况臣等荷宠三世，位厕鼎司，闻问震惶，精爽飞越，且悲且惋，五情无主，举哀朔垂，上下泣血。

臣琨臣碑，顿首顿首，死罪死罪。臣闻昏明迭用，否泰相济，天命无改，历数有归。或多难以固邦国，或殷忧以启圣明。以齐有无知之祸，而小白为五伯之长；晋有丽姬之难，而重耳主诸侯之盟。社稷靡安，必将有以扶其危；黔首几绝，必将有以继其绪。伏惟陛下，玄德通于神明，圣姿合于两仪，应命世之期，绍千载之运。符瑞之表，天人有征；中兴之兆，图谶垂典。自京畿陨丧，九服崩离，天下嚣然无所归怀，虽有夏之遘夷羿，宗姬之离犬戎，蔑以过之。陛下抚宁江左，奄有旧吴，柔服以德，伐叛以刑，抗明威以摄不类，杖大顺以肃宇内。纯化既敷，则率土宅心；义风既畅，则遐方企踵。百揆时叙于上，四门穆穆于下。昔少康之隆，夏训以为美谈；宣王之兴，周诗以为休咏。况茂勋格于皇天，清晖光于四海，苍生颙然，莫不欣戴，声教所加，愿为臣妾者哉！且宣皇之胤，惟有陛下，意兆攸归，曾无与二。天祚大晋，必将有主，主晋祀者，非陛下而谁！是以迩无异言，远无异望，讴歌者无不吟讽徽猷，狱讼者无不思于圣德。天地之际既交，华夷之情允洽。一角之兽，连理之木，以为休征者，盖有百数。冠带之伦，要荒之众，不谋同辞者，动以万计。是以臣等敢考天地之心，因函夏之趣，昧死上尊号。愿陛下存舜禹至公之情，狭巢由抗矫之节。以社稷为务，不以小行为先；以黔首为忧，不以克让为事。上以慰宗庙乃顾之怀，下以释普天倾首之望。则所谓生繁华于枯荑，育丰肌于朽骨，神人获安，无不幸甚。

臣琨臣磾，顿首顿首，死罪死罪。臣闻尊位不可久虚，万机不可久旷。虚之一日，则尊位以殆；旷之浃辰，则万机以乱。方今钟百王之季，当阳九之会，狡寇窥窬，伺国瑕隙，齐人波荡，无所系心，安可废而不恤哉？陛下虽欲逡巡，其若宗庙何，其若百姓何？昔惠公虏秦，晋国震骇，吕郤之谋，欲立子圉。外以绝敌人之志，内以固阖境之情。故曰丧君有君，群臣辑睦，好我者劝，恶我者惧。前事之不忘，后代之元龟也。陛下明并日月，无幽不烛，深谋远猷，出自胸怀。不胜犬马忧国之情，迟睹人神开泰之路。是以陈其乃诚，布之执事。臣等各忝守方任，职在遐外，不得陪列阙庭，与亲盛礼，踊跃之怀，南望罔极。

谨上。臣规谨遣兼左长史右司马臣温峤、主簿臣辟闾训，臣磾遣散骑常侍征虏将军清河太守领右长史高平亭侯臣荣劭、轻车将军关内侯臣郭穆奉表。臣琨臣磾等，顿首顿首，死罪死罪。

此篇为魏晋后文字仍有雄直之气者。

【分段】

“建兴五年……靡不由之”，言宗社当有主者。

“臣琨……上下泣血”，闻怀愍之难。

“臣琨……无不幸甚”，言元帝亲贤，宜嗣大统。

“臣琨……南望罔极”，言立君，以定民志。

“谨上……死罪死罪”，结束。

陆贽《奉天请罢琼林大盈二库状》

右：臣闻作法于凉，其弊犹贪；作法于贪，弊将安救！示人以义，其患犹私；示人以私，患必难弭。故圣人之立教也，贱货而尊让，远利而尚廉。天子不问有无，诸侯不言多少。百乘之室，不畜聚敛之臣。夫岂皆能忘其欲贿之心哉！诚惧贿之生人心而开祸端，伤风教而乱邦家耳。是以务鸠敛而厚其帑椟之积者，匹夫之富也；务散发而收其兆庶之心者，天子之富也。天子所作，与天同方：生之长之，而不恃其为；成之收之，而不私其有。付物以道，混然忘情。取之不为贪，散之不为费。以言乎体则博大，以言乎术则精微。亦何必挠废公方，崇聚私货，降至尊而代有司之守，辱万乘以效匹夫之藏。亏法失人，诱奸聚怨，以斯制事，岂不过哉！

今之琼林、大盈，自古悉无其制，传诸耆旧之说，皆云创自开元。贵臣贪权，饰巧求媚，乃言：“郡邑贡赋所用，盍各区分。税赋当委之有司，以给经用；贡献宜归乎天子，以奉私求。”玄宗悦之，新是二库，荡心侈欲，萌柢于兹。迨乎失邦，终以饵寇。《记》曰：“货悖而入，必悖而出。”岂非其明效欤?

陛下嗣位之初，务遵理道，敦行约俭，斥远贪饕。虽内库旧藏，未归太府，而诸方曲献，不入禁闱。清风肃然，海内丕变。议者咸谓汉文却马，晋武焚裘之事，复见于当今。近以寇逆乱常，变舆外幸，既属忧危之运，宜增儆励之诚。臣昨奉使军营，出由行殿，忽睹右廊之下，榜列二库之名，懼然若惊，不识所以。何则？天衢尚梗，师旅方殷，疮痛呻吟之声，噢咻未息，忠勤战守之效，赏赉未行，而诸道贡珍，遽私别库，万目所视，孰能忍怀。

窃揣军情，或生觖望，试询候馆之吏，兼采道路之言，果如所虞，积憾已甚，或忿形谤讟，或丑肆讴谣，颇含思乱之情，亦有悔忠之意。是知甿俗昏鄙，识昧高卑，不可以尊极临，而可以诚义感。顷者六师初降，百物无储，外扞凶徒，内防危堞，昼夜不息，迨将五旬，冻馁交侵，死伤相枕，毕命同力，竟夷大艰。良以陛下不厚其身，不私其欲，绝甘以同卒伍，辍食以啗功劳。无猛制而人不携，怀所感也；无厚赏而人不怨，悉所无也。今者攻围已解，衣食已丰，而谣讟方兴，军情稍阻，岂不以勇夫恒性，嗜货矜功，其患难既与之同忧，而好乐不与之同利，苟异恬默，能无怨咨？此理之常，固不足怪。

《记》曰"财散则民聚，财聚则民散"，岂非其殷鉴欤！众怒难任，蓄怨终泄，其患岂徒人散而已，亦将虑有构奸鼓乱，干纪而强取者焉！夫国家作事，以公共为心者，人必乐而从之；以私奉为心者，人必咈而叛之。故燕昭筑金台，天下称其贤；殷纣作玉杯，百代传其恶；盖为人与为己殊也。周文之囿百里，时患其尚小；齐宣之囿四十里，时病其太大；盖同利与专利异也。为人上者，当辨察兹理，洒濯其心，奉三无私，以壹有众；人或不率，于是用刑。然则宣其利而禁其私，天子所恃以理天下之具也。舍此不务，而壅利行私，欲人无贪，不可得已。今兹二库，珍币所归，不领度支，是行私也；不给经费，非宣利也；物情离怨，不亦宜乎！

智者因危而建安，明者矫失而成德。以陛下天姿英圣，傥加之见善必迁，是将化蓄怨为衔恩，反过差为至当，促殄遗孽，永垂鸿名，易如转规，指顾可致。然事有未可知者，但在陛下行与否耳。能则安，否则危；能则成德，否则失道；此乃必定之理也。愿陛下慎之惜之！陛下诚能近想重围之殷忧，追戒平居之专欲，器用取给，不在过丰，衣食所安，必以分下。凡在二库货贿，尽令出赐有功，坦然布怀，与众同欲。是后纳贡，必归有司，每获珍华，先给军赏，环异纤丽，一无上供。推赤心于其腹中，降殊恩于其望外。将卒慕陛下必信之赏，人思建功；兆庶悦陛下改过之诚，孰不归德。如此则乱必靖，贼必平，徐驾六龙，旋复都邑，兴行坠典，整缉棼纲。乘舆有旧仪，郡国有恒赋，天子之贵，岂当忧贫！是乃散其小储而成其大储也，损其小宝而固其大宝也。举一事而众美具，行之又何疑焉！吝少失多，廉贾不处；溺近迷远，中人所非；况乎大圣应机，固当不俟终日。不胜管窥愿效之至。谨陈冒以闻。谨奏。

【分段】

"右：臣闻作法于凉……岂不过哉"，言天子不畜私财。"今之琼林大盈……岂非其明效欤"，言开元始置二库。"陛下嗣位之初……孰能忍怀"，言大难未平，不宜遽私二库。

“窃揣军情……固不足怪”，言军情离怨。

“记曰……不亦宜乎”，言所以致离怨之理。

“智者因危而建安……冒以闻谨奏”，请改过散财。

【文字研究】

文字之崇尚偶俪，至唐而极，然皆清辩滔滔，绝无以词害意之病，近人公文亦好用偶语，然颇借辞藻，故实涂饰矣。

扫码分享电子版

国文选文（二）

拟中等学校熟诵文及选读书目

凡研究一种学问，必有一定之途辙可循，此不易之理也。独今之言国文者不然。过高其说者，往往谓文章之妙，可以会意，不可以言传。而其过求浅近者，则又航绝流断港，而终不能至于海。此无他，未知今日学校所授之国文，其性质若何也。

文字本所以代语言，故两者决无相离之理。然言语不能无迁变，而一国之大，其民智又不能无高下殊，智有高下，斯其语有浅深，此又事之无可如何者也。吾国自昔崇古，一切学术，无不以古人为依归。凡研究学术之人，自无一不通古语。其人而既通古语矣，则其发为语言，自亦不免借古语以为用。犹今欧西各国人，有通希腊罗马文者，时亦用以著书也，然此固非不治学术之人所能知也。职是故，上层社会言语之迁变，遂与普通社会异其途。古语之已废于普通社会者，犹存诸上层社会，而上层社会因变迁而新增之言语，则非普通社会所能知，普通社会因变迁而新增之言语，又非上层社会所乐道，而文与语遂日趋分离矣。然此既废于普通社会之语言，在上层社会固犹日借以为用。然则今日之所谓文言，实仍为通行于现社会之一种言语，特非人人皆能之，又非矢诸口入诸耳而已。

或曰：文字既所以代语言，自贵与语言相合。今之所谓国文者，仍为通行于现社会之一种语言，则既闻命矣。然此特上层社会之人，借以为用耳。普通社会之人，不能尽解也。而普通社会之人，所用之语，则上层社会之人无弗能知。然则今者径废所谓国文，而以俗语代之，可乎？曰：不可。一国之民智，不能无高下之殊，其所用之语言，即不能无浅深之异，予既言之矣。强智识程度较低之人，使操智识程度较高之语言，势固有所不能，强智识程度较高之人，使操智识程度较低之语言，理亦有所不可。何则？其意将格不达也。夫言语者，思想之表象，而彼我之情愫所由互通也。故一国之高等言语，实为其国人高等之思想所寄，由此而互相传习焉。此高等思想，则国家所恃以建立也。今欲废弃高等之言语，无论其不能也。苟其能之，则是摧弃一国高等之思想，而破坏其建国之精神也。夫国于世界，不徒贵横的统一，亦且贵纵的统一，有横的统一而后其势力厚，有纵的统一而后其根柢深。我国人自昔崇古，学士大夫之言语，多以古人为标准，致与普通社会之人相去日远，诚不能无少病，然以此故，而今人与古人其关系乃极密切，以全国土地之广，种族之错杂，交通之不便，而所谓上层社会之言语，转因其以古人为标准，故其变迁少，而彼此少差殊，俾全国有知识之人，常得相集为一体，其庸多矣。况前此高等之思想，悉寄于是，今既无以为代，而顾欲一举而废弃之，是使全国之人，皆下乔而入幽也，呜乎！明乎此，则今日之所谓国文，其不可不肄习审矣。所当研究者，肄习之法耳。夫欲研究一种学问，必有其一定之途辙，而欲知其途辙，则又必先知其物之性质，此不易之理也。今者举国之人，皆言研究国文，皆言教授国文，而国文之性质若何，顾无一人焉能真知之者，又何怪其愈言教授，而其教授愈不得法邪！盖自魏晋以降，崇尚文词，举国相师，蒸为习尚，久之而学术与文字，遂至并为一谈，寖假而又并文学与文字为一谈。凡教人肄习文字者，其意无不即视为研究文学。夫文学者，美术之一种。而文字者，则现社会人所用之一种高等语言也。人之美术思想，固可以言语表之，然非必尽以言语表之也。言语之为用，固可借以表示美术思想，然亦非尽用之以表示美术思想也。故文学者，美术之一种。惟从事于美术之人，乃有事焉。至于普通学子之肄习国文，则不过授之以一种高等语言，俾其与昔人所传之思想，可以直接，而与今人之抱此等思想者，可以互通。犹之教英语者，欲以读英国人之书，学日本语者，欲以与日本人通意耳，非欲使之为文学家也。且即欲使人为文学家，亦必先使之通普通之语言而后可。未有普通之语言尚未能操，而顾能用其语言以达其美术思想者。此理之易明，而无待于再计者也。

然则教授国文之道可知已，教授国文者，教授现社会所通行之高等语言也。惟其如是，故其所授者，必确为是物而后可，其过高焉，而出于现社会所通行之高等语言以上，过低焉，而不及乎现社会所通行之高等语言，均非教授国文之道也。今试就中国现社会所有之文字，即其与语言离合之远近，而大别为三种焉。

一、通俗文　与现今普通之语言，相去最近，即欲使之全然相合，亦无不可，如近人所撰之白话书报是。

一、普通文　介乎通俗文与古文之间，所以通彼我之邮者也，如公牍书札是。

一、古文　与现今普通之言语相去最远，如三代两汉之书，唐宋八家之文是也。

然同一古文，其中又有区别，盖语言之迁变出于自然，中国之高等言语，其迁变能与普通语言异其途，亦初非能不迁变也。职是故，有古人极通行之言语，而在今日，则因其非必要而删之者，又有古人未尝有之语言，而现今社会中人，因时势之需要，从而新增焉者。汉魏之文卒不能同乎先秦，唐宋之文卒不能同于汉魏，明清之文又不能同于唐宋，以是故也。论者徒叹时势逐流，后人之文字，卒不古若，而不知言语变迁之公例，实使之然也。职是故，同一古文之中，又当分为普通与特别二种。普通之古文，凡治学术之人，皆当有事焉。特别之古文，则惟治一种学术之人用之。其种类可分为二。一为文学的，治文学之人用之，如词章家之研索《骚》《选》是也。一为考古的，专以考见古代社会之情形为事者用之，如经学家之讲求名物训诂是也。故特别的古文，亦可称为专门的古文，自此以外，则皆为普通的古文。今日学校所教授之国文，即是物也。

此普通古文之教授，当在何时，亦为一问题。予则谓当在中学。盖人操语之浅深，视乎知识之高下，而知识之高下，视乎年龄之长幼。人当在国民学校及高等小学时，年龄尚幼，知识程度尚低，无操此等语言之必要。且以知识程度，为年龄所限故，即强授之以古文，亦必不能解。至中等学校，则年龄渐长，知识程度渐高，一切学术之研究，皆将于是肇其端，非通较深之语，势必不给于用也。故予谓今者国民学校，宜纯授学生以通俗文，至高等小学，则授之以普通文，至中学乃授之以古文。此其事之可行与否？自为别一问题，今姑勿论。今所欲论者，则中等学校以上，教授国文之法而已。

教授国文之法，所首宜致谨者，即为选材。盖既曰教授高等语言矣，则其所教者，必确为是物，自无疑义。今之教授者，或过求高深，至以专门的古文授之。其人而为治专门之学者欤？则习之非其时。其人而非治专门之学者欤？则得之无所用。是以已死之古语授人也。其过求浅近者，又或不守定法，抉破藩篱，致所授者仍为普通文。前者之弊，承昔时私塾之余风者多犯之。后者之弊，则摭拾现今教育学之理论者多犯之。要之其所授者，皆非现社会之高等语言也。夫曰教授是物也，而其所教授也，实非是物，则更无是非得失之可论矣。此其宜审者一也。

凡言语之所以构成，不外三法。一曰称名。一种事物在此种言语中，称之为何名者，在彼中言语中，则当称为何名，文字中谓之字法，如桌椅在通俗文及普通文中，均可言桌椅，于古文中则当云几席是也。一为缀法，合各种称名而联缀之，其次第当如何，在文字中谓之句法。如古文中我来自东，王来自商。在普通文及通俗文，均当作某从某处来是也。一为语言排列之次序，在文字中谓之篇法。如以古文普通文通俗文三者互译，其次第决不能不变更是也。言语固无死法可执，欲用一种语言者，亦非但执死法可能。然既曰教授国文矣，则教者不容不教，而学者于此三者，亦决不容不学，此又理之至易明者也。今之教授国文者，或执文章之妙可以意会不可以言传之说，于此三者，一无所授。或又不知文学与文字之别，致所授虽多，绝非文法。一无所授者无论矣。所授虽多，而绝非文法，是亦与未授等也。此其宜审者二也。

文法之讲授，既已明矣，所谓国文教授者，遂由此而毕乃事乎？曰非然也。所谓文法者，其多实不可胜授，且其法将日出而不穷，教者之所授，不过举示其例而已。而其博涉之而能自知之，能自用之，则仍赖乎学者之自习，欲求学者之自习，则必领导之，使从美的方面入，所谓知之者不如好之者，好之者不如乐之者也。且普通言语之为用，未有能与美的方面全然分离者。今人多云文字有应用与美术之分，此亦自其大体别之耳。其实应用文字，未有全不须美者也。特其所需之美，与所谓美术文字者，性质不同耳。普通文字之所谓美，可从两方面观察之，一曰势力，一曰音调。势力宜于雄厚，音调求其和谐，具是两者，而后言语之用乃全。昔人称文字之美，每曰有声有色。所谓声者，音调之谓，所谓色者，势力之谓也。职是故，选授文字，不徒求其字法、句法、篇法之完善也，当兼求其声色可诵。古人之文，尽有平正无疵，操纵合度，而其声色不足称，亦非其至者。凡此者皆非选授文字之至焉也。此其宜审者三也。

明是三者，则于学校中教授文字之道，思过半矣。凡选授之文，求其熟诵。熟诵者，所以反覆其字法、句法、篇法，使之极熟，而领略其势力及音调之美于无形之中也。然犹不但此，学文之道，犹之学语。凡学语者，必求其多所闻，多所闻，然后能出之于口而无扞格，此引而置之庄狱之间之法也。若某种思想当用某种之言语达之，生平未之前闻，而欲其出之于口，此必不能得之数也。学校中所能熟诵之文字，其数有限，即使诵之极熟，而于所谓某种思想当以某种言语达之者，从未见过者实尚多，如是而欲以之读书，而无不通，以之达意，而无不达，仍为必不可得之事。故学校中于熟诵之文以外，又宜定一种书目，使之自行阅看，以广其见闻，见闻既广，然后某种思想，当达以某种言语，某种言语，宜出以某种形式，悉通贯焉而无扞格矣。此其宜审者四也。

凡治一种学问，必有其一定之途辙可循，有一定之途辙可循，而后目的地可期其至。向之言教授国文者，误于未知国文之性质若何，故不知其目的地。目的地且不知，遑论途辙？以上所论，自谓其目的地以及其所循之途辙，均已不误。所当研究者，循此途辙，以达此目的地，其所需之时间何若耳。向者扶床入塾之子，朝夕诵习，无非国文，中人之资，至弱冠而后通，其所需之时间，不为不多矣。此固由其所由之途辙，未能尽合，不免多耗时间，然亦决无多耗至五六倍之理。今中等学校，以每日授课一时计，一星期仅得六时，至多抵昔人之一日耳。年以四十星期计，仅抵昔人之一月又十日，是四年毕业其肄习国文之时间，仅抵昔人之五个月又十日也。加以他种学术间接裨益于国文者计之，至多亦不过一年。更以国民学校及高等小学之所肄习，各作一年计之，亦不过三年耳。如此而欲求其国文之通，是覆一篑之土，而冀成九成之山也。今之论者，每咨嗟太息于学校生徒国文成绩之不良，或归咎于教授之未善，或归咎于学生之不肯用心，而不知以今学校肄习国文之时间，而欲望其国文之通，本为必不可能之事也。如吾之所计，则中等学校生徒，每日宜以两时之功，肄习国文，一小时用之以诵及作，一小时用之于阅读，诵与作即在教室中为之，阅读则于教室以外自为之。吾所定熟诵国文之目，一星期之间，仅求其熟诵三百字左右，年以三十六星期计，除去作文及讲授时间，恢恢乎其有余地矣。阅读之书，不能限定其多少。姑以予所经历者计之。予幼时诵四子书时，日授十行，行十七字，每一分钟而诵一遍，以一小时计之，则可诵万又二百字矣。朗诵较阅读为迟。吾读四子书时，其程度尚不及今日之中等学校生徒，而生徒读书渐多，其阅读亦必渐速。今即皆弗论，即以予诵四子书所需时间为标准计之，每小时至少亦可读万字，年以三百日计，即可得三百万言，四年可得千二百万言，所熟诵者既得五万言以外，所涉猎者，至少又得千二百万言。如是而请中等学校卒业之生徒，其国文尚不能通顺，吾不信也，而况乎其所熟诵及阅读者，尚决不止此数也。

熟诵文目

第一年

篇　名	星期	选录要旨
韩退之《原毁》	二	此篇取其格局整齐，为论辩文字入手之法。
欧阳永叔《朋党论》	二	姚姬传云：欧公之论，平直详切，陈悟君上，此为最宜。案昔时陈悟君上之体，今多可取之以开示公众，且便于初学之规范。
苏子瞻《留侯论》	二	以下三篇，皆专论一人一事之式。
苏子瞻《志林·范增》	二	东坡《志林》，均笔势高妙，非初学所能领悟，惟此篇格局整齐，便于规范。
苏明允《管仲论》	二	由大苏之畅达，进之以老泉之劲悍。
苏子瞻《练军实》	三	子瞻少年文字，取其气势之盛，惟仍取其指陈切实者，其空论抵巇者不取。
苏子瞻《倡勇敢》	三	上篇主于论事，此篇主于说理。
苏子瞻《方山子传》	一	由东坡议论之文，引而进之于叙事之文。此等叙事文，蹊径浅近，易于效法。
韩退之《圬者王承福传》	二	叙事文兼有论断，且有兴会。
苏子瞻《石钟山记》	二	由东坡叙事之文，引而进之于记景物之文。
欧阳永叔《丰乐亭记》	二	由东坡记游之作，进以欧公杂记，俾识欧文之情韵。
欧阳永叔《泷冈阡表》	三	由欧公杂记，引进之以叙事之文。
苏子由《六国论》	二	此篇为纵论形势之法。
苏子瞻《策断》中	三	选录之意，与《练军实》《倡勇敢》二篇同。而此二篇蹊径略高，故后授之。
苏子瞻《策断》下	三	此篇取其笔势变化。
苏子瞻《日喻》	一	赠序文之式，取其说理之精，设喻之妙。
韩退之《答陈商书》	一	由前篇进以韩公书说之文。取其说喻之奇，以博其趣。

第二年

篇　名	星期	选录要旨
苏子由《三国论》	二	以下两篇，取其笔势之劲悍。
苏明允《衡论》御将	三	
柳子厚《桐叶封弟辩》	一	以下二篇，为柳州议论之文，取其谨严精悍。
柳子厚《驳复仇议》	二	
韩退之《讳辨》	二	由柳州之谨严，进以昌黎之瘦硬，为反覆辩论之法。
柳子厚《种树郭橐驼传》	二	由柳州论议之文，引进之于叙事之文。
曾子固《越州赵公救菑记》	二	记叙之文，取其谨严简净。
柳子厚《始得西山宴游记》	一	由柳州叙事之文，引而进之以记景物之文。
柳子厚《钴鉧潭西小丘记》	一	
柳子厚《至小丘西小石潭记》	一	
欧阳永叔《送杨寘序》	一	以下二篇，为赠序中善状物态者。因柳州游记而进之。
韩退之《送高闲上人序》	一	
欧阳永叔《释秘演诗集序》	一	由欧公赠序，更进之以此篇，俾识欧文之精韵。
韩退之《张中丞传后序》	三	由首篇更进以此篇，俾博识序跋文之体制，且为叙事兼议论之式。
欧阳永叔《张子野墓志铭》	二	以下二篇，为欧公叙事文之善于言情者，由前授欧公之文引进之。
欧阳永叔《黄梦升墓志铭》	二	
欧阳永叔《祭石曼卿文》	一	由欧公志铭，引而进之以哀祭之文。
王介甫《祭高师雄主簿文》	一	更进授以此篇，俾识荆公文奇崛之气。
王介甫《赠光禄少卿赵君墓志铭》	二	因进授以荆公志铭，俾知叙事文中，有此高境。
王介甫《给事中孔公墓志铭》	三	此篇为叙事文提挈纲领之法，且取其气之萧飒。
韩退之《送董邵南序》	一	以下三篇，取其寄意深远，笔势雄浑，为含蓄不尽之法。
韩退之《送王秀才含序》		
韩退之《伯夷颂》		

第三年

篇　名	星期	选录要旨
苏子瞻《志林·始皇扶苏》	三	东坡晚年之作，心手相忘，独立千载，论辩文最高之境。其论文均贯穿今古，杂引众事而成，并可增论古之识。
柳子厚《论语辨》二篇	二	上篇为序跋文，兼考证之式，下篇取其立论能见其大，且笔意若秋云之远，可望而不可即。
王介甫《周礼义序》	一	宏深肃括之法。
曾子固《列女传目录序》	二	南丰文之最高者，须法其气度雍容。
韩退之《争臣论》	三	此篇取其风格。
韩退之《原道》	四	辩论文变化错综之法。
韩退之《尚书库部郎中郑君墓志铭》	二	由韩公论辩，引而进之于叙事之文，须领略其隽才逸兴及奇崛之气。
韩退之《试大理评事王君墓志铭》	二	
欧阳永叔《徂徕先生墓志铭》	三	笔陈酣恣，词繁而不懈，欧公志铭之极作，由前二篇进授之，俾知欧文之源出于韩，而面目各异。
王介甫《临川吴子善墓志铭》	一	因进授以荆公志铭，俾知荆公亦法韩，而其面目又与欧异。此篇为叙述庸德庸行之人之法。
王介甫《泰州海陵县主簿许君墓铭》	一	法其笔势高浑。
苏子瞻《表忠观碑》	三	以下二篇，因志铭引进之，以备体制。此篇须法其隽朗。
韩退之《柳州罗池庙碑》	二	此篇须法其古雅。
柳子厚《与李翰林建书》	二	书翰文言情之式。
王介甫《论本朝百年无事札子》	四	荆公之文，皆责难陈善，雄浑深厚，有泰山岩岩，壁立万仞气象，诚不愧为重臣硕儒之言。《上皇帝书》等，篇幅太长，非学校所能熟诵，授以此下二篇，略见一斑。
王介甫《度支厅壁题名记》	一	此篇所言，为极精之生计学理，须看其文字之高简雄浑。

第四年

篇　名	星期	选录要旨
贾生《过秦论上》	三	贾生之文，取其雄骏宏肆。
晁错《言兵事书》	三	晁氏治申商家言，法其鸷悍而明切事情。
路长君《尚德竣刑书》	三	此篇取其沉挚。
扬子云《谏不许单于朝书》	三	此篇取其风格。
刘子政《论起昌陵疏》	三	此篇法其气度。
汉文帝十三年《除肉刑诏》	一	以下二篇，为诏令文字之式，选录之以备体格。汉世诏令皆文章尔雅，训词深厚，后世公牍文章之佳者，其原皆出于此，不得以体制相异而废之也。
后二年《遗匈奴书》	二	此篇兼为外交文字之式。
司马长卿《喻巴蜀檄》		司马长卿之文，姚姜坞谓其云兴水溢，有浑茫骏邈之气。所谓观扬班之作，而后知相如文句句欲活者也。
苏季子说齐宣王	一	以下四篇，为《战国策》之文。读此篇须看其设色妍丽，昔人所谓不着色之艳，惟《左》《国》有之。
触龙说赵太后	二	以下二篇，为说辞之极则，兼有叙事之长。
鲁仲连说辛垣衍	三	
乐毅《报燕惠王书》	二	此篇雍容大雅，有古大臣风度，为书翰文之极则。后世奏议，亦多出于此。
司马子长《六国表序》	一	子长史序，寄意高远，笔势雄奇，固非初学所能效法。然文中有此最高之境，不可不知，故于末年授之。
司马子长《汉兴以来诸侯王年表序》	二	此篇兼为序跋文，提纲挈领之法。
班孟坚《货殖列传序》	二	由子长之雄奇高远，进以孟坚之缜密，以博其体。
司马子长《报任安书》	五	学校所授文字，限于时间，长篇极少。此篇之气，如长江大河，而起伏曲折离合之法毕具，正如建章宫千门万户，务须熟读万遍，庶作长篇文时不至气怯。

选读之文，第一年至第三年专取材于唐宋八家，第四年则取两汉文为主，而间及于《战国策》。盖吾国之文字，尝数变矣。而周以前之文，不惟非今人所能效为，实亦非今人所能全解。如《周易》《道德经》《墨子》之经上下篇等是也。东周以降，世变日亟，至战国之际而极。三代以前之世界，遂变而为秦汉以后之世界。吾国今日高等言语之渊源，实直接受诸此。凡诸先秦古书中，其平易易解者，大抵此时人所自撰。其结解者，则传之自古者也。而其与今人之言语，尤相切近者，则实始于战国之际。试观《左传》《国语》与《战国策》，同一善于词令，然《战国策》中词令，今人言语，往往似之。《左》《国》所载词令，则今人言语，似之者绝少，可知矣。秦汉文字，皆承战国而渐变，其体势不甚相殊。东京而后，文乃日趋于丰缛，普通言语与文学，渐有并为一谈之机，至齐梁之际而极。自唐以后，乃有骈散之分，骈文专务华藻，与实际之言语，相去愈远，遂专成为美术品。故学校之所教授，不得不以散文为断。授散文必托始于唐宋者，以其去今近，为学生所易解。授唐宋后之散文，必取其专门名家为文词者，以如是，其体例乃谨严，而合乎教授普通古文之旨，否则仍恐有一时代一地方之方言羼入，不免于教授已死古语之诮；或仍与普通文及通俗文界限不清也。其专取八家者，以唐宋后能文之人太多，取之不胜取，而八家为最著，后之治散文者，多取法焉。能读八家，则已造乎元明清诸家之源，于元明清诸家之文，无弗能解矣。且学生之诵习文字，必求其于美的方面，有所领会，而求其于美的方面有所领会，则其所授者不宜过杂，必以一家之文字，反覆授之，然后入之乃深，入之既深，而自有所得，则以观诸家，皆可由是而推之矣。此目所选诸文，排列之次序，必取其体制及格调相类者，连续授之，亦以此也。其上溯之两汉及战国时而止，则以今人文字直接之渊源，实出于此。自此以上，虽治普通的古文者不能尽废，然已非中等学校生徒初治古文者所能尽解矣。此循序渐进之法也。

或谓他种学问，皆可行远自迩，登高自卑，独国文则不然，断宜取法乎上。盖后世之文字，其源皆导自古文，苟不通最古之书，则阅后世之书，皆不知作何语也。此亦不然，文字之难通与易通，究以与语言相去远近为标准。不然，何以向之读书者，日诵四子五经，而及其解读书，仍从浅近小说白话等书始乎？此以形式方面言之也。以实质言，无论如何博雅之人，于先代故实断不能一一记忆，读后世之书，必有不知其中事物之来历者。然亦无害其为能解。即如《史记》、两《汉》，其中包含百家学说最多。读是书者，似非先通经子之学不可。然向者读书之程序，何以又多先《史》《汉》而后经、子乎？或谓入手之初，即读唐宋之文，将先入为主，终其身而不能变，此又不然。吾所拟选读文目，不过谓初学古时，以此入手，非使其终身诵之也。若谓先入为主，即终身不得变，则向之扶床入塾者，无不授以四书五经，可谓先入矣。何以长而作文不患似经书乎？况吾之所云，固以教授普通之高级国语，非欲以造就专门之文学家也。即终其身不晓唐宋人文字之范围，又何害焉？而况其决无此理乎？

辨别文章之体制，此治文学者所有事，非教授高级国语所亟也。自学校中选授国文之目的言之，大别为议论记叙言情，议论文中更分为论理论事；记叙文中，分为叙事记物；言情文中分为有韵无韵，足矣。言情之文，多近于美术的，故此目所选较少，议论叙事二者，则所授之数略相等。而论事之文，多于说理;叙事之文，又多于记物，此其大校也。今之论者，或谓作文当求切实用，故议论文宜少授,而记叙事物之文宜多授,此亦皮相之谭。文字之合乎实用与否，以其与语言相合与否为标准，不以所载之事物为标准。有是意，即能宣之于口，而笔之于书，其文字与语言之责尽矣。苟其所言者而不切于实际焉，是其人之思想，先不合于实际，而非其文字语言之咎也。所恶于今之议论文者，谓其徒摭拾古人之陈言，而非其心所欲言耳。此科举时代之遗习则然。苟教之者，深明乎学校所授者，实为现行之高级艰深语言，一一责之以自达其意，何至于是。苟教之者而为乡曲陋儒也，并国语与文学为一谈，而离语言与事实为二物，虽使之日操笔为记叙事物之文，其剽窃古人之文，亦犹其作议论文耳，而又何取焉？予谓教授文字者，不徒不当以议论文为戒也，并当多授之，且先授之以议论文。盖文字究以议论为难，记叙事物为易，先其难者，则其易者不烦言而解。且古人议论之文，其声色多显著，美的方面，易于领会。而记叙事物之文，则较高简难学故也。教学者作文，必先自昔人之所谓气势二字入，使其蓬蓬勃勃不能自已，然后彼自觉其乐趣而自趋之，不至师劳功半，又从而尤之矣。

姚姬传氏之《古文辞类纂》,分类凡十有三。曾文正公之《经史百家杂钞》,分类凡十有一。今以此目，按诸姚氏所选，惟词赋箴铭颂赞之类无之；以其为文学家所有事，非习普通之高等言语者所急也。按诸曾氏所选，则无典志叙记之文，以其篇幅太巨，非学校生徒所能诵习也。其自唐宋八家上溯至战国为止，略与姚氏同，而与曾氏大异，以史传之文太巨，经子之文，多深奥难解，非中等学校生徒所知，苟选录焉，将蹈侵入专门的古文范围之咎也。然此目虽不注重于文章体制，而各种体制，实亦略备。苟教者能善为指示，而学者能自行隅反焉，则亦可以略识措辞之体要，不至招支离灭裂之讥矣。

选授之目的，既在或取其说理，或取其叙事，或取其叙物，或取其记物，或取其言情，则观其适当与否，即当从其文字之内容求之，而不当徒泥其体制。近人选本凡例，有谓诏令奏议体制与现今政体不符，故概不录入。又有谓碑铭传状，乃酬应之作，非实用所急，故均不选授者。此真耳食之谭。不知奏议文字，多明畅锐达，其势力之雄厚，他种文字，莫与为比。说理论事之文，可以牖启初学者，无过于此。志铭传状之类，其叙事亦多可法。若概以为体制不合而弃之，则今日之诏令呈文，前此竟何所有？将悉授以民国以来之公牍乎？抑译诸法美瑞士而后授之乎？志铭传状之叙事，皆不可法，则作叙事文者将何所法？其悉授以史传之宏篇乎？抑竟授以分章分节新体之传记邪？则何不但读历史博物教科书，何必更授所谓国文者乎？要之，今之仰首伸眉，论列是非者，十之八九皆皮相耳食之徒、盲从附和之士。无一人焉，苟稍用心以致思于事理者。岂徒教育为然？流俗波靡，至如是，吁可畏也。

选读书目，视选诵文目，界限稍宽，如学语然，凡以求其多所闻而已。今列其目如下：

集类一

《昌黎集》《河东集》《文忠集》《南丰集》《嘉祐集》《东坡集》《栾城集》《临川集》

集类二

《荆川集》《震川集》《壮悔堂集》《宁都三魏集》《望溪集》《惜抱轩集》《大云山房集》《茗柯集》《柏枧山房集》《曾文正公集》

集类三

《切问斋文钞》《经世文编》

集类四

《古文辞类纂》《骈体文钞》《经史百家杂钞》

史类一

《国语》《战国策》

史类二

《史记》《汉书》《后汉书》《三国志》

史类三

《资治通鉴》《通鉴记事本末》

子类一

《荀子》《老子》《庄子》《列子》《墨子》《管子》《韩非子》《孙子》《吕氏春秋》

子类二

《新书》《新序》《说苑》《法言》《盐铁论》《论衡》《潜夫论》《淮南子》

经类

《诗》《尚书》《仪礼》《礼记》《周礼》

《周易》《春秋左氏传》《公羊传》《谷梁传》

大约第一、二年阅集类，第三年阅史类，第四年阅经子。

集类中仍以唐宋八家为主，取其与诵读之文相联络也。其次序，宜先大小苏，次老苏，次欧公，次南丰，次半山，次柳州，而最后及于昌黎。明清诸家，则各从其所好涉猎焉。

总集如《昭明文选》等，乃肄习文学所有事，非习国语所需也。近人评选之本，率多俗陋，不可法。故但取《类纂》《经史百家杂钞》《骈体文钞》三种。《类纂》取其义例之善。《经史百家杂钞》取其源流之备。《骈体文钞》虽近美文，然学生中或有性好文学者，可涉猎焉以博其趣。此编所选，固华而不缛，与习高等国文之旨，尚不甚相远也。其列《切问斋文钞》《经世文编》两种者，取其有益文字，兼俾实学，若学生中有性好经世之学者，可以《经世文编》为主。《切问斋文钞》已包于是书中，本目所以兼采之，取其卷帙较少也。专读之，而八家及明清诸家专集皆以为涉猎之资焉。其后世人所选《经世文续编》《三编》等，体例未善。近人所编辑诸书，究有较《经世文编》更为切用者，然于文事无益，故皆不取。此目所列，固以肄习国文为主，非以之言学问也。

史类之中，《国语》《国策》，宜全读一过，以其卷帙无多，而于文事极有益也。四史通鉴，皆不能全读，则可以选读之。其选读之法，一去其复重者，如《史记》则专取《项羽本纪》等太史公所自撰。而其网罗古籍而成者，则置之。《汉书》则去其与《史记》复重者。《后汉》《三国》，又互去其复重者，此一法也。然犹不能尽也，则有以文字为标准，而选择之法，如《经史百家杂钞》之例，则所取者有限矣，此二法也。然所列诸书，决非学生所能尽解也，则可去其难读者，而取其易读者。如《史记》，则去《天官书》，读《汉书》，则去《律历志》是也。此三法也。其选取之法，或由教师示以目录，或令学生各分读几册。摘其宜读者，则令同学之人遍读焉；其不必读者则去之，皆可。读书之目的，既为肄习文字起见，则遇正文能粗解处，注均可不读。表志等排列事实者，亦可以不读。读经子亦宜以此法施之。此等读书之法，虽不足以语于学问，究于四部旧籍，略涉津涯。其人而有志旧学，固可为门径之门径。其人而无意旧学，亦不至茫无所闻。较之徒读俗陋之古文选本，浅薄之近出书籍者，相去远矣。特已非绝无闻见之乡曲学究，根柢浅薄之新教育家所知。又非拘牵门面之学问家所肯出之于口者耳。凡阅书皆宜出之自力，为教师者，虽可偶备质间，助析疑义，而断不可操刀代斫，大加辅助。即答问亦宜极少。阅者既以涉猎为主，尽可不求甚解。大致能明白者即置之，必实不能通者，然后从事于考求焉，考查不能得，亦即姑置之。所谓看书如攻城略地，但求其速也。质而言之，只求其每日能有一小时，一小时中能粗枝大叶阅过一二万字，则积以四年之久，国文自无不通之理，以后特以阅书，自不患其不解耳。今之学生阅书之事绝少，阅读中国古籍，尤为绝无仅有之事，以致于阅书之法，全无所知，以为阅一书，亦必如听教师之讲解教科书，至字字明白而可也。于是惰者偶一翻阅，遇不能通处，辙弃去。其勤者，则字字请益教师，语语查阅字典，卒至不能终卷而后已。皆由未知读书必出之以渐，初读书时，必经过触目荆棘之一境故也。为教师者，宜时时诏告之。

苏子瞻《倡勇敢》

臣闻战以勇为主，以气为决。天子无皆勇之将，而将军无皆勇之士，是故致勇有术。致勇莫先乎倡，倡莫善乎私。此二者，兵之微权。英雄豪杰之士，所以阴用而不言于人，而人亦莫之识也。臣请得以备言之。

夫倡者，何也？气之先也。有人人之勇怯，有三军之勇怯。人人而较之，则勇怯之相去，若莛与楹。至于三军之勇怯，则一也。出于反覆之间，而差于毫厘之际，故其权在将与君。人固有暴猛兽而不操兵，出入于白刃之中而色不变者；有见虺蜴而却走，闻钟鼓之声而战栗者。是勇怯之不齐至于如此。然闾阎之小民，争斗戏笑，卒然之间而或至于杀人。当其发也，其心翻然，其色勃然，若不可以已者，虽天下之勇夫，无以过之。及其退而思其身，顾其妻子，未始不恻然悔也。此非必勇者也。气之所乘，则夺其性而忘其故。故古之善用兵者，用其翻然勃然于未悔之间，而其不善者，沮其翻然勃然之心，而开其自悔之意，则是不战而先自败也。故曰致勇有衡。

致勇莫先乎倡。均是人也，皆食其食，皆任其事，天下有急，而有一人焉，奋而争先，而致其死，则翻然者众矣。弓矢相及，剑楯相交，胜负之势，未有所决，而三军之士，属目于一夫之先登，则勃然者相继矣。天下之大，可以名劫也；三军之众，可以气使也。谚曰："一人善射，百夫决拾。"苟有以发之，及其翻然勃然之间而用其锋，是之谓倡。

倡莫善乎私。天下之人，怯者居其百，勇者居其一，是勇者难得也。捐其妻子，弃其身以蹈白刃，是勇者难能也。以难得之人，行难能之事，此必有难报之恩者矣。天子必有所私之将，将军必有所私之士，视其勇者而阴厚之。人之有异材者，虽未有功，而其心莫不自异。自异而上不异之，则缓急不可以望其为倡。故凡缓急而肯为倡者，必其上之所异也。昔汉武帝欲观兵于四夷，以逞其无厌之求，不爱通侯之赏，以招勇士，风告天下，以求奋击之人，卒然无有应者。于是严刑峻法，致之死地，而听其以深入赎罪，使勉强不得已之人，驰骤于死亡之地。是故其将降，而兵破败，而天下几至于不测。何者？先无所异之人，而望其为倡，不已难乎？私者，天下之所恶也。然而为己而私之，则私不可用；为其贤于人而私之，则非私无以济。盖有无功而可赏，有罪而可赦者，凡所以愧其心而责其为倡也。

天下之祸，莫大于上作而下不应。上作而下不应，则上亦将穷而自止。方西戎之叛也，天子非不欲赫然诛之，而将帅之臣，谨守封略，外视内顾，莫有一人先奋而致命，而士卒亦循循焉莫肯尽力。不得已而出，争先而归，故西戎得以肆其猖狂，而吾无以应，则其势不得不重赂而求和。其患起于天子无同忧患之臣，而将军无腹心之士。西师之休，十有余年矣，用法益密，而进人益难，贤者不见异，勇者不见私，天下务为奉法循令，要以如式而止。臣不知其缓急将谁为之倡哉？

此篇为大苏说理之文，须看其明白晓畅，善状难显之情。致勇有术，致勇莫先乎倡，倡莫善乎私，三语为一篇主意。全篇分为五段，自起至"臣请得以备言之”为第一段。自“夫倡者何也”至“故曰致勇有术”为第二段。自“致勇莫前乎倡”至“是之为倡”为第三段。自“倡莫善乎私”至“凡所以愧其心而责其为倡也”为第四段。自“天下之祸”至完为第五段。

第一段总起，此段中“致勇有术，致用莫先乎倡，倡莫善乎私”三语为全篇立案。而起四语则言勇必待致，且有可致之道，为致勇有术之根源，须看其层次皆到，无一间语。

第二段释致勇有术。“夫倡者何也”至“故其权在将与君”，言三军之勇，所恃者气，故有可致之道。以下设喻以明之，自“人固有暴猛兽而不操兵”，至“至于如此”，承“人人而较之，则勇怯之相去，若莛与楹”言。自“然闾阎之小民”至“则夺其性而忘其故”，承“出于反覆之间，而差于毫厘之际”言。故“古之善用兵者”以下乃正言其用之之术。天下事有大者难知，小者易明者；亦有小者难察，大者易见者。故设譬之法，或以小事喻大事，或以大事喻小事。如此段论三军之勇怯，而就一人之勇怯设说以明之，乃以小事喻大事之例也。勇之所以可致者，以其恃气而非徒恃勇也。此为通篇筋节，故文中之于气字，处处点醒，如此段开口即云气之先也，下文又云气之所乘，凡文字中紧要关目，均须如此着笔，方觉显豁。

第三段释致勇莫先乎倡。“均是人也”至“则勃然者相继矣”，亦设喻以明之，犹上一段“人固有暴猛兽而不操兵”至“则夺其性而忘其故”。“天下之大”四句言倡之原理，犹上一段“夫倡者何也”至“故其权在将与君”。谚曰以下，说倡之正面，犹上一段“故古之善用兵者”以下。“天下之大，可以名劫也，三军之众，可以气使也”十八字，须玩其造句之精。此处仍提醒气字。

第四段释倡莫善乎私。自“天下之人”至“此必有难报之恩者矣”，说私之原理。“天子必有所私之将”至“必其上之所异也”，说私之正面，“人之有异材者”数语，又说明私之原理，前一小段从私之一方面言，于此处随笔补出。“昔汉武帝”至“不已难乎”，引史事以明之。前两段所举之事，皆为假设，此段所引之事，则为实有。“私者”至“非私无以济”，释疑。盖私字为天下之所恶，故说明此之所谓私者与彼之所谓私者不同。“盖有无功而可赏”以下，说明私之之术，以结清本段。

第五段述当时情势，以见致勇之术，不可不讲，此篇之所谓作也。“天下之祸”至“上亦将穷而自止”，说无勇者之害。“方西戎之叛也”至“将军无腹心之士”，说已往之事，以见时无勇者，由于莫为之倡，而莫为之倡，由于天子及将军，未赏有所私。“西师之休”以下说明当时情形，以见致勇之术，不可不亟讲。

天子之所用者将，将军之所用者士。天子之所以能赫然征讨，以有可恃之将。将军之所以能战胜攻取，以有可恃之士也。故通篇以天子与将军对举。第一段即云天子无皆勇之将，而将军无皆勇之士。第四段又云，天子必有所私之将，将军必有所私之士。第五段又云，其患起于天子无同忧患之臣，而将军无腹心之士。凡此皆其提挈清醒处。而“自异而上不异之”，“天下之祸，莫大于上作而下不应”之“上”字，则通指天子与将军言。

苏子瞻《志林·范增》

汉用陈平计，间疏楚君臣。项羽疑范增与汉有私，稍夺其权。增大怒曰：“天下事大定矣！君王自为之。愿赐骸骨归卒伍。”归未至彭城，疽发背死。

苏子曰：增之去善矣。不去，羽必杀增。独恨其不早耳。然则当以何事去？增劝羽杀沛公，羽不听，终以此失天下。当于是去邪？曰：否。增之欲杀沛公，人臣之分也；羽之不杀，犹有人君之度也。增曷为以此去哉？《易》曰：“知几其神乎？”《诗》曰：“相彼雨雪，先集维霰。”增之去，当于羽杀卿子冠军时也。

陈涉之得民也，以项燕、扶苏。项氏之兴也，以立楚怀王孙心；而诸侯叛之也，以弑义帝。且义帝之立，增为谋主矣。义帝之存亡，岂独为楚之盛衰，亦增之所与同祸福也。未有义帝亡，而增独能久存者也。羽之杀卿子冠军也，是弑义帝之兆也。其弑义帝，则疑增之本也，岂必待陈平哉？物必先腐也，而后虫生之；人必先疑也，而后谗入之。陈平虽智，安能间无疑之主哉？

吾尝论义帝，天下之贤主也。独遣沛公入关，而不遣项羽；识卿子冠军于稠人之中，而擢以为上将：不贤而能如是乎？羽既矫杀卿子冠军，义帝必不能堪，非羽弑帝，则帝杀羽，不待智者而后知也。增始劝项梁立义帝，诸侯以此服从，中道而弑之，非增之意也。夫岂独非其意，将必力争而不听也。不用其言，而杀其所立，羽之疑增，必自是始矣。

方羽杀卿子冠军，增与羽比肩而事义帝，君臣之分未定也。为增计者，力能诛羽则诛之，不能则去之，岂不毅然大丈夫也哉？增年已七十，合则留，不合则去，不以此时明去就之分，而欲依羽以成功名，陋矣！虽然，增，高帝之所畏也。增不去，项羽不亡。

呜呼！增亦人杰也哉！

【文体】

此篇为议论文，专论一人一事一式。

【文字研究】

凡论古之文，皆有为而作，所谓陈古以鉴今，非欲空论古人之得失也。此意读子瞻《志林》，最为易见。如此篇之意，盖欲发明知几其神之理，戒轻欲依人，以成功名之非。而特借范增以发之也。全篇之意，在论增当以羽杀卿子冠军之时去，以明知几之理。增何以当于羽杀卿子冠军时去，以义帝为增之所与同祸福，羽之弑义帝，为疑增之本，而其杀卿子冠军，则弑义帝之兆也。此为此篇之正意。然史载羽之疑增，由于陈平之间，非将此说辨去，则吾说不伸。又增劝项羽杀沛公，羽不听，读史者多以此为羽之大失计，必有谓增当于是时去者，故又必将此说辨去。且增当鸿门之会，劝羽杀沛公，羽不听之时去，尚不足为知几，则所谓知几者，其理真微矣。此两层为旁意。凡旁意有与正意相发明，必补足之，而正意始完者。有与正意相反背，必驳去之，而正义始明者。如此两段，则辨去旁意，而正意益显之例也。

【分段】

全篇分为五段。自起至“疽发背死”为第一段。自“苏子曰”至“当于羽杀卿子冠军时也”为第二段。自“陈涉之得民也”至“岂能间无疑之主哉”为第三段。自“吾尝论义帝”至“必自此始矣”为第四段。自“方羽杀卿子冠军时”至完为第五段。

第一段叙事。凡议论文，专论一人一事者，可将其人之生平，或其事之始末，大略叙述。此篇可以为式。

第二段说出本意。此段又当分为二层，（一）断定增去之善，独恨其去之之时之非。（二）乃研究其当去之时，因即将增当于劝羽杀沛公不听时去一意，随手辨去。须看其布置之善。凡议论文全篇作意或于篇首即行揭出，或于叙事之后即行揭出，最为显明。

第三段说明义帝为增之所与同祸福，羽之杀卿子冠军，为弑义帝之兆，其弑义帝，则疑增之本，故增当以此时去。因即将羽之疑增，由于陈平之间一说驳去。又义帝之存亡，非独增所与祸福，亦为楚之盛衰，此意亦必须补足，方为周匝，故亦于此段补出。

第四段，又可分为两小段。自“吾尝论义帝”至“不待智者而后知也”，论羽之杀卿子冠军,为弑义帝之兆。自“增始劝项梁立义帝”至“必自此始矣”，论羽之弑义帝，为疑增之本。此两意必于前段总挈，而此另作一段分论之，所以使局势紧凑也。

第五段，亦可分为二小段。自“方羽杀卿子冠军时”至“陋矣”，推论当时事势，以见增自有可去之道，然而不去者，盖其意实欲依羽以成功名，因此一念，乃昧于知几之理，全篇之正意也。“虽然”以下，所以表明增之为人，以见增之误，惟在依羽以成功名之一念。论其人，则自为人杰，以增之不愧为人杰，徒以一念之误，遂至愤死，卒无所成，则知几之理之不可昧，依人以成功名之念之不可有，审矣。看似与正意无关，实则互相发明也。

欧阳永叔《丰乐亭记》

修既治滁之明年，夏，始饮滁水而甘。问诸滁人，得于州南百步之近。其上丰山，耸然而特立；下则幽谷，窈然而深藏；中有清泉，滃然而仰出。俯仰左右，顾而乐之。于是疏泉凿石，辟地以为亭，而与滁人往游其间。

滁于五代干戈之际，用武之地也。昔太祖皇帝尝以周师破李景兵十五万于清流山下，生擒其将皇甫晖、姚凤于滁东门之外，遂以平滁。修尝考其山川，按其图记，升高以望清流之关，欲求晖、凤就擒之所，而故老皆无在者，盖天下之平久矣。自唐失其政，海内分裂，豪杰并起而争，所在为敌国者，何可胜数！及宋受天命，圣人出而四海一，向之凭恃险阻，刬削消磨，百年之间，漠然徒见山高而水清，欲问其事，而遗老尽矣。今滁介于江、淮之间，舟车商贾、四方宾客之所不至。民生不见外事，而安于畎亩衣食，以乐生送死；而孰知上之功德，休养生息，涵煦百年之深也？

修之来此，乐其地僻而事简，又爱其俗之安闲。既得斯泉于山谷之间，乃日与滁人仰而望山，俯而听泉。掇幽芳而荫乔木，风霜冰雪，刻露清秀，四时之景，无不可爱。又幸其民乐其岁物之丰成，而喜与予游也。因为本其山川，道其风俗之美，使民知所以安此丰年之乐者，幸生无事之时也。夫宣上恩德，以与民共乐，刺史之事也，遂书以名其亭焉。

【文体】

此篇为记叙景物之文。

【分段】

全篇分为三段。自起至“而与滁人往游其间”为第一段。自“滁于五代”至“百年之深也”为第二段。自“修之来此”至完，为第三段。

第一段记作亭之时之地及其地之景物，与筑亭之事，须看其措辞之简括。

第二段就题而发感想，为此篇之正意。凡作此等文字，最忌照题敷衍，绝无意义；又忌空发议论，与题无涉。盖绝无意义，则区区一亭，本不足记，其文可以不作。若空发议论，则亦本无可作而强作之之类也。如此篇之意，在幸其时之太平无事，以发挥所以名亭之意。然若泛述五代之离乱，及宋兴以后之太平，则此等感想，何处不可发，何必因丰乐亭而始发乎？今观此文，先述太祖破南唐之兵，禽皇甫晖、姚凤之事，以见五代时战争之亟。次乃因太祖之战役，升高以望清流之关，因晖、凤之就禽，欲访遗老，以求其地，皆就本地方生情，然后因遗老之尽，想及天下之平，仍合到滁州当时情形，则绝非空发议论矣。此所谓切题也。盖天下之平久矣，须看其转接之妙。欧文号称有情韵，此篇尤极怡然涣然。然此等处仍极有气势也。

第三段述所以名亭之意，为全篇结束。读此文，须看其有情韵处。此等文，若一迂腐，则索然乏味，亦并无矜才使气之余地也。

欧阳永叔《释秘演诗集序》

予少以进士游京师，因得尽交当世之贤豪。然犹以谓国家臣一四海，休兵革，养息天下以无事者四十年，而智谋雄伟非常之士，无所用其能者，往往伏而不出，山林屠贩，必有老死而世莫见者，欲从而求之不可得。其后得吾亡友石曼卿。曼卿为人，廓然有大志。时人不能用其材，曼卿亦不屈以求合，无所放其意，则往往从布衣野老，酣嬉淋漓，颠倒而不厌。予疑所谓伏而不见者，庶几狎而得之。故尝喜从曼卿游，欲因以阴求天下奇士。

浮屠秘演者，与曼卿交最久，亦能遗外世俗，以气节相高，二人欢然无所间。曼卿隐于酒，秘演隐于浮屠，皆奇男子也。然喜为歌诗以自娱，当其极饮大醉，歌吟笑呼，以适天下之乐，何其壮也！一时贤士，皆愿从其游，予亦时至其室。十年之间，秘演北渡河，东之济、郓，无所合，困而归。曼卿已死，秘演亦老病。嗟夫！二人者，予乃见其盛衰，则予亦将老矣夫！

曼卿诗辞清绝，尤称秘演之作，以为雅健有诗人之意。秘演状貌雄杰，其胸中浩然，既习于佛，无所用，独其诗可行于世，而懒不自惜。已老，胠其橐，尚得三四百篇，皆可喜者。曼卿死，秘演漠然无所向，闻东南多山水，其巅崖崛峍，江涛汹涌，甚可壮也，遂欲往游焉。足以知其老而志在也。于其将行，为叙其诗，因道其盛时以悲其衰。

【文体】

此篇为序跋文。又为文字中寄寓感慨之式。

【分段】

全篇分为三段。自起至“欲因以阴求天下奇士”为第一段。自“浮图秘演者”至“则予亦将老矣夫”为第二段。自“曼卿诗词清绝”至完为第三段。

第一段中又可分为两小段，自起至“其后得吾友石曼卿”为第一小段，言太平之世，智谋雄伟之士，往往伏于山林屠贩。自“曼卿为人”以下，为第二小段。言从曼卿以求天下奇士。

第二段“浮图秘演者”至“皆奇男子也”,叙述秘演之为人。“当其极饮大醉”以下，叙述己与曼卿、秘演三人之盛衰，以寓感慨。而以“然喜为歌诗以自娱”一句为之转捩。则予亦将老矣夫,俗本多以“矣”字断句,“夫”字属下句,大谬。

第三段亦可分二小段，自“曼卿诗辞清绝”至“皆可喜者”，述秘演之诗。自曼卿死以下，述作序之由。

通篇作意，在表明曼卿、秘演，皆为奇士，以见其不用之可惜，而兼为国家惜之意，自在言外。欧公之文，最长于言情，尤长于道朋友之盛衰离合，此篇所寄慨者大，故文特雄奇。茅顺甫云：多慷慨呜咽之音，命意最旷而逸，得司马子长之神髓矣。

王介甫《给事中孔公墓志铭》

宋故朝请大夫、给事中、知郓州军州事、兼管内河堤劝农同群牧使、上护军、鲁郡开国侯、食邑一千六百户、实封二百户、赐紫金鱼袋孔公者，尚书工部侍郎、赠尚书吏部侍郎讳勖之子，兖州曲阜县令、袭封文宣公、赠兵部尚书讳仁玉之孙，兖州泗水县主簿讳光嗣之曾孙，而孔子之四十五世孙也。

其仕当今天子天圣、宝元之间，以刚毅谅直，名闻天下。尝知谏院矣，上书请明肃太后归政天子，而廷奏枢密使曹利用、上御药罗崇勋罪状。当是时，崇勋操权利，与士大夫为市；而利用悍强不逊，内外惮之。尝为御史中丞矣，皇后郭氏废，引谏官、御史伏阁以争，又求见上，皆不许，而固争之，得罪然后已。盖公事君之大节如此。此其所以名闻天下，而士大夫多以公不终于大位，为天下惜者也。

公讳道辅，字厚济。初以进士释褐，补宁州军事推官。年少耳，然断狱议事，已能使老吏惮惊。遂迁大理寺丞，知兖州仙源县事，又有能名。其后尝直史馆，待制龙图阁，判三司理欠凭由司，登闻检院，吏部流内铨，纠察在京刑狱，知许、徐、兖、郓、泰五州，留守南京，而兖、郓御史中丞皆再至。所至官治，数以争职不阿，或绌或迁，而公持一节以终身，盖未尝自绌也。

其在兖州也，近臣有献诗百篇者，执政请除龙图阁直学士。上曰："是诗虽多，不如孔某一言。"乃以公为龙图阁直学士。于是人度公为上所思，且不久于外矣。未几，果复召以为中丞。而宰相使人说公稍折节以待迁，公乃告以不能。于是又度公且不得久居中，而公果出。初，开封府吏冯士元坐狱，语连大臣数人，故移其狱御史。御史劾士元罪，止于杖，又多更赦。公见上，上固怪士元以小吏与大臣交私，污朝廷，而所坐如此，而执政又以谓公为大臣道地，故出知郓州。

公以宝元二年如郓，道得疾，以十二月壬申卒于滑州之韦城驿，享年五十四。其后诏追复郭皇后位号，而近臣有为上言公明肃太后时事者，上亦记公平生所为，故特赠公尚书工部侍郎。

公夫人金城郡君尚氏，尚书都官员外郎讳宾之女。生二男子：曰淘，今为尚书屯田员外郎；曰宗翰，今为太常博士，皆有行治世其家。累赠公金紫光禄大夫、尚书兵部侍郎，而以嘉祐七年十月壬寅，葬公孔子墓之西南百步。

公廉于财，乐振施，遇故人子，恩厚尤笃。而尤不好鬼神禨祥事。在宁州，道士治真武像，有蛇穿其前，数出近人，人传以为神。州将欲视验以闻，故率其属往拜之，而蛇果出，公即举笏击蛇杀之，自州将以下皆大惊，已而又皆大服，公由此始知名。然余观公数处朝廷大议，视祸福无所择，其智勇有过人者，胜一蛇之妖，何足道哉！世多以此称公者，故余亦不得而辨也。铭曰：

展也孔公，维志之求。行有险夷，不改其辀。权强所忌，谗谄所仇。考终厥位，宠禄优优。维皇好直，是锡公休。序行纳铭，为识诸幽。

【文体】

此篇为叙事文。

【分段】

此篇共分六段。第一段自起至"孔子之四十五孙也"，叙孔公先世。

第二段自"其仕"至"为天下惜者也"，叙谏诤三事。

第三段自"公讳道辅"至"盖未尝自绌也"，叙其历史。

第四段自"其在兖州也"至"故出知郓州"，叙其见思于君，见扼执政。

第五段自"公以宝元二年"至"西南百步"，叙妻子卒葬。

第六段自"公廉于财"至"不得而略也"，叙其人性行。

【文字研究】

凡作叙事文，第一须知详略去取，有取去，有所略，而后其所详所取者，乃见精神。如此篇，孔道辅盖以谏诤名，故篇中专叙其谏诤之处，而其他皆所略。将其谏诤三事及其见思于君，见沮于执政，皆特作一段详叙之，而生平历史，则仅并作一段略叙。谏诤而外，称述之词，不过"年少耳，然断狱议事，已能使老吏惮惊"，"又有能名"，"所至官治"，数语而已。其生平为人，亦分开另作一段，不使与叙其谏诤之处相杂。凡此皆提纲挈领之法也。第二段及第四段为全篇精神所在。第二段起第三句，须看其提笔之轩爽。"尝知谏院矣"至"得罪然后已"，须看其叙事之简劲。"盖公"以下四句，须看其结笔之凝重。"其在兖州也"至"而公果出"，亦用对偶式，与上"尝知谏院矣"，"尝为御史中丞矣"同法，皆取其简劲严重也。

王介甫《本朝百年无事札子》

臣前蒙陛下问及，本朝所以享国百年天下无事之故。臣以浅陋，误承圣问，迫于日晷，不敢久留，语不及悉，遂辞而退。窃惟念圣问及此，天下之福，而臣遂无一言之献，非近臣所以事君之义，故敢昧冒而粗有所陈。

伏惟太祖躬上智独见之明，而周知人物之情伪，指挥付托，必尽其材，变置施设，必当其务。故能驾驭将帅，训齐士卒，外以扞夷狄，内以平中国。于是除苛赋，止虐刑，废强横之藩镇，诛贪残之官吏。躬以简俭为天下先，其于出政发令之间，一以安利元元为事。太宗承之以聪武，真宗守之以谦仁，以至仁宗、英宗，无有逸德。此所以享国百年而天下无事也。

仁宗在位，历年最久。臣于时实备从官，施为本末，臣所亲见，尝试为陛下陈其一二，而陛下详择其可，亦足以申鉴于方今。伏惟仁宗之为君也，仰畏天，俯畏人，宽仁恭俭，出于自然。而忠恕诚悫，终始如一，未尝妄兴一役，未尝妄杀一人。断狱务在生之，而特恶吏之残扰。宁屈己弃财于夷狄，而终不忍加兵。刑平而公，赏重而信。纳用谏官御史，公听并观，而不蔽于偏至之谗。因任众人耳目，拔举疏远，而随之以相坐之法。盖监司之吏，以至州县，无敢暴虐残酷，擅有调发，以伤百姓。自夏人顺服，蛮夷遂无大变，边人父子夫妇得免于兵死，而中国之人安逸蕃息，以至今日者，未尝妄兴一役，未尝妄杀一人，断狱务在生之，而特恶吏之残扰，宁屈己弃财于夷狄，而不忍加兵之效也。大臣贵戚、左右近习，莫敢强横犯法，其自重慎，或甚于闾巷之人。此刑平而公之效也。募天下骁雄横猾以为兵，几至百万，非有良将以御之，而谋变者辄败。聚天下财物，虽有文籍，委之府史，非有能吏以钩考，而断盗者辄发。凶年饥岁，流者填道，死者相枕，而寇攘者辄得。此赏重而信之效也。大臣贵戚、左右近习，莫能大擅威福，广私货赂，一有奸慝，随辄上闻。贪邪横猾，虽间或见用，未尝得久。此纳用谏官御史，公听并观，而不蔽于偏至之谗之效也。自县令京官以至监司台阁，升擢之任，虽不皆得人，然一时之所谓才士，亦罕蔽塞而不见收举者。此因任众人之耳目、拔举疏远，而随之以相坐之法之效也。升遐之日，天下号恸，如丧考妣，此宽仁恭俭出于自然，忠恕诚悫，终始如一之效也。

然本朝累世因循末俗之弊，而无亲友群臣之议，人君朝夕与处，不过宦官女子，出而视事，又不过有司之细故，未尝如古大有为之君，与学士大夫讨论先王之法，以措之天下也。一切因任自然之理势，而精神之运有所不加，名实之间有所不察。君子非不见贵，然小人亦得厕其间。正论非不见容，然邪说亦有时而用。以诗赋记诵求天下之士，而无学校养成之法。以科名资历叙朝廷之位，而无官司课试之方。监司无检察之人，守将非选择之吏。转徙之亟，既难于考绩，而游谈之众，因得以乱真。交私养望者多得显官，独立营职者或见排沮。故上下偷惰，取容而已。虽有能者在职，亦无以异于庸人。农民坏于徭役，而未尝特见救恤，又不为之设官，以修其水土之利。兵士杂于疲老，而未尝申敕训练，又不为之择将，而久其疆埸之权。宿卫则聚卒伍无赖之人，而未有以变五代姑息羁縻之俗。宗室则无教训选举之实，而未有以合先王亲疏隆杀之宜。其于理财，大抵无法，故虽俭约而民不富，虽忧勤而国不强。赖非夷狄昌炽之时，又无尧汤水旱之变，故天下无事，过于百年。虽曰人事，亦天助也。盖累圣相继，仰畏天，俯畏人，宽仁恭俭，忠恕诚悫，此其所以获天助也。伏惟陛下躬上圣之质，承无穷之绪，知天助之不可常恃，知人事之不可怠终，则大有为之时，正在今日。臣不敢辄废将明之义，而苟逃讳忌之诛。伏惟陛下幸赦而留神，则天下之福也。取进止。

王介甫《度支副使厅壁题名记》

三司副使，不书前人名姓。嘉祐五年，尚书户部员外郎吕君冲之，始问之众史，而自李纮已上至查道，得其名，自杨偕以上，得其官，自郭劝已下，又得其在事之岁时，于是书石而镵之东壁。

夫合天下之众者财，理天下之财者法，守天下之法者吏也。吏不良，则有法而莫守；法不善，则有财而莫理。有财而莫理，则阡陌闾巷之贱人，皆能私取予之势，擅万物之利，以与人主争黔首，而放其无穷之欲，非必贵强桀大而后能。如是而天子犹为不失其民者，盖特号而已耳。虽欲食蔬衣弊，憔悴其身，愁思其心，以幸天下之给足，而安吾政，吾知其犹不行也。然则善吾法，而择吏以守之，以理天下之财，虽上古尧、舜犹不能毋以此为先急，而况于后世之纷纷乎？

三司副使，方今之大吏，朝廷所以尊宠之甚备。盖今理财之法，有不善者，其势皆得以议于上而改为之，非特当守成法，吝出入，以从有司之事而已。其职事如此，则其人之贤不肖，利害施于天下如何也！观其人，以其在事之岁时，以求其政事之见于今者，而考其所以佐上理财之方，则其人之贤不肖，与世之治否，吾可以坐而得矣。此盖吕君之志也。

欧阳永叔《徂徕石先生墓志铭》

徂徕先生姓石氏，名介，字守道，兖州奉符人也。徂徕，鲁东山，而先生非隐者也，其仕尝位于朝矣。鲁之人不称其官而称其德，以为徂徕鲁之望，先生鲁人之所尊，故因其所居山，以配其有德之称，曰徂徕先生者，鲁人之志也。

先生貌厚而气完，学笃而志大，虽在畎亩，不忘天下之忧，以谓"时无不可为，为之无不至。不在其位，则行其言。吾言用，功利施于天下，不必出乎己；吾言不用，虽获祸咎，至死而不悔"。其遇事发愤，作为文章，极陈古今治乱成败以指切当世，贤愚善恶，是是非非，无所讳忌。世俗颇骇其言，由是谤议喧然，而小人尤嫉恶之，相与出力必挤之死。先生安然不惑不变，曰："吾道固如是，吾勇过孟贲矣。"不幸遇疾以卒。既卒，而奸人有欲以奇祸中伤大臣者，犹指先生以起事，谓其诈死而北走契丹矣，请发棺以验。赖天子仁圣，察其诬，得不发棺，而保全其妻子。

先生世为农家，父讳丙，始以仕进，官至太常博士。先生年二十六，举进士甲科，为郓州观察推官、南京留守推官。御史台辟主簿，未至，以上书论赦罢不召。秩满迁某军节度掌书记，代其父官于蜀，为嘉州军事判官。丁内外艰去官，垢面跣足，躬耕徂徕之下，葬其五世未葬者七十丧。服除，召入国子监直讲。是时，兵讨元昊久无功，海内重困，天子奋然思欲振起威德，而进退二三大臣，增置谏官御史，所以求治之意甚锐。先生跃然喜曰："此盛事也。雅颂吾职，其可已乎？"乃作《庆历圣德诗》以褒贬大臣，分别邪正，累数百言。诗出，太山孙明复曰："子祸始于此矣。"明复，先生之师友也。其后所谓奸人作奇祸者，乃诗之所斥也。

先生自闲居徂徕，后官于南京，常以经术教授。及在太学，益以师道自居，门人弟子从之者甚众。太学之兴，自先生始，其所为文章，曰某集者若干卷。其斥佛、老、时文，则有《怪说》《中国论》，曰："去此三者，然后可以有为。"其戒奸臣、宦、女，则有《唐鉴》，曰："吾非为一世监也。"其余喜怒哀乐，必见于文。其辞博辩雄伟，而忧思深远。其为言曰："学者，学为仁义也。惟忠能忘其身，惟笃于自信者，乃可以力行也。"以是行于己，亦以是教于人。所谓尧、舜、禹、汤、文、武、周公、孔子、孟轲、扬雄、韩愈氏者，未尝一日不诵于口；思与天下之士，皆为周、孔之徒，以致其君为尧、舜之君，民为尧、舜之民，亦未尝一日少忘于心。至其违世惊众，人或笑之，则曰："吾非狂痴者也。"是以君子察其行，而信其言，推其用心而哀其志。

先生直讲岁余，杜祁公荐之天子，拜太子中允。今丞相韩公又荐之，乃直集贤院。又岁余，始去太学，通判濮州。方待次于徂徕，以庆历五年七月某日卒于家，享年四十有一。友人庐陵欧阳修哭之以诗，以谓待彼谤焰熄，然后先生之道明矣。

先生既殁，妻子冻馁不自胜。今丞相韩公与河阳富公，分俸买田以活之。后二十一年，其家始克葬先生于某所。将葬，其子师讷与其门人姜潜、杜默、徐遁等来告曰："谤焰熄矣，可以发先生之光矣。敢请铭。"某曰："吾诗不云乎'子道自能久'也，何必吾铭？"遁等曰："虽然，鲁人之欲也。"乃为之铭曰：

徂徕之岩岩，与子之德兮，鲁人之所瞻。汶水之汤汤，与子之道兮，逾远而弥长。道之难行兮，孔孟亦云遑遑。一世之屯兮，万世之光。曰：吾不有命兮，安在夫桓魋与臧仓？自古圣贤皆然兮，噫！子虽毁其何伤！

【文体】

此篇亦叙事文，叙述一人一事之式。

【分段】

第一段自起至"而保全其妻子"。此段中又分为三小段，（一）起五句，叙述其名字籍贯。（二）"徂徕鲁东山"至"鲁人之志也"，叙述鲁人之尊信，以见其为民望。（三）"先生貌厚而气完"至"而保全其妻子"，浑括其生平志事。

第二段亦分为二小段，（一）"先生世为农家"至"召入国子监直讲"，叙其科第及服官至直讲。（二）“是时兵讨元昊”至“乃诗之所斥也”，叙述其以庆历圣德诗，见忌于时。

第三段“先生自闲居徂徕”至“推其用心而哀其志”，叙其著述和教育。

第四段“先生直讲岁余”至完，叙述其直讲以后之历官，暨卒葬，及作志铭之意。

此文之精神，全在第一段及第三段。第一段先浑括其人之大略，然后以下分段叙述，与荆公孔道辅志同法。凡传无大功业而志节可称、学术卓绝之士，须将其志行及学术，曲曲叙出，叙述之语，必须扼要而有精神，此篇可以为法。

司马子长《六国表序》

太史公读《秦记》，至犬戎败幽王，周东徙洛邑，秦襄公始封为诸侯，作西畤用事上帝，僭端见矣。《礼》曰：天子祭天地，诸侯祭其域内名山大川。今秦杂戎翟之俗，先暴戾，后仁义，位在藩臣而胪于郊祀，君子惧焉。及文公逾陇，攘夷狄，尊陈宝，营岐、雍之间，而穆公修政，东竟至河，则与齐桓、晋文中国侯伯侔矣。

是后陪臣执政，大夫世禄，六卿擅晋权，征伐会盟，威重于诸侯。及田常杀简公而相齐国，诸侯晏然弗讨，海内争于战攻矣。三国终之，卒分晋，田和亦灭齐而有之，六国之盛自此始。务在强兵并敌，谋诈用而从衡短长之说起。矫称蜂出，誓盟不信，虽置质剖符犹不能约束也。

秦始小国，僻远，诸夏宾之，比于戎翟，至献公之后，常雄诸侯。论秦之德义，不如鲁、卫之暴戾者；量秦之兵，不如三晋之强也。然卒并天下，非必险固便、形势利也，盖若天所助焉。或曰：东方物所始生，西方物之成孰。夫作事者必于东南，收功实者常于西北，故禹兴于西羌，汤起于亳，周之王也以丰镐伐殷，秦之帝用雍州兴，汉之兴自蜀汉。

秦既得意，烧天下诗书，诸侯史记尤甚，为其有所刺讥也。诗书所以复见者，多藏人家，而史记独藏周室，以故灭。惜哉，惜哉！独有《秦记》，又不载日月，其文略不具。然战国之权变，亦有可颇采者，何必上古？秦取天下多暴，然世异变，成功大。传曰“法后王”，何也？以其近己而俗变相类，议卑而易行也。学者牵于所闻，见秦在帝位日浅，不察其终始，因举而笑之，不敢道，此与以耳食无异，悲夫！余于是因《秦记》，踵《春秋》之后，起周元王，表六国时事，讫二世，凡二百七十年，著诸所闻兴坏之端。后有君子，以览观焉。

【文体】

此篇亦序跋文之式。此篇形式与后世文字大异，而实质仍同，读之可以见古今文字之迁变。

【分段】

全篇凡分四段。第一段自起至“则与齐桓晋文中国侯伯侔矣”，述秦之起源及其强盛。

第二段“是后陪臣执政”至“犹不能约束也”，述六国之起源及其时之风气。

第三段“秦始小国”至“汉之兴自蜀汉”，述秦并天下，并研究其所以然之故。

第四段“秦既得意”至完，述此表之所由作。

此四段亦可并作两大段，第一第二第三段，皆论六国之事，第四段则论六国表之所由作也。六国皆灭于秦，七国之中，秦为最要，故特作一段叙述之，其余六国，则并作一段。秦并天下，变封建之世为郡县之世，此在后人习焉不察，在当时之人视之，则固非常之变也。当此世变之初，必有起而研究者。此文第三段，即列举当时论秦并天下之诸说，(一)险固便，形势利。(二)天所助。(三)作事必于东南，收功实者常于西北。至史公自己，则未下断语也。第四段之要旨，凡有二端:(一)诸侯史记已亡，独有秦记。(二)战国之权变，亦有颇可采者。盖史公作史记，六国之事，多采之于私家之书，并无列国之史以为根据。

【文字研究】

古人文字形式，多与后世不同，此就字法句法篇法三者，皆可见之，欲明古人文字之真意，必于此三者，皆能通知其例然后可。然释古书之字义，当用古人之训诂，知之者极多，而释古文之篇法，亦必明于古人言语之次序，而不当以后世之篇法臆测之，则知之者甚少。即如《史记》，向来论文字者，皆奉为神韵之宗，然其书实由杂钞众说而成，并非出于一手，故其文字往往不免驳杂，其形式遂多奇异，后人不知，妄生曲解。今就诸家评本观之，凡其所大书特书，指为古人神妙之处，实多（一）汉时文字与今不同处，（二）或史公抄撮众说驳杂处也。此等处，在古人有章句之学，皆设为种种符号以明之。今章句已亡，则其符号不可见。而传写又不免错乱误谬，故多不可解。凿空说，真乃至愚之事也。不知读古书之义例，而妄生曲解，贻误非浅。今举此篇及《伯夷列传》二篇以见例。此二篇如是，他篇之难解者，皆当以是推之。《史记》一书如此，他古书之难解者，亦当以是推之。要而言之，欲明文法，必先略通清代诸小学家读古书之法。即文法亦为一科学，欲研究文法，亦必用科学的法则也。文明书局所刊桐城吴氏文法教科书，评《史记》《韩非子》各半册，在近今古文评本中，可称第一佳本。然其评此篇，则极可笑，由其不用科学的法则，而妄生穿凿也。

《史记·伯夷列传》

夫学者载籍极博，犹考信于六艺。《诗》《书》虽缺，然虞夏之文可知也。尧将逊位，让于虞舜，舜禹之间，岳牧咸荐，乃试之于位，典职数十年，功用既兴，然后授政。示天下重器，王者大统，传天下若斯之难也。而说者曰尧让天下于许由，许由不受，耻之逃隐。及夏之时，有卞随、务光者。此何以称焉？太史公曰：余登箕山，其上盖有许由冢云。孔子序列古之仁圣贤人，如吴太伯、伯夷之伦详矣。余以所闻由、光义至高，其文辞不少概见，何哉？

孔子曰："伯夷、叔齐，不念旧恶，怨是用希。""求仁得仁，又何怨乎!"余悲伯夷之意，睹轶诗可异焉。其传曰：

伯夷、叔齐，孤竹君之二子也。父欲立叔齐，及父卒，叔齐让伯夷。伯夷曰："父命也。"遂逃去。叔齐亦不肯立而逃之。国人立其中子。于是伯夷、叔齐闻西伯昌善养老，盍往归焉。及至，西伯卒，武王载木主，号为文王，东伐纣。伯夷、叔齐叩马而谏曰："父死不葬，爰及干戈，可谓孝乎？以臣弑君，可谓仁乎？"左右欲兵之。太公曰："此义人也。"扶而去之。武王已平殷乱，天下宗周，而伯夷、叔齐耻之，义不食周粟，隐于首阳山，采薇而食之。及饿且死，作歌。其辞曰："登彼西山兮，采其薇矣。以暴易暴兮，不知其非矣。神农、虞、夏忽焉没兮，我安适归矣？于嗟徂兮，命之衰矣！"遂饿死于首阳山。由此观之，怨邪非邪？

或曰："天道无亲，常与善人。"若伯夷、叔齐，可谓善人者非邪？积仁洁行如此而饿死！且七十子之徒，仲尼独荐颜渊为好学。然回也屡空，糟糠不厌，而卒蚤夭。天之报施善人，其何如哉？盗蹠日杀不辜，肝人之肉，暴戾恣睢，聚党数千人横行天下，竟以寿终。是遵何德哉？此其尤大彰明较著者也。若至近世，操行不轨，专犯忌讳，而终身逸乐，富厚累世不绝。或择地而蹈之，时然后出言，行不由径，非公正不发愤，而遇祸灾者，不可胜数也。余甚惑焉，傥所谓天道，是邪非邪？

子曰“道不同不相为谋”，亦各从其志也。故曰“富贵如可求，虽执鞭之士，吾亦为之。如不可求，从吾所好”。“岁寒，然后知松柏之后凋”。举世混浊，清士乃见。岂以其重若彼，其轻若此哉？

“君子疾没世而名不称焉。”贾子曰：“贪夫徇财，烈士徇名，夸者死权，众庶冯生。”“同明相照，同类相求。”“云从龙，风从虎，圣人作而万物睹。”伯夷、叔齐虽贤，得夫子而名益彰。颜渊虽笃学，附骥尾而行益显。岩穴之士，趣舍有时若此，类名堙灭而不称，悲夫！闾巷之人，欲砥行立名者，非附青云之士，恶能施于后世哉？

【文体】

此篇为传记体，其形式亦与现今文字大异。

【分段】

全篇意旨可分为三：（一）叙伯夷叔齐之事。（二）言天道无亲，常与善人之说不可信。然明知报施不可恃，而终不肯为恶者，由于各从其志。（三）言士不肯为恶者，或亦由于好名，然名之传否不可知，为可悲。（一）乃传之正文，（二）（三）皆其论赞也。其用意亦与后世文字无异，特其排列之次序，全与后世文不同，此自古今言语之迁变耳。纷纷曲说，均无当也。今为整理之，亦如后世文字之形式，则如下：

（一）“其传曰”至“遂饿死于首阳山”。据逸诗传，叙伯夷叔齐之事，为传之正文。

（二）“或曰天道无亲”至“是邪非邪”。言天道无亲，常与善人之说不可信，于古则举颜渊、盗蹠二人，于近世亦举二种人以为证。

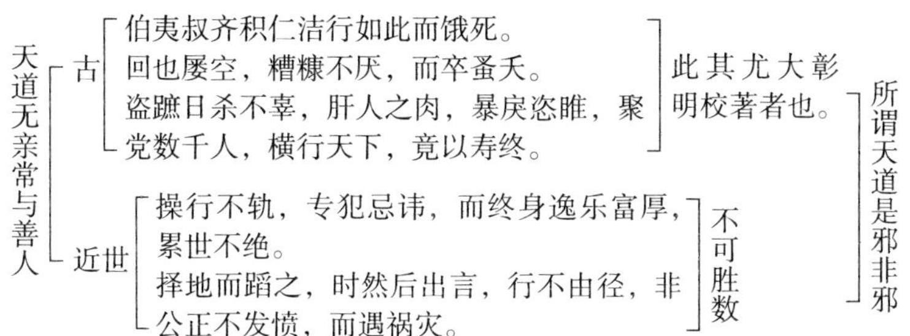

“子曰道不同”至“从吾所好”，言报施之理，虽不可信，而仍不肯为恶者，由于各有其志，引孔子之言以为证。“子曰伯夷叔齐不念旧恶，怨是用希，求仁得仁，又何怨乎！”由此观之，怨邪非邪。断定伯夷叔齐，虽饿死而不怨，所谓各从其志也？

（三）“岁寒”至“名不称焉”，言士之不肯为恶者，或亦由于好名。“贾子曰”至“悲夫”，言相称必出于同类之人，故虽有贤士，无圣人称之者，其名亦不显，伯夷、颜渊乃见称于夫子而名显之证也。“夫学者载籍极博”至“不少概见何哉”，举许由卞随务光，为不见称于夫子而名不显之证。“闾巷之人”至“恶能声施于后世哉”，悲得名之难。

苏子瞻《荀卿论》

尝读《孔子世家》，观其言语文章，循循莫不有规矩，不敢放言高论，言必称先王，然后知圣人忧天下之深也。茫乎不知其畔岸，而非远也；浩乎不知其津涯，而非深也。其所言者，匹夫匹妇之所共知；而所行者，圣人有所不能尽也。呜呼！是亦足矣。使后世有能尽吾说者，虽为圣人无难；而不能者，不失为寡过而已矣。

子路之勇，子贡之辨，冉有之智，此三者，皆天下之所谓难能而可贵者也。然三子者，每不为夫子之所悦。颜渊默然不见其所能，若无以异于众人者，而夫子亟称之。

且夫学圣人者，岂必其言之云尔哉？亦观其意之所向而已。夫子以为后世必有不足行其说者矣，必有窃其说而为不义者矣，是故其言平易正直，而不敢为非常可喜之论，要在于不可易也。

昔者常怪李斯事荀卿，既而焚灭其书，大变古先圣王之法，于其师之道，不啻若寇仇。及今观荀卿之书，然后知李斯之所以事秦者，皆出于荀卿，而不足怪也。

荀卿者，喜为异说而不让，敢为高论而不顾者也。其言愚人之所惊，小人之所喜也。子思、孟轲，世之所谓贤人君子也。荀卿独曰："乱天下者，子思、孟轲也。"天下之人，如此其众也；仁人义士，如此其多也。荀卿独曰："人性恶。桀、纣，性也；尧、舜，伪也。"由是观之，意其为人，必也刚愎不逊，而自许太过。彼李斯者，又特甚者耳。

今夫小人之为不善，犹必有所顾忌。是以夏、商之亡，桀、纣之残暴，而先王之法度、礼乐、刑政，犹未至于绝灭而不可考者，是桀、纣犹有所存而不敢尽废也。彼李斯者，独能而不顾，焚烧夫子之六经，烹灭三代之诸侯，破坏周公之井田，此亦必有所恃者矣。彼见其师历诋天下之贤人，自是其愚，以为古先圣王皆无足法者，不知荀卿特以快一时之论，而不自知其祸之至于此也。其父杀人报仇，其子必且行劫。荀卿明王道，述礼乐，而李斯以其学乱天下，其高谈异论有以激之也。

孔、孟之论，未尝异也，而天下卒无有及者。苟天下果无有及者，则尚安以求异为哉？

【文体】

此篇亦论说文。

全篇之意，在戒高论异说之非。盖刚愎不逊，自许太过之人，往往喜为高论异说，以取快于一时，其言亦未尝大悖于理也。然人之法之，不惟其言，而惟其意之所问，势之所激，变本加厉，其患有不可胜言者，特借荀卿发之。古人论史之文，大抵欲借以阐明一种道理，垂为鉴戒，非欲议论古人之得失也。其用意，盖与吾人作一说理之文，而引起古事以为证相同。然则曷不径作一说理之文，引古事以为证，而必以论史形式出之乎？曰文学之为用，不在教而在感，故其立说也，不贵谏而贵讽。自作一说理之文，而引古事以为证，谏之类也。借史论之形式出之，讽之类也。文学之妙，全在乎此，不可不知。

【分段】

全篇分为两大段，自起至"要在于不可易也"为一段。自此以下，又为一段。

第一段，此段中又可分为三小段。自起至"不失为寡过而已矣"为第一小段，述圣人立说之平正。“子路之勇”至“夫子亟称之”，为圣人之好平正，举出一证据。“且夫学圣人者”至“要在于不可易也”，述圣人立言，所以必须平易之故。此段关节，在“然后知圣人忧天下之深，茫乎不知其畔岸，而非远也，浩乎不知其津涯，而非深也”与“且夫学圣人者，岂必其言之云尔哉！亦观其意之所向而已”数句，盖学圣人者，不惟其言而惟其意，此圣人之所以不敢高论异说，而其不敢为高论异说，正其忧天下之深且远也。

第二段，此段又可分为四小段。自“昔者尝怪李斯”至“而不足怪也”，说明李斯之学，出于荀卿。“荀卿者”至“又特甚者耳”，断定荀卿之为人。“今夫小人之为不善”至“有以激之也”，畅论高谈异论之为祸，全篇作意也。“孔孟之论”至完，回应前段，为全篇结笔。

全篇精神，全在“今夫小人之为不善”一段。须看其委婉曲折，意无不尽。而“此亦必有所恃者矣”“不知荀卿特以快一时之论，而不自知其祸之至于此也”“高谈异论，有以激之也”等句，仍复深切著明。

姚姬传《李斯论》

苏子瞻谓李斯以荀卿之学乱天下，是不然。秦之乱天下之法，无待于李斯，斯亦未尝以其学事秦。

当秦之中叶，孝公即位，得商鞅，任之。商鞅教孝公燔《诗》《书》，明法令，设告坐之过，而禁游宦之民。因秦国地形便利，用其法，富强数世，兼并诸侯，迄至始皇。始皇之时，一用商鞅成法而已，虽李斯助之，言其便利，益成秦乱，然使李斯不言其便，始皇固自为之而不厌。何也？秦之甘于刻薄而便于严法久矣，其后世所习以为善者也。

斯逆探始皇、二世之心，非是不足以中侈君而张吾之宠。是以尽舍其师荀卿之学，而为商鞅之学；扫去三代先王仁政，而一切取自恣肆以为治，焚《诗》《书》，禁学士，灭三代法而尚督责。斯非行其学也，趋时而已。设所遭值非始皇、二世，斯之术将不出于此，非为仁也，亦以趋时而已。

君子之仕也，进不隐贤。小人之仕也，无论所学识非也，即有学识甚当，见其君国行事悖谬无义，疾首颦蹙于私家之居，而矜夸导誉于朝廷之上。知其不义而劝为之者，谓天下将谅我之无可奈何于吾君，而不吾罪也；知其将丧国家而为之者，谓当吾身容可以免也。且夫小人虽明知世之将乱，而终不以易目前之富贵，而以富贵之谋，贻天下之乱，固有终身安享荣乐，祸遗后人，而彼俨然无与者矣。嗟乎！秦未亡而斯先被五刑、夷三族也，其天之诛恶人，亦有时而信也邪？《易》曰："眇能视，跛能履；履虎尾，咥人凶。"其能视且履者，幸也，而卒于凶者，盖其自取邪？

且夫人有为善而受教于人者矣，未闻为恶而必受教于人者也。荀卿述先王而颂言儒效，虽间有得失，而大体得治世之要。而苏氏以李斯之害天下，罪及于卿，不亦远乎？

行其学而害秦者，商鞅也；舍其学而害秦者，李斯也。商君禁游宦，而李斯谏逐客，其始之不同术也，而卒出于同者，岂其本志哉！宋之世，王介甫以平生所学，建熙宁新法。其后章惇、曾布、张商英、蔡京之伦，曷尝学介甫之学邪？而以介甫之政促亡宋，与李斯事颇相类。夫世言法术之学，足亡人国，固也。吾谓人臣善探其君之隐，一以委曲变化从世好者，其为人尤可畏哉！尤可畏哉！

【文体】

此篇亦议论文。

全篇之意，在言人臣善探其君之隐，一以委曲变化从世好者之可畏。特备李斯以发之，非欲驳苏子之论也。

此篇之妙，在于局势之变化，盖全篇之意，原欲言人臣善探其君之隐，一以委曲变化从世好者之可畏，非欲驳苏子瞻之论也。然既借此为题，则于李斯以荀卿之学乱天下之说，自不得不辨白清楚，因李斯未尝以荀卿之学乱天下，而推见其乱天下，实由于弃荀卿之学，因李斯弃荀卿之学以乱天下，而推见其弃荀卿之学之心，实由于趋时，则委曲变化以从世好者之可畏，跃然见矣。此全篇之作法也。篇中为荀卿辩护处，分（甲）秦之乱天下之法，无待于李斯，（乙）斯亦未尝以其学事秦，（丙）人有为善而受教于人者，未闻为恶而必受教于人者也三层。

自（一）"当秦之中叶"至"其后世所习以为善者也"，承秦之乱天下之法，无待于李斯言。（二）自"斯逆探始皇、二世之心"至"亦以趋时而已"，承斯未尝以其学事秦言。（三）自"荀卿述先王"至"不亦远尔"，承人有为善而受教于人，未闻为恶而必受教于人言。（四）自“行其学而害秦者”至“与李斯事颇相类”，复总承“秦之乱天下之法，无待于李斯，斯亦未尝以学事秦”言。凡此皆就题面上立论，证明苏子瞻谓李斯以荀卿之学乱天下之说之非，而李斯之乱天下，实由于弃荀卿之学，其弃荀卿之学，实由于趋时，亦即由此可见焉。（五）“君子之仕也”至“盖其自取邪”一段，则推论小人委曲变化，以从世好之心理。（六）“夫世言法术之学”至完，则结出其可畏，乃全篇正意所在也。设使以（一）、（二）、（三）、（四）、（五）、（六）顺序排列之，则索然无味矣，此篇法之变化也。一段之中，用笔亦自有变化处。如“君子之仕也”一段，推论小人之心理，分为（一）“天下将谅我之无可奈何于吾君，而不吾罪”，（二）“谓当吾身容可以免”二层，而“且夫小人”以下，则但承“谓当吾身容可以免”一层更端发议，于“天下将谅我之无可奈何于吾君而不吾罪”一层，则不复措议，是也，此即用笔变化处。

凡天下之理，简单复杂，各自不同，宣之于口，笔之于书，则简单者词必少，复杂者词必多，势使然也。若必求其裁对整齐，则非将较繁之理，删减其词，较单纯之理，勉强敷衍不可矣。此文章板滞之所以不适于用，而必求其能错综变化也。

凡文字既说正面，又说反面者，往往复重可厌，惟须郑重分明之语则不然。如此篇于“李斯助之，言其便利，益成秦乱”之下，必又申之曰“然使李斯不言其便，始皇固自为之而不厌”，于“斯非行其学也，趋时而已”以下，亦必申之曰“设所遭值非始皇二世，斯之术将不出于此”是也。

《左传·宋楚泓之战》

楚人伐宋以救郑。宋公将战，大司马固谏曰：“天之弃商久矣，君将兴之，弗可赦也已。”弗听。冬十一月己巳朔，宋公及楚人战于泓。宋人既成列，楚人未既济。司马曰：“彼众我寡，及其未既济也，请击之。”公曰：“不可。”既济而未成列，又以告。公曰：“未可。”既阵而后击之，宋师败绩。公伤股，门官歼焉。

国人皆咎公。公曰：“君子不重伤，不禽二毛。古之为军也，不以阻隘也。寡人虽亡国之余，不鼓不成列。”子鱼曰：“君未知战。勍敌之人隘而不列，天赞我也。阻而鼓之，不亦可乎？犹有惧焉。且今之勍者，皆吾敌也。虽及胡耇，获则取之，何有于二毛？明耻教战，求杀敌也，伤未及死，如何勿重？若爱重伤，则如勿伤；爱其二毛，则如服焉。三军以利用也，金鼓以声气也，利而用之，阻隘可也，声盛致志，鼓儳可也。”

此篇为左氏之文，须看其简劲有味。

子鱼驳宋公之言，凡分三层。自“君未知战”至“犹有惧焉”，就当时战争事势立论。“且今之勍者”至“则如服焉”，驳君子不重伤不禽二毛。“三军以利用也”至“鼓儳可也”，驳不以阻隘。寥寥数语，而曲折层次毕到，读此，便知词约意尽之法。

《左传·晋楚邲之战》

厉之役，郑伯逃归，自是楚未得志焉。郑既受盟于辰陵，又徼事于晋。十二年春，楚子围郑。旬有七日，郑人卜行成，不吉。卜临于大宫，且巷出车，吉。国人大临，守陴者皆哭。楚子退师，郑人修城，进复围之，三月克之。入自皇门，至于逵路。郑伯肉袒牵羊以逆，曰：“孤不天，不能事君，使君怀怒以及敝邑，孤之罪也。敢不唯命是听。其俘诸江南以实海滨，亦唯命。其翦以赐诸侯，使臣妾之，亦唯命。若惠顾前好，徼福于厉、宣、桓、武，不泯其社稷，使改事君，夷于九县，君之惠也，孤之愿也，非所敢望也。敢布腹心，君实图之。”左右曰：“不可许也，得国无赦。”王曰：“其君能下人，必能信用其民矣，庸可几乎？”退三十里而许之平。潘尫入盟，子良出质。

夏六月，晋师救郑。荀林父将中军，先縠佐之。士会将上军，郤克佐之。赵朔将下军，栾书佐之。赵括、赵婴齐为中军大夫。巩朔、韩穿为上军大夫。荀首、赵同为下军大夫。韩厥为司马。

及河，闻郑既及楚平，桓子欲还，曰：“无及于郑而剿民，焉用之？楚归而动，不后。”随武子曰：“善。会闻用师，观衅而动。德刑政事典礼不易，不可敌也，不为是征。楚军讨郑，怒其贰而哀其卑，叛而伐之，服而舍之，德刑成矣。伐叛，刑也；柔服，德也。二者立矣。昔岁入陈，今兹入郑，民不罢劳，君无怨讟，政有经矣。荆尸而举，商农工贾不败其业，而卒乘辑睦，事不奸矣。蔿敖为宰，择楚国之令典，军行，右辕，左追蓐，前茅虑无，中权，后劲，百官象物而动，军政不戒而备，能用典矣。其君之举也，内姓选于亲，外姓选于旧；举不失德，赏不失劳；老有加惠，旅有施舍；君子小人，物有服章；贵有常尊，贱有等威；礼不逆矣。德立，刑行，政成，事时，典从，礼顺，若之何敌之？见可而进，知难而退，军之善政也。兼弱攻昧，武之善经也。子姑整军而经武乎，犹有弱而昧者，何必楚？仲虺有言曰‘取乱侮亡’，兼弱也。《汋》曰‘于铄王师，遵养时晦’，耆昧也。《武》曰‘无竞惟烈’，抚弱耆昧以务烈所，可也。”彘子曰：“不可。晋所以霸，师武臣力也。今失诸侯，不可谓力。有敌而不从，不可谓武。由我失霸，不如死。且成师以出，闻敌强而退，非夫也。命为军帅，而卒以非夫，唯群子能，我弗为也。”以中军佐济。

知庄子曰：“此师殆哉。《周易》有之，在《师》之《临》，曰：‘师出以律，否臧凶。’执事顺成为臧，逆为否，众散为弱，川壅为泽，有律以如己也，故曰律。否臧，且律竭也。盈而以竭，夭且不整，所以凶也。不行之谓《临》，有帅而不从，临孰甚焉！此之谓矣。果遇，必败，彘子尸之。虽免而归，必有大咎。”韩献子谓桓子曰：“彘子以偏师陷，子罪大矣。子为元帅，师不用命，谁之罪也？失属亡师，为罪已重，不如进也。事之不捷，恶有所分，与其专罪，六人同之，不犹愈乎？”师遂济。

楚子北师次于郔。沈尹将中军，子重将左，子反将右，将饮马于河而归。闻晋师既济，王欲还，嬖人伍参欲战。令尹孙叔敖弗欲，曰：“昔岁入陈，今兹入郑，不无事矣。战而不捷，参之肉其足食乎？”参曰：“若事之捷，孙叔为无谋矣。不捷，参之肉将在晋军，可得食乎？”令尹南辕反旆，伍参言于王曰：“晋之从政者新，未能行令。其佐先縠刚愎不仁，未肯用命。其三帅者专行不获，听而无上，众谁适从？此行也，晋师必败。且君而逃臣，若社稷何？”王病之，告令尹，改乘辕而北之，次于管以待之，晋师在敖、鄗之间。

郑皇戌使如晋师，曰：“郑之从楚，社稷之故也，未有贰心。楚师骤胜而骄，其师老矣，而不设备，子击之，郑师为承，楚师必败。”彘子曰：“败楚服郑，于此在矣，必许之。”乐武子曰：“楚自克庸以来，其君无日不讨国人而训之，于民生之不易，祸至之无日，戒惧之不可以怠。在军，无日不讨军实而申儆之，于胜之不可保，纣之百克，而卒无后。训之以若敖、蚡冒，筚路蓝缕，以启山林。箴之曰：‘民生在勤，勤则不匮。’不可谓骄。先大夫子犯有言曰：‘师直为壮，曲为老。’我则不德，而徼怨于楚，我曲楚直，不可谓老。其君之戎，分为二广，广有一卒，卒偏之两。右广初驾，数及日中；左则受之，以至于昏。内官序当其夜，以待不虞，不可谓无借。子良，郑之良也。师叔，楚之崇也。师叔入盟，子良在楚，楚、郑亲矣。来劝我战，我克则来，不克遂往，以我卜也，郑不可从。”赵括、赵同曰：“率师以来，唯敌是求。克师得专，又何俟？必从彘子。”知季曰：“原、屏，咎之徒也。”赵庄子曰：“栾伯善哉，实其言，必长晋国。”

楚少宰如晋师，曰：“寡君少遭闵凶，不能文。闻二先君之出入此行也，将郑是训定，岂敢求罪于晋？二三子无淹久。”随季对曰：“昔平王命我先君文侯曰：‘与郑夹辅周室，毋废王命。’今郑不率，寡君使群臣问诸郑，岂敢辱候人？敢拜君命之辱。”彘子以为谄，使赵括从而更之，曰：“行人失辞。寡君使群臣迁大国之迹于郑，曰：‘无辟敌。’群臣无所逃命。”

楚子又使求成于晋，晋人许之，盟有日矣。楚许伯御乐伯，摄叔为右，以致晋师。许伯曰：“吾闻致师者，御靡旌摩垒而还。”乐伯曰：“吾闻致师者，左射以菆，代御执辔，御下两马，掉鞅而还。”摄叔曰：“吾闻致师者，右入垒，折馘、执俘而还。”皆行其所闻而复。晋人逐之，左右角之。乐伯左射马而右射人，角不能进。矢一而已。麋兴于前，射麋丽龟。晋鲍癸当其后，使摄叔奉麋献焉，曰：“以岁之非时，献禽之未至，敢膳诸从者。”鲍癸止之，曰：“其左善射，其右有辞，君子也。”既免。晋魏锜求公族未得，而怒，欲败晋师。请致师，弗许。请使，许之。遂往，请战而还。楚潘党逐之，及荧泽，见六麋，射一麋以顾献曰：“子有军事，兽人无乃不给于鲜，敢献于从者。”叔党命去之。赵旃求卿未得，且怒于失楚之致师者。请挑战，弗许。请召盟，许之。与魏锜皆命而往。郤献子曰：“二憾往矣，弗备必败。”彘子曰：“郑人劝战，弗敢从也。楚人求成，弗能好也。师无成命，多备何为。”士季曰：“备之善。若二子怒楚，楚人乘我，丧师无日矣。不如备之。楚之无恶，除备而盟，何损于好？若以恶来，有备不败。且虽诸侯相见，军卫不彻，警也。”彘子不可。士季使巩朔、韩穿帅七覆于敖前，故上军不败。赵婴齐使其徒先具舟于河，故败而先济。

潘党既逐魏锜，赵旃夜至于楚军，席于军门之外，使其徒入之。楚子为乘广三十乘，分为左右。右广难鸣而驾，日中而说。左则受之，日入而说。许偃御右广，养由基为右。彭名御左广，屈荡为右。乙卯，王乘左广以逐赵旃。赵旃弃车而走林，屈荡搏之，得其甲裳。晋人惧二子之怒楚师也，使軘车逆之。潘党望其尘，使骋而告曰："晋师至矣。"楚人亦惧王之入晋军也，遂出队。孙叔曰："进之。宁我薄人，无人薄我。《诗》云：'元戎十乘，以先启行。'先人也。《军志》曰：'先人有夺人之心'，薄之也。"遂疾进师，车驰卒奔，乘晋军。桓子不知所为，鼓于军中曰："先济者有赏。"中军、下军争舟，舟中之指可掬也。

晋师右移，上军未动。工尹齐将右拒卒以逐下军。楚子使唐狡与蔡鸠居告唐惠侯曰："不谷不德而贪，以遇大敌，不谷之罪也。然楚不克，君之羞也，敢借君灵以济楚师。"使潘党率游阙四十乘，从唐侯以为左拒，以从上军。驹伯曰："待诸乎？"随季曰："楚师方壮，若萃于我，吾师必尽，不如收而去之。分谤生民，不亦可乎？"殿其卒而退，不败。王见右广，将从之乘。屈荡户之，曰："君以此始，亦必以终。"自是楚之乘广先左。

晋人或以广队不能进，楚人惎之脱扃，少进，马还，又惎之拔旆投衡，乃出。顾曰："吾不如大国之数奔也。"

赵旃以其良马二，济其兄与叔父，以他马反，遇敌不能去，弃车而走林。逢大夫与其二子乘，谓其二子无顾。顾曰："赵傁在后。"怒之，使下，指木曰："尸女于是。"授赵旃绥，以免。明日以表尸之，皆重获在木下。

楚熊负羁囚知罃。知庄子以其族反之，厨武子御，下军之士多从之。每射，抽矢，菆，纳诸厨子之房。厨子怒曰："非子之求而蒲之爱，董泽之蒲，可胜既乎？"知季曰："不以人子，吾子其可得乎？吾不可以苟射故也。"射连尹襄老，获之，遂载其尸。射公子谷臣，囚之。以二者还。

及昏，楚师军于邲，晋之余师不能军，宵济，亦终夜有声。

丙辰，楚重至于邲，遂次于衡雍。潘党曰："君盍筑武军，而收晋尸以为京观。臣闻克敌必示子孙，以无忘武功。"楚子曰："非尔所知也。夫文，止戈为武。武王克商，作《颂》曰：'载戢干戈，载櫜弓矢。我求懿德，肆于时夏，允王保之。'又作《武》，其卒章曰：'耆定尔功。'其三曰：'铺时绎思，我徂惟求定。'其六曰：'绥万邦，屡丰年。'夫武，禁暴、戢兵、保大、定功、安民、和众、丰财者也，故使子孙无忘其章。今我使二国暴骨，暴矣；观兵以威诸侯，兵不戢矣。暴而不戢，安能保大？犹有晋在，焉得定功？所违民欲犹多，民何安焉？无德而强争诸侯，何以和众？利人之几，而安人之乱，以为己荣，何以丰财？武有七德，我无一焉，何以示子孙？其为先君宫，告成事而已。武非吾功也。古者明王伐不敬，取其鲸鲵而封之，以为大戮，于是乎有京观，以惩淫慝。今罪无所，而民皆尽忠以死君命，又可以为京观乎？”祀于河，作先君宫，告成事而还。

【文体】

此《左传》叙事文之最佳者也。

【分段】

全篇当分为六段观之。第一段自起至“子良出质”，叙楚之克郑。卜临于太宫，且巷出车。贾逵云，陈于街巷，示虽困不降，必欲战也。杜注非。楚子以郑人之大临而退师，听其修城，然后进围之。至于三月而卒克之，可见楚师之强，哀郑人之穷而退师，闻郑伯之词而退舍许平，可见楚子之有礼。郑伯告楚子之词，极其委婉曲折，可见其能下人。郑距楚远，距晋近，楚围之百二十余日，而晋救犹后至，则其怠慢亦可见矣。

第二段，自“夏六月晋师救郑”，至“师遂济”，叙晋军之前进，及其师之不和。隋武子之言，极其知彼知己，雍容大雅。彘子之言，则极其鲁莽灭裂，且强悍不逊之色见于面，以及桓子之不能令其下，韩献子之惟图免罪卸责，知庄子之咨嗟叹息于旁而无可如何，色色毕见。

第三段，自“楚子北师次于郔”至“晋师在敖鄗之间”，叙楚师之前进。“沈尹将中军，子重将左，子反将右”三句，先列叙楚国之军师，与上段列举晋国之军师同，凡《左传》叙战事皆为此。此段叙述楚人之军谋，令尹之持重，伍参之勇武，皆跃然纸上。“次于管以待之，晋师在敖鄗之间”二句，又叙明晋楚二军既前进后所驻扎之地，以见其相持之情形。凡叙述战事，此等处最为紧要。

第四段，自“郑皇戌使如晋师”至“故上军不败”，述二军既前进后战事以前之事。此段中又可分为三小段。

（甲）自“郑皇戌使如晋师”至“必长晋国”，叙述郑人之外交[1]。

杜子美《前出塞九首》

戚戚去故里，悠悠赴交河。公家有程期，亡命婴祸罗。君已富土境，开边一何多。弃绝父母恩，吞声行负戈。

出门日已远，不受徒旅欺。骨肉恩岂断，男儿死无时。走马脱辔头，手中挑青丝。捷下万仞冈，俯身试搴旗。

磨刀呜咽水，水赤刃伤手。欲轻肠断声，心绪乱已久。丈夫誓许国，愤惋复何有。功名图麒麟，战骨当速朽。

送徒既有长，远戍亦有身。生死向前去，不劳吏怒嗔。路逢相识人，附书与六亲。哀哉两决绝，不复同苦辛。

迢迢万余里，领我赴三军。军中异苦乐，主将宁尽闻。隔河见胡骑，倏忽数百群。我始为奴仆，几时树功勋。

挽弓当挽强，用箭当用长。射人先射马，擒贼先擒王。杀人亦有限，列国自有疆。苟能制侵陵，岂在多杀伤。

驱马天雨雪，军行入高山。径危抱寒石，指落曾冰间。已去汉月远，何时筑城还。浮云暮南征，可望不可攀。

单于寇我垒，百里风尘昏。雄剑四五动，彼军为我奔。虏其名王归，系颈授辕门。潜身备行列，一胜何足论。

从军十余年，能无分寸功。众人贵苟得，欲语羞雷同。中原有斗争，况在狄与戎。丈夫四方志，安可辞固穷。

第一首，叙初发时辞别室家之情。第二首，述离家渐久之情状。第三首，述途中之感触。第四首，愤送使者之逼迫。第五首，到军中后之情形。第六首，自述对于军事之感想。第七首，言戍守。第八首，言战阵。第九首，言从军之功以后之事。九首皆记为从戎者之言。次序衔接，只如一首，此所谓章法也。

此等诗不啻以言情而兼叙事。凡古人作诗，言情者多，叙事者少，至唐

① 编者按：此文未完，以下散佚。

而一变。少陵尤长于此，故论者以诗史称之也。怨而不怒四字，实为诗家本旨。如“走马脱辔头，手中挑青丝。捷下万仞冈，俯身试搴旗”，“丈夫誓许国，愤惋复何有。功名图麒麟，战骨当速朽”，皆极写轻生之意，弥见哀痛之情。不怨主将之不恤士卒，而曰“军中异苦乐，主将宁尽闻”，不怨战胜之无赏，而曰“潜身备行列，一胜何足论”，不责无功者冒功，而曰“众人贵苟得，欲语羞雷同”，不怨朝廷爵赏之不均，而曰“丈夫四方志，安可辞固穷”，皆是此意。

又凡沉痛之语，即当极其沉痛，如云“哀哉两决绝，不复同苦辛”。所同者不过苦辛之境。民生已极可哀，况复并此而不可得乎。所谓加一培写法也。

白乐天《新乐府·缚戎人》

达穷民之情也。

缚戎人，缚戎人，耳穿面破驱入秦。天子矜怜不忍杀，诏徙东南吴与越。黄衣小使录姓名，领出长安乘递行。身被金疮面多瘠，扶病徒行日一驿；朝餐饥渴费杯盘，夜卧腥臊污床席。忽逢江水忆交河，垂手齐声呜咽歌。其中一虏语诸虏：尔苦非多我苦多。同伴行人因借问，欲说喉中气愤愤。自云乡管本凉原，大历年中没落蕃。一落蕃中四十载，遣着皮裘系毛带。唯许正朝服汉仪，敛衣整巾潜泪垂；誓心密定归乡计，不使蕃中妻子知。暗思幸有残筋力，更恐年衰归不得。蕃候严兵鸟不飞，脱身冒死奔逃归。昼伏宵行经大漠，云阴月黑风沙恶；惊藏青冢寒草疏，偷渡黄河夜冰薄。忽闻汉军鼙鼓声，路傍走出再拜迎；游骑不听能汉语，将军遂缚作蕃生。配向江南卑湿地，定无存恤空防备。念此吞声仰诉天，若为辛苦度残年！凉原乡井不得见，胡地妻儿虚弃捐！没蕃被囚思汉土，归汉被劫为蕃虏：早知如此悔归来，两地宁如一处苦？缚戎人，戎人之中我苦辛。自古此冤应未有，汉心汉语吐蕃身！

白乐天《新乐府·上阳白发人》

天宝五载已后，杨贵妃专宠，后宫人无复进幸矣。六宫有美色者，辄置别所，上阳是其一也。贞元中尚存焉。

上阳人，红颜暗老白发新。绿衣监使守宫门，一闭上阳多少春。玄宗末岁初选入，入时十六今六十。同时采择百余人，零落年深残此身。忆昔吞悲别亲族，扶入车中不教哭；皆云入内便承恩，脸似芙蓉胸似玉。未容君王得见面，已被杨妃遥侧目。妒令潜配上阳宫，一生遂向空房宿。宿空房，秋夜长，夜长无寐天不明。耿耿残灯背壁影，萧萧暗雨打窗声。春日迟，日迟独坐天难暮。宫莺百啭愁厌闻，梁燕双栖老休妒。莺归燕去长悄然，春往秋来不记年。唯向深宫望明月，东西四五百回圆。今日宫中年最老，大家遥赐"尚书"号。小头鞵履窄衣裳，青黛点眉眉细长。外人不见见应笑，天宝末年时世妆。上阳人，苦最多。少亦苦，老亦苦，少苦老苦两如何？君不见昔时吕向美人赋，又不见今日上阳白发歌！

白乐天《新乐府·新丰折臂翁》

新丰老翁八十八，头鬓眉须皆似雪。玄孙扶向店前行，左臂凭肩右臂折。问翁臂折来几年？兼问致折何因缘？翁云贯属新丰县，生逢圣代无征战。惯听梨园歌管声，不识旗枪与弓箭。无何天宝大征兵，户有三丁点一丁。点得驱将何处去？五月万里云南行。闻道云南有泸水，椒花落时瘴烟起。大军徒涉水如汤，未过十人二三死。村南村北哭声哀，儿别爷娘夫别妻。皆云前后征蛮者，千万人行无一回。是时翁年二十四，兵部牒中有名字。夜深不敢使人知，偷将大石锤折臂。张弓簸旗俱不堪，从兹始免征云南。骨碎筋伤非不苦，且图拣退归乡土。臂折来来六十年，一肢虽废一身全。至今风雨阴寒夜，直到天明痛不眠。痛不眠，终不悔，且喜老身今独在。不然当时泸水头，身死魂飞骨不收。应作云南望乡鬼，万人冢上哭呦呦。老人言，君听取。君不闻：开元宰相宋开府，不赏边功防黩武？又不闻：天宝宰相杨国忠，欲求恩幸立边功？边功未立生人怨，请问新丰折臂翁。

白乐天《新乐府·缭绫》

缭绫缭绫何所似？不似罗绡与纨绮；应似天台山上月明前，四十五尺瀑布泉。中有文章又奇绝，地铺白烟花簇雪。织者何人衣者谁？越溪寒女汉宫姬。去年中使宣口敕，天上取样人间织。织为云外秋雁行，染作江南春水色。广裁衫袖长制裙，金斗熨波刀剪纹。异彩奇文相隐映，转侧看花花不定。昭阳舞人恩正深，春衣一对直千金；汗沾粉污不再着，曳土踏泥无惜心。缭绫织成费功绩，莫比寻常缯与帛。丝细缲多女手疼，扎扎千声不盈尺。昭阳殿里歌舞人，若见织时应也惜！

白乐天《新乐府·井底引银瓶》

井底引银瓶，银瓶欲上丝绳绝。石上磨玉簪，玉簪欲成中央折。瓶沉簪折知奈何？似妾今朝与君别。忆昔在家为女时，人言举动有殊姿。婵娟两鬓秋蝉翼，宛转双蛾远山色。笑随戏伴后园中，此时与君未相识。妾弄青梅凭短墙，君骑白马傍垂杨。墙头马上遥相顾，一见知君即断肠。知君断肠共君语，君指南山松柏树。感君松柏化为心，暗合双鬟逐君去。到君家舍五六年，君家大人频有言。聘则为妻奔是妾，不堪主祀奉频繁。终知君家不可住，其奈出门无去处。岂无父母在高堂？亦有亲情满故乡。潜来更不通消息，今日悲羞归不得。为君一日恩，误妾百年身。寄言痴小人家女，慎勿将身轻许人！

白乐天《新乐府·隋堤柳》

隋堤柳，岁久年深尽衰朽。风飘飖兮雨萧萧，三株两株汴河口。老枝病叶愁杀人，曾经大业年中春。大业年中炀天子，种柳成行夹流水。西自黄河东至淮，绿影一千三百里。大业末年春暮月，柳色如烟絮如雪。南幸江都恣佚游，应将此柳系龙舟。紫髯郎将护锦缆，青娥御史直迷楼。海内财力此时竭，舟中歌笑何日休？上荒下困势不久，宗社之危如缀旒。炀天子，自言福祚长无穷，岂知皇子封酅公。龙舟未过彭城阁，义旗已入长安宫。萧墙祸生人事变，晏驾不得归秦中。土坟数尺何处葬？吴公台下多悲风。二百年来汴河路，沙草和烟朝复暮。后王何以鉴前王？请看隋堤亡国树！

苏子瞻《表忠观碑》

熙宁十年十月戊子，资政殿大学士右谏议大夫知杭州军州事臣抃言：“故吴越国王钱氏坟庙及其父祖妃夫人子孙之坟，在钱塘者二十有六，在临安者十有一，皆芜废不治，父老过之，有流涕者。谨按故武肃王镠，始以乡兵破走黄巢，名闻江淮。复以八都兵讨刘汉宏，并越州，以奉董昌，而自居于杭。及昌以越叛，则诛昌而并越，尽有浙东西之地。传其子文穆王元瓘。至其孙忠显王仁佐，遂破李景兵，取福州。而仁佐之弟忠懿王俶，又大出兵攻景，以迎周世宗之师。其后卒以国入觐。三世四王，与五代相终始。天下大乱，豪杰蜂起，方是时，以数州之地盗名字者，不可胜数。既覆其族，延及于无辜之民，罔有孑遗。而吴越地方千里，带甲十万，铸山煮海，象犀珠玉之富，甲于天下，然终不失臣节，贡献相望于道。是以其民至于老死不识兵革，四时嬉游歌鼓之声相闻，至于今不废，其有德于斯民甚厚。皇宋受命，四方僭乱以次削平。而蜀、江南负其崄远，兵至城下，力屈势穷，然后束手。而河东刘氏，百战守死以抗王师，积骸为城，酾血为池，竭天下之力，仅乃克之。独吴越不待告命，封府库，籍郡县，请吏于朝。视去其国，如去传舍，其有功于朝廷甚大。昔窦融以河西归汉，光武诏右扶风修理其父祖坟茔，祠以太牢。今钱氏功德，殆过于融，而未及百年，坟庙不治，行道伤嗟，甚非所以劝奖忠臣慰答民心之义也。臣愿以龙山废佛祠曰妙因院者为观，使钱氏之孙为道士曰自然者居之。凡坟庙之在钱塘者以付自然，其在临安者以付其县之净土寺僧曰道微，岁各度其徒一人，使世掌之。籍其地之所入，以时修其祠宇，封殖其草木，有不治者，县令丞察之，甚者易其人，庶几永终不坠，以称朝廷待钱氏之意。臣抃昧死以闻。”制曰：“可。其妙因院改赐名曰表忠观。”铭曰：

天目之山，苕水出焉。龙飞凤舞，萃于临安。笃生异人，绝类离群。奋挺大呼，从者如云。仰天誓江，月星晦蒙。强弩射潮，江海为东。杀宏诛昌，奄有吴越。金券玉册，虎符龙节。大城其居，包络山川。左江右湖，控引岛蛮。岁时归休，以燕父老。晔如神人，玉带毬马。四十一年，寅畏小心。厥篚相望，大贝南金。五朝昏乱，罔堪托国。三王相承，以待有德。既获所归，弗谋弗咨。先王之志，我维行之。天胙忠孝，世有爵邑。允文允武，子孙千亿。帝谓守臣，治其祠坟。毋俾樵牧，愧其后昆。龙山之阳，妇焉新宫。匪私于钱，唯以劝忠。非忠无君，非孝无亲。凡百有位，视此刻文。

柳子厚《驳复仇议》

臣伏见天后时，有同州下邽人徐元庆者，父爽为县吏赵师韫所杀，卒能手刃父仇，束身归罪。当时谏臣陈子昂建议诛之而族其闾，且请编之于令，永为国典。臣窃独过之。

臣闻礼之大本，以防乱也，若曰无为贼虐，凡为子者杀无赦；刑之大本，亦以防乱也，若曰无为贼虐，凡为理者杀无赦。其本则合，其用则异，旌与诛莫得而并焉。诛其可旌，兹谓滥，黩刑甚矣；旌其可诛，兹谓僭，坏礼甚矣。果以是示于天下，传于后代，趋义者不知所以向，违害者不知所以立，以是为典可乎？

盖圣人之制，穷理以定赏罚，本情以正褒贬，统于一而已矣。向使刺谳其诚伪，考正其曲直，原始而求其端，则刑礼之用，判然离矣。何者？若元庆之父，不陷于公罪，师韫之诛，独以其私怨，奋其吏气，虐于非辜，州牧不知罪，刑官不知问，上下蒙冒，吁号不闻；而元庆能以戴天为大耻，枕戈为得礼，处心积虑，以冲仇人之胸，介然自克，即死无憾，是守礼而行义也。执事者宜有惭色，将谢之不暇，而又何诛焉？其或元庆之父，不免于罪，师韫之诛，不愆于法，是非死于吏也，是死于法也。法其可仇乎？仇天子之法，而戕奉法之吏，是悖骜而凌上也。执而诛.之，所以正邦典，而又何旌焉？

且其议曰："人必有子，子必有亲，亲亲相仇，其乱谁救？"是惑于礼也甚矣。礼之所谓仇者，盖以冤抑沉痛，而号无告也；非谓抵罪触法，陷于大戮。而曰"彼杀之，我乃杀之"，不议曲直，暴寡胁弱而已。其非经背圣，不以甚哉！《周礼》："调人掌司万人之仇。"凡杀人而义者，令勿仇，仇之则死。"有反杀者，邦国交仇之。"又安得亲亲相仇也？《春秋公羊传》曰："父不受诛，子复仇可也。父受诛，子复仇，此推刃之道。复仇不除害。"今若取此以断两下相杀，则合于礼矣。且夫不忘仇，孝也；不爱死，义也。元庆能不越于礼，服孝死义，是必达理而闻道者也。夫达理闻道之人，岂其以王法为敌仇者哉？议者反以为戮，黩刑坏礼，其不可以为典，明矣。

请下臣议，附于令，有断斯狱者，不宜以前议从事。谨议。

柳子厚《论语辨二篇》

上篇

或问曰：儒者称《论语》孔子弟子所记，信乎？曰：未然也。孔子弟子，曾参最少，少孔子四十六岁。曾子老而死。是书记曾子之死，则去孔子也远矣。曾子之死，孔子弟子略无存者矣。吾意曾子弟子之为之也。何哉？且是书载弟子必以字，独曾子、有子不然。由是言之，弟子之号之也。

然则有子何以称子？曰：孔子之殁也，诸弟子以有子为似夫子，立而师之。其后不能对诸子之问，乃叱避而退，则固尝有师之号矣。今所记独曾子最后死，余是以知之。盖乐正子春、子思之徒与为之尔。或曰：孔子弟子尝杂记其言，然而卒成其书者，曾氏之徒也。

下篇

尧曰："咨，尔舜！天之历数在尔躬，四海困穷，天禄永终。"舜亦以命禹，曰："余小子履，敢用玄牡，敢昭告于皇天后土，有罪不敢赦。万方有罪，罪在朕躬。朕躬有罪，无以尔万方。"

或问之曰：《论语》书记问对之辞尔。今卒篇之首，章然有是，何也？

柳先生曰：《论语》之大，莫大乎是也。是乃孔子常常讽道之辞云尔。彼孔子者，覆生人之器者也。上之尧、舜之不遭，而禅不及己；下之无汤之势，而己不得为天吏。生人无以泽其德，日视闻其劳死怨呼，而己之德涸然无所依而施，故于常常讽道云尔而止也。此圣人之大志也，无容问对于其间。弟子或知之，或疑之不能明，相与传之。故于其为书也，卒篇之首，严而立之。

柳子厚《始得西山宴游记》

自余为僇人，居是州，恒惴栗。其隙也，则施施而行，漫漫而游，日与其徒上高山，入深林，穷回溪，幽泉怪石，无远不到。到则披草而坐，倾壶而醉；醉则更相枕以卧，意有所极，梦亦同趣。觉而起，起而归。以为凡是州之山有异态者，皆我有也，而未始知西山之怪特。

今年九月二十八日，因坐法华西亭，望西山，始指异之。遂命仆过湘江，缘染溪，斫榛莽，焚茅筏，穷山之高而止。攀援而登，箕踞而遨，则凡数州之土壤，皆在衽席之下。其高下之势，岈然洼然，若垤若穴，尺寸千里，攒蹙累积，莫得遁隐。萦青缭白，外与天际，四望如一，然后知是山之特出，不与培塿为类。悠悠乎与灏气俱而莫得其涯，洋洋乎与造物者游而不知其所穷。引觞满酌，颓然就醉，不知日之入，苍然暮色，自远而至，至无所见，而犹不欲归。心凝形释，与万化冥合，然后知吾向之未始游，游于是乎始，故为之文以志。是岁，元和四年也。

【选读宗旨】

为记游记景物文字之式。

【文体】

此篇属杂记类。

【分段】

此篇凡分二段。第一段自起至“而未始知西山之怪特”，述前此之游览。第二段自“今年九月二十八日”至完，述得西山后之宴游。

【文字研究】

凡记游之文，以（一）写景（二）言情为主，多发议论，已非正式，若发议论而涉于陈腐，则下乘矣。

此篇写景言情之妙，全在凡数州之土壤以下数行，“则凡数州之土壤，皆在衽席之下”，言登高则所见者广，且视远若近也。“其高下之势，岈然洼然，若垤若穴”，言所居者高，则视物皆小也。“尺寸千里，攒磨累积，莫得遁隐”，言视物虽小，而又无所不见，状一览无余之妙也。此皆谛观之景。“萦青缭白，外与天际，四望如一”则为概观之景。萦青缭白，犹言一道青一道白也。以上写所见之景，以下乃言当此景之情。“悠悠乎与灏气俱，而莫得其涯，洋洋乎与造物者游，而不知其所穷，引觞满酌，颓然就醉，不知日之入，苍然暮色，自远而至，至无所见，而犹不欲归，心凝形释，与万化冥合”诸语是也。须设身处地，想象其所处之境，冥会其当景之情，然后能知其文字之妙。凡状物之词，最难精确，故读古人记景之文，于其用字造句之法，必须细参，又必略通训诂，真知字义，然后能知其用字造句之妙也。

全篇之意，在言西山之高，登山则所见甚广，与他处一丘一壑不同耳。故第一段先记前此之所游，为之张本，次段中“然后知是山之特出，不与培𪩘为类”“然后知吾向之未始游，游于是乎始”，皆仍结到原意，所为章法也。凡一地方，必有其特别之景物，作记游之文者，当于其所独具之景物则详之，于其与他处相同者则略之，如此篇但述登高望远之景是也。若举所见者，一概笔之无遗，则无味矣。观于名山大川者，必不记一草一木，一丘一壑，亦此理也。记游之文，须得闲适之趣，如“意有所极，梦亦同趣”等，须玩其造句之妙。

从始得字着意，人皆知之，苍劲秀削，一归元化，人巧既尽，浑一天工矣。此篇领起后诸小记。

柳子厚《至小丘西小石潭记》

从小丘西行百二十步，隔篁竹，闻水声，如鸣佩环，心乐之。伐竹取道，下见小潭。水尤清冽，全石以为底，近岸，卷石底以出，为坻，为屿，为嵁，为岩。青树翠蔓，蒙络摇缀，参差披拂。

潭中鱼可百许头，皆若空游无所依。日光下澈，影布石上，佁然不动；俶尔远逝，往来翕忽，似与游者相乐。潭西南而望，斗折蛇行，明灭可见。其岸势犬牙差互，不可知其源。

坐潭上，四面竹树环合，寂寥无人，凄神寒骨，悄怆幽邃。以其境过清，不可久居，乃记之而去。

同游者：吴武陵，龚古，余弟宗玄。隶而从者，崔氏二小生：曰恕己，曰奉壹。

【选读宗旨】

为记游记景物文字之式。

【文体】

此篇属杂记类。

【分段】

全篇可分数小段，（一）自起至“下见小潭”，述得此潭之由。（二）自“水尤清冽”，至“不可知其源”，详记潭上之景物。（三）自“坐潭上”至“乃记之而去”，总结其情景，且记去之之由。（四）自“同游者”至完，记同游之人。

【文字研究】

起笔承《钴鉧潭西小丘记》来，柳州游记合诸篇如一篇，亦所谓章法也。

此篇中状物极工之句，摘出如下，必须细玩。“隔篁竹，闻水声，如鸣佩环”，“潭中鱼可百许头，皆若空游无所依，日光下澈，影布石上，佁然不动，俶尔远逝，往来翕忽，似与游者相乐”，“斗折蛇行，明灭可见”。

“四面竹树环合，寂寥无人，凄神寒骨，悄怆幽邃”四句，写景言情亦极工。盖前段分状其物，而此数语，则总写其景，兼述当景之情，以作结束也。

欧阳永叔《岘山亭记》

鼐按：“欧公此文神韵缥缈，如所谓吸风饮露、蝉蜕尘埃者，绝世之文也。而‘其人谓谁’二句，则实近俗调，为文之疵类。”刘海峰欲删此二句，而易下“二子相继于此”为“羊叔子、杜元凯相继于此”。

岘山临汉上，望之隐然，盖诸山之小者。而其名特著于荆州者，岂非以其人哉。其人谓谁？羊祜叔子、杜预元凯是已。方晋与吴以兵争，常倚荆州以为重，而二子相继于此，遂以平吴而成晋业，其功烈已盖于当世矣。至于风流余韵，蔼然被于江汉之间者，至今人犹思之，而于思叔子也尤深。盖元凯以其功，而叔子以其仁，二子所为虽不同，然皆足以垂于不朽。余颇疑其反自汲汲于后世之名者，何哉？

传言叔子尝登兹山，慨然语其属，以谓此山常在，而前世之士皆已湮灭于无闻，因自顾而悲伤。然独不知兹山待己而名著也。元凯铭功于二石，一置兹山之上，一投汉水之渊。是知陵谷有变而不知石有时而磨灭也。岂皆自喜其名之甚而过为无穷之虑欤？将自待者厚而所思者远欤？

山故有亭，世传以为叔子之所游止也。故其屡废而复兴者，由后世慕其名而思其人者多也。熙宁元年，余友人史君中辉以光禄卿来守襄阳。明年，因亭之旧，广而新之，既周以回廊之壮，又大其后轩，使与亭相称。君知名当世，所至有声，襄人安其政而乐从其游也。因以君之官，名其后轩为光禄堂；又欲纪其事于石，以与叔子、元凯之名并传于久远。君皆不能止也，乃来以记属于余。

余谓君如慕叔子之风，而袭其遗迹，则其为人与其志之所存者，可知矣。襄人爱君而安乐之如此，则君之为政于襄者，又可知矣。此襄人之所敬书也。若其左右山川之胜势，与夫草木云烟之杳霭，出没于空旷有无之间，而可以备诗人之登高，写《离骚》之极目者，宜其览考自得之。至于亭屡废兴，或自有记，或不必究其详者，皆不复道。

熙宁三年十月二十有二日，六一居士欧阳修记。

欧阳永叔《本论》中

佛法为中国患千余岁。世之卓然不惑而有力者莫不欲去之。已尝去矣，而复大集。攻之暂破而愈坚，扑之未灭而愈炽，遂至于无可奈何。是果不可去耶？盖亦未知其方也。

夫医者之于疾也，必推其病之所自来而治其受病之处。病之中人，乘乎气虚而入焉；则善医者不攻其疾而务养其气，气实则病去，此自然之效也。故救天下之患者，亦必推其患之所自来而治其受患之处。佛为夷狄，去中国最远，而有佛固已久矣。尧舜三代之际，王政修明，礼义之教充于天下。于此之时，虽有佛，无由而入。及三代衰，王政阙，礼义废，后二百余年而佛至乎中国。由是言之，佛所以为吾患者，乘其阙废之时而来，此其受患之本也。补其阙，修其废，使王政明而礼义充，则虽有佛，无所施于吾民矣。此亦自然之势也。

昔尧舜三代之为政，设为井田之法，籍天下之人，计其口而皆授之田。凡人之力能胜耕者，莫不有田而耕之，敛以什一，差其征赋，以督其不勤，使天下之人力皆尽于南亩，而不暇乎其他。然又惧其劳且怠而入于邪僻也，于是为制牲牢酒醴以养其体，弦匏俎豆以悦其耳目，于其不耕休力之时而教之以礼。故因其田猎而为搜狩之礼，因其嫁娶而为婚姻之礼，因其死葬而为丧祭之礼，因其饮食群聚而为乡射之礼。非徒以防其乱，又因而教之，使知尊卑长幼，凡人之大伦也。故凡养生送死之道皆因其欲而为之制。饰之物采而文焉，所以悦之使其易趣也；顺其性情而节焉，所以防之使其不过也。然犹惧其未也，又为立学以讲明之。故上自天子之郊，下至乡党，莫不有学。择民之聪明者而习焉，使相告语而诱劝其愚惰。呜呼，何其备也！

盖尧舜三代之为政如此。其虑民之意甚精，治民之具甚备，防民之术甚周，诱民之道甚笃。行之以勤，而被于物者洽；浸之以渐，而入于人者深。故民之生也，不用力乎南亩，则从事于礼乐之际；不在其家，则在乎庠序之间。耳闻目见，无非仁义；乐而趣之，不知其倦。终身不见异物，又奚暇夫外慕哉？故曰虽有佛无由而入者，谓有此具也。

及周之衰，秦并天下，尽去三代之法，而王道中绝。后之有天下者，不能勉强；其为治之具不备，防民之渐不周，佛于此时乘间而出。千有余岁之间佛之来者日益众，吾之所为者日益坏。井田最先废，而兼并游惰之奸起；其后所谓蒐狩、婚姻、丧祭、乡射之礼，凡所以教民之具，相次而尽废。然后民之奸者有暇而为他，其良者泯然不见礼义之及己。夫奸民有余力，则思为邪僻；良民不见礼义，则莫知所趣。佛于此时乘其隙，方鼓其雄诞之说而牵之，则民不得不从而归矣。又况王公大人往往倡而驱之，曰："佛是真可归依者。"然则吾民何疑而不归焉？幸而有一不惑者，方艴然而怒曰："佛何为者？吾将操戈而逐之。"又曰："吾将有说以排之。"夫千岁之患，遍于天下，岂一人一日之可为？民之沉酣，入于骨髓，非口舌之可胜。然则将奈何？曰：莫若修其本以胜之。

昔战国之时，杨墨交乱，孟子患之，而专言仁义。故仁义之说胜，则杨墨之学废。汉之时，百家并兴，董生患之，而退修孔氏。故孔氏之道明而百家息。此所谓"修其本以胜之"之效也。

今八尺之夫，被甲荷戟，勇盖三军；然而见佛则拜，闻佛之说则有畏慕之诚者，何也？彼诚壮佼，其中心茫然无所守而然也。一介之士，眇然柔懦，进趋畏怯；然而闻有道佛者，则义形于色，非徒不为之屈，又欲驱而绝之者，何也？彼无他焉，学问明而礼义熟，中心有所守以胜之也。然则礼义者，胜佛之本也。今一介之士知礼义者尚不能为之屈；使天下皆知礼义，则胜之矣。此自然之势也。

韩退之《伯夷颂》

士之特立独行，适于义而已，不顾人之是非，皆豪杰之士，信道笃而自知明者也。一家非之，力行而不惑者，寡矣；至于一国一州非之，力行而不惑者，盖天下一人而已；若至于举世非之，力行而不惑者，则千百年乃一人而已耳。若伯夷者，穷天地亘万世而不顾者也。昭乎日月不足为明，崒乎泰山不足为高，巍乎天地不足为容也！

当殷之亡、周之兴，微子贤也，抱祭器而去之；武王、周公圣人也，率天下之贤士与天下之诸侯而往攻之：未尝闻有非之者也。彼伯夷、叔齐者，乃独以为不可。殷既灭矣，天下宗周，彼二子者独耻食其粟，饿死而不顾。由是而言，夫岂有求而为哉？信道笃而自知明也。

今世之所谓士者，凡一人誉之，则自以为有余；凡一人沮之，则自以为不足。彼独非圣人，而自是如此。夫圣人乃万世之标准也。余故曰：若伯夷者，特立独行，穷天地亘万世而不顾者也。虽然，微二子，乱臣贼子接迹于后世矣。

苏明允《乐论》

礼之始作也，难而易行，既行也，易而难久。天下未知君之为君，父之为父，兄之为兄，而圣人为之君父兄。天下未有以异其君父兄，而圣人为之拜起坐立。天下未肯靡然以从我拜起坐立，而圣人身先之以耻。呜呼！其亦难矣。天下恶夫死也久矣，圣人招之曰：来，吾生尔。既而其法果可以生天下之人，天下之人视其向也如此之危，而今也如此之安，则宜何从？故当其时虽难而易行。既行也，天下之人视君父兄，如头足之不待别白而后识，视拜起坐立如寝食之不待告语而后从事。虽然，百人从之，一人不从，则其势不得遽至乎死。天下之人，不知其初之无礼而死，而见其今之无礼而不至乎死也，则曰圣人欺我。故当其时虽易而难久。呜呼！圣人之所恃以胜天下之劳逸者，独有死生之说耳。死生之说不信于天下，则劳逸之说将出而胜之。劳逸之说胜，则圣人之权去矣。酒有鸩，肉有堇，然后人不敢饮食。药可以生死，然后人不敢以苦口为讳。去其鸩，彻其堇，则酒肉之权固胜于药。

圣人之始作礼也，其亦逆知其势之将必如此也，曰：告人以诚，而后人信之。幸今之时吾之所以告人者，其理诚然，而其事亦然，故人以为信。吾知其理，而天下之人知其事，事有不必然者，则吾之理不足以折天下之口，此告语之所不及也。告语之所不及，必有以阴驱而潜率之。于是观之天地之间，得其至神之机，而窃之以为乐。雨，吾见其所以湿万物也；日，吾见其所以燥万物也；风，吾见其所以动万物也。隐隐訇訇而谓之雷者，彼何用也？阴凝而不散，物蹙而不遂，雨之所不能湿，日之所不能燥，风之所不能动，雷一震焉而疑者散，蹙者遂。曰雨者，曰日者，曰风者，以形用；曰雷者，以神用。用莫神于声，故圣人因声以为乐。为之君臣、父子、兄弟者，《礼》也；礼之所不及，而《乐》及焉。正声入乎耳，而人皆有事君、事父、事兄之心，则礼者固吾心之所有也，而圣人之说又何从而不信乎？

附国文目录（散文之部）

苏子瞻《练军实》（奏议） 苏子瞻《倡勇敢》（奏议）	以上两篇为东坡少年文字，看其明白爽快，前篇论事，此篇说理。
触龙说赵太后（书说） 鲁仲连说辛垣衍（书说）	以上两篇为《战国策》之文，看其叙事之妙。
柳子厚《驳复仇议》（奏议）	子厚之文，看其隽杰廉悍。
王介甫《给事中孔公墓志铭》（碑志） 欧阳永叔《徂徕先生墓志铭》（碑志）	志铭体较传状稍宽，叙事言情景多佳作，昌黎而外，以宋欧、王为最工，今各选一篇，以见大略。
柳子厚《始得西山宴游记》（杂记） 柳子厚《至小丘西小石潭记》（杂记）	游记，记景物之文，以子厚为最，今选两篇以示其例。
柳子厚《论语辨》（序跋）	此书后之式。
韩退之《伯夷颂》（论辨）	此篇及前篇，皆看其高情远韵，用笔之含蓄。
王介甫《度支副使厅壁题名记》（杂记）	前两篇为短篇之情韵深远者，此篇则短篇文之精简者。
欧阳永叔《岘山亭记》（杂记）	此欧文，看其风韵。
欧阳永叔《本论》（论辨）	此论辨文之平易切实者，现今通俗文字可仿之。
苏明允《乐论》（论辨）	此老苏之文也，看其骨干之坚劲笔势之震荡飘忽。
苏子瞻《志林·平王》（论辨）	此大苏晚年之文也，有手心相忘之妙，纵笔所之无不合度，所请文成法立者也。
苏子由《商论》（论辨）	三苏中小苏文最平易而行徐委婉。

续表

苏子瞻《日喻赠吴彦律》(赠序)	赠序之文易于空衍无味，昔人论者，谓虽昌黎此类文亦不佳。盖酬应之作其难工有如此。要之，此类文字，自有作意者易佳，全然酬应者难好。今举一篇示例。子瞻文字冰雪聪明，看此篇可知其文字之佳，由其见理之透也。
苏子瞻《方子传》(传状)	传状文中之最易效法者。
柳子厚《种树郭橐驼传》(传状)	此传状文中之有为而作者。
韩退之《赠太傅董公行状》(传状)	此正式之传状文。
韩退之《试大理评事王君灾志铭》(碑志)	此韩文之有奇气者,并可见其词必己出之妙。
曾子固《越州赵公救灾记》(杂记)	记事文，看其法度。
曾子固《列女传目录序》(序跋)	南丰文字，看其雍容厚重。
刘子政《论起昌陵疏》(奏疏)	合前篇观之，可知南丰之文出于子政。
韩退之《张中丞传后序》(序跋)	序跋文兼叙事考证者。
王介甫《诗义序》(序跋)	序跋之谨严简质者。
欧阳永叔《唐书・艺文志序》(序跋)	欧文看其风度。
司马子长《六国表序》(序跋)	《史记》看其神韵。
司马子长《报任安书》(书说)	长编之法。长编限于时间不能多授，举此一篇为例。
乐毅《报燕惠王书》(书说)	此篇气度风神两臻绝顶，书翰之极则也。
贾生《过秦论》(论辨)	汉文之最雄骏者。
柳子厚《封建论》(论辨)	以上两篇为论辨中之大文，观之可知好发空论之非。
贾生《谏放民私铸疏》(奏议)	汉文最精简者。
晁错《论守备边塞书》(奏议)	贾、晁之文，最明切利害。
路长君《尚德缓刑书》(奏议)	汉文最深厚者。
扬子云《谏不许单于朝书》(奏议)	司马长卿、扬子云之文，皆长于词令而设色奇丽，汉时文人之文也。
司马长卿《谕巴蜀檄》(诏令)	
汉文帝《十三年除肉刑诏》(诏令)	汉时诏令，看其尔雅深厚。
汉文帝《后二年遗匈奴书》(诏令)	此外交文字也。

基本国文选文

扬子云《谏不许单于朝书》

臣闻六经之治，贵于未乱；兵家之胜，贵于未战。二者皆微，然而大事之本，不可不察也。今单于上书求朝，国家不许而辞之，臣愚以为汉与匈奴从此隙矣。

本北地之狄，五帝所不能臣，三王所不能制，其不可使隙甚明。臣不敢远称，请引秦以来明之：

以秦始皇之强，蒙恬之威，带甲四十余万，然不敢窥西河，乃筑长城以界之。会汉初兴，以高祖之威灵，三十万众困于平城，士或七日不食。时奇谲之士石画之臣甚众，卒其所以脱者，世莫得而言也。又高皇后常忿匈奴，群臣庭议，樊哙请以十万众横行匈奴中，季布曰："哙可斩也，妄阿顺指!"于是大臣权书遗之，然后匈奴之结解，中国之忧平。及孝文时，匈奴侵暴北边，候骑至雍甘泉，京师大骇，发三将军屯细柳、棘门、霸上以备之，数月乃罢。孝武即位，设马邑之权，欲诱匈奴，使韩安国将三十万众徼于便坠，匈奴觉之而去，徒费财劳师，一虏不可得见，况单于之面乎!

其后深惟社稷之计，规恢万载之策，乃大兴师数十万，使卫青、霍去病操兵，前后十余年。于是浮西河，绝大幕，破寘颜，袭王庭，穷极其地，追奔逐北，封狼居胥山，禅于姑衍，以临瀚海，虏名王贵人以百数。自是之后，匈奴震怖，益求和亲，然而未肯称臣也。且夫前世岂乐倾无量之费，役无罪之人，快心于狼望之北哉？以为不一劳者不久逸，不暂费者不永宁，是以忍百万之师以摧饿虎之喙，运府库之财填卢山之壑而不悔也。

至本始之初，匈奴有桀心，欲掠乌孙，侵公主，乃发五将之师十五万骑猎其南，而长罗侯以乌孙五万骑震其西，皆至质而还。时鲜有所获，徒奋扬威武，明汉兵若雷风耳。虽空行空反，尚诛两将军。故北狄不服，中国未得高枕安寝也。

逮至元康、神爵之间，大化神明，鸿恩溥洽，而匈奴内乱，五单于争立，日逐、呼韩邪携国归死，扶伏称臣，然尚羁縻之，计不颛制。自此之后，欲朝者不拒，不欲者不强。何者？外国天性忿鸷，形容魁健，负力怙气，难化以善，易隶以恶，其强难诎，其和难得。故未服之时，劳师远攻，倾国殚货，伏尸流血，破坚拔敌，如彼之难也；既服之后，慰荐抚循，交舞赂遣，威仪俯仰，如此之备也。往时尝屠大宛之城，蹈乌桓之垒，探姑缯之壁，籍荡姐之场，艾朝鲜之旃，拔两越之旗，近不过旬月之役，远不离二时之劳，固已犁其庭，埽其闾，郡县而置之，云彻席卷，后无余灾。惟北狄为不然，真中国之坚敌也，三垂比之悬矣，前世重之兹甚，未易可轻也。

今单于归义，怀款诚之心，欲离其庭，陈见于前，此乃上世之遗策，神灵之所想望，国家虽费，不得已者也。奈何距以来厥之辞，疏以无日之期，消往昔之恩，开将来之隙！夫款而隙之，使有恨心，负前言，缘往辞，归怨于汉，因以自绝，终无北面之心，威之不可，谕之不能，焉得不为大忧乎？夫明者视于无形，聪者听于无声，诚先于未然，即蒙恬、樊哙不复施，棘门、细柳不复备，马邑之策安所设，卫、霍之功何得用，五将之威安所震？不然，一有隙之后，虽智者劳心于内，辩者毂击于外，犹不若未然之时也。且往者图西域，制车师，置城郭都护三十六国，费岁以大万计者，岂为康居、乌孙能逾白龙堆而寇西边哉？乃以制匈奴也。夫百年劳之，一日失之，费十而爱一，臣窃为国不安也。惟陛下少留意于未乱未战，以遏边萌之祸。

【讲解】

汉时所谓文学者，其含义甚广，大率等于现在所谓读书人，其人实可分为三种：（一）有学问而并不讲究做文章的，如董仲舒、司马迁等是。（二）会做文章而没有学问的，如东方朔、枚皋等是。（三）会做文章，又有学问的，当推扬子云为第一。西汉人的散文，现在看了，虽是绝世的妙文，然在当时，则不过如今较深的白话，或浅近文言而已，并不以为是文学作品。当时所谓文学作品，大抵指词赋言之。汉人如贾谊、刘向等，亦非不能为辞赋，然到做起散文来，则仍率其为白话或浅近文言之旧，并不将辞赋的字眼句法等夹杂进去。司马相如、扬雄则不然。他们做散文，也是要用几个字眼，修饰修饰句子的，循此趋势前进，就渐渐变成骈文了，所以汉魏体的骈文，虽渐成于东汉之世，而其端，实开于西汉之末。

辞赋较之散文，自然与语言相去较远，所以参用辞赋之意，以作散文的，其语调，不能如以口语为本的散文生动。从美术上论，变化要少些，但语气凝重的文字，亦可取以为法。

此篇凡分三段，(一)自起至“臣愚以为汉与匈奴自此隙矣”为起笔。(二)“本北地之狄”至“未易可轻也”，为此文之中坚，其中亦可分为(甲)“本北地之狄”至“请引秦以来以明之”为总起。(乙)“以秦始皇之威”至“况单于之面乎”述未用兵于匈奴前之事。(丙)“其后深维社稷之计”至“填卢山之壑而不悔也”，述汉武之征匈奴。(丁)“至本始之初”至“中国未得高枕安寝也”，述宣帝时用兵之事。(戊)“逮至元康神爵之间”至“未易可轻也”述匈奴降伏后之事，其中(丙)(戊)两段最为紧要，故述之特详，而(戊)段中自“外国天性忿鸷”以下，实兼论(丙)(戊)两段。(三)自“今单于归义”以下为末段。先说出本意，自“诚先于未然”以下用反笔，将上文所说的话，一一提挈到，亦与刘向《谏起昌陵疏》同，此乃汉人奏议通式。而“且往者图西域”以下，则又另起一波，此所谓“山重水复疑无路，柳暗花明又一村”，看到以为完了之时，忽又奇峰突起，自亦足以引人入胜，此亦扬子云有意为文，所以有此布置，如使董仲舒、刘向等为之，就未必如此了。

此篇第二段中的(丙)(戊)两小段，为全篇精彩所在，试看其堆叠许多辞句，这就是参用辞赋之法处。文章的好尚，随时代而不同。我们现在看了此等参用辞赋之法的文章，未必较纯以口语为基的为美，或且不及其生动变化，但在当时的人有辞赋的好尚，则看了这种文字，一定觉得其较为美丽的。文字的渐趋于骈俪，实由此而起。但虽然如此，此篇离语言究竟还不远的。如“其后深惟社稷之计”至“虏名王贵人以百数”，详析叙述，厚集其力，而以“自是之后，匈奴震怖，益求和亲，然而未肯称臣也”束住其下，再用“且夫前世”一段一提，即觉其绝不平衍。又如“往时尝屠大宛之城”一段，用排句极多，而下文“三垂比之悬矣，前世重之兹甚”两句，则语调极宕逸，如此，上文就不觉得板重了。凡骈文做得愈好的，其语气必愈生动，愈是读近于骈俪的文章，愈要注意其波澜激宕之处，不可单从排比处着眼，就是此理。“徒费财劳师，一虏不可得见，况单于之面乎”，照普通的说话，只要说“况单于乎”就够了，而此必加“之面”

二字，就是有意修饰句子，以求其动的目的。“使卫青、霍去病操兵”，操兵就是手里拿着兵器；卫青、霍去病都是大将，决不是拿着弓箭刀枪去上阵的，说“使卫青、霍去病操兵”，正和现在说使某总司令掮枪，某总指挥放炮一样，这也是有意修饰句子。“忍百万之师，以摧饿虎之喙，运府库之财，填卢山之壑”，在普通语言里，不过“费财劳师”四字，“屠大宛之城”六句，照普通言语说起来，亦不过灭掉或征服某某国罢了，亦是此理。

董仲舒《对贤良策一》

制曰：朕获承至尊休德，传之亡穷，而施之罔极，任大而守重，是以夙夜不皇康宁，永惟万事之统，犹惧有阙。故广延四方之豪备，郡国诸侯公选贤良修挈博习之士，欲闻大道之要，至论之极。今子大夫褎然为举首，朕甚嘉之。子大夫其精心致思，朕垂听而问焉。盖闻五帝三王之道，改制作乐而天下洽和，百王同之。当虞氏之乐，莫盛于韶，于周莫盛于勺。圣王已没，钟鼓筦弦之声未衰，而大道微缺，陵夷至虖桀纣之行，王道大坏矣。夫五百年之间，守文之君，当涂之士，欲则先王之法以戴翼其世者甚众，然犹不能反，日以仆灭，至后王而后止，岂其所持操或悖谬而失其统与？固天降命不可复反，必推之于大衰而后息与？呜呼！凡所为屑屑，夙兴夜寐，务法上古者，又将无补与？三代受命，其符安在？灾异之变，何缘而起？性命之情，或夭或寿，或仁或鄙，习闻其号，未烛厥理。伊欲风流而令行，刑轻而奸改，百姓和乐，政事宣昭，何修何饰而膏露降，百谷登，德润四海，泽臻草木，三光全，寒暑平，受天之祜，享鬼神之灵，德泽洋溢，施虖方外，延及群生？子大夫明先圣之业，习俗化之变，终始之序，讲闻高谊之日久矣，其明以谕朕。科别其条，勿猥勿并，取之于术，慎其所出。乃其不正不直，不忠不极，枉于执事，书之不泄，兴于朕躬，毋悼后害。子大夫其尽心，靡有所隐，朕将亲览焉。

仲舒对曰：陛下发德音，下明诏，求天命与情性，皆非愚臣之所能及也。

臣谨案《春秋》之中，视前世已行之事，以观天人相与之际，甚可畏也。国家将有失道之败，而天乃先出灾害以谴告之，不知自省，又出怪异以警惧之，尚不知变，而伤败乃至。以此见天心之仁爱人君而欲止其乱也。自非大亡道之世者，天尽欲扶持而全安之，事在强勉而已矣，强勉学问，则闻见博而知益明；强勉行道，则德日起而大有功，此皆可使还至而立有效者也。《诗》曰“夙夜匪解”，《书》云“茂哉茂哉”，皆强勉之谓也。

道者，所繇适于治之路也，仁义礼乐皆其具也。故圣王已没，而子孙长久安宁数百岁，此皆礼乐教化之功也。王者未作乐之时，乃用先王之乐宜于世者，而以深入教化于民。教化之情不得，雅颂之乐不成，故王者功成作乐，乐其德也。乐者，所以变民风，化民俗也；其变民也易，其化人也著。故声发于和而本于情，接于肌肤，臧于骨髓。故王道维微缺，而筦弦之声未衰也。夫虞氏之不为政久矣，然而乐颂遗风犹有存者，是以孔子在齐而闻韶也。

夫人君莫不欲安存而恶危亡，然而政乱国危者甚众，所任者非其人，而所繇者非其道，是以政日以仆灭也。夫周道衰于幽厉，非道亡也，幽厉不由也。至于宣王，思昔先王之德，兴滞补弊，明文武之功业，周道粲然复兴，诗人美之而作，上天佑之，为生贤佐，后世称诵，至今不绝。此夙夜不解行善之所致也。孔子曰“人能弘道，非道弘人”也。故治乱废兴在于己，非天降命不得可反，其所操持，悖谬失其统也。

臣闻天之所大奉使之王者，必有非人力所能致而自至者，此受命之符也。天下之人同心归之，若归父母，故天瑞应诚而至。《书》曰“白鱼入于王舟，有火复于王屋，流为乌”，此盖受命之符也。周公曰“复哉复哉”，孔子曰“德不孤，必有邻”，皆积善邻德之效也。及至后世，淫佚衰微，不能统理群生，诸侯背畔，残贼良民以争壤土，废德教而任刑罚刑。罚不中，则生邪气；邪气积于下，怨恶畜于上。上下不和，则阴阳缪盭而妖孽生矣。此灾异所缘而起也。

臣闻命者天之令也，性者生之质也，情者人之欲也。或夭或寿，或仁或鄙，陶冶而成之，不能粹美，有治乱之所生，故不齐也。孔子曰：“君子之德风，小人之德草，草上之风必偃。”故尧舜行德则民仁寿，桀纣行暴则民鄙夭。夫上之化下，下之从上，犹泥之在钧，唯甄者之所为；犹金之在美，唯冶者之所铸。“绥之斯俫，动之斯和”，此之谓也。

臣谨案《春秋》之文，求王道之端，得之于正。正次王，王次春。春者，天之所为也；正者，王之所为也。其意曰，上承天之所为，而下以正其所为，正王道之端云尔。然则王者欲有所为，宜求其端于天。天道之大者在阴阳。阳为德，阴为刑；刑主杀而德主生。是故阳常居大夏，而以生育养长为事；阴常居大冬，而积于空虚不用之处。以此见天之任德不任刑也。天使阳出布施于上而主岁功，使阴入伏于下而时出佐阳；阳不得阴之助，亦不能独成岁。终阳以成岁为名，此天意也。王者承天意以从事，故任德教而不任刑。刑者不可任以治世，犹阴之不可任以成岁也。为政而任刑，不顺于天，故先王莫之肯为也。今废先王德教之官，而独任执法之吏治民，毋乃任刑之意与！孔子曰："不教而诛谓之虐。"虐政用于下，而欲德教之被四海，故难成也。

臣谨案《春秋》谓一元之意，一者万物之所从始也，元者辞之所谓大也。谓一为元者，视大始而欲正本也。《春秋》深探其本，而反自贵者始。故为人君者，正心以正朝廷，正朝廷以正百官，正百官以正万民，正万民以正四方。四方正，远近莫敢不壹于正，而亡有邪气奸其间者。是以阴阳调而风雨时，群生和而万民殖，五谷孰而草木茂，天地之间被润泽而大丰美，四海之内闻盛德而皆徕臣，诸福之物，可致之祥，莫不毕至，而王道终矣。孔子曰："凤鸟不至，河不出图，吾已矣夫!"自悲可致此物，而身卑贱不得致也。今陛下贵为天子，富有四海，居得致之位，操可致之势，又有能致之资，行高而恩厚，知明而意美，爱民而好士，可谓谊主矣。然而天地未应而美祥莫至者，何也？凡以教化不立而万民不正也。

夫万民之从利也，如水之走下，不以教化堤防之，不能止也。是故教化立而奸邪皆止者，其堤防完也；教化废而奸邪并出，刑罚不能胜者，其堤防坏也。古之王者明于此，是故南面而治天下，莫不以教化为大务。立太学以教于国，设庠序以化于邑，渐民以仁，摩民以谊，节民以礼，故其刑罚甚轻而禁不犯者，教化行而习俗美也。圣王之继乱世也，扫除其迹而悉去之，复修教化而崇起之。教化已明，习俗已成，子孙循之，行五六百岁尚未败也。至周之末世，大为亡道，以失天下。秦继其后，独不能改，又益甚之，重禁文学，不得挟书，弃捐礼谊而恶闻之，其心欲尽灭先圣之道，而颛为自恣苟简之治，故立为天子十四岁而国破亡矣。自古以来，未尝有以乱济乱，大败天下之民如秦者也。其遗毒余烈，至今未灭，使习俗薄恶，人民嚚顽，抵冒殊扞，孰烂如此之甚者也。孔子曰："腐朽之木不可雕也，粪土之墙不可圬也。"今汉继秦之后，如朽木粪墙矣，虽欲善治之，亡可奈何。法出而奸生，令下而诈起，如以汤止沸，抱薪救火，愈甚亡益也。窃譬之琴瑟不调，甚者必解而更张之，乃可鼓也；为政而不行，甚者必变而更化之，乃可理也。当更张而不更张，虽有良工不能善调也；当更化而不更化，虽有大贤不能善治也。故汉得天下以来，常欲善治而至今不可善治者，失之于当更化而不更化也。古人有言曰："临渊羡鱼，不如退而结网。"今临政而愿治七十余岁矣，不如退而更化，更化则可善治，善治则灾害日去，福禄日来。《诗》云："宜民宜人，受禄于天。"为政而宜于民者，固当受禄于天。夫仁义礼智信五常之道，王者所当修饬也。五者修饬，故受天之佑，而享鬼神之灵，德施于方外，延及群生也。

【讲解】

此篇要看其朴茂。何谓朴茂？朴，就是现在俗话的"坯"字，凡人工所成之器，必加修饰，譬如木器，雕刻绘画，固然是一种修饰，即但做到面平滑而形整齐，也已经是一种修饰。坯子则不然，毫无人工所加之美。然自然之物，亦自有其美，这种美，在现在的白话文里和浅近文言里，是很容易的。只要文章的内容充实，又做得熟，写起来，能够气盛言宜，不至于格格不吐，就可以有这种美。修饰不但指字面，即语调亦然，须注意。茂是"草木盛貌"，凡草木盛时，必定一望无际，更无空缺之处，也不觉得有什么疏密，使人起一种丰富充实之感。丰富充实，也就是一种美。凡文章有意修饰的，往往加意布置，或详或略，惟无意为文者不然，看去到处一律，正像一望无际的森林和草原，使人起伟大朴实的感觉，所以朴和茂两种美，总是连带的。近代的文章，康有为和董仲舒最相像。

策是提出问题，使被策者回答，这种文体，后世考试，还是有的，但其实质却有些两样。后世考试的策，是考者自以为程度高，以被考者为程度低，提出问题，使其回答，以觇其学识，与学校中教师考试学生相像。汉朝的策问，是策问者自以为程度低，认被策问者为程度高，请教他，和学校中学生请问教师相像，所以被策问的人，并不限于被选举的人，如河间献王入朝，亦对策三十余事。此点不可不知。此系马端临说，见《文献通考·选举考》。

制曰以下，为皇帝策问之辞。自"朕获承至尊休德"至"朕垂听而问焉"，说明策问之意。以下提出问题。（甲）自"盖闻五帝三皇之道"至"或悖谬而失其统与"，问何以前王政治之具仍在，而后世陵夷衰微，终至灭亡，究系治法不合，抑系天命不可复反？（乙）三代受命，其符安在？灾异之变，何缘而起？（丙）"性命之情，或夭或寿，或仁或鄙"之故。（丁）如何才可以风流令行，刑轻奸改，臻于至治？自“子大夫明先圣之业”以下，乃勖其善对，提出（子）“科别其条，勿猥勿并”，（丑）“取之于术，慎其所出”两端，又告以（寅）“枉于执事，书之不泄”以安其心。

对辞亦即依着所问的次序，（一）自“陛下发德音”至“皆非愚臣之所及也”为歉词。（二）自“臣谨案春秋之中”至“其所操持，悖谬失其统也”，对（甲）问。其中又分为三小段，自“臣谨案春秋之中”至“皆强勉之谓也”为第一小段；自“道者”至“是以孔子在齐而闻韶也”为第二小段，策问中“当虞氏之乐，莫甚于韶”云云，本是叙述之辞，并非所问的话，依理，这几句本不消回答，然仲舒之意，注重于教化，所以于此，特加发挥。“夫人君莫不欲安存”至“其所操持悖谬失其统也”为第三小段。（三）自“臣闻天之所大奉”至“此灾异所缘而起也”，对（乙）问。（四）“臣闻命者”至“此之谓也”对（丙）问。自此至完对（丁）问。亦分“臣谨案春秋之文”至“故难成也”，为第一小段；“臣谨案春秋谓一元之意”至“而万民不正也”为第二小段；自“夫万民之从利也”至完，为第三小段。

朴茂的文字，虽系随笔抒写，非如有意为文者流，注意于先后布置疏密详略，以求其文之工，然文成法立，只要依着说话自然的条理，此等妙处，亦即自然存在。如此篇策问中，固天降命，不可复反，必推之于大衰而后息。这一层意思是最要不得的，怀着这个意见，就要生出夙兴夜寐又将无补的结果来，而流于委心任运了。所以一开口，便把他驳掉，这就是评文之家，所谓“力争上游”。（乙）（丙）两问是比较不关重要的，所以对辞亦较平淡，而对（甲）（丁）两问，则着力，这就是评文之家，所谓疏密浓淡之法。极言教化之要，是第五段的正意，然第（二）段中之（第二点）以及第三段中“废德教而任刑罚”等语，业已透露其意了。前文业经提及，则后文说及处，自不觉其突兀，而且有徐徐引入之妙。此等道理原是有的，所以向来的批评家所用的名词和成语，原不能谓其尽属无理，或者最初批评的人，本来是内行，后来外行的人，却袭用其语而不知其意义了。他们的毛病，乃在不知此系说话自然的条理，善为文者，不过能遵循之，而以为都是有意求工，硬想出来的法子，于是不知在天然的条理上用工夫，硬要无中生有，想出善于行文的法子来，这就使学者不求事理，不讲学问，专于文字上求工，其结果“皮之不存，毛将焉附”了。所以求文字之工，其根本并不在于文字上，至少初学之时，专向文字上去求是无效的。文字紧要之处，必须聚精会神以赴之。如此文自“故为人君者，正心以正朝廷”至“而王道终矣”一段，便是此等处文字，亦自然会有色彩，不消有意渲染的。文章到厚集其力处，自然易成骈语，因为厚集其力，则语气必简劲。简劲则虚字必少，而句之长短易齐，句之长短既齐，自然易成对偶之故。如此文“阴阳调而风雨时”一段便是。所以文章的骈散，亦是成于言语的自然。凡文字中紧要之语，必须郑重出之。如此篇自“今陛下贵为天子”至“而美祥莫至者”一段，厚集其力，然后转出“凡以教化不立而万民不正也”两语是。文章中重要之语，有时可以繁复出之，如“夫万民之从利也，如水之走下，不以教化堤防之，不能止也”，意甚明白。然又承之曰，“是故教化立而奸邪皆止者，其堤防完也；教化广而奸邪并出，刑罚不能胜者，其堤防坏也”，“琴瑟不调甚者”，必反言之曰，“当更张而不更张，虽有良工不能善调也；当更化而不更化，虽有大贤不能善治也”皆是。此等处看似累赘，而不嫌其累赘，看似拙笨，而不嫌其拙笨，即因其当繁而繁之故。重要的话，有时厚集其力，先说了许多话，然后把它郑重地说出来，如前所言“凡以教化不立而万民不正也”两句是。有时用郑重的笔把它先提出来，如“圣王之继乱世也，扫除其迹而悉去之，复修教化而崇起之”三语是。此等处切忌软弱无力，此处一不着力，下文“窃譬之琴瑟不调”云云，亦都没有力量了。惟此处有力，然后读到下文，觉得淋漓尽致，极其酣畅。

“臣谨案春秋之中”，“中”字当作“正”字讲，春秋之中，就是春秋的正道；并不是春秋这部书里头的意思。“视万世已行之事”，“行”字是“往”字的意思，“已行”就是“以往”。《史记》自序，“我欲托之空言，不如见之行事之深切著明也”，行事亦作往事解。“有治乱之所生”，“有”同“又”。“终阳以成岁为名”疑有夺文，此处当言阴终阳而阳以成岁为名。“固宜受禄于天夫”，当在“夫”字断句。古书夫字属上句，而后人误属下句者甚多，如《论语·子罕》“子曰：未之思也夫，何远之有”即其一例。

贾谊《谏放民私铸疏》

法使天下公得顾租铸铜锡为钱，敢杂以铅铁为它巧者，其罪黥。然铸钱之情，非淆杂为巧，则不可得赢；而淆之甚微，为利甚厚。夫事有召祸而法有起奸，今令细民人操造币之势，各隐屏而铸作，因欲禁其厚利微奸，虽黥罪日报，其埶不止。乃者，民人抵罪，多者一县百数，及吏之所疑，榜笞奔走者甚众。夫县法以诱民，使入陷阱，孰积于此！曩禁铸钱，死罪积下；今公铸钱，黥罪积下。为法若此，上何赖焉？

又民用钱，郡县不同：或用轻钱，百加若干；或用重钱，平称不受。法钱不立，吏急而壹之虖，则大为烦苛，而力不能胜；纵而弗呵虖，则市肆异用，钱文大乱。苟非其术，何乡而可哉！

今农事弃捐而采铜者日蕃，释其耒耨，冶镕炊炭，奸钱日多，五谷不为多。善人怵而为奸邪，愿民陷而之刑戮，刑戮将甚不详，奈何而忽！

国知患此，吏议必曰禁之。禁之不得其术，其伤必大。令禁铸钱，则钱必重；重则其利深，盗铸如云而起，弃市之罪又不足以禁矣。奸数不胜而法禁数溃，铜使之然也。故铜布于天下，其为祸博矣。

今博祸可除，而七福可致也。何谓七福？上收铜勿令布，则民不铸钱，黥罪不积，一矣。伪钱不蕃，民不相疑，二矣。采铜铸作者反于耕田，三矣。铜毕归于上，上挟铜积以御轻重，钱轻则𠁥术敛之，重则𠁥术散之，货物必平，四矣。以作兵器，以假贵臣，多少有制，用别贵贱，五矣。以临万货，以调盈虚，以收奇羡，则官富贵而末民困，六矣。制吾弃财，以与匈奴逐争其民，则敌必怀，七矣。故善为天下者，因祸而为福，转败而为功。今久退七福而行博祸，臣诚伤之。

【讲解】

这一篇，是古人文字精简之式。

文字有两种形式，一种是要说得详尽的，贵于气势充沛，淋漓尽致。但是注意，并不是说空话。一种是以简要为贵的，道理并不能较说得详尽的文字减少，话却要说得少，所以说话的时候，要想一想，怎样说法，才能话说得少，而道理仍包括无遗。这种情形，我们说话的时候，也是有的。做文章亦与说话同理。不过我们对于文章，总没有说话那么熟，有时就做不好罢了。然此种文字，亦可设法练习。（一）做的时候，先要想一想，把无关紧要的话除去，剩下必要的话，用最简最明白的法子，把它写出来。（二）此等文字是不能不起稿的，本来文字总以起稿为宜，除极简单者外，而且还要修改。修改之法，是做好之后，自己复看一遍，把不相干的话除掉了。遗漏的自然也要加意补入，但初学者总是失之冗蔓的居多。相干的话，如其说得还不精简，再把它改做过，如此逐次删改，或者不止一次。有时前后次序，或须改动，则并不能就原本改削，而要另行起草，如此逐次改削，即无人指点，也会有进步的，如有人指点，就更好了。此等练习之法，并不限于精简的文字，但是于精简的文字为尤要。

西汉时代是文字个性开始显著的时代，其中著名的作家，大约贾谊、晁错是一派；董仲舒是一派；司马迁是一派；司马相如、扬雄是一派；匡衡、刘向是一派。各派各有特色。贾晁一派的特色，在明于事情，而能熟权利害。事情就是一件事实的真相，研究得最明白，利害比较得最透彻的，要推法家。贾生是治礼的，儒家中的礼家，实与法家相出入。晁错本是治申商之学的。所以他们的文字，有这一种特色。

贾生的文章，最著名的，自然是《陈政事疏》，但此篇实非完作，已经作史的人删削割裂了，在《新书》中的割裂更甚，所以现在选讲他一篇首尾完具而精简的文字。

此篇凡分四段，自起至“上何赖焉”为第一段，叙述关于当时货币的法令陷民于刑，这是政治上最重要的问题，故先言之。自“又民用钱”至“何乡而可哉”为第二段，言市肆异用，钱文大乱。自“今农事弃捐”至“奈何而忽”为第三段，言放民私铸，妨害农业，汉人视农业最重，故特言之。以上三段，皆论当时之弊，“国知患此”以下，乃说出补救之法。放民私铸不妥，则禁铸，乃流俗最容易想到的办法，所以先把它辟去，然后说出自己的主意。“奸数不胜”至“其为祸博矣”，说明患之所在。“上收铜勿令布”六字，说明自己的办法。以下乃把七福分疏明白，而将“故善为天下者”数语作总结。合全篇观之，亦可云自起至“奈何而忽”为一大段，“今博祸可除”至末为一大段，而“国知患此”至“其为祸博矣”，为其中间的转捩。

凡文字转折处，皆贵简捷，切忌拖泥带水，精简的文字，则更贵坚实，忌用空句承转。因为既要精简，就更无使用空句的余地了。如此篇首句叙明当时法律后，次句即紧承而驳之曰：“然铸钱之情，非淆杂为巧，则不可得赢，而淆之甚微，为利甚厚。”承接既紧，所驳又极中核要，自然精警夺目了。要作精简的文字，于此等处最须注意。凡说话有一要诀，论事须阐明原理，说理须举事实为证。因为将许多事实归纳起来才能够得到一个原理，论事而能根据原理，则不啻得多数事实为证，自然人家容易相信了。此篇要说“细民人操造币之势”以下数语，而先申之曰“事有召祸，法有起奸”，即此法。又叙事的繁简，亦看文章的繁简。如当时关于铸钱的法令，必非一语可尽，然此篇议论既简，则叙事不得独详，所以篇首叙述，括以两语，此非删削事实，乃约举其要而以简括之语出之耳，须注意。

“五谷不为多”之“多”字，乃妄人所加，见王念孙《读书杂志》，“为”读如“讹”，与“多”为韵，“讹”从“为”，亦从“化”，可见“为”与“化”同音。古用“为”字，本多作变化讲。《礼记·杂记》子曰：“张而不弛，文武弗能也；弛而不张，文武弗为也。”“能”即今“耐”字，言始终紧张而不宽驰，文王武王亦不能使民忍耐得住；始终宽弛而不紧张，文王武王亦不能使谷物变化而有成也。凡农事自播种以至于收成，全靠种子的变化，所以古人说农事皆以变化言。所谓无为而成，亦是此意，言不见天之有意变化谷物，然暗中已把谷物变化成就了，此其作用之所以为神也。“国之患此”之国，指都城言。古书用国字，意义全与今异，乃指天子诸侯所居的城言之，说国知患此，犹之后人说朝廷之上知以此为患。

汉代铜价贵，钱作亦贵，民间零星交易，不大用钱。兵器却多数是用铜做的，然亦多藏于武库，当时的民间，是不大有铜的，所以贾生要“收铜勿令布”。若在后世，人民生活程度渐高，铜渐散于民间，家家都有铜器，再要“收铜勿令布”，事实上就不可能了。贾生又要“上挟铜积以御轻重”，亦缘当时的交易，远不如后世之盛，市场既小，官卖出或买进一部分货物，便可影响其价格。在后世，此事就不易行了。此等处，须知古今情形不同，不可轻议古人。

《汉书·西域传赞》

赞曰：孝武之世，图制匈奴，患其兼从西国，结党南羌，乃表河曲列四郡，开玉门，通西域，以断匈奴右臂，隔绝南羌、月氏。单于失援，由是远遁，而幕南无王庭。

遭值文、景玄默，养民五世，天下殷富，财力有余，士马强盛。故能睹犀布、瑇瑁，则建珠崖七郡，感枸酱、竹杖则开牂柯、越嶲，闻天马、蒲陶则通大宛、安息。自是之后，明珠、文甲、通犀、翠羽之珍盈于后宫，蒲梢、龙文、鱼目、汗血之马充于黄门，巨象、师子、猛犬、大雀之群食于外囿。殊方异物，四面而至。于是广开上林，穿昆明池，营千门万户之宫，立神明通天之台，兴造甲乙之帐，落以随珠和璧，天子负黼依，袭翠被，凭玉几，而处其中。设酒池肉林以飨四夷之客，作巴俞都卢、海中砀极、漫衍鱼龙、角抵之戏以观视之。及赂遗赠送，万里相奉，师旅之费，不可胜计。至于用度不足，乃傕酒酤，管盐铁，铸白金，造皮币，算至车船，租及六畜。民力屈，财用竭，因之以凶年，寇盗并起，道路不通，直指之使始出，衣绣杖斧，断斩于郡国，然后胜之。是以末年遂弃轮台之地，而下哀痛之诏，岂非仁圣之所悔哉！

且通西域，近有龙堆，远则葱岭，身热、头痛、县度之阸。淮南、杜钦、扬雄之论，皆以为此天地所以界别区域，绝外内也。《书》曰“西戎即序”，禹既就而序之，非上威服，致其贡物也。

西域诸国，各有君长，兵众分弱，无所统一，虽属匈奴，不相亲附。匈奴能得其马畜旃罽，而不能统率与之进退。与汉隔绝，道里又远，得之不为益，弃之不为损，盛德在我，无取于彼。故自建武以来，西域思汉威德，咸乐内属。唯其小邑鄯善、车师，界迫匈奴，尚为所拘。而其大国莎车、于阗之属，数遣使置质于汉，愿请属都护。圣上远览古今，因时之宜，羁縻不绝，辞而未许。虽大禹之序西戎，周公之让白雉，太宗之郤走马，义兼之矣，亦何以尚兹！

【讲解】

此篇为《汉书》的论赞。凡《汉书》的文字，不能尽认为作《汉书》者所作。有一部分，比较的可认为是作《汉书》者所自作的，须有相当的考据，和文学上的眼光，方能加以分别，其理由与《史记》同，兹不更赘。《汉书》文字的有所本，最容易见得的，便是将它和《史记》对勘。《史记》《汉书》的异同，一种是在事实上的，《汉书》对于《史记》，有所删订增补，这自然和文字无涉，无论怎样善于附会的人，决不能把它拉扯到文字方面去。一种只是字句的异同，大抵《史记》虚字多而句较长，《汉书》则反是，这是向来论文之家所标榜为马、班文字，风格异同的。他们说，只要节去几个虚字，风格便判然不同，这是古人手法高处。其实这全是瞽说。古人的引用成文，以照抄不改一字为原则，百分之九十几都是这样的。其少数不然的，则（一）或因古人文字，本多口耳相传，并无正本。（二）又或因古人不注意于字句的出入，以至于无意中改易。（三）

又或传抄讹误，并不能认为例外。汉代通称作文章为属文，“属”只是“连接起来”的意思，就是为此。《史》《汉》两书，在唐以前，《汉书》的通行，较《史记》为广，这是因为《史记》中述汉事的部分，自然不如《汉书》的完全，其述秦以前事的部分，却被别种书，如谯周《古史考》、皇甫谧《帝王世纪》等所替代了。所以其传抄的次数，较《汉书》为少。古人的抄书，有删节字句的习惯。尤其易于被删的，就是书中的虚字。《汉书》的传抄的次数既较《史记》为多，其被删节，自然也较《史记》为甚了。以为是古人有意为之，而且就此可看出古人文章风格的异同，这正是魔道。然而不懂得古书义例的人，却很容易怀抱此等见解的。所以学问与文章虽非一事，然而做文章的人，仍不可不略知学问的门径。

此篇凡分两大段：（一）自起至“岂非仁圣之所悔哉”为第一大段，其中又分甲乙两小段。（甲）自起至“而幕南无王庭”述普通所谓通西域的理由及其功效；（乙）自“遭值文景”以下，则述武帝时通西域的劳费及其所诒之祸。（二）自“且通西域”至完为第二大段。其中又分子丑寅三小段。西域不必通的理由有三，劳费中国，一也。第一大段已言之，故不再述。地理的限制，势不可能，二也。（子）段自“且通西域”至“非上威服，致其贡物也”言之。并不足以制匈奴，三也。（丑）段自“西域诸国”至“无取于彼”言之。合此三种理由，所以建武坚拒西域的请属，是为（寅）段。“故自建武”以下所云。（寅）段虽兼承（乙）（子）（丑）三段，然（乙）段实为全篇主意所在，故不能与（子）（丑）并列。

汉武的武功为后人所称道，然在当时，有用兵的必要的，实则一匈奴。而汉武的用兵于匈奴，殊不得法。真所谓以最大的劳费，得最小的效果。其余诸地方，则都是出于侈心，并无为国为民之念。（一）西域之通，起于张骞的招致大月氏，原欲与之共攻匈奴，以节省中国的兵力财力，然自张骞还后，月氏之不能共攻匈奴，事已明白。招致之谋，便可放弃。谋通其余诸国，更无理由。具如（子）（丑）两段所述。（二）然《张骞传》说天子既闻大宛及大夏、安息之属，皆大国多奇物”，而兵弱贵汉财物。“其北大月氏、康居之属，兵强”，则“可以赂遗设利朝”，“诚得而以义属之，广地万里，重九译，致殊俗，威德遍于四海”，则非复原意，而动于侈心了。（三）最后的征大宛，则又动于意气。（四）而如本篇所述，好致奢侈之物，亦未尝非其一原因。这都是很无谓的。所以当时的文治派，无不加以反对，踊跃赞成的，都是有野心的武士浪人一流。或谓武帝之事四夷，一时虽劳费，从久远的立场上论，则实有为国家开疆拓土之功。此亦似是而非。真正的开拓，必以民族的淳化为前提，而民族的淳化，全系社会之力，好大喜功的开拓，实在无甚助力，即使有之，亦功不补罪。此是另一问题，当别论。然读此篇，亦应知其议论，为当时政治上社会上极正当的道理，不可以顽固怯弱目之。

此篇已是初期的骈文了。篇中铺排设色，可谓很厉害，然尚不嫌其浮靡而无实。其最大的原因，则因其铺排设色，乃系有所为而为之，并非徒事涂泽，以求悦人耳目。怎说它的铺排设色，乃系有所为而为之呢？原来文章的作用在于讽。何谓讽？就是孔子所谓巽与之言，亦即诗家所谓主文而谲谏，非徒从义理上立论，使人知其非而不敢为；更非以威力迫胁，使人虽欲为之而不得；乃系触动其不忍人之心，而使之有所不忍为，此本系文学最大的作用。而况政治上社会上总不免有所顾忌，有所压迫，而不能直言，就不得不出以讽刺了。此篇的铺排，主意就是为此。它并非要把许多事实胪列了，以显得材料的丰富，而是把当时的事实，胪列得愈多，则愈使人见得通西域的无谓。譬如说“遭直文景玄默，养民五世，天下殷富，财力有余，士马强盛”，而下文接着说“故能睹犀布瑇瑁，则建珠崖七郡”云云。则见得以如此的畜积，而仅供好大喜功之主，一时冲动而浪费，未免使人惋惜了。下文再说“殊方异物，四面而至”，则见得以莫大的劳费，所得不过如此。“于是广开上林”以下，又见得因此而讲究宫室和陈设。“设酒池肉林”以下，则见得费中国以奉四夷。其结果，自然非至用度不足，因此而加税招乱不可了。此皆意在陈古以鉴今，愈铺排得足，则愈使人感觉其不应该，而恻然有所不忍，惕然引以为戒，所以说它的铺排，都不是无谓而然的。此等可谓虽注意于文，而尚不离其质。至于文胜其质，甚或至于质不可见，则离本太远，而文就趋于敝了。这就是后来的骈文所以日入于敝的原因。专制之世，臣下的立言，是很难的。如此篇（乙）段，力攻武帝之失，然自己并不加以批评，而仍以武帝自悔立言。至总结处，则但称颂光武帝之美，而不斥前代之失。这固然是专制之世，立言不得已处，然文章讽刺的作用，既较斥责为大，则即在无所顾忌之时，自亦不妨取法，何况真正无所顾忌，又是很不容易的事呢？

古书中的“唯”字有时皆系“虽”字，如《汉书·扬雄传》，载雄所作《解嘲》，“唯其人之瞻知哉，亦会其时之可为也”，《文选》“唯”作“虽”，即其一例。《礼记·乐记》：“唯丘之闻诸苌弘，亦若吾子之言”；此篇“唯其小邑鄯善、车师”，“唯”字皆即“虽”字，旧多以为惟字，实非。

淮南王《上书谏伐南越》

陛下临天下，布德施惠，缓刑罚，薄赋敛，哀鳏寡，恤孤独，养耆老，振匮乏，盛德上隆，和泽下洽，近者亲附，远者怀德，天下摄然，人安其生，自以没身不见兵革。今闻有司举兵将以诛越，臣安窃为陛下重之。

越，方外之地，劗发文身之民也。不可以冠带之国法度理也。自三代之盛，胡越不与受正朔，非强弗能服，威弗能制也，以为不居之地，不牧之民，不足以烦中国也。故古者封内甸服，封外侯服，侯卫宾服，蛮夷要服，戎狄荒服，远近埶异也。自汉初定以来七十二年，吴越人相攻击者不可胜数，然天子未尝举兵而入其地也。

臣闻越非有城郭邑里也，处溪谷之间，篁竹之中，习于水斗，便于用舟，地深昧而多水险，中国之人不知其埶阻而入其地，虽百不当其一。得其地，不可郡县也；攻之，不可暴取也。以地图察其山川要塞，相去不过寸数，而间独数百千里，阻险林丛弗能尽著。视之若易，行之甚难。天下赖宗庙之灵，方内大宁，戴白之老不见兵革，民得夫妇相守，父子相保，陛下之德也。越人名为藩臣，贡酎之奉，不输大内，一卒之用，不给上事，自相攻击，而陛下发兵救之，是反以中国而劳蛮夷也。且越人愚戆轻薄，负约反复，其不用天子之法度，非一日之积也。壹不奉诏，举兵诛之，臣恐后兵革无时得息也。

间者，数年岁比不登，民得卖爵赘子以接衣食，赖陛下德泽振救之，得毋转死沟壑。四年不登，五年复蝗，民生未复。今发兵行数千里，资衣粮，入越地，舆轿而隃领，柁舟而入水，行数百千里，夹以深林丛竹，水道上下击石，林中多蝮蛇猛兽，夏月暑时，欧泄霍乱之病相随属也，曾未施兵接刃，死伤者必众矣。前时南海王反，陛下先臣使将军间忌将兵击之，以其军降，处之上淦。后复反，会天暑多雨，楼船卒水居击棹，未战而疾，死者过半。亲老涕泣，孤子谑号，破家散业，迎尸千里之外，裹骸骨而归。悲哀之气数年不息，长老至今以为记。曾未入其地而祸已至此矣。

臣闻军旅之后，必有凶年，言民之各以其愁苦之气，薄阴阳之和，感天地之精，而灾气为之生也。陛下德配天地，明象日月，恩至禽兽，泽及草木，一人有饥寒不终其天年而死者，为之凄怆于心。今方内无狗吠之警，而使陛下甲卒死亡，暴露中原，沾渍山谷，边境之民为之早闭晏开，鼌不及夕，臣安窃为陛下重之。

不习南方地形者，多以越为人众兵强，能难边城。淮南全国之时，多为边吏，臣窃闻之，与中国异。限以高山，人迹所绝，车道不通，天地所以隔外内也。其入中国必下领水，领水之山峭峻，漂石破舟，不可以大船载食粮下也。越人欲为变，必先田余干界中，积食粮，乃入伐材治船。边城守候诚谨，越人有入伐材者，辄收捕，焚其积聚，虽百越，奈边城何！

且越人绵力薄材，不能陆战，又无车骑弓弩之用，然而不可入者，以保地险，而中国之人不能其水土也。臣闻越甲卒不下数十万，所以入之，五倍乃足，輓车奉饟者，不在其中。南方暑湿，近夏瘅热，暴露水居，蝮蛇蠚生，疾疠多作，兵未血刃而病死者什二三，虽举越国而虏之，不足以偿所亡。臣闻道路言，闽越王弟甲弑而杀之，甲以诛死，其民未有所属。陛下若欲来内，处之中国，使重臣临存，施德垂赏以招致之，此必携幼扶老以归圣德。若陛下无所用之，则继其绝世，存其亡国，建其王侯，以为畜越，此必委质为藩臣，世共贡职。陛下以方寸之印，丈二之组，填抚方外，不劳一卒，不顿一戟，而威德并行。今以兵入其地，此必震恐，以有司为欲屠灭之也，必雉兔逃入山林险阻。背而去之，则复相群聚。留而守之，历岁经年，则士卒罢勌，食粮乏绝，男子不得耕稼树种，妇人不得纺绩织纴，丁壮从军，老弱转饷，居者无食，行者无粮。民苦兵事，亡逃者必众，随而诛之，不可胜尽，盗贼必起。

臣闻长老言，秦之时尝使尉屠睢击越，又使监禄凿渠通道。越人逃入深山林丛，不可得攻。留军屯守空地，旷日持久，士卒劳勌，越乃出击之。秦兵大破，乃发适戍以备之。当此之时，外内骚动，百姓靡敝，行者不还，往者莫反，皆不聊生，亡逃相从，群为盗贼，于是山东之难始兴。此老子所谓"师之所处，荆棘生之"者也。兵者凶事，一方有急，四面皆从。臣恐变故之生，奸邪之作，由此始也。

《周易》曰："高宗伐鬼方，三年而克之。"鬼方，小蛮夷，高宗，殷之盛天子也。以盛天子伐小蛮夷，三年而后克，言用兵之不可不重也。臣闻天子之兵有征而无战，言莫敢校也。如使越人蒙死徼幸以逆执事之颜行，厮舆之卒有一不备而归者，虽得越王之首，臣犹窃为大汉羞之。陛下以四海为境，九州为家，八薮为囿，江汉为池，生民之属皆为臣妾，人徒之众足以奉千官之共，租税之收足以给乘舆之御。玩心神明，秉执圣道，负黼依，凭玉几，南面而听断，号令天下，四海之内莫不响应。陛下垂德惠以覆露之，使元元之民安生乐业，则泽被万世，传之子孙，施之无穷。天下之安犹泰山而四维之也，夷狄之地何足以为一日之间，而烦汗马之劳乎！《诗》云“王犹允塞，徐方既来”，言王道甚大，而远方怀之也。

臣闻之，农夫劳而君子养焉，愚者言而智者择焉。臣安幸得为陛下守藩，以身为鄣蔽，人臣之任也。边境有警，爱身之死而不毕其愚，非忠臣也。臣安窃恐将吏之以十万之师为一使之任也！

【讲解】

此篇与贾生《谏放民私铸疏》相反，若称彼篇为简式，则此篇可称为繁式。凡说话，有宜扼要立论，以少数的辞句，包含多数的道理的；有宜说得详尽的；各视其所宜而定，大抵事关重要，惟恐人不明白的，又或听这话的人，程度不高，恐其不能明白的，都以说得详尽为妙，所以奏议以繁式为多。

淮南王的文章，在西汉时，实可成一家，然而向来数西汉大家的人，都不之及，则因现在的《淮南子》，系集众所成，如此篇，则向来王公大人的文章，又多非自己出，所以没有人以为淮南王会做文章的。但今《淮南王书》中，只有《说山》《说林》两篇，文体是特别的，此外大抵辞繁而不杀，却可以称为繁式，即此篇亦然。我们且不必管他究竟是何人所做，是一个人所做，还是多数人所做，从文字上看来，确是如出一手的，作者既不可考，就不妨以淮南王为其代表，而称之为西汉一大家。淮南王的文章，流传到今日的，以事理揆之，决非一人所作，为什么其作风却会一律呢？这可以有两种解释，（一）内容虽出于多人，文章则成于一人之手，（二）众人的文章，本来相像。这两种解释，自以取后一种为是，因为古人不甚注意于文辞，采取旧说的，文辞大抵因仍不改，而一时一地，学术思想相同的，其文辞又极易相像之故。淮南王所招致的，多是江淮之士，所以其文章亦可视为当时江淮间即南方的文体。

这一篇，（一）自起至“臣安窃为陛下重之”为起段。（二）自“臣闻之，农夫劳而君子养焉”至完为结段。（三）中间又分为七段。（甲）自“越，方外之地”至“然天子未尽举兵而入其地也”，先泛论不应烦中国以事方外。（乙）自“臣闻越”至“臣恐后兵革无时得息也”，论越之难征，及其无益于中国，不应征，且一经用兵则不能中止，劳费将无已时。（丙）自“间者数年”至“而祸已至此矣”，论中国当时情形，不宜用兵，及用兵困难情形，举前征南海王事为证。（丁）自“臣闻军旅之后”至“臣安窃为陛下重之”论用兵之后，中国受害情形。（戊）自“不习南方地形者”至“奈边城何”，论越人不能为中国患，无兴兵远征的必要。（己）自“且越人绵力薄材”至“由此始也”，论入越之难，建遣使招致，建侯为畜两策，下言如不用此两策，而遣兵入越之祸，引秦事为证。（庚）自“《周易》曰”至“而远方怀之也”，言兵之不可轻用，万一丧败，祇以取辱，及犯不着用兵之理。其中（甲）（丙）（己）段，论越之难征，（甲）就越之地势言，（丙）就发兵入越时言，（己）就入越后言，（丁）（己）两段，同论中国因用兵所受之祸，（丁）就人民受害言，（己）就国家之治安将不能维持言，所以绝不犯复。凡文章最忌重复，而长篇最易犯复，必须注意。

此篇之妙，全在其“辞繁而不杀”，因其说甚详尽，所以势力觉得雄厚，这是作长篇取繁式的原理。凡文章最贵气脉贯通。何谓气脉贯通？即两段话，虽各有意思，然其理实相关涉，则说话时应按一定的顺序，使人看上文时，容易想起下文，看下文时，又容易回想上文，如此，则格外明白，而读者所得的印象亦更深。如此篇，读（丙）段中叙征南海王时的困难，自易想到（丁）段所言愁苦之气，薄阴阳之和云云，即其一例。但此系说话自然的顺序，会做文章的人，不过会利用之而已，并非有意做作，若有意做作，把本无关系的话，硬生出关系来，那就矫揉造作，适增其丑了。不相关的话，即老老实实，各说各的，不相干涉，在文章中亦是一种妙境。昔人形容之辞，谓之“枯木朽株，生意断绝”，所以做文章，总不外乎顺事理之自然。文字转折，最贵简捷，如此篇“且越人绵力薄材，不能陆战，又无车骑弓弩之用”，意承（戊）段，言越人之无能也；“然而不可入者，以保地险，而中国之人不能其水土也”，一转即入（己）段，言越之不可入，即其一例。

舆轿而隃岭之轿，即《史记·河渠书》山行即桥之桥，其字与梮双声，梮，《玉篇》云：“土舆也。”《左氏》襄公九年，陈畚梮。《汉书·五行志》引作輂。《说文》：輂，大车驾马也。盖初本载土之器，亦以马曳之而行，后来却可以载人，而且由人拉着走，就渐变成后世的肩舆了。“闽越王弟甲”，甲字不是名字。《汉书·万石君传》：“长子建，次甲，次乙，次庆。”颜师古《注》曰：“史失其名，故云甲乙耳，非其名。”“以为畜越”，为，化也；畜，养也；犹今言教养。

刘向《谏起昌陵疏》

臣闻《易》曰：“安不忘危，存不忘亡，是以身安而国家可保也。”故圣贤之君，博观终始，穷极事情，而是非分明。王者必通三统，明天命所授者博，非独一姓也。孔子论《诗》，至于“殷士肤敏，祼将于京”，喟然叹曰：“大哉天命！善不可不传于子孙，是以富贵无常；不如是，则王公其何以戒慎，民萌何以劝勉？”盖伤微子之事周，而痛殷之亡也。虽有尧舜之圣，不能化丹朱之子；虽有禹汤之德，不能训末孙之桀纣。自古及今，未有不亡之国也。昔高皇帝既灭秦，将都洛阳，感悟刘敬之言，自以德不及周，而贤于秦，遂徙都关中，依周之德，因秦之阻。世之长短，以德为效，故常战栗，不敢讳亡。孔子所谓“富贵无常”，盖谓此也。

孝文皇帝居霸陵，北临厕，意凄怆悲怀，顾谓群臣曰：“嗟乎！以北山石为椁，用纻絮斫陈漆其间，岂可动哉!”张释之进曰：“使其中有可欲，虽细南山犹有隙；使其中无可欲，虽亡石椁，又何戚焉？”夫死者亡终极，而国家有废兴，故释之之言，为亡穷计也。孝文寤焉，遂薄葬，不起山坟。

《易》曰：“古之葬者，厚衣之以薪，臧之中野，不封不树。后世圣人易之以棺椁。”棺椁之作，自黄帝始。黄帝葬于桥山，尧葬济阴，丘垅皆小，葬具甚微。舜葬苍梧，二妃不从。禹葬会稽，不改其列。殷汤无葬处，文、武、周公葬于毕，秦穆公葬于雍橐泉宫祈年馆下，樗里子葬于武库，皆无丘垅之处。此圣帝明王贤君智士远览独虑无穷之计也。其贤臣孝子亦承命顺意而薄葬之，此诚奉安君父，忠孝之至也。

夫周公，武王弟也，葬兄甚微。孔子葬母于防，称古墓而不坟，曰：“丘，东西南北之人也，不可不识也。”为四尺坟，遇雨而崩。弟子修之，以告孔子，孔子流涕曰：“吾闻之，古者不修墓。”盖非之也。延陵季子适齐而反，其子死，葬于嬴、博之间，穿不及泉，敛以时服，封坟掩坎，其高可隐，而号曰：“骨肉归复于土，命也，魂气则亡不之也。”夫嬴、博去吴千有余里，季子不归葬。孔子往观曰：“延陵季子于礼合矣。”故仲尼孝子，而延陵慈父，舜禹忠臣，周公弟弟，其葬君亲骨肉，皆微薄矣；非苟为俭，诚便于体也。

宋桓司马为石椁，仲尼曰：“不如速朽。”秦相吕不韦集知略之士而造《春秋》，亦言薄葬之义，皆明于事者也。逮至吴王阖闾，违礼厚葬，十有余年，越人发之。及秦惠文、武、昭、严、襄五王，皆大作丘垅，多其瘗藏，咸尽发掘暴露，甚足悲也。秦始皇帝葬于骊山之阿，下锢三泉，上崇山坟，其高五十余丈，周回五里有余；石椁为游馆，人膏为灯独，水银为江海，黄金为凫雁。珍宝之藏，机械之变，棺椁之丽，宫馆之盛，不可胜原。又多杀宫人，生埋工匠，计以万数。天下苦其役而反之，骊山之作未成，而周章百万之师至其下矣。项籍燔其宫室营宇，往者咸见发掘。其后牧儿亡羊，羊入其凿，牧者持火照求羊，失火烧其藏椁。自古及今，葬未有盛如始皇者也，数年之间，外被项籍之灾，内罹牧竖之祸，岂不哀哉！

是故德弥厚者，葬弥薄，知愈深者葬愈微。亡德寡知，其葬愈厚，丘垅弥高，宫庙甚丽，发掘必速。由是观之，明暗之效，葬之吉凶，昭然可见矣。

周德既衰而奢侈，宣王贤而中兴，更为俭宫室，小寝庙。诗人美之，《斯干》之诗是也，上章道宫室之如制，下章言子孙之众多也。及鲁严公刻饰宗庙，多筑台囿，后嗣再绝，《春秋》刺焉。周宣如彼而昌，鲁、秦如此而绝，是则奢俭之得失也。

陛下即位，躬亲节俭，始营初陵，其制绝小，天下莫不称贤明。及徙昌陵，增埤为高，积土为山，发民坟墓，积以万数，营起邑居，期日迫卒，功费大万百余。死者恨于下，生者愁于上，怨气感动阴阳，因之以饥馑，物故流离以十万数，臣甚惽焉。以死者为有知，发人之墓，其害多矣；若其亡知，又安用大？谋之贤知则不说，以示众庶则苦之；若苟以说愚夫淫侈之人，又何为哉！陛下慈仁笃美甚厚，聪明疏达盖世，宜弘汉家之德，崇刘氏之美，光昭五帝、三王，而顾与暴秦乱君竞为奢侈，比方丘垄，说愚夫之目，隆一时之观，违贤知之心，亡万世之安，臣窃为陛下羞之。唯陛下上览明圣黄帝、尧、舜、禹、汤、文、武、周公、仲尼之制，下观贤知穆公、延陵、樗里、张释之之意。孝文皇帝去坟薄葬，以俭安神，可以为则；秦昭、始皇增山厚臧，以侈生害，足以为戒。初陵之抚，宜从公卿大臣之议，以息众庶。

【讲解】

姚姬传《复鲁洁非书》，说文章有阳刚之美，阴柔之美，这是文学上最高的理论。西汉人的文字，贾、晁是近乎阳刚之美的，匡、刘是近乎阴柔之美的。凡文章近乎阴柔之美的，其语气必较宽舒，声调必较啴缓，读此文，须从此处领略。

全篇分为四段：（一）自起至“盖为此也”论古无不亡之国，先据经义立说，次引本朝之事为证。（二）自“孝文皇帝居霸陵”至“昭然可见矣”，历引前代之事，以明厚葬之非。其中又分为四段：（甲）自“孝文皇帝居霸陵”至“不起山坟”，先引本朝之事以明之。（乙）自“《易》曰”至“诚便于体也”，历举古薄葬之事，先从薄葬之人本身立论，次从葬之者立论，以“此圣帝明王”至“忠孝之至也”数语，为其间的转捩。（丙）自“宋桓司马自为石椁”至“岂不哀哉”，述厚葬之祸。（丁）自“是故德弥厚者，葬弥薄”至“昭然可见矣”，为（甲）（乙）（丙）三段之总束。（三）自“周德既衰而奢侈”至“是则奢俭之得失也”，另为一小段。时成帝方苦无继嗣，故以奢俭影响于后世动之。（四）自“陛下即位”至完，先述今事之失，次申谏诤之意。

凡作文，必有一最要之义，须牢牢把握住。厚葬之人，必多昏愚。或溺于流俗之见，以祸福动之易，以是非动之难。祸福最切的，莫如厚葬之必被发掘，而厚葬之必被发掘，则实以自古无不亡国之故，从此立论，自然惊心动魄，所以此文径从此处说起。然此等议论，在专制之世，易触忌讳，所以先引经义，次述本朝开国之君之事。这两者，在当时都是所谓大帽子，可以压人，使人不敢反对的，而其意虽痛切，话却说得很和缓，在表面上，刺激性并不厉害，正如我们劝人，极痛切的意思，以极温和的态度出之，此点最须注意。此文所引故事极多，最易堆砌无味，然读来却绝不觉其堆砌，则因其先后详略得宜之故。如许多薄葬的事情，先说孝文皇帝，此因其为本朝的祖宗，觉得亲切，且上文说高皇帝，此处说文帝之事，亦觉顺流而下，此即所谓诏先后之序。又如许多厚葬之人，秦始皇帝为其中之尤甚者，且其事近，则更足以资鉴戒，所以叙述特详，此即所谓详略之宜。说话的先后详略，乃事理的自然，为文者，只要能明于事理，而下笔时又能恰如其分，就好了，事理之外，本来无所谓文法的。凡奏议，总是有重要关系，希望人君明白的，而历代的君主，大都生于深宫之中，长于阿保之手，其所受的教育，较常人为坏，所以其知识程度，亦较常人为低，要希望他明白较难，所以凡是奏议，无有不语长心重，说得格外明显的。如此篇，叙述高帝之事后，再加之以“孔子所谓富贵无常，盖谓此也”的说明，叙述张释之之对后，夹入“夫死者无终极，而国家有废兴，故释之之言，为无穷计也”的评论，以及“夫嬴博去吴千有余里，季子不归葬”“自古及今，葬未有盛如始皇者也。数年之间，外被项籍之灾，内罹牧竖之祸，岂不哀哉”等语，都是此法。凡文字，力求明显动听的，可以以此为法。此法旧时评论家谓之夹叙夹议。文章所以要夹叙夹议者，就是所以求其格外明白的。“此圣君明王贤君智士，远觉独虑，无穷之计也”一句，用名词极多，此等句，汉人甚多，须善效之，不然则易流于累赘。大抵文中有此等句的，必须气盛，气盛则有此等句，不嫌其板滞，而反觉得凝重了。文中说明吃紧之处，切忌含胡，切忌不着力，尤忌拖泥带水，一拖泥带水，话就没有力量了。如此文“以死者为有知”至“又何为哉”数语，简单明了，直接痛快，最可为法。汉人奏议，往往于结束处，把上文所说的话，简单地复述一遍，此亦所以求其明白，如此文“陛下慈仁笃美甚厚”以下一段便是，须看其上文所说的，此处均一一结束到。

司马子长《六国表序》

太史公读《秦记》，至犬戎败幽王，周东徙洛邑，秦襄公始封为诸侯，作西畤用事上帝，僭端见矣。《礼》曰：“天子祭天地，诸侯祭其域内名山大川。”今秦杂戎翟之俗，先暴戾，后仁义，位在藩臣而胪于郊祀，君子惧焉。及文公踰陇，攘夷狄，尊陈宝，营岐雍之间，而穆公修政，东竞至河，则与齐桓、晋文中国侯伯侔矣。是后陪臣执政，大夫世禄，六卿擅晋权，征伐会盟，威重于诸侯。及田常杀简公而相齐国，诸侯晏然弗讨，海内争于战功矣。三国终之卒分晋，田和亦灭齐而有之，六国之盛自此始。务在强兵并敌，谋诈用而从衡短长之说起。矫称蠭出，誓盟不信，虽置质剖符犹不能约束也。

秦始小国僻远，诸夏宾之，比于戎翟，至献公之后常雄诸侯。论秦之德义不如鲁卫之暴戾者，量秦之兵不如三晋之强也，然卒并天下，非必险固便形势利也，盖若天所助焉。或曰：“东方物所始生，西方物之成孰。”夫作事者必于东南，收功实者常于西北。故禹兴于西羌，汤起于亳，周之王也以丰镐伐殷，秦之帝用雍州兴，汉之兴自蜀汉。

秦既得意，烧天下诗书，诸侯史记尤甚，为其有所刺讥也。诗书所以复见者，多藏人家，而史记独藏周室，以故灭。惜哉，惜哉！独有《秦记》，又不载日月，其文略不具。

然战国之权变亦有可颇采者，何必上古。秦取天下多暴，然世异变，成功大。传曰“法后王”，何也？以其近己而俗变相类，议卑而易行也。学者牵于所闻，见秦在帝位日浅，不察其终始，因举而笑之，不敢道，此与以耳食无异。悲夫！

余于是因《秦记》，踵《春秋》之后，起周元王，表六国时事，讫二世，凡二百七十年，著诸所闻兴坏之端。后有君子，以览观焉。

【讲解】

太史公的文字，在西汉也是自成一派的，也是偏阴柔之美的，然和匡、刘又有不同。匡、刘的文字，好在其风度，姚姜坞批评他说：“子政之文，如睹古之君子，右征角，左宫羽，趋以采齐，行以肆夏，规矩揖扬，玉声锵鸣之容。”太史公之文，则如高人隐士，忧深思远，别有怀抱一般，所以学他的文字的人，都激赏其风韵。

太史公的文字，除《汉书》本传载其报任安一书外，就只有一部《史记》了。从前评文之家，不知古书体例，每以为古人著书亦和后人一样，全部是自己写出来的，即或材料取之于人，文章亦必成之自己，于是把全部《史记》，都认为是太史公所做的文章。其中自然有一部分，太史公所根据的材料，尚存于今的，如《五帝本纪》的本于《大戴礼记》《尚书》等是，他们亦竟熟视无睹，而古书传者，辞句不能无异同，这是古人的学问，多由口耳相传，不皆著于竹帛，亦且古人的学间，只在大体上考究，不斤斤于一字一句的出入之故。他们却又率其乡曲之见，以为这是古人有意为之。于是从此，又生出种种穿凿的批评来了。其实，（一）直录之文，不加更定，（二）而字句则各家互有异同，乃是古书的通例。此事关涉古书义例，现在不能详论，要而言之，则《史记》的文字极大部分，并非太史公所自作的。太史公怎样抄纂古书，这是另一问题，现在可以勿论。我们现在只要知道，《史记》的一大部分，并非太史公所作，要想认识太史公的文章，须就《史记》一书，加一番鉴别就够了。然则哪一部分，可以认为太史公所自作的呢？这事关《史记》全书义例，又非现在所能详论，但就其大体言之，则《序》和《论赞》必有一大部分是他自己做的，因为这是发表自己的意见的。但亦只可说大部分如此，而且其中有一部分究系司马迁所作，抑系其父谈所作，仍无法加以鉴别。

序字有两种意思，（一）古人著书，有一书包含若干篇的，其中先后次序，或者一定不可移易，或者不然。但全书之末，总有一篇序文，以著其先后次序，前者如《易经》的《序卦》，后者如《史记》的《自序》是，所以序就是次序的意思。（二）序者，绪也，绪就是头绪。一部书有何关系，如何作成，体例如何，应用何书，都于读者很有关系，写出来给他们看，对于他们实在很有帮助，俨然是对毫无头绪之物，替他抽出一个头绪来，所以序又是头绪的意思。两义之中，后义实为尤要，前义后世已不甚行。所以作一书的序，必须说出一个道理来，对于读书者有些裨益方可。空发议论，或对于著书的人，为不相干的称誉，均属大忌。

此篇共分三段：（一）自起至“犹不能约束也”为第一段，其中又分三小段：（甲）自起至“君子惧焉”述秦之初兴。（乙）自“文公踰陇”至“则与齐桓晋文中国侯伯侔矣”，述秦之强盛。（丙）“是后陪臣执政”至“犹不能约束也”，述六国之所由成，及其兵争之故。六国皆并于秦，秦之强盛，实为六国局势转变关键。所以（甲）（乙）两小段，先加以推原，至（丙）段则为六国事实真相。把它分别叙述，正是为读这表的人，理出一个头绪的意思。（二）自“秦始小国”至“汉之兴自蜀汉”为第二段。统一之局现在看惯了，在当时则是新兴之局，所以汉代的人，对于这一个问题，都是很有兴趣的，秦为什么会吞并六国呢？从德义、兵力上说，都是没有理由，当时人的答案，则为险固便，形势利；天所助；作事者必于东南，收功实者常于西北。这三种答案，究竟孰是孰非，抑可兼采，或皆不足取，太史公对此，大约无甚意见，所以如实叙述之后，亦就不再下断语了。（三）自“秦既得意”至“其文略不具”，述官家所藏的史记几于全灭，太史公所述六国事，盖兼采诸纵横等家。故自“然战国之权变”至“悲夫”，说明此等材料，亦有研究的价值，以辟当时儒家的偏见。“余于是”至完，乃自述此表之作法。

太史公的文章，大家都在激赏其风韵，但他的风韵为什么会这样好，是无人能言其所以然的。其实文章就是语言，语言必有声调，语言的声调，本是和谐的，细读好的语体文，就可见得。西汉人的文字，现在看来，觉得高古，这是时间为之。须知他离开我们已有两千多年了，在当时的人看起来，正和我们现在看语体文和浅近文言一样。太史公的文章，在西汉作家中，是参用语调最多的。质而言之，即是太史公的文章，在西汉诸作家中，最近于语体。语言的声调，本来是非常和谐的，文人学士，在纸上学了一世的声调，到底和语言的美，逆隔着一层，这是人工不及自然，无可如何的事。虽然人工之美，亦有为天然所无的。细读此篇可见。其中如第二段，若专在纸上做文章，把险固便，形势利；天所助；作事者必于东南，收功实者常于西北，像开帐般胪列为三款，看起来也未尝不清楚，然而美的意味，就丝毫没有了，因为说话本不是这样呆板的。照着说话的顺序写出来，或详或略，错综变化，就自成其为天下的妙文，所以我们看文言，须要看他和白话一样。如此，则口语中的妙处，自然有一部分可融化之以入文言。但这道理，说来容易，要能了解到这一步，运用到这一步，却是要有相当功力的。"故禹兴于西羌，汤起于亳，周之王也，以丰镐伐殷，秦之帝用雍州兴，汉之兴自蜀汉"这几句，似骈非骈，似散非散，既无散文单薄之病，又无骈文板滞之失，可谓声调之极则，这也是顺着语言的自然。因为我们的语言，本来是错综变化，而又不失其整齐的。"文章本天成，妙手偶得之"，妙手只是能顺其自然罢了。大抵文章用排句，最易流于板重，然事理上，有许多天然是各项并列，又不能把它硬化作散的，就最要能运用此种句法。《史记》中这五句，以及《自序》中"迁生龙门"至"见父于河洛之间"一段，《货殖列传》"陆地牧马二百蹄"至"此其人皆与千户侯等"一段，都是此等文字的极则。"世异变，成功大"六个字简而且精，文章有时候必须有此等精简之语，方能动目，所谓一语抵人千百。"世异变，成功大"，似乎语气还没有完，下文该紧承着说，然"传曰法后王"云云，却另是一意了。文章此等接法，谓之"脱接"，最有别开异境之妙。

图书在版编目（CIP）数据

文学与文选四种 / 吕思勉著. —南京：译林出版社，2016.11
（吕思勉文集）
ISBN 978-7-5447-6670-8

Ⅰ.①文… Ⅱ.①吕… Ⅲ.①中国文学－古典文学研究
Ⅳ.①I206.2

中国版本图书馆CIP数据核字（2016）第241057号

书　　名	**文学与文选四种**
作　　者	吕思勉
责任编辑	王振华
特约编辑	宗珊珊
出版发行	凤凰出版传媒股份有限公司 译林出版社
出版社地址	南京市湖南路1号A楼，邮编：210009
电子信箱	yilin@yilin.com
出版社网址	http://www.yilin.com
印　　刷	三河市冀华印务有限公司
开　　本	787×1092毫米　1/16
印　　张	26.75
字　　数	422千字
版　　次	2016年11月第1版　2016年11月第1次印刷
书　　号	ISBN 978-7-5447-6670-8
定　　价	39.80元

译林版图书若有印装错误可向承印厂调换